安徽古籍叢書

黄山書社

[illegible]

或加補輯、編次。標點，採用新式標點。注釋，務求精確，但不作煩瑣考證，吸收國內外研究的新成果。

三、先秦、兩漢著作及語言、文字之類，皆用繁體字，其餘則酌用簡體字。版皆竪排，以期一律。

四、凡熱心於本叢書編印及捐貲助刊者，得於書內題名。

安徽古籍叢書編審委員會

吳應箕文集

〔明〕吳應箕／撰　章建文／校點

圖書在版編目(CIP)數據

吴應箕文集/(明)吴應箕著;章建文校點.一合肥:
黄山書社,2017.2
(安徽古籍叢書第二十八輯/安徽古籍叢書編審委員會編纂)
ISBN 978—7—5461—6047—4
Ⅰ.①吴… Ⅱ.①吴…②章… Ⅲ.①中國文學一古典文學一作品綜合集一明代
Ⅳ.①I214.82

中國版本圖書館CIP數據核字(2016)第314563號

國家古籍整理出版專項經費資助項目
安徽省教育廳人文社科研究重點資助項目
安徽省古籍整理出版辦公室資助項目

選題策劃 彭君華
責任編輯 李 媛
裝幀設計 馬 芳
出版發行 時代出版傳媒股份有限公司(http://www.press—mart.com)
黄山書社(http://www.hspress.cn)
地址郵編 安徽省合肥市蜀山區翡翠路1118號出版傳媒廣場7層 230071
印 刷 合肥精藝印刷有限公司
版 次 2017年2月第1版
印 次 2017年2月第1次印刷
開 本 880×1230 1/32
字 數 450千
印 張 25
書 號 ISBN 978—7—5461—6047—4
定 價 78.00圓

服務熱綫 0551—63533706
銷售熱綫 0551—63533761
官方直營書店(http://hsssbook.taobao.com)

安徽古籍叢書編印緣起

我國歷史悠久，典籍豐富。我省地處南北之交，學術尤擅其盛。數千年來，哲學、史學、文學、藝術、語言、科技，作者輩出，著述如林，或自名一家，或蔚然成派，多爲中華民族文化之菁華，有裨於社會主義文化之建設。允宜及時整理，以廣流傳。

粵自明清，以至近世，南北郡邑已有涇川叢書、龍眠叢書、貴池先哲遺書、南陵先哲遺書諸刻。一九三一年，復有安徽叢書之編刊，所收皆皖人著作，分期影印。出至第六期，以抗戰軍興而中止。盛業未竟，論者惜之。

今者，中央倡導整理古籍，我省領導對此尤爲關心。省古籍整理出版規劃委員會幾經商討，決定編纂安徽古籍叢書。編纂宗旨是在歷史

吴應箕畫像

（民國丁卯《高田吴氏續修支譜》）

吴應箕文集目次

卷二

論

史論

卷三

論

史論

卷四

論

史論

卷五

論

史論

卷六

論

史論

卷七

論

國朝紀事本末論

小試論

卷八

辯

卷九

策

擬進策

卷十

策

兵事策

卷十一

策

時務策

卷十二

議

卷十三

書

卷十四

書

卷十五

書

卷十六

序

卷十七

序

卷十八

傳

記

卷十九

檄

客問

對

書後

書事

説

卷二十

祭文

賦

詩

風雅體

樂府

卷二十一

詩

五言古

卷二十二

詩

五言古

卷二十三

詩

七言古

卷二十四

詩

五言律

卷二十五

詩

七言律

卷二十六

詩

七言律

五言排律

五言絶句

六言絶句

七言絶句

聯句

卷二十七　補遺

詩

跋

樓山堂遺文 附癸未遺詩

卷一

卷 三

卷四

卷五

卷六

樓山堂癸未遺詩 附

詩文輯補

附録

前言

吳應箕，始字風之，後更字次尾，號樓山。明萬曆甲午年（一五九四）九月十一日出生於南直隸貴池興孝鄉高田（今安徽省池州市石台縣大演鄉高田），明亡後，舉兵抗清，兵敗被俘，於弘光乙酉年（一六四五）十月十七日不屈而死。死後鄉人私謚文烈先生㈠，乾隆四十一年朝廷追謚忠節㈡。

吳應箕是明末著名社會活動家、文學家、復社領袖和抗清英雄，與同鄉劉城合稱『貴池二妙』，是當時著名的文士、鬥士、戰士、義士，其氣節與才學深爲時人與後人敬重。『樓山先生文章在韓歐之上，忠孝在文陸之間』（樓山堂遺文附録王仕雲樓山堂遺詩題詞），沈喬生在樓山堂遺詩小引中更是充滿敬意地稱頌：『先生眞離富貴貧賤生死外，獨存天地正氣者。要而論之，先生固百世師，豈僅稱節義文章爲一代之宗人也哉！』（樓山堂遺文附録）四庫全書總目云：『明末稱復社五秀才，應箕爲首。其克全晚節，尤不愧完人。』（參見四庫全書總目子部讀書止觀録）

吳應箕一生著述甚豐，著有國朝紀事本末、東林本末、熹朝忠節傳、啓禎兩朝剥復録、留都見聞録、復社姓氏録、宋史、庚辛壬癸録、盛事集、讀書鑑、讀書種子、友鑑録、續觚不觚録、讀書止觀録、樓山堂集等，然而他『下筆數千言，文不加點，亦無副稿，故多散佚。其有存者悉罹兵燹』㈢，『當路大臣又曾上露布，著以「殷頑」之目，以此見者皆以爲諱，甚至其片言隻字毀滅之恐後」（樓山堂集侯方域樓山堂集序），著作已十不存一。今傳有詩文集樓山堂集二十七卷、遺文六卷、遺詩一卷。

（一）失意科場，揚名文壇

文人是吴應箕最基本的角色。作爲文人，吴應箕也和當時的其他文人一樣，走的是讀書會友、科舉仕進之路。正如他自己所説「士之進取者，誠捨科舉無由矣」，「非文即從科舉進無由」（樓山堂遺文卷五賓王集序）。

吴應箕「家故習儒」㊃，他自己也説：「予家世雖多儒，而鮮藏書。童時則亡兄元樞購書數厨，以左史諸書使予讀之，見予輒能曉書中之意則大喜。」（樓山堂遺文卷三里中藏書記）其家學尊經重史可得而知。他又説「予少賤，家方落……少無師友，先生教之，授以作文之法」（樓山堂集卷十九祭外舅李首川先生文），「少即獵治詩、古文辭，時時口稱李、何、王、李也」㊄，可見其文學從『前、後七子』入手。他的家住在當時的徽道之旁，後又『教授于新安』（樓山堂遺文卷三里中藏書記），自然沐浴着新安理學之風。同時貴池源頭李氏家族中李呈祥爲王陽明弟子，作爲李呈祥晚輩的李首川受族中名人『心學』思想之影響是可以想見的，還有吴應箕不但與丁旦之孫丁煜㊅、丁爟、丁燿交游，還與以沈壽民爲代表的宣城諸子交往密切，而宣城在晚明以『心學』聞名，沈壽民從曾祖父沈寵即是陽明學者，這些都使吴應箕免不了要受『心學』之影響。此外，吴應箕常『高言指斥，辭氣涌射，屈一座人。人指目爲狂生』㊆，與『心學』

泰州學派有相通之處。值得關注的是，他也『嘗徧觀程朱之説及近世所尊陽明、近溪諸書』（樓山堂集卷十五與程子尚論性書）。多種知識與思想的積累爲他對明代文學思想資源的反思與整合提供了必要的條件。

萬曆三十七年，吴應箕始應童子試於南直隸句容，不售而歸。萬曆四十一年，應池陽郡臺試，補博士弟子。萬曆四十三年，始至金陵赴南都試，未入場而歸。萬曆四十六年，又至金陵應試，但榜揭不第，歸而益勵志於學。此後七試南都均不售。崇禎十四年，入太學。崇禎十五年，應試南都，榜揭置副榜，同榜中不少爲當時名士，如侯岐曾、李雯、宋徵輿、夏仲文等。

吴應箕雖然科場失意，但是文名甚藉。萬曆四十四年，吴應箕『以文謁奉常孝可先生，奉常見而稱絶。私謂所親，某當爲邑中獨超。』（樓山堂遺文卷二羅季先制藝序）天啓六年冬，『爲舍親王乾純授館』（樓山堂遺文卷五上龔按臺書）。後來又有劉城之子劉廷鑾、内弟李慜、内侄李時、族弟吴山賓、休寧吴聞禮兄弟、陳定生之子陳維崧等從其游，陳名夏也與其『居師友之間』（樓山堂集陳名夏序）。在當時，吴應箕以史論與策論聞名於世，張自烈稱贊他『自詩歌、書、序、傳、記外，尤長於策論，策論自立一家，類足以整亂匡治。』（樓山堂集張自烈序）然而更能引起我們注意的是，他是當時的選文名家。崇禎三年，吴應箕開始删選程墨。崇禎六年，張溥勸其删選科牘（樓山堂遺文卷四崇禎癸酉科牘序）。崇禎七年開始删選房牘，名始大（參見樓山堂集卷十七崇禎丁丑房牘序）。弟子劉廷鑾説：『先生以制藝矜式天下，士大夫之誦習剽竊、掇巍科高第者累累。』（樓山堂集劉廷鑾序）劉城説：『所點定經義，天下士子誦習之，故稱次尾先生甚著。』⑧黃宗羲也説：『復社國表四集爲其所選，故聲價愈高。嘗於西湖舟中，贊房書羅炌之文，次日杭人無不買之。坊人應手不給，即時重刻，其爲人所重如此。』⑨吳應箕的孫子吳銘道説：『復社之興大會於吳門者數，論次一時之文爲國表，一集、二集則諸君子共定，而三集至五集實先公獨主其事。』⑩查繼佐説：『有所點定古今書，後學得其筆墨，引以爲重。』⑪然而不僅士子將其科牘『奉之爲珪璧指南』，那些入選者也引之爲榮，『貴于凌高梯而被丹黻』（樓山堂遺文陳肇曾吳樓山先生遺集序），以致陳孝威致信吳應箕説：『足下主盟壇坫，須當痛懲流弊，克己求物，不以所能愧人，不以所不能憎人，則于世道名教，關係不淺。』⑫足見其文名之著，影響之大。他的詩『精於辨體，不襲古人，不趨時尚，眞朴澹老，惟自見其志與有益於聞者而止』（樓山堂集蘇垣後東遊草序），在復社中也別具一格。

從其作品看，可分爲三個時期。第一、二個時期以天啓六年秋至七年（一六二六年秋至一六二七年）中州之游爲界，前期的生活比較單純，主要是讀書、應考、交游，雖也有弔忠賦一類對名節頌揚的作品，但大多作品却是描寫自然風光和抒發壯志未酬之慨，如吁嗟行、昭君怨、湖心亭立秋、有感、立秋、婆護歌、邸中坐雨寄劉子湖心寺、杉山寺、杜湖、喬嗇曲、禿筆賦、丁太史亭成、賣榴者説、陶家山眺城外山水等。這次的中州之游他看到了『過眞陽郭外數十里所見事，言之令人酸楚……四十里中，一望皆黃茅白草』（樓山堂集卷十四眞陽驛與汝寧守王乾純先生書），田地荒蕪，民不聊生，與江南有較大的差距，這對吳應箕的感觸是深刻的，再加上他幾次應試的落榜和一六二七年崇禎帝繼位等重大政治事件，激發了他內心所具有的强烈的社會責任感，引發了他對社會的思考。之後，他參加的社會活動更爲廣泛，也更爲頻繁，并逐漸成爲當時著名的社會活動家。雖然這一時期他寫了大量文人之間的應酬唱和之作，但是也寫了一些不同於前期的作品，這些作品不僅反映社會的面要廣闊得多，對社會問題的思考也要深入得多，如渡江、蘇州行、敵臺行、練鄉勇、食土行、耕田苦、大旱歌、苦熱行、悲安慶、誦經行、南都社集、何以、和周仲馭十四哀、春興八首、之子、和州等詩篇，還寫了大量的史書、史論、策論和政論，如崇禎四年的江南弭盜賊議、江南平物價議，崇禎九年的擬進策十篇、兵事策十篇和時務策七篇，爲統治者出謀劃策。在與文人交往過程中，寫了大量的書序，特别是删選時文時寫的序，闡述了他的文學思想。劉城在丙丁詩序中就説：『次尾詩先有刻者不盡此，此其丙丁閒作。然次尾論詩之指亦近日始著。』（樓山堂集）陳肇曾又説：秋浦吴次尾先生『獨操選政，科牘盛行，又有説存乎其間』（樓山堂遺文吴樓山先生遺集序）。可以説，這一時期是他文學思想的成熟期。

第三個時期是崇禎十七年以後。是年三月十九日，崇禎皇帝自縊，明朝滅亡，由此引發了吴應箕的思考，寫下了漢光武中興論二篇、晉元帝中興論、唐肅宗中興論二篇、宋高宗中興論共六篇史論和原君、原相、原將、原用兵、原亂等政論，有很强的現實針對性，也直接啓發了黄宗羲的原君、原臣、置相等政論的寫作。

（二）廣交士子，主持清議

作爲社會活動家，吴應箕『喜游通都』㊂，交結天下名士。他除了與文人交往，還與當時的名公鉅卿有廣泛的交往。復社成立後，吳應箕逐漸成爲其領導者。『公卿皆視其藏否而以爲榮辱』㈣，在當時士林有較大的影響。

首先，與當時的士人有廣泛的交往。與上江人士的交往，主要集中於池州、桐城、宣城人士。有池州的劉城父子、李源常、羅尚忠、羅季先、王建和父子、孔貞運、鄭三俊、丁煜兄弟等，并培養和影響了一批家族成員，如『延陵七子』：吳應纂、吳應笋、吳應筌、吳廷干、吳履嘉、吳應篙、吳遇；有桐城的方以智父子、何芝岳、方文、孫臨、錢澄之、周岐、潘江、蔣臣、吳德操、左光斗的四個兒子等；有宣城的沈眉生兄弟、麻三衡、梅朗中、劉振、昝質等。而寓居南京，暢游吳越，則廣泛地結交當時名卿名士，在應考、搜文、交友的同時，也擴大了自己的影響。如周鑣、陳定生一家、顧杲、侯方域、冒襄、張溥、張宷、楊維斗、楊龍友、陳子龍、張自烈、陳名夏、羅萬藻、陳弘緒、黃道周、黃宗羲、吳易、范景文、錢禧、黃淳耀、梅惠連、韓姬命、余懷、周勒卣等。吳應箕不僅與一般的文士交往，還與當時有影響力的官員，如孔貞運、鄭三俊、何如寵、陳于廷、范景文、錢禧、方震孺、金楚畹、馮元飈等保持着密切的關係。

其次，他的交往以社團爲依托，使其逐漸成爲復社領袖。洪亮吉嘉慶涇縣志卷十八人物文苑萬應隆傳記載，萬曆四十八年，萬應隆與貴池吳應箕、宣城沈壽民、蕪湖沈士柱、宣城梅朗中等人組織上江地區的文會——南社。據朱倓明季社黨研究南應社考：『南社共十六人，舉其姓名者有十二人。』朱倓還説後來南社十六子均入應社㈤。陸世儀復社紀略卷一説道：『先是貴池吳次尾應箕與吳門徐君和鳴時合七郡十三子之文爲匡社，行世已久。』㈥匡社成立在應社之前，後合於應社。何宗美認爲：『匡社的興起奠定了南直文社的基本地位。「合七郡十三子之文」刊布於世，產生了廣泛的影響」㊆。崇禎二年，復社成立，應社并入其中，吴應箕成爲復社的骨幹。崇禎三年，與同里劉城始舉國門廣業社，與復社相表裏，每逢秋試之期舉行社集，三年一期，每次活動均能如期舉行，再加上後來有冒襄、陳定生、方以智、楊龍友等復社名人加入，影響不斷擴大，成爲復社後期主要的社事活動，也主導了復社的活動，是復社的靈魂，吴應箕也因此成爲復社的領袖。崇禎六年以後，復社發展進入了艱難時期，主要是温體仁爲首輔之時，不擇手段地攻訐和打擊復社，復社由此卷入政治鬭争。當時政治形勢極爲複雜，閹黨餘孽阮大鋮又在南京組織羣社，四處活動，以圖政治上東山再起，政治上暗流洶涌。所以不少復社成員以社事爲諱。崇禎九年夏，又逢國門廣業社舉社集，姚瀚『獨於憂疑滿腹、讒口方張之日，大聚吾徒而盟之』，并復裒諸聚者之文而刻之，吴應箕爲此寫下國門廣業序，序曰：『吾黨所先者，道也；所急者，誼也；所講求者，異日之風烈事功；所借以通氣類者，此文藝；而假以宣彼我之懷者，此觴聚也。今天子聖明，深以儒效不彰，疑科舉士爲無用，吾黨思所以仰副當宁之意，以閒執讒慝之口者，則舉視此聚耳，何畏哉！』（樓山堂集卷十七）彰顯了無畏的反抗精神，對復社諸子的反抗鬭争無疑有激勵作用，也爲後來的反阮鬭争做了思想上的準備。崇禎十一年夏，吴應箕與顧杲、陳定生商議集合復社諸子，謀逐阮大鋮，并草擬留都防亂公揭，但是當時的吴中士子不願列名揭中，分歧較大，爲統一復社諸生的意見，他還寫了與友人論留都防亂公揭書（參見樓山堂集卷十五）。第二年有一百四十餘名復社成員簽名的留都防亂公揭終於公之於世，使阮大鋮在以後的一段時間裏奄奄氣盡。這在當時不僅是一種壯舉，也是復社史上的光輝一頁，有着深遠的意義。吴應箕之名也因之而大噪，之後其在復社中的影響越來越大，也越來越受到時人的尊重，所以陳維崧説：『秋浦吴先生則主持清議於南中，一時名士……無不雲集石城，府君顧盼其間，自大司馬范公、司業周公以下，皆虚左引重之。』[18]余懷又在嶧桐集序中説：『己庚之際，人物聚於留都……莫不推兩先生（按：指吴應箕、劉城）爲祭酒。』[19]朱彝尊静志居詩話載：『羣彦胥來，大會於吴郡，舉凡應社、匡社、幾社、聞社、南社、則社、席社，盡合於復社。論其文爲國表。雖太倉二張主之，實引次尾、扶九相助。』[20]秦瀛在復社姓氏録序中説：『復社者，太倉張天如溥、吴縣楊廷樞維斗、貴池吴應箕次尾、吾邑顧子方杲爲之魁』[21]。吴景賢認爲：『二張之中，張溥固爲復社之發起人，而張寀不過僅爲復社所刊的國表作過一次序文，并爲倡導人物之一罷了，若就實際而言，與社中發生的關繫，實仍不如次尾諸人之深切。』[22]可見，他是復社的實際領導者之一，其名聲、號召力以及在復社與魏忠賢閹黨餘孽鬬争中磨煉出來的政治敏感性，即便是有些復社巨子也不能望其項背。

（三）組建復社，復興古學

陸世儀復社紀略卷一云：『期與四方多士共興復古學，將使異日者務爲有用，因名曰復社。』[23]由此可知，『興復古學』、『務爲有用』乃復社的立社宗旨。復社作爲一個文學社團，它主要是通過選文的方式來實現這一宗旨，爲此復社共刊行國表五集。就吴應箕在這一過程中的作用，吴銘道在復社姓氏補録敍略中説得很清楚：『昔復社之興大會於吴門者數，論次一時之文爲國表，一集、二集則諸君子共定，而三集至五集實先公獨主其事。」[24]除此之外，吳應箕在自己的著作中還從以下幾個方面來豐富和發展這一宗旨：

第一，從政治思想上看，吳應箕追求風烈事功，倡導經世致用。在『風烈』方面，吳應箕倡導忠君愛國，崇尚節義，他一方面以自己的實際行動忠實地踐履這一追求，另一方面爲忠烈立傳，如楊漣傳、左光斗傳、陳中湛傳、熹朝忠節死臣列傳等，還寫了大量的詩篇和書序來弘揚名節道義。甲申六月，他寫下了公討從賊逆臣檄，痛斥從賊逆臣『負朝廷、羞先聖、恥辱儒生』的行徑，激發士人以死抗賊的忠心。在『事功』方面，因未科舉入仕，只能著書立言。吳應箕對政治有着廣泛而深入的思考，一方面對當時存在的種種弊端進行了深刻的批判，如偶記，對楊嗣昌誦經驅蝗進行批評：『據此則楊直一痴騃不明理之人，如此而尚望其殺賊成功乎？一時郡縣遂相率欺誑，又何怪楊之誕罔也。疏中且有「蝗死，賊豈復活」之言，直令人讀而掩口耳。』[25]誦經行亦云：『受戒嘗爲聚衆資，焚香偏使愚人惑。或言劫火當盡燒，或稱再降有彌勒。勝國昔年起無爲，豈知後來兆鼎革？近日山東來白蓮，掃除大費師武力。乃知作賊多誦經，未聞誦經可殺賊……不言兵法言佛法……此舉豈不隳軍實？若使賊聞必大笑，空王何處行誅殛？』（樓山堂集卷二十三）更是對佛教危害與虛妄進行深刻的痛斥。另一方面，針對現實政治中存在的重大問題，寫下了大量的策論與政論，提出了許多切實可行的解決方法，如擬進策、時務策、兵事策、募立社倉議、江南汰胥役議、與徐令公論流賊防守書、再與徐令公論流賊防守書等。正如張憲博所説『吳應箕對政治體制的思考及其大膽批判，對日後啓蒙思潮的形成具有積極的推動意義』[26]。

第二，從學術思想上看，吳應箕提倡『廿一史者，六經之梯也，雖未能由源及流，而溯流以窮源，此或亦讀書之法』的治學路徑，是當時實學思潮在學術方法上的落實。黄宗羲後來也表達了相同的觀點：『學必源本於經術，而後不爲蹈虚，必證明於史籍，而後足以應務，元元本本，可據可依。』㉗吳應箕正是循此之路，肆力於史，并由史通經而求經世致用的有實際的治世之才，不同於那些不通世務而高言經世的文人。正如劉城在上池州郡守石公舉吳次尾以自代書中力薦吳次尾以代他入朝時贊曰：『謀君國之事，剖析利弊之由，畫地指天，絲連繩貫……錢穀刑名、簿書期會之事，觸之直迎刃而解爾。』㉘他所寫的洋洋灑灑的五十九篇史論和五篇史辯，其立論有很强的現實針對性，其史學成就在復社諸子中是非常突出的。陳維崧在錢磻日史論序中對其進行了肯定：『先是貴池吳先生、太倉張先生俱有史論。吳先生意氣雄偉，倜儻非常，所著樓山堂史論，高文老識，成一家言，有極筆之嘆矣。』㉙

第三，從文學思想上看，吳應箕强調文學『裨益治教』、『資於勸懲』的政治功能，摒棄門户之見，在復古通變的文學史觀的基礎上，有效地整合以往的文學思想資源，與錢謙益、陳子龍、吳偉業等東林復社諸子一樣，提出了『性情』、『學問』與『世』（或時事）相結合的文學創作論，但他又有着自己富有個性的理論闡釋，豐富和深化了復社的性情詩學和經世詩學，特别是他融通古今文之長，建立起了『理體』説的理論框架，在文學理論史上有着獨特的理論價值和深遠的影響。從某種意義上説，他的文學思想也是對復社立社宗旨的具體化，或是對復社立社宗旨個性化的理論闡釋。

癸酉（一六三三），吳應箕『苦屢試罷第，因浩然有閉廬著書之志』（樓山堂集卷十八暫園記），發揚復社思想。他進行廣泛的社會交往，又操持選政，『公卿皆視其臧否而以爲榮辱』，爲其思想的傳播帶來了許多便利。其實他忠實地實踐復社思想所體現出來的人格精神，對其思想的傳播也起了十分重要的作用。如阮大鋮被弘光政權起用後，對復社進行報復，便先拿周鑣和雷縯祚開刀，吴應箕聞二人下獄，冒着危險入獄探視，并設法謀救，這在當時被傳爲美談，他也愈益受到時人的尊重。這既是對復社思想的具體貫徹執行，也是對復社思想的有力張揚和宣傳。

（四）舉兵抗清，舍生倡義

弘光乙酉五月，揚州失守，史可法殉節，弘光帝出逃，弘光政權覆滅，忠義者紛紛舉義旗抗清。吴應箕説：『吾有以自見矣。署謝詩於壁曰：韓亡子房奮，秦帝魯連恥。』㊂在與劉輿父札中又説：『僕生平懷抱不得一吐，今破家舉事，始副本懷。』（樓山堂遺文卷六）於是帥義兒門徒，糾合拳勇，與其曹舉起義旗，攻郡城不克，同事者逃遁，然而吴應箕獨招募士兵，訓練兵勇，接連收復建德、東流縣，名聲甚著。當時歙州金聲首倡義兵以勤王，擢都御史，吴應箕與之相呼應，奉唐王正朔，被署池州推官，監紀軍事。後因寡不敵衆，兵敗被擒，『妻烈投崖，女幼棄路』（樓山堂遺文卷六又與族衆札），自己也不屈而死。劉城云：『詠稱署池州府推官，監紀軍事，從公志也，何從乎志？公不昌義即不受此署，不受此署即不死。其死也以其署軍事也，其署軍事以其義也。志乎義，卒乎死，故曰從公志。』㊂吴應箕犧牲後，劉城、陳定生、侯方域、冒襄、張岱、查繼佐等先後爲之作傳，記載其事，旌表其節，後人敬其氣節、才學，也在相傳其犧牲之處立碑紀念㊂。

本書包括樓山堂集二十七卷，樓山堂遺文六卷附遺詩一卷，凡三十四卷。

本次整理以光緒戊申劉世珩編纂的貴池先哲遺書所收録的樓山堂集二十七卷與續修四庫全書收録的清刻本樓山堂遺文六卷附遺詩一卷爲底本。

樓山堂集二十七卷本，主要有續修四庫全書所收録的清刻本樓山堂集（簡稱續修本）、四庫禁燬書叢刊收録的清刻本樓山堂集（簡稱禁燬本）、伍崇曜粤雅堂叢書收録的樓山堂集、夏燮永寧官廨樓山堂遺書本樓山堂集、劉世珩貴池先哲遺書收録的樓山堂集等版本。暫園本樓山堂集雖僅有二十六卷（簡稱暫園本），但續修本與禁燬本『鋟版將竣，始求得此册，補編於後』的第二十七卷所收録的二十二首詩，在暫園本中分别收入了卷二十二（十首）、卷二十四（二首）、卷二十五（三首）、卷二十六（七首）中，所以暫園本與二十七卷本没有本質上的差别。

暫園本，安徽省圖書館藏。九行二十二字，白口，左右雙邊。封面鎸『貴池吴次尾先生著　樓山堂集　暫園藏本』。目録之前有周鑣、張自烈、侯方域、劉廷鑾序，有周鑣吴次尾策序、陳名夏序、蘇垣後東遊草序、劉城丙丁詩序、陳子龍吴次尾己卯詩序、周鑣吴顧唱和集序，還有明史本傳、南疆繹史本傳、劉城吴次尾先生傳、樓山堂集參訂姓名録、李時跋。卷端題『貴池吴應箕著　芑山張自烈訂』。李時的跋文交代了版本的形成過程，由張自烈倡議與手訂，起於順治癸巳，成於順治戊戌，據吴應箕的兒子吴孟堅刻樓山堂遺文序，康熙丙寅之前樓山堂集二十七卷已刻，由此，李時所跋的樓山堂集原本應是最早的二十七卷本。然而暂園本收録了雍正年間成書的明史吴應箕傳，違礙字句已爲空闕，原『鋟版將竣，始求得此册，補編於後』的第二十七卷已按詩體分别編入各卷中，可見暂園本已非原刊本。又，卷十五、卷十六版心有損燬，有一二行字已不見。不過，與上述其它版本相比，此版本來源比較清楚，又是家刻本（暂園爲吴應箕在家鄉閉户著書之所），詩文題下標注的寫作時間比續修本、禁燬本至少要多出八十八條，所以此本當是最好的参校本。

續修本是據北京圖書館藏清刻本影印的。頁十行二十二字，白口，左右雙邊。封面鐫『吴次尾先生著　樓山堂集　本衙藏本』。目録之前有明史稿（康熙四十一年）與序文，序文的篇目及其順序與暂園本相同。卷端題『貴池吴應箕著』。此本没有明史本傳、南疆繹史本傳、劉城吴次尾先生傳、樓山堂集参訂姓名録、李時跋。此本違礙字句已被挖削，但刻印較好，字迹清楚。綜上，此本的刻印時間應在康熙四十一年之後、乾隆禁燬之前。

禁燬本是據中國科學院圖書館藏清刻本影印的。頁十行二十二字，白口，左右雙邊。序文篇目與暂園本相同，但將侯方域的序文排在序文的第一篇，版心頁碼是單獨排序號的，後面的序文又重新編製了頁碼序號。此本也没有明史本傳、南疆繹史本傳、劉城吴次尾先生傳、樓山堂集参訂姓名録、李時跋。目録只標卷内文體類别，未標詩文篇目。卷端題『貴池吴應箕著』。不同於暂園本、續修本將風雅體、樂府排在第二十卷，此本將它們排在卷二十一。此本違礙字句以□替代，如卷十策四中一行二十二字竟有十九個□，全篇有六十二個□。由此推測，此本當是乾隆禁燬之後的重刊本。據劉世珩的跋文，此本始刻於光緒辛丑，重編於光緒戊申，合乾坤正氣集本、粤雅堂本、永寧官廨本、逢原齋活字本、十行二十一字刻本、王用賓光緒庚辰本凡六種版本詳加校定而成。目録前除了有暫園本中所録序文外，還有朱舲重刻樓山堂集序、朱欒書熹朝忠節死臣列傳、朱舲書夏燮校證兩朝剥復録後、閻爾梅讀樓山堂遺稿有感二首四題，卷末有李時、朱彝尊、伍崇曜、朱舲、王用賓、劉世珩的跋。序跋豐富，篇目完備，刻印精美，所以本次整理即以貴池先哲遺書收録的樓山堂集光緒戊申刻本爲底本，並以劉氏未參用的暫園本、續修本和禁燬本作爲參校本。

樓山堂遺文與遺詩目前所能見到的僅有續修四庫全書收録的清刻本。此刻本没有目録。遺文正文前有吴孟堅刻樓山堂遺文序、陳肇曾吴樓山先生遺集序和繆肇甲樓山堂遺文小引。遺詩正文前有王仕雲樓山堂遺詩題詞、許承欽吴樓山先生癸未遺詩序和沈喬生樓山堂遺詩小引。此刻本未按文體分卷，爲保持原貌，不作調整，以原來之順序校點排印。

本書在整理出版過程中，安徽師範大學王世華教授、胡傳志教授爲申報資助撰寫了推薦意見書，給予了我極大的支持與鼓勵；安徽大學周中明教授、安徽省古籍辦彭君華主任在審稿時，提出了非常寶貴的意見與建議；安徽省古籍辦李媛老師在編輯時，也提出了十分中肯的修改意見；池州學院的同仁也給予熱情的鼓勵：對於他們的鼓勵、支持與幫助，在此謹表達我最誠摯的感謝。

在整理過程中，本人雖傾盡全力，但才疏學淺，書中難免存在錯訛與不妥之處，懇請各位讀者與專家鑒諒與指正。

章建文

二〇一六年十月於池州學院

注釋

㊀ 參見清郎遂杏花村志卷五與李原常孝廉小飲杏花村注，清康熙乙丑刻本。

㊁ 參見清夏燮忠節吳次尾先生年譜附遺事，續修四庫全書第五五三册，上海古籍出版社二〇〇二年版。

㊂ 明吳應箕讀書止觀録，黄山書社一九八五年排印本。

㊃ 明劉城嶧桐文集卷十吳次尾先生傳，貴池先哲遺書本。

㊄ 明劉城嶧桐文集卷十吳次尾先生傳。

㊅ 光緒貴池縣志卷二十六人物志載：『丁旦，字惟寅，貴池人……聞同里李呈祥賢，師事之。學既通，更從鄒守益、王畿、錢德洪、歐陽德諸君子遊，以私淑王守仁，轉相教授。』

㊆ 明劉城嶧桐文集卷十吳次尾先生傳。

㊇ 明劉城嶧桐文集卷十吳次尾先生傳。

㊈ 清黄宗羲黄宗羲全集第一册，浙江古籍出版社一九八五年版。

⑩ 清吴銘道秋浦雙忠録卷三十三復社姓氏補録，貴池先哲遺書本。

⑪ 清查繼佐國壽録卷二諸生吴子傳，中華書局一九五九年版。

⑫ 明陳孝威壺山集卷三與吴次尾，四庫禁燬書叢刊集部第七二册，北京出版社一九九七年版。

⑬ 明劉城嶧桐文集卷十吴次尾先生傳。

⑭ 清徐秉義明末忠烈紀實，浙江古籍出版社一九八七年版。

⑮ 朱倓明季社黨研究，商務印書館一九四五年版。

⑯ 清陸世儀復社紀略，程演生等主編東林本末，神州國光社一九三七年第三版。

⑰ 何宗美明末清初文人結社研究，南開大學出版社二〇〇三年版。

⑱ 清夏燮忠節吴次尾先生年譜附遺事，續修四庫全書第五五三册，上海古籍出版社二〇〇二年版。

⑲ 明劉城嶧桐文集卷首，貴池先哲遺書本。

⑳ 清朱彝尊静志居詩話卷二十一，人民文學出版社一九九〇年版。

㉑ 吴拯寰等譯清文觀止，岳麓書社二〇〇四年版。

㉒ 吴景賢復社名流吴應箕，學風第六卷第三期（一九三六年）。

㉓ 清陸世儀復社紀略。

㉔ 清吴銘道秋浦雙忠録卷三十三復社姓氏補録。

㉕ 明沈壽民閑道録卷十二，見四庫全書存目叢書子部第一五册，齊魯書社一九九五年版。

㉖ 張憲博吴應箕實政思想略論，安徽史學二〇〇七年第一期。

㉗清全祖望結埼亭集外編卷十六甬上證人書院記，四部叢刊初編本。

㉘明劉城嶧桐文集卷六。

㉙參見清夏燮忠節吳次尾先生年譜附遺事。

㉚明劉城嶧桐文集卷十吳次尾先生傳。

㉛明劉城嶧桐文集卷十署池州推官監紀軍事吳公誄。

㉜關於吳應箕之死，說法有三：一是兵敗被執，不願投降，慷慨就義。夏燮忠節吳次尾先生年譜：『按明史謂先生敗走山中，被獲，慷慨就死。證之伯宗撰先生本傳幷計氏南略、冒氏序，詳略不同，其從容就義可想見也。』這一說法採用者多。劉城雖是吳應箕好友，但在那個兵亂的年代，劉城也衹是聽說其死訊，其嶧桐文集卷十署池州府推官監紀軍事吳公誄中說：『吳次尾既就義之明年，余乃爲之傳。又明年，復追誄之。』再加上清初的遺民們由於自己衹能以不合作的方式反清，於是常將自己心中的理想附於這些抗清英雄身上，甚至將其神化。二是南雷學案所記：『大敗於石灰沖，自刎而死……友人商城侯方域葬之於許昌城南三里許。』而侯氏在祭吳次尾文中說：『余向聞君死，嘗就梁園爲位，南望而祭，然不欲爲文者，以未悉授命時本末，恐萬一亂眞，失吾次尾。』可見黄嗣艾的說法不可信。三是毛九華順治二年十一月揭帖安徽各地抗清情形云：『池州府所轄六縣，本年四五月間已被左兵攻焚擄掠，在在空城，惟余貴池一縣止於焚毁四關。七月内，有原任本府推官朱盛濃者，當英王臨府時未順逃走。後見大兵北上，又兼雉發之舉，即蠱惑鄉愚，僞稱監軍道，統兵詐稱十萬，結寨石埭縣七里地方，攻破青陽，擄知縣吳璠，殺典史林紹臺；破石埭，擄典史趙運泰，徑逼府城。而本府劣監吳應箕附之。幸而本府推官彭清典率文武官紳，齊力防禦，得保危城，以待救兵。二賊又破建德，擄知縣吳伯倫；破東流，縛典史鮑鯨鰲。幸豫王令旨，八月初五日，

命總兵于永綬鎮守池州，合兵攻克白洋等數寨。至七都寨，賊統徽州黟縣、涇縣、太平縣、石埭縣，三十六天罡，環山如蟻。于總兵奮臂一呼，各將齊進，殺賊甚多。知府馬弘長身被二槍。朱盛濃削髮爲僧逃去。恢復石青二縣，查皆空縣，鷄犬無聞。弘長、永綬出示招撫，始漸回還。其吴應箕猶招兵未服。十月十三日池太道協同于永綬差參將王肇基等統兵進剿，四處斷其歸路，至梅坑、溝田等處，應箕敗據乘頂山，衆兵擒獲，傷重身死。傳旨奏捷，恢復建東二縣，此池州情形。」（清代農民戰爭史資料選編第一册上，中國人民大學出版社一九八四年版）此爲官方公文，應最爲可信。顧誠南明史也採用此説。

樓山堂集

序

周鑣

明禮樂文章遠軼往代，而史獨廢缺，僅有實録，此天子事，非一家一人事矣。其所録必及臣民，而其名曰『某帝實録』，猶臣民之有銘、傳、表、誄也，人臣而銘、傳、表、誄其君，可用刺乎？録及臣民，可盡用褒乎？甚或載筆之人閒多曲佞，死難者謂其乞哀，戡亂者謂其助逆，清議所病，固非一端。獨如神宗朝四十八年，其大者，始争國本，晚争三案，諸疏恆芟削不詳，他小人邪説傾翻，則連章累牘書之。其次者，鄒南臯先生論張江陵奪情，江陵敗，先生除給事，既又以言事被謫，諸疏亦不盡載，諸小人之攻之者則又連累書之。凡此皆其近且著者也，而紊倒反錯如此。嗟乎！豈非仁人君子所重痛，後世有識者所深譏哉？

江上吴子次尾有憂之，每抵掌時政，奮髯垂涕，悲憤交作，三年，以其所作詩文若干卷視周子曰：『古之君子得志，則以其所行者紀載之，不得志，則以其所見者著明之，此余是編所由成也。而余詩多感歎〔一〕，忤忌抵諱，罪尤大矣，可奈何？』周子受而卒業，曰：『嗚呼！此非吴氏子之言，而史氏家言也。』王仲淹曰：『仲尼述史者三焉，書、詩、春秋是也。』孟子曰：『王者之迹熄而詩亡，詩亡然後春秋作。』然則詩不亡則春秋可無作，而史耑求之三百篇止矣。古先王巡狩，命太史陳詩以觀民風；列國大夫相聘問，稱詩諭志。季札使魯，觀六代之樂，大氏工歌詩也，而治亂興衰之迹具焉。仲尼而後，巡狩之禮不講，詩無復采，而史之體漸與書、春秋遠矣。先民有言，詩亡而詩在楚，蓋言屈氏也。屈氏，楚宗臣，疾讒諂之蔽明，怨邪曲之害公，憂愁幽思而作離騷。讀其詞，知南風之不競也。令屈氏生當仲尼時，仲尼采楚詩無踰此者，故騷非屈氏之書，而楚之史也。余觀次尾諸詩，其屈氏遺意與！次尾之論、説與策、記之爲史也，猶夫春秋與書之爲史，其史易見；次尾之詩，猶夫騷之爲史也，其史隱深，未易明矣。

昔辛伯諗周桓公，並后、匹嫡、兩政、耦國，亂之本也，而晉狐突引之。管仲有言，畏威如疾，從懷如流，見懷思威，而齊姜引之。相距遠者，僅三十許年，輒相傳誦不能忘，況在千百世下，遠而益尊，久而益烈者哉？後之人或有紹明仲尼、屈氏之業，使知仲淹之言，詩與書、春秋爲史一也，則是編曷可已哉？雖然，吴子行矣，天子明聖，旦暮得志，即以今所著者徵之實事，請修舉國史，補三百年缺失，吴氏之史姑充家乘，藏名山，勿出可也。

金沙周鑣譔。

序

張自烈

吴子傷世莫知，哀其詩、古文板行於世，以書屬張子序。張子喟然曰：『十五國稱吴子衆矣，譏亦有之，有能深知吴子者哉？知之而忘乎稱與譏，日相勉以幾於道，數人而已，張子其一也。』張子少無交黨，恥競華名，與時落落，而交吴子甚暱，然不阿，以故知吴子益深。嗟乎！吴子何如人哉？

吴子通儻，饒智略，讀古人書務適用，晝利害若指掌，遇事物感發危言深論，往往屈其座人，其大指原本忠孝名節，聞者壯之。性不屑細謹，痛當世苟且拱默，時有所風刺，雖嘗以此見望，抗憤自若也。諸所撰著，不規規蹈古，率出入古法度。久而自衡稱其文，益自喜，或譽過其實，吴子弗荅，左右顧。嘗質余，余不無去取軒輊，而吴子以爲知言。自詩歌、書、序、傳、記外，尤長於策論，策論自立一家，類足以整亂匡治。余讀而太息者數矣，蓋惜其不施諸行事，徒寓之文辭如此。吴子謂余曰：『彼房琯、樊英誤天下豈朝夕哉？甄善疾非，面引廷諍，上不負天子，下不負所學，我優爲之。』或曰：『空言耳。』余曰：『非也。世曷嘗用吴子哉？藉世用吴子，吴子出爲世用，身任天下事，而吴子寡所著見，視鄙所自云爾刺謬甚，乃始詰之曰果空言也。吴子捫舌退，奈何羈騏驥之足？坐曰此非能千里者，而謂騏驥過耶！』

以余觀吴子之人、之文，大都似昔陳同甫。其究也，不幸膺患難，宜頡頏平原、睢陽間，非苟然者。然同甫上書孝宗，天下稱之，不可謂不遇。睢陽、平原功不稱志，以忠節聞後世，挾持素裕如吴子，鬱抑不自遂，不早受知君相，徒詩文喻意，誠哉其足傷也已！雖然，今天下益蠱壞，患不能爲，不患不我用。吴子守貞處順，以素所交勉者盡其道，而尤智勇深沈，不概取憫時病俗之意，見之於詩文，世即不能用吴子，吴子可無憾，又況吴子終當見用於世也哉！彼稱譏紛紛，惡知吴子哉！

吴子，字次尾，名應箕，方著書未艾云。

崇禎十二年正月既望，芑山張自烈序。

序

侯方域

樓山堂遺集者，亡友貴池吴子之所作也。其死時，文章散佚，而當路大臣又曾上露布，著以『殷頑』之目，以此見者皆以爲諱，甚至其片言隻字毀滅之恐後。嗚呼！使其言而可毀，則采薇之歌、『狡童』之怨，必且不傳也久矣！有人於此，見日星之光而欲掩之，見河嶽之流且峙而欲塞之、摧之，有是理乎？余固知其必無也。

壬辰來陽羡，陳子果出其所藏樓山遺集，完好如初。陳子謂余曰：『自經喪亂以來，陽羡之田，先少保公之賜鏹，皆不可問，獨守此集以報亡友。即有同志欲假而觀之，亦不肯與。』嗚呼！彼成周盛時，殷頑在洛。今觀多士、大誥諸篇，爲徒衆矣，然曾無一人如陳子者，和采薇而哀『狡童』，吾又不知今古人果誰不相及也？抑豈樓山之文或又以遠過於前人耶？

余交吴子，歲在己卯，今已十五年。其文集皆前己卯作者，蓋三十餘年矣。當明神宗時，天下太平無事，而樓山集多憂危之言，何其早見也！迨其後天狼墉鼠，禍機將發，大臣將相又皆畏罪持禄，不爲補救，甚且不惜以其身爲餌，余則嘗見吴子張目奮袂而言之，禍福利害一不少動。蓋其素志之定也審矣，又何難於江上之死哉！

吳子嘗云：『文章自韓歐蘇没後，幾失其傳，吾之文足起而續之。』余時方汩没於六朝，不知其善，亦不取視也；今知之，欲與之言，而吳子死久矣！雖然，以吳子之文求吳子，余雖始不知之而卒知之，恐天下之始終不知之者亦已多矣！以吳子之人求吳子之文，即五尺之童豈有不辨日星？即越裳之重譯，豈有不望氣而問指南，一識夫河與嶽哉？

昔韓、歐、蘇之三公者，皆能守道，不隨於時，亦嘗遭貶謫彈射，然固未嘗斷頸絶脰以殉之也，而當世見其片言隻字皆愛重之不衰。設以若韓、若歐、若蘇而且以大義斷頸絶脰而死，則當世之愛而重之，後世之憑而弔之者，又何如也？嗚呼！可以知樓山矣。

雪苑侯方域題。

序

劉廷鑾

韓昌黎以文章起八代之衰，而蘇子頌其碑曰：『自東漢以來，道喪文弊，異端並起，歷唐貞觀、開元之盛，輔以房、杜、姚、宋而不能救，獨韓文公起布衣，談笑而麾之，天下靡然從公，復歸於正。』歐陽永叔以文章振五季之陋，而蘇子序其集曰：『自歐陽子出，天下爭自濯磨，以通經學古爲高，以救時行道爲賢，以犯顔納諫爲忠。長育成就，至嘉祐末，號稱多事〔一〕，歐陽子之功爲多。』夫後世之言文者莫不宗師韓歐，而必折中於蘇子之論，豈非以其美而不誣也哉？以今視之，韓自原道、原性、師説、表狀而下，歐自正統、朋黨、春秋、本論、童子問、諸疏議而下，不過贈答、詠吟、應酬之作耳，安見其爲房、杜、姚、宋之所不能爲而功加於當代耶？獨觀長慶、嘉祐以後，學士誦法昌黎、永叔不衰，然後知文章匪易易耳。

吾師次尾先生崛起秋浦，年二十，抗顔高論，聞者亡智愚皆舌撟而不能下。及壯，交遊偏海内，諸公卿争欲望見顔色，所至載刺盈車，而先生傲焉弗顧。於制藝外，發憤爲古文，上陳王霸大略，下該近今之務，他人揣摩十數年淹留而未就者，先生直以不慮得之；他人囁嚅躊躕，首鼠而不敢盡者，或乃銜口出之，雖觸忌諱、犯勢家而不辭也。其論古必援經傳，未嘗有憑臆之言；其叙事以傳後信今，未嘗有誣諛之説；其策、議、書、牘皆所爲審時勢、畫治安、正風俗，未嘗以捭闔短長厠其閒；詩歌、雜著則又自勒一家。於是好者習而尊之曰：吴子，今之韓歐也。正嘉以還，道在斯矣。邇者天下多事，彊武之臣，明察之吏，亡補國家豪末，而魁閎骨鯁，伸士氣於萬分一者，必出吾黨聲氣中，孰爲之倡？孰爲之和？文章之功不可泯也，先生即不爲韓歐得乎？

一日，諸弟子旅進曰：『先生以制藝矜式天下，士大夫之誦習剽竊、掇巍科高第者纍纍，獨古文辭尚多祕録，又散弗聚也。昔元次山、皮襲美連不得志於有司，輯所撰曰文編、曰文藪以示知己者，書至今傳。先生二十年著述已數十萬言，吾屬私識而布之，何爲不可？』先生曰：『然。』然余亦猶是贈答、詠吟、應酬之作也，奚足壽之金石？』於是諸弟子從他所搜其散逸，刊樓山堂一集，其别纂國朝紀事本末、庚辛壬癸録、讀書鑑、續觚不觚録、友鑑、拾薪諸書不與焉。諸公既先後爲之序，又使鑾校讎，叙録如左云。

崇禎十二年孟夏月朔，同邑門人劉廷鑾謹拜書。

策序

周鑣

昔鄭惟忠問劉知幾：自古文士多，才士少。士而無才，猶愚賈囊金不能貨殖，規繩具而拙工不知所操也。余既序次尾之論矣，再讀所爲策，豈非才也歟？本於理，無穿僻；命於意，無隱艱；深於氣，無佻散；媚於辭，無蔓畫。平子淹通，士衡矜重，可謂兼之。而其抵掌世務，策古今成敗，衡人事得失，若田更課農，長年三老論水，不迷事實；若南冠操南音，不忘土風；若輪扁談輪斲輪，不離本業：如是而以才士盡之，非次尾也。

才如曹子建，表求自試，以爲『禽息烏視，終於白首』，乞辭遠遊，載武弁，解朱組，佩青紱，執鞭珥筆侍從，華蓋輦轂，西屬大將軍當一隊，東屬大司馬統偏舟之任。既不獲願，惆悵無歡，甫四十而殁。余意子建當鼎足之代，立忌主之朝，即見試用，必不能追阿翁、埒子桓，或不爲楊修、丁儀之續，幾希矣。方今多故，明主求賢，次尾入而列講幄，補諫官，必能舉秕政，指佞臣；出而備疆土，必能北禦虜，中禦寇，圖得當報天子。子建所不足者，次尾優爲之，如徒曰才士，則世期吴子，吴子自期，交失矣。

金沙周鑣序。

制藝序

陳名夏

余觀吴子次尾之制藝也，摹符已久，放遠采辭。老儒俊少，談文事，相娱樂，而次尾實居師友之間，交遊文物，照耀江左，可謂盛矣。及其縱横論議，馳騁古學，龍驤虎視，劃然厲變，上規下逮，考擊隱陋，有所悱惻。傚擬時事，友朋識其言，如持輪萬貨立於四達之衢，未嘗有皇皇不給之憂，而後之驗之，百不失一。故次尾用卒自憤，明著於篇。余竊自惟，隱約著書，志有所思，或當不在作者之下，閒有諷世之言，然一遇次尾，噤不敢發，余畏次尾何如哉？

吾友劉伯宗，天下士也，會一時鄉邦鉅公知其賢，力薦之於朝。伯宗舉次尾自代，其書有云不及者數事。天下方望伯宗一出以爲瑞，乃伯宗猶善避次尾如此，況乎敵以下哉？雖然，次尾亦將出而仕矣。

言者，心之聲也。天下士同心也，士而仕者，亦同心也。詩云『中心藏之，何日忘之』，憂之至也。王子淵曰：『虎嘯而風冽，龍興而致雲。蟋蟀俟秋吟，蜉蝣出以陰。』言其有感必有應也。次尾徒以文詞勝人乎哉？

瀨水陳名夏撰。

後東遊草序

蘇　垣

吴越，天下佳麗之地也，無川陸險阻，所至可樂，故其士民多蒔花種樹，壘石穿沼，遊宴歌詠，以適歲時，非大故則不絶簫鼓之聲，亦其風俗致然矣。今年，吴次尾自秋歷冬皆遊彼中，有所感發，輒形於詩。其篇雖不多，要皆有爲而作。

余聞吴越之士多能詩，至考其賦詩之志，近於古昔則又無焉。其在正嘉時，能於詩中寓憂世憫俗之旨者，惟孫太初一人。然太初故關中人，而遊於吴越，豈其地士民獨有天幸？外無寇盜之警，内無衣食之虞，而又遭世太平，求所云良士瞿瞿者，蓋皆逐於安樂而共忘之耶！乃一二遊士則反當其佳麗之勝，怵然心目，見於詩詠，如太初者流不乏，斯又何耶？次尾負用世之略，將旦夕有所發攄，與太初之終於遊者不可同日語。而其憂則深以遠矣，其爲詩精於辨體，不襲古人，不趨時尚，眞朴澹老，惟自見其志與有益於聞者而止，且又行起而任其所憂，故其詩尤不可及也。刻成，命曰後東遊草。蓋歲在辛未，次尾遊吴越先有詩行於世云。

崇禎七年〔三〕，新建蘇垣撰。

丙丁詩序

劉　城

次尾詩先有刻者不盡此，此其丙丁間作。然次尾論詩之指亦近日始著云。其言曰：『詩、古文辭，其義一也。古文之道，惟樸與堅。斯其至者，詩何必不然？且詩本性情，述志意，心口相傳，宜無他假者，而以諧聲傳韻，財取成章，已不能不在離合間，況復資之掇拾、專尚華靡哉？其失也僞，是謂無詩。吾生平不爲擬古，强笑不歡，非中懷所達故也。』蓋次尾之論如此，其於詩似爲一家，然余固心韙之。是集篇什不多，相其旨趣，要不離所持論矣。

吾觀次尾負王霸之略，希世度務，磊落恢奇，蓋其人在王猛、祖逖、郭元振、張建封之閒。天下方多事，次尾目覽心籌，閔時病俗，而傷世不已，知無相與推挽之者，則功名不得以及物也，一篇之中三致意焉。所謂本性情，述志意，宜無他假者，信矣！次尾豈欺我哉？讀丙子集者，謂足盡次尾詩亦可。

同里劉城撰。

己卯詩序

陳子龍

余友吴次尾博極羣書，通世務，善古文，獨慷慨負大略，此豈可以詩人目之？顧天下之善詩，未有如次尾者也。

嘗與余酒酣細論，其言曰：『弘嘉諸君之失也，以拘體法而詩在；今人之得也，以言性情而詩亡：豈性情之言足以亡詩？飾其未嘗學問者，以爲詩人之妙不過如是。嗚呼！與其得也，則寧失而已矣。』蓋次尾之言如此，余以爲後有善論者不能易矣。

次尾詩具載全集，此刻其己卯一歲者。要之，讀次尾詩，其學問可考而知也，即其性情亦不能外，然豈可與今之人同日語哉？故天下之善詩未有加於次尾者也。

雲間陳子龍撰。

吴顧倡和集序

周鑣

士見乎世，世所以徵士，言行二端而已。其言是，其行非，士於是乎取譏；其言非，其行詎顧有是？而世反惑之，於是益受士之患，而士亦益爲世所輕。余所以重有感也。余鄉自顧涇陽、高景逸兩先生倡道東南，論儒宗者，薛胡陳王四君子後，輒僂指陝之馮，吉安鄒，梁谿顧、高云。士不幸不能生同其時，猶幸生同其地。千百世之下，千餘里之遠，聞兩先生之風，思兩先生爲人，其言吾之言，行吾之行也，而況爲時非遠，受地甚邇，顧非兩先生言將奚言？非兩先生行將奚行？其言兩先生，行兩先生，則其人可知也。其不能兩先生言，不能兩先生行，則其人又可知也。

頃者余友眉生建明大義，如鄒吉安論江陵故事，天子念書生無他，且能爲朕守名教，其無責。又念大臣重廉恥，宜自裁。於是眉生初上疏，弗予封；再上疏，予封留弗報。嗟乎！眉生，天子愛爾至矣。既還抵余，余即以鄒先生進之，此猶吾顧高也，唯唯，敢不益勉？已送之瀨江道上，相要歲夏以前來茅嶺，秋以後余往敬亭，如是者兩人終其身也。及余歸，而次尾、子方以梁谿倡和集問序，遣書適至。

大子方，涇陽先生賢從孫，夾之先生之肖子也。而次尾好與遊，是所謂不忘兩先生者。次尾，江上賢君子也。子方言必稱之，此亦涇陽先生所有事矣。

今天下不患無才士，驕而善傾人，闇而不知取衷，則奚貴焉？二子聲相若，謙謙兩相下，顧既紹其先人，吳亦能遠而就其鄉賢者之後。孔子曰：『其爲人也，温柔敦厚而不愚，則深於詩者也。』二子之謂矣。雖然，二子其亦益自勉，須時出而經天下，使後人士亦益知言二子言，行二子行，則余與眉生其猶及聞且見之也。

周鑣撰。

重刻樓山堂集序

朱舲

魏冰叔曰：『昔賢之美未有久而不湮者，湮而未盡之際，天又必生賢人焉，爲之補救而接續之，以使之不墜。』然哉！然哉！夏嗛甫大令博極羣書，留心文獻，於鄉先輩吴次尾先生兩朝剥復録已校訂而授之梓矣。舲每質見大令，大令每以先生著述繁富，尤不得樓山堂全集以鋟爲憾。蓋大令欲爲先生撰年譜，非其集莫考也。

甲子秋，舲抵江城，黄補之姻丈亦適自皖旋，舲詢此劫蕩之餘得有斷殘否，得見次尾先生撰述否，答曰：『頃獲舊鈔樓山堂全集二十七卷，爲周觀察念兹所購藏。』舲不禁狂喜，曰：『天下事固有如是，望之甚殷而適至者，如熙安之鼎，環佩之琴，出没莫測，往往獲見於異代，豈英靈不滅，默保於承肩，籍足引炊拭穢之餘，以待有心者爲之緜續邪？抑文字因緣結於吾輩邪？』舲乃亟乞補之謹假於觀察，觀察慨然與之。旋召胥鈔，旬日而畢録之，以原册歸觀察，録本存大令。大令率諸公子奂如、瑟如、子璜與補之及吾弟芳舟訂正，而施之手民。

先生大節文章昭著天壤，舲何待贅一辭？只陳此緣起，以志大令接續之盛心云爾。

同治四年，歲在乙丑仲夏之初，高安朱舲序於樂安學署之東偏。

書熹朝忠節死臣列傳

朱欒

忠節公著作最富，流傳絶少，此八傳與續觚不觚録，余丁丑應禮部試，得於家文正公雙槐書屋，惜非原本。敘謂恐後此聽聞失實，死者有知，謂當世何？於是條次其本末而爲之傳。今讀之，猶凜凜有生氣，明史用爲藍本，但事蹟加詳耳。若繆文貞主湖廣試程，論引趙高、仇士良語犯時忌，當廣寧陷没，過福清，論置將，語不合貴以削亡，足徵有膽有識，皆明史所不具。原跋謂楊左二公傳已刻入前集，蓋即樓山堂集也。

當天啓閒，吾鄉諸先生崇尚風節，以不附璫黨，并加以東林之目，一時如陳侍郎邦瞻見於東林黨人榜，鄒司馬維璉見於東林點將録，家太僕吾弼見於盗柄，東林夥而卒免於禍，抑何幸也！三書世不多見，無有能道之者矣。附識於此，以諗後人。嗚呼！人之欲有所樹立者，可不知所自奮哉！

道光庚子六月，高安鐵梅朱欒謹書。

書夏爕校證兩朝剥復録後

朱　舲

明季野史稗説，嘉道間春明、琉璃廠書肆用活字排印多至數十種，如荆駝逸史、南略、北略等類，率皆帝虎紂紅，不可句讀。竊歎前人足資考鏡之書，安盡得深於書旨者一一校刊，發明作者體例之善，精神之所注，使後之學者霍然一清？世稱善本不至，如吴明可之所歎，非易事也。

嗛甫大令先生一門著述，當代通儒，公餘之暇，手不釋卷。舲客冬奉教江城，得窺大著中西紀事，撫時感事，表忠勵節，洵爲傳信巨手。頃復校刊明吴忠節公兩朝剥復録，先以所訂敘例寄示，循讀之下，知此録不啻存紀載之實，補逆案之闕，而及其附録遺事，並當日追蹤田光之奇氣，力反魯陽之苦心，殆彷彿遇之。

案：忠節與周金壇詩云：『功名富貴吾自有，丈夫須令千秋傳。』讀此，忠節之志可知矣。然傳之不得其人，猶弗傳也。若大令者，信其人也。夫忠節著有梁溪倡和集，見乾隆禁毁書目，又著有國瑋集，迦陵稱爲經術暢茂，搜輯詳雅。無何觸機陷，故此書不傳云云。

以附録遺事未載，故及之。

同治二年八月初六日，高安朱舲書於古欋齋。

讀樓山堂遺稿有感二首

閻爾梅

憶昔金陵歲在壬，秦淮簫鼓集同人。登堂獨曳蟠頭靸，垂帶雙飄折角巾。常恨四朝多醜類，不平三案殺貞臣。挑燈夜讀樓山稿，影響鬢眉若有神。

復社東林事杳然，清秋旅次獲遺編。東芻江上雲遮路，聞笛山陽月滿天。老友追成玄晏序，孤兒竟廢蓼莪篇。烏衣巷裏雄談後，不鬭金鋒三十年。

校 記

〔一〕余　暫園本、續修本、禁燬本皆作『予』，以下同，不再重複出校。

〔二〕事　暫園本、續修本、禁燬本皆作『士』。

〔三〕崇禎七年　暫園本、續修本、禁燬本下皆有『十一月日』四字。

樓山堂集卷一

論

史論

潁考叔論

君子之進説於君也，自有義理之正，然當其未悟而折之也難，故嘗反經而用權，詘誼而事術，析於事濟，以白其心已矣，而其事與言之偶有未當也，可毋責也。若夫君而悔心之萌矣，因悔而悟之也易，而猶不能據理析謬，徒取向之所已誤者緣飾之，以冀其有所回易，雖其言足以致君之信，要不可爲天下萬世法也。

潁考叔以遺羹之故使其君反而念母，向第難於君之悔耳。君既語之故，而告之悔，則考叔猶難莊語哉。使叔於是時以正對曰：『君不能早制弟，使之陷於惡，以傷母心，君之過也。克弟而置母，此非小變也。母何人也，而以相見黄泉爲誓哉？誓之時，怒天地而犯明神者，君之言也。要盟不信，況於母乎？君而悔焉，是天誘其衷而鬼神之所佑也。黃泉之盟，又何有焉？』吾意莊公是時必將立起而迎母矣。計不出此，而闕地隧見，嗚呼！此何事也？乃爲兒童之戲哉！

夫鄭莊之處母與弟終始不能善全，亦其人臣之過。得一潁考叔巧於悟君，又以不知大道，雖其事近於孝，實不經，而不可爲人子人臣之法。然則事君而不知道者，强諫之過，其失也即不至於鬻拳，而善誘之失或亦不幸而類潁考叔矣。

祭仲論

人臣不幸而遭如祭仲則何如？君子亦原其心而已矣。祭仲之心，欲已亂者也，故從宋劫而立厲。其廢昭立厲，實非其心也，故因厲出而復立昭，昭立而祭仲之心白矣。迨高渠彌弑昭而立子亹，則子亹與於弑者，非吾君也；高親弑吾君者，吾讎也。齊人殺子亹而轘高渠彌，殺其非吾君而讎者也，安得死之？豈惟不死？又迎子儀而立之，立子儀而祭仲之心愈白矣。

晏嬰曰：『君爲社稷死則死之。』昭與子亹非死社稷者也。石碏之告陳曰：『此二人者，實弑吾君。』高與子亹則州吁、石厚之謂也。祭仲方假手於齊，而肯從之死哉？然則祭仲可無死乎？夫祭仲之死，當在宋劫之日也。人以吾能廢立也而劫之，吾死而劫者廢矣，故死而全吾君，上也。即死而君廢君立，吾不與其事焉，而吾亦可以無憾，此孰與夫親視四君之廢立，而猶身安名全者之爲得耶？且雍糾之役祭仲之不死者，幸也。則爲君故而先死之，亦豈爲非幸哉？故公羊以廢君爲行權者，繆也。廢君矣，安得有權？而首止之會，人以祭仲不與子亹之難爲智。仲尼曰：『信也。』

嗟乎！人臣有忠而必智者哉。夫子嘗稱甯武子爲愚不可及，夫人臣必有愚者，而後可以死可以無死矣。

曹沫論

昔者藺相如廷叱秦王，完趙璧而歸之，可謂奇矣。吾謂秦王適賢，亦意不在璧耳。嚮使於相如持璧睨柱時，即殺而奪之，不則於其從者亡歸之後，縶相如而舉兵責璧，相如其如之何哉？夫相如之强趙也，不在璧之完不完，而義責秦王者，亦不在城之與不與。秦果以城易璧，爲相如者，即獻璧而還卻城曰：『大王奈何以秦祖宗相傳之土地而易此無用之璧哉？以區區玩好易人城而有之，即趙亦不義而不爲也。』如此則秦王必自慙，璧未必不歸，而相如不以義概動天下乎？計不出此，探虎狼之吻而脱之，以其身與國僥倖，古人所謂使不辱命，而大節不可奪者，豈若是哉？

其後荆卿以匕首入秦，欲劫秦王得約契，以報太子。其事益僥倖爲不足道，是故事未成而燕以亡，即使事成，而軻能得志乎？秦王之約朝出而燕亦暮墟矣，故軻之事又相如所不爲。

而要之皆聞曹沫之風而甚者也。夫沫之劫齊桓公也，亦既得志矣，然無失乎？犯要盟而劫霸主，事雖成，實不可爲法。嚮使於桓莊既盟之後，沫以正請，桓未必不從，安用執匕首而劫之？

夫展喜動孝公以率桓之功，師且引還，況桓固身以信義服諸侯者乎〔一〕？夫沫蓋亦計三北之恥，非此不復，遂爲是義不反顧之計耳。人臣不能安國尊君，引義自勝，至無可奈何率乘危犯難，謂天下事皆可以勇夫刺客之術而成也，豈不悖哉？

士蔿論

人臣而不能强諫者，必其智不足以知此也。苟取國家之事，以爲吾智足以及之而特不能爲，此抑何哉？

晉獻公爲太子城曲沃，士蔿知太子不得立矣。又使士蔿爲二公子築蒲與屈，不慎寘薪焉，公讓之，又知三年將尋師矣。夫不知，可也；知而諫，諫而不聽，可也。既知城曲沃爲不利太子而不能諫，又知築蒲屈爲保寇讎而不能止，姑試爲之，且退而賦蒙茸焉，則國亦安用此臣爲哉？

夫人臣知國家有必然之禍，不能早爲之所，而先事逆計以幸其言之必中，此不忠之尤者。以是而曰彼老成者固有先見也，此吾之所不可解者也。夫士蔿固忍人也。逢君之意以盡殺桓莊之族，則晉公室之衰，士蔿實爲之，彼何有於君之太子哉？

嗚呼！晉臣之忠，固無如叔向。彼其與晏子語者，晉之弊政爲已甚矣，釐革布置，未聞爭之朝廷之上，以自盡吾心而徒與外臣私相痛悼。嬰也，肸也，其亦異於古所謂社稷臣矣，則又何責乎逢君惡者之士蔿也？

趙盾論

春秋書：『趙盾弑其君。』論者言人人殊，歐陽子謂信傳不如信經。使盾不弑君，夫子必不加之弑君，是弑者實盾也，非穿也。若然，將傳之所謂穿者，盡誤乎？

吾嘗究其說矣，弑君者穿，而穿所繇弑君者盾，故穿之弑，盾主之也。盾不使穿弑靈，靈必殺盾，然則盾以弑君自免乎？夫盾非中心立靈也，患穆嬴而立之。當其立也，有易之心矣。且盾悖雍矣，殺欒矣，又何有於靈？故靈之弑也，兆於其始立。而盾之無君也，可就其悖雍殺欒者而逆探其心。盾奸人也，不欲居廢立之名，而成君之惡，以至於弑。弑君，大逆也，已又巧逃之，然後因國人之惡而假手於穿。夫功有發縱之賞，罪有主使之律。盾者，所謂主使者也，盾之弑君何疑哉？盾有可解者曰：『盾亡而穿弑。』夫臣之弑君，豈一日之故乎？盾果不弑君，當穿蓄謀之日，盾必有以備之，何穿之弑適與盾亡之時會？又君弑而盾亦即入，此可謂非盾主之耶？王敦作逆，君子猶不能不致疑於王導，况穿之弑，實繇靈之欲殺盾也。以是而推，盾豈直以穿累乎？惡莫憯於志，謂盾有無將之心，而欲穿之成乎惡者，猶恕辭也，盾豈直欲穿之有是哉？行小惠以陰濟其逆，已實作逆，而使人被其名，故穿者即翳桑中飢人，與夫析彌明之屬，是亦盾之婺焉已矣，是亦猶之悖雍殺欒焉已矣。盾之無靈，奚必至弑而後見哉？不然，弑君者穿也，與盾無與，則使穿迎黑臀者又誰乎？

曹操、司馬昭，襲盾之故智者也。盾以穿爲華歆、成濟耳，而後世未聞有原操、昭者，吾故曰：『非穿弑之，而盾弑之。非盾弑之，而盾主之。』此春秋書盾弑之所以也。左氏爲盾所欺，而引董狐之言：『亡不越境，反不討賊。』夫越境可免，討賊可免，則天下之可免者多矣，獨一趙盾乎哉？固知越境乃免者，非夫子之言也。嗚呼！夫子書『趙盾弑其君』者也。

魏絳論

魏絳之和戎也，予嘗疑之。王者有道，守在四夷，未聞其與戎和也。以晉悼之霸，而負其師武臣之力，其何難於薄伐哉？絳非甘心事戎也，戎納虎豹之皮以請和，則是勢在我而戎畏之，非勢在戎而我畏之也。我以有事諸夏而聽戎之和，是置戎而後吾戰者勝，非詘於戰而坐使勝者戎也。晉楚遇於鄢陵，范文子曰：『先君之亟戰也，有故。秦、齊、楚皆强，不盡力，子孫將弱。』向使戎而强也，吾知晉所盡力者將首諸此，而乃和以貽患哉！古今不戰而用和者，事各不同，然莫先於審己之勢。勢在我而我和彼，則羈縻之而已，豢畜之而已，啖之而使不吾疑，狃之而使其自㢢，然後彼且折而入於吾，而吾受和之利。勢在彼而和於彼，則誠憚之也，誠下之也，僥倖其不怒，而彌縫其未發，究竟我且折而入於彼焉，而我受和之禍。故和者，國之强弱、君之存亡繫焉。絳，智人也，肯以此誤國哉？

夫王者未有不治夷狄者也。不能伐之而會焉，爲已替矣，而又和之，和雖得志，詎可訓乎？漢高下嫁帝女而不能靖邊。武帝窮兵，海内騷然，然浸淫至於元成，且以蒙利。和之爲效，亦概可覩矣，況乎其事有不忍言者？故吾以爲後世夷狄之禍，皆魏絳啓之也。晉悼之霸不如桓公，魏絳之賢不及管仲。仲之言曰『戎狄豺狼，不可暱也』，而勸桓之伐之。夫桓豈無事諸侯者，而又安在絳之和戎爲明於天下之勢也？

子産論

國家不幸而有權臣，不去之則禍國。無術以去之，則害先集於身，而國亦愈受其禍。故古之大臣晦以藏用，忍以立謀，甘絀辱以自固，事定功成，而後其心白焉。不然，事未舉即汲汲焉，惟懼己之不得自見，則其自蹶也甚矣。

子産處族大寵多之國，卒能使國無簒弑之禍，而己亦得安位肆志者，固才有餘哉！而挫抑隱忍，實其所以處之者善也。伯石之辭卿也，子産惡其爲人矣，而反使之次己位。子南、子晳之争室也，曲在子晳耳，反放游楚而薄公孫黑之討。廢之不能而故寵之，殺之不可而姑縱之。寬之使不吾忌，豢之而使唯吾所制。至後迫子晳以縊死，然後其本心始見。推是事也，子産之存鄭，亦可謂處心積慮，盡其艱難者矣。後世謀國者，皆得是術而行之，何至使宦豎戚孽得爲之備，而致身蹈誅夷、禍及宗社哉？

吾嘗以子産之才有似管仲，而過於晏嬰、叔向。晏嬰知陳氏之必代齊，叔向以公室既衰，政在家門，亦知趙魏之必分晉，乃不能有所施爲布置，折其方張而殺抑其勢。而以區區之鄭國，小而偪，雖有强族，而無臣禍，則子産之功安可誣也？惜也，子産之爲鄭相耳。

嚮使挾大國之資，得賢主而輔之，匡合之功即不可再見，而奪人不怨者，吾以爲非仲能之，而僑也能之矣。

晏嬰論

晏嬰固智有餘而才不足者也。不然，以主臣之相得，而又國大可爲，知陳氏之必簒齊矣，不能早爲之計，拔去其根株，徒負其先見，以爲此禍至之不爽，有是事哉？嘗即其對景公者觀之，蓋未嘗不欲已陳氏之亂，而勢有所不可，又自度己實無能如之何，故雖終身竭忠盡諫，而卒無救國亡。此其所遭亦可謂不幸矣。向使管仲處此，其規爲措置，必有可觀。蓋挾大國之資，可以起衰周而服强楚，又何有於區區事未成之陳氏也？即其才足以爲矣，或事勢已極，而機會不予，雖刀鋸餘孽，憑其窟穴，猶足殘害人而傾宗社，況乎國之嵬族，又爲衆心所附者非一日，苟不量而思以驟去之，其爲變速而禍人也，豈顧問哉？

夫人臣遭國家有故，當使之有泰山磐石之安，不則寧竭力以至於死。若此者非晏嬰所能也，嬰豈獨不能死？躬値弑逆之變，而周旋侈僭之朝，暴臣所不能殺，而四族之不得危，若此者，其處之亦有道矣，陳氏之亂又何犯焉？故晏子者，才不足而智則有餘者也。

伍員論

伍員以報父讎爲孝，以死於君殺爲忠，蓋春秋人傑矣。而吾謂員特功名之士耳，豈眞有忠孝大節哉？

天下之父一也，怨人之殺吾父，而吾又殺人之父，孝子不爲也。君亦一也，死其君之用我者，而欲人殺其所嘗君者，忠者不爲也。員之鞭平王尸也，爲已甚矣。父嘗君之，而吾戮之，戮死君以報父，孝者如是乎？然猶曰：『員與平，君臣之義絶也。』乃既以身臣吴矣，干僚伐楚〔二〕，病公子光之不從，則進刺客以殺僚，非親殺其君乎？僚亦人父也，僚不從吾報父，而吾遂因而殺僚，假僚有子如員者，亦如員之報父而後已，不知員將何以解也？

以員之材，所在必將得志者，父讎其藉資耳。不然，員忍人也。既已覆楚，又欲沼越。殺人君父，以用己之未足，而略不憫惜，天性忠孝者固如是哉？夫嵇康之殺也，晉殺魏臣耳，爲其子者，即力不能如員之報楚，亦當没身飲泣，以明無事仇之義，而反顔臣晉，又以身死，紹可謂不孝之甚者矣，而世之君子或許其忠。是故綌王祥言之，孝可不忠；綌嵇紹言之，忠不必孝。是二者，吾嘗疑之，而以觀員，則忠孝之閒，吾俱未知其何如也。

校記

〔一〕身　禁燬本作『深』。

〔二〕干　原誤作『于』，據暫園本改。

樓山堂集卷二

論

史論

蘇秦論一

連衡者，所以使天下共事秦也。向使天下長事奉秦，如是焉已矣，卒安能成帝業哉？故余嘗謂蘇秦之術，使六國從親以擯秦，而秦終能禽滅六國以幷有天下，實蘇秦成之也。何也？

秦當惠王時，雖强，然不過負其形勢以勝天下，非遂能出而圖天下也。是時，地未加擴而兵未加多也，其於六國，非盡戰必勝而攻必取也。惟蘇秦約從成而六國無秦之患。非六國無秦患〔一〕，而秦亦無六國之患。六國無秦患，秦所以狃六國而使之偷安，予以小利而害伏其中〔二〕。秦無六國之害，秦乃得以其全力伐蜀。蜀漢既附，然後秦益强。又因伐蜀而淬礪其甲兵，則兵益鋭。負其益强益鋭者，以制偷安自保之諸侯，則從自解。從解而秦始不可復圖矣。揆厥所繇，豈非蘇秦爲之哉？余觀漢高之所以興及劉先主以一隅成鼎足之勢，皆始於得蜀，又何疑於秦也？且爲國而恃人以自固者，適以自敝，徒幸人之不即我圖，未有不制於人者也。今據蘇秦説行，秦兵十五年不出函谷關，亦思此十五年中，六國有起而伐秦者乎？秦不出於此而用之於彼，六國忘其用於彼而利其不出於此，坐而待盡，養敵以自貽患，其合從之謂矣。當是時，主從者，趙也。儀之説趙者，則謂秦以大王之力，然後舉巴蜀，并漢中，是秦之有蜀漢者，非六國予之乎〔三〕？且是時秦惟患楚，方不難捐一儀以啖楚，然儀之恐楚者亦曰：『從巴蜀大船積粟，舫船載卒，不十日而拒扞關。』以是而推，六國從合，然後秦得以舉蜀漢，秦有蜀漢，然後六國益畏秦而從解。其實秦得天下之勢，蓋始於此，故曰此蘇秦成之也。

是故張儀之謀秦，拙於諫伐蜀；蘇秦之謀六國，適巧以資秦。夫蘇秦非資秦也，其勢遂至於此？天下之勢，非難晰也。人臣計利於身，則不顧害之貽於國；謀人國而計利目前，則坐使害之伏於後。當時縱横之事，亦大率昧此耳。説在鄭國之以鑿渠謀秦矣，曰：『此秦萬世之利。』夫蘇秦之術，有似鄭國，而其深計利害，則猶未如鄭國之智者也。後世謂使六國長守蘇秦之約，則秦可以亡。嗚呼！亦孰知其先以亡六國哉？

蘇秦論二

蘇秦之合從，適以資秦矣。然則六國不合從，則不能支秦，將聽秦蠶食以待自盡乎？抑稱藩受制以倖秦之不加攻乎？夫六國非合從無術矣，而惜不明所以合之之術也。何也？

原蘇秦之合從，起於自圖富貴，以誇耀其父母、妻嫂耳，非眞能爲六國計利害也，亦非不知從之不可卒合，以爲此六國長治久安之計，抑果能用此以蹙秦也？觀其激怒張儀入秦，俾持秦柄，以陰助己，則蘇秦亦自知其術之必敗，六國之必不可合，而秦之必不可圖也，不過借此以圖富貴。若曰：『得秦兵數年不出，而吾事濟矣。』嗚呼！其以使六國之事卒不濟，而秦之不可復圖，蓋實坐此。何也？以其不明於所以合之之術也。夫蘇秦合六國，不以之攻秦，而以之自救，吾已知其無能爲矣。觀其通質約盟之言，不過曰『秦攻某，則某出師以救之』而已，不過連六國之師一投書函谷關而已矣。向使蘇秦志在圖秦，則從成之後，日夜與六國之君臣將相謀所以破秦之法。非多方以擾之，則因其閒以乘之。用六國之師則擾之甚易，秦方用兵於蜀，則非無瑕釁之可窺。六國此動則彼息，又彼敗而此救，是六國歲一出師，而秦六被兵矣。破一長平，而秦之精鋭亦盡，況歲被兵而秦不困者哉？敵多則不知所以應，兵久則國内之變故必生。六國連師不解，不過數年而秦亡矣。吴人數出師，而子重、子反死於奔命；晉人三合諸侯，不戰而楚服。此眞亡國之術也，而不知出此，烏在蘇秦爲善計哉？

夫以蘇秦合從之時，秦可以亡。自蘇秦志不在圖秦，於是六國不知所以用之，而從自解。從一解，不可復合，從不可復合，而秦亦不可復圖。借敵以自希富貴，養寇以貽患人國，蘇秦者，蓋六國之罪人也。夫天下之時勢豈可復得哉？以其全勢在我而不出以圖人，而功名富貴之士方借敵以自樹，我之事濟而人之事去矣。故蘇秦之術，推而用之，其以敗人國者何可勝道？此又有敵患者之所宜深思也。

王翦論

古今用衆者多敗，而王翦非六十萬人不能成功。吾以爲用衆即勝，未有不自敝其國者，翦豈得爲名將哉？

翦，智人也。其謂取荆非六十萬人不可，已先知李信之輕而好勇，必不能得志於楚。始皇信人而過，其勢必悔而復將我者也。非多請師，則君必不以我爲怯；非君先以我爲怯，則後之用我不盡。其後師行而請田宅者，所以堅始皇之不我疑。而先之多請師者，政逆探始皇之情，而後使之爲我用也。不然，楚雖强大，伍員三肆師而覆其國都，以翦之老將知兵，必欲王之掃境内而屬之者，豈眞怯哉？吾於是有以窺其微矣。使不善用之，雖李信將六十萬衆而敗愈疾；以王翦將之，雖二十萬人而亦可。然翦之多請師者，蓋是時翦之功已大矣。拔趙定燕而盡有三晉之地，所未服者，楚耳。翦爲將，二十萬亦忌，六十萬亦忌，非多挾衆，不足殺主驕；而非厚自汙，不足捐主嫉。故先之請六十萬人者，情若自怯，勢實劫主。要即後多請善田之術，先嘗試之，以得其情，翦可不謂智人哉？

夫翦亦懲白起之事而爲之者也。韓信之破齊也，請假王以鎮之，信之死，請假王致之也。請假王者，信忠漢之實情也，適以致死。請善田無厭者，翦之術也，而非此不全。是故蕭何用翦之術而免，韓信不早悟而亡。夫功名之士不師翦而得善終者，未之有也。吾故曰：翦之請六十萬者，詭也。

漢高帝論一

三代以後得天下者，不能無所爲也，然有心爲之而輒敗，何哉？天下者，非可容人意之物也。即有得天下之時，取天下之力，而其先一有得之、取之之意，則有所不能待，而天下終不爲我有。

夫漢高起於徒步而争也，此古今創事也，豈可謂無意於此者哉？其縱觀秦皇帝而喟然歎曰：『大丈夫當如是！』項籍之度浙江曰：『彼可取而代也！』而陳勝輟耕太息，亦有富貴無相忘之言，然則豈獨高帝非無意？即其有意也，亦與籍勝輩等耳。而成敗或殊，此又何也？嘗即其始事知之矣。涉之殺尉而自立也，籍之殺守而自將也，此有意爲之也。有意則氣躁，氣躁則慮淺，故其後即有得之之時與取之之力，而我之意常狹而不能受。高帝之始事也，爲帛書射城中，則使其父老擇立賢令；及父老欲立之，則推讓以爲能薄，至數讓而衆莫肯爲，然後乃立爲沛公。嗟乎！此非有良平之謀，而何與信之教之也。有大志而不必於已得，然後其度有餘，而後之所爲，亦不過適稱其量而止。此不能無所爲，而能有所不爲，故其意常不可測。

若天下方多故，未能待而有爲，徒汲汲於己之富貴是圖，此不過羣盜之故智耳。其於天下事，必無一可爲者，況乎天命之不可假者哉？

漢高帝論二

漢王之入關也，吏民皆悦，惟恐沛公不爲秦王。或説沛公：『秦富十倍天下，地形彊。今聞章邯降項羽，羽號曰「雍王」，王關中，即來，沛公恐不得有此。可急使守函谷關，毋内諸侯軍，稍徵關中兵以自益，距之。』沛公然其計，從之。十二月，項羽果帥諸侯兵欲西入關。關門閉，羽大怒，攻破函谷關。欲攻沛公，以鴻門之謝乃解。

余謂此其失不在楚也。當義帝西遣沛公時，已犯楚人之忌矣，且微楚救河北，漢豈能肆意入關而不慮章邯之還擊哉？故漢之入關，楚非無功也。漢入關後，誠遣使還報己無利之之心，而羽來則内之，相與共定三秦，以待懷王之報約，楚雖暴，度亦罷矣，觀之留飲而不殺沛公，可見也，奈何因人言距楚以自蹈於危？然則羽之殘秦負約，未必非漢有以激之也。迨分王漢中，怨羽欲攻之，賴蕭何之諫而止，然蕭張於距關之時何獨無言？

嗚呼！事或有因失爲得，用危爲安者，成敗之數亦非盡繇人事也。

漢高帝論三

漢王既厝置關中，自臨晉渡河，下河内，至修武，南渡平陰，至洛陽，新城三老董公遮説漢王曰：『臣聞「順德者昌，逆德者亡」，「兵出無名，事故不成」，故曰「明其爲賊，敵乃可服」。項羽爲無道，放殺其主，天下之賊也。夫仁不以勇，義不以力，三軍之衆爲之素服，以告之諸侯，爲此東伐，四海之内莫不嚮德，此三王之舉也。』大哉！春秋以來不復聞此正論矣。彼三傑者，烏足以知此耶？明强弱之勢，審成敗之數，察得失之機，其爲張韓所算者已無遺策。然使無董公數語，楚漢之存亡，不過形勢智力之不敵耳。以智力得天下，此猶桓文之伯所羞稱，烏足與三代比隆哉？漢王爲義帝發喪，袒哭哀臨，即非發於至誠，然已足激發忠臣義士之心，而使放殺其主者喪氣。故三代以後取天下者，其所以收拾人心之法，不必盡同也，要未有不假仁義而能成者。孟子謂假仁者伯，不仁者亡。嗚呼！漢唐之王，所謂霸也。不仁而亡，古今未有能易之者矣。

漢高帝論四

天下之亂，每伏於人不及防之中。聖人不幸，亂之不生，謂吾修其所以應之者，即有亂而或不至，至而不甚焉斯已矣。是以三代之君臣，其丁寧告語見於書者，雖引罪致戒之詞，多未嘗過計其所忌者。曰：『亂天下者必此也，乃吾力猶能早除之。』嗟乎！此所以爲盛德也。

秦始皇既幷天下，深畏六國之士，至不愛重寶，致其豪傑以爲黨，而盡殲之，然禍卒發於謫戍。范增以沛公必得天下，勸項羽亟誅之，吾不知天下猶有沛公者，羽誅能盡否耶？是二者，欲以止亂也，不知天下之亂即具於此。蓋畏之太甚而防之過嚴，則其中之所爲瑕釁可勝道哉！

昔者高帝嘗知吳濞之必反矣，而卒大封之。天下已定，其置相則曰：『安劉必勃。』此豈不豫知吕氏之禍者？然亦不先去諸吕，帝之不滅其所忌，而若以留之，此曷故哉？知其亂，而尤知吾所防亂者不在是，故置其爲意所及者，而天下有出吾意者，反可用之以相安，此非有眞帝王之度者不能也。抑吾嘗思焉，勃之成功者，倖也。高帝始憂吕后，亦嘗深爲之計矣，即不去之，豈無所以置之？乃欲以百戰而有之天下，付之數歲小兒，幸區區之可以免亂也，豈不悖哉？

項羽論

司馬遷謂項羽欲以力征經營天下，而謬其『天亡我，非戰之罪』之言。宋蘇洵謂於其戰鉅鹿也，未嘗不怪其死於垓下之晚。夫項羽方自謂其亡不以戰，而論者深咎其以戰而亡。

以余觀之，項羽居必亡之勢，而彊梁八年之閒，則猶以其戰力哉。至鉅鹿之戰，勿論秦非是不亡，而用兵之善，則當時未有能及者也。方宋義之欲鬬秦趙也，謂秦戰勝，則我承其敝；不勝，則鼓行而西，必舉秦，因留四十六日不進。羽曰：『將戮力而攻秦，久留不行。今歲饑民貧，卒食半菽，軍無見糧，乃欲飲酒高會，不引兵渡河因趙食，與併力擊秦，乃曰承其敝。夫以秦之强，攻新造之趙，其勢必舉，趙舉秦强，何敝之承？』蓋當時情勢，不出此數語，而勝敗存亡之形，瞭如指掌。吾故曰，羽之用兵，未有善於此者也。夫以羽之强，猶湛船破釜，視士卒必死，而後能破秦，則羽不渡河，章邯必舉趙，趙舉義必不能當邯。豈惟義不能當邯？令邯復破義，而還兵自救，沛公豈能西入關哉？沛公之引兵過宛西也，張良諫曰：『今不下宛，宛從後擊，彊秦在前，此危道也。』於是引兵圍宛城三帀。夫良慮宛而不慮邯者，以羽之綴於河北也。良以後有宛擊爲危，况邯之還兵自救乎？假又如宋義之策，謂不勝則引兵而西舉秦，秦即舉而章邯未降，以其數十萬之衆攻懷王於彭城，則楚又魏咎、齊儋之續耳，秦未破而楚先危，則向之所遣扶義而西者，能遂悍然不反顧哉？宋義鬭趙之策非矣。使義爲上將時，盡將諸將西入關，則邯必釋趙自救，此孫子直趨大梁之術，惜義不用，而爲羽所殺。然趙解矣，秦前邯後，義又豈能直舉秦哉？是故羽不渡河，漢不得入關；章邯不降，沛公即入關，而秦猶不亡。秦之亡，鉅鹿之戰爲之也。天下獨苦秦耳，設章邯未破，羽慮沛公之先王關中也，遂釋秦而圖漢，毋論邯爲可憂，羽即先王關中，能制漢之不争天下乎？

故羽之亡也，不盡以戰；羽即以戰亡，而不亡於鉅鹿之戰也。余故曰，羽之用兵，未有善於此者也。

范增論

范增，庸人也。史稱其好奇計，爲項羽骨鯁之臣，即高祖亦曰『有一范增不用』，至於亡。要其勸羽鴻門殺沛公之計，可謂愚矣。而羽之坑秦卒，燒咸陽，棄關中不都，使人弑殺義帝，諸所行皆滅亡事，不聞增彊諫，烏在其爲好奇計、稱骨鯁哉？

是羽惟疏而不用，即使漢閒不行，范增尚在，亦立而待羽之亡焉已矣。然則增計獨無得者乎？其大者無過於勸項梁之立義帝，而孰知楚之失策即以此也。何也？秦之亡固矣，六國之不可復興，此亦不待智者知也。即以爲秦亡六國，楚最無罪，立之以從民望。然天下豪傑俱起，諸國各以自立，楚於諸國非素相臣服，而天下之民非盡謳吟思楚德也。立楚國之後可矣，執一牧豎之子，素無功德之在民閒者，一旦尊爲共主，吾不知秦亡而義帝果能君臨天下乎？楚即固守臣節，果能令暴起之諸侯不必角材鬬智，遂相與聽約束無二乎？夫羽即不弑義帝，義帝必不能有天下，此理也，勢也。若劉項既有天下，而義帝尚存，君之則不終，臣之復不可，吾不知此何以處？故羽之弑義帝者，徒資漢以名。若楚亡而義帝存，則殺之於郴者，能必漢之不爲楚續耶？不然，殺義帝者，九江王布也。發喪誅羽，而乃遣使說布，此安在其爲義帝發憤也哉？是故義帝之不能終，當其立而已知之矣。不知其不終而立之，爲不智。知其不終，姑借之以舉事，一旦若曰：『此後吾何知焉？』則成羽之弑者。增也。增豈能好爲奇計者耶？沛公患楚欲立六國之後以撓楚權，賴張良發六難而止〔四〕。夫良知六國之不能復爲漢臣，而增顧不知義帝之不能長爲其主哉〔五〕？

余嘗謂三代以後爭天下者，不能無所假藉。然非有先世之德，則亦必有大功於天下，然後能據而有之。王莽篡漢，起者皆以漢爲名，天下皆思漢德也，此與秦楚之際已異。若無功而有天下，太公不能得之漢，而建成、元吉不能得之唐，況區區立於人牧之楚心哉？善乎！光武之言曰：『使成帝在，天下不可得，況假子輿？』而宋祖之折徐鉉，亦曰：『江南有何罪？但天下一家，臥榻之外，豈容他人鼾睡？』吾嘗以爲此眞帝王之識，而非如羣盜一切掩耳偷鈴之故智也。彼范增者，何足以知此？故曰，增，庸人也。

張良論

君臣之閒，各持其見以相抗，其事未有不敗。而非智者不能深測其微，以求其事之有濟。夫人臣而挾數任術，探測人主之微而用之，危道也。故事雖濟，而君子猶必直白其然，以使天下事君者之慎所用。余嘗以漢高欲廢太子、立如意事觀之，未嘗不歎高帝之詭而良之善用術數也。

夫帝不可謂不知人者矣。於問相而知安劉必勃，因封濞而知五十年後之反，豈不知呂后之悍暴，乃欲以天下付之數歲小兒哉？蓋借是以觀羣臣之於太子何如耳。向使蕭、曹、平、勃羣起而争之，度帝意立寢矣，豈待良招四皓然後能成功哉？無如廷臣唯隨，一叔孫通言之，又非帝所素憚，故帝意不決，必待四皓以死争之而後事已也。觀帝語四皓曰：『煩公卒調護太子。』此豈眞不愛太子者而有是言乎？夫一周昌强諫而帝笑而置之，則帝所以窺測羣臣之意可概覩矣。使大臣將相皆如周昌之强諫，又使言者如後世史丹、張九齡輩之篤言切論，則帝豈漢元、唐玄之不若者，而必待四皓從遊，然後爲開悟哉？事關安危大計，羣臣不言，使一人言之，又廷臣不言，以幾幸乎隱士之成功，漢於是乎無人矣。夫子房豈不知帝意者？高臥不規而借力於四皓，又不率在廷大臣以死力争，而收功於深山之老人，此其君臣之間或有難於言者。

吾故曰，高帝之詭，而子房之善用術數也。

校記

〔一〕非　禁燬本下有『但』字。

〔二〕予　原誤作『余』，據暫園本改。

〔三〕予　原誤作『余』，據暫園本改。

〔四〕六　暫園本、續修本、禁燬本皆作『大』。

〔五〕其　續修本、禁燬本皆作『共』。

樓山堂集卷三

論

史論

曹參論

史稱曹參爲相，遵蕭何約束，斥去刻吏，掩人細過，出入三年，百姓歌之。然則漢承秦後，去百姓湯火而與之休息，所以開文景數十年之治安者，參不爲無力，參之賢安可誣哉？而余嘗謂其不能彊主安國，呂氏之禍不獨平勃遺之，參亦與有責焉。何也？

高帝將死，呂氏問誰可代蕭相者，帝以屬參，而蕭何亦薦參自代，則呂后、惠帝之畏重參與所以倚任參者可見矣。參豈不知呂后之悍暴而惠帝之懦弱乎？天下方一切決於參，參於斯時，因后與帝之重我、任我而我爲之計深遠、防流失。悍者抑之於禮，不則制之以術，而弱者則引義以彊之。夫逆折悍后之謀，使懦主有所恃以爲重，於是君尊國安，此孰與夫無所事事之爲得哉？而參不能也。帝肉未寒，身爲國相，視戚姬、趙王之死若罔聞知，參之負高帝者大矣。至惠帝耽淫樂，不聽政，而參不聞有所扶救，豈參之所爲飲人醇酒者，君相皆以是爲長治久安之術耶？夫惠帝非盡不可與有爲者，因參不治事，不欲顯責參，而使其子以私問之，其待大臣可謂有禮矣。使參輔之以誼，未必不足以防遏母后而有以振發其志氣。且后雖悍，始未嘗不憚漢大臣也。惠帝雖死，使平勃不納辟彊之邪説，后未必即授諸呂以權。迨后諷王諸呂，又使大臣皆如王陵之力諍，后亦奈之何哉？然則當參時而蚤爲之裁抑，所謂童牛之牿易爲力耳，誰爲漢相視高帝寵姬、愛子之死而不救，乃即令其主以憂傷死？呂氏之禍亦其大臣縱之以至是，而養成根株者，實參也。參黃老之術果有益於安危哉？

大臣謀國，當視其時之所不足者而深爲之計。丙吉代魏相之後，其行事有類於參，彼其時，嚴主察相，所不足者，寬厚耳，故吉行之爲識體。參當悍后弱主，其勢之決裂可知矣，彊力直諫，以逆制毒發，猶恐不足，而欲以區區之不事事，謂可消患杜萌，以乂安社稷，參亦不智之甚者矣。是故參之言曰：『高帝與蕭何定天下，法令既明，今陛下垂拱，臣等守職，遵而勿失，不亦可乎？』嗚呼！參之言是也，而如其時之不能垂拱何也？

韓信論

將兵與將將異乎？曰無以異也，則高祖之與韓信是也。信之用兵，即高祖用信之術，人特未悟耳。

信之舉趙也，所驅者市人，而能使數十萬之衆一朝盡破，其法莫善於人自爲戰，則高祖之捐關以東棄之者是矣。嚮使信不先王，則垓下之戰，信之蹙羽，亦豈能若是力哉？舉大事者，重於用人力，則己之事不成，而不輕己所有，則必不能致人而盡其力，是故楚敝於印刓而不予〔一〕，漢興於以天下之半封功臣而不惜。善將兵者，使士卒退有所恃，然後能進而無所顧。夫赴戰而不知自鼓其怒，未見兵之必勝者也。是説也，吾嘗以爲取天下者必用之，然獨無弊乎？唐之藩鎮，其帥擁兵自重，而後遂至亡國，則高祖捐地之法，所謂可與取而不可與守者也。雖然，亦顧其勢爲何如耳。國家至於兵敗地削，士卒驕惰不爲吾用，而猶區區持一切文法以防督將帥，天下事豈有濟哉？是故藩鎮之法，可與取而不可與守，及其敝也，足以亡國。而要之積弱之後，非倣其制而行之，則不可以强兵。

夫古之善將者，無如韓信。向使信請王而高帝不許，漢之爲漢未可知矣，又況乎連百萬之衆以使之仰鼻息於内，雖進退尺寸不敢失吾意？嗚呼！以此爲守，亦不可敢進而言戰勝哉。

周昌論

世稱漢高帝善任人，嘗論置相，若豫知有吕氏之禍者，曰：『周勃厚重少文，安劉氏者必勃也。』又嘗以戚夫人與吕后有隙，私患趙王如意終不能自全，以昌堅忍伉直，嘗諫立太子，爲大臣、吕后所素憚，而爲趙擇相則立昌。當吕后之王諸吕也，勃不能强諫，後誅諸吕，亦會天幸成功，昌則終不能全趙王矣。噫！帝之知人竟何如哉？帝不能爲趙王計深遠，徒幸一强力之相，謂素所爲吕氏憚者，以庶幾其能全，亦已過矣。

昌不求所以善全趙王之術，徒令王稱疾不行，及已被徵，王卒以酖殺。王殺，昌又不能即死，昌蓋負託之甚者。夫昌於是時，豈眞恃其彊直，謂一不遣行，便可捍后而全王哉？抑計無復之，其期期不奉詔者，可以得之高帝而不能得之吕后耶？夫上之欲廢太子也，昌盛怒强諍，吕后且跪謝曰：『微君，太子幾廢。』後后召趙王，昌留王不遣，及詔昌至，使昌以死諍曰：『臣今之不能負趙王，猶向之不能負太子也。太子既有天下，高皇帝慮趙王不能全，以屬臣，知臣能安趙王也。今太后以怨戚氏，故欲幷誅趙王，臣請先死，以面目見高帝於地下。』如此，度吕后亦爲感動。即后意不可回，王死而昌亦殉之，昌豈苟息之不若哉？奈何昌至而遂閔默，以坐覩趙王之死也？昌微獨負帝之託，即亦不能自遂其彊直者矣。

吾於戚姬、趙王之死，又深歎漢廷之負高帝者，非獨一昌也，蕭、曹、平、勃其於帝何如者？帝肉未寒，視其寵姬、愛子之死，如屠犬豕，而未聞有爲之所者，又何區區責一昌哉？昌不能全趙，而勃卒能安劉，非帝之智有驗有不驗〔二〕，則亦人臣所遭之有幸有不幸也。吾終以帝之所以任之者有未盡也。

周勃論

武健不學之夫可與定亂，而不可與圖治，是故將相異器也。厚重少文之人可與持正，而不可與行權，是故常變異用也。周勃木彊敦厚，高帝以爲安劉必勃，後卒以入北軍，誅諸吕，迎立文帝，天下於是服高祖知人，而椎魯少文之周勃亦即與伊周比烈矣。吾深迹其事，以爲不然。

勃之所以成功者，天幸耳，勃安能安劉氏哉？且當時所以計誅諸吕者不在勃。夫人臣不幸而值劉吕之際，成敗不可知，而所秉者節也。即以爲抗節致忠，曾無救於安危之故，亦必有深謀至計，豫覩其事之必濟，然後其始也不妨委蛇焉以藏其用耳，否則寧奉身而退，以不與其事則已矣。勃有一於是乎？夫勃於漢所謂社稷臣，即非一不居其位，遂可以塞責。然吾觀吕后，未嘗不畏漢大臣也。后雖暴，猶慮淺易與，其意不過當吾身以極母家之富貴而止，非若武后之遂欲以周代唐也，及諸吕既王，而後始有岌岌不可知之勢。且夫成諸吕之王者誰乎？平、勃爲之也。使於孝惠初崩時，丞相不納辟彊之邪説，吕后遂訟言吾欲王諸吕哉？即后意如是，而王陵彊諫之時，勃等佐之，諭以天下之利害，謂王諸吕者，適以蹙諸吕而使敗，以人情而言，吕后未必不悟；即不然，各以死諍，吕后未必不奪；又不然，而使所謂食其者有所開譬其間，吕后亦必罷矣。平、勃謂陵曰：『全社稷、定劉氏之後，君亦不如臣。』假令陸賈之計不行，灌嬰不先屯滎陽以待變，平時無朱虛之知謀，而倉卒非曹窋之馳告，吾不知勃所謂安社稷、定劉氏者安在？迨身入北軍而天下事大定矣，豈一左右袒之語，遂足激發忠臣義士之心而功成以是哉？吾故曰，勃之所以成功者，幸也。

然則勃將如之何？夫勃於吕后朝求無負高祖者，亦惟以生死争之，沈慮計變，以圖萬全，非其長也。當聽王諸吕時，毋亦身實畏禍，而姑隨平長短以固吾位耳。彼豈眞謂己能安社稷、定劉氏哉？是故袁盎曰：『絳侯功臣，非社稷臣。』此不易之論也。觀其東向坐責諸生，被甲而見守尉，爲丞相朝罷意甚得。武夫不學，所以自處者無術，而況國家安危之故？謂僅一木彊無文者辦之，吾不信也。是故周勃者，宜其能爲王陵之爲而不能，其不能爲陳平者，而卒與平共得之。吾故曰，勃之所以成功者，幸也。

婁敬論

屢勝之將，不可與慮戰，非智有不足，而意嘗蔽於其所恃也。楚武王侵隨，隨人使少師董成。王毁軍而納少師。少師歸，請追楚師。季梁止之，曰：『不可。楚之羸，其誘我也。』婁敬使匈奴，還報曰：『兩國相擊，此宜夸矜見所長。今臣往，徒見羸瘠老弱，此必欲見短，伏奇兵以争利，愚以爲匈奴不可擊。』夫敬之言固季梁所已見也。兵家情形瞭然如覩，以高祖之老於用兵而不悟，豈智出敬下哉？

百敗之鋒可以摧强楚，而萬乘之師見紿於夷狄，則氣盛不戒，而功成意得者之有以蔽之也。雖然，敬之料夷狄者，果盡得乎？夫懲匈奴一戰之敝，而欲以漢之長公主妻之，此萬世之辱，而敬言可斬也。乃帝且從之而無所難，毋亦平城之役創於失敬言以致敗？而於天下古今之勢之理，遂有不暇自念者耶。夫天下之言，虚心聽之，不難見也。有所恃與有所懲，二者常足以惑人，雖以英明之主，亦往往無所決擇而至於眩。是故不能移遷都之聽於平城，乃重於違敬，而遂移平城之不聽於和親。嗚呼！此豈獨屢勝之氣難於慮戰！而被創之智亦不可與圖成矣。

雖然，田豐、沮授豈非言不用而其事卒驗者？袁紹且忌而殺之。然則高祖即聽過計失，而於婁敬之説，終能割所愛以從者，是猶有人君之度者哉！

夫人惟猝然之頃，可以觀其素所挾持，而非取於一時僥倖者，遂謂可定大事也。是故兵者，呼吸之物也。法不素立，變不常習〔三〕，計不預定，以事起倉卒，謂吾可坐而制之無所害，其誰信之？

周亞夫論

昔者周亞夫嘗堅壁不出，以困吴楚矣，吴楚兵乏糧，數挑戰，終不出。軍中夜驚，内相攻擊，擾亂至帳下，亞夫堅臥不起，頃之復定。夫亞夫堅臥以安軍心是矣。然使無自信之實，而一旦變生不測，雖勇者有不爲之動哉〔四〕？吾觀細柳之營而知其號令之嚴，壁壘之肅，士卒之必不敢爲變，亞夫亦自料之定矣。是故謝安以圍棋而破虜，寇準以歌譃而卻敵，其矯情鎮物，似有出於人意料之外者，然彼適取其懷來而用之耳。

天下見其變至不驚，爲功所繇成，而不知其實有不可得而動者也。若以堅臥不起謂可取爲定亂之法，豈不誤哉？夫彼將士之畏威守約，雖臨之以至尊不可動，豈軍中更有得而擾之者？意其細柳之師，特豫戒以耀天子，而軍行嚴密，即亞夫亦有未至者耶？以持重如亞夫，而吾猶以軍中夜驚爲失，然則晨馳入壁而奪其軍者，其將不可鹵耶？故夫用軍如韓信者，終不可爲後人法也。

田叔論

人臣不幸處人骨肉之閒，有可兩全則兩全之；不然，寧絀情而伸法。蓋法勝則掩恩，然可以杜患而息禍；若法不勝恩，又緣情以絀之，見謂苟全一時，而不知其不可訓也。則田叔之焚梁獄詞是也。

夫藩臣思僥倖之計，至於殺天子之謀臣，此其罪至大。獄詞奏則梁王不可赦，梁王不可赦，而傷太后之心，則景帝勢必至於廢法。獄奏而法廢，何如先焚之爲得也？不知景帝忍人也，其不竟深罪者，蓋繇鄒陽之工於劫王信，而帝先入長主之言耳，豈田叔之焚獄詞遂能寢帝意哉！人臣奉命治獄，獄具未奏而焚之，是已先廢法矣，而乃謂景帝曰：『陛下無以梁事爲也。梁不伏誅，是漢法廢也；伏法則憂在陛下。』豈不謬哉？且是時勝詭自殺，首惡已服罪矣。梁王爲臣下罣誤，自可議親以赦，使田叔奏獄，而爲上分別言之，奚不可？乃必焚獄詞爲也？張敞之諫霍氏有之矣。人臣引義固爭，明主以恩不聽，推是言也，使下之不軌者有所畏而不敢犯，而上之恩意亦未嘗不全。人臣申國法而杜邪謀，計無善於此者。而乃探測上必不能行之勢，以先自焚其獄詞，向令王如吳、楚、淮南之爲，反形已具，吾不知叔亦將以太后故，舉獄詞而焚之否耶？故叔是爲也，適以驕諸侯而損國威，且又緣主意以自市其惠。迹是而推，叔向以貫高事幾不免者，亦謂天下事皆可如是以處耳，亦悖之甚者矣。

故吾嘗謂郅都之侵責臨江王者，殘人骨肉以爲忠；田叔之焚梁獄詞者，實非以忠而全人骨肉也。夫大臣所以善全人骨肉者自有道，田叔蓋未之知也。

東方朔論

漢武帝以微行道遠，欲斥諸縣爲苑，以館陶公主之獻地至寵貴其私夫董偃，此其過不爲小矣。在廷諸臣不聞有所諫正，丞相、御史且阿旨以成其私。而抗争不撓，所言皆關繫大體者，獨東方朔一人而已。朔豈徒以詼諧取容者耶？其傲弄公卿，毋亦以其不能正言直諫而心薄之耳？

史乃以朔與嚴助、壽王等同稱，見諸人以諛進，以誅死，若朔爲避世金馬，善於全身者，不知朔固非諸人比。蓋朔寓詞託諷，而諸人利口取給也。朔學術稍雜縱横，故頗以術數取媚天子。不然，漢廷豈有右朔者哉？王子敬且謂不如長卿慢世，豈以竊婦滌器等事，爲朔之所不能耶？後世又以朔與范蠡並稱，至有神之爲仙者，抑何鄙妄乎！夫長卿文字之豪，其行無可稱述，此不足道矣。范蠡覆吴伯越，何壯也！脱身遠害，何智也！而以貨終，何鄙也！且蠡此時已去越，豈如後世功名之士以田産聲伎自汙者？而必没身於財，蠡之始終功利於此可見矣。東方玩世，誠爲近之，然多所諫諍，豈可與屈道舍身者同語？至又以曼倩、嗣宗共稱，則益擬非其倫矣。夫以相如慕藺，吾謂還璧卻秦，必非弄琴挑心者，而能一日立於漢武之朝耶？故以范蠡爲玩世，則殖財者藉口矣；以相如爲玩世，則好色者藉口矣。而獎許阮藉，彼亂臣賊子何所不矯飾乎？

論人當觀其生平大節，而區區詼諧傲弄者，非所以定朔也。故朔者，能爲汲直而不以戇稱，不爲弘曲而能結主意，朔眞不可測者矣。世不察而徒以玩世目朔，朔固不受。夫千金買少婦輒易去，此安知非術家所託？而至以此定其玩世，則吾又不知之矣。

校　記

〔一〕予　原誤作「余」，據暫園本改。。

〔二〕有不驗　「有」原無，據禁燬本補。

〔三〕常習　暫園本、續修本作「習常」。

〔四〕之　原無，據禁燬本補。

樓山堂集卷四

論

史論

賈誼論

漢興至孝文二十餘年，天下和洽，然其創制非盡善也。於是，賈生以不世出之才，悉欲起而更定之。以絳、灌、東陽之屬害其能，天子亦疏而不竟其用。吳生曰：不用生者，帝也，豈絳灌之屬能害哉？誠使是時誼即得大臣如絳灌者爲之推引，而誼亦卒不用。何也？

誼所欲爲者，帝所必不爲，故善其言而棄其身者，繇主臣學術之先異也。方天下新去湯火，帝一切與民休息，又本好黄老之術，雖以誼所謂興禮樂、改制度者行之，上比三代之隆，下可杜諸國之變，然帝勿欲也。帝若曰：『此非吾所及也，吾學其爲如此者而已。』觀其宣室之言曰：『久不見賈生，自謂過之。』其所過者何事乎？蓋帝方自持其術以内與諸臣角，彼豈不知漢臣無出誼右者？至誼痛哭流涕而卒不可奪其意，蓋至是而始見也。夫名世之士不世出，出矣，而或非其主；賢知之主，亦不世出，出矣，而常苦無其臣。誼之遭遇文帝也，其臣與主非所謂希遘者耶？而猶鬱鬱不得稱其志氣，然則士之不用，非獨遇時君世主也。乃論者謂誼遭文帝而不免痛哭流涕之談，誼可謂躁于求主者。夫誼遇文帝而猶不用，則不如文帝者，雖欲誼之痛哭流涕而不得矣。

論者又謂誼與絳灌之屬漸漬而深交之，不出十年可以得志。吾嘗考絳侯以文帝三年就國，四年而灌嬰已死，誼以二十待詔，三十三歲始没，回翔文帝之朝者十有餘年，非必盡與絳灌同時也。始絳灌以大臣不學，而又重於紛更，其短誼者誠有之。迨其後從長沙見徵，前席之謝自謂不及，而終不任者，此豈絳灌之過哉？故吾謂帝之不用賈生者，至是而盡見其隱。誼雖與絳灌之屬深相固結，冀其推引，亦無爲也。

三代而下，才如賈誼者不數見矣。得君如漢文而不竟其用，人君有如漢文者，猶不能用賈誼，然則遇合之際，豈不難哉？誼以不用，遂憂傷至於死，又何怪焉？誼之蚤死，天也。誼即不死，帝亦卒不用。而不用者，非天也。誼不用，吾終爲文帝惜。夫人臣如誼，論者其亦可寬爾矣。

公孫弘論

史稱公孫弘阿世取寵，又據淮南反謀之言，下丞相如發蒙，審是則國有大變，弘直孔光、張禹之流，雖黨篡賣國，亦身爲之而不惜矣。余迹弘之始終，弘蓋足智持術、善於處功名者，即以從逆疑之，不亦過乎？

凡人臣之從逆者，其由有二：躁進、怙勢，其大抵也。躁進則志貪，志貪者多濡忍，及其既也，喪盡廉恥而有不顧；怙勢則氣溢，氣溢則行必邪，及其終也，欲遽自退抑而不能。夫亂臣賊子豈必盡天性乎？有所漸於其中，而居不可反之勢，然後蒙面屈節，雖孽自己作而安之耳。而弘有是哉？弘之生平則亦較然矣。雖起徒步爲宰相，然當徵爲博士免歸時，年已六十餘矣，後郡國再推上，而弘固讓，其於仕進，非汲汲者，亦豈自意其對策合上意，所成就遽如是哉？迨爲相而身自儉約，奉禄皆以給故人、賓客。及治淮南、衡山黨與，自以無功而乞骸骨，弘於止足之義，非不聞者。假令淮南之謀不泄，其所謂下弘者，不過動以富貴，毋論事成於漢相無加，乃八十老翁，僥倖於必不可得之圖，而以國輸人，弘而愚人也可，弘而智術有餘者，豈出是哉？弘之所可議者，外寬内忌，徙抑仲舒爲已甚耳。事剛察之主，不肯面折廷諍，毋亦重於以身蹈不測？而要與媮合苟從者猶不可同年語也。蓋弘爲相多識大體，族郭解，延賢人，詘於朔方之難，則願罷西南夷以奉之，受汲黯廷詰亦任過而無所辯，其因事寤主與夫爲大臣有讓，皆可爲後世法。而表章儒術，至吏通一義以上者，皆得選擇以補右職，此實爲歷代右文之始。若徒以見輕敵國之言，遂一切排擯，謂弘於回面汙行之事，殆不難屈志從之者，此豈盡知弘者哉？

漢相如申屠、王嘉以死抗節，弘誠非其人也。若青、賀、屈氂之相踵誅戮，又如楊敞、王訢之唯喏，玄成、匡衡之依違，其以視弘，弘不爲漢賢相乎？田蚡受淮南王金而有不忠之言，後武帝聞之曰：『使蚡在，族矣！』弘至元始中猶受顯褎，則弘之賢，漢固未始没之也。大人臣賢如公孫，直以不能諫争人主，後世猶將引其無據見詆之言以爲疑，況其不如弘者乎？固知守正不阿爲人臣之大節，而善處功名者，使不有生平之可見，則其邪其正，皆人所得意而加之矣，此余於漢之諸臣而終致疑於平勃也。

霍光論一

託孤，大節也。然天下方安，蒙屢世之業，奉一王之令，内無女主、大臣之禍，外而人心不叛，强敵不侵，苟非如王莽、曹操、司馬懿、楊堅之流傾險奸詐，因會攘攫，則亦不必皆如伊周者而後勝其任也。霍光在武帝朝不過小心謹慎，非有卓然可見之才，而帝以幼主屬之，於是帝號爲知人。帝誠知人，然廢立之事，非帝所逆覩。帝若曰：『主雖幼而天下安，如光者，亦庶幾不負其任矣。』然亦幸而昭帝早智，桀、安之讒不行，不然，光身且不免，安望其捍社稷，安幼主，用以答先帝之託乎？設不幸而昭帝既壯，亦如昌邑之行淫亂，吾不知光亦將舉而廢之耶？夫光之事昭帝與事昌邑異。昌邑之不肖，光廢之而社稷安。昭帝之賢，光亦幸值之而身不危。而要之光之所以輔之者未盡也。何也？

昭帝之立也，天下一切決於光，光之所以效忠幼主者，蓋無大於嚴輔翼之官，慎匹妃之選，而光事昭帝十有餘年，不聞別置師傅之屬，及左右侍從，皆選擇端方正直與夫經誼有學術之士，終昭之世，獨雋不疑引經決獄，光僅一善之而已。至爲帝納后，則上官安之女，而光之外孫也。桀之輕慮，安之幼驕，燕相平知之，而光不知乎？因蓋主納女，此何意也？光能卻丁外人之封，而不能争而卻后，此豈光所難哉？毋亦以其親戚結連可以自固，亦恃己專政而他無如何耳？不知適以啓外家之漸，而成桀、安、蓋主邪僻之私，卒之上霍争權，幾執光而傾危社稷。嗚呼！殆哉！此誰遺之也？吾故曰，光亦幸而值昭帝之早智，得終其任，而實則光之所以輔之者未盡也。

漢誅諸吕，大臣議所立，而以駟鈞家惡，故不及齊王。武帝懲吕氏之禍，將立子，而鈎弋不得赦。絳、灌爲竇氏擇師，曰：『吾屬不死，命且懸此兩人。』吾嘗即而論之，其憂深慮遠，皆可推之爲輔幼主之法，而惜乎光之未講於此也。至於受人之託，因攘而有之，夫匹夫然諾，猶相信於存亡死生之際，而況人臣之於君乎？世以孔明不取劉禪爲忠，夫使人臣而盡如莽懿之流，世寧復有君臣哉？以狗彘不爲之事，而謂此聖賢所難，何異兒童之見？故人臣不幸而不當霍光之任也，當霍光之任，則古人所謂大節不奪者，豈一死足以塞責哉？捍社稷而安幼主，吾所謂輔之之道亦安可不盡也？

霍光論二

大臣而當託孤之任者，才非所恃也，要在有不可易之節。即抗節非難也，期於有無所爲之心。是故廢立之事，豈人臣所能豫計哉？人臣而先有是心，則亦志邪而事敗矣。霍光受武帝之託，昭帝既崩，迎立昌邑，已立而行淫亂，幾危社稷，光憂患不知所出，獨以問所親故吏大司農田延年。延年曰：『將軍爲國柱石，審此人不可，何不建白太后，更選賢而立之？』光曰：『今欲如是，於古嘗有此否？』延年曰：『伊尹相殷，廢太甲以安宗廟。將軍若能行此，亦漢之伊尹也。』當是時，使無延年之贊決，光事幾不立。吾嘗思之，光亦惟不知古有所爲廢立者，而後取決延年之言，發其忠貞之氣，以舉事一旦？向使光素以伊周自命，則胸中有所期必而形於外者，亦無堅確静鎮之度，於是事會相逢，非疑則躁；而又有小人者鼓其智術，有所陰陽徼倖其閒。幸而成，則不免於殺身；不幸，天下事不可知，徒爲奸雄藉資耳。光惟不知古有是事也，然後非常之故不以亂其中，故其志一；取決一時，無所遲疑摇易於其閒，故其氣專。志一而氣專，天下之大節有不立、大事有不成者乎？三代以下有廢立之事者，誰不自以爲此古人行之哉？至於聽摇於外而志亂於中，小者身死，大者國危，甚則己欲利而有之。嗚呼！如霍光者，豈易得哉？

晉趙盾迎公子雍於秦，又患穆嬴而立靈公，背先蔑，棄士會，結敵怨。後靈公欲殺盾，而盾卒蒙弑君之惡。吾嘗謂其原皆萌於此。夫謀國如趙盾，始立不定，卒被惡名，彼後世篡弑相尋，皆繇此而甚，世豈有伊尹之事而人臣可取以自信者哉？

是故光之所以能舉大事而不亂者，非才節可述，其樸誠有餘，心無爲而爲之也。光誅昌邑羣臣二百人，其徒呼曰：『當斷不斷，反受其亂。』繇此觀之，廢立之事未萌，而身已岌岌矣。孟子曰：『有伊尹之志則可。』嗟夫！人臣無故而有伊尹之志，吾亦未知其可也。

霍光論三

霍光功名既極，不能早自裁抑，身死之後，至於族滅。班史謂：『其不學無術，溺盈溢之欲，以增顛覆之禍。』信矣！夫光於謀國豈可謂無術哉？而不能善全其宗，毋亦智有所殫則有所蔽？故光之破家者，其謀國之所不暇慮而智有所蔽者，則忠有以盡之耳。何言之？

光之功業雖盛，固非蕭何匹也。高祖之興也，非何則其事不立。然何之專任關中，身犯危殆者數矣，賴用鮑生、召平諸人之策而免。向使何屑屑焉憂身之不遑，則亦安能精心治國，以其萬全者遺主哉？故吾嘗謂人臣能以其萬全者予國〔一〕，必以其不全者自予。晁錯者，知身之必不全，必欲以其全者予國也。蕭何以其全予國，而身犯不全。霍光者，不知身之不全，而全者在國矣。國全而宗滅，宗滅可也；國危而宗全，猶弗全耳。嗚呼！光於是乎可原矣，所謂誠樸有餘者也。當其輔幼君，值巨變，躬廢立之事，仆桀、蓋之謀，使朝廷不驚，天下不動，光之心力竭矣。全身保家以圖善後，非其意也，豈獨非其意，知毒后之謀而隱忍不發，亦自知其家之必覆，而特不欲自身見之，以爲吾生可無負於國家矣。不然，輕廢天子而重於暴妻，豈其理哉？吾猶惜是時損益盛衰之戒，無一人向光言之。光非盡强愎自用者，廢立之事，決於人言；聽杜延年而修孝文時政；感夏侯不疑之言，重經術有學之士。假有鮑、召之策，吾知光亦必虚己願聽矣。迨光死而宣帝不圖所以裁之，恩寵過溢，然後始聞張敞之疏，徐生之言，故光之覆宗亦其君相不善全之過，此豈光所能逆計者哉？夫光忠貞天性，固不意其妻子遂自作逆。至所以爲妻子計者，又不能如其計全社稷之深遠，圖大而暗小，專國而後家，吾故曰，此非其不智，而忠有以盡之耳。

抑吾嘗論之，范蠡之去可以責李斯，汾陽之聲妓可以媿韓信，而處博陸之地勢，則此二者非所論也，然則如光者將必覆其家而已乎。夫鄭侯之不治垣屋，高密之不計生産，武侯不使家有餘財，此皆可爲人臣居功名者之法，光猶未至於是與。然人臣之功，其萬分未至於光者何限？亦以其身家僥倖，而又非盡不學無術者也。嗚呼！光於是乎可感矣。

蕭望之論

蕭望之以材任宰相，爲宣帝所器重，受遺輔政，身爲帝師，可以有爲矣。而以與史高、恭、顯忤，内外交掣，卒以殺身，其死爲可憫。吾以望之之死非獨其身之不幸，西漢之弱實始於此。何也？

望之以師傅舊恩爲帝所嚮，名儒高節，猶宦官、外戚之所憚也。弘恭、石顯自宣帝時久典樞機，其不可遽退亦已明矣。元帝之暗弱宜亦望之所知，望之不能據法守正，執退恭顯於宣帝之時，而乃以太古久遠不近刑人之制匡拂元帝，豈不誤哉？史高是時徒取充位而已，使望之制之有方，當不至與隙而驅之以與恭顯比。劉向、周堪既皆任用，使不亟亟進取，自相稱薦，亦不至授敵以閒。如是，而望之可以得志。奈何志不出此，卒以讒死也？自望之死，天下士大夫喪氣，於是貢禹、匡衡之徒相繼任用，要皆宦官、外戚所援引，依違附和，釀成王氏之禍，在廷大臣遂無一人敢抗之者。余嘗逆而遡之，謂皆自望之之死貽之，不爲過也。

夫大臣以其身係國安危，死何足惜？然有不得已而死，死而足以激發忠臣義士之心，使國雖亡而猶不絶如綫者，死之可也，則李杜諸君之受禍是也。時與勢皆不至死，死且無益於國，適足以張凶人之氣，而使天下持禄畏禍者率用是爲戒，則望之之死是也。故望之者，不可以死者也。不可以死而死，誰謂死足重哉？使望之於是時艱難深固，陽以不逆其意，而乘機遘會，去邪佞于不動聲色之中者，上也。不則如任隗、袁安行義脩内，雖守正不阿而不爲竇氏所害。又不然，當廷尉獄解，奉身而退，堅臥不起，庶幾感悟帝心，使恭顯猶有所憚。數者無一，而慮淺謀泄，自蹈讒慝而死，蓋亦忠節有餘而識量不足者也。

吾觀望之之陷韓延壽於死，已知其忮刻，無大臣之度。受鄭朋邪諛之詞，即接見以意出獄。受爵之後，更生既使外親上變事推進，已而又聽子訟冤，意其喜趨附，好聲勢，至老不衰，不知先以其身入恭顯術中矣。大臣有不幸值恭顯之際者，其毋以其身入人之術中哉！

趙充國論

充國振旅而還，所善浩星賜迎説充國曰：『衆人皆以破羌、强弩出擊，多斬首、獲降，虜以破壞。然有識者以爲虜執窮困，兵雖不出，必自服矣。將軍即見，宜歸功於二將軍出擊，非愚臣所及。如此，將軍計未失也。』充國曰：『吾年老矣，爵位已極，豈嫌伐一時事以欺明主哉！兵執，國之大事，當爲後法。老臣不以餘命一爲陛下明言兵之利害，卒死，誰當復言之者？』卒以其意對，罷遣武賢。余謂充國之言忠矣，而浩星賜之策未爲非也。

夫充國死守屯議，至煩璽書數責，而已數條奏，又最後帝下其議，而羣臣皆服。魏相任其計，爲必可用。其所爲一時事者，不必伐而朝廷已深知矣。其兵之利害，已盡詳前奏中，不必復言，而已足爲後法矣。朝廷既已知其能，而已復不有其功如此，則宣帝未必不益多其讓，而强弩、破羌有不感而且愧者乎？而必厚自張伐，不録二將之功，令武賢深恨，卒告其子以死，則亦充國不善自全之過也。夫當諸羌背叛之際，上使丙吉問誰可將，而充國曰：『無逾老臣。』吾意是時已深中廷臣之忌，及守屯議，而舉朝先無是其策者。向微明君賢相，充國能卒行其計而成功乎？排衆議而功成，即微自伐，吾亦岌岌慮讒之不免，而況故以其身犯之哉？

有謂充國始終以忠自守，身死不顧，何恤人言？夫在事之日，灼見利害，知功可必成，則宜以死争；至功見事成，行能既著，則宜讓。此古大臣自全之道，而充國不受善言，卒有子禍。與辛氏世隙，然則其以壽終也，猶非不幸也。嗚呼！漢將如營平者，殆無幾矣。而吾猶謂武賢之告，實其自取，則功名之際，居之者蓋誠難哉！

師丹論

吾觀師丹定陶之議，則當時廷臣無有明經合禮右丹者，然亦因是而有感於世變矣。蓋共皇以定陶爲號，而不立廟京師者，此丹獨議也。丹豈不知上忤帝意，然見禮甚正，故持論不阿，丹可謂獨立不懼者。是時董宏上書引秦爲據而欲立共王后爲太后，泠褒、段猶則欲立廟京師，厥後朱博、趙玄復稱引宏議而劾免丹，此豈眞有見於典禮哉？不過揣人主欲私其親之心，乘閒以爲富貴資。若是乎，禮之是非，即自人之邪正分之也。

宋濮議興，而司馬光引丹議爲據，歐陽修以皇伯之稱在古無稽，而禮官臺諫共指爲邪，然各據典禮，與議定陶時異。中書禮官皆一時名賢，無所黨附，然中書本生親之文，亦未始非也。本朝興獻之議，又與議定陶時異矣。永嘉創千古之見，政府執師丹之文，各成其是，政府視濮議時，中書持之，不無稍過，遂反爲附永嘉者捷徑。於時董宏、褒、猶實繁有徒，似乎人之邪正又以禮之異同而見矣。永嘉之議今可行百世，然一時舉朝執丹説者，至九死不悔，視丹義陽之封，其禍福之效，又何如哉？

要之，守正者雖違世見殆，其立志較然，自可行其所是，以合乎聖人之經，豈與夫依附揣合如褒宏者流，議雖伸於一時，而孰知其爲萬世羞也哉？是故事君而揣人主之私以立説者，君子終不予之爲知禮也〔二〕。

史丹論

申生之死也，非獻公殺之，而諸臣殺之也。里克無論矣，士蔿、狐突使之逃，杜原款勉之死。夫廢立何事耶？國無骨鯁之臣，强諫力諍以回悟其主，徒使其子計畫無復之，或不得已，而出於徼倖一時之計，嗚呼！可悲矣。故吾嘗以叔孫通之諍易太子，爲有大臣之節。至若竭誠直諫，使人主有所動，而事得以立寢，要未有如史丹之正者也。

元帝之寵傅昭儀而欲立定陶王也，皇后、太子及帝舅王鳳皆憂不知所出，丹以親密臣得侍視疾，候上閒獨寢時，直入卧内，頓首伏青蒲上，涕泣言曰：『皇太子以適長立，積十餘年，名號繫於百姓，天下莫不歸心。臣子見定陶王雅素愛幸，今者道路流言爲國生意，以爲太子有摇動之議。審若此，公卿以下必以死争不奉詔，臣願先賜死以示羣臣。』於是上意大感，直自諱其意，而太子得遂爲嗣。夫候閒獨言，示以必死，已足奪人主幾幸之心，又謂得於流傳，使不至自遂其意，此於事理甚明，人主非至昏暴有不即悟哉？使於此而先持觀望之意；或不然，必至公卿廷諫，反使其主以無所容而成愎，天下事去矣。故廢立大故往往至於不可救者，則皆人臣之過，又非獨希意順旨者之過，繇不能乘閒直發，執義固爭，使人主有所感動者之過也。

唐高宗欲廢后而立武氏，所憚者，遂良一人耳。遂良曰：『陛下即欲廢后，宜更選擇。』夫不争其不可廢，而使其有所擇，以縱其意，嗚呼！豈有濟哉？故遂良非士蔿、狐突、原款者之比也，而事不幸類之，況乎國有大事，其爲里克與長孫無忌者不少也，又況其多勳與敬宗之流也。

魏相論

漢自武帝多事，丞相屢以不稱職誅。霍光秉政，所置相則皆其故吏取充位者，微獨功業不見，相權之輕亦於是極矣。獨魏相以練職稱上意，然後有所摧仆，使漢相以重。而相又好觀國家故事，明經術，識大體，捐釋敵忿，奏言災異，豈不爲漢賢相哉？然吾以爲其才有餘而識不足，術可以取位固主，而非有公正不阿之節，是故西漢之亡始於宦官而成於外戚，未必非相貽之也。

夫相自白去副封之後，帝固已深倚任之矣。相能探微旨以破散霍氏之謀，豈不可因主方嚮我，而有所執持裁抑，以遏絶内外干預之漸？其奏封事必因許伯者，此何爲也？霍氏不宜泰盛，自可訟言於朝，以引義固爭，而乃有所因緣以爲重，然猶曰非是或未必濟也。至於言國家安危大計，亦曰願與平昌侯、樂昌侯、平恩侯等詳議乃可，豈以漢廷諸臣遂無出外戚右者？吾於是而有以窺相之私矣。即繇是推之，蓋寬饒以刑餘法律之言坐死，而相不救，夫豈不能爲鄭昌之争乎？重失内廷之意，故輕視直臣之死。彼固交懽王許者，而欲與弘恭、石顯爲忤，此豈其情也哉？世謂漢相以丙魏爲冠，余則以宦官、外戚之禍皆自相貽之。

固知人臣進結主知，使功名顯遂，凡饒才術者優爲之，而古大臣不以是也。所謂大臣不以是者將如何？亞夫之争侯王信，王嘉之封還詔書，申屠之爲檄斬通，宋弘之正坐讓譚，疏廣不使外家監護太子，以示陋於天下。嗚呼！此謂有不阿之節而智深慮遠，其所關係人國家者，固不止一二世也。夫漢廷必如此者可爲大臣，而魏相則猶未至於是者歟！

校　記

〔一〕予　原誤作『余』，據暫園本改。本篇下同改。

〔二〕予　原誤作『余』，據暫園本改。

樓山堂集卷五

論

史論

漢光武中興論一 乙酉五月

國家當陵遲衰微之後，内外多故，勢且不立，其主能奮然而起，遵循祖宗法度，以盡反衰世之陵夷，如此者皆中興也。至於社稷不守，大業盡亡，而己不過以宗室之苗裔，取之他人之手，以光復舊物，此雖名爲中興，其事實難於開創，自古至今，惟光武一人而已。

夫秦之亡天下也，楚最無罪，故亡秦者必楚，非楚之必能伐秦也。而天下之苦莽也，人心思漢，故漢必覆新，非漢之人即能興漢也。漢者，人所借之名耳，豈持空名可以劫天下哉？空名可以劫天下，即無論王郎，而更始胡爲者？盆子胡爲者？子嬰固嘗帝天下矣，方望夷立之，亡不旋踵，又胡爲者？此以知光武之事難於創也。何也？創者有其實者也。有其實，是故背聖公而不爲不義，遽即位而不爲不能待，知天下不可無我，而我無倖取之心，則以我取天下，而天下有舍我莫之之勢。故光武曰：『向使成帝在，天下不可復得，何也？吾非取之漢，而取之他人者也。』有其實者也，豈與夫假竊名號者，徒幸天命在漢，遂欲因便伺釁，以僥倖於非據哉？彼晉元、宋高雖國覆君亡，然正朔尚在，己特持空名以爲人擁立耳，既立而志願盈足，不但無經營天下之事，又偷安狃狹，忘國大仇，反若非是不爲利者，於此亦曰中興，此又嚮之盜賊倔彊以妄度乎非義者之所羞稱，而烏可比迹建武之隆哉？

吾故表光武之興，以爲非有創之實者不能也。彼無創之實而有其名者，吾不能禁其不名也。雖然，天下果可以名劫哉！

漢光武中興論二

古之得天下者，豈必皆生而有天下哉？生而有天下者，繼體蒙業之主也；非是者，或絶而復續，或取之他人之手，是本無而有之也。本無而有之，當其無也，無利於天下之心，而聽其所以有之來；及其有也，無震於天下之勢，而盡其所以有之事。夫不能盡其有者猶之無，而不能聽其有者，即其有之也不能堅，吾於光武之有天下，知其能爲盡者而能不爲利也，是之謂能有天下者矣。

懷愍之没也，元帝即位於江南。後宋之徽欽被虜，而高宗亦渡江立國。此兩者天下原未嘗絶也，又不待取於他人而自有，則聽其有之來，而因盡所爲有之事者，視光武不啻十有九之易。以今觀兩君之意，若有震焉而不能受，又若非是不爲利者。此實何哉？

晉元之即位也，命王導同升御牀，諸吏投刺勸進者，加位二等；民投刺者，除吏至二十餘萬人，其意必以爲非劉石吾不至是。而建炎之際，其一時將相，有可以進取之勢，乃棄而不圖，至其後視議恢復者爲寇讎，若恐二聖之一旦復來者，此皆以爲吾非其有而有之，則有之爲已足矣。如必盡其有之事，則事反至於不能有者，可奈何？是故利没於前，害怵於後，不惟苟且倖於目前，即狹小亦出意外。何也？此本無所以副於天下者，而其器不足以受之也。

夫光武其始亦取非其有矣。春陵首義，旋立大勳，乃一無有冀焉。直至於更始既敗，然後若不得已而有之者。是故當其時，河北之事非彭寵不濟，寵自恃其功，而帝待之不滿其望，若曰：『吾無利於天下之心。即微寵，而天下固吾有也。』至同時侯王崛起，據土地、假名號者以十數，而必盡仆之而後已，蓋能盡其有者，然後謂之能有天下，然後知惟無利於天下者能有天下。

向使光武沾沾焉於即位之後，唯爵賞其素嘗相從及鄗南勸進之人，此何異於更始封十八王之故智？及其既平諸盜，又令終置隴蜀於度外，此與後之畫江而處者，規摹雖異，要爲不能盡其有矣，其何以稱光復漢室，爲中興令主哉？夫古中興之主，唯光武爲能有天下，而他謂之不絶所有則可矣。

李固論

李固遭漢末造，以争立孝桓爲梁冀所惡。冀又以固名德，恐終爲己害，使馬融爲奏，卒陷之死。當是時，固蓋居必死之勢矣。固死而天下悲之，後世傷之，固豈不謂得死所哉？吾猶憾固不死於質帝遇酖之日，而死於蠡吾既立、梁冀誣奏之後也。

質帝中毒，召固，索水不得而崩。固伏尸號哭，推舉侍醫，冀慮事泄，大惡之。論者謂固當是時請太后出御前殿，召三公、中二千石、列侯、司隸、期門羽林士大會廷中，推舉尚食，窮問崩故，可以立得罪人，致於廷尉，凡與謀者殺無赦，即建白明德，策立清河，不崇朝而漢業復隆。嗚呼！使固計出此，能得罪人乎？不能也。能立清河乎？不能也。太后決不忍暴梁冀之惡而從己，趙戒、胡廣亦決不能助己以犯冀鋒。固果出此，固亦必死，然死而冀惡必彰，人心必奮，上可以報先帝，下可以奪梁冀之氣。而曹騰之説或有所不行，此孰如死於獄中之爲得哉？夫順帝崩，而清河之立既阻於前；質帝弑，而猶冀前議之可復者，此必不得之事也。乃猶遺書於冀，申其惓惓，用以激怒，豈不愚哉？吾故曰，不如死於質帝遇酖之時爲得也。

抑吾於固之死尤有感焉。自固下獄而後始有貫械上書，要鐵鑕詣闕門通訴者，是東漢之氣節實以此而立；氣節立而後黨勢成。揆其所起，皆李固、杜喬之死風之也。世謂漢以黨人而亡，不知漢之所以亡者，繇宦官、外戚貪立昏庸以至傾覆，向微諸黨人杖義植節，至死不悔，漢之天下豈至賊丕而後禪哉？凶如董卓而不能取，奸如曹操亦不敢有，而貽之於其子。名義之足以留人國家，蓋至是而後見也。而其事始於李固，則固之死於梁冀誣奏亦豈爲非所哉？而吾猶謂不如先死之爲得。然則人臣有號爲通經如馬融而陷人之死，相知如黄瓊乃視其死而不救，而趙戒、胡廣之流則貪位畏勢以冀苟生，若此者眞所謂生不如死也，吾又何憾乎死者之如固也？

丁鴻論

後漢書：鴻父綝初從世祖征伐，鴻獨與弟盛居，憐盛幼小而共寒苦。及綝卒，鴻當襲封，上書讓國於盛，不報。既葬，乃挂縗經於冢廬而逃去。後於東海遇鮑駿，駿止而讓之，鴻感悟，垂涕歎息，乃還就國。范氏謂其終悟而從義，異乎鄧彪、劉愷之遂其讓而不反者。

宋蘇氏兄弟則據范氏之説，於鴻之終悟也深嘉而屢歎之，而甚鄧劉之讓爵於弟爲不勝戮矣。吴子曰：君子而必以聖人之道充類責人，豈惟此三子者非其分之讓爲可罪，自吴泰伯而下未能免矣。然孔子曰：『泰伯其至矣乎！伯夷、叔齊，賢人也。』非夫子論定，則泰伯之讓，志在翦商，不得爲仁；而伯夷反道從命，亦未合於義。然如此二人者，其處心積慮出乎忠孝之至，非有所爲而爲之。故曰，非聖賢不能也。後世聞風而迹其事者，要不能無所爲；推其心，蓋知忠孝之爲美也。而析義未精，行之或過乎正。然君子取之，若曰：『覩世俗之争而讓者，不庸愈乎？』且以應襲之封而推以讓弟，使弟受非分而己爲名高，其矯而不合於義而不爲也，此庸人所易。以己所應得之封而推以讓弟，事誠不可爲訓。然能斷斷奮義而行之，此雖賢者亦難。以賢者之所難而誅其能蹈之，以庸人所易者而責其必不能全，豈聖人與人爲善之意乎？

三代而下，父子兄弟之閒，以争奪而至於弑逆相尋者，何可勝數？一畝之宫，數瓶之粟，取者稍贏，手自戟矣，况乎享有爵土？而捐己善讓，豈非慕義之過？而足以矯世厲俗者，乃必曰：『此棄禮亂法，罪不容赦。』吾不知以此與争者比，又將何罪之施耳。争者滿世，讓者無一焉。東漢好氣節，然如此者，亦不三四見，猶區區執中庸之道，以爲此聖人所必不爲，嗚呼！其亦不恕之甚者矣。聖人不聞以魯桓之弑而深罪隱公，以闔閭之亂而追論季子。夫泰伯、伯夷，古之聖人也，其讓也，夫子稱之，況世益下而人非聖也，其爲能讓，獨可罪乎哉？

鴻之書曰：『生不供養，死不飯含，身被大病，不任茅土，以是而讓也。』鴻初非不裁於義者，吾猶悲其感於鮑駿之言，不卒遂其志。夫駿所引不以家事廢王事之云，則公羊是衛輒之説也，抑豈當於聖人之義？乃使論者援以督過彪愷，至猶不得與鴻同類而共原之也，悲夫！

郭泰論

東漢之季，權歸宦豎，勢在戚孽，士大夫厲節抗義，至於遭黨錮，陷刑辟，終死不悔者，不可勝數。後世感慕氣烈，未嘗不病其過。然是時即微諸公，漢亦卒移。使諸公不爲其過，漢之爲漢，又何如哉？余獨怪郭林宗名傾一世，卒與世浮沈，而天下猶以其不與黨禍爲高。嗚呼！若林宗者，所謂巧於取名者也。其圖身則哲，謂不愧於李范諸賢，吾不信也。何也？

初，林宗之名震京師也，繇李元禮，而其所最稱歎者，無如范孟博。二賢之於林宗，誠以其同己而重之耶？抑以其非己所及耶？如以其同己也，則宜有知己之感，泰豈其吴導、景毅之不若？以其非己所及，則二人亦既以鈎黨取罪矣。事免之後，何不稍刓其節，希林宗之風？而必伉直不回，卒以誅死。是故林宗以能免爲哲，無以處夫李、范二賢及陳、竇諸君也。林宗亦既交李、范，慟陳、竇，同時名士無免者，而郭泰、袁閎何以獨幸苟全耶？夫易稱先幾，詩景明哲，無道能容，吾於林宗何尤？然林宗固不可與申屠蟠同年而語者也。黨禍之興也，以非訐朝政爲名，然事繇名士之互相標榜。始慕誘而後有標榜，有標榜而後有非議。當時林宗實爲八顧之首，己始其事，人罹其害，人以不免爲過，而己以善全爲高，吾不知林宗果何術致此？林宗於仕隱之閒無所據，於人己之際無可解，不獨有愧於李、范二賢而已，胡廣依違外戚，連姻宦寺，天下猶有譏之者，而林宗以名高相掩，故人不得而非之耳。

余讀范丹傳，謂丹深鄙郭林宗、賈偉節之爲人。夫丹之不就王奐，視泰之假榮同舟者，誠爲不類，而平時引勢以相重，遘艱則幸免以爲能，丹之鄙泰未爲過也。嗚呼！東漢尚氣節，然亦多爲名劫。以郭泰之名而不誅其隱，何怪乎世之議黨禍者，輒以李、范、陳、竇諸君之死爲過也？夫使世不有爲其過者，郭林宗眞東漢之季一人矣。

陳寔論

當李、杜殺身之後，使諸君子即相率以禍爲戒，呑默隱忍，以浮沈於宦官之世，謂漢之天下復有士氣耶？故黨禍有必成之勢，而諸君子無苟免之理。陳寔始與李膺之禍，時黨人多逃遁不獲，懸金購募，使者四出相望。寔曰：『吾不就獄，衆無所恃。』自往請囚，是寔固未嘗免禍求全者也。其後復舉鈎黨，張讓以德寔故，多所宥全，寔微獨已不求免，又卒能免人於患。或曰：『使東漢諸君制行皆如寔也，黨禍何自作哉？』余以爲不然。

夫天下之事，有自我爲之，則爲先幾；而他人爲之，即爲隳節。有自我爲之，則爲保全善人；自人爲之，卒以貽恥士類。其所爲設心者不可不觀也，又必要其事之本末、人之初終按之，然後其所設心者爲著見耳。常侍侯覽常託太守高倫用吏，寔曰：『此人不宜用。』而常侍不可違，乞從外舉。又中常侍張讓歸葬潁川，雖一郡畢至，而名士無往者，張甚恥之，寔乃獨弔焉。使不深觀寔之設心，敢以此二事爲儉德避難哉？又使不觀寔前嘗就獄與後多全宥，即寔之設心，吾亦未之深信矣。是故李膺、范滂能爲陳寔而不爲。陳寔者，非其不能爲李范者也，有李范即不可無寔，寔之爲所以爲李范也，君子亦信諸其心而已。不原陳寔之心，而因欲貶李范之節，則太邱豈甘以其身爲黨禍諸君之罪人哉？是故因黨禍原寔，此寔之心也；因寔而罪諸黨人之受禍，豈獨非其心，且其事亦夫人而能之矣。

唐元稹因宦官得宰相，此誠士大夫之恥。假陳寔無所爲而弔張讓，此恥豈在元稹下？嗚呼！元稹趨利者也，或謂即無利不得不避禍，吾不知後世士大夫屈節奄宦，至有稱誦功德者，利耶？害耶？此又苟免求全者之所羞稱也。

荀爽論

古之奸雄，雖力可以竊國命，移天祚，而不能奪者，士人之志節也。士能行其志者，惟是出處之際而已。節不可變，雖臨之禍福而不動。既已畏禍貶節矣，猶欺天下後世曰：『彼其志或未必爾也。』其誰信之？吾觀東漢名士，非必皆志不欲仕者也，而往往不就徵辟以爲高，其事多類於以退爲進，但不爲戚孽宦豎所引重也，則君子亦恕其所立心矣。獨怪荀爽危言直節見稱於時，黨禁解後，屢辭舉辟，而竟爲董卓所徵，驟歷台司，忍垢而死，此實何哉？

君子之於仕進也，不惟有不可枉之節，亦必度己所能爲與否。以卓之凶暴而尚欲存心匡救，至勢不可回，則因而圖之。若此者，非爽所能也。僥倖其不能者，以先喪其所不可枉，事之無據，無一可爲爽原也。爽被徵，謂爲吏持之急，不可遁命；然既徵之後，一月數遷，而爽不之辭，此又何也？爽不獨不能爲伍瓊、周珌，亦幸不爲蔡邕之續耳。瓊、珌爲卓所舉，卒以諫卓遷都死，邕則死於附卓。夫死於附卓，何如先以忤卓死？況申屠蟠、鄭玄之猶未至於死者乎？故謂邕、爽之不愧此數子，吾不信也。廢帝遷都之議，邕能救盧植，而爽亦遜言以免彪、琬，然宗社傾蕩，則依回聽之，居位若荀爽者，吾實未知其可也。

後世名士不幸爲邪臣薦引，既不能拒，而又寬爲之辭曰：『彼欲有所匡濟也。』乃事不可立，而我之志節已先爲其所奪。嗟乎！如荀爽者，可勝歎哉！

魏武帝論

古之得天下者，未有不明於形勝之説者也。乘亂而遷國，因治而營邑，其道皆不外此。漢興，納婁敬之説而都關中，謂可一面制天下。然方其起也，以王漢中，蜀漢既固，還定三秦，然後馳騁梁楚之郊，故項羽未滅，而成敗之形已瞭於掌上矣。夫六國之所以幷於秦者，豈勇力智慧不足哉？形不利，勢不便也，此賈誼之説也。今夫決機於兩敵之閒，度險易，料彼己，決勝負，善用兵者皆能之。而至於争天下則不然〔一〕。争天下者，貴明於天下之大勢而已，得其勢而處之，然後不爲人所制，而已可以得志。吾觀三國之用兵，無過魏武，然終不能幷孫劉以一天下者，蓋料敵之智有餘，而争天下之才不足。何者？不明於天下之大勢也。

夫天下之大勢，中原可以戰，而不可以守〔二〕，吴蜀可以守而不可戰。以其可守者予人〔三〕，則己之戰力無所用矣。是故蜀漢不得，荆州不可得而有；荆益不附，吴會不可得而破。魏武不先攻漢中，以其勢下蜀，而遽用兵荆州，此失策之甚者也。然雖兵敗於吴，而苟先據漢中，荆州可不戰而自有。何也？勢在我也。嘗考建安十六年曹遣鍾繇討張魯，隨自破馬超、韓遂，盡有全關之地。是時備未入蜀也，誠於此時破服張魯，因魯之資以下蜀，劉璋之不敵審矣。然後撫循蜀漢，使備進無可據，而即以其勢下荆州，則備方資地於人，其新集未固之衆，可以即破。劉破而吴孤，不過數戰〔四〕，權自屈服。乃棄而不取，使得據之以爲守。至備取蜀之後，然後進争漢中，嗚呼！亦晚矣。先主之初得蜀也，劉曄勸急取之，後魏武嘗以不用其策爲悔，況取於備未入之先，不尤易爲力乎？益州天險而土沃，秦用之以吞諸侯，漢因之以開帝業，先主得之以成鼎足之勢。夫自先主得之則鼎足之勢成，自魏武得之則天下之勢一矣。世謂魏武明於料敵，變化若神，而以不明天下之勢，失可以一天下之機。故用兵若魏武者，吾終謂其一將之才有餘而已。

諸葛亮論一

天下之勢，知其止可如是，而如是即止，不以才累智者，管仲也。知其不可如是，而不如是不止，不以智蔽忠者，諸葛亮也。世之論者曰：『亮則忠矣。舍荆州用武之地不據，而退保自守之蜀，不乘先主之尚在，諸宿將之未死，與蜀漢之新附，以及其鋒而用之，而舉事於禪立之後，此烏在其爲智哉？』吾以爲此亦未即天下之勢論之耳。

蜀與吳魏之立，非若劉項之相争，而吳魏者不若隴西、天水之小竊。操之武而多謀，權之沈而能決，非若籍之蹶張與公孫、隗囂之庸妄。蜀之將相不及嚮二時之士；先主雖傑，非高光之比；蜀即承漢緒，非適當天命之滋至。此不待智者而知也。假亮即以其跨有荆襄之衆，奉其傑主，以帥敵萬人之關張，能左蹙曹而右殲權乎？又不然，及蜀漢之新下，能悉鋭而長驅北向乎？毋論志不可獲，設用師於荆，窺吳則魏乘其後，窺魏而吳更違盟，不幸亦如羽之陷覆，復安得一退守之蜀而有之？且蜀新附，而一日數驚，魏師之至者何爲也？嚮使劉曄之計行，方自完不給，又安能即圖魏乎？故亮不得已而保蜀，及先主死而後師數出者，亦其勢使然也。何也？先主之英，二敵之所忌也，禪立而敵且易之矣，蜀不圖魏，魏且圖蜀，故伐魏者不足而示之有餘也。示有餘，然後足以憚魏，魏憚我而後吳之和固，吳之和固而後蜀可安。吾故曰，此其勢使然，非亮之智能計及此哉！夫鼎足之勢瞭於隆中，悉亮之智而竭其治國之才，豈以坐安一蜀不足，而連年暴師，竟至齎志者？在亮之自言矣，曰：『不伐賊，王業亦亡。坐而待亡，何如伐賊？』又曰：『鞠躬盡瘁，死而後已。』嗚呼！亮蓋知魏之不可即滅也，而身之不敢即安者，非其智不足，而不欲以智蔽其忠者，亦其勢不得不出於此耳。不然，先主死而後伐魏，伐魏而謂天下可圖，亮雖略短不至是。

彼管仲者，一匡九合，勢足自爲，而世且以不能致桓於王爲仲病。夫致桓於王，則代周矣。仲即才，詎知天下之勢有所不可哉？仲之料此固已審矣。吾故論亮而因及亮所自比之仲以擬之，以見夫不明於天下之勢者，執數説以論亮，吾未知其可也。

諸葛亮論二

亮之不能統一天下者，非其智不足，而勢有所不可也。吾前論之詳矣。然則亮無失乎？曰，亦有之。而世之論者不與焉。

論者曰：『操召丕而屬之植，以譚尚爲戒。而丕與植迄不相能，使捐數十萬金閒其大臣，骨肉内自相殘，然後舉兵而伐之，此高祖所以滅項籍也。夫植始雖以才見幸，然輕動多過，固非有奪嫡之深謀，且是時勢已在丕，毋論非劉項之比，即與譚尚之各樹兵者已異矣。又黨植者不過楊脩、儀、廙，皆浮華豎子，不足與計大事。而丕之奸雄亞操，固不至如譚之暗而無識，籍之躁而輕疑，其羽翼之衆又不若骨鯁者之僅有增也。兵未交而閒行，則事易泄，欲遂以此蹙曹，此疏之甚者也。』論者又曰：『亮數出軍祁山，魏延請以勁卒五千，與亮異道襲魏，亮制而不許，故失此奇功。夫未論延有異志，兵難獨授；延即勇，能以數千人覆魏，降虜夏侯楙之君臣乎？雖愚者知其不可，況亮乎？以此而譏其軍事非所長，是兒童之見也。』

　　而吾所謂亮之失者，蓋亮有可乘之機二，而惜未之及也。夫關羽之圍曹仁於樊也，時先主已得漢中矣，操憂羽而欲遷都避鋭，遣徐晃援仁，度其勁兵鋭卒已悉於樊，亮以此時别遣將助羽，而己帥師北向，更發使至吴，申固盟好，説之伐魏，吾不知曹何以應？固吴則吴不至襲羽，助羽則羽必能下樊。又羽方勝魏，而蜀方睦吴，吴知羽已乘勝，而蜀更出師，起而相從，可以收利。此一役也，魏可以亡。而亮計不出此，深可惜也。孟達之反魏也，亮惡其反覆，又恐其爲患，亮欲促其事，故泄其謀，以致懿潛軍斬達。以達之驍猛而假節據要，其勢足以擾魏。達擾魏而懿必身當達，吾厚固其交以助達，而己復悉師向魏，且達先圖連吴，而使吴亦從東起，吾不知懿又何以應？夫達之與懿其難易何如也？使因達而可以逞於懿，然後圖所以制達者，豈其難哉？亮不過慮達得志，是魏未滅，又生一魏也，曾不悟高祖計王信越以圖所以殘楚之術。故曰，亮之失者有之，此又其一也。

　　夫不知亮有可乘之機，而以閒丕聽延爲必不可得之事以罪亮，此爲啗於計，而不知天下之勢有所不可。亮失可乘之機不圖，而以十不及之地，百不及之衆，竭智畢忠，奉區區不絶之名號，欲力征以統一天下，亮亦不自知天下之勢有所不可也。

校記

〔一〕則 原無，據禁燬本補。

〔二〕以 原無，據禁燬本補。

〔三〕予 原誤作『於』，據暫園本改。

〔四〕不 禁燬本上有『度』字。

樓山堂集卷六

論

史論

孫權論

孫權乘父兄之資，值紛争之世，悉其江東之衆，宜可進而統一天下。乃其土地竟於一江，終其身，非北服魏，則西和蜀，不聞有飲馬河雒，觀兵涼益之志〔一〕，則非智有不足，亦其勢有所不可〔二〕，權可謂明而得所處者矣。蜀則猶吴耳，鼎足已成，曹之不能圖吴蜀也，猶吴蜀也，此當時之勢也。惜孫權知所以自處而未知所以料人，卒其所以得處者，其自失也甚矣。何以言之？

語曰：『圖王不成，其弊不失爲霸，未聞君臣之閒而可隨勢輒變者也。』權之始而拒曹也，謂曹託名漢相，實爲漢賊。其拒曹也，所以奉漢，然是時權已無漢矣。齊桓公以諸侯之師伐楚，責包茅不入，屈完曰：『君若以德綏諸侯，誰敢不服？君若以力，雖衆無所用之。』桓公與之盟，而天下於是服桓公之大，而完辭之正亦無所屈。曹之挾天子而征伐也，既破荆州，移書責權，蓋自視桓文矣。向於此時權亦以完辭還對，曹將如之何哉？乃張昭之欲迎者，畏於勢之不敵，而非必見於漢之不敢貳也。瑜之拒之者，見江東之不可失，而非謂破曹遂足以定漢也，然猶曰『非是則鼎足之勢不成』。權方欲爲曹之爲，與之分争天下，而何能服曹？是故曹終身不敢篡漢者，以吴蜀綴之也，此戰之力也。然一權之身，始以新集之衆連蜀破曹，既以已固之勢，又敗羽臣魏，此曷故哉？謂之奉漢則拒奉辭之曹矣，謂之争天下則臣篡漢之丕矣，明大勢也則始逆之而旋順之，執大義也則方臣之而輒背之。夫權豈不知丕之不及父哉？而卑體稱藩，受其錫命，善料敵者如是乎？操之不遽篡漢者，以兩雄之未滅，而丕之卒受禪者，以蜀方自守而吴且先服，已益無所忌而有籍以爲名耳。其於權竟何益乎？

古人有言曰：『抑君似鼠。』吾迹權之始末，亦爲近之。重於失江南則拒曹，而敢於絶漢，非中心不畏曹也；抑重於失荆州則攜蜀，而甘於臣魏，又非實中心戴魏也。是故權者見小利者也，非惟争天下之智不足，卒亦不知所以自處。後之君子尚以固守臣節、没身奉漢號而不敢帝制期之，不已過乎？權亦幸而生漢末造，承父兄之資，而遇起者曹劉耳。倘天命聖賢，而時有高光者出，則於公孫、隗囂之閒置一權者，吾不知果何如也。

荀彧論

荀彧，智謀之士，自當時何顒、鍾繇皆過擬之，以爲王佐之才，顏子之德。而宋蘇軾曰：『文若聖人之徒也，其才似張子房而道似伯夷。』余以爲不然。伯夷避紂就文王之養，終身未立於紂之朝，亦終身未爲周畫一策。周伐紂而夷猶以爲不可，夷之心自盡而已，於商無益，於武無損，非有所出於不得已也。子房從高祖，於時秦既破，而故主已死矣，所争者一項籍，故良竭能盡智奉一主而已善終。彧三世爲漢臣，因董卓之亂，勸操迎帝都許，挾天子以號令天下，此爲忠於漢矣，孰知漢祚之所以卒移，操之所以遂其篡志，而勢不可復制者，即以此哉！故彧之言爲漢，實爲曹也。當操失利於張繡之時，彧爲操畫策曰『與公争天下者惟袁紹』，而至引劉項之存亡以爲喻。嗚呼！此豈爲漢者哉？夫彧始終所畫之策，荀攸、程昱、賈詡、郭嘉輩皆知之，不必彧也。自彧勸操迎天子，然後袁紹内懷不服。紹之所以與曹争者，亦以匡漢爲名。假使紹先挾天子，彧又將何以勸操耶？管仲之致君於霸也，服楚而不戰，存燕救衛而不私。操誠絲毫無冀於漢，但擁兵奉帝而責天下以不貢不臣，天下未必不服也。已有挾制之實，而欲以空名責人，彧蓋自持矛孫權曰：『老賊久有異志，徒爲諸人尚在耳。』謂天下知之而彧不知，是不智也；知之而始且縱之，後將抑之，是愈不智也。於是而以彧有王佐之才，吾不信也。彧勸操廢后納女，此爲何心？隱伏完之書而不言，及事泄則陽驚以自解，此爲何見？至詐不可飾，又爭九錫之空名，而以憂死，曾顔子之不貳過如是乎！如彧者，至死而猶巧於自文者也，孰知其計畫之無復之哉？始彧去紹從操，操大喜曰：『吾之子房也。』彧代操畫策，以開篡漢之基，謂爲操之子房也可。而考子房進退出處之迹，似不如是，況敢遠比伯夷乎？

夫既爲漢臣，知漢之不可復爲，而忤操以死者，孔融也。義不背漢，雖借操申志而終不受爵者，田疇也。余嘗謂聖人之徒，惟二子可以當之。而操爲漢賊，成之者荀彧也。彧自當代以至後世，而人皆信其爲賢，然則名果可以欺而得，孰謂彧不智哉？

賈詡論

曹操稱善用兵，既破荆州，欲即以其勢下江東，爲周瑜所敗，幾至不免。論者謂聽賈詡之策則兵不敗，而江東可以卒服。詡之言曰：『明公昔破袁氏，今收漢南，威名遠著，軍勢既大，若乘舊楚之饒以饗吏士，撫安百姓，使安土樂業，則可不勞衆而江東稽服矣。』詡誠善策，然使操用之，可以免敗而能必江東之稽服乎？

夫荆州爲必争之地，劉備雖暫敗，使曹退則備必襲而有也。周瑜明於用兵，亦安肯以上流之勢使曹據而有之？故曹既并荆州，必圖江東者，亦其勢使然，而惜未知所以敗吴之術也。大天下力争〔三〕，有可以先驕之而使自敗者，唐之於李密是也；有故遲之而使我必勝者，光武之於公孫、隗囂是也；有不愛土地，使人自爲戰以蹙敵者，高祖之於項羽是也。且權孫劉方睦，無信越可使矣；孫權智而有度，又承父兄餘烈，非崛張之盜可以名驕矣；且權素得士，張昭、周瑜之徒兼治内外，非積暴之國、坐守之虜，可以歲月需而空名服矣。故詡之策施於羊祜之時則破吴也，而施於曹操之時則愈益固吴而長寇也。

然則曹將何術之從乎？夫勢有餘於敵者則師貴以數出，而敵不足於備者則擾之必以多方。權之地竟於一江，戰士不過三萬，能爲將者僅周瑜、程普數人而已。曹誠能乘戰勝之威，用中原百倍之衆，據上流之勢而不急於一戰之利，於是使一能將者帥數萬之師以伐之，不利則更進，不過數進，我不全敗，彼不俱勝，計吴之精鋭已盡矣。又不徒取順流一道，而淮、泗、廬、皖之閒，度要害之可乘者分師並出，敵拒此則牽彼，我此敗或彼勝，不過數道，而吴之戰守俱窮矣。蓋昔吴之至郢與越之入吴及後賀若弼之破陳，皆此法也。晉人三合師，不戰而楚已敝，況數戰而吴有不服者乎？計不出此，而負其百萬之師以取必一勝，一不勝而終身之氣不復振，曹操稱善用兵，其謀吴之拙至於如此，惜當時謀士亦無有見及此者，故曹敗而世輒歎詡言之未用，孰知詡計亦未爲得也？用兵而恃其衆者，未有不敗，有所恃則忘己之所短，雖敵有長而不忌，曹操舍鞍馬而争舟楫，與苻堅百萬之衆隳於一戰，二事可以覆觀。向使操納詡諫而堅從猛言，雖不勝，可無至敗，故如詡者不可不謂中智之善策也。

關羽論

關羽圍曹仁於樊，降于禁，斬龐德，當時北邊大小憂懼。曹操身出南陽，有徙許渡河之計，會司馬懿、蔣濟諫之而止。二人之言曰：『關羽得志，孫權必不願也。可遣人勸權躡其後，許割江南以封權，則樊圍自解。』操從之，而羽卒以權襲奪荆州，兵敗而死。

向使二子之計不行，而操果遷都避鋭，則魏之天下未可知也。又令羽戰勝之際，權爲犄角，而别出師以佐之，且是時蜀已得漢中矣，益遣將助羽，而亮督軍從祁山北向，曹即智，能知所以應乎？惜乎懿、濟之策明於閒吴，而蜀不能以其策固吴也；吴又不能以其策推驗，反襲羽而爲魏用也。

或曰：『吴不足道矣。蜀君臣之計豈出懿下？而千里孤軍，左右兩敵，又方交兵强魏，乃方略布置，不一指授，若羽未嘗有敵者，智者固如是乎？』

大事嘗敗於有所恃，而禍每生於所忽。羽以忽陸遜而被襲，蜀之君臣以恃羽而羽敗。蓋觀備入蜀而羽獨留鎮，及馬超降而亮所以美羽之書可知也。然羽即能，至欲以一州之衆觀兵河雒，而曹强而扼其前，孫譎而伺其後，能坐算其必勝而不一爲之所耶？吾意是時蜀漢新下，其兵將或皆有所委署，而不能遣以輔羽歟！或者孔明以國內未固，不欲羽遽用兵。觀先主征漢中，而亮尚難之，以問楊洪，則攻樊之舉非其所欲歟，抑制羽而不受歟！或麋芳、傅士仁之與羽相嫌，在羽領鎮之後，而國內未及知，抑不疑其遂叛而反圖歟！又或者以吳蜀方睦，且吳忌魏而不忌蜀，而不慮其棄盟從魏歟！吳不棄盟則羽即無功，猶不至失地，而兵敗非所逆睹歟！不然，羽之矜勝護前，實有敗道，又孤軍無援，外有狡鄰，內多異志，數者俱岌岌焉，舉國坐觀而不爲之計，如是而謂蜀之君臣明於置將，長於料敵，而不爲羽分過，豈其理則然哉？毋亦恃羽者太過，故至此也？

夫以羽之威武，一不戒而使敵爲之閒，以垂成之功墮於一旦，以劉先主之傑，諸葛孔明之智，徒過恃一人，而舉可以圖天下之機，輕而棄之，然則行師用兵之道，果不可以不計深而慮密也！

陸遜論

曹操創於赤壁之役，終身不敢圖吴。孫權以其跨有江南之衆，憑戰勝之威，假西蜀之强援，因北方之多故，可以長驅而争天下，而終於不能者，則急小利而忘大害，貪近功而忽遠禍。其失策未有如陸遜之甚者也。

夫曹之所以卒難圖者，以關羽之覆没；蜀之所以終於不振者，以荆州之失勢；而吴之所以卒弱而至於亡者，亦以遜之急於得荆州而襲殺羽，故蜀亡而吴亦隨之也。夫吴不忌蜀而忌魏，遜所知也；國賊是曹而非劉，又遜所知也。初，操之南下也，瑜不得備爲助，而操未必遂敗走。魯肅之勸以郡資備者，豈土地不足惜？懼操之必争而謂非備不足以當敵也。當羽圍樊之時，使遜誠以一旅之師助羽，則羽可以得志；不然，因魏之懼羽而議徙也，而已更出師他道以擾之，則未必無功；又不然，懼羽勝魏而必無利於吴也，亦如其子抗於羊祜時，推誠固好，則羽所稱鯁亮有義節者，詐兵襲人及反戈背德之事，羽必不爲矣，觀羽之所以省遜書而心安者可知也。是故羽果足以亡魏，吴、蜀之天下，未可知也。己果助羽以蹙魏，則開疆拓宇何止分荆州之地而有之！釋此不圖，又棄盟飾詐以襲羽而殺之，嗚呼！其亦失策之甚矣。

襲羽而即可乘勢以圖蜀，襲之可也；可因以破魏，襲之可也；即可以固吾圉，而國勢因以日强，襲之可也。荆州自羽據之，則負其蜀漢之守可以進而北向，自吴得之則不足以遏魏，乂當敵衝焉，卒晉之所以滅吴者，蓋繇此始也。故遜之襲羽，蜀不遂亡而吴不益大，然實以掣蜀之勢，翦己之援，而爲曹魏驅除耳。且遜亦烏能襲羽乎哉？援操而後能襲羽，稱臣於魏而後能拒蜀，是故劉曄曰：『小國相救，利也。今還相攻，天亡之也。』欲因備怒以還擊吴。向使曄之計行，即吴已隨荆州而墟矣。故遜之計是蹴吴之亡也。其功成者，倖也。吕蒙曰：『陸遜意思深長，蓋長於襲羽，短於拒魏，而淺於謀國也。』

吾觀吴蜀皆有可以得天下之勢，一得荆州，一失荆州，而遂兩受其弊，彼遜者豈眞有發揮破敵之氣？不過因己之聲名未立，遂因利乘便以爲功，背棄盟好，忘國大讎，而陷其主以臣人之恥，豈惟不智？巧襲人而奪之，抑亦不仁之甚者矣。世不察而以遜爲能，吾故論之如此。

魯肅論

魯肅勸孫權以荆州借備，論者皆以爲失，即孫權亦曰：『子敬勸予迎周瑜、拒曹操，是其二長；而以地借玄德是其一短。』不知其短者即魯肅之所以長，而惜肅與瑜皆早卒，吕蒙、陸遜未能明其意而竟其用者也。

孔明隆中數語至今以爲算無遺策。肅初見權即曰：『昔高帝區區欲尊事義帝而不獲者，以項羽爲害也。今之曹操猶昔項羽，將軍何繇得爲桓文乎？肅竊料之，漢室不可復興，曹操不可卒除，爲將軍計，惟有鼎足江東，以觀天下之釁。何者？北方誠多務也，因其多務，剿除黄祖，進伐劉表，竟長江所極，據而有之，然後建號帝王以圖天下，此高帝之業也。』嗚呼！肅之言如此，此何異孔明初見玄德語？而吴之臣固無一能及之者也。向使肅言即行，操安得先據荆州而有之？及表死而琮降曹，曹欲東下，肅獨排羣議而拒之，既引劉備以爲援，又資之荆州以使之拒操。蓋肅之計深慮遠，未有如此役者也。何也？操非畏吴也，其得荆州而旋棄之，非甘心也。肅以爲非備不足以當敵，備以荆州當敵，則操與備争，而己得休息，以承其後。向使曹忿其敗而師數出，權能保其長勝乎？故資人所以卻敵，卻敵然後能自完，自完然後曹勝則劉受其敝，劉勝則吴以利動，而天下可圖，此誠計之善者也。

周瑜，人傑也，當時聽肅而無所難。曹操方作書，聞權以地資備而筆落地。夫天下之勢在大，則小者必有所恃以爲援，然後大者可圖，而小者亦因以自固。肅此謀，瑜知之，操知之，蓋英雄所見略同。而彼蒙遜者不悟，故急於復地。自關羽敗而後曹操高坐，無東向之憂，吳亦因是不能進取也，豈不大可惜哉？昔者六國之從散而秦得以幷天下，荆州之盟敗，魏遂不復有所忌，因以代漢，而吳蜀坐是以亡。

蓋天下之勢固有利人所以益己，而翦彼實以彫此者，非智者未有能深見其然者也。權襲羽之後，畏蜀出師而稱藩於魏，朝臣皆賀，劉曄獨欲因而伐吳。其言曰：『蜀攻其外，我襲其內，吳之亡不出旬月。吳亡則蜀孤，若割吳半，蜀國不能久存，況蜀得外，我攻其內乎？』繇曄言觀之，肅之計果未爲短也。故吾嘗謂三國謀臣，魏無過曄而吳無先肅者。丕聽曄言則吳當先蜀而亡。然而肅不死，則魏之天下其亦未可知夫。

桓範論

國家不幸有簒逆之臣，樹根既固而萌芽未發，非忠智之臣不能計其未然，逆其必至而以身犯其所不可制。制之而得，幸而身死國安；制之不得，不幸身死國危。雖死有幸不幸，國有存亡不同，後之君子因其安而知國家必不可無死臣。至死而無救於亡，則其死之尤可悲也，亦謂其不如國安而身死者之爲得也。昔者，晁錯爲漢削六國，以袁盎之讒死，然計行而身死，身死而國安，雖死可也。彼桓範者，何以死哉？範之死繇曹爽之與司馬懿相持也，繇範爲爽畫策，爽不用而事敗，懿誅爽及範，而範以爽死也。嗚呼！範爲爽死，死何足惜？範之死爲魏也。魏有死臣範，而當時以爲劫於晉而不録，後世以爲黨於爽而不察，此範之死所以爲可悲也。何也？

曹操雖爲漢賊，然適值喪亂之後，羣雄鼎立，故曹得因以爲功，又計勳量力，與懿相萬，非若懿之受人孤而欲竊得之者也。曹爽雖不堪大用，然無異謀，且其志亦未嘗欲圖懿也。懿以爲爽在則魏之宗室尚盛，又方兄弟用事，則其羽翼之者多。宗室者國之蔭，羽翼者身之衛，不彫其蔭，根不可得而拔也，不翦其衛，勢不可得而專也，是以爽不圖懿，懿必圖爽。爽實輕而無備，懿則蓄謀稱疾，而乘閒勒兵以脅之。懿非以爽果危社稷也，非眞欲去爽以安魏也，不過爽在則魏之勢不孤，爽用事而附之者多，則司馬之權不一，并己之權而毋使人分其勢，然後魏可圖，此懿之深謀也。而惜魏之臣無一人知之，爽兄弟不知，而其徒亦無一人知之，此範所以諫爽不從而哭，知其必坐是族也。範之死豈非以魏哉？不然，爽之驕侈，範豈不知其必敗？何鄧輩之浮華，範豈不逆其不終？範，魏之舊臣也。爽素重範，範素不在晏謐之列。不附其方盛，而謀其將傾，不諍之於事始，而救之於其必危，範智者也，曾計出此哉！範蓋以爽兄弟罪不至死，而有之足以止篡，藉爽以去懿，然後魏可以無司馬之禍。而惜爽義皆犺犢也，事勢昭然尚不悟，而身死族滅，卒以國予人〔四〕。範即智，能如之何哉？吾觀懿殺曹爽之後，大行誅戮，魏之宗室盡而國卒遷，夫然後痛範之以忠於魏而死也。

悲夫！範與錯皆所稱智囊也，而皆不能庇其身，範且不救其國。國之存亡，天也。然安得如範之以魏死，又不死於魏亡之時，而使天下後世稱魏無死臣？夫子所謂愚不可及者，吾以範足當之。

司馬昭論

自古奸雄竊國，每視世所不便於我者，而陰有以易之，要無過於收人心、移士習而已。夫三代之王也，必起於得人心；其敝也，陳氏以升斗而盜人之國。若夫士氣不振，國必不昌，及其陵遲，乃使天下俛首從逆而不覺，則未有如司馬昭之詭者也。余嘗歎東漢之天下，士之氣節留之，及晉簒魏，而士大夫靦面喪心，若以爲當然，無足怪。此實何也？

蓋昭之賤守節而尚放達，其成爲風俗非一日矣，故柔靡之氣中於人心，簒殺之禍視爲故事，舉天下皆漸漬移易於其中，以唯吾之所爲而莫之敢抗，昭豈不謂奸人之尤者哉？不然，高貴鄉公之被弑，魏之臣不但無死之者，而一時名士放言作達猶恐不及，此何世乎？賈充、王沈無足道矣，阮籍之徒，時號爲賢，乃周旋亂賊，託爲遠害。即嵇康之傲睨，非眞能仗節守義也，猶以爲非薄湯武而死，則其時之所重亦可知矣。

是故古今士氣之卑，無過於魏，而實昭有以易之。然則自古亂臣賊子之巧，要未有過於昭者也。

晉元帝中興論 乙酉五月

晉元帝之始爲丞相也，聞長安不守，即出師露次，移檄北征，而王導亦有『戮力中原，克復神州』之語。及即位以後，導爲宰輔，遂君臣偷惰，無復有經略遠圖，以至於强臣見逼，卒於憂憤。此實何哉？

元帝亦知江南單弱，非漢趙之敵，微安静不能保全，其自計不可謂不審矣。然是時大讎未復，人心思奮，乘國家之新造，外有劉琨、慕容之推奉，内因祖逖、李矩等之舊屯，以厲其氣而用之，其君臣日夜相與憂勤震動，惟敵是圖，其國可强。國强則主尊，使奸雄有所憚而不敢肆，雖大業未復而臣禍可息，此理也，勢也。恃外患之不至，而一意隱忍姑息以冀其苟安，於是王敦、蘇峻之屬得以窺吾所深忌，而犯其所必狃，此亦豈非自然之勢乎？且晉是時亦烏能苟安也？以劉石之强梁崛起，及鋒用之，何戰不克？幸其戰勝而驕，又自相圖於君臣骨肉之閒，而無暇及晉。向令葛陂之衆不退，又趙不背漢而專事東方，不知帝何以禦之？即導亦豈能遵養時晦，猶自以其德望晏然處逆臣之右哉？故吾嘗謂晉元之得國，倖也。而其主臣之謀國，實有亡道。

夫國之存亡，天也。諸葛武侯豈不知漢不可復興，賊不可即滅？而其言曰：『王業不偏安，坐而待亡，何若滅賊？』於是連年動擧，惟敵是求，而鞠躬盡瘁，至死後已。後之論者猶以國小而數出師爲亮病，無怪於諛導者以偷安爲有權略，而謂江東再造，導之力也。導者，眞所謂坐而待亡者也。其不亡者，天也。然而即使導能矣，其如元帝之不可與慮亡何？是故晉之主臣無一可爲後世法者也。

唐肅宗中興論一 乙酉五月

肅宗即位靈武，論者以爲名號既立，則人心皆奮，而諸將用命，其克復兩京，實繫於此。權而事濟，從權可也。余以爲不然。

昔丞相睿初即王位於江南，及愍帝凶問既至，紀瞻謂：『晉氏絶統，於今二年，宗廟無主，王不得固讓。』於是遂即皇帝位。夫元帝即疏屬，當其既正王位之後，爲羣情所嚮，則承晉統者非元而誰？若肅宗之與玄宗則親父子也。玄雖幸蜀，大統未移。且帝既留太子起兵，又以太子爲天下兵馬元帥。於時勤王四起，而郭李之師已集矣，帥之克復，直旦晚閒事。然後請反乘輿，克盡子職，吾意玄宗以太子功高必傳位無疑。即曰成敗未可知，不若早正位號以繫天下之望，則先以馬嵬之命請之，未必不從。待其寶册至而後受之，亦不過旦晚間事耳。乃遽不能待，遂即位改元，何哉？

即位之後，以兵事委之廣平王俶，而已汲汲欲建儲立后，及與婦人相博爲娱。繇此觀之，天下有忍焉若是者乎？是時，玄宗春秋高，嚮微李泌之善諫，則於請上皇還京時，已足憂傷其父矣，又豈待受制於良娣、輔國，然後使興慶不能安其居，而辟穀不得善其死哉？

肅宗，天下之庸主也。有廣平之視師，李泌之納忠，郭李之爲將，直可以削平禍亂，而特制於强閹悍后以遷父殺子，使諸將不得盡其用，其不亡者幸也。故安史雖仆，叛逆踵起，我叛父，而人亦叛我。自是之後，武夫兇卒相煽拒命，迄唐之世，終以藩鎮亡國，皆靈武即位之事有以貽之也。後之君子猶以中興歸之，不亦過乎？夫唐至肅宗實有可以中興之機，而以急於篡父，使大業不終，故天下之庸未有如肅宗者也。

唐肅宗中興論二

晉瑯邪王之議即帝位也，周嵩上疏曰：『古之王者義全而後取，讓成而後得，是以享世長久。今梓宫未返，舊京未清，宜開延嘉謀，訓卒厲兵，先雪大恥，副四海之心，則神器將安適哉！』繇是忤旨，王亦遂即皇帝位。余嘗論之，晉元之即位未爲失也。

嚮使如周嵩之説，是時劉琨、慕容廆在北，張軌在凉，而豫、冀、青、寧等州未陷，王誠以嵩之説曉告天下，總率六師，聲義北向，聯絡諸州，其圖進取，則規摹氣象必更有可觀。即不然，而軍勢既張，主威亦立，進不足以摧仆劉石，退猶可以折王敦、蘇峻之邪謀，使之有所憚而不敢肆，此與早即位所得孰多哉？奈何出嵩於外，惟汲汲厚勸進之賞，此其志先盈而氣已餒矣。志盈而氣餒，故狃於偏狹，包匿垢恥，使奸雄得以窺吾所深忌而不可復制。悲哉晉也！可謂本末並失者矣。

若唐之肅宗，其時尤非晉比也。當天下全盛之餘，玄宗之號令尚行，諸路之勁師已集，而已又以太子爲元帥，則暴張之寇直可旦夕削平，然後使乘輿反正，克盡子職，以俟大統之傳，豈不善始善終哉？乃裴冕之疏既上，靈武之事遂行，大赦改元，而冕亦即爲中書侍郎同平章事。夫冕小人也，不過窺肅宗之隱，啖主以自取富貴耳，豈眞謂此擧有關於興復大勢哉？

禄山動於富貴故叛君，肅宗動於富貴亦叛父，裴冕動於富貴故亦陷其主於非義。夫古之亂臣賊子未有不以利動者也。若夫報君父之讎，雪國大恥，此其事正於義，彼主臣之閒所爲警戒震動者，直若無以自容於天地閒，而以望之見利則動之人哉！後之君子繇周嵩、裴冕之説觀之，則晉之偏於一隅而屢有臣禍，唐之禍亂相尋而不恥出奔者，當兩主即位之始而已知之矣。吾故論之，以爲世之有君父之禍而猶動於利者戒也。

宋高宗中興論 乙酉五月

宋之有狄患也，其禍甚於晉，而高宗之不能興復也，其心忍於元。高宗豈元帝比哉？其於徽欽親父兄也，嗣統於二聖北去之日，而中原有主，又去舊京亦咫尺之間，非若元帝以疏屬先在江南也，又非若元帝承餘緒於晉統已絶之後也，此其人心國勢勵而用之，讎可報，虜可破，燕雲可復，二帝可還，而高宗不能者，豈不能哉？不欲耳！其意以爲非城陷主辱，吾安至是？萬一用兵而勝，勝而淵聖可還，又置吾何地？是故其屈而遠之者，吾有所因之以爲利，而其憚而不敢用者，吾亦恐犯吾之所自忌也。不然，高宗即庸，豈不知不還舊京，則兩河必陷；不都關、陝、襄、鄧，則中原必不可復？又豈不知李綱、趙鼎可用，而岳飛必能成功哉？凡此皆有背於吾之所爲利，而又適中其所自忌也。於是，不恥奔竄，僻處臨安，安於不足存之地，而後吾之所利者存。黜綱、鼎，殺岳飛，去敵之所深忌，而於吾之所忌亦不犯。此其處心積慮全乎忍，而外特示之以爲怯耳。不然，和之不可恃也已事瞭然，而大功之可成也形勢已見，高宗亦險阻備嘗者，而愚至此哉！觀其即位之始，不殺張邦昌，不深罪僞命諸人，而又委心於汪伯彦、黄潛善，蓋已探其微而得之矣。特汪黄鄙夫佞人，不能有所發舒以成其志，故其後專任一秦檜，然後於其事濟，而高宗之心亦至是盡見。吾故曰忍也。

古稱中興，惟殷之高宗、周之宣王可以當之。若少康、光武取天下於既覆之後，其事難於創，而光武起於徒步，百戰而後得之，其事爲尤難。而晉之元帝、唐宋之肅高皆資亂利禍，狃於偏安，其道實可以亡。至於宋高坐棄成效，偷息海隅，則又嚮者晉元之所羞稱也。吾故曰，其心忍於元也。

非注：中興論凡十篇。今稿存者僅漢光武、晉元帝、唐肅宗、宋高宗六篇，爲幼美兄藏本。

校記

〔一〕涼　原誤作『粱』，據暫園本改。

〔二〕可　暫園本、續修本、禁燬本皆作『予』。

〔三〕力　暫園本、續修本、禁燬本皆作『方』。

〔四〕予　原誤作『余』，據暫園本改。

樓山堂集卷七

論

國朝紀事本末論

江陵奪情 以下東林本末

論曰：余追溯東林所自始，而本之於争奪情者，以其爲氣節之倡也。夫江陵之鋒，觸之立碎，諸君子豈甘以其身爲劉安成之續哉？扶國紀而明人倫，雖身死何惜？則吉水即微後日之講學，當其發憤抗疏，雖聖人所謂朝聞夕死者，有以加乎？吴、趙、沈、艾後有用不用，要之爲忠臣義士也。江陵敗，而後之秉國者，如甬如婁，又一異矣，無江陵之横而有其擅，非江陵之材而多其嫉。起而角之者非黜則錮，於是林巖之間賢哲相望。夫諸君子進不得用，退而有明道聚徒之樂，此誰使之而又黨之焉？噫，甚矣！天啓間耆老僅存者尚秉用，未幾，黨禍興而實發難於吉水，則君以此始亦以此終者，其是之謂與？

或謂余：『吉水晚節稍異，甫至京，即屬福清以復江陵謚爲首務，且悔其論劾爲少年客氣。』余曰：『是何言哉！是何言哉！』後以問方孩未侍御，侍御曰：『先生爲總憲，莅任，諸御史皆在，先生曰：「江陵之不守制者罪也，余往時不得不論。今思之，江陵未嘗無功，則謚亦不可不復。諸君以爲何如？」時諸御史皆服先生無成心，其始終皆爲國也。』嗚呼！繇侍御之言，此所以爲東林哉！

三王並封

論曰：余嘗覽王文肅奏議，未嘗不歎服其才，則亦豈未嘗學問者？而東宫繼嫡之議，三王並封之擬，此何以稱焉？重於失君，遂於天下之大計有所不暇顧，則將焉用彼相哉？幸當時諸部科以死争，而王亦旋自悔自劾，故其事得寢。不然，太倉之肉豈足食乎？争三王與争考功俱一時事，争此未盡者，於考功盡焉。嗚呼！其甚矣！

余嘗歎國家養士數百年，未嘗不收其用，然有二盡：嘉靖時盡於議禮，萬曆盡於國本。非二者盡之〔一〕，而創爲留中永錮者盡之也。永嘉實材相，視當時異議者老死竄戍，卒無一語，推是心也，其以破人國家有餘矣！區區者何足以盡之？況太倉才又不及乎？然議禮繇意見相左，其時無黨名。争國本則有菀枯其間，而邪正分，邪者遂目諸君子爲東朝之黨。

夫東朝何人也？而曰黨，爲是言者人道盡矣。雖然，東朝果可黨也，此非不佳事，而何東林之外寥寥焉？

余讀諸君子封事與史玉池恭進條議，及顧涇陽所與王太倉書，未嘗不興而歎曰：『黨哉！黨哉！顧國家安得盡若而臣者而爲之黨也！』

癸巳京察

論曰：余聞吏部自江陵擅權後，諸司仰政府鼻息，即冢卿無能自行其志者。逮平湖陸五臺負其權智，始一振拔，而孫清簡、陳恭介繼之，於是閣不得撓吏部權，而統均之體以肅，蓋稱國家三太宰云。若趙高邑之爲考功，則尤異矣。高邑主計，大都先邪佞而次貪鄙，嚴要津而寬散秩，清夜籌鐙，精心衡量，有蟲巢於耳而不知。遇一權勢姓名則奮腕乙之，而所斥都給事則其姻家，所斥吏主事即冢宰甥也。嗟夫！國家二百餘年有此銓官哉！嚮使有賢輔臣焉，所當委己任之，昌言論薦，至蒙不次之擢，奈何以喪其所私，反肆之螫？而一時大寮列署以論救罷斥者，至十數君子，政府可謂肆志而愉快矣，於國家何？於萬世何？然則太倉也，新建也，蘭溪也，豈非高皇帝之罪人哉！自是之後，高邑白首林居，而諸君子以高邑廢者雖死不悔，於是而曰黨也，眞所謂君子亦有黨矣。

抑余尤有感焉。癸巳而後，其爲察也可知矣，賢者率數十年而不勝。辛亥則門户分焉，至舉國聚訟不決，三案興而東林大敗。要之，不三案何以知東林哉？今亦幸有三案爲涇渭，而邪者尤呶呶焉，此實何歟？夫人而邪也，吾無責焉耳。而依附門户者實亦有人，見小利害即不能不掉臂去，豈獨不能與政府抗，實呈身焉；豈獨不能棄官以争，且賣友矣。嗚呼！此烏覩所謂東林哉？聞高邑諸君子之風，其亦可反而愧死矣！

會推閣員

論曰：余於萬曆癸巳，蓋不勝世道消長之感焉。諸君子之被禍也，争並封未盡者，大計盡之；大計未盡者，會推又盡之。

自顧涇陽削歸而朝空巖，實東林之門户始成。夫東林，故楊龜山講學地，涇陽請之當道，創書院其上，因以名之也。時梁溪則有攀龍高君、涇凡顧君、希范安君、元珍劉君、茂才葉君，毗陵則有一本錢君、敷教薛君，宜興有夢麟史君、達可吴君、納陛張君，金壇有孔兼于君，丹陽有士昌姜君，相與以道德切劘，而江、陜、北直遥相唱和，蓋大江以南不越二郡之閒耳，人品理學遂擅千百年未有之盛。然是時之朝廷何如哉？夫使賢人不得志而相與明道於下，此東林之不願有此也。即後此爲賢人君子者，亦何嘗自標榜曰『吾東林』哉？

朝廷之上見一出身吐氣，鄉黨之閒有一砥行好修者，率舉而納之曰：『此東林也。』小人欲空人國，未有不加之以名，目之爲黨，而門户之禍於是乎不可解矣。浸淫二三十年，壯者衰，老者死，迨遼難作，而勢不可復支，至不得已，求人此中，又以門户撓其成，而利其敗。嗚呼！此誰非癸巳以後之爲哉？吾故觀於此而不勝感慨繫之耳！

雖然，國家實非不幸而有此也。余嘗以爲留東漢之天下者，氣節也。凶如董卓而不能取，奸如曹操而不敢取。天啓乙丙閒，一閹作孽，不過刀鋸餘息，乃能使天下衣冠之徒蒙面汗行，事至不忍言，而纍囚相接，駢首就誅，卒以其死力捍之，使聖賢讀書之種不絶，而爲乾坤留未墜之緒，以待今聖明再馭者，又誰爲之？則東林之流風餘韻猶能繫人宗社如此，誰謂黨人不可爲哉？余嘗客梁溪，歷陽羨，徘徊毗陵、華陽之閒，過東林廢址，訪求諸君子遺事，而益歎夫東林之名，世之所諱言也，則亦實考其所以東林者而可矣。

辛亥京察上

論曰：是役也，舉國分爲二黨：曰西北，曰東朝，其實東林也；曰崑，曰宣，其實南也。夫君子以小人爲小人，小人亦以君子爲小人，於何辨之？前此之奪情，之並封，之京察〔二〕，不已較著乎？邪者曰：『彼一時偶爲之事耳，何得概其生平？』今試觀天啓乙丙閒事何如哉？何向之攻東林者盡甘心從逆而不辭也？夫依附東林者豈曰無人？亦寧至媚閹作孽，以爲狗彘所不爲之事？此而亦將曰：『吾一時偶爲之耳！奈何遂以概我哉？』

夫朋黨之説，無代無之，要未有如我朝之截然者也。唐之二黨皆爲小人所附和，宋之三黨皆君子，而使小人借之爲兵端。獨漢之諸君子事起於與宦竪角，而鈎黨之禍獨劇。夫近時所角者皆朝臣也，角之不勝，至借宦竪以撲之，其禍亦略與漢同。夫士人與宦竪角，而誣以朋黨，可言也；士人與士人角，而朋黨相傾，猶可言也。倚宦孽以傾士人，嗚呼！此固向者節甫輩之所羞稱，而不意聖朝士大夫爲之，然則不有東林，其可謂世有士人也哉？而又何黨之足云？

辛亥京察下

論曰：孫富平之始爲太宰也，以不直沈純甫、李道甫與東林左，及再出而何以爲東林驅除也？豈非以佐銓者有王衷白，而長臺省者之爲湯曹乎？然聞湯賓尹之黜也，湯兆京持之力，而蕭雲舉以衙門體救賓尹，至於屈膝，富平斷斷不可，曰：『老夫爲今日去一嚴嵩，快哉！』此眞太宰矣！

然是時攻淮撫者無完膚矣，因以及無錫。即今號爲賢者，舉及淮撫，輒曰：『此東林之累也。』而於金壇之于中甫亦然。蓋謂淮撫貪而遥持朝權者，實中甫爲之，即福清入相，于實有力焉，無錫且爲兩人用而不覺。是言也，余嘗疑之。乃趙高邑則謂使淮撫爲經略，爲中樞，東事必不至敗；而顧涇陽則謂淮撫有功於國家，必無莫夜受金事；桐城馬侍御至死時猶曰：『謂修吾貪，吾不瞑目。』夫然，賢者盡妄語乎？後余以淮撫問通州范璽卿，璽卿曰：『淮撫故不貧，然豪俠人也。不善自匿飾，又揮金如土，故以來讒慝之口耳。』且不攻淮撫，安得東林之巇而抵之？又以中甫質吾鄉鄭太宰，太宰曰：『果若人言，于何自以廢主事終乎？』嗚呼！兩先生蓋持衷之論矣。及余閲三朝封事，逆黨以李三才爲盜臣，其言皆横駡者，此又不足辨。

要典三案

論曰：余觀逆黨之翻三案也，必以東林爲口實，蓋以並封者三案之源，而東林者以並封而著，不傾陷東林，何以護持三案乎？然前之争並封，與後之争三案，人雖殊也，其效忠則同，功相等也，而受禍尤酷。東林之爲東林，至後而愈難哉！夫東林之能既見於天下如此，其攻東林者又作逆如彼，此即三尺童子能起而明其趣舍者，而世之人猶好指摘賢人君子之細，以巧談而樂道之，吾然後知大道之不明，而亂臣賊子所以不絶踵於世也。

或曰：東林往矣，嚮之忠言至行與夫蒙難受禍之事，世多不察，而末世浸淫富貴之習，又入人骨髓，彼豈不知諸君子之賢？反之身而有所不便，故即逐聲相吠有所不恤耳。要之，責人以受禍誠難，但不至悖而從逆也，此稍讀書知道理者皆能之。彼向之持三案以攻人者，乃作如此舉動。繇是相提而論，寧過而訾東林，忍乎哉？然則世之覈東林者無他道也，但以今上所欽定之案，與夫逆黨所作之點將録合而觀之，而天下之大辨在是矣。

征哱 以下三征本末

神宗皇帝御極久，垂二十年海内不知兵革，初作難蓋自哱氏。哱之起也，本以非我族類，而又負饒資，假地勢，恃虜援，以猖狂於承平之隙，全關其岌岌矣。乃不數月誅夷無噍類，固廟算得哉！則一時文武將士用命之效也。哱之起也，其謀實狡，以劉許爲兵端，事成而我居，不成則更執之以邀功，使墮其計中，如國體何？故督臣之不諱殺降者，張天威而絶禍本，非過也。

余嘗迹其事而深考之。自國禎推轂李帥，然後有張家堡之戰，戰勝而後可以絶句鹵之患，決策水攻，然後賊勢窮而人心攜，人心攜而哱事去矣。於是論者謂賊張之日宜右戰而絀撫，事已大定則多殺不爲武，異同之閒誠有難易之辨耳。

然余因是而益有感焉。當時督監諸人皆極一時之選，不待推舉而身請臨戎，共矢滅賊。其總兵者，夙號材武，事復不從中制，猶以功不即就，至數勤詔旨切責，況乎借疆場之事以修門户之郤？樞邊異趣，經巡二心，又用舍可否，舉國聚訟而不決，以致一敗塗地，舉精卒夙將盡殲焉。蓋自萬曆末季以及昌啓之間，其成敗得失之故亦略可見矣。曾去昔幾何時，而軍政陵遲以至於此，言之可爲傷心。威殫財詘，探丸而起者半天下，事將有什百於哱者，不知又何以應之？

或曰：哱之蹶也，功繇學曾，而葉實攘之。魏之罰亦稍重焉，無以服任事心。有謂魏不逮，葉不戍，其然，豈其然乎？覩梅監軍明功罪諸疏，蓋公道彰矣。

征倭上

臣觀日本小夷耳，當高皇帝時猶且貢寇相倚伏。蓋異類反覆無常，其天性也。已聞胡惟庸通倭謀逆，而後下嚴絶之禁，又使信國公沿海設防，蓋備亦至焉。自永樂時，有事於海，然後貢通，有貢而益有寇，有市舶而且有句導，禍莫劇於嘉靖時之深入，荼毒幾半天下，豈非絶之不嚴，禁玩備弛以至此耶？

神宗皇帝御極之二十年而又有朝鮮之役，勤師海外豈得已哉？朝鮮者，我之外蔽也。

外存與國之垂絶，内實杜遼患於未然。於是不憚征調，不惜轉輸，非曰鞭長可及，所以建威消萌，不縱敵以貽患，而且聊以固吾圉者，亦其勢然也。嚮使政府持必然之畫，樞部無倖功之心，經略用老謀，而將軍不狎敵，不待逾年海上之績奏矣。奈何本兵督府甘受罔而不寤；而在閣在邊皆陰陽向背，以求事去己即釋之，使兵威挫於翕張之舌；而彼小人者既以婁敬我，而陰之又以中行、翕侯彼，猶使售其詐。微天奪主款之魄，而惟敬就禽，其辱國可勝道哉？懲封貢之誤，然後登壇推轂又更置焉。蔚山之敗可爲寒心，至幸一關白之死，僅能收功。始謀不臧而求後伐用懋，蓋亦未之有也。

嗚呼！自古以王者之師欲得志海外者少矣。越國創寇，我誠非得已，彼倭亦豈有大志？屬在鱗介，而涎我邊徼者，有句之者也，況又無端而豔以封號，此之謀國眞如兒戲。是故防倭者無以朝鮮爲口實也，關白之事宜易世不復見。而王直、徐海竊恐復起於今，與閉其入，寧闌其出，當事者奈之何不緦緦慮之，而以夷狄爲小人藉資，以中國爲夷狄僥倖也？

征倭下

國家之經略朝鮮也，蓋數歲矣，然卒不得其要領。謂其欲衣冠我土地者，是張之也；謂關白圖不軌而先藉用兵以出其世臣清正等，理亦有之，未敢必也。然吾姑無責其兵端以其殘我與國，震我東陲，不大創而使得氣去，何以張天威而使四夷懾服乎？第彼非形見勢詘，何以遽就款我？非威盡力竭，何以遽予封？事勢明白易見，徒以一樞耄不知兵，而舉國兩端遂成道築，誰秉國成？謂其心可問乎？應昌也，養謙也，玠也，鎬也，以名推者也。如松也，貴也，綎也，以武著者也。程功計效，其卓然可見者蓋寡矣，豈器任爽哉？則戰款之說貳之，而發踪之先貿耳。

余讀丁贊畫之疏而傷之，當時中外之故亦略可覩矣。先是記平壤事者不一，有多張劉李之撻伐者，亦有謂封事實多撓，非石計之盡繆。嗚呼！是何言哉！是何言哉！余因綜核往事，著其得失之不相掩者。昔趙營平有言：『兵勢，國之大事，當爲後法，老臣豈嫌伐一時事以欺明主？』夫伐其功以爲後法，與著其失以爲後戒，其用心一也。故余卒以朝鮮之役可爲大鑑，而後之謀國者亦無多恃天功哉！

征　播

論曰：東征未完而播難興，播征蓋與朝鮮、哱相首尾焉，徵調之費等哱，而成功較迅，豈三征惟播爲差易哉？

余亦嘗考其始末矣。楊酋三殺其妻，其殘忍天性也，此何足深治？而遽議用兵，兵用而師覆，已褻威矣，則宜大創之，不使得氣，而又何遽議撫？剿撫相循，於是道旁築舍之局，爲敵所窺，故酋之猖狂不量，至覆數十世之宗，而爵移國滅者，亦我實成之也。夫當其始也，一太守諭之，可使無動，至其後徵天下兵而僅乃克之，雖得志哉，疆場之謀，誰實司之？其始計亦稍絀矣。余嘗歎國家於用兵之故，前後如出一轍，任者一而百撓之，適者南而北轅焉，僥倖於始，狼狽於終，曲徙無恩，而焦爛是問，蓋不知凡幾矣。幸應龍穴鼠，破綦江而猶戀棧，爲坐而待撲耳。今天下所在苦兵，宗權、黄巢之流，屠毒六七省，逋誅十餘年，事已不可如何，而剿撫之議非獨參差，且相蒙覆，視往時夷土可爲郡縣，而今數百年之都邑墟矣。求其力而拒原者，亦如曩三征時也，可更得哉！

播之役，推轂者實得人，世之稱于田司馬及南昌將軍也，有以哉！嗣是以來，樞邊文武動相齮齕。遼之敗，氣没世不復，而棘門、霸上，實傳舍矣。嗚呼！可勝悼哉！

小試論

單騎詣虜論 崇禎辛未

古之爲將者，能戰以勇，決勝以智，而服敵以誠。夫兵，詭道也。決機兩陣之閒，度險易，量進退，争主客，料彼己，縱反閒，則誠不勝勇，勇不勝智。撫叛卒，消反寇，解散迫脅之衆，與夫侮化煽惑之虜，則智勇皆有所不足恃，而用之莫貴於誠。蓋觀郭子儀之單騎詣虜，投鎗免胄，不數語而回紇懽呼引罪，未嘗不歎敵雖叵測，可以誠感，而非子儀之忠信能立，夷狄亦不懷服也。

唐之兵端始於藩鎮之强。以弱主御强鎮，而又制之無威，撫之不信，上下懷欺，遂至反者四動。而號令賞罰淆然莫一，蓋命一將以誅反，已而其將亦襲迹而動。猶欲息火而沃之以膏，火不可滅，膏愈加熾耳。是故自祿山發難以來，叛賊蝟起，而竭忠立勳，以其身爲天下係安危者，唯子儀一人。何也？其誠不可及也。

夫子儀所難者，難於安史繼起，而以倉卒之旅再造國家，尤難於魚程交譖，而以疑忌之躬克全勳節，豈難於以其身服素所畏信之回紇哉？且夫忌物太甚者，必中受其不足。寡信則多備，備者多而後謀之者愈衆。是故秦皇至暴戾也，而匕露於殿上；董卓至猜狠也，而戟交於轂下。何也？禍嘗伏於己之有所畏，因發於人之所必伺者也。若夫威立則人有所不敢，恩著則人有所不忍，坦然無所備於物，而卒不以身犯其難。蓋吾使人無不可見，而人有不可測者即在是耳！趙宣子晨朝，門啓而賊不加害；夫不閉户者，盾之所以藏身也。至於賊不加害，況其猶不至於賊我者耶？推而至於行師用兵之際，華元以病告而楚圍解，羊祜以藥餉而吳人服：忠信既立，讎可爲恩，況當時之回紇素爲我用。懷恩既死，令公尚在，以人情而言，亦單騎諭之足矣。

子儀豈其徼功一時，又計畫無之，而故以身嘗試哉？抑子儀之所以成功者誠也，要亦其識有所不可及耳。不然，挾不賞之勞，居必疑之勢，而功名令終，身家晏然者，此豈一忠信不學之人所能？門鑰不設，將吏可至榻前；車騎不從，觀容可使涕泣。子儀之善於自全，大率類此。是故有誠無識，雖三代以下不世有之，霍光不免矣。嗚呼！人臣若子儀者，獨爲將帥之所不可及也哉！

校　記

〔一〕二者　原作『國本』，或脱『議禮』，據禁燬本改。

〔二〕之京察　禁燬本上有『之會推』三字。

樓山堂集卷八

辯

春秋四不即位辯

魯十有二公。其得終始之正而備即位之禮者四，文公、成公、襄公、哀公是也。其始而書即位也，無惑也。攝而立，不得備即位之禮者一，隱公是也。其不書即位也，亦無惑也。若夫繼弑君，不得言即位矣，莊、閔、僖之不書者，斷斷也，然桓、宣則書矣。夫桓者，親與夫弑逆之事，比之繼弑者則尤甚矣，而書即位也，不可解也。公羊傳曰：『此其言即位何？如其意也。』是以即位爲貶也。夫以即位爲貶，則何以處夫無所貶而即位者？抑何以處夫不即位之爲貶者？皆不可解也。穀梁於莊之不言即位也，曰：『先君不以其道終，則子不忍即位也。』然昭之不以道終，又在外，其爲隱猶桓矣，而子何以書？何以於正月則無而猶不廢此也？且不忍即位者，子情也；不言即位者，書法也。春秋緣情定法，逆探子不忍之情而不書者是矣。然宣與定何詎知其無是情而書之乎？

據一偏之説則多與其事格，强事從説則又與其説悖。夫繼弑君不書即位，先君不以道終則不忍即位，其辭嚴義正，雖聖人宜無以易之。聖人於其同事也則異書，又其事異也而書同，固知其意各有所取，非必盡拘於一例也。曰：『然則繼弑君不言即位者，其説非乎？』曰：『其説是而聖人之意不必爾。』曰：『於何知之？』曰：『於隱之不書知之，於宣定之書知之。』是故隱之不言即位也，攝也；莊之不即位，文姜出故也；閔不即位，亂故也；僖不即位，公出故也。公出復入，不書，諱之也。諱國惡，禮也。是聖人之意各有所取，而他有書有不書者，亦可通是而全其説矣。

春秋始終之際，聖人所謹，况即位事之大者？而略而不書，夫豈細故？學者誠盡心於此，奈何信三子之説而不爲之詳思深究也哉？

魯隱公非攝辯一

魯隱公元年，不書即位，攝也。歐陽子曰：『隱公非攝也。使隱果攝，則春秋不書爲公；春秋書爲公，則隱非攝無疑也。』於是爲論者三而反覆以明其説。蘇子曰：『非也。春秋，信史也。隱攝而桓弑，著於史也詳矣！』於是引曾子之問季康子之立及王莽、楊堅之篡，以爲三代之禮、孔子之學決不以天下付異姓，而付之攝主。蘇子之説則亦誠辯，然皆不若即事而明其實也。

夫隱非若周公之攝，而欲克復子者也。隱蓋實爲君也。其以不書即位爲攝者，是左氏欲著隱讓桓之事，未彰其美而反没其實，但求繹經而未自暢其説也。吾以攝者蓋探隱之情而得之，而立爲君者則隱之實也。何以知之？於宋繆公之言而知之。初，宣公以位與繆公，繆公立而逐其二子，與夷復曰：『先君之所以不與臣國，而納國於君者，以君可爲宗廟社稷主也。今君逐君之二子而將致國乎與夷，此非先君之意也。且使子而可逐，則先君其逐臣矣。』繆公曰：『先君之不爾逐可知矣，吾立乎此攝也。』終致國乎與夷。是攝者，宋繆自遜之言也，宋繆蓋實爲君者也。今將以其攝之言謂宋繆爲未嘗立，可乎？公子翬請殺桓公以求太宰，隱公曰：『爲其少故也，吾將授之。』隱公之意同夫繆公，則攝者特隱公讓桓之意，若曰吾之得立亦直攝之云耳。繆公有攝之之言而不没其爲公，則豈得探隱之意而遂謂隱實攝乎？

故左氏之説以情没實者也，蘇子之説以情爲實者也，歐陽之説又據實而没其情者也。夫論古人者固有情如此而實否者矣，亦有實如此而情否者矣，各得情實之一偏，而以爲必如此者，皆過也。吾故不全信三子之説，以爲論者當即事以明其實，而又於事外以原其情，豈惟隱公，其以説春秋無難矣。

魯隱公非攝辯二

隱公不言即位，左傳以爲攝。公穀不言攝而以爲成公志，蓋亦謂攝也。歐陽子以爲隱之始立不可知，故不書即位，以爲隱實君而未嘗攝。蘇子以爲古有攝主，隱實攝而不克復子，故薨稱公。吾探隱之情以信傳，而信公之實以全經。然則歐蘇二子之説非乎？

今夫聖人之書有辭簡旨隱，其本末未嘗盡著，聽學者各以其見逆之，固無如春秋者矣。經所本無而以爲有，故雖三傳之説明白昭著，直可斷以不然，則如史記所載五帝以下，爲書詩所不道者，皆可一意而斥其妄。及他莊、揚、列國之書，皆可以理斷之，而信聖人之説亦必有所不及也。通此以讀春秋，而知歐陽子之説非獨爲魯隱、趙盾、許世子止發也。其爲傳有而經無，而以爲雖古之聖人亦嘗如此者，則蘇子所謂三代之禮、孔子之學，決不以天下付異姓而付之攝主。嗟乎！孔子豈知異代有女主之禍？而故於隱公之攝不書即位，以教天下後世之爲攝者當如是哉！蓋即禮而通其意，以爲苟如聖人之書，雖後世而無王莽、楊堅之篡可也。孔子成春秋而亂臣賊子懼，學者得其一事，皆可推以爲亂賊之防，不必盡書弑而後爲懼亂賊；且弑而爲亂賊，人人知之，不必孔子書也。霍光欲廢昌邑，而心疑於古不合，延年曰：『將軍若能行此，亦漢之伊尹也。』夫光於伊尹不知何如，而是時微此語則事不立。雋不疑引春秋是衛輒拒父之説以收縛僞衛太子，不疑之引經非也，而能斷大獄。使天子、宰相重經術之士，則亦豈非經之所與乎？

因隱之攝以明古人之皆有攝，而并以非後世之不當以女主攝，而攝之有與否皆可不辨。何也？其所謂攝者，苟不如傳之説則已，苟如傳之説，雖聖人以爲當如是矣，吾故因論隱公而以爲讀書者能如蘇子之説，則庶乎其可也。

六逆論辯

春秋左傳言衛州吁之事，因載六逆之説曰：『賤妨貴，少陵長，遠閒親，新閒舊，小加大，淫破義，六者亂之本也。』柳子論之曰：『「少陵長，小加大，淫破義」，是三者固誠爲亂矣，然其所謂「賤妨貴，遠閒親，新閒舊」，雖爲理之本可也，何必曰亂？』吳子曰：甚矣！柳子之説，所以長天下之亂而不通於理也。今夫時勢所格，雖聖人亦有反經行權，不泥常訓之事。然聖人立訓，先使中人爲可守，而於非常偶合之事無取焉，亦其所以教天下後世者宜如此而已。堯舜之禪，湯武之征，雖身自爲之，未嘗教天下之爲君臣者必如是而後治也。今如柳子之説則是三者不爲亂而反爲治，誠閒一有之；然必三者之不亂，則柳子之説其以亂天下庸有已乎？請據其説而辨之。

柳子謂：『「賤妨貴」者，蓋斥言立嗣之道，子以母貴者也。若貴而愚，賤而聖且賢，以是而妨之，其爲理本大矣，而可舍之以從斯言乎？』夫立子以嫡，古今之通義也。因亂立賢者有矣，然不可爲法。且國家亂少而治多，如不别貴賤而惟賢愚是擇，則亂臣賊子因擁戴而樹功名者必多，且亦安知其所謂賢愚者果賢愚耶？母愛子而抱曰吾以賢立也，理乎？亂乎？

柳子謂：『「遠閒親，新閒舊」者，蓋言任用者之道也。使親而舊者愚，遠而新者聖且賢，以是而閒之，其爲理本亦大矣。』夫英智之主亟於用賢圖治，而越次信任者有矣，然其主不世出也。人主而皆蒙業襲安，則必有先朝培植及吾夙昔所倚重者。是故老成謀國常多長慮卻顧，盡節致忠之事，若必聽遠任新，而後爲理本，則少年新進之士躁進欲速，以人國僥倖者何限？因而聽過計失，譖賊得以萌孽其閒，于是播棄耇老，彫敝宗室，小者國體輕，大者國勢去，此理乎？亂乎？柳子以三者不可謂亂本，而孰知以爲治本則甚不可者也。

抑吾即柳子所引證諸事按之，則亦不思之甚者矣。『晉厲死而悼公入，乃理。』夫人臣將圖如悼之理者，而先若欒氏之殺厲以入之耶？『宋襄立而子魚退，乃亂。』夫宋襄雖合諸侯不終，然御説能先知其必亂而廢法以進子魚耶？且諸侯之暴甚於宋襄而失國者多矣，公族之賢加於子魚者尤多矣，必使諸侯逆知治亂，而皆以賤妨貴，則春秋之弑君爭國可勝紀耶！彼隱攝而賊身，謁讓而亂國，此又何爲也？柳子之説背理不通無過是者矣。至如『秦用張祿而黜穰侯乃安』，無論冉之專不至代秦，雎之功不過魏冉，而遷母逐舅，果可法耶？『魏相成璜而疏吳起，乃危』，夫魏文之所以稱賢主者，以成璜爲之相，起璜所進也。及武侯相田文，文死，公叔爲相，尚魏公主而害起，起亡楚，然魏未嘗以是遂危也，而安在親不可與乎？彼齊、楚、趙、魏以四君爲存亡，此豈非親之力耶？如苻堅之信王猛，此其君臣相得，亦後世僅見。而胡亥之暴虐，即不任高族斯而秦亦必亡。且斯與恬毅皆先朝有功將相，而亥殺之，是棄舊也，未可即以是謂舊不足恃。

大主誠知人善任，疏遠之士果才不世出，即逾尊逾戚何不可者？然不必盡『新閒舊』也。至如以『賤妨貴』爲理本，則禍天下萬世者必柳子之言矣。羣言折衷於聖人，孔子曰：『君子篤於親，則民興於仁；故舊不遺，則民不偷。』繫易之詞曰：『主器者莫若長子。』柳子學於聖人，不知取衷，顧取後世偏霸簒竊不足效法之事以爲證，而又援引錯繆，以附會其説，嗚呼！柳子以文傳世，立説之陋至於如此，而世且信之，吾故不可以不辯。

甘陳功罪辯

陳湯矯詔發兵擊斬郅支，其功甚大。當時匡衡、繁延壽惡其矯制，抑而不賞，而劉向、谷永則盛稱其功。荀悦漢紀謂功大矯小，賞之可也。胡致堂謂矯無大小，如湯之才，當別加任使，報之未晚。數者皆持一偏，而吾獨謂當時所以處之者未盡也。

余嘗讀漢書張敞爲霍氏上封事，其言羣臣宜有明言請罷霍氏三侯就第，明詔以恩不聽，羣臣以義固争而後許，此眞善策。通此意，處國家之事，未有不當者也。湯上疏自劾之後，宜下詔聚公卿、博士議其功罪，羣臣宜言：『湯功罪不相掩，郅支驕嫚負漢，漢本意欲誅之，湯承上旨，擅發兵，然師無所費，又立大功，其罪可原。與乘危徼倖生事夷狄者不可同語，宜加爵土如故事。仍著爲令：若非本所欲誅之夷，而擅矯制發師，又功萬萬不及湯者，議罪如律令。』如此則有功之士鼓舞，而後使者亦有所戒矣。』惜當時羣臣未有以此言之者，所以甘陳功罪至今猶紛紛聚訟也。

夫國家有難處者，貴在分別言之。至功臣戰將非賞不足厲其氣，非法不足以明賞，故使之畏而且服者爲尤難。夫四夷無事，朝廷清明，無故而徼其功，如介子輩者，罪之可也。而當時大將軍以爲功，至夷狄桀驁，天討未張，一舉而能尊國威敵，使朝廷不費而邊境畏服，如陳湯者，直當録功已耳，丞相、御史反以爲罪，謀國之人但以私意行法，此後世有激功臣爲叛虜，而又貪功生釁，至禍及宗社者，皆朝廷之上有以使之然也。是故禦夷狄有道，處功臣有法。若貪一時之功，執一偏之見，未有不反以爲禍者。本朝信國剖符時，猶鐫記毗陵之過以示戒。嗚呼！其斯爲帝王之勸威哉！

樓山堂集卷九

策

擬進策 幷序

崇禎丙子，臣從邸報見天下吏民言事者甚衆，上皆報聞，至有驟荷進用者。臣竊覽其章，於天下大計俱未有當也，私以爲言者皆負上，又以爲天下事非一疏能盡，於是退而擬策十首，欲上之，不果。昔漢賈誼爲文帝痛哭流涕長太息，今天下事不止如誼所言，皇上聖明又遠過漢文，獨恨臣無賈誼之遇。誼言不盡用而臣有言不聞，假使臣如天下言事者以言希進，又安知其不用？然臣不願也，臣所謂第能言之而已。所言自中及外，首大體，次邪正，次信任，次言術，次廉恥，次變更，次邊材，次無用，次民財，次貪源，凡十篇。

持大體

臣觀自古極治之朝，其君相雖勵精圖治，常若無事。然非無事也，總紀綱，挈要領，一切兵、刑、錢、穀各責之所司，而已不與，故其政即以不相陵侵而愈治，不至於煩碎而難周，此所謂大體得也。體失而後務爲操切，操切之過，臣下奉行不及，則益工爲欺蔽，而叢脞因之。至於叢脞，則操切亦有時而窮，而廢隳因之，究之柄且爲人所旁操而不覺。是故得體而治，失體而亂，自古至今未有能易者也。

漢宣帝起自民閒，深見武帝之季法網苛密，欲與更始，然帝性精察，欲操練名實，不得不任用文法，故誅戮之枉先自廷臣受之，其後弘顯之禍，議者皆以爲宣帝所遺，而蓋寬饒刑餘律法之言至是益驗。夫以宣帝欲懲失而猶不免有失，則以其操切爲失體也。幸其時丙吉爲相，輔以寬厚，觀其不問人死、不責廁吏等事，其用心甚深。蓋英君而佐以察相，事雖益理，天下之元氣傷矣。故臣嘗於宣帝之君相益信爲政有體，即其一時可以概見者。向使治天下而亦以趙廣漢治郡之法治之，天下之亂豈不可翹足待哉？

臣觀神宗初年，張居正爲相，其盪滌振刷不可謂無功，然亦似稍刻矣。神宗一以寬大繼之，迹若倦勤，而政實得體，故海宇晏如者幾五十年。迨其末年，不無廢弛惰窳之象，亦其勢然也，因而□跳邊隅，孽生宮禁，逆璫之禍，海内沸然，幸陛下神明踐祚，然後人心始有所恃。於是，懲先朝之失馭，創羣工之積弛，手攬萬機，躬親庶政，至於閭閻銖兩之奸，皆勤詔旨，雖漢宣之精勵，豈能及陛下之萬一哉？然臣固有慮焉。事無大小俱自上操，使天下皆重足而立者，欺罔之藉也；言無是非俱得達陛，使天下皆裹足不至者，奸佞之叢也。大臣無所執持，小臣相爲朋比者，衰亂之徵也。是故欲懲貪而愈以風之，欲革弊而愈以啓之。何也？失體也。且今日之失體者何止一端，外而監司郡牧侵守令之權，繡衣持斧親訟獄之事；内則刑名操練於三事，文牒持抱於諸卿，而陛下猶日責其治理無狀，不知治理之所以無狀正由此也。

故臣願陛下弘攬大體，但無使主權得以下移，一切碎細之事皆責之所司而上不問。厚諸臣以事權，即所以養其廉恥；別諸臣以職業，即所以起其廢弛。又嚴敕内外諸司毋使以侵而成曠，是陛下所爲憂勤者，謂其能收天下之成；而輔臣所爲啓沃者，謂其能成君德之大也。如此，而諸臣猶有負陛下者，即以蹈漢宣韓、蓋、楊、趙之誅而不爲過。誠不如此而稱曰勵精，臣恐上之操切既窮，而下之作威福者即於是出矣。是故體要之説，古之賢臣類言之。臣今之所效忠於陛下者，亦惟此爲首務而已矣。

别邪正

今夫國家之患，莫大乎人臣之自爲朋黨，而其病由於人主之不分邪正。夫不分邪正，使君子、小人雜進，於是，君子以小人爲小人，小人亦以君子爲小人；小人指君子爲朋黨，君子亦自以爲黨而不辭。始未嘗不從國家起見，後不過争競門户。迨争競門户而君子常易衰弱，非易衰弱也，君子難進而易退，難榮而易辱。於是，小人揣得其情，攻之以必忌，持之以難久，不幸君子或授之以閒，又不幸附君子者或因之爲市，而君子之勢孤矣。君子之勢孤，國家之事去矣。揆其所始，豈非人主之不能分别以至是哉？

唐崔慎繇與劉瑑並相，慎繇曰：『惟當甄别流品，上酬萬一。』瑑曰：『盛朝當循名責實，使百官各稱其職，而遽以流品爲先，未知致理之自。』臣嘗讀史至此，未嘗不歎服瑑言之正。使唐宋牛李、蜀洛諸君皆持此見，安得復有黨人之禍？然人臣從國家起見，則瑑言爲是。人君欲練名實，使人臣皆奉法守正，則慎繇之言未可以爲非也。是故相臣當秉劉瑑之心，而明主宜持慎繇之法。抑臣又思之，瑑之言用於黨勢未成之先則可，若下之門户有必成之勢，而上之用舍無一定之理，則瑑言亦安可施哉？

臣觀自古朋黨之分無過宋者，吕大防、范純仁當國，欲爲調停以兼用熙豐之黨，劉巖叟極言其害。其後徽宗即位，時議以元祐、紹聖之黨均有所失，欲以大公至正消釋之，此即調停之說，而曾布假以惑上者也，徐勣、任伯雨亦駁之而極言其害。巖叟之言曰：『自古無君子、小人並用之理，故聖人以内外分否泰。若君子、小人並進，危亡之基也。』勣之言曰：『天下事有是非，人有忠佞，不考其實，姑務兩存，未見其可。』而伯雨謂：『二者並用，終君子盡去，小人獨留。』蓋三臣之言可謂盡矣！後其言皆驗，而國家之禍亦遂不旋踵。

今國家朋黨雖未如宋之劇，然自神廟至今，其勢不可謂不成矣，今亦並用之而無所害也。臣恐將來勢有偏勝則害有獨歸，大臣不能如劉瑑之用心，則人材之進退必有如任伯雨所見者。至於極重之後復欲用呂范之方，行曾布之術，祗重之害耳，亦何益乎？此臣今日所以望之陛下者，固莫如別邪正之爲急也。

夫天下之大佞若忠，大貪若潔，大怯若勇，大躁若恬者，其匿情飾詐，方有以入人於不覺，而邪正於何辨之？臣以爲不難也，即就其所自爲黨者而察之，其本末立覩矣。且從古奸詐之徒可以欺庸君，而不可以欺明主；可以惑初立之沖主，而不可以欺更事之賢君也。陛下試觀即位以來，誰爲順悅，誰爲戇直，誰攬權勢而難於進退，誰重氣節而輕於禍福，誰矢念於國家，誰快心於報復，其擠掇閱歷不可謂不熟矣；又試觀神廟以來，所謂身在朋黨，横被攻擊者，其後之孤忠勁節、甘死如飴者何如；又觀天啓中所謂志在進取、力攻朋黨者，其時之誦德稱功、嗜利無恥者何如：而邪正之數有不較然乎？

今之時勢又與先朝不同，則夫希名而附和與夫懲迹而矯飾者，其蒼素黑白誠難遽別，然而涇渭之源流自在也。陛下誠能窮治之源而登進斥逐，一以其權歸之於上，使衆正彙進，而憸險小人無所緣而售其奸，將國家之治理可以計日而待。不然，邪正不別則登進愈雜，而黨與益分，黨分而邪者日勝，其勢不釀爲禍亂不已。而爲邪之尤者方孤立行一意，曰：『吾無黨也。』夫無黨而掃除有黨之人，而正人必先蒙其害，故禍莫大於人臣之有黨，尤莫大於黨勢已成，而邪者固矯之以無黨也，則別之奈何不務盡也。

謹信任

臣聞天下之患，莫大乎君有疑其臣之心而信任之不專，尤莫患乎臣有要其主之心而信任之太篤。不專之與太篤，皆足爲患，而第其輕重則無所別，而篤任之者其爲禍甚深也。夫國家固有不世之績隳於旁參，垂成之功棄於一旦者，此不專之所致也。及觀唐宋以來，唐專用内官，宋寵任大臣，至傾危宗社而主猶不寤，皆由人主不能自固其好惡喜怒之情，至使臣下得而窺之，小人遂有所要挾以深中其隱。臣然後歎人主之信任，誠不可以不謹也。

臣嘗讀史，見漢元時御史大夫缺，羣臣皆舉大鴻臚馮野王行能第一，天子以問石顯，顯曰：『九卿無出野王右者，然野王親昭儀兄，臣恐後世必以陛下度越衆賢，私後宮親爲三公。』上曰：『善！吾不見是。』又顯嘗使至諸宮有所徵發，顯先自白，恐後漏盡宮門閉，請使詔吏開門，上許之，顯故投夜還稱詔開門入。後果有人上書告顯顓命矯詔開宮門，天子聞之笑，此人主之情爲下所持，故有以專信之而不覺。臣因而推之唐李林甫、盧杞之流，宋秦檜、章惇之屬，其爲禍各不同，要其所以窺測人主，先得其情，而爲所劫制者，其轍則一也。

宋神宗有爲之主也，王安石經術之士也，挾情要君，任之不疑，至於亂天下，則安得謂信任之偏英主獨無乎？高皇帝神武開天，猶失之胡惟庸；肅皇帝英明絶世，猶失之嚴嵩。是故信任之不可不謹，其在英主爲尤甚。

我皇上躬戡瑺禍，手攬萬幾，念□寇之交訌也，尚方之賜時出；憫財賦之日匱也，司農之任獨久。總綱紀於中丞，歸操柄於冢宰，不專之患可幸無之。且陛下始欲借内鎮以風厲諸臣，未幾撤之如脱槁。即昨者召置輔臣，士大夫方舉手加額，而旋以一人之言棄之。人方疑陛下信任之理太輕，臣即竊於此有慮者。夫事有所輕於此，則必有所重於彼，其輕者不難暴之天下，則重者必有以積之於一人。於是，深險之人默窺意旨，以固其要結之術；而倖躁之徒又顯乘氣勢以售其嘗試之私。彼其矯情刻意，危言激論，必有入人於不覺者，而陛下偏篤之勢成矣。

故臣願陛下益去其菲薄臣下之見，程力量能，執虚公以馭下，而我無一成之心。於大臣則觀其係於天下之治亂者何如，於人才之消長者何如，不徒取其有硜硜自守之節；於小臣則練之以事任，驗之於積久，無以一言偶當，遂拔擢非次，致使天下小人皆有所懷挾以要君。如是，而偏獨之患去，則奸亂之萌絶。然後，陛下即有所信任，而人亦洗濯磨厲之恐後矣。

審言術

臣聞古昔盛世不諱直言，言嘗少。觀其君臣閒，析肝吐腹，不過數語，而天下利害已盡。後世君臣固有辨難反覆者矣，然上不以爲私，而下無所恐，故天下之事卒以立而功由成。今天下章滿公車，言非少也；朝上夕報，聽非不疾也。然議論多而成功寡，以致言愈雜而聽愈眩，豈忠謀至計百未一聞，而聽過任失十且九見耶？臣愚以爲言路不可塞也，當辨所以進言之心。其心不可見也，即就其所言而以時事之難易别進言之公私，庶乎天下可以見言之利，而吾聽者亦有所自持而不至於眩。夫其臣下守法，海内無事，而人主好大喜功，或内有嬖倖，外多興作，於是時也，不難於切劘臣下，而難於翹君。時而國家多故，事勢孔棘，大臣邀一切以中上，而人主方怵於禍患，不自知其入於術中，其籠絡箝制可以惟所欲爲，於斯時也，又不難於規切主上，而難於拂臣。

臣嘗讀史，至杜欽、谷永之流，指陳宫掖，不諱微隱，豈不亦經術有文，見謂盡忠人主者？而陰黨王氏，揣人主所必不深罪者用以自沽其直。今試讀其骨肉大臣等語，是爲何意乎？息夫躬懷詐傾覆，議論無所避，其歷詆公卿可謂切直矣。而天子湛溺，董賢邪寵，不敢以一語相及。審是二者，進言之心覩矣。是故田千秋以一言取相，見輕夷狄；汲黯以面折不撓，寢謀淮南。何也？彼乘其所易悔，此犯其所難堪也。袁盎廷毁大臣，卒爲營救其厄；賈誼蒙譖絳灌，所引待大臣之禮，原爲絳灌而發，則一重朝廷之體而已無私，一鼓其術數、借朝廷以自示德也。審是二者，而進言之心又覩矣。夫人藏其心不可測也，至於天下窺之，後世曉然，獨其主不寤耳。故臣謂人主之聽言，當去其所順，而察其所反，詳其平昔立朝之概，無驟予以喜怒之情，則言者之心立見。而臣所謂别之於時事之難易者，亦大約可以類而盡之矣。

今皇上開道求言，不遺微細，其乘上之急，而意有要挾與懷己之私以言爲徼倖者，不可謂無，然嘉猷碩畫、言而輒效者，宜亦有之，乃卒不可數得者，豈非言愈多則聽愈眩，眞能言者，反有所疑而不欲進耶？漢之世僅一賈誼，唐之世僅一陸贄。今此曰痛哭，彼亦曰痛哭；此曰條陳天下利病。彼亦曰條陳天下利病。而究所謂痛哭條陳者，挾息夫之詐，行袁盎之私而已。況才能不及二子而遇或過之，然而眞能爲賈陸者，亦將卷舌吞聲，惟恐與此輩同類共進，是陛下雖欲聽之，而誰爲能言？諸人雖千百言之，誰爲可聽？言路固有以開而愈塞者，此時是矣。

爲今之計，陛下毋遽下拒言之旨也，以其言下部，考核其當否。於在位者稽其立朝之節，而於士庶又實訪其行己之素，然後以臣所謂分別其心之公私者，用以嚴其誅賞。而於言之可從者，則務力行之，以責其效，毋徒博一時愉受之虚名。如是，忠言至計不聞於前，又聽其言而功不立、事不成者，臣亦自是杜口不復言天下事矣。

勵廉恥

臣聞古之善治天下者，水旱不足憂，盜賊不足患，而惟風俗之偷下爲可懼。夫風俗之厚薄，生於人心廉恥之有無。廉恥者，是政治得失之所從分也，事功成敗之所繇繫，而人才消長之所自出也。故古之達治本者必謹之，管子所謂『四維不張，國乃滅亡』，蓋重廉恥也。

今天下不可謂無士，往者逆璫之亂，稱誦比附者徧列位，臣疑廉恥道盡矣，幸陛下起而盪滌振刷，與天下共圖更新之治。行之幾十年，而賊喙尚張〔一〕，寇氛轉厲，吏治益偷，貪風不息，陛下求其故而不得，則欲更制用賢，闢門受諫，弘示買駿之意，旁寄式蛙之思，謂天下治功將繇此而興。而臣終不敢以爲然者，以今偷惰已久，頑鈍成風，此非惟不足振厲其氣，適以贊其邪枉之心，而益啓其僥倖之竇耳！夫風之行也，必有從倡。大臣無持禄之心，而後天下知名節之重。道之明也，於人之始進見之，士必從身家矢志，故居官亦有以自立。今士子白讀書取科第外，入官者自通賄賂、善事權貴外，覺天下不知更有何事？見一二峻潔有守及伉直不撓之人，輒病之爲矯，戒之爲取禍。而又有一二大臣怙勢行私，益以沮折，天下之士氣如是，而何知主憂臣辱？曰：『人獨無君哉！而我也？』何知多壘爲恥？曰：『人獨非臣哉！而我也？』至於仗下喑啞，見謂先幾之哲；闔外喪失，歸於莫可如何之勢。三事相率而爲欺，百僚苟且以祈免，而趨時若鶩者反因之據僥乘邪，以益肆其志而愉快，臣憂此風不革，不至於極敝大壞不止也。

今陛下誠遠覽大奮，罷尸素之大僚，窮蔽煬之積慝，誅鋤貪墨之風，激厲奔北之氣，窮治天下言事者挾邪倖進之私。內慎吏部之選，非天下極清介者不得任外。嚴巡方提學及各方典試之差，非天下極執持者不得推。官以墨敗，禁所在有司，無復以士夫之禮相待。士以倖閫，令自郡邑之試以至春秋兩闈，皆引繩披根而治其私。又敕巡按御史嚴禁鄉紳請託，而幷設爲地方舉劾之條。如此，庶可以激發人心之愧怍，而廉恥當因之而生。夫人之廉恥，其所自有也，必至於多爲之制而後生，此亦非盛世事，況其相胥而無也，則又何治功之足問也？

重變更

臣聞天下之治法，生於天下之治人。天下無人，猶幸有法之足治也。故昔之蒙業而治者，寧重於得人，毋輕於變法。書言率祖，詩云由舊，雖古盛帝明王亦惓惓以此爲戒，是故非開創之君而輕言更制者，舛也。蓋開創之君躬懲禍亂，身歷艱難，又其君臣朝夕講求，如家人父子，纖悉周至，欲爲善後之圖，不得不盡革前弊，故常自我而立爲一代之法，若子孫奉承惟謹猶恐不及，況敢變亂舊章乎？即至陵遲衰微，法久滋弊，然道有貴於變通者矣，而非貴於改革也。

臣嘗觀三代以後，如漢、唐、宋各有可久之法，至我明爲極備。臣請言其變之之害可乎？

漢承秦焚坑之後，法最簡略，蕭曹皆文法吏，不能考古定制，故賈董之議更變者是矣。然文帝謙讓未遑而天下安，晁錯更張無漸而七國亂，及孝武以後漢法備矣。以宣帝之綜核，不過曰漢家自有法，而魏相爲一代賢佐，史但稱之曰好觀漢家故事而已。是故新莽改之而敗，桓靈不能守而亡，此漢之明驗也。唐太宗經百戰之餘，踐位最久，又嘗與其臣討究辨論而定爲制，故其立法極善，乃府兵一變而唐祚遂衰，且無論其他。宋較漢唐，其法爲未詳，故其君臣亦時有損益，然未敢輕變更也，自王安石鋭然變之而天下亂。浸尋南渡，國以弱亡。蓋變法之禍至宋而尤烈矣。我高皇帝神武開天，始者積苦兵間，涉歷甚深，既而鑑觀往古，考證最悉，又天假以年，而其臣多王者之佐，規爲制作，直與周官表裏，非漢、唐、宋之所可匹者也。

邇以承平既久，瑕釁時作，敦文寡效，右武無烈，版圖在而用日匱，圭組盛而事不舉，論者盡舉而歸於法之不善而欲更之，不知此不能守法之過，非不能更法之過也。不能守取士之法而無士，不能守練兵之法而無兵，不能守屯鹽之法而財敝，不能守考察之法而官貪。陛下試一一詳考而深究之，知今之所以極敝而不可復者，果一一皆祖宗之法乎？即非祖宗之法，行之日久，欲一旦起而盡更之也，能乎？法行久則必敝，就其敝而剔之猶足爲治。法更而無漸，則人情易駭，駭而有所乘之，反足以召亂。陛下不窮其法之所自敝，而欲犯人之所易駭，又不講明列聖所以垂後守成之法，驟欲用開創時一切破格非常之事，臣恐於治理分毫無益，適爲儌倖小人借資而已。

今天下之法所謂極敝大壞者莫如制科，察其壞之之端而釐其弊，此尤天下人材政事之所從出。議者欲盡舉而罷之，毋論他途不足以得人，就使得人而此不能徙業者，將何以置之？夫隴上輟耕猶足爲變，況使天下皆投筆而歎哉？故今所深幸者，此議猶格而不行也。然而保舉之命甫下，騎射之令又聞，士既覬望於官之易得，又致憾於材之難兼，朝廷之詔令日新，臣民之取舍益亂，臣以爲此非太平之福也。

故臣願陛下申明祖制，而又度時勢之可行者行之。欲行一法，又必專精於此，俟其既效，然後更有所圖，則人不眩於他端，而行者無易衰之患，將見天下事亦次第而舉矣。不然，上煩其詔令而下不能行，下愈多其條陳而上不能禁，久之生陛下之厭棄，即欲更下一創始之令而不可得，是則臣今日之深憂也。

儲邊材

天下承平日久，武備盡弛，猝然有變，而知兵之將不可遽得者，亦其漸靡之勢然也。然臣觀往古，漢武開邊而衛、霍奮，光武中興而吴、耿出，唐以李、郭爲再造，宋繇韓、岳爲僅存，此亦豈非得之守文之後而求之倉猝之中哉？而何獨今之寥寥也？且今天下之用兵不可謂不久矣，陛下之求將不可謂不急矣，不惜尚方之授，而斬將搴旗之捷無聞，惟有失律而已，喪師而已；不愛通侯之賞，而開疆禽反之績未著，甚且玩寇已爾，要挾已爾。然則謂人材至今日而盡，亦豈爲過乎？今文臣膺經督之任者，即毋遽言新建、威寧之武功，如先朝馬文升、余子俊、項忠、韓雍之屬，或以禦虜，或以剿寇，其布置方略亦可踵而師其智也。武臣何敢希中山、開平之烈？即如近世戚繼光、俞大猷輩，亦庶幾有古名將風。又使如劉綎、杜松之屬尚在，制而用之，亦何至隳軍實而長寇讎如今日之甚者哉？然臣終不敢謂世無其人，而尤不欲以破格之任望之陛下也。

夫今命將無人而功效陵遲者，非如議者所謂掣武臣之肘，不專文臣之任也。其原皆由於求之太驟，而擇之不精。求之驟則未嘗擠掇其長短，故任之不能必其效，及不效而又難其代，於是於軍中之事多有所隱忍。擇不精故節鉞及於平流，而壁壘無臨淮之色，以視師重臣不過由資序得之，素無小范之甲兵，故任事而每爲敵輕，功之所爲不成皆是故也。故在今日而欲合文武之選者萬不能也。議者且欲益重武臣，去其節制，使之操束有司，此非惟不可行，行之必無功而有害。唐李林甫以文官爲將怯，薦用禄山，其禍至傾宗社，此其明鑑也。且今何可比開創時事也！但令文武各得其人，豈以相臨而妨成功哉？故今文武臨制之法必不可變，而所以簡擇文武，預儲其材，以備邊方之用，以待緩急之求者，臣以爲當盡創前格而一更其制。

兵者，專家之學也，習之久而後精，有功效而後見。今文臣即自負管葛，武臣即自謂韓白之能，豈有不待更試，卒然拔之草野之中，而推轂於行伍之内乎？往者已巳之役，陛下以一言用人，其已事可覩矣。陛下嚴重武科，行之已久，乃熊羆之士不聞即出。今又下明詔使制科兼行騎射，幷試武經，意將謂召虎之臣即由此奮乎？夫今士大夫雍容惰窳，不習勞勩，借此以磨勵其氣而廣其技能可也，豈經略邊方之才遂由此出哉？則臣所謂盡創前格而一更其制者果何道也？

臣以爲，兵部者，文臣習兵之府也。今誠令起家之士無得遽選此司，每年令撫按官各舉所知，推有方略者以上第入居之，又妙選各部屬有材力者調補之，本部堂日夜講求兵旅之事，以上下其考。遇邊方道缺，專推補此屬，以益練其材，而久其任。邊撫缺，又即以道臣推補。然後入爲左右司馬，出爲經督重臣，極之至於大司馬，而皆取之此司而足。夫天下有終身於兵而不習治兵者乎？此儲文將之法也。武臣則令各方兵備每歲各舉勇略善兵者一人，撫按於舉劾將領外，亦特薦一人赴部考試，令武選專董其事，其雜試邊方，備歷參游，自偏裨至大將，行之亦如推補文臣之法。陛下又以不測之誅賞，行之於任事見功之後。如此，度不過數年，天下之將材出矣。不如此，而竭科目以求之，破資格以用之，厚封賞以招之，以庶幾得非常之士也，嗚呼！非常之士以此待之何惜？其如不能即出何也？

罷無用

天下之不足用至今日而極矣，臣以爲皆無用者致之也。朝有無用之官吏，邊有無用之士卒，上有無用之設施，此數無用者皆足爲有用之害，而其究遂至於不足用。故今國家無憂不足用也，求其有用者而已；有用者亦常至於無用也，則罷其無用者而已。

臣嘗計天下之官吏不多於古，然得强毅有爲與廉潔有守之人，則多一官有一官之用，否則多一官即爲千百人多一害。今自内外之司，文武之吏，其能已見於天下矣，果皆有用者乎？衙署巍然，體統如故，而官無一事者，蓋不知凡幾矣。然日費官餼，而權所不屬，猶未深爲民厲也。臣請言其甚者，則莫如有權而無事之官，精神不用於職業，惟以恣喜怒作威福爲能，於是不但已無事，又能廢人之事，如此者可罷也。

兵之原額未能及國初之半，竭天下之力以贍之，曾不得其絲髮之效，故非盡汰滌而兵不可練，非益簡練則用必無功。今各方守禦動曰增兵也，臣以爲不覈無用之兵而罷之，則益耗有用之財，且亦卒不能得一兵之用。

今朝廷之議節省、議搜括者幾無遺策矣，無土木之興，無釐祀之費，無聲色之好，而臣何謂有無用之設施乎？宋臣畢仲游有言：『不能杜其興作之情，而徒禁變置之事，則人將操不足之情以動上。』今陛下不可謂無興作之情矣，聽言用人之際，誠有如蘇軾所謂太驟太鋭者，然上之操切日甚，下之奉行不給，畏不給之取咎，於是相率而爲欺。臣見陛下數年所下之詔，適爲有司興利而民無利也，欲爲百姓除害而害益加也。此所謂有用者皆無用，雖陛下發德音，下明詔，亦何益乎？

是故無用之當罷，莫甚於此三者，即三者之中，臣亦不能縷舉，總其要言之，而今日之弊端亦大約可以類盡矣。

抑臣於無用之官尤有感焉。今内自部寺之卿貳，外至郡邑僚屬教職之類，其爲無用者何限？即如各省巡守之監司，兩京各差之御史，此名爲有用矣，然上之臨制既多，下之趨舍憊昡，有司非人人得其歡心，不能免於罪戾，而遑專心職業乎？臣以爲監司以下，度無用者次第減除，而南直御史之差當有所併，於是有司無十羊九牧之擾，百姓省供億罪贖之費，其有關於吏治民瘼者甚大也。或曰官可省矣，其如仕進之多何？不知此無妨於仕進也。自古善治天下者，寬於收人，嚴於置吏，輕於假名譽而重於畀事權，蓋此意也。故無用之官之當罷，臣以爲無如今日之甚者也。

養民財

臣觀民之物力至今日而竭盡無餘矣。言者皆曰自遼東兵興以來，賦日有加，斂日益急，民何得不困？然臣觀加賦而民不怨者，以國家多事，民猶諒其不得已也。蓋民財耗之於國家者十之三，耗於官吏胥役十之六〔二〕，其餘則皆以風俗之侈靡而敝。乃又重以歲之水旱，寇之焚掠，天下財産安得不盡詘乎？臣請得而列言之。

臣所謂耗於官吏者，以今天下官之貪風不息，吏之奸巧滋甚，其害不可枚舉，而其源有二：官則巡按之贓罰當罷，書役則各衙門之頂首可革也。夫外官之貪獨畏巡按耳，朝廷假巡按以贓罰之名，郡縣不得不媚之以罪鍰之實，此既奉之以實，彼亦可轉假之以名，中間展轉幾何？株累幾何？毋論惡民盡，而良民皆盡矣。臣大略計之，如臣鄉江南六郡，巡按應上贓罰四千餘兩耳。臣郡爲最小，然嘗從縣牒觀之，一縣幾有其半，則此應上者，一郡取之而有餘，不知此外之金在官乎？在私乎？而況藩省所屬之多乎？由是，即日嚴火耗之禁，厲加派之罰，有司亦陽畏而陰笑，名從而實否耳。上好下甚，假公濟私，安得謂民閒之財盡爲朝廷出也？至胥役則益不可問矣。臣蓋知在吏部者，其頂首以萬計，各部院以千計，各司郡以百計，夫此輩如第在官取值耳，何不以其貲買田産爲富人而必爲此者？以其本朝入而利夕倍也。臣觀京都之胥起層臺，築别館，後房婦女數十，而在郡縣者履絲曳縞，意氣腆膴。合天下此輩蓋不知幾萬萬矣，其爲民害豈可以億計哉！

若夫風俗之侈靡，先自京都，及於郡國。嫁娶無節，燕會無度。婦人一簪之飾，一衣之費，輒值中産。而都市奇淫之設日甚一日。所以天下之財不見其消，有時而盡，蓋爲是也。漢賈誼至於流涕，唐丁公著以爲此當勞聖慮，豈無見哉？臣以爲此一事，當使南北兩京兆及巡城御史設制禁之而有餘，然後郡國可以漸化。

至於巡按之贓罰直當報罷，而一切罪鍰直令所司置簿登貯，以爲郡縣軍興振給之用，而不必更煩司農之拮据復命，則盡以其數報上。於此中染指者，事聞逮問。於是，巡按正己率屬，將貪墨之風可以不攻自息。至於書役當減汰員名，照隸快設工食，以盡革其頂首，亦如吏員當街之例。自郡國彙用而撫巡監司所用，即自府縣習文法、號謹愿者取之，犯法者并坐其所自出，如是，而舞文弄法及乾没侵漁之弊亦當稍有所止。凡此皆臣所謂害民之大者，不塞此二害之源而欲百姓之殷實和樂，此必不得之事也。夫天下之患莫大乎害有所受而民猶不知，吾即從其所不知者而深爲之備，則其所留者甚大，而民之財亦日有所滋長而不覺，所謂養之之法固如是也。誠不如此，而又加以水旱、盗賊，臣之爲陛下慮者，又豈止財盡而已哉！

塞貪源

臣聞善治疾者，不難於用古人之方，難於得致病之源。不得其源，雖日進良方而疾愈劇；得其源而治之，雖沈痾可以立起。今天下盜賊生於民貧，民貧由於官貪，陛下迹得其情，亦既赫然下嚴旨，懸重誅，而風不可息，事益加厲，豈貪之必不可禁歟？蓋皆遏貪之流，未得其源而治之也。臣請言其詳。

鄉會試者，終身之源也；初選者，莅任之源也；京宦者，外吏之源；而巡方者，守令之源也。今夫士始一寠人子耳，一列賢書，即有報賞宴飲之費，衣服輿馬之需，於是不得不假貸戚友，丁謁有司。假貸則期報以異日，干謁則先喪其在我。黠者因之，而交通之徑熟，圓巧之習成；拙者債益日重，氣益日卑，蓋未仕而所根柢於仕者已如此矣。及登甲榜，費且數倍，債亦如之，彼仕者即無言營立家私，但以前此之屬償給於民，能堪之乎？臣故曰此終身以之者也。今士之初服官者，吾知之矣。營選矣，鑽缺矣，不惜倍息稱貸以求之矣。鄉貢、監吏求之較難，則圖之必力而費之更倍，故有上任者朝來，索逋者暮至矣，此即不取之於民得乎？夫前此二弊，外官取償於民，京官即取償於外官，其源同也。有要津，有奥主，有座師，同年鄉曲之援繫於是；有大計，有京察，有被劾而求薄其議，有蒙薦而益美其遷。

凡此能虚得之乎？視其人之崇卑戚疏以厚薄其貽餽，而其人即以其厚薄之數爲效力之淺深，鄉貢、監吏之屬苟有所求，益愈竭其貲而不恤。尤可怪者，今以功令之嚴，益設爲簡易之法，入國門者皆短刺空函而金已達其家矣，又變白爲黄，取諸其寄，所以致之者愈巧。凡上之所爲包苴，有一非下之膏血所充乎？古繡衣使者之入境也，墨吏望風解綬。而今不然，貪者畏其將及也，已豫爲營解之地矣。其不幸被劾者無論，幸而免劾者亦無論，即號爲才能矣，而實登剡章者不有謝乎？謝不有例乎？且薦何容易也？自兩司而府而廳而縣，遞相制則遞相持也，一忤意恐授之瑕釁矣。又守令三載之閒，所經上司者幾何？前得當而後失歡，無益也；外得當矣，内之常額未盈，猶無益也。凡此，非竭數年之全力以注之不可。我之力全，民之力何如耶？臣約略計之，士自始達以至考選，其所費已千萬計，而入橐者不在，是故非火耗贖鍰何以充之？非刻削敲扑何以致之？然則不爲吏已耳，作吏而貪，豈盡天性然哉？亦其漸積之勢耳！此今日明旨之禁貪而貪熾，臣所謂皆遏之於流也。

至於塞源之法何如？臣請於士子始第之日，鄉試只令家僮傳報，會試則附邸報以傳，兩者所省已數百金矣。舉人初中，有浪費不貲及干謁無忌者，許郡邑開報，巡按爲之參處；進士則令觀政衙門訪禁。犯者錮而絶其仕進，庶乎各有所懲。又設二府反坐之令，吏垣銓司部尚書調舉，凡選官及考察之年受屬通賄，及不能禁奸胥弄法者，事發同坐。巡方御史則都察院選任，凡巡方不職及薦劾謝免，事發者同坐。又令在京兩衙門言官，凡内外官鑽缺營薦及吏部巡方受賄不發，許兩衙門各員每年糾劾一二人，其扶同不發者歲終議處。如此，貪之源可塞矣。即不能盡塞，臣所設爲塞之方簡而易行，誠著爲令，而法在必遵，則貪之風亦可以次稍除。

夫天下骨性峭潔之人既第，猶若寒素，即入官，寧百折不變所守者不可謂無，然亦寡矣。聖王之治天下，不恃人之皆廉，恃吾有以使之不貪，則向所謂時勢之流相激使然者，今逆窮之，而復爲不可逾越之勢矣。是即臣今者所爲澄吏治之大端矣。

校　記

〔一〕賊　原爲墨釘，據禁燬本補。

〔二〕六　原誤作『八』，據禁燬本改。

樓山堂集卷十

策

兵事策 并序

崇禎八年乙亥歲盡，賊破和州，已圍江浦，自除夕元旦南京城守江防皆戒嚴。九年夏，余應試至都，嘗與士大夫游，因從其後問前此守禦之方，竊以爲未盡也。諸公中有雅識者，以余嘗有漆室之憂，又好妄談天下事，因問：『子亦有策乎？』余唯唯。退而欲以胸中所畫者著之篇。會□警，邸報未確，然余以見於南中者意推之，天下事亦略可覩耳，因爲策十首，自□及寇，以至城守江防者悉具。城守江防，則猶在南談南也。事始於兵，故曰兵事策。時丙子六月。

策一 □寇〔一〕

今天下之勢，蓋岌岌矣，外備邊，內禦寇。□之發難也已二十年，失封疆，喪師徒，凡三然則此入邊不敢抗。寇之起也近十年，殘城郭，殺吏民，馳突出入，偏掠四五省而不能滅。然則此二患者遂與國家終始乎？方寇之苦邊也〔二〕，天下憂邊耳〔三〕，有知其即寇倡乎？

自有東事來，凡幾召募矣，幾征調矣，派幾加矣，災幾見矣，天下洶洶已非一日，撫循不加，賦斂益急，貪吏輒曰：『功令嚴耳！功令嚴耳！』敲骨吸髓，以名急公，而私者實不可問，奸胥猾吏所以因緣其閒者殆又甚焉。於是民等死耳！幸而少緩須臾，何禁不爲盜？而逃軍叛卒，或以將吏之過苛，或以資糧之不繼，益去爲盜倡，故邊之不靖，寇之所以終不息也。以寇之愈熾而幸邊之稍寧，以益急寇而緩邊，此不亦如畏影者日中之走愈疾乎？

愚以寇不盡滅，不能專事邊也，然非謹備邊，而竭天下之力以盪寇，假如寇不即盪，邊益加警，萬一烽火甘泉如昔見告，將欲還兵而已絓寇矣，欲逐寇而已怵邊矣〔四〕，不知此時誠何以應之？中國之兵所以弱者，以其備多也。寇分三股流轉於秦、豫、楚之閒，已使我師東西易向矣，況中外並劇，寇邊交訌〔五〕，使天下不疲於奔命，以庶幾乎功之兼成也，豈有冀哉？

故爲今之計，幸寇不大動，莫若厚備邊而益創寇。益創寇者，非但使寇息而已也。自兵不習戰而邊隳，故敗軍之氣數十年不復；自民不習兵而寇熾，以致蹂躪數省不能使一大創。今既併天下之力以圖寇，擇將領，簡卒伍，精器械，設方略，講守禦，凡在行閒者，皆廟堂素所擠掇之人，士大夫身習勞勩，躬踐戎馬，以期必滅此而後食，是用兵於寇而將士之能已見矣。寇平，即及其鋒而用之，文自督理二臣以下至守令，武自大將以至總把，次其功效，厚其升賞，以分布之於邊，即以其所常用之勝兵，益淬厲不懈而驅之破寇〔六〕，吾意將帥非向之以空名推者比，必更有以自見；士卒之轉戰逐寇者，日狎兵革，宜亦與向之坐甲裹糧未見敵而氣沮者不可同年語也。如此，則東事可以得志。

夫論前之勢，寇之起也以邊；繇余之説，邊之平也即以寇。故用兵者，國家之不幸，而實非國家之不幸也。嗚呼！第不知所用以滅寇者果何如也？

策 二 虜寇〔七〕

天下方憂寇之不能即滅，愚欲以殺賊之兵破□，毋乃效之必不可見而言爲迂乎！是不然，吾第慮寇之劇也，□乘而舉耳，故此時宜益厚備邊。夫邊而爲一時之計，闌其入焉已矣，不能必大創□也，故莫若謹備之。若寇之所恃者流矣，無關隘之可守也，有司分疆而治，得不至焉幸矣；至而城不下，殺掠不甚，即言功矣，遑恤其鄰之罄乎？故寇不勝備也，惟滅之已耳。

寇亦不勝滅也，其人多，非精兵不能破；其勢散，非方略不能窘；其奔突無常，非日夜追逐擊殺，不能使之掃除而無遺。故一用兵於寇，而文武之能具見；一用兵殺賊，而兵之敵愾日生。夫前此守令號爲賢者，撫循有餘耳，非必身在圍城，躬親捍禦也；監司撫按即號稱風厲，不過操法以馭下，非必身督士卒，親冒矢石也；每郡防衛即有額設之揮總，屯守之兵卒，不過於上司巡臨，顧倩操演，以壯軍容，以完故事而已，亦未嘗躬擐甲冑，手執干戈，以幷命於堵截也。是故以寇之流轉不息，而後中國之文武將士日夜防禦，淬厲之恐後，則兵當日强，兵强則寇當自滅。以滅寇之强兵即以前此能將者將之，其經撫司道亦選之此中而自足，又幷前此備邊之精兵以合而用之，則東事可以得志。

夫兵猶器也，器不用則坐壞，手不習器則至於扞格而不能操。往者國家不常用兵，故寇一發而不能支〔八〕。及至數次躪邊〔九〕，竭天下之力以從事於東，而兵或取於召募，或藉之調援，猶之不用也。及兵合矣而寇又退〔一〇〕，歷數年未經戰鬭，猶之不用也。故我兵常弱，然而寇亦數年未舉矣〔一一〕。我日用之於寇，弱者可强，彼坐而不舉，則强者又當弱，强弱之形相反，而用之有人，此眞百年一時也。昔宋之弱也，羞古今矣。金再入而國不守，張、韓、劉、岳之徒起而收拾餘燼，不數年而金幾蹴。要其始皆繇破羣盜而習戰，降羣盜以益師。張俊之破李成，韓世忠之平趙忠、范汝爲，岳飛之破楊太、張用，劉光世之擒郭仲威、邵青，用軍行師號令如山，而招降制勝所當輒服，則惟戰之力也。

故天下方憂流寇不能即滅，而愚以爲破□之助，夫果以此爲助，則用兵於寇者奈何不務力也！

策　三□州〔一二〕

中國雖有勝兵，能即破□乎？則談何容易也。夫今之敵與昔之敵異勢矣〔一三〕，則今之兵亦與昔之兵異用，此不待智者知也。愚試妄籌之。

夫□昔破全遼而不能有，則我宜直前進據，招聚流亡，厚集兵力以圖恢復，是得尺則尺之效也，未爲失算。乃圖事非人，兵再覆陷關寧之外，兵不敢窺左足，失大機者一矣。往者海上牽制之説，卓有勝算，□若用兵關寧而以島師覆其巢，宜可以得志。自毛帥糜餉被誅，此後無一人言航海者，失大機者二矣。當插之求款也，我宜撫而用之，羈縻有術，處置得宜，漢所謂招烏孫以斷匈奴之右臂者，此法是也。以夷攻夷，實用兵之上策，乃圖事無人，議款築舍，至插折入於□，而□且東有金白，北有宰暖，西盡俺答、永卜、吉囊之地，關門之外袤延萬里，□不復有所闌限，失大機者三矣。夫中國失此三大機，守則我力分而難於備，剿則彼地大而窮於追，雖有衛霍之將未能遽必其成功。然則將閉關固圉，謹遏其不來乎？不能也。己巳入矣，甲戌入矣，而今又見告矣。將聽其長驅直入，多方邀截，使之隻輪不返乎？不能也。□陷遵數日而且不得報矣，去宣鎮僅三十里而始錯愕收保矣。□介在宣雲，越大同，闖雁門南下，而薊密大帥不聞加一矢；捆載飽颺，而宣、雲、陽、和不能躡其歸。今昌平之告又且疑且信，不知爲何如之兵矣〔一四〕。如此，使□果有觀兵燕雲、飲馬河雒之志，我其如之何哉？然愚以爲□實易與者，非無説也。

己巳之後，愚雖伏處草莽，嘗以三策料□，謂其必出下策。以三策自料而竟無策，可謂國有人哉？夫孤軍深入，不能自防關寧，東絶通津，南逼良涿，北疑昌平，其志固已小矣，僅陷一遵，又不能守，而羈游剽掠，此必危之道，所謂下策也。我於是時以各屯之兵綴之，而用關寧之師直擣其巢，此爲上策。委之以數邑而堅壁清野，使攻則不下，掠則無獲，擇持重有方略大臣一人將之，使各鎮能戰之將以鋭兵更番邀擊，可以盡殲，此中策也。但使宣、雲、陽、和設奇擊惰，一大創而不使得氣去，此下策也。夫以我之策遇彼之策，下且爲上，而乃偵探不實，進止乖方，使將士自疑，精兵陷没，勤王之師雲翔而不敢進，其失計可勝道哉！夫前事不忘，後事之師也。使不復循覆轍〔一五〕，安知我不得志？然而無幸其不來而弛吾前戒，亦無幸其再來而用吾故智，吾惟恃吾守而令彼不得來，亦惟恃吾戰而使不窮於守，庶乎吾可以得志。

今試度邊關内外，最稱要害者何方？遠近險易便於應援者何處？兵車、火藥用惟所長者何器？而敢死力戰見敵則奮者何兵？文自司府以上至撫督，武自大帥以下及游把，使九卿大臣各舉所知，悉心計議，以妙極一時之選者何人？然後於司馬之外專設一知兵大臣，出入視師，以惟所節制，觀釁俟時，因勢而動，使彼有長不得而用，吾亦不自暴其短，度不過數年而彼之運數已衰，不過數戰而彼之精鋭亦盡矣，是則吾所謂中國之有勝兵而□可滅者此也。而其如急則能戰守之寡、而寬則持文墨之多何也？

策　四　□酉〔一六〕

愚所謂勝兵破敵者〔一七〕，守爲先，戰次之；然戰爲上，守次之。蓋謀畫未定而輕用師者殆也，故曰守爲先。然備多力分，偶一不戒，敵復入躪〔一八〕，即所在戒嚴，長此安極，故曰戰爲上。而要以乘釁俟時，因勢而動者，其長策也。

論者曰：『□兩入關矣，我不能抗，而彼復逸出，其謀固不可測，而日退而耕於遼矣，而且退而休諸國矣，是彼方欲用其所有餘。昔金之於宋，元之於金，皆用此法，而我何云俟時也？』愚以爲不然，蓋以宋金之極弱而適當兩主之方興，彼其賢而多智，又能盡下之材，豈今□□之可望？而我聖明在上，幅員未虧，亦豈二季之可比？彼以我叛人之導引，特子女金帛是厭耳，非必即有大志。而我亦謀國多疏，柄以撓敗，非盡力竭勢詘也，吾反其法而用之，則弱可强；彼肆其狡而不戒，則强必弱：此理也，勢也。故吾俟而圖之未晚也。

論者又曰：『□既并有諸酋之地，則號令專，且推賢而立，不聞有他，其人心固，彼方蓄力數進，擾我多方，而何云乘釁？』不知從古□□有强服諸種而後無事者乎？彼好亂喜叛固其天性，且插卜諸酋種一旦力屈而爲之下，非盡心服也，不出數年而一庭之變可以立待，四□雖立，聞其□□姚塔積不能平，鳴鏑之禍宜在旦夕，而我中行、趙信之屬亦豈能長持權無事哉？計此數端，釁必自作，亦理也，勢也。故吾所謂乘之而動，動必有功，又何疑乎？

夫然吾將信回鄉之□，弛出關之禁，故作交通，陰行閒諜，以祈速得志耶；抑將招致奇材，解脱文墨，聽介子之動成於一劍，甘陳之功得之矯詔，然後愉快哉！夫機未至而驟求之則易泄，勢不在我而嘗試焉則立敗。愚所謂乘釁俟時，因勢而動者，固非取必於僥倖，不過精吾戰守之方，使之可以持久不敗，即一旦用之不爲生事耳。

愚蓋深計之而知，守莫要於行屯政，而戰無過於一將權也。今誠於各邊之衝，修臺堡，謹斥堠，設應援，而以屯之事量地畫界，分而任之於各方之撫督，寬之以歲月，假之以種具，而責之以成功，不惜小費，不撓旁議，不急近功，度不出數年閒屯事大興，則轉運可省，即沿邊宿重兵亦不至於内困，然後妙選智勇大將，聽其自守便宜，以時進取，如吾所謂俟而乘之者。機有可圖則急因之而無失，即不如此而□運未衰，猶肆大舉，我亦有以闌之而不使入，且以其預備者而用兵，殺傷豈遂在其下？設不幸復如前進薄，吾向所料之三策固在也。蓋李綱、師道之計行，雖以方興之女直不能得之於弱宋，而況天已厭亂之孽□哉！

抑愚讀史而深有感於漢君臣之用兵也，趙充國以屯困西羌，其時明君察相反覆辨難，以聽其持久，然而辛武賢之用兵亦所不廢也，兩者相資而功以之成，則愚所謂戰守之方，師其意而行之，亦猶是也。故非勝兵不能破□，非俟時不能用兵，非以屯爲守則時不可俟，數者合而□不滅，未之有也。不如此而別談表餌，妄意犁庭，事或有之，要非愚之所敢知也。

策 五 流賊

往者流賊之起也，積有年歲矣。始於歲之凶歉，成於官之苛暴，急而走險，豈其天性然哉？於是時也，解散之也易；即不然，撲滅之也亦易。夫賊至數萬，至數年而守令申請不力，撫按剿撫無方，此不亦養賊以憂貽君父乎？故愚欲於賊所自蔓之方，逆窮其守土巡方者而治之，不爲過也。雖然，賊之在秦，譬猶穴中之鼠，搤而擊之猶易也。使之西入晉，南渡河，再出入關而不敢闌，流轉楚豫之區，地大人衆，奔突無常，彼不勝流，此不勝備，招之不從，擊之不盡，於此時也，雖有韓白之將，吾以爲難。

夫寇之流也，水也。其起也，可以濫觴耳，出關而稽天之勢不可遏矣。善治水者疏瀹決排，使之就道安流而水患息。今賊而能使之就故道哉？然疏瀹決排即安得謂遂無其方也？吾以爲必致之死地然後可開其生路。致之死地則其求生也急，雖有招撫，可無他患；開其生路則黨自離弱，更擊其後至而禍絶矣。獨所爲致之死地者有數道焉：防爲上，戰次之；守令爲上，大兵次之。賊之流也，兵亦隨之轉徙，蓋未戰而已疲於奔命矣。今南北畫江河而守，郡邑之在中間者，逆揣其所必奔之地，爲之厚隄防，多偵諜，先事爲撤置，使賊進無所掠，攻不能克，不過轉展數邑，而數萬之衆餒而無所逞其技矣，然後大兵進而薄之，設方略，厲將士，寇有不一戰潰者乎？且賊不過負其衆勢，恣殺慘以爲威耳！其實不按紀律，不度險易，不量主客，可盡取而殲也。今郡邑守令先於所莅之地，熟視險要，計可以設伏者何方，可以堵截者何處，此賊未悉諳而我可從容布置者也。於是，疑之以多方，誘之使坐困，使之進退狼顧，而大兵又從而四面追逐，賊且靡矣。夫賊野窮於掠，攻窮於守，戰窮於餒，奔突窮於所向，則隨和者必有攜志，而渠帥亦當有悔心，然後擊之招之，惟我所施。

是故不能致其死命，無輕言招也，且示弱，且貽患；不多爲之防戰，不可得而勝也，且爲所窺，爲所侮；不責成守令，大兵隨之流轉，無益也，適以驅之使靡漫耳，而我之民且窮於過兵，且匱於轉運。誠以愚策行之，重守令之選，盡所以防之之道，以戰而致其死，以致死而開其生，而賊患之息也，直可計日而俟之矣！

策　六 流賊

國家之於賊蓋孔急矣，特設督理大臣者二，五省之巡撫監司治其兵，三邊之大將爲之帥，白禁旅以至各方之調援者十萬而爲之兵，截留都，發冏藏，幷諸親藩士大夫之捐助，逾百萬而爲之餉，然平蕩無期，滋蔓益甚。而愚且欲重守令之責，豈迂談渤海之向化，虛慕朝歌之方略哉？

愚蓋實見江北諸郡縣其先破者，皆其守令之癃瘝者也，不則其貪殘者也，稍能者則攻且不下，尤能者則殺且相當，故曰滅賊當重守令之責也。至官兵雖盛，督兵之官雖尊，調度應援之法雖密，然屬在數省，轉展多羈，追逐不及，寇去兵來，徒煩供億，故有上之所責成在此，而下之所收效在彼者，此是也。然則官兵可撤乎？曰：何可撤也？守令保其所治之城不下，掠不甚，即言功，而疆圉既隔，則號令莫行，欲一舉而殲焉，非大兵不可。然而寇分三股，剿之必有所先，寇資馬力，勝之必有其術，則愚又請得而籌之。

寇之三分而綴我師也，我因之力分而勢弱，此寇計也。今誠幷力以剿一股，則二者必膽落而自潰。議者以秦寇不出，負勢甚固，楚豫二賊動稱秦寇且至，以張其軍，則必先剿秦賊，絶其根本，使楚豫二賊不能復歸，且亦不能援之以爲勢，誠爲上策。愚謂不然。秦寇雖自守之虜，然居彼中久，其盤據根柢未能即窺，此可以計困而不可以猝拔，則責在督臣闖其無出，使二賊後無所援，然後賊在楚豫者專屬理臣，固可一戰而擒也。何也？楚豫二賊雖有盧、永、鄖、房、英、霍諸山爲之出没，然夏歸冬出，其勢不能持久。秋遏之而不使出，則人馬俱飢；夏截之而不使入，則人馬俱病。彼憑依阻奥，我入而薄之也難；俟其飢出惰歸，或邀截，或躡擊，或設奇發伏，以因勢而制之也易。且賊名數萬，要皆隨和脅從之人，其實能戰之賊不過數千，非眞難敵也。賊之在郊也，無鄉聚可食萬人之理，分兵四掠，或百或十，零星單騎，多迷鄉導，又非眞有紀律之師，不可犯之堅陣也，衝其中堅，則賊首可得，而餘自駭散；擊其分出，則勢弱易敗，而主營自孤。加之以守令之防遏，鄉勇之接濟，火藥之衝擊，偏裨以下，不用命者，理臣以令誅之，士卒不人得一級者斬。又移檄各路，防其奔突，處處邀截。如此而賊不一戰而盡乎？昔人蓋有不數日而破賊數十萬衆者，用是道也。擊楚則厚防豫，擊豫則厚備楚。即不然，而二賊並出，亦委之以數邑而堅壁清野以困之。度剿一股，而二股之解甲投戈必次第相繼矣。然後更行招撫，别議安插，一如今明旨之所頒載。是役也，度不過旬月，而十年逋寇可以盡滅。

今議者又謂賊實易與，獨無如其馬力何耳。以愚計之，賊之强也以馬，而其敗也即以馬。未有一賊數馬，又多載婦女、輜重，而能進退如意者也。昔之用兵者，步馬懸絶，則捨吾短而暴其長，且馬可以誘之而使來，可以駭之而使奔，可以陷之破之而使不得逞，師古法而用之，雖虜騎亦爲糜爛，而況賊之所乘皆掠之民閒而非盡騰驤之騎哉？劉七之剽江陰也，以困於鐵菱角而敗。夫一物足以破敵，又何賊馬之足患乎？是在當事者毋畏賊，毋易賊，而又毋保賊以自重，而可已。

策七 備南

往者土木之禍，虜薄都城，徐有貞建南遷之議，而于少保力沮之，然已起兵部尚書王驥在南矣，蓋南固而後北守可堅也。宸濠之未發也，王晉溪豫慮之，使王新建制上游，而用吳廷舉、李充嗣在南，比變聞而二臣先陳師以待，且惟恐其不來也。當時論者謂濠上策直趨淮而北，中策據南而有之，不知濠即能用亦成擒耳。蓋二臣之方略已素具，而新建亦適會成功。余嘗謂謀國若于王者，眞社稷臣！而李吳二公未見敵而氣已吞賊，其事亦何可没也？

今流賊之破和州，圍江浦，隔一衣帶水而望其人馬馳逐，不可謂非震鄰之恐矣。南中文武所以議守備者幾無遺策，而愚以爲未盡也。夫己巳之有北狩也，則宜預備南；濠之欲趨北也，則宜首備南。今寇逼江濱，使陪京震恐，爲南計者宜備在江之北與江之上。不此之圖，而徒畫上新河以自固，守寥闊難周之萬雉，閉薪米必繇之十二門，此非自備，實自釁而已。且縱觀往古，從來取江南者，有兵渡江而城不下乎？有曾嬰城死守以自全者乎？南之備必不在城守也，此易辨者也。晉謝玄以八千人破苻堅九十萬之衆，唐楊行密以三萬人當朱全忠八州之師，韓世忠駐師山陽而金兵不敢南下，皆扼淮而拒之，不使敵得入淮，此所謂善備江者以淮，而善爲備者以戰。若區區守一城而曰備也，此亦計寇之不能飛渡，而姑以是爲盡職事耳！萬一寇舍鞍馬而事舟楫，吾不知何以應之？亦不知閉門拒敵果能爲曠日持久之計否也？然則議城守者盡非乎？謹譏察，嚴保甲，設柵欄，明桴鼓，可以絶小盜而不可當敵，此在平時宜行之，弗懈寇之警也，宜益示之以安静，而鎮之以閒整，使民耳目不驚，交易不廢，然後人心有所恃而不亂。不然，寇未偪於外而民先擾於中，以司城可了之事，而通京大吏逐隊登陴用以褻威而示弱，天下之無備豈有甚於此者哉？

是故居南者而不思所以備南，則已也，誠思所以備南，則吾所謂備之江上與備之江北者，奈何不精思而熟計之也？

策八　備南

愚謂備南而城守者非策矣，然則城可不守乎？夫亦恃江淮有備，上流宿師，故可陽示安静，以固人心耳。設不幸而江不可恃，又不幸而寇從南起，此猶恃遠援而撤近備哉！愚謂備亦有之，而城以内者不與焉。何也？皇陵不守而城何敢守？外險不守而内何能守？

夫金陵之形勝，愚亦嘗熟察而知其要矣，蓋與吳、晉、六朝之時不可同日而語也。近畿無大鎮而左右無犄角，萬一有進而薄城者，何以應之？嘗南登雨花、木末及報恩窣堵諸勝，下瞰城中，一覽而盡，未嘗不以棄此於城外爲當年失策也。今誠於此二方憑高立營，各置萬人，擇文武大臣知兵者將之，又别分五千，一軍軍恩德門之南，一軍軍高橋門之北，以爲彼此策應。又嘗西自觀音門迤邐而至獅子諸山，輒幸此亦天險，可扼而據之以爲内衛。今誠於此二方憑高立營，各置萬人，擇文武大臣知兵者將之，又别分五千，一軍軍上河，一軍軍下關，亦擇文武大臣知兵者將之，又别分五千伏大勝關之東，白鷺洲之北，以爲彼此策應。選兵之精者以爲鋒，又别簡將之勇者以督戰，如此則賊必不敢犯金陵。即有方張之寇直前進薄，而以水陸之師合而擊之，彼豈有幸哉？此備之長策也。若都門之内非賊至城下可以無守，即守亦不必皆用衛卒。种師道云：『京師百萬之衆皆兵也。』此老將知備之言也。

至如昨者，寇在江北，遂自爲張皇，點兵登陴，勢如顧倩，每夜鐙燭之費至數百金，而賚賞之錢且夜費數百萬。嗚呼！何益哉？今南之司農亦輒曰餉不足耳，然此二費之外，又計所造敵臺，大者數千兩，小亦不下八九百，吾不知此費果能繼乎？亦不知賊果南來，但登臺瞭望便足捍禦乎？夫京營之兵數萬，文武數百員，無一敢布置城外者，而城守之費已如此。

水營之兵亦數萬，戰船亦數百隻，無一敢試之水中者。而敵臺之設又如此。以此備南，何異兒童之見？當局者方矜爲未雨之謀，言事者且嘉其衣袽之計，愚淺見而不知，智畏事而不諍，故愚謂天下之無備未有甚於南京者也。

夫南京亦終幸無事耳！萬一有事，則備者猶以前計爲足恃哉！不守陵而城何敢守？不守外而内何能守？如此兩言者亦直可發人之深恨矣！

策九　防江

海賊之起也，江之防在下，由崇明以至鎮江皆岌岌焉。然據京口而守之，重山疊嶂無港可達，賊必不敢犯金陵，此易防者也。中原寇起而江之防也孔急矣，勢長則備分，由瓜儀至九江幾數千里，而兵之綴屬也難，乘流則勢迅，由九江至石頭一二晝夜可達，而敵之趨薄也易。夫亦幸而賊不與我争舟楫耳，萬一破城邑，掠民舟而有之，據勢揚帆，順流而東，雖兵艨集於南岸，敵樓布於江崖，勁弩火器伏而待之，豈有幸哉！故愚謂防江者，防之江以北，防之江之上，而憑恃天塹盛兵，江南即謂之無防可矣。

試以通江之大勢計之，荆襄爲首，九江爲腹，京口爲尾；以南都大勢計之，九江爲首，采石爲腹，京口爲尾。荆襄控禦勢關全楚，姑且無論九江，乃武昌之門户，而南昌之要路也，金陵上游，此爲最急，假狡賊從此飛渡，則全江上下守禦皆虚。采石迫近金陵，賊若從此渡江，是開門而揖之，不必更言城守也。賊渡京口尚有險可扼，然使駐兵淮揚，則南北兩斷，即不濟師而勢已去矣。故南中之守無要於三方者也，而三方何以守乎？賊之渡九江也，必自楚入，憑黄梅諸山而扼之，而以黄、麻、安慶爲連絡，則上游之險賊不得乘之矣。賊之渡采石也，必由和入，嚴備廬州，而以安慶、浦口爲連絡，則賊必不敢長驅南下矣。賊窺淮揚，必自潁來，潁有重兵而聯絡廬宿，犄角壽滁，則浦口、儀眞諸處可以安枕無憂矣。凡此皆守之江以上、江以北者也。今試以操江行臺設於腰腹之地，控制九江、安、潁三道，增兵防隘，練卒補缺，度其里道之遠近而著爲聲援策應之法，使之首尾相應，以成率然之勢，如此江南雖無守而陪京可以無恐。故昔之防江南者，争荆州，争合肥，争淮陽〔一九〕，皆明於此勢也。不然，而使王渾東下，賀弼、曹彬之屬北來，猶區區恃姑孰之單鎮、石城之小險也，不亦兒童之見哉？

今江南之議防者亦無遺策矣，築臺增陴，練鄉勇，制火器，民之物力既竭，而將士精華果鋭之氣亦已耗半，然未聞有遥制之功而收絲毫之效，曷若移其事而并力於北，則江北之州邑可不破，而南都亦無所憂。夫今賊破廬和而江南猶無恙者，果南之防守得哉？是可以長思而深省矣。

策十 防江

愚謂防江者當防之江以上與江之北矣，然則將弛江乎？曰，何可弛也？南京新營之兵不可謂少矣；文武操江之節制不可謂不嚴重矣；自九江以及金陵爲監司者三府，有丞衛，有使鎮，有總把口，有巡司，又別差臺臣，歲一按視，又有職方兵垣等官坐南調度，其防禦之設不可謂不密矣；加以水營之操練，沿岸之巡邏，日益嚴毖。何謂弛也？然數者皆有名而無實，徒幸無事，官以待遷，兵以偷飽耳。一旦有急，如摶沙畫餅，豈能一有所恃哉？且夫江防之不足恃，而水兵之不足戰也，亦已久矣。

往者劉七、齊彦名等以追急奪舟浮江上下，自黄州至通州幾數次矣，而莫敢誰何，幸而遇風破舟，賊以喪亡。夫逋賊且如此矣，使方張之寇猝來，而以舟師遏之，吾未見其必濟也。邇者江上戒嚴，舟行上下俱有阻礙，而北岸一帶不許泊舟，寇未至江而江岸遇兵甚於遇寇，至於孤洲夜泊之船又往往劫之於兵，如此不防爲害，防亦爲害，然則如之何而可乎？小寇之肆剽於江也，不過窺港岸之荒遼，伺舟行之單弱，以舉事一旦，但嚴責汛地，連坐水兵，即無大虞。其防之也，一有司事耳。兵過無紀，責在督兵，此亦易辨也。若狡賊有志渡江，則豈區區水營之操練、兵船之巡邏，足以禦之乎？貴在絶其濟師之路而遏其致渡之源。

夫江北郡邑其有河港之達於江者可數而知也，其中舟楫之往來，財貨之出入，勢不能一日而斷。若慮賊之奪船，遂先事阻絶，民何恃以爲生？愚欲於各處岸埠設一船司，平時但立稽驗，如保甲之法行之，一旦有急，則盡驅而之江，其有不能即撤者舉而焚之，如此賊搜船不得，豈能飛渡？是所謂絶其濟師之路。儻因江北有寇，遂概禁北岸不許停泊，南舟不許接濟，毋怪乎數年之閒，避寇者以無船可渡，遂皆驅而及溺也。有司以此爲得計，不知舟中敵國即起於此，若所爲致渡之源，尤有足慮者矣。

夫北方焚掠已盡，寇豈能一日忘南哉？特不能舍鞍馬而事舟楫耳。今不能幷力防北，而江南沿江諸邑穿壕守陴益無虛日，又各練鄉勇，起派民閒，物力屈於增兵，精力消於城守，守令以此爲備豫，上司以此爲賢能，而不知民之思亂十室而九，夫地方未見賊而日如遇賊，民亦何禁而不爲賊乎？且江南地阻人稠，半仰食於江、楚、廬、安之粟，今各方多事，賈販日稀，民飢思亂，其勢然也。思亂則必迎賊，即不迎賊，萬一南方寇起，猶有天塹之足限哉？故愚欲各方散鄉勇，罷守禦，蠲苛派，加意撫循，設法通濟，即不必防江而防江之法莫良於此，所謂絶之於其源也。不如此而防之於北，失之於南；防之於水，失之於陸。況事有出於防之所不及哉？至於操練巡邏，各有職守，平時且不能弛，寇至其何能已？此但著意行之，而無如愚之所謂有名無實者，則幾矣。

校記

〔一〕寇　原爲墨釘，據續修本補。
〔二〕寇　原爲墨釘，據禁燬本補。
〔三〕邊　原爲墨釘，據禁燬本補。
〔四〕邊　原爲墨釘，據禁燬本補。
〔五〕邊　原爲墨釘，據禁燬本補。
〔六〕寇　原爲墨釘，據禁燬本補。
〔七〕虜寇　原爲墨釘，據續修本補。
〔八〕寇　原爲墨釘，據禁燬本補。
〔九〕至　原爲墨釘，據禁燬本補。
〔一〇〕寇　原爲墨釘，據禁燬本補。
〔一一〕寇　原爲墨釘，據禁燬本補。
〔一二〕州　原爲墨釘，據續修本補。
〔一三〕此句兩『敵』字，原爲墨釘，據禁燬本補。
〔一四〕如　原爲墨釘，據禁燬本補。
〔一五〕不　原爲墨釘，據禁燬本補。
〔一六〕酋　原爲墨釘，據續修本補。
〔一七〕敵　原爲墨釘，據禁燬本補。
〔一八〕敵　原爲墨釘，據禁燬本補。
〔一九〕淮　原誤作『睢』，據禁燬本改。

樓山堂集卷十一

策

時務策 幷序

余在南京，嘗爲擬進策，又爲兵事策，所以計天下事者略盡。會自句容還雲間，友人遺予兵家言，中有擬爲問答若干篇，余覽之，與余意不無離合。其合者，余見之前策矣。其爲余意所未盡者，余亦擬爲問以條之，幷亦廣前策所未盡。余不專言兵，然亦時所急也，爲時務策七首。崇禎丙子七月，距闈試十一日。

問：今天下門户之勢似已成矣，其學術人品以何者爲正？邪正是非以何者而定？

天下之士不難辨也，由設心之公私以觀立朝之本末，而邪正較然矣。邪正不難辨也，觀其取舍之所歸，究其成敗之所繫，而是非較然矣。夫人豈甘以其身爲不類，令天下後世目之爲邪哉？始於一念之私，成於所趨之誤，没其身於勢利不能出，致人國於傾覆而不顧，即有所矯飾覆匿，而一生眞僞卒不可掩。是故觀人者先其大節，略其細謹，察其本情，要之末路，此百不爽一者也。愚請即往事之可爲證者論之，則莫辨於漢唐以來之黨人矣。

東漢之季，權歸外戚，勢移宦豎，公忠不貳者危，正直不撓者敗，於是始有『黨人』之目。夫禍或生於所激，事多傷於已甚者有之，然而其氣節固可風，其志意亦可原也。於斯時也，爲胡廣、趙戒者邪，爲李固、杜喬者正。又同一正也，爲李膺、范滂者難，爲郭泰、袁閎者易。此其是非豈待再計決哉？唐之牛李，其邪正誠難遽定，原其所起，皆以附勢干進，借人國家以肆己報復者也，故君子兩非之。宋之三黨皆以正攻正者也，迨其後適足爲邪人借資，而正者亦不能辭其過，君子於是非之閒又未嘗不兩存之。執此以爲鑒，而今士大夫之品行亦大約可以類而盡之矣。何也？

今之士不幸有門户之名矣，其不在門户者易見也。其公忠清介以勤宣職事者不問知爲正也，其貪冒放恣以便利身家者不問知爲邪也。若已有門户之見，其誰肯自居於邪？亦誰不自附於正？於是有敢爲排擊者矣，有陰爲要挾者矣，有巧於籠制者矣，有公爲報復者矣。而愚以爲辨之不難者，生死之際可以明人之處心，進退之閒足以觀人之大節。試自神宗以來數十年之事變觀之，争權臣，争國本，争梃擊，争移宫，争紅丸，其邪正是非，數者聚訟莫決，一臨之以黨禍，而其人如蒼素黑白，判然立見。蓋觀人於生死進退，其公私本末未有不久而自定者也。

今之時事雖與先朝不同，然後之視今，豈不猶今之視昔？其爲正者必難榮而易辱者也，必志在國家而防己疏，必心存汲引而與人鬪，必好議論、喜名節而趨事勇，是故常抵之而多隙，攻之而輒敗，然而不害其爲正也。反是者必邪。雖然，邪而負其勢以與正角，其爲邪未甚也，邪而人主嚮之，士類附之，天下稱之，其爲害可勝道哉！是故孔光不再起，人必以忤傅后爲忠；張竦不屈節，人必以爲廉潔有操行之士；何晏不敗，人必以其閒雅沖曠爲勝；王沈、裴秀不附逆，人必以其談經講藝爲賢；八關十六子不躁進，未始非一時名士；王安石不亂天下，則其偏執矯情者皆若不可及。然而有識之士當羣情競附、衆議歸嚮之時，獨能深窺其詐而豫知其禍者，豈有他哉？亦愚所謂略細而觀大，探始以要終，察其公私而眞僞見，審其眞僞而是非覩耳！況門户既分，則趨嚮自别。孔子曰：『各於其黨。』此即古今觀人之要道也。

十之學術人品豈非至今日尤易定哉？今論者又曰：『學術正則人品自正，何門户之足言乎？』夫學術亦難言矣，正人由之而益正，邪人用之反以贊其邪。古之仗義秉節、深執忠孝者，往往得之天性篤質，不立聲名，不喜浮華之士。而喪顔屈志，行若狗彘者，又未必皆未嘗學問之人也。此又用人者之不可不辨也。

問：制科得人，今不逮昔，議者至欲罷之，幸其事寢。然制科果無弊歟？兼行騎射果爲得歟？

取士之法，古今不一途，要其法行之至後〔一〕，未有不滋弊者也。夫因其弊而釐之，雖循法猶可以得士。若以法之必弊欲盡舉而更焉，竊恐一旦盡奪士子所由進，非惟不足以得人，反以召亂。夫今之極弊而不可不釐者，科舉取士之法是也。

以高皇帝之神聖，倣古定制，豈不能多爲之途，令人材不窘於用？乃三年而定科舉之制，至六年而罷，後十七年復頒定成式，以著爲令。歷代奉行至今，幾三百年，法益加密，無敢議更者，以人材所從出也。夫時非開創，君非聖神，亦欲破格取人，登進不次，此立敗之道。士不納之於學宫，教之以禮義，繩之以藝文，困之以科場，其秀黠材敏者將何以約束其心而馴服其氣？愚是以謂科舉之法，雖不可以得異士，而異士不能外，原非以便庸流，而中人皆可勉，然後歎聖人創制之意甚深遠。

今雖極敝，亦陵夷之勢使然，非國家制科之初意也。且今科舉之法亦何嘗與初制有合哉？初制但通經書大義，故士得以其餘研精性理，博覽史傳，非若今之雕繪詞章，士自比偶文字外，即不知宇宙更有何書也。初制兼重策論，故士前場經義質雅，而二三場學問贍博，條對詳盡，又非若今之專事經書，主司閲文命中，即不問後場作何語也。天下之能督課士子者，教官也。初制非選擇不得爲是官，故官是職者既使之造就人才，又聘之典試場屋，誠重之也。高皇帝時嘗召對訪問，有不達世務民瘼者則罪之，謂士子不能資以服官，則學官之設原非專以文藝造士也。今則司訓者皆癃廢之歲貢，領諭者半乞恩之舉人，貢則但縻官廩以責束脩，舉則兼通干謁以俟遷轉而已；即號爲賢傑者，月有程課，即爲盡職，而他何知乎？天下之能變移士習者，内則祭酒，外則督學也。聞之先朝，非極天下之選不得居是職。高皇帝於國學尤加意焉，蓋嘗誅吏部尚書以尊崇宋訥矣。提學之差也，兩京則持斧之使，各省則廉察之司，誠欲其秉憲立嚴，使無得而撓其事者，是故驤勉著南北之聲，而陳魏得寬嚴之體。彼其時名卿鉅輔，出其教育者固可指而數也。今之祭酒何如乎？提學何如乎？官不必以望推也，道不必以嚴立也，兩雍爲師徒之傳舍，直省完歲彙之成規而已。道德之薰陶，問學之資長，榮辱之風厲，知遇之鼓舞，行之必以其誠，化之必期於效，蓋歷二三十年未一遘者，而其中陵夷苟且之故，不可勝舉。然則倖而得售者，不過皆詭遇捷取之士，非實有所挾而往也。又加以科場之官取之以資俸，而命中之技得之於輕華，天下之人材何由而成？即何由而進乎？以是謂制科爲不敝之法，誰其信之？雖然，以其弊而併創去其法，毋論負聖祖設科之至意，羣天下學宫之士，其不能徙業者，用何途以處之？即材士誠不必拘此一途，然倉卒何以自見？而公卿大吏無一不從此出者，彼亦豈能别操衡鑒以行度外事乎？愚所謂誠反其法，立以召亂者，蓋爲是也。

然則愚所謂因弊而釐之者，何如請令外慎提學之選，内重祭酒之責，小而甄别教職，大而嚴擇試官？其可以變通行之者有四事焉：一，每歲貢士可罷也；一，三場出榜宜分也；一，國學積分當行也；一，薦舉人材當慎也。請於每歲貢士之期，即以督學所首拔士充入國學，而廩生歲食之餼則以遞給高等諸生，於是諸生無不均之歎，而貢不期於衰耄，亦可造之兩雍，以厚期其所至。省試之輕下場也久矣，今請盡閲三場彌封之卷，而第其高下，以次揭曉，其皆合式者爲上等，中二場者次之，中一場者又次之。會試亦如其法，以爲選官之次第。其文義爾雅者既得登進，而穿貫古今、通達國體之士亦不至於淹落。於是人人嚮學，當不出數年而國家可以盡收其用。國學之以舉貢充也，所從來久。今天子亦既下明詔使舉人下第者入監矣，乃行之未久，反以之爲市，其爲欺罔可勝歎哉！今請更爲申禁令，兩雍多士充盈，而積分之法歲一舉之，其高第者不必更應春秋二試，即與科甲一體出身，庶其事重而人奮，將國學不期而自盛矣。此三者皆所爲就科舉之弊而釐之也。有非常之士，或道德之可風，或經濟之夙負，此求之不在文藝之中，用之當超格例之外，則令撫按司府采訪薦舉，以赴部起用，不强其不願仕者。如此，是以保舉輔科舉之不逮，而不使科舉之士僥倖於保舉之可行，其法亦可久任之而無弊。竊以爲得士之方莫良於此矣。

今議者又謂流寇不靖，遼左久墟，國家所急者知兵之士耳。今天子欲於科舉之中兼行騎射，乃詔旨久下，應者無人，此何以故？不知國家於武事已有科矣。武既兼文而不效，則文而試武亦豈眞能得召虎之臣、孫吴之士哉？夫高皇帝亦嘗令生員習射矣，非以此爲試也。愚請令騎射兼優者當於試外録用，不限人以必習，庶習者得以自見其長，而不習者亦不苦於格之不及，是兼得之道也。雖然，天下之弱亦已極矣，士大夫勞苦不任，偷惰成風，故奸人叛卒無所畏而遂因之以逞。誠如明旨，令士夫人人習兵，則積弱之氣當振，而國家之威亦緣是而立，此豈不足以矯偏而救弊乎？乃下不率從而上之令亦相玩之爲故事，愚然後知積漸之難反，而向所謂更法而易亂者非虚語也。第不知果設誠而力行之，亦令之而人不從否也。

問：天下事議論多而成功寡，其病源安在？

天下事有以任之而後成，有以議之而後決，故計者功之藉也。古之人未爲是事，則必博謀衆議，虚心盡下，以求萬全，是故所爲而常成。然亦有衆所不與，而我能獨見其然，遂不難排羣議行之，而所爲亦常有功，是何也？未事而先議，故議常定；舉事而能斷，雖議亦不得而惑之也。

今天下可謂多故矣，謀夫盈庭，一事未集，始以一人之言而欲有爲，未幾即以一言而罷；始議者不過一人，未幾撓者四起；前見賢而後獲罪；喜變更而憚垂成：如此者不知凡幾矣。即如事之大者，孰有如遼東乎？自萬曆己庚以來，國家之用人不可謂不專，聽言不可謂不疾，言者亦不可謂不多矣，始而經撫不和，繼而中外相格，又繼而左右争袒，以至覆没相尋，功罪異用。嗚呼！是可謂之有議論乎？有事功乎？鋒鋩不用以殺賊而用以角意見，是非又不從意見起而從門户起，大臣博寬厚之名，小人進煩細之説，如是，即有成功，皆以議論而敗，然則空言之爲害孰有甚於今日哉？今天子欲大創前弊，鋭然與天下更始，亦十年於兹矣。□數入躪，寇愈加熾，民賦既竭，吏治益偷，於是又慨然發明詔，示風厲，廣言路，虚聽受，至草莽下賤皆得論事於前，而與公卿大臣圖事揆策亦既不遺纖細，此宜其有不世之功可以次第立見者，而計效課績，則如捕風搏影，一無所就，此曷故歟？

愚以爲喜事之與欲速，二者皆足爲患也。何謂喜事？夫懲前謀之不臧，但鋭然革之是矣。乃一旦欲大有所爲，則希旨承意之人必將操興作之情以動上，而不顧其時勢之甚難，究之利未能興，害猶然未革，吾意已先爲下所持矣。至於以一人之言舉一事，度非經歷歲月，實意責成，有司亦陽奉之而陰悖耳。而一有欲速之心，朝可一議，暮行一疏，報者未及國門，撓者又經部覆，久之奉行不及，則至於相積，即行者亦先意此不可終日之計也，而實未嘗一行。於是上之所急，下之所緩，前之所督，後之所稽，議之所以多，事之所以愈不立，其病皆緣於此。

夫從古議論有餘，國之害也。西漢詔令質樸，大臣少文，其治理風俗卓有可觀。自武帝以文辨之士屈服大臣，國家始漸多事，功雖就而傷者多矣。宣帝與趙充國辨難反覆，雖舉朝言不便者什九，其意卒不可奪，故功以之成，則人君如宣帝者，眞圖事之主，臣如魏相者，眞謀國之臣。何也？彼於事理灼見不爽，故輕於違羣臣之議者，知議論有不足恃也。後唐憲宗與裴度之平淮蔡，其不撓於衆論，亦爲近之。宋李沆有言：『吾居大位，未能補報萬一，但天下言利病者一切報罷。』至哉言乎！此正今日對證之藥也。今天下議論之多，孰有過於條陳利病者乎？臺省漫無糾劾，或拾前人所已言，或取目前之不急，連篇累牘以自塞責，而票擬者重違其意則必下部，部尚書不能駁正，又爲覆奏，此不過令紙墨耗費，文移繁濁，博衒門高閣置之而已，曾有立限奉行、責令必效者乎？至於士民言事，其奸詭尤不可詰，毋論不可行，即行之，豈能勝行？萬一事在必行，而無俄頃之功者，立有邱山之謗，又何怪趨舍貿理，用以掣勞臣之肘，而灰任事之心哉？

故爲今之計，欲爲是事則必下廷臣會議，議既上則責之成功，毋使一人得撓其後。其或下議未孚，而疆埸之外果有任事如充國者，則當力破羣議以俟垂成。而臺省不急之章及四方輻輳之言，直以李沆報罷之意絶之。毋博寬容之名，毋急苟且之效，毋用狂躁喜事之人，毋納諂諛售奸之説，夫然後厲精圖治，事有條理，而功有要歸，亦不至如前者紛紜叢脞，幾令人莫知所厝，此所謂反其道而用之，則議論少而成功多矣。嗚呼！議論亦何患其多？第問吾所執以聽議論者爲何如也，是又責成功之大源也。

問：兵莫妙於用閒，今□□流賊並劇，用兵久不見效，説者謂閒術疏耳，然用於二者將遵何法歟？抑孰易歟？請從長計之。

昔人論兵，謂閒非聖智不能用。乃觀秦漢之際，不過騰一人之舌，散數萬之金，遂令良將誅，敵國破，謀臣亡，烏在閒之難用哉？雖然，以今法令相牽之時，而聽一將之用閒，愚有以決其不能也，且以使命不通之□，聚散無常之寇，欲取必於一閒之成功，又誰其任之？故兵莫妙於用閒，用之於二者，恐雖上智不能，抑兵莫難於用閒，然非用二者之閒之難，吾第不知所以用之之術也。故談用閒於今日，此計之謬者也。

國家自□□發難以來，經撫以戰守爲聚訟，中外以是非爲争端，事敗於謀多，功隳於議異，如此者蓋已幾蹈覆轍矣。弔喪之覘適爲笑資，海外之牽幾同兒戲，即款插支□，此以夷攻夷之法，事勢灼然明白，而亦有議無任，此可彼否。至漠南萬里盡爲□域，我能闌其毋入，云厚幸矣，況出關遣使，展吾方略乎？軍資之匱，致煩司農仰屋，能以數萬金恣其所使，無問出入乎？大將雖專閫外，然呼吸仰之樞府，能行吾意一無請決乎？孫子曰：『五閒之事，主必知之。』即今天子聖明，主臣謀密，能自保其事之必可任，功之必可成乎？且今將之不能得士，而奇材之不效用亦已久矣，能以此大事屬人，信其命不辱，計不泄乎？夫設是數者而用閒於□，愚知其爲必不可行之事也。若用之於寇，則不過閒之而使其黨自離貳而已。今寇分三股，彼原未嘗合也，吾何以利其分？且吾即遣敢死之士，能必其深入歟？使辯智之人能信其見從歟？故閒之施於□寇，俱未見其可也。

然以閒之法而變通用之，則有二道焉。曰：以吾閒□則難，□自閒而吾起而圖之則易。夫□越次而立，內不能無骨肉之嫌；强服諸酋，外不能無種部之變。不出數年而釁必自作，此其勢然也。故以用閒者用之於偵諜，以用閒者用之於觀釁，所謂蹈瑕抵隙而其事必可以得志。以吾而閒寇則難，寇自閒而吾因而用之則易。夫寇而多方以闌其出，則可坐困之使餒；合力以剿其一，則可聲及之使潰：此亦其勢然也。故以用閒者而用剿，以得其乞哀之情；以用閒者而用撫，以誘其脅從之衆，以致彼力詘智窮。然後我軍可以成功。所謂以用閒之法變通用之者，蓋如此也。雖然，即以閒之事較而論之，又覺□難而寇易也。昔人滅寇之法，或故以所擒之賊縱歸而使之疑吾勢，或招一賊將厚撫之而使之惟吾用，或陽爲賊往來之書而錯投之以使之自相攻，此皆可以得之耳目之前，運之股掌之上，特患無勇智之將深思其法而觀變行之耳！至若□者閒關萬里，情事遼絶，舍可據之勢而希不可必之功，此適以國僥倖以身嘗試耳！故用兵於□而曰此可以閒破也，此不知兵者也。

問：今民貧盜起，咎由司牧守令之選，治之急務也，其責成之法何如？

昔先王建官治民，而因民治吏，則必先責其近民之吏而治之，蓋莫守令之爲急矣。故守令之選自古重之，而言吏治者則惟漢爲盛。無論其三公大吏，皆由守令之上第者漸次居之，即在郡邑時，亦何其展布自如，得以畢見其長，而竟奏其功。則非漢吏之獨良，而治吏之道得也。夫漢未嘗不設刺史以簡察二千石也，然不過有所案舉，而未嘗兼治郡國事，以旁掣其手足。其太守雖得自置吏，然專責大體，而亦未嘗下侵長吏之權。此漢治之所以獨隆也。其後任州牧而罷刺史，又任刺史而罷守牧，徒變更職名而於治理無裨。唐改太守爲刺史，益失古人臨制之意。宋舉刺之條最繁，實無益於治，又大臣出補外郡，而體統倒置，則糾察不行。後世守令所以遠不及漢，其法舛也。

我國家設官置吏，視古法加詳。高皇帝於監司守令之選，所以甄別而鼓舞之者良至，擇能使器，固非盡繇一途也。歷朝相承，則非科貢不任，名郡大邑又非甲科不得，然而鉅卿碩公前此之從此出者亦非乏也。而今則吏治不張，貪風益熾，甲科之縱恣實久，舉貢之耄廢不絶，自神宗末年以至於今，日甚一日，而民不勝困，羣盜滿山，揆其所自，有一非有司之過哉？故議者謂，欲息盜安民，必慎選守令，誠要論也。開創時，一切破格升黜之法今不可復用矣，即用歷朝資格相承之例，亦當變通其制而先革其弊。蓋欲責成守令，非精守令之選不可，精其擇必重其權，重其權則莫如去其害。請得而詳論之。

夫今之所急者，莫如邊方也。邊方守令非任子則舉貢，甲科任者十不得一矣。選守令必繇吏部也，甲科選縣惟便是視，可以乞求，可以更易，而因地置人，自銓司采訪區分者，十不得一矣。不則高下惟遇，遠近視缺，而屬託賂遺一無所行者，亦十不得一矣。知府之推遷也，多繇部屬，其上第者逡巡可以内轉，不則亦坐致監司，而一麾出守謂非所樂，即出守而隨材授地者，又十不得一矣。此皆所謂擇之不精也。及服官以後，彼不肖者毋論矣，即號爲强項，稱爲良牧，能絶竿牘乎？斷苞苴乎？不畏事權貴乎？興利除害能任意而不關決乎？積勞久任能待遷而無讒慝乎？事之不得自繇，而權之不勝見奪，亦已久矣，至其害則有不可言者。畿之内數府一監司，持斧使者則多至六七員矣，各藩省則府一而監司且二三矣。守令非三四年不遷，而直指歲一换，視監司之轉，不待再期。通計終一守令之身，前後臨察之者數十人矣。且縣則府之丞若倅，皆伺之者也；旁郡之李，皆詗之者也。前得當，後失意，無益也；此見知，彼按劍，無益也；即人人得其歡心，三年赴計，使京師貴人相非，猶無益也。經是數者，高不失爲臺省，下猶得列郎署，豈盡天幸？其所以致之者可知也。思其所以致之者，民之不堪又可知也。今夫一瓠而數十人舉之，有全瓠乎？守令之害何以異此？是故不去其害，即欲精擇而重任之，豈有當哉？

愚以京之倉屯諸臺專以禮節之疏密爲喜怒，此其差可幷。而省之巡守諸司又多以屬託之是非爲賢否，此其員可裁。舉刺一屬之撫按，而他不得行其私。錢穀訟獄之治則司不得奪之府，府不能侵之縣，如漢薛宣以循條職責刺史而不使與郡縣事。如是，則守令之權始一。當縣之初筮也，甲科不得專擇善地，鄉貢不得併任疲癃，才不稱地則聽府於其所屬中奏换，但使繁簡各得，則皆以上第報聞。府則使各部院大臣舉其所屬。其繁簡奏换之法，撫按一如所以處縣者行之。至事有可以守便宜者，聽府上書直争，而璽書褒異，閒如神爵、五鳳故事，如此則府可以得志。府可以得志，而縣事當益舉。竊以爲擇任之方莫良於此矣。

至於郡縣之佐領，其才誠可任，雖貲郎吏員可使之視舉貢，舉貢可使之視甲科，夫然後不苦於無階可達，其志當益奮。若撫按薦舉當盡革駢語，據列事實亦如所劾之例，若曰某令不畏彊禦，宜使之居言責也；某令加意撫字，可使之久司牧也；某令方略素具，可使之治軍旅也。兵、農、禮、刑各就其所優而指事以實之，吏部即因之以分別其選。試職不效則舉者有坐。其舉府之法亦如之，上以備部寺之推，次以膺藩臬之寄，即異日公卿之選皆取之此中而自足，又何弭盜安民之治不可立見乎？若夫一人之身乍賢乍愚，一是一非，則又當據前後舉劾之異者，爲之深窮其故，察治其私，然後賢者積累之功名不至以單詞受枉，而彼以愛憎爲舉劾者，亦有所懲而不敢行其臆。凡此，皆去其害吏治者也。未有去其害吏治者，吏治不可興也。

抑因是而尤有古今之感焉。古有封一令而舉朝勸，今劾至數十人而奸不止，此何故哉？鹵莽於甲科，纖悉於雜職，網漏於奥援，而毛吹乎孤遴，故上之法雖行，下之心不服，則公與不公之異也。

是故如愚計行之，所謂有治人不患無治法也；不如愚計，雖更行保舉，日設重誅，吾見謂責成，而彼害之者方益肆其威而愉快，則民困何由蘇而盜賊何自息也？

問：流賊之劇，法在必剿，然未嘗不可撫也，將剿撫並施歟？亦先剿後撫歟？又既撫保無後患歟？其悉心以議。

愚嘗妄説兵事，見昔之滅流賊者無過剿撫二方而已。然剿者，勢在彼者也。夫彼方破焚城郭，殺擄民人，此其起事嘗令我畏。吾畏其勢，不得不厚集兵力以撲滅之，使無滋蔓。故剿者吾有懼心焉，懼則謀，謀則勝，然後功以之而有成。撫者，勢在我者也。夫我以戰則勝，以守則固，使其進退失據，則賊必轉而畏我，其勢不得不乞求招撫以苟全身命。故撫者彼有懼心焉，懼則悔，悔則攝，然後撫亦因之而堅。賊蓋未有方張之日，遽安然受吾撫者也；吾亦未有受命討賊，不能制其死命，遽欲徼倖一撫，以不顧後禍者也。是故賊未嘗不可撫，不剿而撫，撫必敗；剿撫未嘗不可並用，意實在撫，姑以剿張焉，則剿亦即敗。故撫者，剿以後事也，此不待再計決者也。請歷舉往事以證之，可乎？

唐之於黄巢，元之於方國珍、張士誠，以不能剿而議撫，故撫未成而受其侮。韓世忠降曹成之衆八萬，岳飛降楊太二十餘萬，皆居必剿之勢，故賊受撫而二將亦因資其兵力。國朝成化間，石和尚、劉長子之亂，至於僭號改元，時尚書白圭、總兵李震、指揮張英追剿力戰，斬獲殆盡，後餘黨李鬍子亦以追斬勢窮，然後項忠招撫至百四十餘萬。迨原傑置縣安插，而其亂悉平。正統時，鄧茂七之亂，丁宣遣使招撫，爲賊所笑。後尚書金濂、都御史張楷及侯伯陳懋等以大兵力討，然後茂七死而餘黨降。正德間，劉六、楊虎之亂，都御史馬中錫、惠安伯張偉輕信招降，致賊猖熾而馬、張議死獄中。後二賊流劫省直，竟以大兵分剿而後盡。又四川鄢本恕、藍廷瑞之亂，尚書洪鍾、都御史林俊以剿撫議不合而賊熾，後以戮力合剿，設計誘降，然後俘斬無遺。嘉靖間，田應朝之亂，萬鏜未懲創而議撫，故班師復叛，後侍郎張岳力剿之而後平。歷觀前事，撫之不可信如彼，剿之能成功如此；既剿而後撫之利如此，輕撫而不剿之害如彼：則今之處分諸賊，其事從可覩矣。

今之賊非强於昔之賊也，然而逋誅十年，流轉數省，破城邑，殺官吏，至震驚祖陵，此滔天之惡，即人加臠食，猶不足舒民恨而雪國恥。若不待其形見勢詘，卒然加撫，不亦隳軍實，長寇讎，褻朝廷而羞文武之士哉？今聖天子追念有司不職，致民化爲賊，又以賊勢之盛半皆隨和劫制之人，即剿無遺類，慮其無罪見殺者必多，於是下諭招撫，又戒將吏無墮賊計，蓋好生之仁與廟算之得可謂兼之矣。乃賊愈負固而州縣至有被其紿者，此何以故？蓋前此未壹大創，使賊屢得氣，徒以憚於用兵，欲賊俛首聽命，無是理也。且我即能制其死命，然彼罪在不赦，亦安能使其恃我甘言而無疑於反覆哉？故愚以爲行閒諸吏，惟有滅賊自效，以無貽後悔而已。明詔以恩議撫，枉法而示之以生；羣臣以義殺賊，力戰而致之於死。賊既畏死而求生，我方以剿而用撫，然後受撫之後，賊亦帖服無後患，此長策也。

而今之剿者何如乎？文武之布置非不密也，士卒之調援非不多也，軍餉之設處非不盡也，賊愈熾而不能剿者，蓋力分於多備，而勢緩於轉逐也。愚以爲三股之賊必併力剿其一股，後二者可不戰而下。所剿之處，非闌其出路不能使之坐困於山谷；非截其歸計，不能使之潰散於原野；非多爲之閒諜，不能盡得其虛實；非計用其渠率，不能内潰其腹心；非責成守令，不能堅壁清野而使之飢；非使理臣誓師嚴立賞罰，將士不能用命；非合兵一處，不能遏其流突；非用吾所長，不能破其馬足：數者得而賊不能剿，無有也；以數者爲剿不能撫其餘衆，無有也。既撫之後，量加分别，罪重者誅，情輕者原，强者籍之以爲兵，弱者復之使爲民，安置之有方，散遣之得所，此不過一良有司事耳，豈足深慮哉！故第慮賊之不惟吾撫也，夫賊而何以不惟吾撫也？嗚呼！愚所謂在我之勢，奈之何不務盡也！

問：流賊之起也，有司各練鄉勇，不知果有資於守禦否？抑無病於民否？

天下無事，雖竭民力以養兵，兵即優游坐食，日糜百姓之脂膏而不見爲病；天下多事，則民以積歲之轉輸，必望於兵之衛我。所衛者既以虛天下之望，又欲責民食於所衛之外，雖功成不可必，而人心先不服。人心不服而曰：『吾將厚集兵力以衛爾也。』其誰信之？昔者□□發難，遼之勝兵屢次陷没，於是不得不取於召募，乃識者已決其無功，然而增兵加賦亦十餘年而民不怨者，以敷天同讎之義而民猶諒其不得已也，豈與今之剿賊者可同類語哉？

夫賊之起也，苟地方守令有如張綱、虞詡之在官，其解散撲滅亦已久矣。猖獗八九年，焚掠四五省，至煩聖天子坐朝側席，下詔罪己，厝餉百餘萬，命大臣視師，簡邊帥督戰。所徵之兵，自禁旅六千，以至關門之鐵騎，薊密之戰士，川浙滇黔之悍勇，亦近十餘萬，而不能滅者，豈兵力少哉？賊去兵來，但有追逐而未聞截堵，咎在統御不一，將不力戰之罪，而非兵之不可戰也。即郡邑之既下者，豈無兵之過？民心不固，雖高城深池，亦安用之？是故將不殺賊，有兵常若無兵；民不信上，則有兵豈惟無益，而反足爲害！愚蓋於今之練鄉勇者疑之矣。夫團練鄉勇，古之人常行之以捍寇，而愚以爲害者，何也？則練之之方不同也。

今夫府有丞、有倅、有李、有各首領之屬，縣亦有丞、有簿、有尉、有驛、有巡司等員，其在官食糈之胥吏，受值之隸快，合而計之，郡當數千，而邑亦數百。又有額設之更夫、戍卒，大邑千計，而小亦不下數百。凡此者豈非皆吾兵乎？誠第其武勇，教之騎射，固之恩信，厲以賞罰，此輩先有職事，既非聚不耕而食之人，而習見官府，又可得臂指相使之用，不籍兵而有勝兵，有常食而不必更取食於民，此練之之方也。而其散處於鄉鎮村落者，但變通保甲之法，陰爲部署，使其緩急守禦之助；即在主伯亞旅之中，亦别無器仗芻糧之費。如此，聚之不爲擾，散之不足憂。所謂練鄉勇者，法莫良於此。今則不然矣，招聚市井無賴之人，特立隊伍，日耗衣糧，邑設數百，則日有數千金之用；郡合數千，則又日有數萬兩之供：有纖毫不出之民間乎？前賦既無望減之期，而新派且出前加之外。賊未至，而養兵之室既已如掠；賊若來，而烏合之徒豈眞可戰？嗟夫！事之無策未有甚於此者也。吾不知此輩即肯長籍爲軍否？抑不知賊平之後，此輩坐食既久，可以單詞散之否？則事之可慮又未有甚此者也。

今非有强敵在前而無故召募，害同抽選。夫日養兵而不得兵之益，民怨已深；未見賊而益見兵之害，民怒安息？是役也，愚恐怨怒政未有已也。爲今之計，諸郡邑之在南者，毋幸賊之不來而弗備，亦毋因備賊之事而擾民。内有可恃之實，而外不見有可畏之形，省刑減訟，加意撫循，而所謂團練之法如向所言行之，使民耳目不驚，而亦無無事養兵之苦，萬一有警，則吾民皆兵也。古人有以單城抗數萬之師，豈有借於鄉勇哉？奈之何其不深長思也？

校　記

〔一〕至　原誤作「自」，據禁燬本改。

樓山堂集卷十二

議

募立社倉議

今年流賊猖獗，江南諸郡思患豫防，大約安息貧民其急務也。竊從南京見諸臺部議平糴積穀之方不遺餘策，然皆謀事倉卒，徒有號令。即法在必行，而民稱不便者又十人而九。且尚未見遂行，即如夏閒縣奉某臺牌令富民積穀，而閤邑闃然，無一人願應者。試究其積穀之方，則徒計糧輸米，但報名在官，而不建倉廒，不責交納，不立掌管之人。嗚呼！是欲使事急之日有司執名問穀，果直取諸其寄乎？夫但有其名而已，民且畏而不應，致煩里排催督，紳衿會議，然後僅一苟且具文回上，又況急而相求，其何能必？余因歎時事之難爲，而虛文之爲害，此可概見也。然則民終不可與爲善乎？蓋計畫之未詳，風動之無素，而舉行之不以其實，故上令而下不應無怪也。

余嘗讀朱晦翁建立社倉一疏，其法今有司當倣而行之。晦翁所請於朝者，即其先所行於鄉者是也。其法夏貸秋收，每石量收息米，遇小歉蠲息之半，大饑盡蠲之。而倉廒有所，掌管有人，收散時，申府差官監視出納。以此，一鄉五十里之内，雖遇凶年，人不缺食。然晦翁所謂申府差官者，原因本府給到常平振貸官米，故晦翁因而厝置此法，官爲行則可使郡邑通賴其利；即官不行而鄉之人能行之，亦可使一鄉之人無飢。

且今之日而必請米於官，不能也；即非官米出貸，而必揭揭然申於府，請於縣，用以自旌其善，而防人之欺，又不必也。余於是不揣愚妄，欲於本里自建社倉，以十年爲期，以千石爲額，每年自出本穀三十石，夏散秋斂，遇歉蠲息，一如晦翁之法。雖然，此余僅可得之一族者也。因以余鄉里道較晦翁之鄉幾倍矣，又地奥田少，生齒日煩，通計一鄉之穀，不給鄉人半歲之食，陸擔水運，殆無虚日。而富厚之家曾不慮變，利人之窮，益昂其直；商販者又乘人之急愈倍其息，今歲不已，明歲復然。萬一遇歉，民生安恃？由一鄉推之，天下之患容有已乎？故余又欲以余所行者，願鄉之同志皆行之，余鄉諸望族比財量産，其於余族有相什伯者，其於余有相千萬者，即家無素封而好義樂施，豈無較余更甚者？或一族而爲倉數所，或數人而共立一倉，統以余法行之，則一鄉之人庶可長聚無虞，而士君子所爲利濟天下之心意者，其亦親見之一端乎！

或曰：『出貸輕息爲善於陰可矣，胡倉之立也？且子自爲願可矣，何鄉之强也？』夫事有名，則無撓之者，而行不患於輟；義相共，則有風之者，而俗可幾於仁。寧惟是，使鄉之人知雖凶有恃，貧民不至於失生，即非鄉之人知此中有備，事至亦可以已亂。是余實爲一鄉身家久遠之計，諸戚友毋竊笑以爲不急之務也。至於下以義勸之而不樂，則上以法操之而不應者，固其所耳。余然後爲上之人解曰：『使民急而走險者，豈盡其過哉？』諸戚友又何難焉？

江南弭盜賊議 辛未

今夫民之爲盜賊者，皆無賴之尤者也。大抵致此者有二：一繇於兵荒之後，飢寒之所驅迫；一繇於法令之弛，有司之所養成。江南數郡負山阻江，誠盜賊出没之所，往時特偶發耳，未有若近年之甚者也。歲不加歉而嘯聚時聞，官不廢捕而劫殺屢見，此豈治平景象哉？自萬曆丁巳、戊午以來，有大盜穴徽池之閒，結營截路，商賈不行，村落爲墟，是時巡按田公奏請要地添設巡司，併逐捕立梟之法，盜未稍息，而又或去此移彼。至天啓七年，徽池有賊黨蠭起，殺傷官兵。至去年以來，一劫於安慶城中，一白晝劫於東流、建德城中。今又劫於池州城中。其他民閒劫擄，江洋剽略，不可勝計。雖有司嚴加懲創，力爲捕剿，此輩亦旋就禽滅，然其賊發幾何？遂至逾嚴城，殺官兵，假使有强敵遽臨，巨寇奄至，將何法以禦之？夫池安數郡爲畿輔上游之要害，而且損威於盜賊如此，當事者奈之何不長慮而卻顧耶？夫捕盜而盜多，滅賊而賊熾，豈盜賊之不可弭？亦弭之未得其方耳。

其未得其方者有四，愚請言之。夫弭盜者不過曰某處有巡司耳，詎知彼且狎易府縣，何況巡司？不過曰遣官兵剿殺耳，官兵至而盜已散矣，盜去而兵過，是民再遇盜也，且見官兵有聞盜而走者矣，有爲盜殺者矣，未見有殺盜者也。不過曰遣捕役緝訪之耳，捕役者盜之藏主也，僅能縱盜，未能獲盜，僅能使盜扳人，未能爲人緝盜，故今被盜之家有寧失財而不願差捕者，以捕有甚於盜也。又不過曰每年差巡捕官下鄉譏察耳，盜之所害者一方一家也，官下鄉則其害又有甚於盜者矣。凡此者皆所謂未得其方也，不得其方，雖嚴刑峻罰竟何補乎？

夫盜不能保其不有，而能使之不發；不在發而後禁，而在禁之使不敢發。蓋莫良於行保甲矣。保甲今嘗行之，然皆視爲故事，故行之不嚴亦不久；又不能因民俗爲變通，故行之不精亦不密。夫十家一牌，牌開姓名生理，便於稽覈，又門設器械，使緩急相助，失賊者連坐，常法也。今十家常相稽乎？常相助乎？常失賊連坐乎？所謂不嚴亦不久也。且此僅可行於城市耳，能行於鄉曲乎？此不精亦不密也。夫江南諸郡，民多鄉居，大姓至於萬人，小者亦有百家，而盜賊多出於大姓，蓋負其族衆而庇厚，又勢要藏匿之者多也。今行保甲，先自各鄉始，無論同姓異姓，但差量其地道之遠近，編其里居姓氏，精修其法而行之。每百家則約有五六百人矣，此五六百人中推擇廉能者一人爲保長，剛强有膂力或兼習武藝者十人爲甲長。其一族有千家以上者，則立保長三四人。合數族而始有百家二百家者，立保長一二人，甲長如之。其保甲長即於每百家中照丁糧量派薪粒之資給之，此百家但得安樂無事，雖稍費亦其所願。而保甲既有其責，又受其值，不敢不竭盡心力。其每鄉保甲之名則俱籍之於官，官特置簿以便稽考。其百里之中同鄉共井者，保甲俱令互相糾察，互相應援。如有流賊大盜過一鄉者，一鄉立時報官，此鄉保甲立時剿殺，不得更相推避。其有縱失者，十保同坐；如一保失賊者，十甲同坐。每年正月各保甲長俱遞認狀到官，開載其年貌生理，各里圖俱遞甘結，官以其狀結盡編於簿，其簿亦每年遞换，以便據實察驗。夫本圖具結，則保甲得人矣，入籍於官則保甲畏法矣，受貲於鄉則保甲盡心矣；而又時下之章程，使自相訓練，平時可以弭盜，有急可借爲軍；鄉落有聯絡之勢，閭里省征調之煩，即管子治齊寓軍之法不外是矣。逆賊猖獗〔一〕，得法而禦之不難，況區區鼠狗之屬哉？往時王新建曾行之於福贛等處，其時兵火之後，盜賊且賴以熄滅，而況今平治之日，行之而有不效者乎？然則因時設備，未有若此法之詳而可久者也。

夫今鄉聚亦有保甲等號矣，然皆照里圖名色，苟且塞責，其人行能類皆猥劣，而事權又不相統，民之多盜，政爲多此等有名無實之輩也，豈若此之精且密哉？往時大盜截路皆曰旮劫商耳，是以居民不相救援； 而流賊横行，亦因各鄉無起而拒之者，是以得公行剽掠。此法行，而二者之患知其必亡矣。 至於城市之閒，但責成巡捕一官便可著實舉行，而夜鼓長鳴，街鐸不輟，賊豈有能逾城者哉？若夫練兵督捕、防江守要方略，此自有專官在，設誠致行，是又當類推之矣。

江南平物價議 辛未

大江之南爲鹽米魚肉之區藪，其生息甚蕃而轉運甚便。 乃今之民不即加多也，歲不盡加歉也，商賈不盡加少也，而所在之處，自米鹽以下，蔬菜以上，無物不貴，數年以來價且數倍，官府屢禁，而價愈昂，民愈困，此何故歟？ 則亦上之人未嘗悉心計慮，而所處之未得其要也。 何也？

物之貴賤以值，而價之高下以時，故價有四時不同，亦有朝夕頓異，不因時以計值，而强以令禁之，則商賈負販之流必以無利罷業而貨不流，貨不流而民之需愈急，則物之價愈貴，是有司之禁高價者適所以長價，而欲便民者反以困民，故數年以來物價不平皆坐是耳，則莫若所在立一市平。如城郭之内擇一公正有德之耆老，爲士民素所信服者，立以爲平；鄉落之閒在十里二十里内亦擇立一人爲平。蓋近市之人，習知物之貴賤，而公正無私，人又可以取平。如物之自轉運而至者，則酌其地道之遠近，量其本利之多少；物之自土著而有者，則可估物論價。於是，物之時貴時賤，價之時增時減，平者皆可以意裁之者也。而買者賣者俱於是取平，則商民兩便，必無敢有騰涌以射利而抗資以敝民者矣。

姑即以米鹽魚肉之價論，夫徽池之閒人多田少，大半取於江西、湖廣之稻以足食者也，商賈從數千里轉輸，使不得利，誰肯爲之？故稻價之增，其勢也。而居民之富而租多者風聽其價，以自相高增。故數年之閒，商賈富室獲利無算，貧民至不堪命，而所謂行户經紀者又把持其閒，使價愈貴則己愈可因而取利，其昂物價皆出於此輩之口。有司有枷鎖經紀者矣，有扑責商賈者矣，而彼且益巧，而停閉其物，使人益困，則以有司不勝覺察，勢有所不得行，此不立市平之過也。鹽則取給於淮浙，其利商獨擅之，而富室不與焉，有市平以酌之，彼不能邀利以困民。魚肉雖細事，其弊有不可勝言者，必纖悉會計，然後屠沽販負，不致乘人之急以增價數倍，此亦非市平不能也。

或難之曰：『物行則已有經紀矣。』不知經紀者亦商賈也，價之不平皆始於此輩，故設市平者正所以平其不平也。經紀者於中取利，使無壅滯，而市平則專爲便民而設也。雖然，物價平矣，秤等斗斛之不一猶不平也。市平既立，則官爲之較權量以行之，使一郡一邑法若畫一，而物價不至過高，貧民不至重困，雖以治平天下，不外是而推行之矣。

江南汰胥役議

今日之爲民害者，莫胥役爲甚。蘇子瞻所謂縱數十萬虎狼於民閒者，此輩之謂也。然則今天下豈止數十萬哉？姑無論京師之與省會，先以各郡約計之，而亦不下數千人矣，何言之隸快之在官者？

各有買窩之銀，今所謂頂首也，往時不過以十計，近且以百計矣。正用之外，又有酒食之費半之。夫庶人役於官者，例給工食以酬勞，以其頂銀爲本，以工食爲利，誠公私兩濟。然工食幾何，遂捐此數倍之本以鑽求之，苟所入不足以償所出，則此輩且以其本銀買田産食租稅，計必不爲此矣。且此輩惟利是視，即所入僅償其所出，度亦必不爲之矣。故工食之外，每一役非外得數十金，與其本不副也。夫一人數十，十人數百，百人數千，千人數萬，此數萬金出於官乎？出於民乎？且此數萬金猶其準本而應得者也，乃有朝入衙門暮稱富室，尋田買宅，呼婢使奴，如此者縣不下數十人。此所得則在數十金之外，合而計之，又何止數萬乎？不獨此也，每正役一人，則有白役一人，甚者有數人。此白役者，其飲食妻子之費，每人亦不下數十金，俱在正役所得之外，合而計之，又何止數萬乎？此爲隸快言之也。而書役之害則尤有甚者。書役例無工食，而頂銀且倍於隸快，則所得亦必倍於隸快可知矣。又有庫户等房，其頂銀倍於他書，則所得之必倍又可知矣。往時每房不過數人，近且增至數十人，合諸房且有數百人，此數百人者優游佚樂，履絲曳縞，皆從何取辦？合而計之，又何止數萬乎？

凡此皆取之於民者也。民之賦税，每郡小者不過數萬，大者不過數十萬，而所以供此輩者不啻倍之，則民安得不窮？財安得不盡也？然此特言其爲民害者耳。此輩欲下取於民，勢不得不上罔其官，凡所以舞文弄法、假公濟私者，何所不至？無論貪而闒茸者，與之因緣苟且，即廉明剛斷者，能一一洞抉其情弊乎？則以勢成於欺之者衆，而害積於沿之者久也，所以近來有司之失職大半爲此輩所累。

其將無術以處之乎？蓋有拔本塞源之法矣，欲汰其弊莫先於汰役。隸快度可供應外，量加裁革，而白役則一概禁絶，犯者重置之於法。書役每房限以員名，不得過數。天啓五年，池州知府王家植初到任，即將書役通行考試，等第其書算能否，革退四十餘名，於是吏静訟簡，爲一時治平之最。後王以故去官，其革役盡復，至今爲之歎惜。夫議者必謂革役多至廢事，此殆不然。郡縣有司果能正己率物，自然事簡刑清，何必濫留冗員，下以害民而上以妨官乎？夫去一人以安一人，去之可也，況去一人而不止安數十百人乎？夫官之尊貴不在隨從之多也，吏之精敏不在服役之衆也，且冗員既革，則人必勤於職事，而上亦易於督察，其事當愈舉，曾何憚而不爲此也？

抑愚尤有感焉。撫按司道之胥，其頂首以數千計，此其所取於官民者何止倍蓰郡縣？而京師部胥且以萬計，則其所取又何止什伯於外哉？此欲去之則不能，因之則爲民害。愚嘗謂撫按監司之胥宜從各郡擇其曉文法者數人，隨時去留，而不使奸猾者倚以爲窟。上而京則取之於外，下而郡亦取之於邑。服役不中責其從來，而所謂頂首之銀，官爲裁之，以著爲令。至有罪革役者，銀皆追没以爲助餉之用，庶此輩之害不至如向者之厲，而國家之財，所謂不在官不在民而盡在此輩者，其患庶可稍止也。然則古所謂省費莫如省員，信然哉！

校　記

〔一〕逆賊　原爲墨釘，據暫園本補。

樓山堂集卷十三

書

上嘉善錢相公書 癸酉

相公閣下：某雖不肖，嘗有意於天下之故，自恨不得稍藉尺寸，使有所發抒其志氣。又嘗欲以當世所急及胸中所籌畫可行之事，上書於公卿大寮及巡方守土諸官，徒以勢分懸絶，雅無知故，雖言之恐不見省録，故卒鬱鬱不得一吐。私計得留意人才如相公者，則某得以論事於前，且某於相公時辱齒芬，則某即有所言必不以狂取罪，敢不揣陳其愚昧，惟相公裁察焉。

竊見今日之天下，非必有大亂之實也，而已見其形；亦未嘗無求治之人也，卒不覩其效。於是，主上綜核日急，人心惶惑滋甚，相公亦嘗深思其故，而知天下所以屬望之意乎？天下非無才也，加以聖明之主日夜淬厲擠掇而事不立，羣臣非不竭能盡智，乃所試輒取罪，天下想望太平不得，遂相率而厚其責於相臣。謂相臣者，上輔人主，雖督責之過，可以有所匡正；下總羣臣，誠知人善任，亦未始不可卒收其用也。孰知今日之相臣，其於上下之間誠有所難言者乎？然居其位則思盡其職，且上有明主，天下事未始不可爲也，則相公今日所以上副聖知，而下慰人望者，豈一謹身奉上謂遂可塞責哉？故不肖所深望相公者，在遠法古人而取鑒近事。

夫前此之在政府者已事可覩矣。其隨事俯仰者不足論，即一二得君之人，亦未嘗公然攬權怙勢，如昔分宜、江陵者之爲，而天下之心多不屬者，毋乃將順之意多而匡救之事少，於天下之大計不能有所主持；亦毋乃反覆即在彌縫之中，而借推委以行陰刻之實，於天下之公論亦有所不暇惜者乎？論者謂四明、太倉實有教外別傳，而今殆甚，若此者於相公何有焉？相公誠師古人，且不暇遠論，即嘉隆以來，救時之相不乏也，相公亦嘗即其行事而欲身爲之乎？故不肖謂相公自爲計，莫如開誠布公，虛心盡下，而又愛惜人材，護持善類，使負材智者皆得自盡於前，而正人君子有所恃以無恐，則國家即有緩急皆可得其用。某嘗讀史，以公孫弘曲學阿世，此無足道者，然居武帝時，人主剛察，海内多事，而弘數年稱職，未必非其重經術、延賓客之效也，況相公所期有不止此者乎？至相公爲天下計，則不妨有所執持，有所執持然後所自爲者，即開廓廣大，亦有以自立於不敗。夫執持之事誠非一端，其大者不過利則鋭興，害則決去而已。

今天下弊政豈可枚舉？某請言其甚者，則徇情面而循資格，二者其急害也。天下圖事不成，其原皆始於徇情面；而用人不效，則惟資格限之而已。

今自郡邑至部院，何一非徇情面之地？自小吏至大寮，何一非徇情面之官？自門生座主以及鄉紳知故，何一人不涉徇情面之事？選舉陵遲，吏治日偷，財力益竭，實原於此。甚者墨敗之吏，附逆之黨，肆其險智，煽惑人心，其所以鴟張狼顧者，無所不至。而有司敬畏有如神鬼，以此變化風俗，必至於廉恥喪盡而忠義絶種矣。即此一端，可不爲之寒心乎？

至資格之弊，則益不可言矣。設官而立資格，原所以抑人奔競之心而收其積久之效也，行之於今則不勝害。今試節舉其二端，如網羅人材莫急於考試，察史安民莫重於巡方。今自督學之差以及分房典試之役，有一不論資俸而問操守衡鑑者乎？即今闈中事故可概覩矣。如此而天下之文章何得不靡？通經學古之士安得皆盡其用也？撫按之官亦不論材猷品望而惟序是及，又視事甫畢即代去，如此吏治安得精？民瘼安得悉？舉劾安得公？盜賊安得不生？訟獄安得衰息？而且所薦則有謝矣，所劾安得不可請而免乎？以人材吏治所從出，乃惟資格是循，嗚呼！天下事何得不日壞也？抑某覩近事而尤有所感焉。如浙閩二撫，其立朝本末亦自可見。向使居清要之地，任表率之責，未始不爲名卿貳，乃用違其才，至無補於國，將其生平亦因之而掩。方其用之之始，夫亦曰『資』當然耳，孰知以資格用人，賢者不免矣，況庸流乎？又況於衝邊要害？不惟其材而以資相推，幾何不以天下僥倖耶？

蘇子所謂凡是二者積弊已非一日，人即知其害而未有知其如是之甚也。夫然即有盪滌振刷，必謂之紛更多事，故於今日而重以有所延訪執持望之相公者，豈不肖之過計乎？夫今天下□□之禍興，盜賊之氛熾，忠直敢言之氣衰，而强毅有爲之才寡，數者不肖不言而區區舉此二事，亦審别治亂之原，度世事之所最急而相公之可爲者進之而已。至君心爲萬化之原，所繇正朝廷以正邦國者，又自有啓沃之微用，以感喻於不言之表，此固非他人口舌之所能效也。若夫公卿舊吏，係天下之望者幾人？又實可爲天下之用而向以言事見罪者幾人？意相公出必有處置之宜，以爲同心致治之助，則又不待不肖之一一舉而疏之也。

不肖草莽賤士，不自知其言之可用與否，又不自揣其愚妄，輒敢言天下之事，亦惟相公留意人材，雖不肖如應箕，亦使於拜命之日得盡其狂，則天下之士所以奔走輻輳，皆盡忠閤下而有以成相公不世之相業者，未必非不肖之今日之有以始其事也。惟相公原諒裁察，天下幸甚！

上郡守孫公論考童生薦名書 辛未

生聞士大夫有廉耻而後天下有風俗，上之人有風厲而後下之人有廉耻。生無暇舉其他，姑即一考試童生之事論，而風俗之壞於兹極矣。

揆厥所繇，則以士大夫不知廉恥，公受賄賂，相爲請託，而公祖父母不務教化，專以考試媚説鄉紳。生聞之長老，六十年前，童生有從府考託名者，舉以爲羞，而士夫亦深自愛而重冒嫌，故其時窮鄉單户之子多奮勉學問，而自郡邑所升之士多賢，不知奔競之風何以遂至此極也？生每見試牌至日，人之相爲籌算者必曰某族有力者幾人，工請託者幾人，未聞計能文者幾人也。而爲童生者，挾其厚貲，雖目不識丁，亦攘臂而議於市。又有家非程卓，志急進取者，雖棄産稱貸亦所不顧。而其貧者内視囊槖輒自慙沮，未試而氣已餒，一試不效，遂徙業不能復振。生見近來童生，以孤寒而能上達者，蓋無幾矣。鄉官舉人每一遇考，其家人子弟四出招攬，以位之崇卑、情之厚薄，爲請之多寡；而黠者又負權術，持短長，以益倍其數，又互相把持，巧爲摇惑，以益昂其值。嗚呼！豈祖宗所謂造就人材者，盡爲仕宦作情面、增田産之資乎？尤可恨者，請託府名本爲利也，而又文以美名曰薦賢。夫賢者果盡多金哉？

故生嘗以五罪蔽此屬矣。素無相識之雅，又非文字之緣，一旦輸貲，便爲請託，是攫金於市之行也。不論文藝之高下，第以金之多寡先後其薦，是賈人交易之術也。甘言誘致，多富人子，逆知其前路必蹶，而吾囊金已盈矣，是掩取禽獸之智也。夫今之能薦人者，亦曾親嘗小試之苦乎，窮時扼腕此弊，得志而以踵事爲愉快，是入官變塞之端也。在地方不留意人才，循例請託，惟利是視，則立朝安望清節表見？是居官受賄之驗也。

然而，禁絶請託，其利亦有四耳。目不分於屬託，則得以虛公衡文，而文之美惡易見，孤貧者不至淹落，一利也。我誠不受人之屬，即有所博訪，而人不敢欺，二利也。鑽刺無路，則人皆鼓舞向學，人知上之無私，即見遺者亦自安義命，而無囂陵詬誶之習，三利也。且士子爲齊民之表，考試爲風化之先，此中請託不行，民且曉然知上之所貴，而於錢糧訟獄之類，亦可杜絶他端，四利也。

夫請託之罪如彼，禁止之利如此，向使有賢公祖賢父母正己率物，孜孜以作養人才、獎拔孤寒爲念，彼請者豈不自愧？即不然，而令行禁止，勢固得爲也。又不然，而格於權貴，必欲吾絀法伸情，則古人砍几題門，亦非得已耳！彼鄉紳豈眞能自負其曲而撓吾公祖父母之權哉？若夫童生猶列在編氓，苟隳吾法，而以身家嘗試，必無幸矣！此生所以極歎風俗之壞，而專以風厲之責望上，蓋爲此也！

伏惟明公以進士起家，致位守牧，甫莅任而即有試士之役，誠如生言行之，此正今日厲世摩鈍之急務也。生言雖狂，而聽之實於治化有裨，惟采納幸甚！

與顔徵士書

某待試南京，竊從邸報見徵聘之命首及先生，而一時學士大夫無不舉手加額爲先生慶，以爲爲世道慶。某有二三友生，如南昌陳弘緒、慈谿姚元台、博羅韓如璜，皆深明當世之務，以爲今學士大夫之於先生，當不徒爲慶而宜爲規，於是咸欲爲書以獻，而不佞某實首事焉。

某惟徵聘之事，曠世乃一舉行者也。事爲聞見所難得，則人之望我常奢；身爲天下所共期，即己之責難塞。以難塞之責應甚奢之望，先生豈無有所挾焉而後出者乎？非徒有所挾焉而已，豈無深思熟慮言天下之不能言，爲天下所不能爲，以副期望而庶幾無慙於知遇乎？今之論者曰：『我識顔君，其經學明而行誼修也。』疑者曰：『經學明，未必其通世務；行誼修，未必其益主德也。』二者先生何居焉？

當今聖明之主斷持於上，公卿百執事竭智索能於下，日夜奉法以求免於罪戾不可得，而□□之未靖，盜賊之加熾，民賦之既竭，天變之疊見，積數年之整頓，聚舉世之談議，圖之猶不見效，至欲舉而責一新應聘之經生，此其説甚迂。然天下固有最急且大者，先生知之乎？天下有一二事焉，近之關國體，久之即爲治亂所從分，向苦無言之者，今言之輒見罪矣。天下有一二人焉，近之關輿論，久之亦治亂所從係，向猶有言之者，今劾之而見罪，薦之而見罪矣。箕即不明著其事與人，然先生伏處之日，博覽廣念，未有不扼腕歎息於此者也。先生至闕，庶幾召對，召對必有所言，所言舍其急與大者，將欲何從耶？先生自料果能深動人主，轉移大臣，則宜持浚恆之戒，優游浸漬，以俟大有所爲。不然，則宜據胸陳臆，深切利弊，使明主感而重經誼有學行之士，然後有以奪其勝心。而前所云最大最急者，或有所更易其閒。即不幸以言見罷，則亦可以有辭於天下。二者先生又宜何居焉？

某近讀召對日録，知主上有菲薄士大夫之心矣。人主綜名核實，言無敢違，而廷臣卷舌固聲，頭搶地莫知所措，其菲薄也，何怪焉？某獨怪諸臣果無可言耶？抑有所畏而不敢耶？明主可以理奪，即死耳，死耳亦分所應得，古所謂裂裾折檻，彼獨非人哉！夫有所欲言者，恨無尺寸之藉，不得吐其胸中至可言矣，何獨無言？然猶曰積威之所劫也。若先生則主上虛心待之矣。羣臣循資格以進，非必有奇智傑能之足稱也。若先生，則數十年一徵聘之人矣，先生不思所以塞己之責，副天下之望，是徵聘非重先生，累先生矣。究竟因先生而徵聘不行，且累徵聘矣，則先生於鄙言雖欲不深省而亟行之，其可得乎？昔李固以慕於黄瓊而遺書，某與先生無識面之雅，區區願忠於先生者，亦欲弘獎古人之義，以成先生於不朽耳。若夫樊英、殷浩，古今同歎，即本朝吴聘君至今亦有遺議焉，此又先生所宜鑒者也。鄙人之言曰：『先生是役也，必居翰苑，爲大官。』此後生粗知文字、僥倖一第者，累日皆可得，何獨先生撰論賦頌可以鋪揚一代之業？則今之博學宏詞者亦不乏人，又非必待先生也。某言近切直，然與世俗之所爲慶、所爲疑者，則有間矣。惟先生采擇垂納，天下幸甚！

與徐令公論流賊防守書 乙亥

前聞流賊破廬江，圍桐城，而池州戒嚴，至於通縣人民奔走號泣，蓋緣江南自劉六、劉七後不見兵火久矣，乍聞此警，因而張皇，亦其勢也。以愚計之，長江天塹，賊豈能飛渡？即謂賊已震鄰，防備宜預，然當示以安静，使人心有所恃；曉以理勢，使不爲虚聲所恐。而執事輟詞訟，罷征賦，減騶從，日親百姓，家喻而户説之，使知上下有一體之意，而一切揣摸疑畏之意盡息，所謂備之於無形也。

有從城來者，言將拆郭外居民之屋，此大不可。蓋一拆不可復完，未見一賊而先使室家破蕩，閭井蕭條，是自賊其民矣。若謂恐留此以資賊，俟賊果渡江，然後從而搬撤，從而焚棄，未爲晚也。

又言已閉築諸門，此亦不可。蓋諸門爲薪米從入之地，關之則在城者無所仰，而在鄉者有所摇。即奸細宜防，但稽察嚴密足矣。若内無所恃而先禁外入，古所謂胡、越起於轂下者此也，不深可慮哉？

至言募兵守城，則尤不可之甚。何也？府縣之設有民快也，即兵也，合諸衙門即有數百著籍之兵矣，不足則皁隸吏書皆可用也。執事請先以正堂諸役練之，而衙官各練其役，此輩素有職業，既不待招集之勞，而本官自行操練，即可得臂指之用。以募兵之費厚其工食，而使之坐作有方，技勇自習，則無兵之擾而得兵之用，民之生理不廢，市之交易如常，賊即未至城下，而我隱然有不可拔之勢矣。若召募，則市井無賴之人攘臂争先，其害有不可勝言者，當深思而預慮之也。至萬不得已，使百姓城守，亦當先紳衿而後小民。無事之日，鄉官舉監盡免雜徭，已爲小民側目；一旦有急，而不先以其身爲民倡，其子弟奴僕皆閒手偷安，而單户窮丁之子則捱門編户，奪其生業，以事戎行，其爲變豈待賊至哉？

某非知兵者，嘗深究古人行事而竊度目前情形，計固無善於此者矣。誠如鄙言行之，人心固而敵愾張，雖單城可以拒數十萬之鋭師，何況區區之流賊哉？不肖此言，不獨江南未見賊者，宜存之以善後，即江北身在圍城者，嚮使皆如愚計，亦必無前日殘破之事也。不肖非蒙執事深知，不敢盡發其狂如此，伏惟垂察。

再與徐令公論流賊防守書

昨問之城中來者，知賊之猖獗如故，又因我兵失利，城守加嚴，據目前之事勢亦何得不如此？生不能荷戈負矢，身在行閒，則又安得默默而已乎？

夫以烏聚流剽之餒賊，致勤撫按道府之督兵而不能即剿，非賊之難剿也，緣南方之兵其不習征戰已久，而變起倉卒，上之調度乖方，以不教之兵禦驟張之寇，又方略不具，其敗也宜也。方賊之來也，即調池兵殺賊，生以爲失計。賊衆我寡，賊馬我步，賊用兵已久而我兵未見戰鬬，其不敵也，不待智者知也，況以池人之怯弱哉？安慶之兵自足以守安慶之城，善用之亦自足滅安慶之賊。假謂賊衆兵寡，强弱不敵，然大兵且至，盍亦稍施坐困之策？或多張疑兵，或乘閒設伏，以圖必勝，奈何先用池兵嘗試，至被殲焉，以挫士氣，以張敵威乎？此前事已不足悔，然今之大兵又敗，何也？從來用客兵殺賊而不敗者亦鮮矣，此中事故萬端，機變之臨，要非言語能盡。姑以今日之城守再論之，可乎？

長江天塹，賊豈能飛渡？萬萬可無慮者即以爲可慮，而防江之計豈不急於防城？以人之一家譬之，江則外户也，城則内室也，嚴城守而懈江防，俗所謂備盜者扃臥室而開大户也，豈計之得者乎？以江南大勢計之，長江之守要有三：京口也，采石也，池州也。以池州目前之勢計之，則又豈獨防李陽河、防池口爲急哉？蓋賊之渡江必乘上流之勢而擣人之虚，彼東流、建德尤岌岌也。若不幸而賊果來，一城守遂畢吾事乎？嬰一城以自固，而以鄉保餉賊，非計之全者也。賊所恃者馬，江南險奥，馬無所逞；賊所資者掠，先事撤置，多方阻截，使掠無所施。主客步馬之勢皆已懸絶，特患人心不固，未戰氣沮，則今所爲設奇制勝之略，用以鼓舞士心，而豫壯敵愾者，又將何途之出乎？除訓練兵快、選募勇敢外，又在嚴行保甲，使地方豪傑倡率保聚，不可不精究其法而通變其用。生聞嘉靖時虜薄都城，仇鸞尾虜不戰，而四方勤王亦無以一矢相加遺者，至居庸關有田夫數輩憤其殺掠之慘，執鋤逐之，虜亦駭遁，夫然後知虜不足畏，而其將皆可誅也。於是給事吴時中亦以地方豪傑保聚殺賊之略，疏之於朝，時以爲善策。夫北虜之與流賊，其形勢之强弱何如？都城之與郡縣，其法行之難易何如？則亦顧其行之之人與行之之方何如耳。由生之言，不守江不謂之守也，不慮戰亦不可言守也。執事試以愚所策與各當事計之，又設誠行之，而事猶不濟者，生將自此杜口，不復言天下事矣。

古人不敢以賊遺君父憂，某雖空言，亦政以父母師長之憂爲憂者。傳聞在城之人相率爲逃遁計，充此輩之心，背叛之事何不可爲？夫官之守城爲百姓也，百姓皆欲去，果何爲乎？古之民有易子炊骨而不敢叛，今之人未見賊而輒欲逃，天下事可勝歎哉！某以爲事後亦須驗處，衣冠有此，當在不齒之列，而編氓當齊之以法。夫法度行而民心一，而又應變有方，如是而猶患賊，無是理也。生誠愚昧，伏惟執事詳察所以言之之心，幸甚！

與田令公論鄉中糴穀事書 戊寅

應箕不肖，蒙執事寵之儔伍之中，加之賓客之上，不以身不至庭爲疏傲，又不以有所議論爲干請，而咨訪時及，雖古人所云特達之知有加於此哉！頃言興革數事，俱蒙采納，獨敝鄉糴糶不均，小民窮苦之情未有盡陳其弊者，不肖又安忍默默於此？

敝邑多聚鄉而居，人多田少，每年半仰食江船之穀，即寒鄉一方多至二十餘萬石，此皆客所販也。客販者多量遠近時日以收子母，故價低昂有時，但使隨時平價，猶未甚爲民厲也。近城糴糶出入皆用斗斛，斛皆經官較者，未能意爲多少輕重也，又賣米有市，民取之唯時，無沿門告糴之苦也。獨敝鄉富户取田租而閉之，必乘販之適缺，伺價之極昂，民之至無告，然後開糶。糶不用斛而用秤，於是貴賤聽其口裁，輕重惟其手授，而開閉任其意行，窮民非乞糴無從得食，於是仰鼻息，揣風旨，甘受捺揹，内忍哀痛，而莫可如何矣。敝鄉田租每畝徵取二石，而收之者用租秤。租秤者，每石二百二十觔也。出糶則用發秤，發秤每石九十觔也。天下有一物出入而不平若此者乎？交納條鞭折色皆用廣等，等至廣而止矣，糴穀者則每兩又益三分焉。向例糧食出入銀皆九八色而止矣，糴穀者皆取足紋。窮民拮据所積，稱貸所有，何從得紋？於是加色則又聽富人意估，有量五爲一，折七爲三者矣。通計窮民糴穀一石，秤減其觔，等加其分，銀折其色，是外去五十而後能致一石也。故爲富不仁，古今之通論也。

嗟乎！言念斯苦，有不痛哭流涕者乎？而富人且因以明得意。故不肖請執事先爲諭以開譬富户，動之以惻隱，悚之以禍患，而官爲平其秤等，使出入輕重皆準於一。又鄉各立一經紀，估銀平價，皆照時貴賤而酌之乎中。其有不率者，許各地方保正指名出首，以法懲之。庶貧富兩得而地方可長恃以無恐。或有謂不肖此言似難爲富者，不知天下獨苦窮人耳，此減分毫而不爲損，彼獲錙銖而已爲益，且使民益窮極無聊，即富者豈能長享其有哉？不肖之言發於至公至平，其於情弊亦至纖至悉，執事以神明父母之心下加體察，知必有惻然動念者。伏惟即賜施行，民之感惠宜以世世矣！

上鄭太宰玄嶽先生書 丙子

老先生之請告也，與不肖試期相值，南中日遠典型，不勝悵惘！秋風迴翮，又甚負慈懸，言之愧集。但今歲闈中之牘，其未蒙一點者猶之癸酉也，向蒙老先生逢人歎惜，今不肖反自覺爲故事矣。文章憎命，即此可見，而義命强安，益於此思過半耳！

復社一事，竊恐究竟不知所底，不獨不肖輩之不能免也，夫今之名士即不敢望『三君』

『八顧』之列，然論文求友亦何負於國家？而『小東』之號，其爲當事切齒如此，即如婁東二張，此老先生所深知者，而今以爲結黨把持，此不過借以箝天下之口而盡空善類耳！朋黨之禍，占有明鑑，豈聖明之世忍見此哉？昔人謂『善人在患，飢不及餐』，當今不得不以城門校尉之策望之老先生矣。老先生愛惜人才之念本之天性，又爲天下賢人君子所歸心，苟有可以爲之地者，知必不恤也，言之可勝惓切。且老先生周南留滯，不可爲不久，使從此而遂所請，一疏不得獨有千載。然天下治亂視人材進退，人材進退視冢宰賢否。使自今而移其居南者於北，則天下喁喁方自此始，雖東山豈必堅臥哉？

眉生已膺保舉，恐此途無能竟其用。出處之際，將何以策之？其書原從梅生朗中來。朗中亦才士也。外致呈二詩，用宣區區，惟賜教削。

上金楚畹督學書

生下愚不肖，聞之昔人蓋有知己重於感恩之説矣。居恆未嘗不扼腕太息，以爲知己之難也。及見今人所稱知己者，不過剽竊記誦之時文，幸有司一日之知而已。嗚呼！此足爲知己哉？以是爲知己，則今自郡邑所升與鄉會所取之士，每歲不知幾千百人也，而得之者皆曰知己，是知者與受知者亦陋甚矣。何也？以知者非皆有國士之實，而知之者原未嘗有特達之遇也。若生之於明公，不謂之知己不可矣。

生困庠序二十載，所歷六七宗師，皆拔之高等，生不爲喜也；七事場屋而不收，至文未經閲者三遭焉，生不爲悲也。以知與不知，皆浮沈於世俗之中，而得失有命，固不可强，且此豈眞能輕重天下士哉？獨今年科舉，荷明公炤拂之及，亦既賞其文矣。乃不徒賞其文也，旅見之日，獨進不肖於階下，而歎其往日之不逢[一]，喜其年力之未艾，且致勉於後效之可收。及不肖感荷顧盼，仰首論列，又虛意垂聽，使得畢獻其狂。於其退也，則又略文藝而稱其氣節，恕其無知而嘉其有用，雖前此見廢之卷，猶屢蒙下索，若深有慨歎於不肖之遭遇者。於時同人聞之，徧傳鄉國，謂明公之待愚生，蓋自百年來所未有之事也，不肖歸而感激至泣下。嗚呼！以此而爲知己，此古人之所難，而豈今之區區以文字見録者可同日語哉？抑生竊又自念遇知己之前而有懷不盡，何以自安？於是忘其固陋，盡以生平所著作上陳。

蓋生於時文，其合離之故，既已不越明公所指授矣。獨詩與古文辭一道，自弘嘉以來，作者甚鮮，即今士大夫高自標許，以名世自負，然文無體裁，皆不可以傳後。即其文工矣，而學無原本，於經術淺者，言終不可爲世用。生不揣，於古人之書頗有論究，而於當世之故亦閒能發明其言，或可自爲一家，使自今之日得僥倖一第，生必能自行其學，以無負明公殊異之知；即不然而終遭擯棄，生將竟其立言之志，亦終不没没於世而已。伏惟明公盡賜省察，録其言之可用者，復鑒其漆室倚吟之心，實有所不得已於此，是生之大幸也，生自是而死且不朽矣。科場條陳，生不過在事言事，併乞鑒其心之無他，盡賜施行，是又天下世道之幸也。生無任惶懼待罪之至。

與徐虞求通政書

應箕頓首。前者不揣以數章瀆聽，知不肖言發至誠，俱蒙收録，聞諸人亦皆不負所舉矣。此一役也，拔淹振貧，使才士憤勵，亦南中數十年未有之事也。

當今寇□交動，海内騷然，留京根本重地，復遭蝗旱，不可不謂大夏，得執事彈壓輯寧之，覺人心稍有所恃。乃又以喉舌之司奪我東南長城，執事從天下大勢籌之，恐當躑躅北轅耳。今言路似通而實塞，則封駁之繫於納言者，厥責匪輕，不肖觀二三年内，懷詐挾欺以言希用者不可勝數，而侃然論列，實有關於君德民瘼者甚少。如陸文聲、張漢儒輩，傾覆小人，幾以其言使清流蒙禍，而當時不聞回駁，直達御前。近日沈眉生懷忠發憤，至再至三，此豈非明主所欲側席而求者哉？特以言有干涉，不惟不得封進，且多方抑沮。向使執事早膺是職，安得有此？然後知國家不論何官，以正人居之皆爲有益，況執事今日所居實言路所繇以通塞哉！

□報不甚傳，不肖竊嘗以三策料之，謂其必出下策。以三策自料，乃竟無策，如此者數次矣。今秉樞何人？督邊何人？前召對時謂□必不大舉者，言猶在耳也，何遂令其至此？不肖雖在草野，爲感慨泣下，蓋不止卿大夫之恥也，執事此行獨能晏然而已乎？即天下事非一人能言，一人能爲，然此一人者又何可無也？望之！望之！流賊非責成守令必不能滅；非盡罷督理監紀等官，盡撤四方調募之卒，守令亦必不能滅賊。蓋天下不過用三四巡撫，數十員守令，而賊滅矣，不如此而賊終不可滅。此中區布之方亦難盡陳，執事但存鄙言以爲後驗可耳。古人有書生料敵者，不肖亦不幸而言之屢中矣。

孫碩膚，豪傑也，臨行時，不肖惓惓以項忠襄、劉東山相期。友人劉城赴薦北上，此兄今之更生也，彼當不以保舉終局者，幸俱留意焉。江上才士數人皆疏名以聞，中有劉廷鑾者尤特出，其作賦班張之流。數子俱可備執事夾袋之用。不肖老生也，無足引重，乃必以此相屬者，蓋薦達人才，大臣之盛節，雖在諸生，不可忽也。不日執事爲冢宰居政本，不肖亦將盡舉所知，此固執事所深諒而樂聽者也。伏惟爲國珍重！

校 記

〔一〕逢 禁燬本作『遂』。

樓山堂集卷十四

書

眞陽驛與汝寧守王乾純先生書 丁卯

日來同兩郎君驅車道上，聞見不一，過眞陽郭外數十里所見事，言之令人酸楚，今略布筆以聞。

去年冬，過眞息二縣，雖覺蕭條之狀異於他邑，然時風雪甚厲，輿四面蔽護恆恐不密，遂不得一搴帷眺望，故行郊原中猶之從枕上度去耳。距光州二十里曰黃子岡者，一宿公館，得悉其以僉報鋪司，累死數命，次日即向吳光州言之。光州以遷客不久任，云當向府語，不肖比即不說其言。私念居其官者，雖在任一日，民之利害即我利害也，奈何推而遠之乎？爲慨歎久之。及晤教又忘詳達其事，深致恨焉。

然今所見則與光州所見尤異矣。自晨發出郭門二十里，又行四十里，此日天色甚霽，四十里中，一望皆黄茅白草，察所過之處，皆行地畝中，畝之疆界尚在，而禾麥之迹無一存者，計耕作久廢矣，即問輿夫：『此東西南北，其田地荒蕪盡如此乎？』對曰：『如此者十有八九，息縣差善，然如此者亦十有四五矣。』心怪其言，到驛舍，有老人及吏役在焉，即呼問：『向所見一路荒蕪之田無差糧乎？』數人則同聲對曰：『前此皆膏腴之業，差糧焉得蠲？』問：『盍耕之？』對曰：『無牛。牛多盜賣出境者，無牛因以無佃，此其一端也。又本縣馬户差徭苛急，每報一人，人不堪役，則先賣其牛，棄其地，久之而其人亦逃矣。人去則田無主，故不耕，人去而糧猶在，則坐賠於本户，户不堪賠則坐之本里，或又坐之親戚。此被坐之家在富者猶捐橐以償，貧者則盡棄産而去。故今村落爲墟，田畝盡廢，皆繇此耳！』又問：『此棄産去者何不賣以與人而甘遠遁也？』則又對曰：『差徭政爲有田地者苦耳！今賠者欲棄其産而不得，況受其業而糧即派其家，能堪之耶？於是寧相率而逃，相率而荒，日甚一日，故遂至此極矣。』又問：『獨無以此情白縣者乎？』對曰：『縣令多舉貢，日暮途窮貪得耳，而衙門弊多，度力不足以區處，逐日操鞭扑，百計追呼求糧完，自免譴責耳。人户之逃，田畝之荒，寘勿問，有告理者，反笞之。所以百姓雖愁怨，卒無敢一言也。』又問：『此通衢，司道必繇此乎？』曰：『然。』『撫按繇此乎？』曰：『然。』『州郡繇此乎？』曰：『然。』問：『曾有繇此而問厥故者乎？』曰：『無有。』余不覺浩歎。於是吏及老人等咸跪而哭曰：『官不留心而公問及之，任兹土者若罔聞，而客暫過者獨備悉其事，苟得志，幸毋忘此土也。』余亦於是相對涕下，而二公子之涕如之，余因呼而慰之曰：『我爲爾以狀聞之郡君，使爲爾縣計畫，可乎？』皆叩首曰：『幸甚！』

伏惟先生愛民如子，爲國忘家，前曾躊躇二縣長吏，謂必得甲科久任，方可少甦民困，然尚未知此縣之苦有如是也，亦尚未知前此知縣之奉職無狀有如是也。此其害與弊非太守一檄可以濟事，須即以今所開載者條呈上司，招安逃民，禁賣牛隻不得出境，將所荒田地逐畝稽覈，或給原主，或爲鬻易，或官貸牛種，或暫蠲租稅，使自墾治。計議已定，然後責成令長，坐使必效，一如先生向日所以治桐柏者治之。如此，則先生之德在二縣者以世世計，以億萬計。而不肖以途中見事輒有裨於太守吏職，則亦不負爲汝寧公之重客矣。伏惟鑒原，幸甚！

復王乾純先生書 乙亥

不肖昨在南都，見諸當事者以賊警戒嚴，其所厝置無一可恃，知天下事不可爲，況郡邑之碌碌者乎？

以巡撫之進退，伺賊之去來；以操江之去來，伺賊之虛實：如此上蔽下欺，安得不以百姓餉賊也？即如池郡，隔越大江，長城之守當在江北，又當在按道諸人，蓋守北則南可固，此一定之理。未見一賊而先自張皇，精鋭消於城守，物力屈於增兵，而所募之勇士皆市井無賴，竭民脂膏以相奉。向使賊果渡江，池陽能嬰城自完乎？此所募之勇士能奮臂殺賊乎？即僅完一城而鄉鎮俱置之不顧乎？不肖所貽徐父母書已極言其害矣。爲今之計，當息聽訟，安撫百姓，使民無恐。而終日築門，終日斂餉，加派之令又下，勇士之募無已，雖先生之二百金亦填之無用之壑耳！事久變生，所謂内亂將作，誠先見矣。不肖已杜口不敢復談。

先生爲吾池先輩，又留心桑梓甚切，盍通書郡邑爲陳其利害乎？目今徽郡告荒，本地少穀，萬一江路有警，則流賊不待北來也，言之可爲寒心。府試薦名本爲利也，而文以美名曰薦賢，亦大可笑。先生昨謂有數貧親當援之，不肖深爲歎服，此賢者之用心也。但雖貧亦當第其文藝；不然，不如獎進一才士矣，何如？

與周仲馭論四家文集書

四家文選，因癸酉罷第後留滯南都，廣東韓姬命出其所彙明文兹一書相證，中間所選四家文多與鄙意相合。姬命索弟本觀之，謂所去取頗是而評亦非泛泛者，慫恿刻之，以使天下知本朝文集自當以四家爲冠。弟從其言，授之書賈，而欲足下序之，亦自有意辱承下問，敢不布詳。

蓋弟讀四家之集，而不勝悼痛於今人之文也。今人之文，毋論博洽不如前人，醇雅不如前人，曾從其立言之本窺之乎，宋金華其最矣。

金華之文沈涵理義所不必論，姑即一事論之，足下以爲今人可及乎？不可及乎！高皇帝之神武開天，以今追論，即以爲接堯舜而過湯武，豈爲虛諛？及觀金華集中，凡所稱揚者不過曰陛下漢高祖、唐太宗也，讚不忘規，頌卒以諷，則篇篇如是。蓋學術所在，雖臨以聖明之主而不敢有溢詞。視後之文人，希合揣摸，誇諛誕妄，上書公卿稱頌功德者果何如耶？至彌綸草創，應制之文，日以數十，凡有求者，率於三四鼓時，下筆立就，文不雕琢，亦其勢也，何能如後人之於史、漢、歐、蘇字櫛而句比之乎？故自然渾灝，有開國氣象，一代文章之盛，此其首功也。

王烏傷才氣不及，淘練有加，其原本經理則一，蓋宋之匹也。

劉青田爲帷幄籌策之臣，宜多權術，又今世一切奇謀祕計及陰符遁甲之説皆附之青田。及觀其文，非聖人之言不道，非六經之理不稱，而於二氏之學及讖緯術數之事深加排斥，然後知王佐自有眞也。其文仁義藹如，經緯有章，不知張子房、房玄齡諸君當時曾有此否？

至讀方正學而尤有感焉。諸箴銘則已直傳聖學之精微矣，當時『顔子』之稱亦不爲過。其文無一篇不推原所自，一則曰金華先師，再則曰先師太史。嗚呼！言不忘本，彼豈獨一文哉？視後之文人角巾纔效，龍門初登，便反脣相譏，不則以稱述爲恥，所謂文心喪矣，安得有文？且其所遇者千載一時也，而微觀其旨，似學術尚未之用，蓋井田學校之説，仁義禮樂之化，其不肯枉以徇世者如此，此又豈徒以文稱焉而已乎？文中所言忠孝節烈事甚多，九死不悔其蓄積也。

然豈惟正學？金華死謫，烏傷死敵，而青田之毒發於權奸，死亦未良，然則自古文人烈死固未有如四先生者也。視後之回面汙行、喪恥屈節之夫，穢無所蓋，自詭能文，此輩即不死，讀先生集，當愧死矣！凡此皆所論四先生之大而欲持以告世者。若正嘉諸君子之評論，不過從四先生文辭起見，孰知彼之所謂文者皆膚耳？其於四先生之源流尚未深見乎。

足下忠烈性生，又加意問學，如弟所言，則必樂聽。試由弟之言以讀四家之文，知序四家者非足下不能亦不讓也。

復方孩未先生書

不肖應箕童時便誦習執事之文，嚮往非一日矣。丙寅有自藤陽驛來者，傳執事赴逮別子詩，讀而悲，悲而和。又嘗從北來者問執事在獄興居，益悲不能止。乃就逮諸君子俱已血化爲碧，而靈光巋然者獨執事及惠元孺先生耳，豈非天哉？天死諸君子，以使覥生者之有所愧；又留一執事，以使後死者有所興。天固留之，人自外之，是背天不祥也。不肖草莽賤士，猶得與執事上下其議者，蓋不欲爲悖天之徒，則亦未始非天意也。

往以南北遥阻不得登龍爲恨，乃執事居南亦數年矣，凡不肖聲氣之友半蒙下接，獨不肖懷刺不敢前者，此亦有説。聞之友人，謂執事今崇尚廣大，方圓互用，雅俗兼收，與不肖向所懷來者稍異，設一造謁而執事以衆人相待；即不然，以不肖素有浮名，第以文士目之，豈不肖數十年嚮往之意，而謂爲天所留之一人哉？今年方密之亟語我，若執事胸中久有不肖，又雅知非碌碌者，於是甫一登堂便蒙倒屣，不肖因静觀執事之顔色，深聽其議論，默察其旨趣，向之所謂廣大者，無非欲人共歸於善，而所謂兼收互用者，特未嘗示人以意也。箕然後信天所留者之非偶，而不肖數十年之嚮慕，一朝盡愜，豈非幸哉？夫天下之道不難辨也，以忠孝立身，以天下國家爲念，便可引之而爲吾徒。忠孝必臨之生死而後明，天下國家必試之實事而後見，執事其已明者也，已見者也。不從其已明已見者，以大君子爲師，而徒以其兼收互用者，曰吾見方先生也，方先生亦如是立論也，嗚呼！不亦謬哉！

南都爲清議從出之地，四方流寓者雜居，自金侍御、范璽卿而外，可與語吾道者少矣，今幸執事寓居於此，隱若長城，而惠元孺先生且來，何向之不死者又適相值也？天欲平治當自南始，吾故曰『天也』。不肖雖不見知於世，要之爲知天者自是而有所恃矣。

前召未及赴，幷惠以詩扇，賜之手劄，皆未遑報謝，今布腹心，一詩呈覽，惟執事教之。

與金天樞侍御書

不肖應箕以無實有名，每自悔責，顧亦頗自挾負。十年以來，雖地方公祖父母聞名相慕，未嘗輕一見也；雖交游半天下，亦未嘗先投一刺於達官貴人之門：深恐一失懷來，祇自生其愧辱。然非所論於正人君子也。太史公以晏子而在，執鞭爲幸，況當吾世而失之乎？某嚮往執事久矣，知執事與周仲馭投分甚深。仲馭今世之大賢也，非執事安從信之？又嘗竊聞執事召對時之所執持，與大疏之所論列，及巡方時之諸善政，以爲吾江上寥落久矣，何幸而在位者有執事其人！所以私心甚欲一面而無從也。今年執事寓家白下，箕始一造訪，而執事傾蓋深談，若非徒以浮名相慕者。又兩日而三及門，竊見憂國之心，披誠之語，形於顏色，不肖何以得此於執事哉？

不肖讀古人之言，謂天下事惟宰相得行之，諫官得言之，故士不爲宰相則願爲諫官。若今之宰相則已不行矣，即諫官亦誰爲言之者？如近日鄭司寇下獄，此非獨善人在患，實有關於國體者也，臺省不爲論救，可謂諫官得言之乎？向使執事在列，安忍閔默至此？幸而疏救者有京兆徐公虞求矣，有詞林之黄石齋諸公矣，覺今日朝廷氣色，獨在詞林耳！夫國家設給諫、御史之官，而使公道出於他署，非國之福也。若臺省言無關係，徒拾一二條陳以塞責，又何貴乎？今知執事賜環在即，天下可言之事尚多，不得不重望於執事也。功名富貴要有分定，而九死不悔、百折不回者，君子原不以彼易此，況其又未必然乎？

南都仕藪也，向來在上在下瞶瞶者甚多，浮雲蔽日實繁有徒。近得二三君子寓居，雖草莽之士，亦欣欣向慕，直道未嘗不在也。而嚴毅鎮静，使有所主持而不亂，則尤望之執事矣。友人孫碩膚可稱人傑，觀其意，獨投誠執事，其北行也，尚祈有以壯之。一詩用將區區，惟裁教爲望！

與方仁植中丞書

六月中，不肖從錫山寓呈二詩，有推轂召虎之語，而先生楚撫之命遽自天來，不肖似先有神者告之也。

某雖不知兵，亦嘗竊觀古今之事，而深籌天下之故矣。流賊從古有之，未有縱横十餘年，蹂躪五六省，而可以一旦掃除者也。山川之險易彼知之，兵士之强羽彼知之，而我牽制掩飾之情態彼亦知之，彼隨和掠擄之衆久之皆得其用，而分合聚散之勢倏忽莫定其形，其謀已老，其用兵已熟，此即以義眞、然明再起於今，豈能盡翦滅而愉快哉？然則賊終不可滅乎？非也。當厚其責於守令，而併其權於撫軍，盡罷督理監紀之官，而特置之總兵，募調之客卒皆可撤而不用，蓋守令有地方之責。而保甲之行又惟所變通，使之處處殺賊，必無壑鄰之害，百姓人人殺賊又可免過兵之苦。漢之雲中、上谷太守皆得自將，則匈奴不敢闌入，況流賊乎？而一應兵馬錢糧賞罰功罪之權，則悉歸之巡撫而他不敢問，隱然有唐節度之勢。兵部視師大臣，但如裴晉公之出臨淮蔡，亦不撓巡撫之成。如此，度不過用四五巡撫，數十員守令，而賊困矣，賊困可次第滅矣。不如此而有理，有督，有監，有紀，有文武之異施，有京直之隔屬，以呼吸轉移之物，而仰千里之鼻息，俟數月之吉行，天下事豈有濟哉？

先生今日之召虎也，甫臨事而兩奏捷，已爲十年中所僅見。然欲滅此朝食，勒石紀功，則愚計當亦煩深思之。以此昌言於朝而有言不用，則異日之責亦可有所辭而無恐。不肖非恃兩世交情，又道義骨肉如先生者，不敢盡發其狂如此也。楚中名士在聲氣中者，治兵之暇幸一炤拂。蓋人材爲數十年中之用，此又大臣爲國者所宜留心，況先生之實有其數乎？伏惟爲天下自珍！臨啓不勝馳戀。

與劉念先贊畫書

昨冬聞干旄賁皖中，曾馳一字奉候，中有商量語，知執事素相然信，必下鑒區區之私也。

流賊滋蔓難圖，所恃者史撫公長城半壁及執事軍中子房耳！不肖從草野深計之，覺我剿撫之宜與賊去來之勢動相違誤，又加以事權之不一，文法之多牽，恐滅此朝食終虛語耳。爲今計，非各府自殺其賊，則賊不盡；非妙選府守，假之兵柄，則府無權；非盡去監臨，統於視師之一人，則威不立。蓋府如漢之上谷、雲中太守皆得自將，則士用命矣；督師者如唐裴晉公以大臣一人出臨，則將競功矣。今之流賊與昔之流賊異：起事十餘年，非烏合之衆可以一戰勝而即掃除；出入四五省，非鬬穴之鼠，但一坐守之而自可撲滅；其交已固，其謀已深，其用兵已久，其分合聚散之勢又不可測；山川之險易彼知之，我兵之强弱彼知之。我則裹糧坐甲未戰而力已匱，彼則乘閒抵隙，因糧以老吾師，此即以皇甫、張奐之屬復起於今，韓、岳、張、劉之將再見於世，求其一日而解散數十萬，斬獲數千級，此必不得之數也。何也？今之時勢使然也。故不肖欲以兵勢散之各府，而以軍命統之一人，或非無見。執事胸中甲兵爲時僅有，又荷贊畫之任，則方略得以自展，誠以不肖之言熟思之，更爲條例，俾得上聞，則許歷之效忠馬服而鄧公之盡計條侯，意者亦今日不肖與執事之謂矣。言之不當，不罪其狂，恃執事知我者素也。

復楊維節國博書 甲戌

辱示諸書，知闈中風氣一變，不獨伯樂過而馬羣空也。至足下商經史之學，某敢不攄臆以聞。

某少於經理亦有研究，嘗泛覽史傳，於聖人微言奥義，因事而有感觸。私謂廿一史者，六經之梯也，雖未能繇源及流，而溯流以窮源，此或亦讀書之法耳。某又嘗自妄念，若從此遂畢命著述，數年内於史事當有成書。俟十年以後，讀書日深，交友日廣，見事日多，智識日益，然後發明經理，論定成一家言，則吾事濟矣。此亦今日不得志之願也，使得稍乘尺寸，足下視某，豈碌碌者哉？昔人謂孔北海才高不能持論，某之諸論安知非不能者？足下謂可前無古人，是過信士業之言，非所敢望於知己也。

南京應酬繁苦，足下以道高致客，復百倍他寮。聞會客至廢寢食，而以時文相質者雖内夜猶爲評駁，甚不必也。如某以丹黄寓食，且又職業終日事此，已覺可恥，况已成進士，素有千秋之志，又留心當世之務甚切，而疲精敝神於此，亦何益矣？幸以某言深思之。至於奬進人才，抽揚小善，自足下天性，豈能枉抑？然文章不過聯絡之具，而聲氣之理所以不介而親者，恐不專以是也。

報謝之私，容秋仲躬叩階前，原儀馳完，不宣。

樓山堂集卷十五

書

與程子尚論性書

應箕頓首子尚有道足下：昨在虎阜僅一晤，應酬卒卒，未及深譚，至今念之，道氣猶可髣髴見也。嗣有言，子尚精易學，非從之游不能究其蘊心，竊嚮往之，然未敢深信也。今年吳子含、去非始移書言：『子尚，聖人之徒也，其學非近世講論之士所及。』僕嘗以其兄弟聰明絶出，言不誣已，與其兄弟面談則盛述之。箕深聽數端，子尚其眞有得於聖人之絶學者非耶？

箕未嘗徧讀佛書，然排擯佛老之説閒有與尊旨同者，不必更請教。以舉業學易，然於易象數之理實未究探，此非面承矩誨不可。獨生平讀書有疑而未解者，嘗徧觀程朱之説及近世所尊陽明、近溪諸書，亦旁參而博印之，終未解也，非不能解其言，終覺與聖人有閒，於鄙心未明，今以奉質，幸賜教焉。

夫儒者之學莫精於論性，亦莫先於知性。湯誥曰：『惟皇上帝，降衷於下民，若有恆性，克綏厥猷惟后。』此言性之祖也，竊以爲子思所爲天命、率性、修道三語政發明其説，無有疑義。獨夫子曰：『性相近。』孟子曰：『性善。』若其言有未合者。朱子謂：『相近之性，兼氣質而言。氣質之性，固有美惡之不同矣。然以其初而言，則皆不甚相遠。』程子曰：『此言氣質之性，非言性之本。若言其本，則性即是理，理無不善，孟子之言是也，何相近之有哉？』夫由孟子之言，則性一而已矣；由朱程之説，有氣質之性，又有性之本：性若是不同乎？果夫子所謂相近者，但言其粗而不言其精乎？此似有閒者也。

大傳曰：『一陰一陽之謂道。繼之者善也，成之者性也。』竊以孟子所謂性善者，原孔子之言也。朱子曰：『陰陽迭運者氣也，其理則所謂道。』程子曰：『所以陰陽者是道，又以善謂化育之功，爲陽之事；性謂物之所受，爲陰之事。』然則有善始有性乎？性善亦分陰陽乎？而所以陰陽者又何物乎？此又有閒者也。

夫宋儒論性，言理，言氣，言氣質，言氣稟，其語非不詳，似與聖人之説終隔。箕嘗謂聖賢論性，言習，言身，言反，言形，是分言之也，其説原精通而廣大，故能破告子之説，以明吾性而曰善；宋儒論性，言氣，言理，言質，言稟，是合言之也，意在明吾善，而其語反覺拘牽而夾雜。箕所以蓄疑於心，而未得高明人一證之也。至於今世學者溺於訓詁，都不足與論，而號爲通敏者，往往喜象山、姚江之説，至希禪悟以淆聖眞，聖學之所以不明，蓋爲是也。有志聖人之學，不能自明其心，繆取他人之信疑者以爲信疑，是大惑終身不解者也。箕生平服習朱程，非欲妄有詆駁，蓋以爲自心所不解者，雖見性明道如宋儒，亦未之敢信，而況近世諸公一偏之説乎？故願得足下之眞有得於聖學者一詳教之。

與孫碩膚職方書 戊寅

自深論極談之後，方幸得時請教，而又指日赴内召以去。從交游論之〔一〕，則以相失爲恨；以世道言之，樞部有管夷吾，吾無憂矣。

當今天下所最急者莫如用人，用人莫如先別邪正，此銓司事也。於仁兄尚云有待，若目前之要有過於用兵者乎？則仁兄是其職矣。以仁兄期抱，雖劉東山可以再見〔二〕，則今之内寇外□，安知非豪傑有爲者之藉資乎？弟非知兵者，然嘗深究當世之故。□之情形叵測，爲憂正大，今日而言撻伐者愚也。即固吾圉而能使之不爲己巳、丙子之事，亦談非容易，而聞諸人言，深爲可駭。仇鸞馬市之誤，石星封貢之愚，豈今日而欲踵此覆轍哉？潛移默奪，恃有仁兄在耳，若寇則必期掃除矣。然如今之不能制其死命，而輒用吾撫。又未嘗持必勝之策，而輒用吾剿。剿之限期已過，而三百萬之餉已盡矣，召募之兵既甚於賊，所撫之賊後將何處？當事者左支右吾，上欺下蔽，恐剿撫之説不知所究竟。弟前所言似有定見，仁兄試與大司馬悉心計議，未必非今日用兵之一助也。幸留意。

敝鄉人物寥寂，近亦頗有期嚮，合六郡可得三十餘人，皆一時之儁也，順風能爲吹致，俾得皆入網羅，而仁兄又推好無已，知必不我罪也。

他容面悉，不一。

答沈眉生書

君子自有進退之正。受薦而入京，正也；既事科舉，不欲復從他進，正也；又無輕保舉之名，而懷忠犯主，所争者皆天下國家之大，正也；言既不用，奉身而退，以自愛吾鼎，正也；既以言事而退，又不欲更從科舉而進，亦正也；但身非邱壑中人而還念制舉爲本分之事，又親之垂望者方深〔三〕，友之勸出者亦力，則勉事場屋，亦未始非正。然足下自有主持，弟不必屢申喙耳。天下惟出處之際可以觀人，而於禍福之間則人之本末立見。

足下可以進而退，既退不復求進，視世之懷詐挾術以希榮慕勢者，如高鳥之笑卑喧，而況以名節自樹，犯難而行，絶無瞻顧。嗟乎！眉生。可求之今士哉，而鄙夫小人猶以不善藏爲惜，以不待時爲譏，吾不知寇盜交作爲時已久〔四〕，彼天下豈少待者藏者？而冥默盈廷，流離滿野，謂之何哉？弟昨詒書仲馭，謂留東漢之再世者，氣節也，魏晉賤守節而漢亡；留南宋之一隅者，理學也，韓侂胄禁僞學而宋亡。且自古至今，上無直節之臣，則下必有懷忠之士，故季世之風聲議論即盛世之法度紀綱，其有關係一也。

顧子方偶一舉事，而羣疑衆議不可枚舉，然則漢之數千人伏闕，至有貫索負鑕者何事？而宋之陳東、歐陽澈果爲何人？古人方自求死，今人共欲免禍，殊知禍福有命，而同黨參差，先自予敵以閒〔五〕，而示短於天下萬世。古今不相及，人自爲之也，豈不重可歎哉！

敝鄉士氣樸陋委靡，雖呼之不振，然各有本心，而三吳則地大物盛，難以齊一。邇來文章氣誼，一唱衆和者，惟貴邑耳。昔之宣城舉爲世戒，今之宣城將爲物宗，湯司成之流毒已深矣，而今何如？則摧陷廓清，功比武事，足下今日之謂矣。

原擬春閒過敬亭與足下作數日夜談，今考事未竣，將於春夏之交一訪姑山，言念嵇駕，將有愧於仲馭也。伏惟省察，不既。

復顧子方書

臘月某日，弟從郡中歸，使者適至，蓋除前一日矣。發緘申幣，但有感念。

足下正性朗識，度越儔伍，頃布唱和之詞，騰防亂之檄，敝鄉人士即號稱愿樸，俱視子方如天上人，而一二先輩有識者則亦願在下風矣。乃同人矛盾多在吴會，豈地大物衆、名高氣盛之區反不可與古處耶？不知博浪沙中，特子方稍試意氣，豈足盡其生平而疑畏如此？言之可歎！弟嘗謂留東漢之天下者氣節也，留南宋之人心者理學也，而爲是二者，非皆高官尊第之人也。今之時事已如此，在廷之臣又如此，然則危言直節，明道正訓，得志則行事見於當時，不得志則議論有所砥定，毋使漢宋諸賢笑後來寂寂者正在我輩。而小夫淺士己所不能爲，又輒詆人之爲，烏足與計較哉？今之名士操三寸之管便可號召天下，此昔顧廚所未及也，其立心行事不足爲顧廚之厮養，弟實痛之。而有足下同志，弟益自此有所恃矣。功名富貴原有物焉爲之，得之不爲重，失之不足輕。我輩期許要自有在，但恨謀國者貪位罔上，如平臺之召，料敵必不大舉者言猶在耳也！而事勢遂壞裂至此，沈眉生眞不幸而言之中矣！嫠不恤緯而宗國是憂，況我輩皆受國家造就者，雖資未逢世而志不可違，此時即欲一馳軍而死，亦不可得。言之足下，所當共爲痛哭耳。

拙集棄産刻之，將成書矣。詩則與足下稱雁行，他論、記、傳、序之文似自爲一家。向使僥倖一第，必當以死報國，而此集亦足以存弟。非知己之前，不自誕妄如此也。他所云云，不知其陰陽反覆如此，弟向謂取人貴恕，或可轉移以爲世用，其如人之不堪恕取何也？定生與足下咫尺，即仲馭亦比肩而立，所爲勤千里之思者獨弟耳。

使者臨行，惆悵不知所云。

答陳定生書

接良報逾十日，又辱芳問，開緘讀竟，如覩鬚眉而親承諭訓也。

古文一道，知之者少，況洞悉源流本末如足下者，在今日爲跫然之音矣。八家文選深暢鄙懷。大抵古人精神不見於世者，皆評選者之過也。弟嘗謂張侗初之評時義，鍾伯敬之評詩，茅鹿門之評古文，最能埋没古人精神，而世反效慕恐後，可歎也！彼其一字一句皆有釋評，逐段逐節皆爲圈點，自謂得古人之精髓，開後人之法程，不知所以冤古人、誤後生者正在此。而時無深心大雅之士爲之救正，故其書行而流禍深，詩文所以日亡也。足下獨卓然信弟之言，不獨信弟，而所選則又出弟意遠甚，史遷所謂『好學深思，心知其意』者，非足下其誰？拙序當稍一發明之。

東林本末采録最眞，編定最確，即弟議論亦甚平恕，有關世道不小。今以原稿附上，幸即付梓也。足下試觀諸賢當日所以死徒杖謫，終身不悔者，無非急君父，尊國家，愛名節，重氣誼，雖嫉惡過嚴，而輔道甚力，此於漢之氣節、宋之理學兼而有之，眞本朝之光輝，百代之儀表也！以視今之號爲東林者，於利害禍福之閒，義利公私之際，其相去何如，已足令人浩歎，況異己者猶執讒慝之口以詆誹先賢哉？故此書不獨表章先哲，且以愧勉時賢，以自盡後死者之責爾矣。諸君起事皆常鎮二郡之人，足下刻而傳之，使仲馭序之，而子方書其後，猶之此二郡也。天下不少賢者，此亦足以號召矣。惟鑒區區，幸甚！

與劉輿父論古文詩賦書

箕白，友生中能如足下之黽勉古學者，蓋千百中不得一矣，辱承勤問，敢不據意以陳。

僕觀本朝以文名者，莫盛於弘嘉之際。嘗妄論之，如王李所訾毗陵、晉江者，其文未嘗不暢，然終不能免俗，譏之未爲過也；王李亦未嘗不整齊其言，於經術甚淺，千篇一律，而生氣索然；空同才高氣勁，然少優柔之致，自矜於法而谿徑不除；王維楨媚於體矣，亦未能暢所能言。故韓、柳、歐、蘇之文求之本朝，實無其匹也，世之無古文也久矣！今天下不獨能作，知之者實少。小有才致便趨入六朝流麗華贍，將不終日而靡矣；高者亦言史、漢、韓、歐，然不過鈔襲其句字而已，見道之文則百未一見，代興之責未知何歸。若僕但可謂知之者耳，不敢遂謂能作也。即如近日某某，居恆亦與足下稱其能古文詞者，及按篇求之，第能使幾故事，能用幾人名，能鈔幾句法而已，豈眞有當於文哉？今人作文只有一套，如說牛則必盡引麒麟虎豹，究竟與牛何與？然後知秦漢及唐宋大家文，其可傳者，由本生華，去其繁蕪而已。足下試探繹僕言，因以衡量古今，古文一道不將大明於世哉！

僕與尊翁蓋自少作詩，廿餘年矣。向徒以舉業之債未了，不暇相爲酬唱也。僕詩尚未至，然白來不受人習氣。世相率以歷下、公安、竟陵爲聚訟，僕則皆棄之而求於古，雖好子建、淵明、子美之集，亦未剿襲其詞。蓋作詩擬古題者，最爲無情；學空靈者，日趣惡道。此雖聖人復起不易吾言。則僕所云詩之佳者，寧樸無華，寧直質無新奇，雖亦矯枉之言，要不至汨没雅道也。如近日某某，方自謂其詩有性情，自余觀之，直不成語而已，天下豈有目未讀一寸之書，胸中無十古人名姓，但用幾虛字，作一二聰明語，便曰此見性靈之詩也，有是理哉？前足下數詩皆大雅不羣，求如數者之患亡之。

賦則尤難言之矣。僕與尊翁其才皆可作賦，皆未嘗爲也，得足下爲之，以補我輩一缺。尊翁嘗謂士當考究經史源流，何暇雕琢於此？僕甚服其言，顧不猶愈於徵逐游戲玩廢時日乎？故足下妙年覃精，賦遂成集，實爲可敬。僕於漢以後之賦不觀一篇，不但博麗之詞不及，即諷諭之體亦亡。足下諸賦得其體矣，凡旨寓風刺者，欲使人讀而有所感動也。今賦皆編引古文難字，世人句者少，况肯竟其篇？竟者少，况能識其意？嘗妄意創去其難字，而盡以今文之嘗用者韻而成篇，亦可自命一家。然必先以賦著名，俟其晚年變化可耳；若遽爲此，雖以子瞻之才，後人且有變亂之誚，而况其他乎？足下且以賦著名矣，如僕所言，亦可留此一闕於異日也，何如？

尊翁所著作，僕皆不及，然旨趣未嘗不同，試更以僕言往質之，知不河漢也。惠風幸時裁復。

與友人論留都防亂公揭書

留都防亂一揭，乃顧子方倡之，質之於弟，謂可必行無疑者，遂刻之以傳。當刻揭時，即有難之者二：謂揭行則禍至，此無識之言，不足辨矣；又謂如彼者何足揭，而我輩小題大作，此似乎有見而亦非也。乃來教數端，識深而見大，然猶未離乎向二者之意，故不得不略陳其說。

夫我輩非欲自附於正人也，邪正之辨自根人天性學問，豈待附乎？夫子曰：『弑父與君，亦不從也。』此而可假，是與於從逆者矣。若謂逆案已定，何待再辨？夫我正爲既定而不得不辨。何也？今士大夫曾有謂此逆人也而絶之者乎？縉紳不與交驩，交驩而不爲之驅使者，誰也？士子不從之游，從之游，而不互相讚誦，多爲招引者，誰也？夫法加於人有時而盡，邪根中於人心，逆氣流爲風俗，天下之患可勝道哉！使我輩不言，則將來變爲從逆，世界必有以欽定者爲非，而恨魏忠賢之不復出也，足下以爲此可已乎？不可已乎！至謂此段公案，當留之異日，不過欲使我輩得志，公言於朝耳！夫朝廷之上，亦既以薦吕純如，薦霍惟華，薦周朝京者服罪矣。而天台之放肆復聞；西湖之招摇如故；淮上之開喪，傾動數郡；涿州之通内，傳播路人。而大張聲勢，陰遞綫索者，實在留都，則此屬之不畏朝廷明矣，不畏論劾又明矣。我輩即得志，安能遂肆之市朝？故不若挾清議以攻之，負衆力以撼之，使知名節與法紀，原表裏山河，而我輩之尊君安國，爲高皇帝留讀書種子之心無不寓，又何有今日異日之别乎？□□必不可款，流賊必不可撫，逆黨必不可容，三者利害，關係國運，惟今士大夫於此一害，先見之不決，守之不定，所以□寇二患相循不已，至欲以款撫之説誤天下國家也，可勝歎哉！

我輩舉事無論窮通，亦無論大小，但擇有關係者爲之，則此舉爲眞有關係者矣。聖人復起，必是吾言。而乃引東漢爲戒，正未知東漢之所以亡國者何在，而反欲易世之後爲戚孽宦豎解嘲也。嗟乎！今之名士亦異乎昔之所爲名士矣。沈眉生抗疏與此舉原無分別，此政欲補眉生之缺者耳。使眉生低眉就銓試，不知州則知縣；又使眉生疏果進御，杖戍或所不免：人情豈甘禍而惡福？要非所論於名節士也。區區之心竊有見於此，故不得不向足下一陳之也。

來教謂多人不能無生得失，有得失不免後悔。三復斯言，至於泣下。蓋弟實有恥獨爲君子之心，今則恨不削板而獨力任之。雖然，吾儕之爲子方者尚有人也，足下視弟豈張儉之流，而世之君子豈遂皆郭林宗、賈偉節一輩也哉？

與袁臨侯開府書 時袁公將之任河北，適左兵亂於江上，故致此書。

天造南國，使祖臺干旄適臨，古國有匹夫所在，而隱若敵國者矣，況先生受國殊恩，又忠孝性植，忍使祖宗根本之地禍在門庭，而不爲諸當事效曲徙之助乎？

不肖竊觀今之失計，未有如南京之甚者也。此中水陸無一旅之足恃，而徒僥倖於亂兵之未必來。聲息方急，則應撫先歸；講使未通，而鳳督已撤。萬一所請不允而兵更南下，此時糾合則無及，守禦則先弛。從前處分適爲養禍，姑無論社稷震動；即諸公自爲計，豈不岌岌哉？夫左之不用命也久矣，其流毒上江也甚矣，留一日即爲國家一日之害。我苟有備，何懼其叛？即激之使然，亦變速而禍小。況彼衆方囂，我兵四集，出奇制勝，可以一鼓盡殲。乃釋此機會，彼此牽顧，任其要挾，徒視羈縻，明知其害方大也，曰吾何知後日，聊以寬目前而已，人臣之不忠有大於是哉！且前日亂兵之至蕪湖也，所遣督兵之將未加一矢，而先與通書；河之北岸未見一賊，而搶掠已盡。至今固未聞拏參一官，梟處一卒也。即此一事，萬心瓦解，故後之日而無事則已，此後不能無事，又何以令士卒之用命而責百姓以死守乎？以闖賊之假仁假義如彼，鎮兵之極暴極虐如此，而當事之處分乃在似眞似假、不痛不癢之間，所謂墮軍實而長寇仇，竭膏血以資亂賊，非惟可笑，實可恥也。從君父言之則曰欺，從社稷言之則曰誤，即以自身計之則亦危，凡此皆先生所當盡言極論以從旁提醒者也。

至於敝郡之關係江南不小，而慘禍爲三百年所未有，目今食子炊骨，城不攻而自敝，而當事若度外置之，吾鄉太宰方在官，彼亦豈能嘿嘿處此也？

不肖義憤所激，言之過狂，當事初不省録，今特布之先生者，以先生方爲時嚮，使當事聽其計畫，尚可補救一半。不然，事勢日急，而玩弛日甚，度不能制左之命，又不能盡委南京而棄之，奈之何恃甘詞厚幣而不爲之一備也？先生亦毋曰：『此非吾事也。吾何過計焉？』如此，則不肖眞當受妄言之誅矣。伏惟裁察賜教，幸甚！

校記

〔一〕之 原無，據禁燬本補。

〔二〕雖 禁燬本下有『項忠襄』三字。

〔三〕者 原無，據禁燬本補。

〔四〕盜 原爲墨釘，據禁燬本補。

〔五〕予 原誤作『余』，據暫園本改。

樓山堂集卷十六

序

姚伯子史書序

休寧姚伯子年四十餘即著史，六十而其書成。先是，崇禎癸酉秋，伯子投余書，讀之有異。已，余過丹山，發其藏，以爲近今未有也，于是，伯子同里士鳩資刻之以行，而其書傳矣，伯子顧又屬余序之。

余聞之師曰：『史之作也，其本書、春秋乎〔一〕，是紀事編年之祖也，不可及矣。馬遷創爲表、紀、書、傳之體，而後之爲史者咸則之，然卷部繁浩，覽者難竟。涑水之通鑑作焉，古今之史于是始有條貫。宋儒讀史多論斷，附以己見，固未嘗自爲一書也。自爲一書者，蘇子古史而外，余僅見之此矣。』伯子之書，上下數千載，取古人編年紀事者，行論斷于其中，自爲一家言，于古無是也。余觀其書，不名一體，裁縮已成之事以爲文，綴附獨見之義以立斷。詞不病于好微，而意不苦于難屬。其言約，其義該，其包絡遼邈，使居今者巡復其意而可以厝之爲用，非具良史才，又積歲覃精者，烏有是哉？此伯子數十年而爲一書，書成而余以爲數百年所未有，無怪也。

伯子早精尚書，出入考工、三傳，故其撰言次事多爲近之，要自成爲伯子之書也。伯子嘗謂：『本朝雖以北地、瑯琊之才不能成一代之書，豈勢會相格，其志不立也？』余然之。又謂：『使加我十年，當爲宋史。』余益歎美其意不爲妄。要之，伯子即不爲宋史，伯子所自爲之史書固已傳矣。

伯子生平不問家人産，布衣徒步，于世一無取，而胸中廓然，其沖盈之氣見于面貌，人不知其爲貧。至與之論天下事，區分精悉，言皆可見之行。夫伯子蓋用世才，不得已而著書以老，如是，即伯子之書抑又可知矣。

四書大全辨序

明興，以禮樂文章治天下，而所以造士者，非聖人之道無取。夫聖人之道，六經其燦然者矣，其最精微莫如四子之書。於是，表章四書，專取朱注行之，謂漢唐以來，能折衷聖人之道，使微言大義不爲異端邪説所亂者，莫朱子若也。乃當時秉國者受成祖文皇帝命，尤有四書大全之輯，豈非以聖人之道大，即朱子有未盡，則羣儒之説奈之何其盡廢也？意甚深遠哉！余嘗取其書究之，其中有所發明者固多，即醇疵未嘗不相半。至其與聖道相戾者復不少，抑何歟？豈非當時承旨者未能深窺祖意，但取成書，不暇精擇，又時日不給，所委而分彙者多小生豎儒，識未逮歟？今習者第謂此成祖皇帝頒行之書，有敢議論其閒者，是毀聖而倍上也。殊知其不然哉！國家之制行之久而當否見，則夫論説之是非亦未有不久而愈明者也。既是非較然矣，徒以創於更制之難，而併我聖祖闡揚聖道、造進學士之意寖以微失，此又誰之過歟？

于是袁州張子獨憂之，因于數百年之後，爲歷朝諸人所不敢異議者，取其説之疑而辨之。或曰：『是毋乃不足閒執讒慝之口乎？』余曰：『不然。夫二祖之考古定制，廣厲教化，不可謂不詳且盡，乃祀聖之典至世廟始定，即歷代從祀方不難有所予奪〔二〕，況依傍聖人而爲説者哉？使張子得時行道，必將以此爲黼黻聖治之大端。今窮而著書，獨先從事於此，此固文皇帝在天之靈，而聖人之道未墜地之驗也。其以爲朱子功臣，爲楊文貞諸公之諍友，又何疑哉？』張子聞之曰：『然。』於是以其書授之梓。其辨爲世所共見，余不必論。夫以今日科舉之弊，蓋有異端邪説，剽竊前人之議，而恣其猖狂無忌者矣，張子獨起而辨之，則張子之爲人亦吾之所不必論者也。

崇禎己卯歲孟冬朔日。

四書圖考序

古人讀書，左圖右史，圖之傳也尚矣。經圖自鄭玄、王弼而下，代不乏人，至宋儒以後而大備。以予所聞，有論語圖纂二卷及程心復四書圖纂釋二十二卷，恨未及見。意嘗欲集古圖衍之，定爲一書而未暇。

甲戌春，過新安丹山，聞有吴蒼舒先生者精經學，攝衣請啓，得聞所未聞。先生因出其夙所撰著者相示，則有四書節解圖考在焉。予周覽之，其圖攷精核，視昔人加詳，而所解釋則一根正經，衷于朱程之説而止。嗚呼！今天下溺于科舉之文，記誦剽竊，雖本義不遑究，况留心古人之制作而考其圖？即號爲通博者，於名物義類之説，亦既旁喻廣引，而揆之經理，殊多刺謬。故觀是書之裁度，而知先生之學斷然有功先聖，其可布而傳之無疑也。

先生棄官著書將四十年，訾鉅萬以是廢，布衣蓬户，屏絶外營，其行義無愧古儒者。所著七經圖考、聲音紀元、三禮正定注疏皆翼經明道之書，予將與其從孫子含、去非謀，使次第行世，而今爲先序其概云。

梅衡湘西征集序

萬曆間三大征，其最著哉。迨末年遼事敝壞，浸淫昌、啓以及于今，用兵二十載無分毫功，而東隅未復，羣盜滿山，于是談者益侈言三征爲極盛。予嘗著三征本末，于海外之捷，至不忍道，而所重愾屢歎，以爲功不可再見者，莫如哱事。夫世亦嘗深究于哱所由滅而功所自成乎？則梅衡湘之苦心偉績何可没哉？何可没哉？

是役也，近事無可比方，嘗以唐淮、蔡事觀之，衡湘蓋獨爲其難者耳！哱之悖也，惡不在元濟下，又加之句虜爲援，蓋變劇而禍大矣。衡湘是時發憤上書，身請臨戎，然官不過御史耳。即受命監軍，而有制、有督、有撫監者，不俯而仰其鼻息已稱伉直自喜矣，况敢挾才據其上以指揮惟吾意？故視晉公以宰相行師，位尊體重，勢得自爲，而柄無旁撓者，爲何如哉？水攻則城崩，閒行則黨貳，創虜則援絶，招降則衆散，事勢曉然而撓者曲至。嚮微衡湘捐卻善讓，令其計卒行，則國家于西事恐尚有不可言者也。夫唐之平淮蔡也，晉公受李愬之成，然愬之功炳焉。是役也，有受衡湘成者，衡湘不自張而報不副，要其苦心偉績見之先後疏牘者，何可没也？吾故曰，衡湘獨爲其難者耳！

哱事距今四十餘年，予始得衡湘西征集讀之。先是集未行世，予謂衡湘嗣子惠連曰：『昔營平言兵者萬世法，何嫌伐一時事以欺明主？夫衡湘不伐，子不以伐成衡湘之志，然其于萬世者何也？今天下用兵二十年不效，令得如衡湘者在，何詎至是？』惠連曰：『若是，是先君子所以不没者，以有此集哉！』西征本末詳予他記者甚悉，不更敘。今獨敘衡湘之獨爲其難者如此。夫此非盡予言也，其同里士王都俞者，亦嘗評是集而感慨繫之矣。

古方略序

古方略一書，爲婺源故太宰余少原先生貳樞時所撰輯。予友張爾公從其家得之，歎爲善本，評以授諸梓者也。有少宗伯姜公、通政卿徐公爲之序，而張子復以予嘗妄言兵，亦屬爲序之。

予惟方略者，皆古人用兵事，今天下政苦兵，又苦無善兵者，則方略不素具也，即此書可少哉？

夫方略非可以書盡者也。古之善爲兵者，其方略多不傳，即有傳者非其至。孫吴傳者矣，其書不多。子房所受于老人者，不過一卷而已。後世所傳兵書益多，善兵者日益寡。有善兵者必不泥古法，應變出奇，而用古法者輒敗。然則方略果可以教人哉？語曰：『以書御□者，不盡馬之情；以古制今者，不達事之變。』況兵事歟？

兵者，專家之學也。有善兵而不至學古兵法者矣，無不學古法而盡善兵者也。即如今日□入吾關，大得氣去；寇殘殺人民，復狎吾民而處之。而我用兵或十年，或二十年，無分毫功。此無望有出奇應變如昔之不泥古法者。嚮第令師古法而用之，詎至是哉？以善兵者之寡，而咎傳兵法者之徒多，是懲于經陽侯之波，而謂舟楫可不用也，不亦過歟？以予聞余公神宗皇帝時之正人君子也，其時天下方無事，已輯爲此書。張子抱道未用，憂世之多，故又以此書教天下之用兵者。兩君子之方略固已具見于此。夫左氏，言兵之祖也，其論置將，猶原本于敦詩書、説禮樂者。嗚呼！此方略不傳久矣，予之因爾公而序余公者，其或猶是意夫。

崇禎某年月日。

東林本末序

東林者，門户之名也；門户者，又朋黨之别號。夫小人欲空人國，必加之以朋黨，於是東林之名最著，而受禍爲獨深，要亦何負于人國哉？東林争言眞僞，其眞者必不負國家，僞者或至負東林，此實何歟？蓋起事至五六十年，相傳多失其實，于是而有僞者，亦勢使然也。今之所爲東林者又一變，往時欲錮之林下者，今且下及草野。夫聖世豈有黨錮之事？

何論朝野，亦辨其爲眞與僞而已矣？予于是條次其本末，以使後之觀者有所考而感焉。

韓姬命文集序

粤東韓姬命豈非絶數世而一出者乎？夫材罕兼通，古今同歎，是故相如工爲形似，二班長于情理，優見于此，劣亦居之。嗣是以降，康成有精經之譽，顔陸擅有韻之聲，乃其後而昌黎生矣。理學振興，又越數百年，而周程作，亶其難哉！其他文士亦可類見耳。明興，作者輩起，號稱兼器亦有數家，比絜古人，斯爲特盛，閒稍衰微矣，而後遘一姬命。

予交姬命深，雅能詳其本末，嘗與之極六藝之淵源，敘往世之得失，大至朝廷邊塞之利害，細及名物器用之纖微，罔弗究意。而識清氣決，非節不植，吾心儀之。王孝先、韓稺圭之流，區區文學之長，謂足以盡姬命哉！今觀姬命之集則已如此矣，自辨説經傳以旁至騷賦詩歌，文家之體略備，而總其條貫，要與聖賢之旨相輔翼。夫文不見道，雖工曷裨？則大儒登博學之科，經術而傳以藻麗之業，姬命豈一世之材而已哉？通古人之難，兼作者之不數，姬命之集于是乎可傳矣。乃予所以知姬命者猶不盡此，然則人有不盡此者而後能，未有不能此者而求盡。此兼通之歎，古今所同，必藉姬命而後免也。姬命豈一世之材而已哉！

姬命方著文兹，爲一代典章所繫，今先布其集以傳，俾讀是集者，知姬命有所著作，必非姬命不能也。

陳百史古文序

崇禎癸酉，予于沈眉生寓中讀陳百史所爲程墨選，心奇之，即語眉生：『此當有名于世。』已而，百史舉于鄉，名果噪天下，則以爲百史但工時文也。甲戌，又從張爾公得其詩及一二序文，讀之，知百史才大能兼，力追古作者，非近今文士匹。今年丁丑，同寓虎邱僧舍，每相過則談詩及文，上下古今，論源流本末悉當。百史又盡發其所爲詩賦、古文詞見示，予然後悔向之知百史者猶未深也。

夫文章一道，蓋難言哉！自當時言之，則舉曰時文耳，乃韓歐當其時皆薄時文爲不足道，而抗言學古。何也？豈非聲病、比偶之習以取世資，則不得不從俗轉移？從俗則不能獨行其志，未幾時過而文亦棄而不自惜。若碑、序、論、記之文，所謂立言以傳世者，故師法貴遠，而持議無嫌于高。若是者，非古無取焉，于是別其所作曰古文，亦宜也。然同一學古矣，今之人又取韓歐所掃除六朝、五代之古以爲古，而反以唐宋爲卑卑不足道者，此又何哉？本朝李北地不讀唐以後書，予狹之，及偏觀國初諸集，然後知北地所爲不讀唐以後者，猶之韓歐掃除六朝、五代之意，故文不同而其志在復古則一也。

夫百史之立志既已較然矣，其文亦斷然擬古作者無疑。予謂百史：『有六朝之靡麗而昌黎興，有五代之浮冗而廬陵出，國朝承宋元餘風，然後獻吉起而矯枉過正。今天下之文恥言唐宋，實不能不六朝、五代，未嘗不曰吾讀漢以前書，而不能爲北地者，病在趨舍亂而志不立，倖其苟可以成而力不逮。今子志堅力卓，其文又不取于苟可以成而止，則向之資三君子者所以資吾子也，子豈有意哉？』百史曰：『吾區區所以作爲古文者，于子則既已知之矣。』

陳中湛歸來草序〔三〕

總憲陳中湛先生以政事風節顯天下。當璫禍之興，先生幾不免，然先生不以能免爲幸，于是天下識與不識，無不幸先生之有歸來矣。比先生再登朝輔明主，揚歷南北，握憲中臺，其所爲竭忠盡智、持正守法者，爲數十年中僅見。于是，天下識與不識，又無不幸先生向之歸來以有此日也。乃先生于此日，則又自幸其復歸來矣。夫迹先生後先出處，其關世道者如此，此豈以詩文重者哉？

嗚呼！名人鉅公，其得于歸來之日，肆力詩文者或寡矣；間誠有之，然以流連社會，觴詠戀泉，謂彼不與吾事，吾事畢矣。夫孰如先生始之歸來也，不以身幸存而感憤息；繼之歸來也，不以身已退而憂憫衰。觀其一篇之中所三致意者，其懷來固可覩也。夫士大夫濡首名利，至屈體辱節，爲世大僇，視所爲流連觴詠，用以善全終者，方不止百尺樓上下，而况先生之歸來，其所著見且如此哉！

予交先生嗣子定生，因得盡窺先生松柏齋諸集及先後諸疏，愈益歎先生所爲生平者如此，其立朝者又如此，何獨至于歸來而異之？此先生歸來之作所由重也。嗚呼！歸來如先生者而以詩文重乎哉！

卷園詩集序

詩非窮不工，是言也，果遂爲定論哉？陶靖節懷用世之志，杜子美有忠君愛國之心，而時位不稱，率多寄意于篇什，于是而謂詩以窮工亦宜。若本非其具，即老死溝壑，方求一言之幾于道不可得，其詩又安問工拙哉？

成都張紫城先生所謂能爲世用，而忠愛之心所在即見者也。甫令予邑，民歌誦之，十年如一日，此其眞詩在民間矣。先生即不爲詩，已與世所謂求工于窮者不可同日語，况先生挾持忠愛而能爲世用者，又卒于其詩寓之乎？先生爲司馬郎，未竟用而歸，歸數年益肆力于詩，以『卷園』名者，先生若謂吾卷焉，而直寄意于詩耳。要之先生有其具者也，詩亦豈待卷焉而後工哉？今天子方大用先生而詩成，予所謂窮工之説非定論者，益于先生決之矣。

本朝蜀士大夫以詩名者可指數，予最推者爲張肖甫。肖甫生王李時，多爲所引重，予無能發揚先生，而先生之詩清雄婉麗，固已足傳無疑。即肖甫亦先以功名顯，然則後之論詩者稱蜀有二張焉，可矣。

楊學博詩序

往楚人江菉蘿論詩謂：『古詩所命題，如君馬黄、雉子班、艾如張、自君之出矣之類，皆就其時事搆詞，因以命篇，自然妙絶。而我朝詞人乃取其題，各擬一首，名曰復古。夫彼有其時，有其事，然後有其情，有其詞。我從而擬之，非其時矣，非其事矣，情安從生？强而命詞，縱使工緻如巧匠塑泥刻木，儼然肖人，全無人氣。』至哉言乎！嘉隆以還，未有聞斯語者矣。然如菉蘿之説，則古人有是時事，有是情詞者，即無不佳乎？

情者，生乎人者也。無情，詞安從眞？非其人，情安得正？無情而有詞，詞不眞焉，其失也僞；情不正而有詞，詞即眞焉，生心之害詎有已哉？故我朝詩人之失，失于貌古，而古人有以詩自貌者，後世無能廢其詞，又相率而貌之，如潘、陸、沈、謝之作，曾有以其爲亂臣賊子之言而棄而不諷者乎？詩人無識，古今皆然。菉蘿之言亦豈遂關至極哉？

予不能詩，然妄論詩，又好因作詩之人以推測其所自爲詩之意，故所取之詩甚嚴，持議亦稍狹，世顧無取焉。乃貴池廣文通州楊先生方以予可與言詩者，而以詩相質。今讀先生之詩，時與事會，語由情生，自吐要眇，求如菉蘿所謂摹擬之病則無之。而先生抱用世之志，風烈事功不即自遂，姑以詩抑伏其壯懷，而寄寫其微趣，予所稱無不正之情，而情又不徒爲貌者，將于先生乎是望，則先生即爲詩也，而豈得稱之曰此詩人而已乎？先生之鄉有符卿氾公者，當世不數人也，嘗亟稱先生，又嘗與予爲忘年交，所籌論古今事最悉，獨未一往還以詩，蓋范固不欲以詩人期予也。若是，而予與先生之所期皆可知矣。

曾學博詩序

吉安曾先生來教予邑，于予固師弟子也。

一日，先生進予曰：『吾不能早事子，今官來而使子事之，是予之過也。然子豈能終棄予乎？』

予于是問：『先生所欲下教者謂何？則禪學也，制義也，詩也。夫禪，吾不知之矣；制義，小道，見于予他所論著者已備；請與先生言詩。予觀先生之詩，大要取法于今之所爲竟陵爾。夫竟陵之詩，果可法哉？其言以有性情浮出紙上者爲眞。嗚呼！果若此，是三百篇之後惟竟陵獨矣。乃今承襲其風者，以空疏爲清，以枯澀爲厚，以率爾不成語者爲有性情，而詩人沈著、含蓄、直朴、澹老之致以亡。予嘗謂學王李者不過竊詩之皮毛也，學竟陵則併性情而亂之，故吾非惡夫竟陵也，惡夫學竟陵者之流失也。

先生曰：『子言是也。吾向取竟陵之言有合于性情者以爲詩，今乃知吾詩之有合者，固非竟陵之性情，而吾之性情也。自今以往，請擇吾詩之沈著、含蓄、直朴、澹老者，以終身事子之言，而予詩其有濟乎。』

于是，先生刻其近作，使予序之，然則先生之果不棄予言如此。

池陽郡邸分韻序

崇禎己卯正月，予應科舉試于郡城。時安慶就試者咸在，而桐城有知名士數人，皆夙昔游好也。予謀與羅子、劉子集而觴之，先期則方子密之代予徵客，至臺試之次日皆會予邸齋，以次就坐，觴行甚快，左右瞻對，恆苦不給，又高議層出，至于廢酒，予于是起而請曰：『是役也，曷分韻爲詩？』僉曰：『然。可以省應對之煩，詩先成及不能者第其賞罰，又可假之行酒。』因取詩上平韻序給之，人分一體。酒未一巡，而密之七言排律先就，衆咸驚異，諸君詩亦次第成，于是劉子哀而梓之，以記一時之事，而使予爲之序。

予惟今日□躪内地，陷城郭，殺人民，流賊又出没豫楚閒，大江以北求室家完聚者不可得。我曹方以文字取科第，必期掃滅二患，以抒天子宵旰憂，固宜每食輒置，中夜數起，求無負此賓興者。而羣事于飲，又怡暢以詩，此何異于酣歌恆舞哉？不知立事者志也，別類者聚也，宣懷者時也，而表見者素也。取之不于其素，則今之人左支而右詘者非耶。事故猝臨，然後求一日焉相與從容論計不可得，則時限之矣。共爲天下事而胡越起于輦下，所謂同舟遇風，救可左右手者無人，則類非也，而一斷之于所志之未嘗立。故志以言白，聚以志起，時以聚得，而素以時徵，則今日之集之謂也。詩者，言志者也，有其類矣，有其時矣，有其素矣，然則劉子之哀而梓之，以見志也，又曷可少乎哉？

集中共十五人，爲趙又漢、周農夫、方爾止、吴子遠、方密之、鄧簡之、吴鑑在、左子直、錢幼光、左子厚、張濬之、劉臣向、羅季先、劉德輿，未至者孫儀之。詩凡二十三首，而予詩附後。夫予詩有之『毋爲聚今夕，而忘起沛豐』，嗟乎！是亦有其志焉而已。

梁谿唱和集序

予爲詩二十年矣，視世之本無有得，輒隨聲相附以爲詩者，心棄之。于是，厚量人而狹置己，不欲以詩自見，即有之，不輕以示人，蓋謂此非難見，而心知其然者寡矣。崇禎丙子，遇顧子方於村邸，讀其詩，大異之。已，與論又輒合，往來遂有詩，然未數數也。今年戊寅，居梁谿，此唱彼和，一月閒積至數十首，生平作詩之多無過此者。蟋蟀俟秋唫，不足怪也。獨予意疾手滑，有感即書，都無簡束。子方之作未嘗不風雨驟至，然當其慘澹一字之閒，吮毫欲絶，語出而予瞠然視也，則過人遠矣。

予兩人皆喜稱説杜詩，子方下筆每有神至，此固工部之所畏也。予詩即不能如子方，要之胸中無萬卷書，而但附一人之聲曰詩也，此即予曩者二十年之所棄也。

劉伯宗癸未詩序

予嘗讀今人之詩而不勝歎焉，豈非詩以無人哉？詩無人也，則以人有詩耳。夫詩曷以不可已？學成文立而詩名，故習而詩者，其所蓄積也；憫時傷事而詩亦名，則偶而詩焉，其所感觸矣：非是者不名詩。而今之非是輒有詩，予故曰無詩也。

予亦嘗爲詩矣，居邑中與伯宗起而從事者二十年，中閒討論閱歷不可謂不久，要無所蓄與無所感，而篇連牘積曰：『吾詩也，吾詩也。』予無是，伯宗無是。獨予詩不及伯宗者，其本非無蓄而或失則矜，本非不感而亦傷于率也，以視伯宗之整而多暇，言之悲矣而不肆，其相去爲何如乎？此詩特癸未一歲者。歲癸未則憫傷事多，即其所蓄積，亦以是見。要之，皆不得已而詩焉者也。夫詩如伯宗而後爲不可已，彼夫人而詩者是不可以已乎？予故曰詩無人也。

李行季詩序

李達，字行季，年十二能文，十五能爲詩，二十爲諸生，三十廩于庠，試于鄉者七，死之時才四十。死而貧甚，又無子嗣。其友吳應箕、丁煜、劉城悲之，劉即就丁謀，悉從達家取其遺詩若干首，授箕曰：『子盍訂之？予兩人將梓之，所以傳達者在此。』予卒讀，掩卷歎曰：『古文人以不遇死者可勝道哉！顧未有如達之甚者也。』

達固隴西之苗裔，其才即不敢遠比太白，然白四十方應詔，而達已死；白尚有女，而達無後；白名傾天下，而達卒死諸生。故才而死未有如達之甚者也。夫才有大小，而不遇以至于死則一；才而死有甚不甚，而期于可以傳則一。然亦有幸不幸焉，其可傳而無有能傳之者，則才高而名淹滅，又可勝道哉！此予二三人所以不忍達之死，而欲以其詩傳之。詩傳而達爲不死，則達之不遇猶未爲甚也。

達才頗以敏稱，其爲詩文，雖倉卒應酬，可以立就，都不甚珍惜，故多亡失。其存者，予亦有所去取其間，要期于達之可傳，是則予二三子之所以不死達者而已。

崇禎庚午春月日書。

校　記

〔一〕書　原誤作『諸』，據暫園本改。

〔二〕予　原誤作『余』，據暫園本改。

〔三〕禁燬本下有『按：中湛先生即于廷，定生之父。』

樓山堂集卷十七

序

八大家文選序

自漢以來，文之流傳久，而習之者多羣然服之、少所異同者，莫唐宋八家若矣。予固謂其知之實少也，此抑何哉？以其文有法度之可求，於場屋之取用甚便，而襲其詞者但蘄以動説有司之一日，非必眞有得于古人不傳之妙而師之也，于是文之精神以亡。且天下購其書者日益衆，苦于篇卷繁積，思有以節録之，因而選者四起，而文之精神愈亡。故八家之文以其傳與習者之久且多如此，實皆無所得而使之亡。文之難知，又曷怪乎？

予不可謂知文，然居恆所湛溺于八家者，獨與世俗之取用異。又痛文之精神亡于世，所謂選之人，欲一大創而未能也。一日，陳子定生出其所嘗選而輯之者示予，予閲之，其異于世所爲取舍者，與予意十合八九，然則世眞有得于八家者有過陳子哉？陳子曰：『古文之法至八家而備，八家之文以法求之者輒亡。夫文不得其神明之所寄，徒以法泥之，未嘗無法也，舍其所以寄神明者，而惟便己之爲求，天下豈有文哉？況以論八家乎？』嗚呼！陳子之言如此，故其所選，自世所常誦習者視之，若盡易人耳目之觀，而使文之精神有所寄以不亡，吾知賴有陳子而已。夫古文必有眞知如陳子者，然後能不亡，則世之無所得，而輒能亡古人者，其選亦何多事乎！

詩經程墨文辨序

今年張爾公應試南都，甫入闈，視七藝不自得，即擲筆出，不復卒事。于時同人歎惜，以爲張子貧不能西歸，合百金爲之裝，張子卻之峻，不可之詞見於色。

予謂張子：『方寓食丹黄，爲仰事計，以義受友，何不可也？』

張子曰：『友以予貧而助之，友即不德色我，我非本分有也，雖道義而有不可。』予以所選之書教天下，業書者嚮其利以爲德，致幣而予甘焉，猶予受直也，雖聖賢不以爲非。』

予曰：『有是哉！子于辭受斷斷也。以視子所嘗去取之文，意有未愜，雖尊官膴仕不肯假一字，其斷然者蓋如之。即以是而驗子于功名之際，假卒其闈事，雖不滿志，寧遽知其不遇，而必不倖一第，以違厥心？如子者，直律躬以律文。凡夫文字之役，一自子所衡量者，而人品心術繫之矣。以兹之選，詎不貴哉？且子今所爲選者，詩義程墨也。程墨爲士人利禄之資，而世于經義益務苟且，亶足篇數遂釋之矣。以子不回利禄之心莅文，則言之不幾于道，子必棄之矣。彼言不足志，雖未必不獲者，寧躬去之。其以督選，又寧取其足以苟焉者而遂止耶？」

張子曰：「如子言，吾何敢當？夫予竊有志焉。予誦詩三百，而見今之詩非昔之詩也。予所流連反覆而冀一身遭者，予固自有在。而今兹之選，則亦其寄焉。如子言，吾何敢當？」

嗚呼！張子所謂「寄焉」者，予亦知之矣。夫勵羔羊之節，而可爲邦之司直者，張子不既有之乎？其有者，其見于斷然者，皆是也。若是，則張子即謂兹爲「寄焉」可矣。

崇禎丙子冬月。

國門廣業序

南京，故都會也。每年秋試，則十四郡科舉士及諸藩省隸國學者咸在焉。衣冠闐駢，震耀衢術。豪舉者挾資來，舉酒呼徒，徵歌選伎，歲有之矣。而號爲有氣志、能文章者恥之，鍵户若無聞，遇則逡巡從道旁避去。數十年來，求勝游之可傳、高會之足紀者，蓋渺耳！

自崇禎庚午秋，吾黨士始合十百人爲雅集。其集也，自其素所期嚮者遴之，稱名考實，相聚以類，亦自然之理也。計其時爲聚者三，主之者，劉伯宗、許德先、沈崑銅也，癸酉則楊龍友、方密之，再一舉行而莫盛于姚北若丙子之役。夫吾黨自庚午後，彙聚之士半爲升用，其本末固已見于天下矣，攻之者且四面至，物盛而忌，夫何怪乎？于是天下方以社事爲諱，而姚子獨於憂疑滿腹、讒口方張之日，大聚吾徒而盟之曰：『吾黨所先者，道也；所急者，誼也；所講求者，異日之風烈事功；所借以通氣類者，此文藝；而假以宣彼我之懷者，此觴聚也。今天子聖明，深以儒效不彰，疑科舉士爲無用，吾黨思所以仰副當宁之意，以閒執讒慝之口者，則舉視此聚耳，何畏哉？』予聞其言而壯之。予因憶昌啓閒正人一時嚮用，吉水諸公至於都門聚講，而邪者掊擊不遺餘力。善乎！福清有言：『我國家三百年所少者，此一事耳！』今吾黨之聚何敢自附前哲？然異已者不少矣，姚子獨毅然行之，一無所畏，固爲其難者哉！

姚子乃裒諸聚者之文而刻之。其不在此聚，而素爲此聚之徒者，猶之聚也，于是併其文而廣之，顏曰國門，總之不離乎聚者也。刻成，徵序于予。予觀姚子密識藻鑑，其所稱道之文必無不佳，此無容予言也。予知姚子于文亦直寄焉，而所以聚者豈在是乎？故爲述聚所自始，以志一時之盛，因見姚子之獨能爲其難者如此。

道南集序

崇禎戊寅，予至梁谿，與顧子方謁道南祠，過東林廢址而歎焉。道南者，故楊龜山講學地，因祠祀之，而配以毗陵先賢，其旁即所稱東林書院也。嗚呼！此其廢興之故難言矣。

子方曰：『子之來也，亦有意於此乎？』

予曰：『此生于梁谿者之事也，箕也何足以承諸先生之後？然諸先生之本末嘗聞焉，請與子言子之先世，可乎？夫進而急國家之事則不有其官，退而明聖賢之道則未嘗無其友，其友又皆明聖賢之道，以急吾國家者，此何負于天下？一時邪者至目之爲黨。于是，三朝以來，五十載之内，凡天下之爲正人君子無不以其身罹禍。其罹禍皆以梁谿也，梁谿皆以子之先世。然則不忘先世者，子之事也，予也何足以承諸先生之後？』

子方曰：『固也。予先世之退而明道也，不得已也，豈樂其身有黨名？乃其罹於是禍者，至放逐流離，駢首就誅，而卒無悔色，何君子之多也！今之號爲盟社者，聲相逐耳！見小利害即不能不掉臂去，吾即不忘先世而求如吾先世之徒，可得哉？』

予謂子方：『第難以其身爲倡耳！昔驗之于數十年之後，故其徒歷生死禍福而後見。今也求之于一無表見之前，則生死禍福，吾安敢必之于吾徒？亦取其足以風者。要非子之先世無望也，望其人爲子先世之徒，而子又曷可已哉？』子方曰：『然。吾即挾吾先世之所退者以爲進，則今之徒皆文章之士也。選今日之文而以道南名篇，則又安知驗吾徒者不在數十年之後乎？』集成，予因敘兩人所爲問答者如此。

崇禎甲戌房牘序

或問於吴子曰：『仲尼不云乎「天下有道，則庶人不議」？即如今之號爲房牘者，是南宫既雋之士所自表其素所蓄積也，是當代之名卿鉅公以其所得士之行卷，刻而布之，以風式天下也。今且取其所已刻者删之選之，去留甲乙，與原書合者無幾矣，天下購其選與删而讀之者，率又從下而不從上，此亦奚啻夫議哉？而子躬蹈之也。』

予應之曰：『否否。國之衰也，然後有監謗之使；其亡也，禁士不得以其學非上之建立。今天子聖明，求賢之急，至拔士於貢額之外，則夫一日之知、一人之鑒，其不足定天下士也明矣。天下士不榮人之已第，必考其素業，以自内驗所學；不畏上之懸書，至駮其定論，使後起者無貿於所從，是非之公也。於是，賢者知取信于天下誠非一日之故，倖者知吾亦有所不足恃，而不至盡生天下苟且弋獲之心。嚮三王而更王也，士生于時亦或未能免此，而將等於庶人之議耶？且夫文章之有論辨，亦豈與非議制建之事可同年語哉？

『予嘗聞之古人矣，古人于經術學問之際，亦何其氣決敢任歟！故有並業弟子傳著或異矣，亦有同產季昆師受則殊。本所自授也，見偶異焉，至指之爲大愚；雅稱石友也，義不阿焉，而移書侃侃。寧惟是乎？君父，至尊親也，經論異同則有閒焉，蓋至有殺身臨刑卒不敢枉學以從者。何則？誠有所自據也。予嘗讀書，深歎以爲人心所以未亡，聖人之道所不至澌滅盡者，此非其極驗哉？是故爲貴人之文矣，曰此吾已效者也，宜世皆諛之不敢非，此其文可廢也。主司亦既布其文成書矣，曰吾能進人退人者，彼士何能議我？此其書亦可廢。則取其書而删之選之，本無所可否也，姑寓依違于其所已甲乙者，曰吾愚人也哉。而以其是非與彼貴人及能進退人者角也，且文亦詎有定耶？嗚呼！選文若此，是又向之敢爲無道之議者所羞稱也，即安得謂公道之能在下哉？

『夫選文而第程量已效之人，則文者末也，風烈事功，所繫不在是。選已效人之文而有所發明當否，使天下之士尊一王之制，明聖人之書，即知言之無與于道者，雖其人既貴，其貴人之文雖蒙進退人者所許與，而布之爲書，而下之從違猶在此不在彼，如是，敢謂房牘之選爲一時之業而已乎！上以翊天子廣求俊乂之心，俾讜言深識罔所忌畏，得發憤于文字之閒，而言之無罪；下以誘進來學，羣服于至當，俾肆力學問者，益有所取以自驗，用奪其幾倖苟得之心，誠選者事矣。而無道之議有一於是哉？雖然，此非予之敢任也，予所不敢依阿已效之文，而有所辨論異同其閒，假古人而在，君親之尊，生死之重，曰吾不以易吾學也。嗟乎！是亦有其志焉已矣。』

崇禎丁丑房牘序

予之爲房牘選也，始於崇禎甲戌，既已見成事于天下，故今復不得辭。金閶書林迎予千里，予于是入天都，下錢塘，溯苕禾，至虎邱而休焉。文自京刻爲各經師所已選者五千餘首，合之行藏諸刻又萬餘首，予閲不能五旬畢，謬以意擇之，得佳文八百餘篇，書既成，例序之以行。

客問予曰：『子之論文詳矣，今兹之選亦有説乎？』

『夫予往者之論文也，以理以體。理者爲聖賢之論所從出，學術之邪正于此分，性道之離合于此辨也；而體者則謂文有一定之章程不可變，有自然之節敘不得亂也。由今思之，是二説者其迹也。執二者之説，以迹合之，猶易也。察世運之所趨，庶幾乎其言繫之者，其惟氣乎？夫昔人之論氣也，辨之清濁之閒耳，吾謂莫如審之于强弱之際。今天下可謂有氣哉！□蹴吾疆矣，寇爐吾原矣，囂競長矣，節烈替矣，議任之途相詭，成敗之數不勝矣。竊疑三鼓既竭莫今爲甚，而靡然者則盡于文見之。夫然文之爲風聲也，又何疑哉？且氣不可作而致者也，非不可養而至。腐師俗儒所謂養者發于言則夷易，措之事則和平。試迹其爲夷易、爲和平者，説靡靡之可聽，冀庸庸之多福耳。嗚呼！此不知夫至剛至大者爲何語乎。然則予所謂莫今爲甚者皆坐是誤也，此屬又烏足與語文哉？是故予不能作天下之事功也，名節也，而風之以各見之文；不能盡救天下之文也，察之于至細之氣。夫剛氣之所發，必不剽也，必不襲也，必不蕪而穢，不矜而肆，不恇而寥落也，必當理，必合體也。推之爲忠臣，爲介士，爲强力有爲，爲震撓不詘者，必是人，必是言也。非是者，其氣靡也。氣靡者，言離也。剿古人之已説而不情，規先民之成格未能似，猶曰此體也，此理也，吾謂是大僞不忠，大貪不謹，趣榮勢以遠節烈，隳軍實而長寇讎者，必是言，必是人也。予之搜爬蕩滌，蓋自此文始矣。』

客曰：『若是，是天下之知言者莫子若也。』

『夫予則安敢？予欲天下作文者，因吾説以反而自循其氣，由是以閒吾選也，其庶乎。』

歷朝科牘序

文之始興也，初無定體。自建之爲制，然後有規矩準繩之不可易。從來取士之法，如詩、賦、策論，無弗然者，何但今科舉之文乎？

本朝科舉之文，前代未有。行之既久，其法加嚴，立爲比偶，非若詩、賦、策論猶可窮極才學，則其尺幅較狹，緣于發明經義。聖賢有一定之論，注疏有不易之説，又非若它文可以私智臆識，隨所移綴遂以中度也。故其理道爲甚深，以甚深之道殫致于至狹之幅，宜二百年來作者非可億計，而合者第足指數耳。

且夫場屋之文，號曰程墨矣，豈非吾所謂有規矩準繩不可易者乎？以所爲難于盡致者言之，則文章遇合不可同論，是故雖以巍科鉅第，不更舉而立效者，其爲墨也，果能使天下奉其尺度爲不可易歟？若然，即典試者宜先有不可易之法矣。今其人皆有貴人、賤人之權也，嘗試問其言抑果有當于程焉者否乎？是故場屋之文號曰程墨矣，要皆名然而實否。夫主司所以登士，與士所以自庸，其然否既如此，則夫士人平時所冀幸者，不過操不然之説以爲苟可獲焉已耳。

生心害政，使數年科舉之文至不可究極，而其它亦猶之是者，其實皆由於此。蓋吾痛憾成弘以後，昔所爲加詳之法，而今寖以息微也。夫今主司所以登士，士所以自庸，其不從科舉之文則已矣，其不能不從科舉之文，則所號爲程墨者不可不實求其然。求其然而後由文章而施者，可以使之無不然，然則不負科名者，烏在文章一道，謂吾可不必盡心哉！始進不正，未有能正，吾未見操不然之説以庸其身而事其君，而其人之有一當焉者也。古人所稱大器者，無有越規矩準繩之中，而又况文章之事歟？

文章之法肇于洪永，詳于成弘之閒，莫盛于慶曆初年，即莫敝于萬曆末季。其流也自場屋之程墨始，故欲科舉之文不亡，當先從場屋之程墨論之。欲成弘之文再覯于今，又當先從其源流本末備論之，以明其盛者，使可復，而其敝也未嘗不可反，此吾所以論次程墨由國初而迄今之意也。

先是，歷科程墨選者不一人，而窮極流弊惟予選爲甚。夫好盡言以翹過，昔之所以深戒也，然以闡揚祖宗之制，原本聖賢經傳大旨，使天下知科舉之文，其法終不可亡，而名實然否之閒尤使人覽而感慨係焉者，則功與罪予亦俱有之矣。

崇禎甲戌夏月某日。

四書小題文選序

同一四子之書也，則同一四子書之文也，又别之爲大小題者何？曰此以試分者也。夫春秋二試，主司所命者，冀以盡見士子生平，故題主于理義之説爲多，而又有觸忌犯諱之慮，則非典雅明正者無取焉，于是書之爲大題者，可數而知也。它如有司歲月之試，多截斷章句，謂可以見人倉卒之智，即以使雷同假託者技窮于無所施，而後其爲別白也易，於是凡四書中一切深隱之文，纖曲之義，大可容白虎之論究，小可以逞稷下之辨説者，其題皆蔽之曰小也。

嗟乎！小題之難爲工也，蓋有十倍于大者矣。吾又聞本朝以小題著名者不過數十家，每科亦不過數人，此又何也？豈以場屋取進不在是，故士但使足以僥倖小試焉而止？而人之才有能有不能，其能爲小者，其有不可强而學者耶。以其難爲工者，而責之于童而習之之人，以其不可學而能者，又使天下羣試有司者，其始必出于是。此猶人之初生也，未能立而不仆，遽望其疾趨不息也，有是理哉？夫天下理一而已，拙大而工小，未有也；則簡小而慎大，亦未有也。吾嚴以程大，使以文明題者根柢于聖賢之藴，其説可以引伸觸類而唯其所用，復寬以量小，使因題治文者雖至于縱横馳騁，要之唯變所適，而其不可越者自在也。是則小大題之分也以試，而吾之合之也猶以文。文之選也，其又烏可已乎？

四書小題文選後序

予之爲小題選也，别昌啓以來之文爲近集。以文者時爲之，士不能違時自見，故于近日之文宜益務盡心。夫然予之選文顧獨嚴于近，何哉？

夫予嘗感慨昌啓以來之事，而歎生心之害皆自文始，世不之察耳！其所讀者，聖賢之書也；所取者科第，而所行者皆狗彘不爲之事。乙丑、丙寅間諸人殆不忍言，今試取其文覆焉，有一非柔滑者乎？非詭誕者乎？非猖狂縱恣而不軌理道者乎？彼作文之心，以爲吾逐利否耳，慮非顧行也，故其徒一得志而幾覆人國。嗚呼！可畏哉！自今上躬戡禍亂，蕩然與天下更始，又恐文之積習難化，釐正之詔每試輒下，而孝經、小學復加意舉行，期以養之義理之正，用以作文人忠愛節烈之心。而邇者功效不彰，名節鮮著，則不可謂乙丑、丙寅間之無其人也，不可謂逐利不顧行者之無其心也。不此之察，使其文之既效者與道德仁義之言淆混而行于世，毋論先正醇雅之風不可復見，即國家所需于文者謂何？而使浸淫流蕩，以極其生心之害，彼乙丙間事可再堪哉！予不揣愚鈍，每于選文之中，輒鰓鰓慮之。

夫入吾選者，亦未知其人果何如。然其文爲柔滑也，詭誕也，猖狂縱恣而不軌理道也，若是者吾必掃除務力。而尤加意小題者，小題爲人所童而習之，養正於蒙，則小題之謂也。即今日國家欲得文人之用，而先以孝經、小學行之有司之意也，吾故曰近集者時爲之也。

徐又章制藝序

劉禹錫云：『池州之有九華，造化之尤物也〔一〕。』夫天地精華之氣不著於人文，而徒使山川發其秀，則安得謂吾池之以九華重哉？或曰，嶺以南人文不著者，山川奪之也。故滇粵之間嵚空奇秀，猶吾江南籬落閒物而見者無稱焉，不勝稱也。若江以南山水不奇之處，其人文必多寥落。夫然，微獨九華之秀於吾池無所奪，而使池之人文有所蒸而發之者，非九華曷以哉？

於是，予于九華人士見以文稱者，必睨而意之曰：『此必有異。』而今適得之徐子又章。予向未識又章也，讀其文，幾使人疑舉業之閒有蔚宗、彦昇其人者。乃交又章，而威儀玉立又適如其文，此非有所降而鍾之者？則九華之閒雖號文區，要猶是齊聲相和，千人一曲耳，高言何綺，乃幸覯之又章。又章秀於山川乎？則禹錫之言爲九華重也，而有所以重九華者矣。

校記

〔一〕化　原作『物』，據暫園本改。

樓山堂集卷十八

傳

贈太子太保兵部尚書忠烈楊漣傳

漣，字文孺，號大洪，湖廣應山人。萬曆丁未進士，授常熟知縣，以治最選給事。泰昌元年，上崩，與顧命。天啓初，争移宫，功最大，累遷官至都察院左副都御史。以首劾逆璫削歸，未幾就逮，下詔獄，誣坐受熊廷弼贓，拷掠至死，天下悲焉。崇禎元年，詔憫恤其冤，贈官，賜祭葬，廕子，予謚，視諸死臣爲尤厚。

初，漣之爲兵科也，值神宗薨，光宗以庚申八月初一日登極，未幾不豫。京中傳鄭貴妃進姬侍八人，用奸監崔文昇下利藥，帝疾遂甚。鄭日與李選侍比，趣封太后，選侍封貴妃，中旨旁午，時漣憤甚，上聖躬違和之繇一疏，極論鄭氏所遺醫侍疾無狀，宜下司禮推舉窮究，宣示中外，罔俾賤臣誣汙起居，發病狀，虧損聖德；進皇長子及皇子扶牀繞席，導迎和氣；收回封太后成命，無輕發詔令，以尊國禮。疏上三日，特命錦衣召漣入，意且得罪。及見，從容言病狀，目漣者再，語皇長子，兵科不當去朕左右。會冢宰周嘉謨亦數責鄭養性於松棚，故封后事竟寢，鄭亦出移慈寧宮。然自是上疾不起矣，漣從諸大臣後受顧命。是時，李選侍居帷幕間，推皇長子求封，色態甚惡。

上崩，選侍踞乾清宮，閉皇長子不聽出，禍且不測。漣首定大計，大行在乾清，羣臣哭臨畢，即擁皇長子升文華殿，呼萬歲。議定，趣諸臣入宮，宮閹者持梃固沮，漣大罵：『奴才！皇帝召我，晏駕，皇長子小，汝輩據門不容宰相入？』閹懼，啓門，入哭臨，請見皇長子，內豎傳李娘娘命，追呼拉還至再，漣入格叱退之，比見，定登極之期。皇長子暫出居慈慶，選侍猶踞乾清不肯去。漣與諸大臣公疏請移宮，御史左光斗又專疏争之。而選侍聽李進忠謀，必欲同居乾清，且欲垂簾，詰責光斗疏中武后等語，漣抗論於朝房，於掖門，於殿廷者，日以十數，於麟趾門值一中使，叱之使還奏，光斗得無恙。又促首相方從哲曰：『上登極則無住東宮之理，相公當上揭急催移宮。』方相意兩可，漣謂以選侍不移宮而退處東宮，是天子避宮人，大不可，因反覆辨甚力，有大閹以好語解者，漣叱之，益以死争，聲徹御座，殿陛皆驚恐，上亦語近侍胡子官：『眞忠臣也！』會李進忠以盜贓被緝，於是閹部謂宗廟有靈，選侍宮移而上安矣。當是時，三朝大故在彌月間，倉卒危疑，舉朝不知所爲，漣儼然行顧命大臣事，外戒金吾，簡緹騎，設儆備；內戒中宮乳母，禁宮人闌入，身露坐門外，五日夜不交睫，頭須盡白。論者謂其有社稷功，獨御史賈繼春爲風聞誤上疏，請安選侍，與漣意相反。熹宗因傳諭歷數選侍毆辱聖母之惡，賈被削去。

後璫禍興，諸附逆者卒以移宮一案陷楊左云。魏忠賢之横也，當事皆觀望，無敢先發，漣獨奮具疏，數其二十四大罪，疏草傳誦天下，時甲子六月事也。逆璫切齒憾入骨，然外廷多正人，且欲殺漣而無名，自外廷與內搆而漣始削籍歸矣。語在黄尊素傳中。乙丑四月，五虎梁夢環奏參汪文言及漣、左光斗、袁化中、魏大中、周朝瑞、顧大章等，皆緹騎逮治，後先拷死。漣下詔獄，時賈繼春方起用，即追論漣移宮、通王安、犯上，罪當死，然難於坐贓，於是借封疆一案，謂漣等受熊廷弼銀鬻獄，誣坐贓二萬兩，竟以此殺漣。

漣立朝廉直，天下所知。當被逮，郡邑震驚，集衆至數萬，欲禁官旂奪漣，漣叩頭乞父老，得解散。村市爲設醮祈生還者數百處。比就道，士民泣送者萬計，下至老嫗、菜傭、瞽蹩、乞兒，各争持一錢爲贈，官旂皆感泣且爲具資。河南州邑裹糧送漣至黄河者以千計。至許州，有舊識郎中蘇繼歐通謁具飯，後亦被偵削奪，懼禍自經死。漣下鎮撫，許顯純以鍛鍊贓銀痛加掠治，漣大叱顯純曰：『熊廷弼初在遼陽，我有參疏，廣寧陷後，我奉命而出，及失事入，我有「何辭一死」之語，廷弼恨欲殺我，此豈受賄爲營脱者？若移宮始末，曲突徙薪，皇天后土，實鑑此衷！汝昧心殺人，狗彘不食其餘。』顯純大怒，將頭面亂撲，齒頰盡脱，漣罵不絶口，仍加鐵釘貫胸，立刻死。漣入獄時，度不免，齧指血草疏千言，冀以尸諫，埋臥所，爲顯純所發，付之火。死七日始得領埋，時盛夏，尸爛，僅存殘骨一具而已。

漣産入官，不足千金。其母寄居城樓，知府李行志書募文，知縣夏之令設櫃四門，捐俸首倡，士民有傾家助之者，完贓萬餘兩。吏部尚書周應秋逢璫意，猶勒限嚴催，羅織無已，其老僕笞斃，幼子驚死，諸臣死後之慘亦無有過漣者。

後給事中瞿式耜爲漣頌冤疏曰：『蓋嘗聞褒忠奬直，乃帝王勵世磨鈍之大權；拔異旌善，尤聖人顯德闡幽之妙用。自閹賊魏忠賢與奸相魏廣微表裏爲奸，羅織忠臣，誅鋤義士，一時慘死諸臣詎可置短長於其間哉？顧就其中，屋漏盟心，純乎君父；家如懸磬，節比秋霜。詔獄之際，開千古廷尉所未有之刑；畢命之時，受千古忠臣所未經之痛，則於諸臣中獨揭三人焉，曰楊漣、魏大中、周順昌三臣，以公忠發憤而遇禍災，天下亦了了見之矣。然亦混迹於同死諸臣之中，而未有能發其幽光者。

『夫漣何如人也？自爲諸生，孝友端方，慨然以澄清天下爲己任，家徒四壁，志氣軒如。其筮仕臣鄉常熟也，鐵面冰棱，吏胥不敢仰視；而愛民如子，即嬰兒婦媪咸得自盡其情。莅虞一年，不名一錢，百廢具舉，錢糧之絶火耗，上下百年僅見漣一人耳。入計時，止餘兩袖清風，欲送其老母歸楚，至不能治裝以去。及居言路，揚清激濁，盡絶餽遺，寒素之風，依然白屋。但言及國家之事，未有不耳熱而面赤，如念其祖宗父母，牽腸刺心；談及神宗、光宗，未有不涕泗交下。故其臨死之時，亦旁無一語，但呼高皇帝陛下而已。逮繫之日，漣自湖廣達京師，三千餘里，隻身策蹇，未嘗一日肩輿，未嘗一日騎馬，偕入都門，小民有歎息：「楊都御史清官，今日何至於此！」詰朝而歎息之人斃命於廠衛矣，誰復敢私語稱其冤？漣死於溽暑，逾四日方奏聞，比領尸骸，手指腫爛欲斷，足之聯於脛絲毫耳。迨下令湖廣追贓，漣傾斜一屋，所值幾何？漣母棲城樓，諸子乞食以養之，縣官無可奈何，爲設櫃於四門，遠近士民争來投櫃，納至萬餘金矣。夫應山非甚富饒也，惟正之供猶自難完，而争爲漣納者，豈能徵發期會哉？夫人臣抗節直言，慷慨殺身，歷代史書常亦有之，如漣之貧不言清，勞不言功，從容就死，無怨無尤，方之宋岳飛本知十二金牌出自秦檜之手，而俯首就戮，斯亦可謂人臣之特矣。

『若大中何如人也？大中爲孝廉十餘年，足迹不一至郡縣之門，設館糊口，欣然自足。自成進士，以至授職行人，擢選諫職，從未嘗受人一錢。官至吏垣，猶賃以居，無一椽一瓦。邑中豪强與縉紳家凜然畏如嚴師，而獨於閭里小民如家人父子。逮之日，微臣與南京吏部主事往送之，見合邑哭聲震天，搥胸踊地，黄童白叟，無不皆然。又覽追贓之疏，不過里老代完銀若干，而士大夫代完銀若干，大中書劍賣質銀若干而已。當魏璫逆焰熏天，耳目布滿之日，使大中不眞賢，豈能號召士民爲之還贓？使大中不眞賢，豈至此時而有司之敢如此上聞乎？大中同官旅過常州，知府曾櫻見之，潸然淚下，大中顏色不變，慰之曰：「臣子死於王家，男兒常事，何必爾爾！」櫻捐俸奉百金，託詞臣鄭鄤轉致，大中堅持不受，曰：「譬如嫠婦孀居數十年，垂死中偶動一念，便屬失節。簣華而睆，不敢以此易也。」嗚呼！櫻固賢，大中尤不易矣。至其詣鎮撫也，大中受殊刑未死，獄吏以藁席卷其肢體，倒豎於地，如是三日，啓而視之，大中目睛猶轂之轉輪。既死，魏賊令卒吏毀其屍，故大中骸骨未全。初，大中之下獄也，嚴戒其子學洢曰：「吾當死，汝不當死，汝死而寡母誰侍？幼弟誰教？」因不令至獄門一步。比學洢扶柩歸，猶未知大中死狀也。至病中忽聞之，一號而慟，再號遂絶。嗟夫！子孝臣忠，萃於一門矣。

『若順昌則又異焉。順昌賦性清嚴，嫉惡如仇，即親朋不少假借。官福州司理，墨吏望風咸解綬去。值稅璫高寀肆毒，順昌方署府篆，挺身抗其鋒，民賴以靜，忤璫之聲播於朝野。擢居吏部，一洗敝習，四方貽牘，絶不敢通。請告歸籍，止用肩輿一乘，行李二擡而已。里居時，微臣時一過訪之，見其田無數畝，屋無數楹，蕭然如老衲寒僧，意豁如也。魏大中逮過閶門，順昌以大中必死，親詣其船，縷縷問其家事，遂以女許大中之孫。緹騎以聞，璫銜之最毒，遂假手李實一疏逮矣。賢臣七人，而順昌與焉。順昌居鄉不畏高門，不侮鰥寡，等之大中，以故俄頃之閒，吳閶數萬士民狂號亂哭，衆憤所激，擊死官旂，幾成大變。順昌跪而哀求謂：「爾殺官旂而又不散，貽我不忠且滅我族！」小民無奈順昌之哀詞而後散去。民誠無知，而順昌之生平亦略可見矣。初，諸臣之逮至也，魏賊使人紿左光斗曰：「爾等第不辨一言，當俾爾等生還。」於是光斗誡謂諸臣曰：「我輩留此身，異日尚可爲朝廷用，今日徒死何益？」是以諸臣無一言，然終以死。順昌實憤之，故至鎮撫司而唾駡者唯昌耳，而昌因此被刑尤烈。昌已死，逾牆而擲其尸於夾道中，巡卒撫其屍，以磁鋒割其股，血噴而生，復荷械至錦衣堂上，昌觸石碎首，血濺几案，駡魏賊不絶，復加重刑，立時殞命。使諸臣之死盡如昌，魏賊或亦爲寒心也。

『此三臣者，其清風高節，無愧於高攀龍、鄒元標，而死事之奇慘過之。死事之奇慘，諸臣多有相同，而清之至極，忠之至純，三臣似尤覺振衣千仞之上。今楊漣既已蒙謚賜祭葬，無弗兼舉，天下感國家待大臣之體不薄，而大中、順昌僅蒙贈廕而未有謚祠。臣以爲聖上御宇必有一番超常越格之典，以優忠節之士，如漣，如大中，如順昌者，方之前代則楊震、范滂之流；即求之本朝，亦海瑞、劉球之匹。此即得一人焉已足砥柱頽波，乃三人既並生於一時，而三人被禍之慘亦併集於一時，上下古今指可多屈。似應將三臣特加旌表，於贈官廕謚之外，總敕賜一祠，仍給一扁額，俾三臣生前爲第一清忠之品，死後亦邀第一褒恤之恩。且三臣臭味一同，英靈不散，其盡忠以報皇上，固不以存殁而殊，且使薄海内外知大聖人待純忠亮節，如此其殊異優崇，孰不剜腸瀝血以圖報稱？其所爲鼓舞激勸之方，猶遠出於尋常旌表萬萬也云云。初，漣争移宫時與左光斗同志，其慘死亦同，至今忠臣稱楊左云。』

嗚呼！應山之死酷矣。或曰：『閹宦，應山激之也，而釁實始於攘移宫之役，故閹得借之以爲名。』然則誰爲此言者？而爲諸附逆之小人解嘲哉！夫宫亦幸移，而功在應山耳！脱不移而有他變，罪將誰歸？閹之横也，即微應山之疏而附之者能已哉？内無張永，即欲用楊一清之智，而無可乘，是以韓文不死而應山死，死應山者，非閹也，主張三案之小人也。故吾傳應山而深惡附閹者之死應山也，尤惡夫不罪死應山者而謂應山之可以無死也。

贈都察院左都御史左光斗傳

光斗，字遺直，號滄嶼，直隷桐城人也。其爲舉業有聲，以萬曆丁未進士任中書舍人。選御史，有氣敢言，同輩推以爲前鋒。

初差巡屯，其所行屯政，畿輔賴之。督北直學，嚴絶請託，號得士。光斗性嫉惡，任事勇。神宗末年，假印冒官者衆，一疏汰至五百餘人。光熹之際，與兵科楊漣同争移宫。當是時，閣部公疏之外，光斗有特糾，禍幾不測。語在楊漣傳中。天下於是稱楊左。久之，累遷僉都御史。時朝廷有門户之目，翰林繆昌期、吏科魏大中以峭直見忌，而光斗雅與同志，故爲羣邪側目，以爲渠率，咸思攢矢。於是，刑科傅櫆借汪文言爲兵端，首攻大中與光斗。櫆最憸邪士也，時正人多在列，文言雖下獄，卒無所牽累。會楊漣攻魏忠賢二十四大罪，漣之具疏也，光斗力贊之使上，故内銜之深，又南樂奸相與内媾，於是遂發難，而逐冢卿趙南星等，因吏侍郎陳于廷會推，即於陳疏以黨比削陳，并及漣、光斗。光斗歸，禍益大作，凡善類無一得免者矣。未幾，以五虎梁夢環追論汪文言，逮治光斗、漣、大中等六人，并以他贓追治趙南星等十五人。光斗下鎮撫，坐受楊熊贓銀二萬，具全刑，與六人俱死獄中。十五人者，爲趙南星、鄧漢、毛士龍、王之宷、李若星、鄒維槤、惠世揚、繆昌期、施天德、黄龍光、徐良彦、錢士晋、熊明遇、黄正賓、盧化鼇也。趙、王、繆三人别有傳。

初，光斗之争移宫也，未嘗不言安選侍，因邪臣姚宗文造爲『選侍投繯，八妹入井』之言，於是賈繼春具揭安選侍，而楊左移宫遂爲敵國，後羣邪附逆者即借移宫殺楊左，然難於坐贓，故又入封疆一案，追比速其死。光斗死逾年，今上雪其寃，爲贈官，廕其子。

天下稱楊左並矣，而多有絀左者何歟？豈非以二十四罪之疏？左實贊之，是磯禍也。吏科給事之缺，左有所予奪其閒，是擅權也。且王魏等之通王安，交文言，而左不能引決，是比匪也。若然，則必廣微也，傅櫆也爲得策，此世之所以多亂臣賊子者，其必由此言哉！夫王安不可附矣，中心戴儲，而用以安天下之本，此豈不同符文襄之用永歟？文言之起也，誠微賤，然甘五毒而辭無他引，是烈士之行也。視之讀聖賢書，起家甲第，忍奉一閹以驅除善類，率皆誣陷致之死，嚮文言而在，必以爲狗彘不食而唾其面矣，論者乃必欲借寇兵而助之攻也，悲夫！

太子少保左都御史陳公傳

公諱于廷，字某，世所稱中湛先生，其號也。其先爲宋儒陳止齋。有倉四者，始由永嘉徙宜興湖南，故世爲宜興人。倉四五傳至衛輝丞弘甫，自湖南贅亳村，因家焉。又七傳至憲章號古愚者，以博洽聞，即公祖也，娶于邵。邵方娠而古愚死于父桐廬丞任所。邵聞，以刃刺頸，一指不死，生公父，所謂懷古先生也。有欲奪邵志者，邵抉目以矢，後以節受詔封。懷古先生長讀父書，教授里中，稱經師人師焉。娶雷夫人，有婦德，實生公。

公生之前二日，雷夫人夢天日朗霽，有虎生兩翼，上飛天門，及公生，手足結毛成麟文。五歲就外傅，屬對奇警，師大驚。時懷古先生甫游庠序，客有持羊酒賀者，聞公穎，因攜之游南山，公問：『土何色赤？』客曰：『嶽位離，故赤。』公應聲曰：『然則四嶽土何色？』客益大驚。十二通經學，十七娶張夫人，操作相莊，有梁孟風。隨補博士弟子員，時公父以居邵節母喪，極哀痛，廢舉業，公于是益發憤課藝，無間晝夜。甲午舉于鄉，夜聞報，偃臥不起，無幾微色喜，人以是卜大受器。

明年乙未成進士，授光山令。光故多大豪，行錢縉紳間爲先容以交令，民有乘公父疾獻人參者，公婉卻之，候閒即繩以法，人于是股栗，而私交之風絶。性慈惠，操下不假束濕，治獄必求其生，但無敢干以私者，俗大化之。

戊戌入覲，迂道歸省，復任則雷夫人訃聞，公號慟不欲生，水漿不入口七日，人稱純孝。服除，補秀水。秀，蓋才區也。公至，聽政之餘，專務作人，後所得士皆以文章科第顯，政成俗化猶光山焉，以治最授福建道監察御史。懷古先生移誡曰：『若起家寒素，通籍至近侍，國恩渥矣，毋沽名，毋阿徇，方克乃職。』公佩受教。時科臣汪若霖忤輔臣意外調，公抗疏論，并劾王錫爵以密揭助虐，及黨輔者趙拱極、吳有孚若而人，坐罰俸，輔臣尋罷，于是直聲震長安。冬，奉命巡河東鹺，時張忠榷晉税，爪牙吏多虎而冠，撓鹽政，公劾忠抗命不法狀，乞除去閹税及陳鹽法善後五事，詔置閹他所，公復蒐鹽羨及贖鍰易粟，飽三晉飢民，賴全活者無算。

己酉四月，京師正陽門箭樓災，公疏諫：『陛下深居已久，不復當陽，實之不存，名于何有？故天怒而百尺爲傾。』十一月，上總憲懸缺疏，力薦鄒元標、趙南星、王德完諸名德舊臣。

庚戌報命南還，途聞父疾，星馳入門，乞養乞休，俱不報，更嚴檄督之官，公卒不行。辛亥六月，懷古先生歿，公毁不欲生，居喪盡禮，如居母憂時。

乙卯服除，巡按江西。會淮藩者晋獻在上，恭世子在下，庶子常洪出而圖國，蔑令甲，增益護校，藏匿逋逃，慢吏虐民，爲南州大患。公奏洪謀不軌，置大辟，及從逆者罪有差，因覆藩宗之庶代嫡、死作生、幼冒長及詭養異姓一切爲宗蠹者，使禄無闌出，復請節贛税數萬兩，輔宗禄所不贍。又日與諸名賢砥修理學，問民閒疾苦。時湖口有潘璫榷税，桀黠害人，商民至激變。公申律令三疏，請罷税撤璫，辭義慷慨。上特可其奏，人稱爲眞御史焉。舊制，御史巡方期年代，比多不得代，故公按江西滿年，方報命歸。

已，趨按山東，詣孔廟，問禮樂器，登泰岱，作詠懷諸什寓志。時民閒傳青龍神吐火自焚，耳食者因妄讖朝事，一時以災異聞，蓋方在梃擊告變之後也，公廉得妄男子鑿空語，下禁嚴止之，作詩辨誣，譌遂息。歲饑，發贖鏹俸薪振之，所全活如三晋時。

庚申八月，晋太僕卿。

辛酉冬，入朝轉太常，佐郊廟儀。時紅丸議起，不能成獄，公慨然建大議，略云：李可灼非御醫，紅丸未審何藥，必謂誤而非，故百口難代解。即誤矣，從無誤殺人主之律，如律于父母，止有謀弒凌遲一款，更無別條減等。崔文昇、李可灼爲誤爲故，總無逃于大辟，議出獄乃定。

壬戌秋，刑部尚書王紀奉嚴旨爲民，公疏救。尋晉大理卿，治獄多平反，稱廷平。轉少司農，時宫殿土木煩興，條上鼓鑄十議，稱旨，歲得金錢數十萬，國用賴焉。

甲子晉少宰，高邑趙公向人言，冢宰不足喜，得陳公同官爲可喜耳。時逆璫魏忠賢陰賊，方挾天子作威福，公每與賢晤，語不勝憤。亡何，借山西巡撫謝應祥之推，罷司官夏嘉遇，而太宰趙公、總憲高公相繼逐去，公攝部，推部院大臣，輔臣顧秉謙面語璫所屬意某某，以利害恐公，公正色拒之，曰：『于廷知有宗社而已，遑恤有他！』疏列喬允升、馮從吾、汪應蛟上，璫怒，以所推猶高邑私人也，坐大不敬削公籍，及御史大夫之與推者，陛辭，單車就道。時楊公漣、左公光斗亦同日削，公日與並轡連吟，步屋北鹿獨宿韻以見志。蓋先是無敢與璫抗者，自公等數人首攖禍，然後忠義之士益爭奮起，至甘逮死不悔者，皆其所倡也。公歸，鍵户著書，一語不及朝政。未幾，諸君子就逮，公擬弔古十首悲之。丁卯，緹綺四出，喧傳逮公及晉陵孫公，公聞不爲動，固已甘心從諸君子地下遊矣。

戊辰，今上御極，于諸死罷者皆有簡恤，于是，言官交章稱公攖禍先而蒙恩獨後，上命起公總憲留臺，朝野胥以潞公復知諫院爲慶。己巳正月，力疾赴院，當内計，與攝南冢宰鄭司農公忠並矢，嚴黜幽之典，無失入倖免者，時謂南察爲近代未有也。太學生有鳩材爲璫祠者，頗有時名，公下獄置之法。留都倉庾久空，軍民待哺，至不能朝夕，公與司農會建太平倉，請敕各御史及各衙門，罪贖兵餉外，俱令輸穀實倉，除改折，廩庾漸滿。南御史差竣，例考聽北，公念南北各有職，若然則是長臺者守文移，漫無賢否，請先就南考，庶幾耳目近而綜核眞，御史思盡職，上報可，著爲令。冬，□騎薄都城，公首倡義，匡大司馬，簡練將卒，刻日赴援，捐俸具牛酒，享士北征者。南都風習靡麗，居官者亦多長夜挐酒遊秦淮閒，至荒厥職，公約法數章，尤勒飲遊之戒。禁臺官無妄受民詞，清城鋪淹抑，嚴寒甚暑，尤務矜恤，歲暮令出寃獄。都人感之，以南憲自海忠介後始見公，出則多焚香迎拜云。庚午，請告不允。

辛未，北總憲缺，公得副推，上特簡用，再乞骸不允，七月北上莅院。先一日，陳申大議以勵晚節疏，再疏條陳諸御史，有『不敢模棱以博渾厚，亦不掊擊以傷元氣』語，時稱爲得體。見銓輔無他語，惓惓以起用名臣，如孫淇澳慎行、惠元孺世揚、劉念臺宗周諸公爲最急。歲期，武闈更制，下監場御史獄，疏救不允。又閱月，使中貴出監户工，居左席，公袖疏將上，值曹郎金鉉首痛哭上言，公曰：『大臣不言而君言之，吾愧若矣。』

壬申三月考滿，詔加太子少保，辭不允。六月，巡鹽御史祝徽戒飭武弁，有旨著堂上官考覈具奏，公援先憲臣孫丕揚題例具覆云：『巡方按臣，煌煌代天將命，而戒飭撓于武弁，何以戢驕慢？』疏五覆不奉詔。八月，御史畢佐周亦如祝徽事仍著考覈，公堅執不阿。有尼之者，公曰：『天子置公卿輔弼之臣，徒令從諛承意，緘口如聾喑乎？且已在其位，縱愛身，奈辱朝廷何？』卒又數不奉詔，于是犯上怒，竟削籍。命下，舉朝錯愕，時論救者爲祁御史彪佳、周鐈部鑣、湯節推開遠，皆不報。嘉善錢相公方爲南宗伯，語公季子曰：『尊公白首一節，驢背兩番，此自增光史册耳。』公陛辭，即日就道，歸營草堂，額署賜『逸昭君澤』也。

癸酉，叔子水部君迎養南都，徜徉名勝，有前後歸來草。嗣歸里，足迹不入城市。甲戌感風疾，少間即强起，自删生平所著書，敘及先節母及懷古先生艱貞狀，輒兩泪也。又日究心性理諸書，即嚴寒指墮不爲輟。其季子以公病後節勞爲諫，公曰：『吾樂此不疲耳！顧一生强半宦游，而于學未得即死，何以入聖人廡下？』十一月疾再發。乙亥春，聞流賊震陵，咄嗟歎憤，顧其子曰：『此卿大夫之恥也。吾無可報國矣，汝曹勉之。』言竟安坐而逝。

公諸子多賢，長貞貽才而早夭，貞達以公任爲水部，季子貞慧負文章名節，尤有聲。先是，公父懷古先生以爲先王訓俗，家有塾，塾有田，嘗欲倣范文正意行之，公卒成其志。公所養内外孤，成就者甚多。公他無嗜好，歸來即林巒觴詠亦不數數。其寧澹，天性也，遁迹荒村，老益好學，所著定軒諸集，傳于世。

吴生曰：當癸酉秋，先生在南京時，予從其季子定生游，因得覲先生于寓屋，頎幹偉度，望之使人意失。即與語，氣温然，忘其尊貴也。視世之外示伉倨，其立朝卑疵，至不可令人見者何如哉？予猶記是時，客偶問當世賢有品者，先生歷述所知，無遺遐隱，于人之有風烈者尤不容口，其留意人材如此。當璫禍之興，先生豈意其後猶以身忤明主哉！名節重而身輕，國體重而官輕，迹其所先後歸來者，有以也，世安得盡如先生者而爲大臣也？

康氏清姑傳

姑康姓，清姑其名也。爲康紋次女，世居池州江口之清溪鎮。姑生而慧敏，寡言笑，事親極孝，紋絶憐愛之，爲簡配未偶。正德壬申，姑喪母，兄揚亦失偶，病篤，姑侍紋居，時年十六。

越明年，流賊劉七、齊彦名等由黄州濟江，舟行剽掠，沿江上下皆被其害。賊舟突泊清溪，紋聞，扶其病子揚爲避賊計，姑抱揚之嬰女隨，出門不數武，賊追及之，紋被執，賊以刃傷紋背，入膚竟寸，流血至踵，姑前跪泣而紿之曰：『吾父老，兄又病甚，盍舍之？願以身隨。』賊説，遂釋紋。紋懼姑果没於賊，欲還奪，姑急以目止之，潸然泣下，紋于是忍痛楚攜病子去。姑故徐行，度父去遠，乃解衣裹嬰于道傍，賊促行急，姑佯謂賊曰：『若欲我何往？』賊大叱曰：『女言釋女父，女以身事我，當隨去，復何辭？』姑乃笑曰：『吾惟有死而已，寧以身見辱于女邪？』賊衆强姑登舟，鄰婦女被擄者先在舟，咸呼姑曰：『來，我等皆在，毋畏也。』姑罵曰：『若廉恥喪盡，甘心從賊，胡敢招我？我身可執，頭可斷，志不可汙！』復罵賊曰：『女輩害人多矣，亡在旦夕，敢我辱邪？』遂躍投水中，賊使鈎挽之，姑聲愈厲，其黨相謂曰：『此必不能奪者也，留之軍氣不揚，莫若殺之。』賊怒，亂刃交下，姑罵不絶口，賊斷其肢爲四以死。

後賊至采石，盡縱婦之被擄者來歸，悉以其事告紋，且言姑不聽我，故遭此，視今得生還者何若？紋惟笑而不答。先是，鄰人有逃匿棘中者，亦見其死狀甚悉，賊退，始抱嬰女及姑遺裳哭報紋，紋遂覓殘骸江邊，見血聚屍傍，經日不散，與水不渾，因焚而葬之。

吳生曰：予聞清姑之名烈矣！今距其死時已百三十年，而姑之五世孫良儒從予游，乞予文傳之。予觀今之流賊，其禍蓋百倍于劉七時，而江北婦女以賊死者不可勝記，非無節烈，多泯没無聞，則姑之得傳至今，非不幸也。然賊禍之興也，隨和者多男子，而婦女往往以節死，豈天地貞氣獨鍾之婦人女子歟？夫姑之紿賊者，智脱父者孝，全嬰者仁，罵其里婦者義，而死以禮，故姑之烈而死也，與夫不可奈何而死者異。雖然，人至死則無爲多求矣，況如姑之死者乎？而予又曷能已于傳乎？

柯宜人傳

柯宜人，峽川柯氏女，而劉觀明公之配也，父柄。從父都御史相嘗見之于庭除，謂家人曰：『吾宗女德無逾此女郎。』柄仕遼東衛經歷，攜家出塞外。年十二喪母，十四歸劉。劉三世姑章存，堂上白髮旅坐，柯咸善事之，中其歡。劉氏是時家中落，觀明公兄弟惟誦詩書，又兩繼姑多旁潤，以故益貧。柯晨夕瞻奉如禮，恬然而勤婦職，裕甘旨，勿愠也。劉本服緦，親戚中表朝夕吉凶昏嫁，悉資給于觀明公，柯必萬方竭有無以助焉，終身無德色。觀明公與人和婉，而治家嗃嗃，柯事之益恭謹。公屢下第，抑鬱致疾，則理裝送之遠游，旬月而瘳。公通判處州，署青田縣，督漕船，内外斬斬無官謗，及擢養利州守乃止。公勇退而理田園，振貧乏、掩胔備櫘爲常，傾筐倒庋弗之顧。

初，柯歸劉，十年未舉子，即爲公買妾，妾十餘，卒無子，以公同産弟子城爲嗣。城就外傳，柯夜必敧枕，歷數里中盛衰、古今家國成敗。城既寢，則數數視其寒暄不輟。既旦，又誨迪之，然後起。其于所撫育諸孤女亦然，與城無異視。

天啓中，聞寧錦亂，柯語其孫廷鑾曰：『吾兒時從先參軍莅其地，守土者率賈參貂以奉内，買首級以希功，疆埸之事無一問者，那得不有今日！』崇禎己巳冬，聞諸將勤王京師，又指廷鑾曰：『吾老矣，猶見中國强盛而享餘年，然流離奔竄，若其能免乎？』尋寢疾，取附身襚服更迭著之，凡歷三月而終，何其達也！柯未嫺文史而强記，通鑑綱目書輒舉其略，善敘前言往行，以戒内外子姓，年八十眼耳神明，略不與人隔。

柯族大，從兄弟子孫凡紛争致訟之事，每以宜人片言而解，因有聞其傳訊而相化于讓者。吳生曰：古之傳列女者以德以才以學，豈特矢節然哉？以觀柯宜人，善事上，孝也；順夫子，禮也；撫孤，仁也；好行其德不計財，義也；明治亂，達死生，智也。閨房之秀，數者有一，傳矣。後之修史采焉，當以予言益信。

吾樓山兄先生生平所作傳不止此，有爲予非曾手録者。天啓死臣傳一帙，楊忠烈公漣、魏忠節公大中、周忠介公順昌、高公攀龍、萬公燝、左公光斗、周公朝瑞、袁公化中、顧公大章、李公應昇、黄公尊素、周公啓元、繆公昌期、周公宗建、劉公鐸、蘇公繼歐、丁公學乾、夏公之令、吳公裕中、王公之宷、趙忠毅公南星諸公也，附入國朝紀事本末集中，未編次。乙酉兵餘，從敗紙簡理之，僅存楊左二公傳稿耳！傳從父太學青城公稿亦逸。其爲予屬未見者，當散佚多也。劉氏族譜有柯宜人傳，予亟鈔以入焉。弟非識。

記

暫園記

非注：在城西南一百七十里。

予家秋浦萬山中，深林碧澗，所在而具。予曾祖則倚山爲廬，今歷代者四，而爲年百餘矣。山之枝獨饒，右故屋，西頗紆敞，祖委土焉。其勢隆起，望之又一山也。女貞、松柏可數百尺，蓊蔚無閒冬夏，有桂數株，皆合抱，梅數本如之。花之日，香數里，人頗稱異，然爲數百年物，無怪也。予生在別宅，此屋已出易。萬曆戊午，不戒于火，復贖此屋居之。予以奔走衣食，視家爲客，每歸而散步林中，則雜處于鷄犬糞草之閒而已。歲癸酉，予苦屢試罷第，因浩然有閉廬著書之志〔一〕。于是，隨山勢營爲園，壘而週之，園林其中，林際搆亭，對亭爲堂，亭側列舍數閒，貯所讀書，旁爲廊入，梅桂環擁，然後掃除荆棘，翦滌藴叢，而向之森挺盤曲棄置草閒者，盡爲檻楹閒物。蓋凡兩年而園成，成而自題之曰『暫』。

客謂予曰：『子築室著書，非旦暮事，意將久于其中，向使書成，則子園亦千秋百世矣，何暫也？且天未即以此園老吾子，使子遂其經營四方之志，名成身退而此園固無恙耳。前此子未爲園，而子之先人壘土植木以待之，園成而益無披折摧敗之虞。又子族多賢，子即入官〔二〕，而游涉觴詠，可使園不荒寂。又爲園在萬山中，雖易世後無豪右侵奪之患，天下有壽如子園者乎？而暫之也，何居？』

予曰：『使予誠著書乎，不必園也；果名成身退乎，不必園也。木之成毁，時也，非園之繫。族即無園，而游涉觴詠者不乏人。雖微侵奪，吾見人數代之業者寡矣，況區區一園哉？予偶念至而園成，園成而復念園可不必有也，故曰暫也。』

相公墩記

相公墩在池州東湖中，去城三里而近。南唐湯悦未第時讀書于此，故以名也。墩延廣不及十畝，隆起不過數尺。從城直視，形爲最下。然春夏水起，四周瀰淼，而墩故突其中。歲大浸，至于溢城郭，没隄梁，墩猶自若。相傳與水浮沈者，所謂地肺也，當非妄語。墩故有院，荒寂已久，萬曆間，蜀僧文石創精廬其上，至其徒有明上人如是者，益廓治之。高閣巍廊，垣階相接，又叢篠森植，環於左右，墩之勝，遂爲吾郡獨絶。

予游於墩者，二十餘年矣。歲至郡則必過，過或信宿，又假寓焉或淹至數月。嘗試月夕雨晨，登閣而望，水煙吞互，至不見涯際。指視城郭屋廬，蒼茫數點而已。及乎風日開霽，水波不興，操舟而往，縱意所之，如人在霄漢中飛行絶迹。至風起水湧，急而登岸，巨濤激于檻前，危帆指於檐隙，坐察聲勢，意恐身安，而鐘磬之音時相答也。其或水落煙寒，大雪偶作，杳無人迹，而墩如海外孤嶼，在若有若無之閒。故墩無杭西湖之豔冶，其疏澹過之；無洞庭、彭蠡之險奇，有時能極其勢。高不及培塿以上，而有雲崖石屋之幽。近在人閒，聞有至者，則足音跫然。其隆起者，大如掌耳，江天萬里，舉在眉睫。非習於墩不能知。習墩者，固無如予也。一日，明僧請曰：『子豈獨習墩乎！使天下後世知池之有墩者，終以子也。』予感其言，記之。

崇禎某年月日。

南岳看月記

東南園亭之勝，予游者十之九。予鄉多山，三吴多水，故所居在山水之閒者爲少，即有之，多以人力位置。若自據林泉之絶而幽深曠敞，常與天氣通，又去人閒不遠者，予未見也。至中秋看月，所在皆然。若特入山中，又偕良友信宿者，予生平亦以此始。

先，予聞南岳之勝，吴氏别業在焉。過宜興即擬往，定生曰待之。已，八月十四，天日空霽，定生約徒治具，自亳村拏舟行四十里，過西溪，淪漣一碧，遥映山色，如杯几閒物。至山足，復興登焉。入谷口，則澗洄徑曲，使無導者，此即桃源斷津處矣。渡藤橋，有塘可數畝，山之水所匯也。塘之上列舍數間，舍前爲溪，循溪皆逶迤修竹中。折而登，水聲淙淙，時十餘旬無雨，江河爲枯，而斯流不絶。若居常則觸激而鳴者，與谷相應，可以意狀其音勢也。益進數百步，水洄爲潭，潭上爲瀨，潭底見石，魚穿石罅，可數而得。瀨上則亂石若蹲若墜，皆水所從出。枕潭有樓，蒼崖古木交横其間，徙倚久之，輒不欲去。樓在溪之右，遵而入，有梅數百本，交枝倚榦，可謂梅野。溪左竹十餘萬竿，蔽不見天日，從此把臂入林，仰視所築舍，又出竹杪，蓋山之麓矣。舍瞰空爲廊，人皆行竹上，穿廊得門，則軒宇虚徹。遥觀兩溪，直在階下，而太湖縹緲在窗楹中，故奇絶也。所構屋不多，俯仰開蔽，曲極意態，長松列于檻間，怪石臥于松下。予與定生方踞石仰睇，而松間月影已歷亂在地矣。舍傍有小庵，僧聞客至，供茗，茗數巡，定生設酒，酒倦，復步廊間看月。聞空中有聲，似雷而非者，僧曰：『此天愁也。聞則占兵荒。』予異之。夜三鼓，倦而寢，晨興即出游林外。

予語定生曰：『世所謂園者，方百計以求其似山水，安有即山水爲園者哉？此殆爲僅見矣。』于是定生强予作詩，詩有『泉壑原生户，川原已達墀』，又有『屋從林杪出，石自檻中蹲。萬竹青雲覆，雙溪匹練明』諸語，皆實録也。而直蔽其美曰：『名節存三世，東南第一園。』以其擅有天勝，稱爲第一不虚，所謂三世名節者，吴自安節、徹如兩先生以理學氣節著名，至問卿已三世。問卿即園主人也。予與定生來游，初不使知，自予書詩壁上，始有傳之問卿者，問卿即移具至。是夜十五，予兩人看月幾達旦，擁被對談，見月色清苦殊甚，然非深山坐永不能知也。早起即理歸棹，方出谷而問卿至，至則强留之，又大治具，自晝達夜，酒閒多談義興先哲及問卿先世事。問卿曰：『子所謂第一，吾不敢知。然所謂三世者，則命之矣。所不拜子意者，有如此月。』因極歡而散。定生曰：『此佳事也，子盍記之？』

是歲次崇禎戊寅。

陳定生書畫扇記上

定生所藏扇最富，自言少時購求不遺餘力，自弘正以來，吴中賢哲墨妙亦略備矣。予展閲數次，擇其迹最眞而人品書畫皆可傳世無疑者爲記之。

沈石田西軒坐雨圖自跋爲擬王叔明筆，而徐髯仙書杜詩爲一。周東邨觀潮圖，則吴文定書玄墓詩，爲一。唐伯虎一畫，自題詩豪放，爲本集未載。三扇絶奇，生平所未一二見也。

文衡山畫扇凡十，小圖大抹，淺絳深染，春華寒林，幽潭碧嶂，無所不具，斯美備矣。書亦各體有之。而細書落花十律尤精甚。有四面非自書，則王雅宜行楷居二；周公瑕擬黄山谷者一；其一爲玉女潭圖，小楷書玉潭詩十六首者，彭隆池也。

陳白陽畫六，皆花草。其畫墨菊者，即白陽草書九日自酌詩也，書奇肆，詩亦眞率可誦。畫茉莉者，彭隆池題其上，右面書爲文徵仲梅花詩。書其水草圖者〔三〕，周公瑕；其著色茶花、水仙者，文文水。而淡墨水仙尤佳絶，有周公瑕小題，右面書者文君元發也。

仇十洲畫五，皆工緻。煎茶圖陸本仁書，觀蓮圖録、愛蓮説者爲王子卿，采菊、雪景二圖皆無書。畫碧梧修竹者，殊有筆意，書爲文三橋江南春四首，此詩蓋和倪雲林者，其卷藏洞庭許氏，吴中先哲和韻殆偏。歲壬申，予在吴門借閲之，許氏曾索題其後，今觀此扇亦頓還舊觀矣。

文文水山水圖二：一文三橋倣懷素草，一王百穀細書茉莉曲。

文五峯畫五，有無書者，有文文水書者，有王西室及王百穀書者。

陸包山畫三，有山水樓待月圖最精，文衡山有題，而楷書月賦者許高陽也。

謝樗仙畫山水者二：其一無書，其一則王麟洲書其答屠長卿歸隱七絶。王夙無臨池名，此書亦遒而有致。

錢磬室、錢滄州畫扇各三，滄州爲陸士仁書者一，公瑕書者二；磬室則一爲百穀，一爲皇甫百泉；而山水圖則王弇州書也。

陳括山水甚奇，有文衡山書。

王繼山寫臨雲臺者，則唐寧菴書荆川詩。

姚俊有歸去來圖，書歸去來辭者王百穀也。

段紫峯畫四：公瑕書其二，一王百穀，一顧霞山。

作蕉葉圖者爲周少谷，有張某書其一扇，而書畫全者居商谷也。

此皆隆萬以上人，凡畫之面五十有一，書之面四十有五，書畫兼者惟文氏父子爲多。而有畫無書者六，畫面別有題跋者亦數四。要之，皆可傳也。

近代書畫，扇不勝載，別其尤者，張苓石近二十，書者多董玄宰、孫淇澳、陳眉公。

孫文介詩扇五，其書未知于八法何如，然風骨稜稜，望而知爲端人介士也。

董宗伯畫三，皆其自書，其爲修微校書作者，題跋皆微詞，閱之可一捧腹。

米友石松柏齋圖即書松柏齋詩。

趙文度山水一，玄宰書。

項日新蘭石圖、鄒愚公寒林圖各一，李長蘅、陳百室畫者各三，張鶴澗二，多陳眉公書，范長倩書者一，黄貞父、婁子柔楷書各一，文湛持則留其楷者亦一，周仲馭二，有陽羡歌贈定生及歲暮風雪中寄定生兼問朗三者，詩佳絶。

定生以爲此豈以書畫論哉？吾傳其人耳。因與孫文諸公并珍之，扇共五十餘，書畫各半，兼工者無如董宗伯，而按其款識皆爲先宮保及定生作。宮保者，即中湛先生也。吴子曰：吾記定生諸扇而不勝今昔之感焉。今之存于記中者，其書畫不知于先賢何如？觀其扇制而精堅脆薄，其爲升降也具矣。觚不觚，觚哉！觚哉！定生其謂之何？

陳定生書畫扇記下

天下之物，其至者皆可傳也。而傳有大小，以百工技藝等之，則書畫最矣。上之有詩賦焉，彼能古文、通經史之學者，曰詩賦其小者也。而脩名節立事功者，又以博學能文爲後，則書畫爲益不足道。然而，能文章有氣節者亦往往不厭其事，而具鑑賞者且出財力購求之，豈非以其爲物清而不俗，其置此也不猶愈于積猗頓之財，蓄金谷之聲伎哉？

定生今所稱能古文、通經史之學者也，于詩賦且薄而不道，即當世事功節義宜無他屬者，而顧好此，何歟？定生曰：『子且記之，吾將盡散諸扇，扇散而子記存，扇猶之予有也。』定生之言如此，定生豈好是者哉？予以爲物之聚也以好，亦不以其好而不散。予少時嘗有是癖，一散于火。已，稍購聚之，其精者至挾之以游，而又散于盜。予之散不以不好，定生即不好，又能使其盡散哉？物之至者必傳，扇之爲定生有也，無假予記也。其聚散有數，則亦不繫于定生之好不好，定生蓋求其大者，而小者即不棄可矣。

崇禎十一年八月某日。

高田茶記

高田者，予所居之里名也。先世無植茶者，有之自萬曆末年始。然不過閒見于園圃中，時采以啜新而已。十餘年來，種者數家，然合里計之，茶之草以石量者不盈十，焙而成茶者觔不及百，實佳物也。焙茶同徽法，然色清質厚而氣芬，則過徽遠甚，其土性異邪。

天下好茶者無如予，自晨至夜，啜不去口，無則悶不能開懷抱，食飲俱無味。家人嘗私爲記大約，日用炭六斤，水二十升，而茶至二兩。予蓄茶自遠近有名者皆具，嘗亦自爲品目。岕宜甚暑，宜獨坐，宜苦吟，積想之餘；虎邱宜偶嘗；松蘿宜對客及寐起；六安宜飯後；天池、龍井宜尋常應酬。而予里者無不宜，又最宜殿，若先以是而前諸茶繼之，皆可廢矣。其茶至精者，值不及諸方半，或三之一，或五之一，而俗或疑其太昂，耀聞疑覯，茶亦有之，無怪也。

茶之名不出予邑，豈茶不幸生予里？予亦不願里有茶名也，然獨怪今之所取于茶者名焉爾矣，則茶將終不以予里名哉！

校記

〔一〕閉　暫園本作『閫』。

〔二〕入官　續修本作『久客』。

〔三〕書其　原作『其畫』，據禁燬本改。

樓山堂集卷十九

檄

爲翟義討王莽檄

予讀漢書，至東平太守翟義舉兵討莽，移檄郡國，未嘗不壯而義之。惜班史未載其檄，故代爲補之。若莽篡後罪惡，則後漢書隗檄爲詳。此故條其居攝以前耳，中閒禹光云云，私謂討賊者當如是，因附以見。檄曰：

東郡太守翟義謹奉聞漢諸侯王、大臣、將相及天下郡國守令、三輔豪傑：反賊王莽倚外氏之曲庇，席四父之餘寵，匿情盜名，飾詐躐位，傾邪背亂，文以術數。始者希奸大柄，謬爲遜謹。及至秉政，奮其狂狡，脅持上下，暴諸父之惡，傅致諸外屬之罪，欺惑太后，誣蔽愚民。本危社稷，反滅其愧怍。受安漢公之號，畏天下議己，先涕泣固讓，以蒙當世。其腹心爪牙之人諂頌功德，妄言瑞應。莽復不已，賂遺絶域，益爲誑耀，進女后以增固其威重，而居攝之勢成矣。計莽階亂之事，方故萬端，莫能殫白。

夫周公大聖也，其徒頌之，而莽安之，聞者掩口，謂莽一騃豎子耳，何圖包藏禍心，毒弑主上，謀立繈褓，僞附符命，南面踐祚，稱假皇帝？此豈待不利孺子然後知其潛移宗社哉？

夫天下，高皇帝之天下也，起徒步而奮之，掃滅暴秦，驅除强楚，皇天眷命，宜以世世，加文景積累之仁，武帝征伐之烈，孝宣之後，皇嗣屢絶，而天命所佑，海内晏如，漢之爲漢，歷可知矣。中閒雖以諸吕之極勢，吴楚之叛逆，霍上之邪謀，然皆不旋踵而滅，未有身比上聖，竊據大寶，又制辭背謬，動作乖張，滅非劉不王之約，愚公卿如兒童，弄社稷如反掌，公然弑主，如莽之極者也。

夫君臣之義無所逃矣，父子之閒亦骨肉天性。始者矯情殺其中子，及隔絶衛氏，長子宇懷忠悟莽，反遭屠殺。今上春秋方富，莽酖弑之，以幽其女后。夫居攝本謀也，而故爲讓避；弑逆顯僇也，而安頌功德。自生民以來，比奸較惡，如莽者不可有二。

緣其所起，張禹以名儒帝師，希合固寵，植立王氏之根株，今已前死，不足辱誅。孔光聖人之裔，又名臣子，及爲丞相，苟容貪位，頌莽功德，其承望風旨，無所不至。劉歆以經術著名，叛父竄經，代典文章，凡莽書告誣亂之詞疑皆出其手。此二子者，辱先聖，羞宗社，恥儒士，春秋盾不討賊，書爲弑君，二子讀書而未之聞，顧乃黨助大逆，罪與莽比哉！其餘豐邯、平晏、孫建、陳崇之徒以材能幸莽，皆罪在不赦。

夫朱虚侯年二十耳，又侍中少與，猶能激發勇義，首誅諸吕。條侯爲絳侯之子，當吳楚有天下之半，直乘傳誅夷之。今莽惡比前，浮以萬萬，而强劫之勢曾未逮半，義父身爲漢相，世受國恩，誼與莽不並世立。義身典大郡，勢得自爲，加之宗室抱憤，人思漢德。向者頌莽之徒直其要結之亂民耳，今宜曉然共見大惡。東平王爲漢親屬，大統未絶，明德宜嗣，義與王傅蘇隆、中尉皋丹共立爲帝，義受敕爲大司馬柱天大將軍，勒車騎，材官士，郡中勇敢共數十萬，舉兵而西，討不當攝者，反正乘輿，湔滌宗廟，以此誅莽，宜如拉朽。但恐莽計窮勢蹙，又與其黨與造飾言語迷亂天下，曲釋己惡，冀或見免，今告天下，宜無聽莽，所在毋爲莽城守。其故漢將吏斬莽首獻者封萬户，殺逆黨孔光以下一人封侯勿絶。其爲莽愚惑罣誤者赦其前罪，殺賊自效。前安衆侯與其相張紹首舉大義，爲宗室倡。紹兄竦詣闕歸莽，遭其殘虐，深可哀痛。竦反受封，爲長安所譏刺，其殺竦者亦爵關内侯。夫弑主，大逆也，誅逆，大順也。舍順從逆，兵加其頸，生爲大僇，死爲愚鬼。苟識理勢，知必不然。天下其共聽義言。毋忽！

公討從賊逆臣檄 甲申六月

竊見三月十九日之禍，古今未有之痛也。以先帝之焦勞圖治十有七年，嚮使在位之人不相率欺罔，如先帝遺詔所云，天下事何遂至此？即使寇至門庭，先事有備，則石城百仞，帶甲十萬，何至不崇朝而即下？故諸臣之誤國，無論死與不死，罪皆不能贖。然事已至此，亦惟有以死抗賊，從先帝于地下，庶足蓋愆雪過，用以激發未死者戴天不共之心，而明讀書者委贄無二之義，奈何君死社稷，臣不死君，又反顔事仇？如今先後所傳某某輩，言之令人齒頰爲汙，然亦安可不臚列姓名，以聲其罪于天下也？

先是聞都城不守，聖人蒙難，憤泣之餘，即共以所知諸臣私相較量。如某某者必死，今果死矣；某某者必不死，果不死矣；又有某某者，人咸疑之，或謂此屬即立名非眞，素無血性，然既竊時譽，又掇巍科，且其中有世受國恩及家傳忠孝者，事急之際或多求死不得，未必即甘心臣虜，而今竟何如也？叔夜之子頸血不濺，豫州之兒抽刃可爲。李陵隤其家聲，王沈豈非名士？況北朝不次之擢，不過假爲勸進之階，而南宫有聲之人亦復矜其美新之作？又有其人，雖在下中，而食禄多年，受恩深厚，乃相率投名，争先朝賀。且其貪者爲賊所鄙，至于拷死。而黠者已受僞牒之任，始逃入里門。諸如此輩，所謂負朝廷，羞先聖，恥辱儒生，殆豬狗不食其餘矣。而迺有出疏以爲之地，出揭以揚其波者。夫人生平流覽史傳，見事有類此，宜腐心切齒，恨不推刃九泉，而況生同斯世，親戴國仇，見其所爲，忍但付之浩歎欲絶而已哉？

嗚呼！本朝以制舉取士，而制舉之報如彼；士人以文章進身，而文章之效若此：此眞可使起家科第者反而自憎其冠裳，廁身宫牆者退而欲焚其筆研！故願凡今綴文之士盡以此曹爲戒，感激同讎，申明大義，從南國賢公卿大夫之後，誓掃賊氛，共雪國恥，敗朱泚于奉天，僇黄巢於虎谷。然後執源休、陳希烈之類而剉其屍，數崔璆、皮日休之倫而拔其舌，用以成今上中興之盛治，且仰慰先帝在天之靈，而答聖祖列宗數百年養士之報，庶幾我輩不爲虚生，而死忠者亦不爲徒死矣。謹布從逆姓名于後，與天下共誅之。

近又有爲從逆解嘲者，借名三學，實皆一邑之人。偷籍四方，皆絶不相聞之士，尤爲可恨。幷附公糾。

客問

國家之難，發於戊午，而迄於甲申。傲始漸而不知所竟，悲極勢而忘其由致，是以客疑而問也。予懼今不晰，而使後之考者貿所衷焉，援所信以答之。

原　君

客曰：『古有君明而國亡者乎？』

予曰：『烏有是哉！夫主貴明而忌察。察則傷明也，故多恃，恃而莫予抗也，于是下務爲蔽匿，則生疑，疑而莫予當也，于是上益務夫操束，則滋擾，卒于法不必信，用違其才，朝出令而夕責成，前見賢而後獲罪，奸雄適以藉資，庸下趨之仆負。譬之木心已蠹，而枝葉尚在，方以爲此翹然者可資棟梁而假廕庇也，詎知大風過而幹摧根拔，遂已全無木哉！』

客曰：『是則然矣。然以先帝之憂勤猶無救覆亡，則豈有荒暗淫虐者而足乂安保世乎？』

予曰：『崇替者運也，廢興者數也。天之所去，誰能留之？且夫以昌、啓之末運而承閹禍潰決之餘，丞輔覆餗，列職負乘，獨恃此一人者兢唐業虞，挈此將羸極敝者以纍存枿枝于十七年之久，嚮令宣明異地，而肅代異時，彼其雄姿英度豈難揚建武之烈而承業貞觀？又令建安、貞元諸君居崇禎之一日，方且視蔭不及，其不爲懷、愍、徽、欽之事者幾何？又豈能毅然身死社稷，其風烈足以視二帝三王而無愧哉！是故國不幸而亡也，非主明而亡也，然而吾君非亡國者也。』

客曰：『子之言也信。』

原相

客曰：『安危視所任，任孰重于相哉？崇禎十七年所置相幾五十人，豈無賢者？而任不專，專不久，豈無專且久者？而益不治，其謂之何？』

予曰：『昌啓閒相，予不忍道之。即崇禎時謂之無一相可矣，何謂數十人哉？夫非翰林不得入内閣，此制也。創于守制之不得人，于是擇之諸卿而亦失故事。閣臣敗，鮮極刑者。及以極刑懲之，而敗有甚焉。即閣臣鮮有墨敗者，于是拜自廉吏，而敗又有甚于其墨者。凡此皆數十人之爲也。嚮令得一人焉，天下安至是？且夫此數十人者豈不巍然相君哉？十七年非久遠也，而今舉其名者少；亦非不多名人也，而能舉其事者少。是故無問賢否，而任不專，專不久，吾無責焉矣。任專且久而不治，又致覆亡焉，使不臚其奸貪，數其欺罔，以示戒于天下萬世，則聽過信失，罪將專自上乎？夫蒲州豈非君子哉？先帝初立即召之，天下方望其風采，而不能使人主信且憚者，則道不足而術疏也。于是，烏程以矯行愎而見謂清忠，陽羨以柔濟貪而舞其機用，武陵資悍以兵敗而計窮，韓城意忌卒讒行而身死，此數人者，方其人主信之，同列下之，天下士大夫附之，所謂專且久者是也，挾全盛之餘資，負英主之方嚮，豈難强國庇民，創弊夷患？而乃强敵在門，重寶入室，封疆日蹙，門戸牢持。迹烏程之八年，藴崇滔天之大變。武陵臨戎，遽增餉至七百餘萬，用兵無絲毫功，豈惟藩國覆，巨寇張，驕鎮叛，而大勢亦自是不支矣。韓城未窮厥慝，卒蒙惡聲。而陽羨再召，則惘然自以爲姚宋而不疑，方其起廢籍，蠲積逋，撤内緝，出久繫，探懷納説，捷若轉圜，豈不亦救時雅望哉？而牢籠翕張，以恩爲市，如京師大賈，所居積轉販傾天下，天下廉恥益以墮壞。于是，使人主切齒，以爲人臣無一可信，故一切按誅而國家之事去矣。嗚呼！則將焉用彼相哉？其餘所置相，若居傳舍，都無所輕重，即彈射亦多非其實，予故不備論。論其足以風者，則江夏、吴橋爲有餘烈矣。彼有甫釋褐而大拜，拜即遇難不能死，又以賂受拷，行若犬彘，而固向者所云相君也。

客曰：『若然，誠子所謂無一相焉可矣。』

烏程者温體仁，陽羨爲周延儒，韓城薛國觀，武陵楊嗣昌，江夏賀逢聖，吴橋范景文，蒲州則韓爌也。他所云賢者，長山劉鴻儒、華亭錢龍錫、香山何吾騶、長洲文震孟、嘉善錢士升，皆在事日淺，又罷且死，故不及。

原將

客曰：『語有之，天下危，注意將。今從戎者徧天下，而儼然稱方鎮者有人矣，曾何救于危？又益亂焉，果將非其人耶？抑不可以成敗論也？』

予曰：『將何易言哉！今武臣之有總有副者，將也；文臣之爲撫爲督，即身爲大帥，而將將者也。武以材勇跳盪于疆埸，文以方略發縱于帷幄，如是曰將也。然如是者自萬曆戊午以至于今，廟堂之所擠掇與夫天下士大夫所推轂，信其必能有成者不知幾十百人，而卒不得一當，何也？

予嘗妄論之，以爲國家所置將名焉耳。其武者以賂升，而文者以資轉。其急也，以資轉者投之死地，則皆用其所忌。以賂升者冀幸其用命，則一切不受節制，以縱之使驕，彼始而養賊自重，已即自爲賊，而兵又甚于賊。其爲撫督者即大半死于敵，死于法，不則旋罷去，此無言功效足紀，即求一首領全者不可得。蓋將不知兵，從古來未有若今之甚者。且將之知兵，豈必久歷行陣？固亦有天性而不可强。而今皆起于賂，拘于資，以死擠，而以驕敗之，無論材本下中，即挈四者以求知兵之士，能乎？

然則將亦不幸而生于今世耳。何也？誠使遵稟于廟算之既定，而又不至肘掣于樞部之受成，一如宣帝魏相之任平羌，憲宗裴度之規淮蔡，毋信誕詞，毋倖速效，毋監軍容，毋易將丁臨敵，毋以瑕釁而生疑，毋玩之使不可制，則國家之敗何遽至是？是故袁崇焕之誅，五年平遼之對誤之也；楊嗣昌之死，八月滅賊之期促之也。有高啓潛之分道，而後死象昇于賈莊；有張若麒之督戰，而後失承疇于關外。信熊文燦之招降，致賊獻不復可制；勒孫傳廷出關外，而後宗社隨之。彼市城畔弁，單騎可縛，自馬士英誇大其捷，報賞逾分，卒留江東之禍。此數人者，方其以名見推，或急而相求，豈不以爲能勝任而愉快？而違器爽分，一敗塗地。即夙號能戰如左帥者，豈不足以憚敵？自襄陽違誤之後，諸將遂不稟奉，至朱仙戰敗，卒于不振，而亂卒流毒遂爲天下切齒。忠勇如黄得功，又鬱鬱未展其志氣，而其他未受一級之勳，濫受五等之爵，此其智詘遂至此哉！則亦所以御之者未盡也。故今之將無足比數于世，或亦不幸而生于今之世也。』

原用兵

客曰：『將不知兵，以卒予敵，固然。然國家用兵三十年，無論不得兵，而坐消轉輸，行肆淫掠，其害又甚于賊，此何也？』

予曰：『其害有三：增兵、調兵、降兵，此三者敗天下之物也。

『夫自將不知兵，于是推一帥焉，輒請增兵，兵增而餉亦增。又特設督餉大臣及司屬以治之，其數幾三倍于原額，而有司徵納之耗羡，堂司移節之經費，舍丞提解之騷驛，不與焉。水旱盜賊之連年，蠲貸不聞，督責日急，天下堪之乎？是故自熊廷弼增遼餉七百萬，行二十餘年，而楊嗣昌又增練餉七百餘萬，各方鄉勇城守等費又私增至數百萬，而國遂以隨之，則增兵之禍也。

『自將不知兵，于是一方敗衄，輒行調募：中原盜熾，則調京邊之兵；京師告急，又調各省守剿之兵。黔人則思用黔；楚人則思用楚。浙閩之水卒，滇粵之土司，無所不調，所至又無不糜爛。言事者方以此爲得計。此調兵之禍也。

『自將不知兵，于是剿功未著而撫議先行。夫不創而撫之，賊終賊也，其賊帥益縱之以自張，何知紀律？急則叛耳，何知戰鬬？掠則勇耳。故自左良玉渡江之後，江南已無完邑；白高傑渡河之後，河南北卒無遺民：則降兵之禍也。

『夫三者足以敗國如此，當事者迄于亡而不悟，可謂世有人哉！吾嘗以兵雖大事，要之亦明白可見，未有不論强弱而但務多其數。夫弱兵、客兵與新募之兵多，益爲累，此不但智者而知之也。吾戰勝而賊降，則吾重而降者可爲我用，吾本弱而借撫者以爲重，則吾爲彼用而吾兵皆賊矣，又安能殺賊？至于人情不甚相遠也。今使中人之家有十金之産，誰肯遠出應募而爲兵？其應者必其惰而不足用者也，況又使之閒關跋涉，此未戰而氣已消矣，又安能得其死力？獨怪癸未、甲申之際寇在門庭，而言事者一募兵西粵，一募兵浙東，蒙不次之擢，而盈廷未有折其謬者，是故行未至路而京師陷矣。由此言之，謂世無一知兵之人可也。』

原亂

客曰：『今夫亡國家者，賊也。或有言賊非能亡國，而廟堂之議滅賊與封疆之任殺賊者自亡之。其説可得聞乎？』

予曰：『其説亦著于吾所謂三者之禍矣，而其原由于議多而任雜。蓋議多則足以撓任，而任雜益足以招議。于是，有薦未乾墨而射已盈章者，亦有功垂眉睫而節移千里者，甚則擠所惡而强以所不堪，甘敗利禍用自幸其言之中者，凡此皆議之爲也。至任則如治亂絲，卒于糾結不可理，則委而棄之而已。何也？夫邊方，最急者也。自甲科擇善地，則邊缺守令盡置疲癃，所謂適足以葬矣。監司巡撫，以才推者也。今用兵之地，黠者以破甑轉身，鈍者以孤踪授命。事益不效則益務多其員，有監，有撫，有督，有理。而又有文武之相格，以呼吸異勢者。而文移曲折，非請命隔屬，則待發旬時。至其操束有司，莫知從適，則下之方故益不可言。迨其後也，創多員之不效，則愈欲收之于他端，營進殊途，蒙擢非次。賊已至門庭，而京東西開屯之官，江嶺海募兵之使，方相望于道也。利不盈眥，禍滿于世，豈非皆任者之過哉？

『當賊之初起也，廟堂之上簡一渤海、朝歌之令，滅之而有餘。迨其後也，誠懲前事之失，寧議而任，無任而議；又寧難于任，無易于議；則不過用一二巡撫，數十員守令，厚之以事權，而寬之以期責，無召客兵，無逐流轉，而一切盡罷監臨督理之官及驕惰不用命之總兵，則天下之禍何遂至是？吾故曰：賊非能亡國，而滅賊者自亡之，非過也。雖然，害生有基。國家自黨禍興，歷五十年而後社稷隨之，故前此任議之分，皆此屬爲之也。譬禦盜之家，謹捍内室而堂以外置而不問，于是不盡亡其家不止。嗚呼！近日門户之禍何以異此？此亦後之有國者所當深鑒也。』

對

令文士試騎射對

崇禎九年，御史有言，吏不知兵，請令文士得習騎射，因詔提學官試士，及春秋兩榜非兼通騎射者不舉。諸吏士多言不便者。臣因覽吾邱壽王禁民毋得挾弓矢對，因擬其詞。

臣聞射爲六藝之一〔一〕，古者文士所習，非獨以厲武備患也。懸之始生以示有事，行之澤宮以觀有德。及至後世，儒術衰微，士無兼學；選舉之途雜，仕進之路分；兵革日煩，文武異用。而行師克捷多資馬力，于是騎射之制，專以精簡武科，文士不與焉。文士閒有習者，以非制所在，故不精。見由此起家者曾無益于勝敗〔二〕，又其技易習，而邊徼之士伍，官府之隸卒，率以能是故著籍。于是庠序之士益鄙棄其事而不問，非盡由天性，以國之興亡、兵之强弱，固不係此。即號爲材武通兵者，重謀畫而簡技能，知其不足恃也。

今陛下憤虜未大創，盜賊日多，破資格，廣選舉，厲威武，誅怯懦，督撫諸臣時賜上方，總兵之官日加禮數，至與文臣等又加意武舉，益進伎勇，然而亡失愈甚。功效陵遲者，積弱之氣未能卒復，文武吏士欺蒙牽制之罪，非士不習騎射之過也。語曰：『以書御者，不盡馬之情。』則能執弓乘馬者，非即知兵者也。高皇帝嘗詔郡國生員習射，又嘗於士策名之後，試以騎射書算五事，未幾輒罷，知不能兼也。國家留計邊務，所置經督，必以文臣，貴方略也。臣見先朝之臣有以兵名者矣，未聞騎射之必優也。且以此爲試者，欲文士由此進取，騎射之進取已有科，然而不效者，武試之兼策論爲已龐也。臣恐武人試文而將業不知兵，文士又以試武而蹈覆轍，是混法制而益貿士趨也。江東地既少馬，士之貧者不能具弓矢，又安得良馬而日習之？竊以爲無益于戰勝，亂祖宗之典，使學者不得精專其業，大不便，惟陛下罷其議，天下幸甚！

書後

書姚孝子傳後

嗟乎！仲宣雖孝，豈不以子雲哉？顧子雲語予，則謂予非爲仲宣也。仲宣所以祈死而得者，母也。母非一人之母，則仲宣代母者，母也即兄也。夫仲宣以死代兄，而子雲不能以生報弟，無論子雲死無以見仲宣，其得生而見仲宣所代者，此誰爲爲之也？故仲宣雖孝，以子雲著。仲宣蓋不幸而以孝聞者也。今子雲猶幸而以孝名其弟，此爲足畢子雲之事哉！子雲事尤有仲宣所不能代者，吾方恃子雲代仲宣，用以全仲宣所代之意，而後仲宣爲眞足以死，則仲宣又幸而先以孝聞者矣。嗚呼！爲仲宣兄者難哉！

諸傳記言仲宣事頗悉，要皆以子雲信仲宣，予獨因仲宣益有信子雲者，非獨以其能不朽仲宣也，夫仲宣則固已不朽矣！

題交游書牘手卷後

予雖未登仕籍，然亦嘗竊浮聲，又嘗好言當世之務，于是與予游者，皆名人傑士及公卿大夫，賢而有度略者也。書之往來最多，一月所積或至一簏。積至數年，都無置處，因而散失者多矣。暇日稍一整理，因簡予所交最暱及素所嚴事心服者，得三十餘人手書，中間有多至十餘章及數十幅者。

其所與書或上論往古，近稱當世；又或憫時病俗，談道論文；亦或寄意風騷，敘傷寥闊。其人意思弘放，草筆淋漓；若雅念端謹，則蠅頭可數。間有代書者，然其文實佳，則亦存之。予于是加詮次焉，裝潢爲一卷，置之几上，時一展翫，有如面談，雖其人之精神意氣可彷彿見之。

嗟乎！此書牘往還曾幾何年，而其中升沈得失，離合聚散，已多可感者，況後此數年或數十年，或傳之子孫，覽而追念當時情事，其爲感悼當有甚焉者矣！予擬此後三年爲一卷，則未知一生當積幾許卷也？

崇禎十一年月日。

書王弇州外集後

元美之言曰：『子長不絶也，史記絶矣。即後世而有子長，亦不能成史記。近代官師郡邑，其名不雅馴，章奏、簡牘、賦頌之類，鮮足裒者。』予以爲此言非也。後世子長絶耳，史記豈絶哉？

史記之佳，豈以京師郡邑之名、章奏簡牘之詞而佳乎？果有子長，不必以今之京師爲長安也，不必以保眞諸府爲弘農、馮翊也，不必以今之内閣爲丞相，以左都御史爲御史大夫也。無班馬之賦頌則缺之，無誼錯之章奏則擇之，且東漢之京師官名非盡改也，其能爲賦頌章奏者非乏也，而范史不及馬遷，抑又何哉？

夫製錦者釋機杼之拙而罪絲，搆屋者寬斧斤之不能而責木，當不其然。元美亦幸不爲史耳，假使爲史，必將飾其不如史記者，而斤斤焉以求肖史記。夫爲明之史，而尺尺寸寸惟漢之肖，烏在其史之足信乎？無怪乎元美之于詩文，見一能綴古詞者，便以爲兩司馬復出矣，嗚呼！元美之言非矣。乃有職號爲史者，求能舉史記之詞焉者則鮮，則史乎史乎，吾未知此事果安屬也？

書箋弟篆刻圖後 非注：此崇禎甲申作。非原名箋。

刻印一技耳，然非窮六書之藴，究秦漢以來所留傳之玉璽銅章，不能得此中之髣髴，故雖技也，而理寓焉。

往予尚在明昧閒，後得雲閒顧氏印藪原本觀之，乃知其理。近又得南京俞光禄藏印與山東王副戎所藏者，通觀之，而識世人所刻皆未合，益歎古今之不相及也。譬之學書，終日臨摹墨本，而未見眞迹，卒不知古人用筆之意耳。文壽承、何雪漁兩家之作，予俱有藏者，亦頗能辨之。而何氏弟子如杭州之顧、新安之陳，論刀法精甚，考其篆，每與古人離。彼古人天鏤神劃自有不易者在，而今反以用意失之，故知技也而進乎道，則能精其理者爲深遠矣。

予弟筵詩文之餘私嘗作此，與予談輒出意表，又好學不倦，一準于六書之義，非是者不苟以己意屈曲也。奏刀砉然，動與古合，即所爲予刻數印，自成大家，固必傳之技也，予篋中曩所給用者多可廢。嗟乎！伯宗謂當今此事舍嘉賓誰歸？其信然夫！

題圓通菴額後

劉世珩謹補。

十八尊阿羅漢之相而新之，予謂上人曰：『何爲其難如此？』上人曰：『無難也。世自有證羅漢果者，而特假手於予，予非能莊嚴羅漢也，羅漢自莊嚴，世自莊嚴羅漢而已。』予得嘉其言而爲書之。

右題額縣人李錫功郁録存，章敏齋學文轉録見寄。菴在郡城之北，已毀於兵。先生文章雖一鱗片甲，皆當珍之。因存先生之文，而此菴亦永存矣。縣後生劉世珩謹注。

書事

杭州書某孝廉事

崇禎丁丑七月，予自嚴江抵杭州，暫寓湖舫。見湖中有坐樓船者〔三〕，僕從輿蓋甚盛，心異之。客有過予者，予問爲誰，客曰此某孝廉也，爲司府及關使者重客，干請所得數千金，語次，爲歎羨久之。有頃，船主人知旁舟爲予，即持刺通謁，視其刺則猶制中也。過予舟，所隨僕六七人皆衣青紗白裹，半爲執手帨及麈箑者。主人衣素縐紗，至巾襪皆然。語移時，鄙穢不足聽，別去。

客視予有傲色，問曰：『子豈有不足於孝廉者乎？』

予曰：『天下有不孝不廉如斯人者哉？』

客曰：『孝廉者其應得之名也，子以實求〔四〕，固宜見輕耳。』

予曰：『客以此名爲應有乎？夫孝廉者，古取士之一，如所謂賢良方正及漢末經明行修者皆是，今之世未聞以此取人也。士以制義起家，閲三年，有春、秋二試，別以鄉、會之目，雋于會試者曰甲榜，則舉于鄉者宜別之以乙矣，即質言之亦宜曰鄉舉耳。而今概稱曰孝廉，於義則無取，於制則悖。舉世相循，莫有知其非者，毋怪乎斯人也而有斯名也！予何爲不簡賤哉？』

客曰：『若然，則豈獨孝廉者非也？府而曰太守，州而曰刺史，副使曰觀察，布政曰方伯，等而上之，及于公卿，其見于稱謂者皆非也，何獨孝廉？』

予曰：『然。使世皆因名求實，則天下無實而有名者，當亦有反而自悔者矣，況又即其名而非者哉？』

客喜曰：『吾乃今知名之不可苟也，子曷書其事以使世共觀之？』

虎邱書禪僧講經事

禪學吾不知也，然見士人之好禪者，亦未嘗加詆，獨於聚衆講經，以爲此敗風化而兆亂端，非獨排斥不遺餘力，亦嘗以所在不能禁絶爲恨。

崇禎己巳，□薄都城，此不獨卿大夫之恥，而敷天同憤者也。以南京根本重地，未聞綢繆兵食，而延江西法師某講經于南門，聽者數十萬人，男女夾雜，至不忍言。于是勳臣爲之倡率，御史爲之護持，祠郎爲之贊導，此其勢之傾動何如哉！予聞之扼腕，謂使身爲執法之官，必先置僧于理，而後露章劾諸在事之人，不獨維風，實以防亂。即使天下有深明佛法者，必不以予此舉爲過也。

甲戌過杭州，聞事有類于南京者，士夫顛倒殆有甚焉，予趨而避之。

丁丑寓虎邱，適有兹役，予同舍弟筵往觀，僧俗各半，而婦女尤多，至繞臺攀座無非是者，其耳目眩亂，使人見之欲嘔，而講者之高下，姑置不論。嗚呼！此又無問風化矣，其以穢褻佛法有甚于此哉？還念嚮者二事亦大略可覩耳。

夫愚民不足道，獨怪士大夫當多事之日，豈無職業？而遑盡心于此！即儒者讀孔孟之書，初未聞于師友質疑問難，有所發明，而學爲科舉之文者，于一先生之業尚多漏而弗精，乃于此茫無有得者而隨俗跪拜，冀有徹悟，豈不悖哉？書此以使世之好禪學者覽而有所感焉。

書木末亭酒閒語

崇禎丙子秋月，尚寶卿徐公虞求招予與張子爾公飲于方正學先生祠堂中。旁即所謂木末亭也。浙有沈某者亦在坐。

予與徐公縱横談天下事甚悉。時北京方有兵警，徐公曰：『今安得有于少保其人者？』予曰：『于公功雖在社稷，然某生平所不足者，易儲事少一争耳。』公曰：『當以功恕過。』予曰：『我輩論事，政宜責備賢者。』公曰：『然。』蓋予與公先論江陵、太倉併及嘉靖議禮、萬曆國本事，多所指摘，故厚求少保耳。忽沈某曰：『君言非也。以當日事勢論之，儲不得不易。使少保争之，何爲少保乎？』予因以大義言之，爾公是時佐予辨甚力，沈益刺刺不休。予因起謂徐公曰：『是不過强作解事者，然若輩萬一以文字取富貴，其意將何所不至？且公亦安得有如此客哉？』于是遂罷酒而散。

翌日，徐公柬予曰：『酒閒小論，遂同殿上之争。不有惡客，烏聞正論？』張子曰：『其斯爲吴子哉！』予答曰：『予過矣！予過矣！然予雖斫頭陷胸，安能如客之云云者哉？』

説

賣榴説

癸亥十月，予在郡中，偶從市見賣榴者。榴鉅如斗，計一榴可當土産者五六許，往在南都亦見之，計尚小是之二三也。予質所來，則曰洞庭。洞庭蘇産也。旁有人曰此河南種，然賣者操吴音，其爲蘇物無疑。問：『一榴幾錢？』則曰：『三十文。』予曰：『何昂其直若是？』顧謂僕取其榴四而半償之，賣者去，不答。僕追之還，强其必賣，然增錢不滿三，遂爭。予呼僕曰：『與之。此欲歸遺太孺人者，使驚爲目所未見，手掐皮而數其實，博慈顏一快也，豈重數錢哉？』予固作鄉語也，賣者聽之，若解若疑，顧其色和矣，問僕曰：『若所言云何？』僕再理予説，賣者曰：『異哉！予鬻是久矣，未聞有念母者，信是，予豈計直哉？』敬奉五榴置錢而去。予趨僕償之，蓋相讓久而後留其半，問其姓名又不答，後予迹之不可得，儻所謂榴隱者非邪？夫予以懷橘一念，得異人于市井間，幸矣！即使果常人也，然其言誠有可感者，因作賣榴説。

祭文

祭周仲馭文一

乙酉五月二十三日，從山中得邑子劉廷鑾書，謂予友周仲馭先生于四月初八勒死獄中，予聞即爲位哭之。

先是甲申八月，先生被逮，遣急足報予。予立起赴其難，居白下一月。貴人銜之，使大金吾諭意，趨予出京。予走獄中別先生，先生飯予，談笑甚歡，良久將去，先生泣，予亦泣。予慰先生曰：『無自苦，今二患甚急，不久獄自解。』先生曰：『二患急，恐予益急耳。』嗚呼！詎知此語遂成讖也？

初，先生以禮部郎奉使至南京，聞三月十九之變，時南工部主事周鼎瀚痛哭將投河，先生持之泣，遂歸臥句容山中。忌者謂先生意欲迎立疏藩，以事不成而哭，其不起者不欲爲之臣也，當事聞而憾之。及馬相援起大鋮，欲以次第翻逆案，修要典，舉朝號爲君子者爭之，而街市又徧布歌謡，有殺馬阮之語，忌者又謂先生實使之，二人恨切齒。然高密爭時出倉卒，先生原未知，而諸謡至事後先生猶未聞也。于是馬阮謀曰：『不逐東林諸臣則案不可翻，不殺仲馭一人則東林不盡，不根究迎立疏藩之謀則殺仲馭爲無名。』于是，士英首劾從賊者，而以仲馭爲周鍾兄，法當從坐。大鋮又自爲疏，購無賴子上之，則謂仲馭爲興化居停，爲山陰屬草，又引先帝時建德主察，所擠仆皆出仲馭意，而一時附奸及奇貨仲馭者，如張明弼、曹宗璠、羅萬爵及其兄周銓、舉人虞植等先後論劾，以驗成其罪。予謂先生曰：『盍辯乎？』先生曰：『無益。雖然，知予者子也，子辯亦無益。』予益心悲之。于是移書袁州，大略謂以鍾相坐，則羊舌之禍不及叔向，王敦之惡可原茂弘。又移書東平，假如興化亡命，而仲馭藏匿，天下後世猶當誦其高誼，況無罪避亂之大臣，投而拒之，此必非人類，今忍以此加之罪乎？山陰與仲馭雖號同心，實未識面，無論山陰以正直聞天下，不受人指使，就使仲馭代爲疏，今既不用言者之身矣，而又罪以非其身之言乎？至于建德統均，仲馭在途，此自可以不言。于是袁州曰：『惜乎，仲馭！吾難以口舌争也。』東平曰：『冤乎，仲馭！要當少俟之。』蓋時方求多袁州，故袁州恐言益爲累，而東平素無嫌，大鋮以山陰疏侵東平，故謂仲馭屬草者，冀以激怒東平，而東平意漸解。于是先生寄謝予曰：『嗟！吴子亦心苦而力盡矣。』然予猶持前意，以二患急則獄必解，詎知左師東下適以急先生之死哉？

夫自古忠臣烈士，負奇冤，遭酷禍，如先生者不少。獨念江東立國之始，其諸將相以爲得君而事之，方可上迹建武，下陋建炎，乃積一年之久，未聞創一虜，逐一賊，恢一州一邑，用一正人，行一善事，獨能辨先生一人之死，則先生之死爲古未有矣。而知先生無如予，予之後先生死者，以予不可遽死先生者也，非先生又誰知之？嗚呼！

祭周仲馭文二

嗚呼！仲馭而死也。從仲馭一身言之，則死爲可傷，而從天下言之，則其死爲可感。仲馭矢志忠孝，林臥十餘年，甫出山遽遭大禍，未能報國，此爲可傷者一也。尊公方伯之喪，仲馭悲痛，三年不入内。其侍太夫人，伺顏色惟謹，報補官，太夫人甚喜，今以讒死，不克盡孝養，此爲可傷者二也。仲馭每恨早登第，未得盡讀古人書，及抗疏削歸，益發憤下帷，攻詩文，研精理學。嘗語予曰：『子才可名世，予亦欲著述數書，以附子傳。』今未竟厥志，此可傷者三也。生子未及期而遘難，盡落其産，妻子不免凍餒，此可傷者四也。

至若所云可感者則尤甚矣。仲馭爲南户部督税蕪關時，榷差創設，羨入無幾，方七閲月即轉禮曹，而急窮交、餽故友者至數千金，歸垂槖不自言也，今誣其贜數十萬，而當時受惠者亦多攘臂反脣，此可感者一也。仲馭意氣傾東南，士有急則歸之，至再三求請不厭，嘗薦士不令其知。數科來，由之得第者先後幾百十人，即縉紳先生以名高相攀附者日不絶，于是朋黨之名遂盛，及被逮，無一過問者。憶予視仲馭獄中，閒及一二位高有力者，仲馭笑曰：『天下之孤而無黨者莫予獨也。』此爲可感者二也。仲馭初削歸時，授徒講業不出里中，後因其多所薦達，于是游其門者幾數千人，而天下遂有『周夫子』之號。袁江州、張芑山嘗規之，而宣城沈眉生屢有諷諍，其徒不説，反煽爲異言，今號爲弟子者相見，但字仲馭而不先生也，且有辨其未嘗委贄者。舉人某某侍仲馭最久，蒙薦拔最深，以北部磨勘，謂不先爲之地，遂呈身要人，反持疏相喝，此爲可感者三也。

嗚呼！以其身之可傷者如彼，而天下事之可感者如此，此眞欲令人斫頭陷胸，有善不可爲之悔，而仲馭至死無是也，故天下之可感傷未有如吾仲馭者也。

祭周仲馭文三

嗚呼哀哉！兄之生于世也，四十有六歲，而其死也，卒浩然畢命于圜扉。方其生也，朝廷之上，無爲之暴謗而雪冤；今其死也，南國之人無論識與不識，無不爲之巷哭而途悲，既名高而忌集，實道大而身危。

昔神祖之末年，海内正人有朋黨之號。至熹宗之七載，諸附閹者，周内諸君子，于三案而靡有孑遺。迨乎先帝英烈，爰定丹書，雖歷祀十七，而嚴黨逆之誅屹然如山嶽而不可移。不幸鼎湖方泣，羣醜彈冠，既快心于老成之日謝，顧獨不利此華陽一席，猶儼然爲後進之師。于是，貴州肆其猰噬，懷寧布爲險巇，追遡先世之牛李、蜀朔，共攢矢于一人，而爲之瘢索，爲之毛吹。

嗚呼哀哉！吾不意五朝之久，天下之大，其以尊奉兄者遂至于斯也！本非薄湯武而叔夜遭其幽縶，未嘗不身任名教而李范蒙其誅夷。然吾又念之，嚮使無兄今日之死，則南國之立社稷者已及一期，覺諸君寂寂，遂無一事之可傳。而自神宗皇帝以來，其所號爲賢人君子者何限？恐門户亦自此而衰矣。是故兄之死，死先帝也，死五朝之賢人君子也，而豈區區一二亂臣賊子所能殺之自快其私也哉？

祭外舅李首川先生文

先生於箕，戚則舅也，義則師也，而情則知己也，予能已於悲哉？方予少賤，家方落，而才無遇。夫人于生死之際，意有相屬輒爲感動，而況予與先生，甥也，弟子也，受知也，予能已於悲哉？

先生字之女。予少無師友，先生教之，授以作文之法。予困於場屋，先生歎惜有加，謂予有

予蓋悲先生未可以死而死與死非其地也。先生少負異姿，長延盛譽，其於科名猶掇之耳，不幸僅以貢薦。甫拜一官，未抵任而遽捐館。故曰未可死而死也，此死之所以可悲也。人孰無死？上者殺身成仁，次亦忠盡身瘁，最下如世人所謂老死牖下，妻子視訣。而先生遇寇長途，奄忽旅次，此爲非所矣，則死不尤可悲哉！然予猶謂死即非其地，而處死者爲難，人即未可死，死而不死者尤難。

先生孝友敦於家，行誼聞於國。自少至老，雖言笑取與無分毫苟者。又能以其學傳之其子，故長公舉於鄉，爲世知名士，而仲季鴻藻並著，今談者皆曰先生爲有子矣，此豈與夫生而無聞、没而冥冥者哉？先生即遘疾於途，而遇患能免，又從容義命，死不及亂，此又豈與夫素不聞道之士，及一旦遇有變，遂神駭意劇，冀偷生於須臾之爲快者？

故曰，先生能處死者也，即又未嘗死者也。而予之終不能已於悲者，感於戚，激於義，綢繆於情之不可解也，故悲先生之死者未有如予者也。

校記

〔一〕藝　原作『義』，據禁燬本改。

〔二〕見　禁燬本作『間』。

〔三〕中　原無，據禁燬本補。

〔四〕子　原誤作『予』，據暫園本改。

樓山堂集卷二十

賦

予早嗜賦，而未嘗爲，然不讀漢以下賦。昔人云：『漢無騷而有賦，騷不可再也，則近騷者猶漢賦耳。』予性眞率，偶然抽毫，取于申意而已。嘗歎古之賦家，勞寢興，著藩溷，以祈可傳。而予但取給興會，且謂吾不讀漢以下賦，此毋乃擬迹而卻步乎？賦成，復不自棄，要使觀者知予之好妄也。應箕述。

禿筆賦 幷序

予春秋三十，族子諸文學觴之，既醉臥齋中，欲起而攬筆攄文，顧視其毫則已禿矣，感爲之賦。遇注：是年爲天啓癸亥。

予幼好弄此柔翰兮，喜區理之分曹。精隃麋與側理兮，湛几研之清肴。簡中山而及鋒用之兮，良工惠予以修毫。予方齒盛而氣鋭兮，緒坌湧其靡撓。腕疾書而如春蠶之肆囓兮，文脆脱而嚴霜翩之厲霄。冀旦晚簪而比安世兮，庶進前誦而雲氣之飄飄。

夫何三上不行，十年未字？窮歲月之矻矻，日魯削而焠記。徒渺慮而覃精兮，紛材竭其智匱也。匪處囊以立見兮，似魚含而内悔也。朝穿墳而墮指，鼠鬚告予以偃蹇；夕辨亥而吮墨，胎髮披離以憔悴。

于是和凝捧色而無徵，王珣受椽而匪痦；孟公卷舌於憑占，楊雄擺指於油素；定遠志慷慨而輕投，左生置藩溷以雕賦；薛宣炙勤思于納新，永師冢十甕而念故。予既感此精爽之易消，又重悼夫年華之不駐。物無用而不敝，理有貞而自恕。阮託醉而佞工，董奮筆而宜著。予昭晰于寸心，每躊躇而慎步。敢莅文之不恭，慾鄙懷之所寓？

弔忠賦 幷序

弔忠者，弔天啓時死璫禍諸臣也。或曰：『諸臣豈必忠死者？』然死則忠矣。弔其已諸！

今皇上超代潛而纘統，卻日中以御極。神武幷包，皇仁洋溢。五辰墜而復斞，百位顛而斯秩。夔魖捎，獝狂抶。三仁封，四凶殛。衵犴狴之沈惆，雪壤泉之義喟。覆露逮嗣，恤愍加謳。斯固含氣感而矢激，聖風樹而靡替者矣。然而佚能慮艱，安則念危；痛定不忘，事久增繫。是故感壬午之鼎革者，愾誅夷之酷烈也；考獄禮之異同者，壯死戍之芳踪也；而溯嚴張之抗挺者，景杖謫之貞秉也。況夫薰灌勢窮，塱遠理繆；踤之立靡，觸焉莫救。而乃逞蜋怒之不量，跳雄虺之九首。豈非人臣之至忠極愚，而予能已于欷歔而憑究者乎？

自夫鼎弓再泣，皇沖深拱。腐夫據僥，鋸餘煽寵。遇注：敘璫禍自起。始業借以戢翼，繼狼顧而吻聳。目瞞矙于文書，口呀呺于銜捧。三楊殂而振張，亨彪醢而祥肆。直仗鉞以熹勳，瑾矯旨而戕士。蓋將攢諸厲于一身，逡巡嚄唶而得志。

觀其奸羣望也，遇注：進香。懲夜繡，夸來許；戒清塵，嚴設柢。乃載雲旂，六白虎；驅蒙公，負玉弩。羽騎縱橫，鼓鐃輻轆；猋拉雷厲，駢衍佖路。出入警蹕，聲敢齟齬。

其弄禁旅也，遇注：内操。褻尊邃，狎威嚴；陳虓虎，舉燧煙。授甲大内，介馳帝前；霹靂烈缺，塌地崩天。九廟驚而䟤𧿍，三軍勖其喧闐。于是勢既儗而漸逼，謀益狡而恣歡。爰糾嬌姆，遇注：通客氏。裏表傾儇。孫程極焰，嬈聖工讒。前星在襁而沈曜，椒媛秉介而埋魂。乃示侈大用，恢肯構。遇注：建三殿。勞神駭人，搜宇括宙。蕭何慘澹于未央，楊素靡潡于仁壽。肆閶闔其肇開，紛衮章而迭授。因緣圭茅，張皇帷幄。桓桓階除，黭黭韍韐。斬樓蘭者子虛，笞中行兮戲謔。增飾赤丸之一命，於赫黄口之五爵。遇注：錫爵。然而趙馬未同，雲劍間請。芮城攻其孌淫，應山臚而骨鯁。福清恃權智之足籠，衆正誓夬決而交儆。

于是瑺挺走險，飛而攫食。頓網期空，懸幕誘入。時則逆樞衣短後以請成，奸輔冒同宗而前膝。遇注：外廷附内。東人猶愊愢以攄忱，西獒忽犴狋而反噬。乃若蚋附翕遝，狐假猖狂。睚眦必售，爪距競張。彪虎齗齗而列衛，雲仍猥猥以稱觴。遇注：諂頌。誦莽德之比旦，譸姬曆而誕昌。呼九千歲者，拜舞愓慴；祠百二所者，膏血輝煌。眇蒙落而易弘，獨招麾之難汲。仁去殷墟，老存周熾。非殫焚坑之殘忍，奚改玉步于呼吸？遇注：正人受禍。逐宰衡，更揆席。首坦驅，長憲逸。矯詔旨，工羅織。計郎抗疏而廷縻，楊尹感吟而伏鑕。然猶以爲不坐之朋黨，不可得而芟盡也。周内清流于僞録，鍛鍊要典爲陷穽。遇注：逆瑺翻三案以殺諸臣。斥鳳凰以爲梟，指麒麟而曰貜。夷惠爲跖，逢干則佞。翊東朝者窮奇，阿後宫者秉正。驪姬之菀可集，鱄諸之匕聽進。止弒不必書，吕王不當諍。冤平反爲讞獄，蔽講學以逆命。

乙丑拷者六君，丙寅逮者七姓。遇注：敘諸臣之死。爾其甯郅伏鷙，俊興奮虎。幷而莅者，暌睢而受牘；囚而伏者，匍匐以陳詞。或仰天而呼聖，或搶地而飲洟；或噴血以肆詈，或垂首而甘笞。莫不三木横加，五毒歷苦；長貫鋃鐺，動遭捶楚；拉髂折脅，穴胸斷股；腦塗脉絶，肌坼骸腐；酷等屠切，慘均醢脯；血沁萇碧，魄沈圜土。此固卒隸見而椎心，行道聞而泣雨者也。若夫梁谿赴汨羅而從原，高邑禦魍魎以遂志；中州義壺殉而繯投，朝邑功曲徙而櫬寄。諒逝者含笑於九京，奚生者聞風而不噫？未幾，閹運既去，聖德方升。蚡呼服而見厲，卓然臍以作燐；高引璽而殿震，新移席而斗傾。覩陵谷之易變，耿忠義之必申。騎箕尾以歸天，駕霆電而協靈。肆肅將于上帝，縛豚犬而嬰刑。由此觀之，世無常治，而士有恆期。子不可以教貳，臣不可以懷欺。雖刀鋸鼎鑊之必蹈，無天地日月之或移；況夫天有扶概，人執褒譏。吾其彰往而著後，誰謂忠臣不可爲？

述歸賦 幷序

神宗皇帝朝，箕應試南京，至崇禎己卯爲年多矣。秋後被放，溯流東歸，追感前事，歷然愴懷，舟中無事，賦此述之。

惟神皇之季曆兮，予捧檄而觀棘。時遙氣以厲發兮，冀承蜩而掇第。遽一試而輒靡兮，蹇予放乎中流。聞人聲而畏惡兮，志恨愴而離恸。夜轉側而不寐兮，朝趨棹而靡留。攬山川而增其邑鬱侘傺兮，魂惝惘焉傍徨四顧而無儔。次家舍而交承慰藉兮，父老告予以盛年。挫伏屈抑非不幸兮，何霄路之終邈然？予回意秉志而勵激兮，肆貫邱窮索而墳穿。謂大道貴而奪堂奥兮，狹辭瀾之汎濫而登炎炎。笑庸夫猥鄙跼蹐而靦腆膴兮，賤小儒卑疵攘竊而喧闐。詎予志遒而遭下兮，奄再試焉猶不振？曷曒杲杲方上進兮，雲披離而蔽屏？魑魅伏道而揄揶兮，黿鼉傍柁而側影。飄風礚而解纜不前兮，嚴霜下窺篷而薄寢。爾其酌尊酒以攄嘯兮，精爽頓而内隱。方鼎革交而世變兮，憫予遇之迥殊。虜得氣而彊蹙兮〔一〕，閹作逆以危都。隼據高而攫人肉兮，屋于誰止而瞻烏。閔子卯五祀之顛覆兮，何名位得失之足爲有無！紛鑾觸而自笑兮，悵禍機之駭圖。恥反志以干進兮，信被褐之可娱。欣聖人之再造兮，亶誼舒之志申。媒阻絶而不通兮，羞理弱之自陳。齊虜奮舌而得官兮，得意亦薦達其邑人。予固珍吾鼎而自愛兮，抑何持素絲之紛紜？

叩天閶而窅窅兮，捫白雲之磅礴。進不入以邅迴兮，退予將覽夫遐荒。麋戰籍而方東上兮，擊船舲以相徉。皋木脱而蕭瑟兮，鴻雁叫而翱翔。歷天門而信梅根兮，情憺悦其故鄉。怲藴惀以省往兮，逝日月其江河。循鬒黟之漸變兮，惜予年强壯而坎坷。事有感而難忘兮，學有厲而如磨。敦予志之匪懈兮，將千秋百世者其如何。非注：梅根，池州地名。

園居賦 并序

予爲小園，不能百武，然據高爲亭，夾以修木，夏月居之，可以忘暑。予數年來困於游歷，園居就蕪。今歲五月來歸，翦滌掃除，又廓理之，偃仰其中者五十餘日，展卷抽毫，適有餘矣。遇注：是年爲崇禎庚辰。

遵江路之奥阻，窮秋浦之崖谷。林莽互而若迷，原田衍而愈複。仰崗嶺之蜒蜷，相流泉之瀜洑。予高曾爲營墅，信美土而可築。

宅餘右而紆勢，瞰山趾之獨崇。植離離之殷果，輪落落之長松。女貞經霜而茂密，梅本撐拄而難容。予思列楹以室隙，爲之庀材而鳩工。垣以周壘，繞以槿荔。土緣剥而不磢，木層升而隨制。承欂櫨于窈窱，檻開蔽而鱗次。容一膝之易安，虚四望而攢至。東朝暾之彩升，西平疇而綺竟；北飌颾而盪披，南霨靄之交并。灌寒吟于遠峯，禽變聲于近聽。林霰窺而倒影，夕光沈而薄映。俯潺湲之寫音，藉森蕭之疏蔭。惟暑月之偃息，焦金石而致潤。翔高鳥之嘯喧，戢潛鱗而不競。夫何汩虚名之馳騖，紛極意乎遨游？朝税驂兮復駕，夕弭櫂而夷猶。金陵悉相爲縞紵，吳會總攬其就流。區衮鉞于不律，被丹黄于九州。

視吾廬其蘧宿，緬竹樹之徒修。眇載酭而寂莫，疇不問而徑投。

于是嗟室斯邇，悼人則遐。倦翼知息，夷外反家。鬱三伏之酷溽，美重陰之交加。信吾亭之憑倚，躋曠敞于清華。爾乃燔而蘊崇，支其墜倚。蛛裊户而掉空，草没齒而加薙。陳几研之清遥，架縹緗而肆啓。涼颸徐來，高蟬静語。卻箑不揮，散髮躇步。寄弘覽于微吟，憺相忘兮容與。頤情志于羣籍，玩沈精乎遵渚。道卷舒而惟適，遭崇替其難期。縱馳心于域外，耽高蹈而鷦枝。久客張衡之歸賦，通人長統之致辭。吾誠知夫紛糾擾攘之無用，樂夫園居亦奚疑！

木山蜂房賦 幷序

予几上有木假山，巑岏其外而空洞其中，土蜂窒隙以爲房，壘泥周固，牖其兩旁，開蔽之巧，疑乃神鬼，予感而異之。遇注：庚辰七夕前一日作。

夫何枯株之離奇兮，不假琢而成山。勢窈窕而岩崀兮，復洞壑其中閒。蜂蹈空而循覽兮，爰銜泥以漸填。始懸仰而垂壘兮，繼背曲而列闤。連崄岈之斷續兮，隨旖旎而如環。級層設其軒上兮，牖鋭孔于一偏。雖營衛之徑寸兮，備儇巧之千端。窮倕而勞般。相出入之斂螫兮，時週遭而肆翾。寤物生之有託兮，何纖鉅之異靈？詎限秉之利拙兮，實視置爲危安。鱗潛穴而被餌兮，鳥增巢而蒙樊。信忘機之欲下兮，樂不競而何患？攬高深于把握兮，寧直以爲目觀。俾翾動之得所兮，意者畜四靈而猶寬。

憫亂賦

自江之北，十年於兹矣。蹂躪既再〔二〕，寇燹無時。人生覯此，其能已于悲乎？予既摧悼于厥心，爰作賦以憫之。曰：

自皇帝之載履也，在璣衡而厤紀。殫睿謨于恢疆，軫蔀僻而望理。簡虎叔以專麾，企遂霸而賜璽。湯懷襄爲唐憂，屯桑林而夏傒。豈藴久之生孽，抑櫛密焉多蟣？蚩尤既亘，槍欃復厲。幕紛列于近闕，丸傅飛于内地。撑犁孤塗之種落，青犢銅馬之疇類，莫不觸山射天，禹齧堯吠。幡冢之封狼跳梁，莽坎之短狸撩撇。夷康居而迎日逐者伊誰？馴渤海而募朝歌者隔世。去病、子公之屬，每鉅鹿未嘗忘；義眞、然明之倫，屢回谿而垂翅。烽火徹于甘泉，棘門悚其兒戲。

夫不創而俾得氣去者，己巳之欵捍禦也；深入而無一矢遺者，戊寅之蒙芰夷也。薄九門，躐三輔；震寢陵，没卒伍；墮名藩，瀦大府。斥候踰伏，麇載颼舉。積顱平城，漂膏盈澥。蛾眉曼色，汙淫蹈藉；黟首丁年，係縲藍縷。悲銜刀於東苑，壯死綏之陽羨。中行、翕侯導之先驅，李陵、衛律從而解辮。馳代將者騎劫之輿尸，驕不戢者宿沙之爲殿。煢煢孑遺，猶狎寇而苦軍；犺犺師徒，獨勇摽而怯戰。使非仰天子之神武，仗廟算之濯靈；四海九州攄其憤㥈，二祖列宗式其精英；值腥魄之既奪，資聖德之方升；則銅駝敢云不棘，而天步亦倏焉其傾者也。然議者以爲急安攘者貴翕謀，張撻伐者期幷力。遼海雪屢世之逋誅，燕雲卜姬年之過曆。苟痏疻之猶存，何鞭長之必及？

夫孰知笳胡之吹方悽，而米賊之氛轉熾者乎！方其起關隴，轉河朔，歷齊晉，流楚蜀，馳騁梁豫之郊，轥轢江淮之域。莫不招隨和，肆焚掠；殘官府，破邑郭；窮抓扒，恣戲謔；剖孕戟嬰，然臍烙臟；穴胸秣馬，塗腦淬鍔；震動發祥之宫，倍蓰赤眉之惡。其人皆俘虜逋囚，畔戍悍卒；傜苦則挺，斂急而逸。債帥墨吏爲其獺鸇，梟人黠夫用而雄虓。原滔天與燎原，實薪焦而蟻隙。其號則闖天、掃地、混世、過星、九龍、隻虎、老回、丈青、闖索、曹操，俚怪不經。惟穀城之反覆，誕僭號而猰犺。其騎則追㲋企鴂，鞭景鞁雲。以閭閻爲外厩，以搜括爲空羣。無駿不攫，遇駒必攖。上山下坂，超窋逐林。圍窮則突，伏發斯騰。即有時以駭散，邈難及而追奔。其流刦則兔起鶻落，鹿奔烏聚。十五翾來，百千猋至。投暮則營，遇兵即逝。如河決而勢駛，厚隄防其難制。于是畿輔爲之震鄰，郡國胥而增壘。蒐邊乘，發禁旅；厲虎帥，崇軍使。惠文易而兜鍪，殿閣出而列棨。必彗掃而蠡滅，幾授劍而賜履。寧銘勒之有期，卒尾隨而不已。然而西北之原埜其空，東南之轉輸曷繼？矧鞠凶之洊臻，屬羊舞而蝗蔽。廛溢其緡，畝增而税。民饋胡癉，吏呼何誶！

惟多難之滋興，匪所恃之必敝。側九重之德音，願扶觀而流涕。渺予惻兮忡惚，緯不恤兮心憂。恥多壘兮傷卑賤，慷擊楫兮溯中流。懷餌表兮邑鬱，志澄清兮氣遒。赧卿士之縻禄，虚明聖之殷酬。哀此鮮民之莫拯，曷予敢辭夫幻譸？非注：闖蹋天、掃地王、混世王、過天星、九條龍、一隻虎、老回回、一丈青、花關索、曹操，皆賊名。穀城，獻賊復叛處。

旅中除夕賦

遇注：崇禎庚辰池州郡邸作。

惟下里之多盜，予躑躅而遷延。雖邑村之敝陋，暫棲止以卒年。童子告予以除及，紛市閭其喧闐。伺頤指爲陳設，何廚爨之索然。時三春之已上，予猶擁絮而高眠。察言者之色爲未愉，亟起攬衣而呼前。告之曰：『女不見吾終歲之勞擾乎？酬答至暮，穿究達曉；窮力矻矻，猶苦不了。身泛泛如不繫，頭岑岑而欲掉。悲年華之易逝，非復還于少小。幸此日之蘧居，鮮禮俗之溷嬲。趣敲冰以瀹茗，勝華筵之圍繞。步空亭之清嚴，羞洞房之窈窕。盼梅枝之參差，助幽懷之杳渺。予非焚次與喪僕，冀爾測素心于言表。』予語未歇，爰有良友。憫予獨客，餉予旨酒。盤出高門，菜傳纖手。持杯自酌，由未訖酉。無管絃之嘈雜，無子女之狎狃；無逋索之紛紜，無衣食之奔走。肆傾觴以舒嘯，更發篋而享帚。悵此夕之不駐，數街漏而相守。

于是童子樂焉，召呼其侣。醉我餘酭，飽我臢篕。前翦予燭，泰然而哆曰：『吾儕小人，屬厭而已。今夕何夕，罄罍其恥。奉令則從，聞教而喜。』人生世間，有如决駛。非此達觀，奚暢遻旨？飲酌自定，流行坎止。强營豪匄，胡不準此？萬物革故，君子視履。夜其未央，主人以起。

所歡賦 幷序

所歡者，志刺也。

吴有貴公子，以好色聞天下，但投厥嗜，不恤厚貲。狎客滿座，日舉所知。兼金麗幣，麾之如遺。于是燕趙之豔質，楚越之妖姬，莫不窮研遌態，輦而致之。備寢御，侍燕嬉。睇蛾眉之月朏，擁纖腰而柳垂。亦有平康妙妓，輸藝陳辭；蘭浴初歇，微澤薄施；沈焚書杳，筵列夜遲；恣歡極褻，意不自持；燭殘人散，懼未即私。然而公子始未嘗不顛倒淫蕩，而厭棄曾不逾時也。傍徨悵惘，忽忽不懌，屬目意盡，詬厲其客。曰：『何嚮者之費靡不經，卒有美而弗獲？』

乃竭誠屏意，廣求幽索；穿窮閭巷，不夷微僻。睠浣紗于水湄，伫羅敷于桑陌。適有婦人，蓬扉半辟。有望未諧，聲含唶唶。介紹初通，意已先劇。身呈遽前，目迎而覛。公子見之，飛魂越魄。揖而問焉，有夫簡斥。説我則容，敢辭當夕。然其爲人也，態雖善冶，貌實不揚；色在中下，體未芬芳；狐媚驟襲，狼戾中藏；特雕曼詞〔三〕，發人猖狂。而公子惑焉，趣爲之裝焉。曰：『美矣昌矣，天下無雙矣。吾不遇子，空流浪矣。生平所幸，蕩若亡矣。自今而後，寵專房矣。』

爰告其族，賀得新婦。開别館，築邃户。爇異香，盛歌舞。服飾炫耀，鏤犀藉黼。明珠綴帷，文絲罩廡。洞房窈窕，雕窗髹堵。餘食珍奇，傾膏錯脯。駕言出遊，莫敢撓忤。輿馬侍從，駭聞動睹。顛囊罄庋，唯其所取。懶益增嬌，悍愈見嫵。承奉靡匱，猶懼逢怒。吾老是鄉，視他如土。曾未逾年，身敝氣亟。諸姬解體，物力耗息。魄降將歸，猶不愧暱。

于是天下聞而笑之，曰：『公子非能好色也，特好婦人之狡而無行，自媒而醜者耳。古固有見似而人即喜，下眞龍而反走者矣。信榮替之無常，而何所歡之足負乎？』

老唱賦 幷序

崇禎十四年六月，偶有見夫爲唱之事者矣。然唱實有之，用述爲賦。

金陵有唱焉，其起甚微賤，固無暇迹其從前也。唱色素麗，歌舞亦嫺。略涉書傳，應對敏便。放蕩淫佚，機利輕嬛。坐而引睇，流波漪漣。貌若不屬，意已微牽。其家倚恃，目爲金泉。未十四五，遂稱待年。時則有公子王孫、富商大賈，甘辭重幣，輜輳其户。娼曰無遽，歸白吾姆。故爲愆期，而始首俯。及其瓜破定情，而見狎于所歡也。惟力是視，莫不窮殫。羅綺稠沓，珠翠闌姗。陳牀几之璀璨，垂幃幕之琅玕。衣薰龍腦，湯浴麝蘭。聞香澤而意亂，恣都盧之千端。巧窮煙戲，蠟映冰盤。度歌珠串，角飲飛湍。顔酡鬟嚲，履錯帶寬。東暾既上，宵膏未殘。西陽已落，曉妝方闌。極晝達夜，但有憨歡。或詭帨辰而觴祝，或指笄及而簪冠，或終身託而誓天日，或一朝别而涕汍瀾；或浮慕名士而目攝，或妒談他妓而意酸。隨其聰明豪俊，無不入其陷阱。起居言笑，習爲誕謾。如是者蓋數年於兹矣。娼曰：『人生極奉，吾已知之矣。送往迎來，安有斷時？彩雲忽散，柔柳易衰。朝朝暮暮，樂此爲疲。』

于是發憤委身，而擇其生平所最私者焉。去樂籍，遠狎邪；謝絃管，洗鉛華；衣素茹淡，習爲人家。閒及往事，叱咄悼嗟。如是者亦十有餘載，而孰知其故心之尚在也？不復視夫以如賓，愁所居而弗塏。無事不乖，有言必悔。主人亦撫膺而歎曰：『吾畜此婦，厥家將殆。』縱其所適，喜不能待。然而色既衰落，世亦以更。今之憔悴，昔爲驕榮。新知不可得，故交無幾存。意悵惘其誰語，日徘徊而倚門。少年掉臂不顧，蕩子羞與爲婚。恐没齒其悵惘，徒有恨而自吞。

嗟乎！淫女不可以爲婦，貪人不可以爲友。知止有戒，鮮終足醜。疏廣之乞歸，觀者爲之歎息。而華顗之嬰僇，不過自喪其所守而已。

雪竹賦 幷序

偶過當塗，爲吳令君所留，不得去。見邸舍階前有竹一叢可翫，而爲雪所壓覆地，予有感焉，遂爲之賦。遇注：作于崇禎辛巳冬暮。吳令君名韓起。

嗟草木之多靡，無此君之挺特。雖寄生于荒階，亦不扶而自直。惟松柏之同心，歷歲寒而徵力。瀉琴瑟之清響，漾琅玕之碧色。亭亭數竿，若俟予來。亘造其下，不問誰栽。有友好我，時遺酒醅。謔浪笑傲，對之輪杯。予譽此竹，舉不可枚。蕭瀶韻遠，清苦思哀。出羣高節，利物美材。匪風雨之異度，無塵土之纏絯。興淇澳之足寓，儼渭川之在隈。夫何寒風晝積，愁雲夜繁。俄而雪下，漉灑瀰漫。緣甍冒棟，平墀塞闌。千林變色，萬物改觀。曉起開户，竹亦摧殘。體若拘縶，狀如平攤。勢類强抑，意不肯安。葉摇摇而欲訴，枝拂拂而如摶。然其伏而不屈，困而不折。非尋尺之較直枉，聊衣裘之相襲裼。鶴沖霄而鎩羽，驥千里之在櫪。魏徵以倔僵而轉媚嫵，姬聖處讒譏而懷憂惕。汲黯抗揖于將軍，蘇武秉髦于夷狄。潛寧爲米而折腰，侃以習勞而運甓。冀太陽之呈暉，聽空庭之滴瀝。

挾枝葉之扶疏，表性姿之儻俶。諒體骨之不柔，何汙下之可溺？始吾致憾于『霏霏』，卒焉詠詩之『籊籊』。

詩

風雅體

旌旆

旌旆，憂兵也。

旌旆摇摇，載矢櫜弨。豈無超乘？未險而囂。胡敢朿濕，匪日而驕？

子之遠征，不飽半菽。相其爰止，我棲我屋。爾有酒漿，爾有田畜。胡不曬我？賊來則逐。胡其逸我？而必賊僇。

民逸其賊，去則安之。民邇其兵，來則殫之。國之衛矣，亦孔桓桓。民之疾矣，涕其汍瀾。

旌旆三章，一章六句，一章十句，一章八句。

繁星

繁星，憫賦也。

繁星在天，出自南門。行有擔負，居有原村。嗷嗷不絶，累累者存。

五穀不登，歲曰大祲。無食無衣，實惻我心。眷彼飛鳥，歸猶擇林。

林有鳥宿，野有狐嘷。中原有屋，棄爲蓬蒿。棲遲我野，我心忉忉。

墟其屋矣，棘其土矣。民之相失，無于父矣。令之苛急，何其怒矣。賦不可無，民可鹵矣。

繁星四章，三章章六句，一章八句。

雲垂

雲垂，望雪也。

雲垂其野，我心洋洋。載馳載驅，旭日其光。日之烈矣，其何及矣。

既蝗既疫，哀此窀穸。民之無聊，有霰其陌。慨其白矣，盈階尺矣。

冬雪其凝，夏旱其徵。瀌瀌弈弈，厥額若崩。有暾杲杲，密雲不應。哀此饑民，螟螣其興。

雲垂三章，二章章六句，一章八句。

白雲

爲沈士一先生七十初度賦也。

英英白雲，露甘如飴。天星錫祚，旨酒平匜。瑶笙錦瑟，三以爲釐。

行依于素，無色賁只。儉德之共，胡寧易只。幽而獨芳，芬可藉只。

鶴鳴子和，厥聲載路。嘉謀入告，弼我元后。綱紀萬類，引之勿替。

士則有師，師則令子。詠勺歌雍，洋洋盈耳。用聚歡心，將弘燕喜。

帶經挾策，晨夜頷頷。豈無萬鍾？豈無千陌？匪我所受，匪親所懌。

白雲五章，章六句。

樂府

香囊曲 癸亥

妾有百合香，製爲小錦囊。未敢邀郎佩，情知已斷腸。

聽歌詞〔四〕

楊歌未及聲〔五〕，儂意忽不樂。寧使歌未終，不忍儂淚落〔六〕。

本自合歡曲，翻爲腸斷聲。不知歌欲罷，儂意轉難平。

猛虎行 壬申

豈不知山有虎？我不往山，何逢彼怒？奈之何猛虎來市中？咆哮欲食人，張牙露爪助其雄。我手無劍，擊之不中，不如走告泰山君。路難至，言難通。猛虎猛虎爾有知，我命在天爾何爲？嗟！嗟！猛虎非惡，衆狐假之肆爲虐。

敵臺行 乙亥

五里一敵臺，望賊來不來。若使臺成敵不來，區區民力曷計哉？

敵臺高望見，江北草摇摇。北人乘馬南人舟，高臺不及長江流。

敵臺何巍巍，乃在江之南。可憐江北破城郭，賊至城下不鳴柝，登臺知有江南樂。

苦熱行 戊寅

今年苦熱，鑠石流金。雖有高堂，無風披襟。火雲垂炙，揮汗成淋。何以永日？散髮閒吟。

我觀四野，翹首甘霖。熇有餘伏，木無積陰。吴姬揚紈，纖羅難任。吴農作力，日趣釜鬵。

炎炎弗絶，實惻我心。

遠征人 自注：鄰寓有夫從征者，聞其婦言可悲也。因述爲曲。 辛巳

三更聞柝聲，淚下不能止。君行遠戍邊，夜夜宿空壘。

半菽苦不足，遠征君獨難。妾即忍饑死，敢爲行路看。

賤妾守門户，老親與小女。君爲備賊行，賊來妾誰拒？

校記

〔一〕虜　原爲墨釘，據續修本補。

〔二〕蹂　原爲墨釘，據禁燬本補。

〔三〕特　原作『持』，據禁燬本、續修本改。

〔四〕聽歌詞　明詩綜卷七六作『歡聞曲』。

〔五〕楊歌未及聲　明詩綜卷七六作『歡欲聞儂歌』。

〔六〕儂　明詩綜卷七六作『歡』。

樓山堂集卷二十一

詩

五言古

立秋 壬戌

五載屆斯辰，風塵悵擾攘。今茲肅高居，忽復逢秋爽。微雨洗繁林，輕飆蕩纖幌。庭植相與鮮，煩襟亦以盪。憩松説沈陰，撫流弄新響。清商未央來，積暑漸以往。宿志耽墳籍，欣承氣清朗。把卷欲忘言，散髮酬心賞。

初夏齊山示王子兄弟 自注：王心睿、心介。 甲子

茲山託梓里，相期可白首。浪游古宣州，念茲若良友。懷深忽言旋，挈侶偕朋酒。輕飆散鬱埃，朝爽傾新柳。背郭信委紆，摧華疊培塿。下藉湖波盈，沆瀣空靈藪。捫磴歷亭際，洞

壑勢如誘。移瞬變雲巒，觸趾列户牖。何境不相習？一來一領受。舊乘紀泉巖，大小九十九。靈迹半夷淹，窮情莫能剖。造化示明滅，山川幻無有。昧者遵所聞，日與躋攀紐。嗟我亦耽奇，眺矚良不偶。流連片石閒，對之嘯詠久。譬彼賞駿人，意在略牝牡。吾子許掾徒，相與重攜手。逖覽極蒼茫，蕩滌塵纓否？

雨後詠懷

羲轡騁修途，熇炎布塵溽。羣卉就鬱蒸，膚節猶械梏。喬林無沈陰，瓶秀鮮積緑。譬彼焚岡虐，乃不區石玉。有弇倏興雲，驅雨洗烄毒。檐際無停注，盈溜漾階渌。須臾散清霽，涼颸相委屬。蒼翠發遠岫，縹碧紛綴續。亭午前後分，視昔罔餘酷。憔悴易爲德，感兹無異局。軒宇豁以敞，曠懷類若觸。人生審變態，胡乃苦跼促。晞髮試微吟，欣然成麗矚。

自大剡谿望横山諸峯 自注：谿山在高田之黄山源。

方秋理勝情，窮都展高眺。距今三望舒，清夢猶爲繞。而我觀兹山，曩游翻見少。奇秀時復遭，無如此幽窅。天外削不成，雲中青未了。疑或誰仙人，行空幻窈窕。鄰壤有九子，峯絜之小。藉甚胡獨名？徒以臨江表。俗情鮮特達，勝區資介紹。安知劉南陽，中懷非獨矯？諒哉金石鏗，斯爲得要眇。

寄李達丁煜劉城 乙丑

世途不可問，引覽天宇闊。胡以淩霄姿，羣然迴秋翮？在筱齊鳳雉，同揉律玉石。我苦歎索居，懷人觸幽賾。往訓激綢繆，勞勞徵三益。雅誼有同申，睽悰無時斁。日新各黽勉，音塵慰遥積。眷言寄鄒吹，絪緼滿衡席。

初秋湖中 非注：池州城東。 丙寅

城棲强半湖，日涉不知倦。耳目恣清越，探領各以見。節侯倏又更，景物如乘傳。寒光洗夏威，遠影涵平練。短棹信夷猶，極浦欣周徧。氣類視所宜，誰云樂荒宴？

闌江磯水落見石出蔽江 非注：在池州西南六十里。

肅肅霜氣晶，嚴飆吹寒驛。有友理淮駕，解纜泝江磧。曩予嘗汎兹，巨濤相堋湱。惟時盛夏秋，水力與磯逆。今也殺其怒，石出胥攢積。江流信灝淼，斂浪穿罅隙。嶙峋狀以千，亘江森交戟。偃者若蹲視，矗者紛立壁。大已蔽象軀，小亦攤鵠翮。舟遭未移瞬，對之增浩惜。攬勝驚逝波，安渡忻挂席。夷險感物情，漲洄悵今昔。

固始道中見林曲似秋浦道上

于邁忽逾旬，每發遵初旭。如何歷郭邑，蕭然鮮麗矚？兹爲山水游，解轡緩彳亍。疏煙滌叢條，明沙漾深曲。我思秋浦秋，境會因類觸。遠眺極蒼茫，塵襟如盪浴。游壯匪倦梁，道險毋難蜀。行行顧僕夫，前路欣相勖。

兩明府詠 有序　丁卯

梁王兩公先後令吾邑，皆以國士相遇。後兩公繼逝，予亦屢報罷。丁卯歸，偶簡舊籍，見兩公所評應制文，爲之增悼，車過腹痛，寓于篇章。梁名夢濬，順德人；王名棨棠，石首人。

嶺南梁公來，秉道方高素。爲令澹聲華，好士急詞賦。菲文辱深鑒，夐然國士遇。冰照既委塵，霄姿亦鎩羽。感時驚逝川，陳書悲宿露。躑躅昂長鳴，寧忘市中顧。

王侯綰綬時，疑是羣真謫。爲政厲硎新，丁奏泯窾郤。朝案無留牘，夕榻欣莫逆。詎知誤一鳴，謂勝羣鳥百？被褐亦已徒，十年悲抱石。山河歎緬邈，霄泥深跼蹐。攬舊腹輪摧，城頭悵姑射。

得蔣臣書問卻寄 戊辰

日暮城西頭，飛雲瞀遠昊。我思方鬱盤，省書申交道。流落非所悲，矜慎各華藻。憶昨都市游，豈不抗懷抱？一爲鎩羽分，彼此慕幽討。黄金鑄平仲，紉結賤楚草。持此感人多，詎復替音好？深山緬煙霧，大江阻淼灝。安得數晨夕，杯酒宣積懊？閭當理嵇駕，庶以徑自掃。

同諸從春郊 己巳

大造舒羣物，春風被窈窕。端居鮮歡情，結侶恣幽討。碧色静如洗，修條輕以嫋。清氣適我襟，好音睆彼鳥。選席佇休暇，飛觴吐緜緲。高詠激微風，發聲盪林杪。敻然羣族士，抗懷躋雲表。

出塞 自注：時□薄都門。

既出關塞卒，豈不慕封侯？用兵已十載，誰能斬一酋？一自遼陽失，徒聞聖主憂。笳吹不在邊，熢燧滿郊疇。即有傅介子，倉卒安所求？

廟算未爲失，將軍懦且驕。兵敗飾虚級，由來非一朝。寇騎今充斥〔一〕，軍乘誰能超？穴中不撲鼠，況逐焉支遥。難可徼天幸，身從霍嫖姚。

書生能料敵，今或非其人。天聽一時誤，三軍化作燐。牛羊驅婦女，帀地含悲辛。豈無諸上將，雲翔何逡巡？使我空荷戈，氣嗌不能伸。一馳秦軍死，千秋難比倫。

魯連但一身，引義秦師卻。微虎三百人，能張魯積弱。堂堂天子帥，赫赫九軍幕。寇騎日縱横〔二〕，我戰何消索？縋城召元戎，夜半咨籌畫。賂敵良非虚〔三〕，何敢望俘馘？

生别莫哀歎，死别莫歔欷。從軍十數載，戰陣幾人歸？士命不足重，所惜在國威。白骨知誰掩，而盼寄寒衣。

寄羅文止 萬藻　庚午

臨川無恆士，精修有之子。結髮覿徽章，惜誦中懷委。王風久沈淪，誼譚不再起。我嘗聆音歎，古人無遼邇。山川阻以長，媒拙因弱理。願爲廬瀑泉，瀉入彭蠡水。水流不别區，赴海相依止。大義嚴雲日，神交卑蘭芷。谷音豈徒然，毋忘天子使。

正月二十日湖中閣上看雪 非注：在池州湖心寺。

散步登湖閣，寒威入檐聚。天地晝冥冥，雲水相吞互。雪勢信葳蕤，氤氳起濃霧。窣堵没曾景，潭鑑失飛鷺。高覽亦何極，虚無怳若遇。介性苦清嚴，脆質恃烝煦。安知布青陽，蕭條不易故？歲寒未可捐，持以貞悰愫。

夜夢登太華失路遇老僧問韓昌黎所至處

生平覽圖傳，諸嶽交胸襟。俗軫日分薄，勝情增遐心。晦息方窈窕，結轡出華陰。曾雲袖吐納，躋步抗崟岑。對岐苦惆悵，霜瞿感素欽。導迹經幽壑，窅窅松霧深。逶迤絶塵軌，縹渺淩霞林。揖僧仰前哲，霄徑邈登臨。二京垂帶視，三峯欣盍簪。雲嶠倏冥漠，壁立怖千尋。霍然驚一寤，晨鐘已發音。

與劉伯宗城共泛玉鏡潭非注：潭當在清溪，志誤注於秋浦。

暮春歷敬亭，十年欣寤寐。迴車念秋浦，勝情日攢至。絶壑稱鏡潭，清流瀉蒼翠。理棹泝源深，澄徹洗心意。雲起林與浮，波平天如墜。煙雨四時秋，物象一朝異。右軍爲廣聞，康樂窮高致。與子夙風期，今昔無殊視。願言謝朱明，攀躋恣謔戲。覓津有苗裔，南陽同子驥。

平湖舟中坐月辛未

泓舟今夜坐，月色娟娟好。四野生静觀，深宵助幽討。紛綸十日游，感兹恬以掃。皎然照太古，川雲同不老。光遠自他及，氣虚以生灝。涼襟起閶惻，微風瀉哀擣。羣動資晦息，羈人齎遠抱。廓然視無際，庶以清夢考。

西湖贈張天生玄馮千秋延年袁則學師孔

長雲亘千里，必以觸石出。衆流各翔躍，靡不望海至。應求匪二理，懷人發長喟。夙昔契三子，笑言形寤寐。祝緘既心勞，誦章亦意委。欣當湖上游，析肝以相視。長楫罄生平，宣游浹氣嗜。願言各慷慨，敦勉昔士義。杯酒日相造，蕩莽秋煙寄。離合杳難期，毋忘聚以類。

旅中偶感

豈有世間傑，碌碌空爾爲？乞交與借知，志士羞稱之。聖人有深戒，舍龜而觀頤。予亦秉氣烈，兹言矢不遺。一日沈淪久，願言遭未隨。中夜起長歎，懍烈生遐思。顧瞻宇宙閒，升墜視所持。時哉不可問，悠悠安足知？綢繆假顏色，毋乃受其嗤。甑墮不足惜，竈滅可還炊。貞素非奇節，願以静自貽。

南都社集 癸酉

皇風開浩蕩，大雅時奮興。結交陳古義，理篤物自應。雲起從膚寸，衆流以海承。抗志各窈窕，舒文信崚嶒。聚高能動宿，道大不辭憎。絃管紛以進，觴飛散鬱蒸。霄路何遼闊，金石無沈升。我願敦聖戒，利貞久于恆。

别姚子雲元台 韓姬命如璜 陳士業弘緒

姚子句吴秀，吐氣薄氤氲。韓生雅澹才，閉户日雕文。往來陳與吴，杯酒何慇懃。一朝塌秋翮，惜别長江濆。涼飆厲霜夜，葉隕空紛紛。離獸多悲音，高鳥哀違羣。矧予敦情好，悵焉襟袂分。川原杳無極，何以接芳芬？人生無常聚，飄如風中雲。自此慎岐路，久暫非所云。

時命篇

鳳凰不棲棘，而或在其筊。騏驥困鹽車，康莊不得驅。軒車何駢闐，聲利交當塗。誰知皇路閒，半以馳鄙夫？翁仲非不貴，望之守故襦。時命不我予，毋爲終夜吁。

之子非注：阮大鋮也。

之子何縱横，華軒耀通都。童奴妖且妍，賓客競承趨。談笑有機伏，高會逞雄圖。昔時既炫赫，恭顯相持扶。時易不自戢，意氣益腆膴。寂寞道傍士，覥面邈羌胡。名節道所貴，君子慎廉隅。一朝苟失足，高陵蕩若汙。所以鵠與蠅，趨舍不同途。

答吳去非聞禮見贈甲戌

我居萬山中，懷人瀠秋水。與子夙心期，壤域欣鄰邇。前歲誦徽音，塤篪紛並美。以兹勤綢繆，䊵駕邈焉理。積雨動葳蕤，高齋煩倚徙。陶陶班尹追，敢以驚星史。投贈宣情素，金石永相矢。

游潁谷分韻得石字

自我來丹山，勝情日攢積。有友修朋尊，挈侶經尋繹。潁谷清風披，萬松擁雲宅。草樹碧何滋，巒岡幽以磧。激蕩生蒙茸，有聲穿崖隙。流波迴作潭，沈徹洗心魄。飛觴錯行次，宣詠貴情適。氣類視所宜，悠然觸水石。

清密閣

相尋沘上游，復此水中室。臨流地所豐，濯纓情亦暱。薄暮微風來，滿坐熇蒸失。高深曠覽知，冥渺静者得。鳥魚匪親人，觴行樂清密。

讀周仲馭鑣十四哀

天地賦正氣，浩然長久生。楊魏殺身去，中天日月行。吾子秉氣烈，慕義心自傾。一朝念往事，金石發爲鏗。子昔曾抗疏，身廢甘退耕。存没豈不異？殊事有同情。今子何慷慨，長吟日敝精。虞公窮發憤，陶令酒避名。著述各有託，大義古今明。

和周仲馭十四哀

楊忠烈公漣

憶昔甲子年，逐獵聚京陌。時傳中丞疏，讀之摧肝魄。豈期激禍機？滔天生蛭隙。趙高鹿且馴，王聖天方劇。悲哉陳竇身，鍛煉銷金石。貫木骨已糜，埋草字成碧。嗚呼天聽高，寧念捧遺册。忠臣不恤死，要在安宗祏。大義争移宫，烈風號窀穸。

魏忠節公大中

魏公既通籍，十年懷一衣。天性好峭潔，攬轡願無違。豈不歎明哲？義激履危機。鄭崇死規節，王章僇訕譏。鋃鐺骨一具，烈烈生光威。予也感獄對，淚落不能揮。悲哉賢茂才，父子同所歸。

周忠介公順昌

道喪善類殃，高張讒夫喜。吏部千載人，脱鈎良獨耻。魏公躬就逮，慷慨悲不止。締婚非急交，用以羞憸鄙。李膺囊三木，范滂無生理。生平冰雪姿，蟣蠓拚一死。天地爲震怒，風雷立移徙。招魂江上來，惻悽滿蒿里。不見彪虎儔，駢僇同羊豕。

高公攀龍

梁谿高夫子，蹈道本洙泗。當其秉憲時，搏擊先梟鷙。一自鈎黨連，爲善無遺類。皇甫耻已湔，景毅志亦遂。傷哉故大臣，而敢煩獄吏。拜表入洪流，汨羅榮易簀。自古皆有死，烈者罹宦寺。趨游和藥來，視兹無異致。

萬公燝

郎中抗疏時，聖朝鷩一鶚。誰知鴟吻張，白日沸鼎鑊？解衣趨就烹，談笑若綽約。男兒既讀書，志在辨溝壑。得從龍比游，豈不賢圭爵？長安大道傍，千載憐孟博。節甫安在哉？嗟彼空狐貉。

左公光斗周公朝瑞袁公化中顧公大章

師丹争傅后，左公一似之。給諫疏叢借，御史揚其私。烈烈顧禮部，賈彪行自期。詎知罹一網，伏僭同榜笞？皋陶呼已喑，刀背徒蒙欺。赤日掩圜土，白骨紛支離。臣生不負國，臣死何纍纍。而我感數公，將無善者疑。

李公應昇黄公尊素

害氣彌天地，共驢横要津。鴟梟啄鸞鳳，檮杌食麒麟。兩賢忔一猘，五毒歷酸辛。仲達青雲氣，玉光埋作燐。白安淩霄姿，塌翮委泥塵。封章長不滅，大義炳秋旻。而我悲萬古，荆聶久沈淪。仇人猶視息，中夜腹摧輪。

周公啓元繆公昌期周公宗建

自我涉吴會，中心獨鬱陶。逢人説往事，深夜起長號。肅肅舊開府，冰霜擁一旄。太史故骯髒，柱後何煎勞。正氣麗金石，聯翩牽入牢。荆棘豈不茂？狐狸坐且嗥。壯士寧義死，烈火自傾膏。流血地常裂，騎龍天宇高。至今胥水上，西風怒夜濤。

劉公鐸

磊落劉知府，十年始一麾。題詩決西市，長夜使人悲。秦刑腹周内，漢律意增移。悲哉文字劫，有道恥言危。巍巍九千歲，頌德不自嗤。惟能呪詛死，風流亦可師。

蘇公繼歐丁公學乾夏公之令吴公裕中

瑨瓚非不賢，喬固不免死。滔滔世已然，悲絶諸君子。乳贙既負隅，身命一時委。梅福去何之，長倩勢難已。悼今感古人，明哲未易儗。二疏匪遭時，何能歸鄉里？

王公之寀

先皇故神武，晚孽生親掖。逐賊勝詭窮，而敢撓明辟？焚梁不同時，中立古人惜。大義諒不移，臣罪甘指斥。傷心骨已銷，遺骼棄廣陌。王成不生今，絞車空悼惜。太宰摧厥衷，對之增嗚嗌。西川路未遥，終爲後死責。

趙忠毅公南星

高邑文章傑，嚴風被九州。司銓有毛玠，中外肅清修。鴻冥三十載，澤藪未能留。一朝翔雲閣，黄髮祁颸颸。弦直道不易，匪夷涣有邱。須臾世事變，躑躅禦遐陬。周宰辱南冠，商師幸纍囚。生死義不負，欣從楊左游。聞赦一長慟，至今天地幽。

魏茂才學洢

魏子著靈光，趨庭樂道素。天地倏晦冥，長夏摧霜霧。檻車不可攀，變形伏道路。長安揮萬言，碎首哀知故。皋淚已成枯，縈書不得訴。負骨日歸來，覆漿絶生趣。忠孝本同根，君乃旦暮遇。

五人墓

高冠華當路，丹轂耀里閭。彼美富貴子，雲仍刀鋸餘。姑蘇有烈士，往往溷市屠。短後倣要離，窮巷守專諸。一時奮博浪，寧知劍術疏。長嘯就斧鉞，賢人同載胥。往來虎邱下，行道多躊躇。諒哉死士墓，生王頭不如。鑾注：此吾師未傳之詩也。先徵君嘗裒采楊魏諸公制藝以傳，題曰：『天啓間諸先生作，而集諸事實哀詞附其前，周鹿溪先生爲之序。忽忽未行世，稿本留笥中近二十年。樓山師詩草仍完美如故，亟爲録入集中，以補其闕。若壬午、癸未兩年之詩散佚多時，請俟異日有心者之捃拾矣。』

校　記

〔一〕寇　原爲墨釘，據禁燬本補。

〔二〕寇　原爲墨釘，據禁燬本補。

〔三〕敵　原爲墨釘，據禁燬本補。

樓山堂集卷二十二

詩

五言古

烏龍潭山亭同沈眉生壽民

涼風起庭際，延步入山隅。窈窕竹林深，松籟與之俱。空亭瞰潭影，幽森生江湖。人煙蔽水曲，荷花傾日晡。市塵紛以擾，樂此觴行紆。嗟我二三子，游處欣卬須。俯仰寄杯酒，永日宣踟躕。

竹亭感事 非注：在虎邱。

玄文方幽處，盲昧謂不章。貴人苟懸書，里耳趨若狂。聲華既紛紛，舉止皆翱翔。誰辯莠言賤？王風久已亡。予也感行牘，流覽中心傷。丈夫不努力，飽食寄丹黄。意當恣廓清〔一〕，揄揶滿道傍。一閧市意異，鄙夫況高張。微言不可續，筆斷徒風霜。

結交古人重，過情君子輕。世降文爲事，壇社競虛名。張陳聯窮巷，蕭朱紛上京。稱揚隨勢激，意氣託聞聲。嗟予察情變，念之中夜怦。道契澹以穆，德鄰尚堅貞。慮下識貴廓，物大類自精。趣舍理有別，豈爲浮華傾？

南山玩石 新菴

山自北周南，選勝情無斁。歷磴度風篁，開襟觸此石。石勢狀以千，我契在精魄。軒翔烈士胸，高邈神仙宅。鮮露濯孤棱，雲根蕩靈澤。下視水波漣，爲此生清液。寒飆自穴來，坐永消煩劇。嗟哉湖中游，晝夜若奔繹。

述懷 乙亥

歷春方無事，觀書感慨生。古人不努力，詎有身後名？黽勉歎二毛，翺翔冀一鳴。四十未云暮，爲學羞縱横。終童繻早棄，馬公器晚成。微尚各有託，趨舍理難并。

舉世急干禄，小儒矜詞章。爛然麗雲錦，誰知大道亡？絶學恥非聖，況以騖荒唐。所貴炳星日，析義訖精茫。董生蔽灾異，王何繆老莊。微言苟未絶，歧路慎輈張。

事變目前見，無爲寄託遐。議論關千載，奈何趣自汙？韋匡不守正，通經何用誇？欽永美文學，棄義如土苴。節烈植天性，富貴本浮華。生平既已失，一事何能加？鄙哉張茂先，有書三十車。

荀彧事賊曹，晚乃飾名迹。嗣宗躬放達，而暱司馬側。既爲鳳皇姿，胡不矯厲翼？豈有騏驥德，受羈于犬食？辭婚善全宗，至愼巧販國。詠懷好詩詞，能無自愧恧？

漢季紀綱失，處士議以横。譏評生羽翼，屣履屈公卿。一朝事勢極，善類死堅貞。太邱躬恃獄，皇甫恥免名。明哲豈不貴？義激身命輕。禍機不可觸，登仙何足榮？異哉郭有道，苟全負友生。

儒術非不尚，守正良獨難。經學在明行，非以資佞奸。雲劍惜不遂，貢冠何足彈？馬融躬作奏，鄙哉邕一歎。衣冠一時偉，質鴟而羽鸞。予也慕氣烈，攬事求内安。流連范滂傳，中夜摧心肝。

魏晉賤守節，頑骫稱通人。爲文事靡麗，誰能窺道眞？六代一元亮，邈焉至德鄰。讀書非不解，恥爲詞章淪。賦詩時見志，縱酒亦還醇。尊聖契經理，狂歌不厭貧。達生寓自祭，深懷記避秦。劉宋何能屈？陶然漉葛巾。

子房尚術數，守正非其宜。太子幾數易，高臥不能規。成功歸四皓，君臣故詭隨。碌碌蕭與曹，名節安所知？我故重叔孫，今也匪面欺。

漢宣矜法術，流失任刑餘。始事傲微忽，積漸何能除？孫程肇極勢，賢人溺載胥。一朝奄孽盡，國社且爲墟。往事有如此，觀來實可歔。

任俠道所棄，朱家行類儒。人親僵在地，原涉廢飲餔。我獨悲今世，意氣輕若銖。生平非不慕，摇手怖艱虞。一朝士有急，叩門邈羌胡。談笑有伏發，陷阱塞當塗。所以大度士，結交空躊躇。

相如射財利，竊婦良不恥。得志還成都，縣令躬負矢。詞賦工詭奇，駟馬何足齒？嚴助仇友壻，主父勢相倚。賤貧意氣卑，富貴誇戚里。大道忘寒炎，達識齊通否。衣錦世所榮，無爲君子鄙。

先民尚風流，志士羞猥黷。我悲典午人，意識卑干瀆。名理各霏微，貪鄙相馳逐。黨賊躐聲華，殖財釀駢儷。江左多儁才，逸少非碌碌。如何宣勝游，徒爲慕金谷？

憑高物所忌，難居實盛名。碌碌遺世譏，同類稱浩英。我儀謝安石，功名匪倖成。雅量函恥垢，鎮物矯中情。古人審材分，出處良不輕。如何臨事任，遂以失生平？卓哉李固書，終當羞黃瓊。

六經治夷狄，不聞貴和戎。魏絳權一時，陋轍古今同。帝女匹犬羊，胡稱馬上雄。漢文謹備邊，空思頗牧風。金錢不殺敵，乃以靡鄧通。

南京聞易曦侯道暹罵賊死

憶昔泊荻港，適有黃州船。心凝此船中，曦侯或在焉。曦侯亦指予，問名良復然。夜半猶沽酒，高談驚客眠。秦淮一月聚，古今皆窮穿。是時射策者，四方多名賢。時時來晲我，相見出奇篇。曦侯對我歎，就流物理遷。慎子震矜意，一善俾終全。每感良友規，誦之中心鐫。自君別我去，闊晤已三年。慇懃憑尺素，緜邈悵山川。豈知君死賊，遽有義聲傳。君無一命寄，君無百城專。矻矻窮歲月，閉廬絶市廛。著書已滿屋，次第國門懸。奄忽遭焚掠，貫係索金錢。謂君名下士，何難質萬千？君前爲致説，解甲使歸田。賊怒不可邇，君論自便便。言窮益激厲，髮指目睛圓。大罵死狗奴，爾罪已通天。即予老禿翁，何恤須臾延？頭可一刻斷，氣常萬古鮮。我也念疇昔，五嶽崩胸前。骨骾不在朝，死綏不在邊。區區徒步士，争此一髮牽。招魂空江上，淚落如流泉。

哭韓姬命 如璜

姬命天下士，我交自班荆。先時陳士業，屢道君姓名。及予既見君，爲復盡生平。君亦素矜負，許我命世英。晨過忘日入，宵談亂鷄聲。出君夙昔著，恣我細彈評。辨論準先聖，詞賦擬二京。年僅逾四十，已發千秋鏗。念君別我日，感君拜母情。期予更聚首，尊酒即同傾。豈意成永別？萬里悲風生。夢中路已杳，雅唱誰爲賡？自此腹常痛，寧勝西州行。

練鄉勇 予至郡邑，見軍容甚盛，問之，知練鄉勇也。爲作二首。自注。　丙子

古語豈不信，消萌以建威。北寇方猖獗，南人早見幾。一朝嚴令下，白日旌旗揮。朝爲販

菜傭，暮已變征衣。虎視四百人，出入誰敢譏？吾方事殺賊，供億何能違？殺賊會有時，爾民且忍飢。

舊營非無兵，府亦役健壯。何如更選士，不戰使敵創？我聞逐賊師，老弱匱轉饟。馳騁梁楚郊，賊來不敢抗。過掠虐貧民，氣驕陵主將。官兵終驛騷，鄉勇新跌宕。古人驅市人，披靡隨所向。今匪素拊循，信以死長上。里胥日催督，閭閻相耀誑。兵怒不可邇，塗膏飭資仗。區區賦幾何？歲亦五千兩。

過茅山乾元觀喜晤張受先采時仲馭暫歸不值

五月登茅峯，林風發寒澍。入門各爲驚，披衣道情素。慇懃感舊迹，慷慨悲當路。承學四五人，趨陪浹朝暮。山空茗氣清，静覯生深悟。誰因驗物理，俄頃判離聚？我友契風雲，嬰心非塵務。悵然臨石門，相期不相遇。

九月寄劉伯宗

揚雄四十餘，乃始獻辭賦。公孫已皓首，罷第還徒步。爾我感盛年，上書各不遇。駑轡驥垂頭，鷄翔鳳在笯。物或使之然，趨舍貴自寤。東皋有薄田，適豁我情素。揮手謝同游，呼童理耕具。畜琴不能彈，攤書敢云注。所願歲常稔，釀熟歡親故。子才爲世希，子時未爲暮。毋爲事荏苒，軥張悲歧路。出處不可齊，慷慨聊一布。

悼吳門 有序

悼吳門者，悼文相國湛持震孟、姚學士現聞希孟之亡也。兩先生爲時綱維，今夏先後繼没，天下傷之。而予不佞，尤有深感焉，綴以二詩。

相國信公裔，大廷遭復同。金閶十五載，凜冽標清風。一朝遘爰立，身通道復窮。時方工謠諑，安能久置公？去國懷明聖，憂心日忡忡。黯淡吳閶邑，悽涼象緯中。斯人不可作，世已摧華嵩。

吾悲姚夫子，龍門世所稀。秉道甚嫉邪，懿好篤緇衣。侃侃立虎觀，皭然生清威。身殆復遭遇，旋轉仗先幾。時方仰作楫，道與命相違。愴惻傷君子，誰惜太陽微？

寄徐虞求石麒先生南京 丁丑

徐公千載人，密識本精練。秉銓類毛玠，清風播區縣。留滯故陪京，鶩發非所羡。憂國日瞿瞿，接士忘疏賤。大義每見申，微懷自此見。予也感交禰，意氣彌繾綣。投書達惻愴，千里匪超緬。

病起逢立秋時六月十六日寓吳子含文英齋中

自我十載來，兹辰紛馳逐。今月憩高齋，桐陰恣幽肅。名理喜縱横，疑義欣往復。深勞從静生，極楚攻積伏。所恃意氣親，沈痾卷堅族。況復觸新爽，微雨蕩炎熇。秋來方未央，客駕戒星夙。錢塘濤已增，天目氣當蓄。山海覽無窮，眷言仍借宿。

陳定生貞慧見顧賦贈〔二〕

爾從荆谿來，視我虎邱麓。木落紛庭階，煙青覆一屋。聞子日黽勉，閉門耽頌讀。穿貫古人書，批導義理族。以兹懷抱深，相對氣幽肅。顧我事游涉，十年空碌碌。抗志未一酬，臨文自慙恧。天空釀氣清，持以宣積蓄。感歎各忘言，乾坤澄雙目。

朱雲子隗葉聖野襄華方雷渚集佛慧菴用慧字

虎邱山色佳，況在秋冬際。自我憩雲端，勝友日來噬。宣昭自文心，慇懃根道契。英絶三君子，委懷無沈替。石坐煙冥冥，水際丹霞綴。澹焉修一尊，雲氣涵襟袂。觴行度量分，語深慨感繫。相期匪酒親，懸鐙明佛慧。

京口行

前歲涉蕪江，正值濟援師。親見掠民船，舟人亂受笞。我時甚憤歎，詰問主兵誰。軍官前致説，予也何能爲？兵驕亦已久，紀律安所知？勉强驅行役，操束反見欺。此語良不誣，天下事如斯。今我蘇州來，京口風帆宜。白晝舟横截，熀熀耀戈旗。傷予未及死，窮髮搜無遺。圖書亡數篋，衣裳去在笥。同日劫舟七，六商一官司。殺人至四五，計失千萬貲。長年熟視歎，皆曰兵無疑。盜來恃兵捕，兵則安避之？欲訴聽邈邈，誑匿非一時。投鼠忌犯器，戒勿厲言詞。風波不可涉，大江變潢池。寄語行估者，慎各守家私。非注：予時同舟。

出門 戊寅

我生空碌碌，無歲不遠游。歲終計日月，家居半未周。性既疾專固，學復恥艱幽。所冀四海闊，庶幾道相求。鄰里守常見，妻子無遠謀。謂予名已籍，胡爲事沈浮？大江鼉鼉嘯，九關虎豹啾。何如教里閈，營飽願易酬？予也聞言歎，趣發不能休。丈夫不得志，安能守一驅邱？江東有好友，期我山陰舟。孔璋非入魏，王粲豈依劉？所願共揚摧，浩浩胸中流。驅車勿復顧，擊櫂發清謳。太史不窮涉，文筆安得遒？

和顧子方杲有爲作

悲哉何達節，聖云難，介性俗所擯。舉世風草偃，意氣誰獨振？不恥萬年卑，殊傷元禮峻。俛首能屈藺。亦有范通哲，片語寤王濬。守鈍非吾徒，識時貴傑俊。毋徒美巷伯，用壯壹不慎。此身匪徒然，小物何足殉？

嘲熱客有序

程曉是篇當是有感之作，予偶觸事戲爲此詩。

予也畏溽暑，避幽闃，猶苦熱不支。如何勤造謁，尚望埃塵馳。闌者頻設難，入者直達墀。予也憎嘈嘈，客益理言詞。豈眞藉長蔭，忘其病夏耔？振拂蠅不去，揚嶽嶽，客且肅威儀。予也憎嘈嘈，客益理言詞。豈眞藉長蔭，忘其病夏耔？振拂蠅不去，揚箑汗益滋。炎炎豈足暱？攘攘胡爾爲？願言持冰鐵，長與素心期。

和顧子方論交詩

大江日夜流，浮雲觸石端。水流不別壑，雲起何漫漫。一朝襲虚譽，四海傾交歡。李郭肩相接，王貢冠紛彈。君子恥其僞，大道或未安。皁不同牛驥，翔寧並鴟鸞？毋寧行踽踽，乃有離羣歎。生平朋好多，雅識結交難。柴桑徵素心，武侯追析肝。持我徑寸意，與君敦歲寒。

同子方謁道南祠過東林廢迹 非注：在無錫。

同展道南祠，心傷東林址。東林何負國？草生已及紀。不見崔魏時，金碧連雲起。巍巍九千歲，蓬藁安所倚？萬古此東林，子無忘所始。

寄定生子方

陳子起陽羡，顧生鳴梁谿。物分類以聚，理浹聲亦齊。自我事交結，四顧渺提攜。出門冠蓋錯，入室中心悽。浮華滿天地，大道誰登躋？悵悵不可託，易面馳東西。何當契二子，交吕而攀嵇。激昂有同尚，澄清志不睽。相去邈千里，慘憺河流澌。慇懃憑尺素，感歎浮雲迷。當關號豺虎，據津翔鯨鯢。幽薊困烽燧，江淮震鼓鼙。安能事摧廓？況復雙眉低。深山足墳典，荒田具藋藜。誰當忘得喪，卷焉守一畦？吾道不可詘，我友自掇擠。引領瞻天路，眷言奮塗泥。

寄仲馭兼致眉生

無士不足憂，憂在斥疏賤。世亂何用悲？所歎聽舍眩。一卒感醉飽，丙吉稱先見。鄧尉寧多奇，將軍肯受善。今□何縱橫，謀夫怯且悁。不知兵在頸，高步翔閣殿。國恩三百年，列位服何炫。諤諤誰能争？後先有同禪。忠信豈必瘖？精能天地變。所願報聖明，何辭遭誅譴？茆嶺雲亭亭，敬亭清且衍。一飯敢忘君，匪以資善卷。

除夕前一日子方遣信至并得定生書卻寄

深山多寒林，親人餘鳥雀。貽書及遠人，如自雲中落。緘窮感慨增，英詞何噴薄。所悲大道荒，長痛士氣弱。吾皇自神武，鄙夫徒枘鑿。郊壘恥者誰？近畿況列幕。蹇予雖區區，言之中心灼。尺寸未能乘，飲嗟而食愕。微勇魯以存，連奮秦引卻。茫茫天地閒，意氣徒雙託。願一馳軍死，寧甘老溝壑？

池陽郡齋集桐城諸子分韻一東 非注：郡齋今稱樓山寓堂。　己卯

雅頌不可作，周道今已東。我生困行墨，憂思日忡忡。自結諸君子，寄託有微同。涉江紛射策，文筆淩蒼穹。杯酒適相造，持以宣素悰。馳驅滿皇路，誰能扇道風？願各厲秋翮，飛揚氣獨雄。毋爲聚今夕，而忘起沛豐。

贈答何次德 亮功

京邑盛軒蓋，出門畏塗泥。閉户復懷人，中心奔驥馳。造我忘晨夕，好我慰渴飢。俯視四海内，發言含涕洟。湯湯周道闊，蹙蹙安所依？天懷多憤烈，寧顧稻粱資？子才秀區域，子志抱艱危。羞稱牀下戒，而恥對麟詞。悲哉當塗子，徘徊悵路歧。

贈答周農夫 岐

桐城方密之，才自域中秀。時時道農夫，譬之草木臭。農夫亦好我，發匣傾相授。昨歲飲三左，歌成落星宿。今年集池陽，短章亦雷走。才華天所豐，智略性輻輳。披褐溷都城，而慎中懷守。大道知者稀，高名俗必詬。誰能親德鄰？婚媾而匪寇。願各秉素心，忘我飭固陋。

早春野眺 庚辰

出門喜新霽，遥山來宛轉。春風生輕煙，草色滋新輭。高柳鳥初啼，下抱河流淺。獨步憺忘歸，引覽恣舒展。

江行

早發清溪口，暮宿紫沙洲。西風拍巨浪，中流不得休。顧我忘夷險，經年任沈浮。推篷看明月，獨酌生清謳。

何以

何以使兵消？莫如加派輟。何以使賊平？莫如官兵撤。不見十年來，請兵日不絶。兵多賊亦多，未見一賊滅。賊去兵肆掠，賊來兵不截。撫軍飾啞聾，鎮帥類蹩躠。塘報習爲欺，上下徒牽掣。終年庚癸呼，竭盡民膏血。皇上至神武，羣臣亦憂惙。事勢久陵遲，相戒有卷舌。雖我懷區區，天遠何能説？

有客 辛巳

有客至金陵，爲道江南樂。予言未及對，歎息已閒作。米石近十千，積錢祇葉薄。民已罄産資，官不信劑約。徂冬歷飢寒，入夏蒸火熇。蝗旱繼疾疫，積屍委溝壑。賣女懼不售，剖兒忍置鑊。零星秦淮游，管絃久蕭索。羣盜徧江湖，伏戎在城郭。紀法安足規？上下徒羈絡。額軍八九萬，空籍閒老弱。況復癸庚呼，重以營帥削。計部傾沈沈，司馬嘗臥閣。持斧第逡巡，爲郎恣戲謔。巍然帝者都，處堂咸燕雀。自我廿年來，感事傷今昨。大廈誰能支，微生鮮所託。揖客歸且休，飲嗟而瘖咢。

皇華來

貴客皇華來，肅衣予往視。寒暄未及終，揮淚不能止。自出大明門，人命即蜉蟻。父老未見聞，書傳定足紀。積歲兵與飢，況兼疾疫死。山左數十州，一期已罷市。菜色滿四郊，相率溝中委。剥胔與僇生，殘忍甘父子。歷邑鮮人煙，縣宰但步履。乘傳驛無夫，買飧得滓喜。所在盡萑苻，盜賊彌千里。結隊不能行，納貲過行李。巍巍相君尊，千金敢牾牴？嶽嶽驄馬者，五百先拱俟。閒關歷艱辛，魂魄非所倚。渡河幸及淮，餘生庶足恃。江南雖奇荒，猶然去倍屣。痛定念前經，痞中亦數起。誰謂金臺高？寧飲石頭水。秦蜀久破殘，襄雒新陷燬。殺運息何時？戰争懼方始。性命苟全難，咄哉希膴仕？

當塗贈吳宣伯韓起明府

十載來青山，驅車恐不速。今兹歷郊疇，氤氲滿郭屋。自公起金閨，嘉藻被南服。製錦美且鮮，丁解迎豥族。種樹蹊忘言，揮弦意常蓄。何知祝與詛，但聞稱顧復。嗟我汗漫游，道聲浹昔夙。誦藝切誼譚，況聆琴音肅。過君類安邑，清風澹以穆。

朝　發甲申

朝發上新河，輕舟飄一葉。暮宿和尚港，南風迴歸楫。冥煙拂皋林，白波天際接。變態易險夷，翻覆疾眉睫。去去渺難期，多畏生久涉。

昨我行都市，豺虎攫人食。今我宿空江，黿鼉狎柁側。有友罹駭機，性命實逼仄。豈不壯賈彪？誰能效陳寔？鴻飛不可爲，澤藪已布弋。吾生亦有天，無爲徒惕息。

金吾貴且倨，生平雅識面。晝夜承指揮，搏擊如風電。一朝戒旗卒，微行通情繾。生爲貴人非，疾驅出都甸。異哉雄萬人，而忌匹夫賤。湯湯周道闊，舉步觸繒罥。逝矣信洪流，兹行擇奥衍。

寧南檄 乙酉

哥舒拒思禮，奇計不及爲。懷光深怏怏，誅杞亦借之。一朝事勢類，號義江上師。火雲變行陣，風霜挾言詞。安知投器忌？貴在快一時。予也寡先識，徬徨中夜思。功成難可受，天蹶誰能支？刺虎乘俱敝，利漁視兩持。諸君幸努力，無爲驅除資。

袁紹奮誅卓，卓燔漢不祀。劉裕起討玄，玄殪晋亦圮。國家遭百六，二患相轉徙。詎意周道東？鹿馬復貿指。武昌揮義戈，旌甲蔽江水。但願君側清，安知前路止？深山讀露檄，歎慨蹶然起。銷兵詎有時？所憂難不已。誰覯于未然？炯鑑昭前史。

校　記

〔一〕廓　原誤作『擴』，據禁燬本改。

〔二〕禁燬本題下有『按：定生父于廷官少保，子其年諱維崧，以諸生授檢討，見儲同人傳』。

樓山堂集卷二十三

詩

七言古

吁嗟行 辛酉

吁嗟我生二十餘，學書學劍空踟躇。前年上策不得報，今年流落復如初。先人有屋遭焚棄，况無薄田可耘鋤。父老謂我方壯盛，且復低眉穿魯魚。丈夫要當立天地，區區不用早瓊琚。君不見昔人寂寂愧鄧禹，至今身名等邱墟。吁嗟我生二十餘。

婆護歌 非注：婆護，輿父小字。 壬戌

伯宗佳兒甫九齡，能誦伯宗詩，併能誦余詩，且呼余伯也。因許贈以長篇，伯宗亦許代報焉。

上帝之居何突絶，中有散吏多宕跌。乘龍每下人閒世，世人往往詫宿哲。劉也與吳相提挈，猶記帝庭同蹩躠。乃知今得忝詞場，爲是清班曾占竊。我嘗執此傲風塵，佳兒難得如星辰。不知眞宰何以不解忌，劉也乃復挺此石麒麟。嗟爾麟兒齡甫九，疏眉玉映氣如吼。腹笥已儲典午前，唐詩小誦數百首。謂此塾師能授之，不分遂解家色絲。即如庭趨頓阿好，野鶩奚其更不遺？對禽辨李羞早智，礫鼠檄鷄了不啻。杜老題詩故自寬，陶翁飲酒應來喟。矧予自許斯慧業，好弄玆辰未識字。我與伯宗稱雁行，少年郡國早知名。吳氏世寧有季子，即看歆向已輸卿。他年善奮垂天翮，無負今時呼我伯。顧我豈緣藻麗盟，溯源元共神仙籍。嗚呼！佳兒九歲解知詩，得詩向父亟呼奇。自言不審瑶華報，即煩爾父代爾爲。

客有示余文文山字卷者筆勢生動蓋眞迹也其詩爲過平原弔顔魯公七言古余覽而感之 癸亥

山窗寒月景幽艱，與客評書一放顔。開卷尺許氣生動，圖窮款識文文山。憶昔少時負書癖，典裘購得先生籍。中夜起讀不能眠，一讀一淚摧心魄。平原古風奇之奇，生恨魯公不同時。未減希烈罵盧杞，日月慘澹天地悲。此詩不下杜工部，豈期書學更過之！筆力要與争坐絜，點畫撇捺皆精血。拂拂十指有同符，吉水之帶常山舌。世稱忠義略詩字，意謂區區非所屑。逢比不聞工六法，芝謚那必敦三節？先生一身備數器，浩氣發舒皆擅絕。嗚呼，此卷眞擅絕！

蘇州行 丙寅

蘇州古俠死已久，墓傍春草年年茂。萬載流風自足存，如今奮椎又屠狗。諸生大哭軍門前，百姓呼號奮徒手。須臾緹騎鳥獸奔，天子之詔吾何有？爾時官長汗浹背，縲臣夜半單舸走。民閒訛言屠一城，聖人憫亂殲渠首。嗚呼天下幾蘇州，嗚呼五人名不朽！

悲東莞 己巳

東莞袁公平臺對，自言滅□五載内。天子暫釋拊髀思，九塞一時增敵愾。予也感事竊致疑，兵者呼吸難豫期。平羌未聞數反覆，高平何人能主持？豈知□今已入口，疾走大梁君何有？擁師不復一矢遺，夜半子反已中酒。道路喧譁不可聽，懷光卒恐負朝廷。宫中聖人調兵食，東市頃刻已行刑。嗚呼東莞眞可哀，三錫承天安在哉！百萬生靈售一命，眼前富貴直蒿萊。丈夫殺身何足恤？要使功名垂竹帛。楊鎬熊王等死耳，何如當年屍裹革？汝夔既斬守謙誅，仇鸞不復矢一雛。即今跋扈將軍在，上國何人更逐胡？獨使至尊憂社稷，卿大夫恥胡爲乎？

相公墩有千葉榴花二株花時甚盛因念其始植之日爲作此 庚午

舊時榴本大如指，親見老僧植庭際。距今十載人未改，雙樹已作雲霞勢。火齊粒粒向人吐，交枝接葉紛相舞。偃蹇新荷尚帶泥，三月桃花棄如土。此時此花好顏色，守宮血綻佳人輔。丹砂含露未全傾，解瓣鮮明日停午。有時煙霧晝冥冥，萬尺珊瑚碎作雨。近聞京口茜如金，染得紅裙那能賭。人家園子費萬緡，移花購樹鬭嬋娟。此花絶豔無知者，寄置空門年復年。出塞王嬙比不得，入道宮人倍可憐。湖中水起一色天，爛熳花枝景欲然。我欲拈花同一笑，不知榴是九臺蓮。

報仇行贈黔中陸生 壬申

灌夫一戟馳吳壁，手殺父仇軍辟易。至今萬載鬚眉生，乃有陸生稱嚄唶。生視灌夫難之難，爲奴季布歷閒關。左手殺仇露血刃，右手挈弟俾生還。此時帥府煽爲虐，生陳大義趨鼎鑊。精變日月天地動，逡巡亦使豺聲卻。世閒忠孝久陸沈，左衽冠裳已見今。侍中之血常山舌，爲之異地歆盍簪。嗚呼，世有陸生而後有人心。

集藍園贈兩吳子 非注：子含、去非也。 甲戌

丹山園子水之湄，水曲亭空深且漪。主人醉客日欲暮，高樹雲停清風披。我來十日耽游涉，性情直與川雲浹。世間好友傾人命，況復淪漣動心脅。布心不聞譚名理，雲機那能争氣烈。以兹二子未徒然，釭盡膏殘見冰雪。古藤垂蔓露欲晞，深檐瓦白烏亂啼。更闌月色窺人甚，何處鐘聲送客歸？

吳去塵 拭 寄詩西湖幷所製墨

故人念我湖之濱，貽書一握道艱辛。墨光置錦護青旻，七言不盡聲隱轔。霜風昨夜發西泠，紅樹曉起炤東鄰。我欲持之還相贈，安得詩工爾不貧？

王侯歌 有序 丙子

參憲王達卿建和先生于里中營墅鑿池，池固有石，鑿成而石出蔽水，大辟象軀，小攤鵠翮，奇形詭狀，不可殫述。先生樂焉，搆亭其上，既自爲記，又以額使予書之，因贈。

王侯解政遂初服，竹里深山成野築。鑿池池開石露穎，先生趣之窮根族。須臾池深石益見，玉笋新班鷩鏃鏃。衆工舉畚不能停，要使形態窮剔劇。引泉灌之方鑑開，巖壑居然倒一幅。奔猊駭獸傍側見，兔起鵠落相倚伏。厥狀窈窕不可名，蕩漾一勺生王屋。此石塵土千萬年，一朝振衣出新沐。孫陽不遇驥垂耳，荆寶誰知光在璞？此池此石如有待，就流物理根昔夙。豪家園子假妝成，卷石不惜輦金鬻。太湖靈璧位置奇，何如此石天然矗。先生之貞介如石，自謂此心池可掬。撫石臨流日賦詩，翳然作想寧濠濮。永嘉石門但在官，會亭禊事空馳逐。誰其題者林下人，墨光映水生紋縠。先生之樂樂未央，我欲爲先生歌淇澳。

食土行 有序　同伯宗作。　丁丑

崇禎丙子歲歉，徽爲甚。予在南都，休寧人有言，其鄉土可食者，貧民恃以生。問所起，則神指也，予疑之。今年丁丑正月，去予鄉數十里中，皆謂神開土倉，掘食者日以萬計，其土出凡數處，赤白異色，予取嘗，則固土也。因感而爲詩。

自古不聞天雨粟，歲饑依然米如玉。中原數載寇披猖，東南征輸日濕束。以兹下邑民嗷嗷，斗穀千錢猶未足。徽州有土茯苓色，云曰神授人争食。通都聞之信疑半，予也攬塊增悽惻。豈知土亦出予鄉，白色壘壘如截肪。有時渥丹閒斑駁，要使負戴日踉蹌。東家老嫗先懸釜，西鄰幼子如摶蜣。共言不復泥滋味，食之不飢充稻粱。萬物生死皆以土，不信土可實腸腑。縱使大塊欲生人，何如五穀不禁取。草根糠粃豈有殊？緩死須臾土敢吐。嗚呼！十倉土倉漫歌舞，有土不能輸官府。漢庭有詔賜蠲租，爲言更及食土苦。

悲安慶

嗚呼！安慶與我隔一水，羣盜三年今兩止。前年潛山太湖破，今年刮地遭誅燬。石牌元旦一炬焦，練潭鐙前胔橫倚。窮村鉅鎮無完家，戟兒剖婦如羊豕。桐城斗大區區閒，懸焉不墜如卵累。賊强馬飽風雨疾，我兵不敢加一矢。陪京援師望不來，尚方依然賜督理。此時天子方宵衣，那知比户縱横死。置郡已近三百年，煙火不絶千餘里。詎今垣屋成邱墟，多壘四郊誰共恥？更聞楚賊來蹂躪，累然者皖將何抵？即使郡國有龔黄，赤地枯骸那可起？嗚呼！安慶可悲悲已矣，君住江南且莫喜。河北賊滅會有時，今日江南吾安恃？非

注：石牌、練潭，安慶地名。

與周仲馭

本朝空同死百年，文章寂寂生寒煙。後有王李争氣象，名成亦與日月懸。邇來文士好輕薄，區區那必過前賢。公安竟陵亦已矣，耳食至今猶沸然。作詩斷自元和後，爲文不識黄初前。我友起家未三十，紅顔抗疏早歸田。一朝手攤千萬卷，茅峯掩關絶市廛。心悲大聖微言絶，要于理義費窮研。又嘉賈誼通國體，努力一埽風雲篇。新詩慷慨生哀歎，有時静好亦娟娟。同時太倉張太史，下筆頃刻布螗卷。華亭陳子工作賦，宣城沈生書翩翩。吾邑公幹有逸氣，吳門楊雄獨草玄。吾曹兄弟尚六七，眼前窮達相後先。今者著作吾推爾，老成波瀾見大編。君不見功名富貴吾自有，丈夫要令千秋萬世書可傳。非注：太倉張公溥，華亭陳公子龍，宣城沈公壽民，吳門楊公廷樞，吾邑公幹劉徵君城也。

讀少京兆徐公救鄭司寇下獄疏有感 非注：徐公石麒、鄭公三俊。 戊寅

善人在患不及餐，此語至今足三歎。今年鄭公忽下理，聞之令人摧心肝。丞相可以排閶闔，豈無巀嶪惠文冠？道途讙譁不可聽，乃有京兆呼雲端。叔向不信樂王鮒，慶忌頭血難湔洗。大臣榮辱關國體，區區豈必問交歡？君不見，長安卿相多慎嘿，言者何爲不愛官？

絳灌沮詛詛自哭，此道今人徒曼曼。

耕田苦

耕田苦，耕田苦，插秧三月今無雨。吳中水利半人工，十里九見翻車舞。一車灌田畝二三，一車用力人六五。水田高下不相及，置車銜接凡數部。盡日戽水水盈寸，南風復吹作乾土。戮力安知晝還夜，赤體相對子與父。下濕上炎背欲裂，前呼後和聲邪許。水非石鑽索非鋸，乃有轆轤生步武。東南歲輸四百萬，那知粒粒出脛股。桔槔幸有古人師，不然滿原成薄鹵。豈無粱肉厭厮養？豈無絲縞多商賈？牙檣錦纜何喧譁，調笙理瑟半僧駔。世間萬事苦樂均，不信但有耕田苦。嗚呼，耕田之苦難比數，有苦不聞動官府。中原鉏耰化爲兵，下邑催徵猶如虎。十日不雨可奈何，黍稷安能飭簋簠？作歌我亦操豚蹄，不及詩人美原膴。

大旱歌

丙子酷熱江河枯，父老皆云廿載無。今年不雨已三月，入秋赤日團平無。驕陽亢暴不可制，土龍夭矯胡爲乎？十家農夫九家哭，長官坐歎空躊躇。若使原田盡燬裂，東南歲額何能輸？只今帶甲滿天地，忍見民窮吏復呼。仰睇雲漢予太息，安得一夕倒天吴？不然移此于冬日，寒者可使長無襦。寒者可使長無襦，其如飢者食無麩。

涇上行贈顧子方

涇上者誰顧子方，眉閒將相氣蒼茫。讀書萬卷苦不足，新詩走筆風泱泱。招我六月出秋浦，長榻空堂相對語。酒酣夜半自起歎，不恨今人不見古。心嘉賈誼非腐儒，有組志在繫單于。生憎丞相身負國，折檻朱游殿上呼。以兹憑弔感今世，寇㜸中原□躪薊。豈無肉食謀者鄙，丈夫低頭猶角藝。家有黨名四十年，中閒日月再迴天。元祐紹聖何翻覆，吾道危如一髮牽。自傷致身苦不早，坐令揶揄伏滿道。大笑生乃與噲伍，箕乎幸爾有同好。土橋班荆語未終，虎阜高談生悲風。酬唱不知三歲近，心期直與萬古窮。長事袁絲弟仲孺，顧我敢謂雙棲雄？嗟我馬齒十年長，上書七次空鹵莽。虚名那能並顧廚，眼前謂爾獨倔强。文章小道何足陳，伸毫拂紙含悲辛。會須從此棄柔翰，直驅霄漢争嶙峋。君不見錫山道南已不朽，天地生人必有耦。且令大雅自君還，富貴其于爾何有？

悲茗溪

丈夫蓋棺論即定，林甫章惇無百年。袁州四明俱已矣，太倉南樂今忽然。茗溪茗溪多悲風，四海何人肯貸公？南北烽煙猶不息，聖明日月政當空。賈董何嘗負經術，區區子衿胡不容？嗚呼茗溪多悲風。

陽羡歌爲陳其年維崧作

定生有子年十三，神明秀澈映秋潭。不知胸中何所似，下筆頃刻布雲嵐。我來十日九課藝，尺幅無多時異勢。步驟三日鬱王良，撤席吾將避其鋭。願爾讀徧世閒書，賦才不獨似相如。我聞義興多往傑，斬蛟伐虎聲烈烈。後有進士吴師古，慕義猶將疏草揭。即如爾祖宫保公，歸來前後留高風。男兒生當學賢聖，況有文筆開鴻濛。我歌陽羡今贈爾，直羡爾父有是子。覓栗不生彭澤歎，明年已似我長矣。初隼欲擊驥出塵，嶄然頭角看嶙峋。君不見陽羡紵拕日滿市，爾曹豈是區區人？

漁隱圖爲陳青谿 貞達 水部題

青谿小草今復出，何爲先作漁隱圖？紫衣小艇坐秋水，釣竿直欲拂珊瑚。我聞義興富山水，淪漣碧色兩溪俱。顧君豈是眞漁人，承明直造心江湖。展圖顧影時自笑，高堂波浪生菰蘆。青谿可向此中呼，我欲從之賦印須。只今帶甲滿天地，中流擊楫誰躊躇？安得澄清四海後，與君共釣南山隅？

丹陽道

曉發丹陽道，蝗蟲飛蔽天。暮宿句容邸，斗米錢半千。行坐皆聞人歎息，言之直使我心惻。富家無租要納糧，貧者勤耕不得食。近畿六邑盡蕭條，江北紅巾甲未銷。幾處無家寡婦哭，幾方征調官兵囂。平臺聖人近召對，諤諤詞臣徒盡誨。河南南矯發誰犯顔？淮西不聞身請載。願以所懷動至尊，眼前遮日浮雲昏。明朝驅車秣陵去，愁見寒原野外村。

折檻行 有序

南京成寶慈勇侍御以言事被逮，友人周仲馭、陳定生、顧子方、梅朗三朗中、麻孟瓚三衡、沈眉生期予祖之京口，予遠不及赴，因作此。往老杜曾有此行也。

本朝列聖容直臣，未見臺省長批鱗。大禮大獄杖且死，郎部翰林争嶙峋。居升既戮張英盡，諤諤者誰如星辰。成公感事獨發憤，報國直當捐一身。杜陵小吏尚如此，況服獬豸甘逡巡。臨風爲謝諸君意，叩頭流血久無辛。

苦寒行

二十餘旬不見雨，徧地江湖成赭土。一朝風雪壓城頭，擁絮無能窺數武。臺檄紛然筆墨催，諸生踉蹌試大府。眼前見誰露頭角？嗟爾塗泥没脛股。

昨聞□騎薄黄河，軍書斷絶一月過。應知士卒指盡墮，誰惜將軍鬢雙皤？北風直北無時息，寒似江南十倍多。即使江南無衣死，强如比屋死干戈。

方密之以智畫天柱峯圖相贈作此還答己卯

我聞天柱之峯高百仞，虧蔽日月概星辰。精靈下降有方子，筆力要與争嶙峋。一朝作圖來贈我，意象髣髴含蒼旻。嗚呼方子何奇傑，世間好事都精絶。學書直造王右軍，作詩欲與工部絜。棄爲小道云偶耳，我曹立身有大節。此時四海盡煙埃，鈎黨纔寬□騎來。南京狐狸號不息，燕雲關塞已全摧。平羌無人朱游死，誰能諤諤静平臺？卻重君家有召虎，三湘七澤藉安堵。憐君表餌未能售，顧我何人假毛羽。即令相遇市塵中，夜半酒酣共起舞。寫圖既我何敢當，振衣者誰君在岡。安得從君排閶闔，手扶雲漢掃欃槍？不然挂此一幅日相對，愧我雖有素壁非高堂。

我來行贈侯朝宗 方域

我來秦淮五月終，於時佳士已雲集。就中朝宗年最少，四海心知但一揖。文章詩賦無不工，下筆雷合風雨翕。三朝舊事久沈霾，爾復精心爲理輯。眼前闒茸何忍見，從風草靡誰獨立？畿南已作戎馬郊，江北蒿萊滿郭邑。反書日達司馬門，丞相充耳何能入？列位喑啞道路目，拱手新參仰呼吸。吾皇神聖試共鯀，決隄那知不可及？嗚呼朝宗何愚哉！李蔡爲人中下才。心肝勸莫學逢比，詞賦何必儗鄒枚？直須不聞天下事，拱嘿閒復雜詼諧。如此低眉但數載，眼看富貴立崔嵬。君不見，似我倔彊還如此，于戲于戲今復來。

無鷄行 有序

陳士業弘緒自北來，爲予言□躪畿輔，其未到州邑，即村落有鷄者皆自殺之，蓋官軍聞有鷄聲處，必行抄掠，其暴甚□也，故人家數百里無鷄。陳時爲晉州守，所目見者。予感而作此。

陳生酒酣慷慨泣，爲言□□昨年入。督師盧公已死綏，觀容高監兵難輯。撫軍白谷號能師，所過猶然騷郭邑。□過猶可兵殺我，兵勢燎原烈於火。入室那知他人妻，掠衣何惜道傍羸。□去村煙未盡墟，兵來十室九家播。有鷄立撲不使聲，此聲不惡能致兵。幾州籬落寂停午，幾家板扉晨不明。可憐幾輔仳傰後，數百里中絶吠鳴。晉州城外無鷄啼，濟南城裏草萋萋。棘門霸上徒兒戲，將軍有令久不知。若使一人能辨此，何爲四海盡潢池？

任邱行 有序

丁郎中燿遇□任邱，得不死，歸言其事，因作是行。

丁郎奉使至任邱，是時□馬風雨至。任令倉皇設城守，鄉官一錢不肯出。須臾四野盡烽煙，□未薄城民已貳。可憐城陷肆焚掠，出入縱横皆異類。官廨煙消一夕中，□酋沈沈居甲第。金帛刮土窮搜求，婦女比屋恣淫戲。老弱誅死丁壯械，累累相牽同起寐。蛾眉從□不識羞，曉妝猶然施粉翠。酋居侈然有主臣，會飲席地羅金器。有時會獵復一出，貂帽短衣從數騎。一□繫郎至酋前，叱使屈膝郎裂眥。問郎何人郎大言，五品任官今奉使。萬金買命無一錢，兵在其頸者數次。適有天幸郎不死，赤體閒關備憔悴。歸來慷慨向我陳，□何能爲我自易。嗚呼！任邱小邑何足哀？山東藩國已蒿萊。即今□已飽颺去，何道能令不復來？己巳于公亦已矣，樂陵小令安在哉？

誦經行 庚辰

西方妙道超空色，福田利益渺難得。稍修其法了死生，假託往往藏奸慝。受戒嘗爲聚衆資，焚香偏使愚人惑。或言劫火當盡燒，或稱再降有彌勒。勝國昔年起無爲，豈知後來兆鼎革？近日山東來白蓮，掃除大費師武力。乃知作賊多誦經，未聞誦經可殺賊。督師楊公總六師，小醜何難滅朝食。不言兵法言佛法，亟請誦經奉詔敕。古人一言敵愾生，此舉豈不隳軍實？若使賊聞必大笑，空王何處行誅殛？臺諫那能痛哭争，大臣吁嗟相閔嘿。予始聞言不敢信，及覽邸書增歎息。桑門從此九重開，鬼方何必三年克？嗚呼！即使誦經安反側，世閒豈有佛社稷？紙上空言尚如此，何況有骨來西域？君不見潮州刺史古錚錚，又不見龍場驛丞在正德。

楊枝歌 有序

妓有某者，從人近三十年，夫死輒嫁勢家，其事可感也。所從者曾與予交，爲隱其名，作楊枝歌。

君莫癡，君莫癡，請君聽我歌楊枝。茗上將軍莽自負，楊枝縷作金銀絲。解稱詩，工臨池，對人嘗恐不能知。來禽青李隨手帖，黄絹色絲絶妙辭。十五相從今四十，白頭偕老不須疑。豈知將軍一旦死，楊枝忽向他家垂。將軍自昔教歌舞，黄金珠玉寵嬌姿。今日楊枝飛絮去，華堂冷落如茅茨。五侯驕奢横勢力，如花小婦夾階墀。粗豪那識謝與衛，但嗤楊枝今已衰。楊枝嘿嘿不自得，今夕何夕比當時。侯家富貴吾何有，將軍恩愛空尋思。嗟楊枝，嗟楊枝，水性空勞不自持，未幾蹋作路傍落。人生見此增感慨，手折柳條棄擲之。丈夫意氣有時盡，千金何必買蛾眉？

答贈余澹心 懷 辛巳

南京佳士如山積，誰攬雲霓手自擘？讀君文字歎君詩，風神況在藐姑射。我居秋浦萬山中，一朝避亂浮家宅。虚名往往動都人，負郭猶然錯履舃。自傷潦倒風塵中，心知逢迎眞無益。假館君隔籬落閒，獨喜素心數晨夕。贈我七言覽未終，白日空中走霆霹。感我致身苦不早，知我多憂嘗腕搤。即今詩格久蕪靡，何幸得君掃巾幗。相期于我何有哉，將毋因此生羽翼。

雒陽行

神祖昔年建儲苦不早，于時言者棄官如輕草。東宫既立王當封，誰云母愛者子抱。攬圖按籍狹魯衛，帝曰無如河南雒陽好。即今堯仁睦九族，雒陽祭酒稱尊屬。几杖未聞賜吴楚，礪帶藉辭表郟鄏。豈知賊至山河崩，白頭老王遭惨毒。靈光一炬作煙銷，黄金滿屋等秋漂。累累宦官屠羊豕，宫女如花逐絮飄。天下聞之盡嗚邑，九廟震驚至尊泣。爲問閫外誰督師？丞相不聞請削級。朝臣痛哭那敢争，腹大鞭長何能及？去年賊已敗興安，露布誇揚墨未乾。練饟已靡七百萬，中原郭邑十九殘。親王既殺名藩陷，楊相猶能第一官。嗚呼！多壘不聞大夫恥，舉國誰爲鬬伯比？屈瑕必敗請濟師，今之肉食謀者鄙。我悲雒陽悲未終，又聞楚客悲襄水。

襄陽行

昔之襄陽攻千日，平章猶然鬪蟋蟀。今之上相親視師，城破不及朝食時。瑪瑙山前無匹馬，洊墮名藩誰爲者？要以虛言動至尊，禍遂罹于高帝之子孫。方命圮族敢逃誅，一死猶將肆矯誣。直使天下萬世後〔一〕，從此盡喪其廉隅。嗚呼！武陵楊相誠可哀，忘親負國何愚哉！清漳有士尚未死，豈知身已委蒿萊。身委蒿萊亦已矣，襄雒二王何以相見于泉臺？

薄命辭

妾薄命，恃君寵，出身膏沐天下奉。裂繒不博一時歡，忍心白骨成邱隴。主恩既重災亦深，紅顔掩面生悲恐。君不見武陵楊相公，顧盼猶然一世雄。高唐無復重相遇，五年富貴如飄風。

妾薄命，負君恩，起自外庭承至尊。如山珠玉苦不足，人情已作波瀾翻。顔色未改君心變，黄金不負陌頭魂。君不見韓城薛閣老，一朝被逮身不保。當時自顧傾城笑，那知性命等秋草。

大雪五日矣旅中即事偶憶歐陽公會客詩用其原韻

自注：其序曰：『玉、月、梨、梅、練、絮、白、舞、鵝、鶴、銀等事皆請勿用。』

荒園枯枝未啓萼，寒風怒號勢相薄。三日雪下不肯休，四日五日復大作。開窗飄灑冒几席，瀰漫川原增寥廓。出門没屐已及膝，炫眼光痕畏閃爍。當塗有友攜具來，轟飲直至鐙花落。酒酣氣震各慷慨，陶然不異襲狐貉。仰窺檐霤吹不斷，起看竹壓如搏攫。更深客散晨鐘鳴，但有空林喧飢雀。高卧不知午爨餘，令來相招畏躡屩。慰我旅況備苦嚴，我笑十年無此樂。何以解酲不須酒，松茗亟使敲冰瀹。坐觀風濤狀滚滚，直覺天地冥漠漠。偶憶六一汝陰時，墮指猶能整矛槊。禁物敢望前賢工，詩成欲令後人噱。

歐陽詩體又次東坡韻

自注：序云：『歐陽公賦詩禁體物語，于艱難中特出奇麗。邇來四十年，莫有繼者。自蘇公至今，則又五百餘年矣。』

空亭無人掃積葉，我來十日五日雪。寒風作威晝夜號，一朝瀰漫勢不絶。極望川原已失迷，低頭竹樹皆摧折。出門但覺人蹤稀，索米恆恐竈煙滅。已無高士能僵眠，幸有仙令餽不掣。客來攜壺共傾倒，更深翦燭還生纈。清歌紅袖欲迴風，高譚逆旅驚飛屑。爛醉那知街鼓沈，擁緜曙光驚一瞥。呼童炙研爲題詩，歐蘇千載無人説。三寸不律最刻嚴，物狀誰敢犯冰鐵？

歐陽體又用東坡次子由韻 自注：序曰：『仍不用皓、白、潔、素等字。』

晴陰何用灼靈龜，今日大雪前日知。寒雲起凍天地合，嚴風作勢晝夜吹。飄灑無聲先歷亂，少閒枯條如染髭。衡宇一夕變規制，江城四面無流澌。俯視坑谷平凹凸，仰睇窣堵失孤危。茫茫原野直冥漠，推窗細視裹游絲。乃知造物眞難量，此事豈關巧力爲？夾徑脩竹垂欲折，亭亭終不借扶持。袁安倔僵自天性，那羡仙人姑射肌。攜壺顛倒仗朋友，擁鑪擬物羞女兒。且喜入地螟螣死，占豐明年夏秋時。衡滑難㑷幽人迹，經户誰窺高士帷。但令閉門嚼冷洌，夐然不改冰雪姿。一朝杲杲驚見晛，滿眼炫瞀光瀏灕。天半蛾眉邈難即，當前濤勢生階墀。萬户埃塵承瀞濯，建瓴直使草木披。屈指十日歲行盡，歸騎還當帶涇馳。吹笙伐鼓吾何有，柏酳辛盤倒瓦卮。簡點詩篇禁體物，志與古人相追隨。千載歐蘇敢再遇，予也何人足繼之。

封侯行 甲申

男兒封侯在戰力，此語令人增歎息。國亡主死將軍封，封侯何須見一賊？黄金有印大如斗，不殺賊奴亦相逼。嗚呼！朝廷所貴非爵邑，區區意在安反側。君不見，昔人手握天子璽，丞相如有驕主色。

大風行簡周仲馭獄中

南京九月大風起，木拔石走怒不已。太平門外谷夜號，玄武湖水躍過几。豺狼滿市攫人肉，不知天變良有以。華陽先生整衣笑，泰岱崩前若無視。昔賢相戒莫爲善，區區豈必達玄旨？萬年嘗見天日清〔二〕，嗚琴聖人亦在理。

校　記

〔一〕後　原本作「之後」，據暫園本改。

〔二〕嘗　原作「書」，據暫園本改。

樓山堂集卷二十四

詩

五言律 一百三十九首〔一〕

有感 辛酉

誼策能答説，軍纓肯係胡。讀書嗟往事，懷抱愧吾徒。直北方傳燹，江東但索租。秀才僑肸在，可漫老菰蘆。

邸中坐雨寄劉子城湖心寺 壬戌

入郡一旬雨，盈街三尺泥。旅愁不可折，城雉若爲低。何處鐘聲遠？相聞湖水西。美人清夜坐，芳草自萋萋。

陶家山眺城外山水 自注：池州城內。　癸亥

高眺俯城平，千峯晚送清。不知春已去，欣見水方生。煙樹初無定，睥睨若有情。人家能幾點，歷歷遠光縈。

齋中夜雨同劉城得清字

入夏陰猶積，深齋雨夜生。寒風空碧落，虚氣轉幽清。爾我宜相對，階除得此聲。情親兼旅寂，閒傍一鐙明。

代愛妾换馬

紫塞忽聞秋，紅顔詎可酬？壯心君自遠，薄命妾何求？骨有千金好，恩無一夕留。願將憐主意，躑躅付驊騮。

村　晚

龐公非就隱，謝子蹔行山。暝色隨秋澹，歡情對雨閒。牛羊知日夕，漁釣隔谿還。坐待前

峯月，柴扉夜不關。

村　曉

鷄犬林初曙，藤蘿月尚殘。青楓流翠逕，白露浸嵐寒。漭蕩天如闢，微茫氣欲團。所居秋自迴，拄頰試前看。

齋　居 非注：在暫園東南數十武，久廢。　甲子

結屋到雲隈，雲深護碧苔。一門千樹合，三徑萬山開。天地觀常静，詩書抱不迴。曼聲長嘯處，朝爽若傾來。

不知人境遠，爲得鳥聲幽。卻掃門雖設，欣看水自流。雨消三伏暑，樹帶四時秋。抱膝誰能識？悠然寄遠游。

銘陋眞成室，披帷乃有人。潺湲鳴石髓，薜荔挺松身。几亂風吹帙，苔疏月欲匀。時令物自會，高詠入青旻。

出郭登湖山頂有雨勢 自注：山在池州西門外。 丙寅

出郭偏宜曉，盤旋得幾羣。雲峯相澹遠，天地始氤氲。積暑朝能散，平湖雨欲分。因高閒指點，江影練爲紋。

渡　江 自注：往河南作。

曉日晞初澹，霜風力漸微。舟分南北易，帆認去來非。一水流寒色，千山湧静暉。浮沈應暫爾，莫看雁南飛〔二〕。

七十里鋪

不到汝南路，那知江北塵。計程七十里，共我二三人。主客憐投店，風霜感駐輪。相傾猶濁酒，莫漫説艱辛。

六安道中示王子 心睿

雪霽寒仍積，霜征興欲闌。莫因山邐迤，不信路艱難。漠漠蕭條意，行行近遠觀。前途猶

共爾，相慰有加餐。

汝寧有念老母不覺泫然 是日立春。非注：時王乾純先生爲汝寧守。

作客忽殘歲，違親況度年。慈帷依遠夢，官舍獨幽悁。未信句萌動，方驚鼓角傳。天涯塹菽水，情切倍潸然。

除夕憶諸同好 非注：汝寧署中。

數子傷離別，天涯念德鄰。臨邛方重客，王粲暫依人。對酒思當夜，新詩好近春。年華容易度，意氣遠爲親。

下第後汎舟赤石磯見石閒有鍾王題鐫因步其韻 丁卯

水落流餘半，秋殘色未删。偶來忘失意，到此即深山。句使人親石，煙爲影結鬟。不知喧欲近，暝盡未能還。

友人汎舟至齊山

政在秋冬際，更宜山水閒。因舟得濟勝，觸石可開顔。攬眺情無極，蒼茫色帶殷。持杯亦偶爾，新月待人還。

秋　浦 非注：去城西南七十里。

秋浦常秋色，秋殘色更深。爲疑煙是雨，不盡水生林。小艇如行鏡，長天可挂襟。與誰齊蕩漾，遲月幾迴吟。

酬　内

三刖徒懷玉，十年空上書。那知余骯髒，不盡爾欷歔。安石言相戲，仲卿氣欲舒。他山猶覺遠，閨内得礛礵。

負　郭 戊辰

負郭深深巷，蓬門盡掩扉。那知人去遠，翻訝信來非。柳亂情無定，花飛意已微。刀環空見贈，心折未能歸。

舟過方山

江路方寥廓，河流又一航。水容生以曲，山勢總爲方。四面傾朝爽，千村抱夕陽。古今仍王氣，擊楫自滄浪。

十五夜月獨坐

月色四時有，良宵獨在秋。庭空誰與對？坐永自爲幽。萬里無雲氣，中天似水流。偶然驚竹影，零亂發清謳。

十六夜共子相諸從小飲

昨夜月如在，今宵酒更宜，寒光杯自有，素影共爲持。匹練生千樹，空亭鑑一池。莫辭更欲盡，長此慰秋期。

宣城留别沈眉生 壽民 治先 壽國 兄弟 庚午

積雨動高林，留人意自深。二難誰可並？八詠到于今。燕市存軻漸，關中識布心。蹋歌何處斷？欲別未成音。

應試南都伯宗祖別清溪

逐隊七千士，上書十二年。感懷唯我友，惜别更殷然。劍氣秣陵道，花期九月天。未知秋有色，溪水若流漣。

風阻荻港集楊子儀守備幕府清音亭

我以懷人至，風能贊客過。敢操吴趨曲，而聽郢中歌，白浪浮睥睨，清音繞薜蘿。酒長頻引劍，看爾洗天河。自注：亭有洗天河處。

繁昌舊縣阻風 辛未

往來此舊縣，風雨獨今朝。江路因秋迴，羈愁以慣消。藏舟深藉柳，沽飲助觀濤。鄉客無端聚，呼同語寂寥。

九月十一日金山寺

天地此江心，浮沈自古今。波光湧出寺，雲氣變爲林。四面帆檣影，一叢鐘磬音。往來何足問，吾意獨高深。

山自江中立，水周寺獨奇。不知曾擾攘，到此即孤危。秋遠心生寂，觀高世盡卑。登臨如得數，四序總佳時。

虎邱

出郭紛相逐，尋山此獨幽。四周環聚水，百尺坦成邱。石磴平生照，林煙静欲流。閒觀人自遠，不盡客吟秋。

半塘小飲沈聖符應瑞舟中同趙我完自新吳扶九翻

野水平輕岸，空明泝一船。林陰層入鑑，秋氣澹如淵。不盡琴書潤，相遭風水漣。棹歌何處發？杯酒亦同仙。

虎邱許孟宏王惠常見過信宿 壬申

涼風起山曲，二子意何深。到此同禪寂，跫然喜足音。雨餘消暑氣，朋好助文心。何以生虚悟？鐘聲雲外沈。

游澮石園同諸吴友分韻得奇字 非注：商山吴也休寧人。甲戌

首夏陰常積，尋幽入谷宜。乍驚山欲合，躇步路生歧。梵室開金爛，香龕鑿鐵奇。不知人境遠，觸石可增思。

主人曾未問，徑埽若相期。慘澹知心苦，經營到眼奇。行厨穿竹盛，清籟接林移。雲族誰相造？游絲浄酒卮。

亭敞層巒曲，檐臨衆木卑。巡觴捐使令，品石喜參差。人静觀常廓，躋高意戒夷。相看忘辨處，雲自變峯奇。

碧園 非注：在商山。

何處游頻好？藍園更碧園。竹涵秋四季，石照浪千翻。花氣消醇酒，林陰正映門。孟公知客意，風雨更煩喧。

與石居贈吳去塵 拭

谷口原留鄭，蘇門亦有登。徑幽松作使，意静石爲朋。好事情偏劇，多能理自應。不因時中聖，誰識澹于僧？

至白下周仲馭以新詩書扇見寄

周子躬耕久，嚶求意不衰。照人猶古道，投我好新詩。白月入懷見，清音擲地知。淮南山固小，吾意在明時。

鎮江阻風登北固山

京口迷煙色，蒼蒼直一來。停舟不記日，力疾亦登臺。山勢如相待，江流去不回。秋心寄杳冥，極望使人哀。

昔泊金山寺，今來北固山。登臨如咫尺，迂曲亦閒關。步散徐開抱，觀窮欲壯顔。偶忘風力勁，不盡樹潺湲。

游西山

氣爽偏山曲，因舟濟勝宜。有峯皆笏插，無地不煙疑。宛轉誰營野？蒼茫我寓思。秋深天易冥，遲月一帆隨。

湖上逢馮水部給諫兄弟還朝余規以書受焉因復贈此 非注：馮公元颺、元飆也。

寥廓此湖中，相逢偶鉅公。善人能受盡，直道恥爲同。瓊固友生意，野王兄弟風。明時看努力，忘我獨飄蓬。

寄嚴印持調馭西湖兼問子岸渡 乙亥

自昔風流在，高居静若禪。曾蒙十日飲，尚缺一書傳。鶴嶼秋誰問，鵝經老更妍。自注：嚴工顏魯公書。過庭應閣筆，魯殿可巋然。

和州 丙子

高皇昔神武，和州初濟師。豈知壯哉縣，遂爾汙爲池？汝潁空連絡，江淮斷鼓鼙。殺人十五萬，莫使聖明知。

江浦

浦城猶未戰，遂有捷書聞。不築封京觀，先歌飲至勳。死心寧士卒，生氣實將軍。寄語從戎者，皇恩尚可云。

范異羽先生雨中招聚鳴鳩亭分青字

何處可占星？鳴鳩聚此亭。林園不厭夏，風雨更爲青。有客争能賦，如公恥獨醒。莫辭賢聖意，相對有沈冥。

來說

來説中朝事，鈎連復黨人。世情非反覆，吾道本艱辛。好士誰元禮？狂生幾正平？城門如入告，鞭撻豈威名？

聞警 自注：時方應試。

聞説□氛惡，都城不解兵。邸鈔三月斷，臣辱幾人明。戰氣方消索，文場費論評。七千君子士，誰不愧長纓？

己巳冬聞事，言之氣尚吞。那知薪厝火，又見□當門。丙吉寧先識，平原敢復論。衹餘平□志，有淚注清尊。

出師 自注：南兵勤王。

直北烽方舉，江東士本驕。主恩誰獨報？戰氣已非朝。卿子猶高會，秦師不禁囂。將軍肯受諫，莫漫且乘軺。

借問臨戎者，云能讀父書。可聞司馬法，曾慣習兵車。士鬬今知幾？軍行且自徐。誰當如爲賈？先事已成歔。

題貢院壁 自注：三場草策完，以餘墨書之。

自我低眉入，蹉跎二十年。臨文嗟戰蟻，仰屋想飛鳶。意氣何堪此，功名況未然。徒憐常抱足，起視月初圓。

聖主方憂□，諸君正第文。吾能言餌表，誰遂假風雲？鷹隼時思擊，驊騮本絶羣。不知長太息，天遠可曾聞？

張爾公自烈自燕中赴友人難還歸南京書來言有删選之役 非注：友人袁公繼咸也。 丁丑

寥落懷張子，衝寒自北還。善人曾解患，鈎黨正相關。對酒存卿漸，臨文憶尹班。王風今未萎，遲爾更爲删。

嘉興聞信

莫問傳來信，言之意轉傷。壬人寧失算，聖主正當陽。日月霽如昨，煙雲過已茫。相持杯酒在，清夜若爲狂。

偶憶先朝事，升沈理不殊。萬安終罷相，福達可逃誅。蕩蕩原無黨，悠悠恥學愚。斯民猶直道，莫謾悵楊朱。

敢以通儒號，居然費論評。丈夫能慕義，聖世忍逃名。袁郭無朋友，裒融有弟兄。吟秋吾自笑，意氣向誰傾？

感事贈張天如 溥 虎邱

非注：時寓雪珂之竹亭，予同在焉。

寥廓相逢處，金閶氣正秋。誰疑吾道詘？偏繫客心愁。門夙高龍號，車寧避鳳謳。讒人天地窄，有北未堪投。

自古論憂患，賢人受獨奇。上官空努力，孟博已殊時。著作當今盛，聲名付後知。吾家麟未絶，筆斷不須疑。

虎邱同仲馭眉生

天涯惟二子，作客偶同時。草木十年臭，煙雲一棹隨。素心留石照，高唱動林枝。不盡深秋色，清尊日夜持。

次韻仲馭將游黄山留别虎邱

與君十日聚，山色往來中。對宇歡相接，論文愧未工。不圖黄海去，猶幸虎邱逢。搔首懷清夢，林聲夜夜同。

雨中過邱天民（民瞻）留飲同陳百史（名夏）陸履常（坦）用侵字韻

懷人方命棹，風雨動秋林。踏濕臨蓬户，披帷對國琛。酒杯三徑客，漆室四人心。坐久忘深論，城頭暝色侵。

酬湯薦玄廷棟見贈

緑竹覆閒院，霜繁葉正摧。跫然聞足喜，復此好詩來。白露宣懷抱，清尊注酒杯。知君龍劍在，拂拭爲誰開？

得梅惠連之熉書因送王在明都俞歸麻城幷寄

梅子書來好，王生見復奇。論交還後笑，因别寄相思。張楚功當並，游吴道不疑。將毋對杯酒，贈策笑江湄。

留别陳百史西巖非注：在竹亭之西。

與子相逢日，吴門秋已淒。紵衣猶未獻，雲石共曾題。射瀆楓村暗，孤帆霜日迷。同持尊酒意，深論在巖西。

五十日作客，一千里爲朋。論高非動俗，意澹已宜僧。爾我悲風雅，文章恃降升。相期還瀨浦，書札墜雲層。

夜飲楊維斗兼言別

楊子談經處，頻來醉酒深。共將文字飲，宣此歲寒心。我以游爲寄，君應道自欽。詰朝回看處，惆悵動陰森。

舟　夏 戊寅

入暑經三伏，舟居已半過。晴陰忘月日，寤寐狎風波。泊港蘆容膝，聞聲櫓和歌。江天南北迥，飄蕩欲如何？

有懷仲馭

久客懷吾友，天涯更幾人？忠曾犯明主，意獨軫斯民。梅尉逃門卒，陶潛漉葛巾。安時多著述，莫漫擬沈淪。

定生見訪子方家

客裏秋風起，荆溪短棹開。以兹思呂駕，復共醉融杯。二子眞難並，三人不速來。空庭當夕永，相視各于慧。

定生以沈眉生疏草相示

索米長安市，羞稱待詔臣。懷忠必我友，羈旅直批鱗。賈誼眞先輩，羅倫恐後身。臨風同一讀，相對語艱辛。

楊中翰招游錫山

爛醉惠山酒，清心第二泉。楊修今好客，習郁又移園。亭蔭藤花亂，池風荇藻牽。雲根時倚徙，新月待娟娟。

陳水部園亭

何處逢蕭瑟？高亭秋已疏。一園涵岱華，三徑隱河渠。檻曲香生遠，林深月到虛。從容忘主客，敢謂即蘧廬。

泉石隨人勝，經營以地宜。元方原有弟，水部況能詩。過客誰題字？忘機但酒卮。煙青看葉下，不盡照生時。

此地林塘徧，居然小一都。賜書雲滿屋，築野意爲區。移自愚公谷，游堪宗子圖。何當穿竹裏，清夜盛行厨。

南岳别墅爲吴問卿作

谷有延陵墅，蕭條秋更清。我來不問主，勝地久知名。萬竹青雲覆，雙溪匹練明。潺湲聽未絶，石髓凋邊烹。

名節存三世，東南第一園。屋從林杪出，石自檻中蹲。曲曲香生徑，枝枝月到軒。不因培護遠，誰識挺雲根？自注：問卿祖父爲安節、徹如兩先生。

八月十五夜與定生看月南岳

佳月隨時有，良朋似子無。愛山同此静，命酒不知孤。竹密清生籟，松將影入圖。寂然何所語，相對意爲輸。

住南岳三日矣十七夜吴問卿復移具看月再用前韻

月出疑前夕，山光乍有無。人原安寂歷，景自助幽孤。對此一庭色，猶堪三笑圖。客來忘信信，知復爲君輸。

次韻留別定生

爾以札爲友，予甦蔡授書。深交原自淡，談藝直爲餘。黯矣池塘碧，蕭然柳色疏。丹陽秋滿路，清夢欲何如？

贈劉幼濟 廷鏊

探玄吾豈敢，問字爾何求？譜以齊名重，交因累世留。庭趨原二仲，姓著自三劉。年少今誰勝？争先是上流。

臘月八日同劉輿父 廷鑾 過相公墩因觀所作新隄

不到湖墩久，今來問水潯。天空餘野色，僧伴只疏林。爲有登臨暫，因知歲月侵。與君同憶昔，鐘磬杳然深。

平湖眞浩淼，水落但遺墩。荒寂今爲甚，瀟湘意尚存。天吳誰倒使，地胏可孤騫。萬鍤工方具，波瀾勢已吞。

成都張紫城粲垣先生貽書及詩卻寄張前令余貴池

懷我張夫子，棠陰久繫思。猶留秋浦玉，況足浣花詩。出處原非偶，安危視所持。彭宣今未老，獨許後堂期。

得眉生孟璿朗三書卻寄時眉生以抗疏歸不復就試己卯

良書來故友，發讀意悽然。共負求聲意，誰傳招隱篇？馳驅須並駕，出處景前賢。我亦浮沈久，躬耕笑未堅。

南京寓鄒滿字典閣子非注：在金陵栅，予時同寓。

我亦耽幽者，都城問索居。許多高士竹，寧卻故人車。野色來千雉，清音隱一廬。觸蠻吾自笑，蓬藋可逃虚。

閣自林梢出，蒼茫雨更宜。到門猶水泊，極目盡煙疑。客有王猷好，人原鄒子吹。牆東如可借，或恐遂棲遲。

訪伯宗靈谷寺

出郭雲煙杳，林窮徑轉通。山餘不盡勢，谷有自來風。王氣留松柏，深心倚磬鐘。跫然知復喜，許我亦從容。

過周仲馭萬松菴

遐情惟我友，暫止一禪林。爲有生徒樂，能增道義心。陶陶沈月魄，謖謖坐風吟。不是攢眉客，相尋意獨深。

城南舟中 非注：在聚寶門外。

自我來京國，蓬門履舃盈。未能齊得失，而苦學逢迎。悦性無如水，忘機敢避名。依然城郭近，徒賦濯纓清。前月秦淮夜，深懷數子俱。情猶狎寤寐，事偶學江湖。挾策徒工瑟，求官未棄繻。海鷗知不下，秋色隱菰蘆。自注：數子爲定生、子方、辟疆、密之、朝宗也。一帶城南色，煙雲傍小舟。洲分白鷺古，樹入赤磯秋。上下隨波去，東西視蔭留。鴟夷吾曷敢？或恐遂沈浮。七次書空上，今來水作鄰。羽塹鵰鶚滿，情覺鳥魚親。直北烽方舉，京南士用賓。吾儕誰共濟？擊楫待江湑。

棲霞寺

覽勝最秋宜，空山更發姿。石身天變化，林色月參差。采藥非吾事，扶笻且自隨。六朝雲外迹，草際臥豐碑。

送傅元之如圭應薦北上

送爾燕臺去，忘予失路悲。那知千里别，不盡寸心期。言事羞徐樂，和歌憶漸離。明年春有信，惆悵問南枝。

酬别李叔則楷西歸

意氣許誰重？惟君念友生。詩猶言北地，家偶寄南京。月浸淮亭影，風摧江岸聲。不堪聞鴈渡，萬里悵宵征。

即　事庚辰

春官首舉士，藉藉語都門。遇合今尤異，文章道未尊。可知緣鄭五，上第詎公孫？寂寞三千士，飛揚敢復論？

聖主臨軒試，諸生破格升。風雲眞不偶，口舌自爲騰。未便俳優畜，還來侍從稱。豈無懷國士，容易受殊恩？自注：時新第者遽有翰林臺省之擢。

王師今報捷，賊已敗興安。逋寇何能熾？天威久未殫。願言滅朝食，然後築京觀。文筆知誰健，淮西石好刊。自注：督師報破賊于瑪瑙山，論者皆疑不實。

中使頻年出，高牙一日收。即看諸節鎮，仍繫大長秋。壁壘觀應改，衣冠氣欲遒。窮天知主德，扶杖滿郊疇。

天子重憂邊，中樞若置傳。誰知大司馬，度越漢諸賢？三説言猶爾，千秋事偶然。自注：用田千秋事。無方惟聖祖，今昔語同年。

寄侯朝宗

送子北歸日，江湖淚泫然。草滋今歲碧，月憶去秋圓。家宅吾如寄，烽煙幾處傳。何當高李輩，詞賦競梁園？

柬顧子方

別子蕭條甚，春風柳已絲。猶憐前歲月，獨照惠山時。世盡聲相逐，誰當道自持？片帆東下日，許我共驅馳。

答劉涜松 明遇

寥落劉明府，猶然諸士風。友聲勞寤寐，被服獨從容。白下聲相倚，涜谿調復工。看君珠玉擲，忘我獨飄蓬。

賈家園同梅惠連

最憐春暮色，落日貯晴雲。以此荒園廓，能消近市紛。行厨穿竹至，高坐接檐分。共是羈棲客，情親獨有君。

送涂德公 南吉 兼問黄石齋 道周 先生

昔日陪京裏，因風識次公。十年懷寤寐，九死説從容。獄急疑朱建，名高得孔融。關西豪傑盡，曾否許江東？

郡邸除前一日伯宗餽酒時余將欲移家

作客忽云暮，唯君意獨親。萬方悲戰伐，吾輩感風塵。衡宇求相望，盤飧愧屢陳。明朝容易度，莫訝歲華新。

四日同伯宗公儼輿父子相過相公墩 辛巳

湖心嘗寂寞，喜過必吾曹。此日能乘興，逢僧即遠囂。晴吹生户牖，積雪隱林皋。爲讀十年詠，題詩愧綵毫。自注：予十年以來題詩此處者最多。

我友相尋至，春風生野煙。未知能免俗，不是愛逃禪。寥廓須身歷，波濤想目前。因談夙昔事，興廢欲潸然。自注：夏月則湖水盈漫。

一墩通寤寐，廿載狎招尋。不記登臨數，寧知歲月侵。瓜茶捐禮俗，鐘磬盍朋簪。翻笑攢眉客，何能損道心。

寄懷大司寇鄭玄嶽先生

自與鄭公別，三年又復過。履聲留躩躒，詩詠想磋磨。道以成功退，憂因感事多。將毋念牧叟，空抱切雲峨。

海内論前輩，如公更幾人？四朝名節在，三徑物華新。入夢塹多壘，逢荒笑賀貧。有心吴李札，觀樂向誰陳？

送方爾止文赴安廬蔡憲副之招

泚水勤爲駕，春風草色熏。上游方用武，傳檄必高文。豈即依劉表，應知借陸雲。亂離如有賦，江北總難聞。

北望 癸未

北望悲燕薊，多憂啓至仁。風霾天有意，河竭地無津。死者量如國，人猶火置薪。詩書難可信，雲漢歎遺民。自注：祈穀日風變，天地爲冥，而運河適枯渴。

聞説雒藩破，敷天淚可彈。人咸思厚澤，世不幸多艱。上相言猶誕，中樞位獨安。羣公何寂寞，能不付長歎。

聖主眞堯舜，憂時試鯀驩。不因恩浩蕩，那識技蹣跚。隼射誰能用？妖氛未可殫。敢疑世喪道，天祚炙人肝。

河北人相食，江東米若珠。邸鈔一月斷，烽火四方俱。汎宅難言智，移山敢學愚。傷心天下事，身獨寄菰蘆。

江寧鎮旅舍與鮑曼殊論詩

殘冬投野店，況復感秋吟。濁酒寒鐙夜，高山流水心。相輕原自古，大雅到于今。明遠知還在，忘予感歎深。

近事示姪子相 甲申

近事傳何限，悲來喜亦因。方興占白水，未滅恨紅巾。司隸儀思漢，先生恥帝秦。敢憐奇偉號，葵藿抱江濱。

否泰何曾定，玄黃又復争。晉臣心不競，漢相氣先盈。我亦生三户，誰能復二京？未知同穴鬬，便可望昇平。

誰道江南樂？難瞻薊北庭。山河非故國，涕淚沓新亭。爲見除書目，殊多帶礪銘。毋令逃海士，不處小朝廷。

主死難爲利，天功未可貪。何人謀曲突？各自冒朝簪。猶憚延年奏，誰懷建武慙？于今偏寂寂，燕雀喜東南。

羣盜聞西走，强□又北屯。烽煙連朔漠，風雨泣陵園。難用如回紇，知兵必柳渾。羣公矜勝算，吾意折雍門。

爲數中興業，還須簡易風。君臣曾握手，將相必和衷。陸賈徒工策，宋昌已第功。雲閒唯我友，封事意能同。

郡中示興父

八月來居邑，秋風已颯然。即深宗國恨，恥附渡江賢。似子猶承學，嘲余亦守玄。東皋收未熟，相歎不逢年。

贈晳無疑 質

太邱獄可恃，朱建迹難明。不信寬鈎黨，誰猶仗友生。關西傑已盡，江左子知名。無數風塵色，淒涼滿帝京。

蕪湖別吴起之元來時爲其兄和受甘來給諫請恤歸

水落江流寂，皋亭葉下紛。帆歸差陣雁，飲別寄停雲。抗節猶難弟，懷憂有舊君。天涯存縞紵，惆悵掉頭分。

贈體中通和上人用彭禹峯而述韻

非注：體中後以同樓山兄先生起義，没于陣。非爲之立傳。

彭，鄧州人，時避亂于孜業里。

吾道本艱辛，相逢體上人。林開翻貝葉，谿絶問花津。入社眞多事，逃禪亦有鄰。至今圖繪在，三笑爲誰陳？

莫　道乙酉

莫道南京事，臨風淚欲絲。東宫推邸獄，故劍棄微時。采女須千數，酬星可一卮。滿朝甘載溺，天蹶豈能支？

前星杳渺事，日月蔽精英。抗義靖南疏，興師左鎮兵。誰云争順逆，遂以出降迎。自古江東恨，無如此日幷。自注：靖南侯黄得功上疏争東宫，平賊鎮，舉兵以此爲名。可憐天屈指今五月，垂衣僅一年。難追航海事，方撰福華篇。自昔論成敗，所居視佞賢。可憐天塹狹，佳麗盡裘氈。

閒看處堂喜，眞稱舉國狂。人猶殺李范，運不及齊梁。寂寞臨春閣，悲涼石子岡。只餘諸葛恨，頸血濺淮揚。自注：猶殺周仲馭、雷介公，而史道鄰死揚州。

爲歎興亡易，居然似贈攜。沙邱疑射股，郿鄔定然臍。悵望鍾陵色，蕭條蕪水西。赭山雖突兀，誰可擬靡笄？

近事最悲辛，吞聲未可陳。皇圖數百載，輕擲兩三人。末世多王褚，空勞亦遠巡。吾生雖寂寂，心睇大江濱。

課童子理蔬圃

居本絶城市，性復愛田園。有奴勤作力，相對但忘言。肉食效已覩，畦蔬意自存。何方終學圃？兵警到前村。

瓜　架

每念青門事，方驚白下聞。國家猶置弈，名利總浮雲。擾擾風塵隔，垂垂籬落分。衡茆宜對此，散髮坐斜曛。

又題泥灣壁

非注：在城南九十里，尋有從泥灣寄家人永訣書。集中不載，非編入仁至録。

離亂到于今，江南又陸沈，各懷家國恨，不變死生心。好整偏能奮，提戈亦解吟。他年銘勒事，一笑此亭陰。

贈丁丹石

爟　非注：此作於崇禎壬午。補遺於此。

濁世翩翩者，如君未可求。宦情匏繫視，漆室緯人憂。文藻思名世，風流感少游。我來尋夙昔，相對一庭秋。

湯薦玄假舟城南 世珩注：作於崇禎己卯。補遺於此。

寶應眞吾友，輕航許乞居。何殊割郈宅，況載入關書。我有乘桴興，人誰作楫須？城居空擾攘，野泊竟何如？

案：此詩爲先生己卯六月南都避客城南舟中之作，見留都見聞録先生之孫銘道注中。湯即寶應人也。冒辟彊同人集中第五、六句作『我不爲公度，人誰賦卬須』，與此小異耳。光緒庚子孟冬月，縣後生劉世珩謹注。

校　記

〔一〕實際收録一百四十首。

〔二〕南　原作『還』，據禁燬本改。

樓山堂集卷二十五

詩

七言律 一百三十三首〔一〕

杉山寺 壬戌

杉山山寺萬山開，夢裏曾經幾度來。雲外僧居天外寺，雨中花散石中臺。茗香此日同清磬，詩句他年照緑苔。不索空門煩信宿，誰令身世絶塵埃？

重陽風雨飲伯宗藜亭

劉家亭子屋之隅，風雨開尊意獨殊。已羡花時羞獨醉，還同竹裏盛行廚。青天蕩莽傾檐至，黄葉蕭疏喜客俱。亦解閉門佳節度，長房何用更囊萸？

明日同諸子飲丁介之煜齋中次韻

虛堂爽氣入深秋，濕滿尊前翠欲浮。已辨乾坤開醉眼，卻憐風雨接城頭。佳時若爲宜人住，高會應能散客愁。潦倒不知更欲盡，籬花山色任悠悠。

丁太史亭成 癸亥

高居迥絶紫霄閒，別啓林亭離市闤。城上翠微通遠色，湖頭練影自成斑。鴻苞黄石誰兼器？碧樹青蘿好塹閑。亦解避喧非避世，誰云心隱是東山？

五日觀伎賦得紅裙妬殺石榴花

數幅緗紋翦絳紗，輕雲一片縮明霞。不應微出淩波步，那信爭看滿樹花。馬上逗開千疊皺，帶中元佩七還砂。早知絶豔欺凡種，誰使安南載漢槎？

聞□警有感 丙寅

拊髀深宫久繫思，遼西征戍十年遲。甘泉此日傳烽近，畫閣何人肖貌宜？秦世至今迷鹿馬，周郊無士應熊羆。可憐四海和同甚，謀國曾稱警朕師。

一從宦寺任疆埸，賜劍年年説尚方。天上出車非召虎，人間誦德盡金璫。敢云下策徒三表，未許乘機似五王。極目搶攘何日息？深山不禁意如狂。

練　潭 自注：在桐城。

霜含斜日影相參，别有幽光護練潭。指顧平沙天欲鑑，依稀遥巘氣成嵐。迴環林薄知前徑，入望甍稠可脱驂。野店偶忘身在客，卻疑風物是江南。

同王公儼兄弟宿雨梅心驛

風沙吹合晝常陰，寒雨横窗入暮深。客夢一身隨遠路，旅情十日動微吟。尊前醉舞消檐滴，夜半茶聲續漏沈。何處天涯非逆宿？對牀贏得此梅心。

淮　淝

古道驅車路欲賒，川原晴色浄風沙。雪殘影散山山曲，霞落光含樹樹谺。天入遠空無地接，望回鄉國有煙遮。循谿不解穿林出，笑指茅檐日已斜。

自亳州道中至固始境上

路穿磽确幾山盤，三日危勞漸覺安。天盡楚江微有色，雲連汝水似爲瀾。馬蹄蹀躞消餘霰，鴈磧依稀動晚寒。疏樹碧沙帘隱處，投居欲作故鄉看。

光州公廨有林亭竹石吴使君留飲移日

風雨連途此蹔閑，公庭亦復有林閒。旅中看竹如逢故，花裏銜杯且破顔。酒自引人行勝地，亭如留客坐深山。城頭暝色垂垂落，無數黄雲點石斑。

蠟　梅

自注：王汝寧衙舍。

客盡冬殘未見梅，巡檐忽喜此花開。寒香不妬秋籬早，冷豔曾驚睡蝡來。魂夢只須依夜月，飄零莫認護蒼苔。枝枝欲向人前語，贏得閒亭官舍栽。

官閣有詩應未到，憑郵欲折認曾非。生來不識東風恨，坐對還須暮雪圍。解瓣暈同羈客醉，垂枝痕帶美人肥。明朝已報迎春早，臘盡芳名忍未歸。

汝寧詠雪 用蘇長公韻

昨夜寒風落玉纖，肅清如凜使君嚴。夜鑪爇盡詩無草，冷夢思回水著鹽。梁客篇章曾競色，吳門練馬共攢檐。亭前百尺雲鬟嫋，指點谽谺萬筍尖。

銀海翻波影没鴉，載來鮫素幾千車。虛疑瓦竄仙人鼠，好事茗烹玉女花。絶塞使臣氈護節，空山高士臥爲家。請看一夜梅零亂，强賭珊瑚萬萬叉。

李達自燕中歸傳滕陽驛方李兩御史就逮題壁詩讀之愴然李感和二首因步其韻 自注：方訣子，李思親。丁卯

讀爾新詩倍愴情，舊年聞詔已呑聲。豈知御史鷹鸇志，化作郵亭風雨鳴？豺道祇今羞赤轂，牛衣自古笑輕生。浪從草野揮雙淚，焚研窗前又未成。

申徒免論自超然，喬固何慙日月懸？感事和詩惟好友，過亭題壁共三賢。因思厲夜空求火，莫以傷莪可廢篇。自古平時皆蜀道，此身無那未逃禪。

聞報

世珩按：第二首載剥復録卷四末，「淵」作「潛」，「翻」作「反」，「應」作「誰」，「實」作「亦」。注在「盈千」句、「能穿」句下，較此爲詳。

聞説眞人自代來，七年日月幸重開。趙高已失秦廷馬，董卓難封郿鄔財。四海衣冠新沐浴，三台象緯久塵埃。獨憐文舉無人薦，長笑山中暫酒杯。

滿地冠裳共祝年，嵩呼猶幸未盈千。那知殿角曾三震，遂有龍飛自九淵。錫土羣兒徒自貴，敝衣乞賜可能穿。眼前翻覆應先識，轂有朱丹實可憐。自注：往劉瑾下獄，乞舊衣遮體。時有稱魏「九千歲」者。

九月十一日生辰 戊辰

嗟我虚生忽此辰，每逢初度感風塵。十年青眼交惟友，九日黄花意尚親。任俠季心終以氣，長歌原憲不羞貧。明時痛哭眞多事，抱膝如今實幾人？

示緒倩子相

春深花發氣如熏，鳥亦嚶鳴喜得羣。至願有三山水友，絶人無一字詩文。浩歌何處彈長鋏，奇服空能冠切雲。敢謂火攻猶下策，年華容易愧諸君。

邸中夜雨讀詹劉二子文 自注：詹振、劉城。

河外寒煙日夜熏，城頭暝色接檐分。不嫌作客三更雨，爲讀空羣二子文。鐙影淨開秋水練，庭聲滴碎翠微雲。旅懷似病憑誰發，濤勢還從枕上聞。

旅夜看犀軸傳奇是沈青霞鍊事末句深有感于聞氏

生平愛説沈青霞，孤憤長鳴一劍斜。旅夜無聊翻雜劇，逢場作戲豈虚誇？偶然鐙火窺雙淚，爲與悲歌和一笳。若使史遷重載筆，肯將女子後朱家？

九月寄諸從應試 己巳

兄弟登高少幾人，爲憐晴色亦艱辛。三秋蝸角猶争戰，七子延州絶比倫。入夢可知懷小謝，並龍今復見諸荀。湖墩齊麓應蕭瑟，補笑參軍定此辰。非注：荀、纂、筌、箎、履嘉、廷幹、遇七了也。

湖上書懷 正月二十九日。非注：池州作。　庚午

湖上相從十四年，每來秋色與春妍。大觀窅冥潮浮閣，高興夷猶棹遠天。憶與一公交世外，至今雙樹植庭前。可憐青鬢長如此，爲聽鐘聲發曉眠。自注：一公，指諦公也。

吴孟醇希孟見過

輕風野外散氤氲，湖上蒼茫色未分。我自水鄉求悦性，那能僧舍學雕文。有聲黄鳥猶呼友，何意青蓮政似君。爲少遠公同一嘯，曾無閑卻度谿雲。

三山舟晚遇風 九月初三日　辛未

暝色空江首自搔，西風濁浪拍船篙。三山似與流俱去，雙槳平隨岸影高。幾度秋殘悲木葉，慣從日落駭波濤。長蘆淺港深深泊，旅夜徒驚夢裏勞。

虎邱社集

驚看象緯動禪林，名士東南此盍簪。金谷蘭亭詩酒氣，紵衣縞帶結交心。投羊若水堪羞古，成市華陰偶見今。歷國未如吳季札，天涯鄰德敢浮沈。

閶門舟中華亭二杜駿徵麐徵集朱宗遠灝周勒卣立勛楊維斗廷樞張草臣澤朱雲子隗李仲木楷陳臥子子龍張友鴻一鵠吳扶九翻沈聖符應瑞彭燕又賓諸子

月滿高城酒泊航，雲閒寶炬耀金閶。弟兄袁灌欣同俠，少長機雲狎主觴。角技數公同戲洛，壯游千里不齎糧。明時敢號高陽侶，贏得沿洄夜未央。

杭州諸子集同李源常憲西湖共汎十月初四日

十月湖光欲盡秋，相逢良友共相求。一船酒載仙班客〔二〕，兩岸人同鏡裏游。菱杪縠紋風自送，柳梢黛色月能留。滄浪有曲君休聽，未信晴波可狎鷗。

憶劉伯宗父子

舟行念爾肅深居，積葉空階著幾書。二劉姓字偏驚俗，一代文章敢側余。梁月窺人時有夢，秋風歸興不因魚。蟹肥酒熟知誰對，肯令趨庭日夕虛。

寄諸從

延陵七子舊知名，秋色偏憐旅客情。九日登高應共念，三都著筆問誰成。印須好友俱難弟，到處逢人説勝兄。名士東南吾已盡，歸來尊酒細相評。

楊龍友文驄集雨花臺甘露閣癸酉

城南九月盡秋妍，客裏招攜九日前。西蜀校書能壓坐，山陰名士半通禪。青天木末雲開幛，古寺花閒雨作泉。莫以更深頻翦燭，心期常共塔鐙懸。

寓程去聞喜吴時可至甲戌

谷口春雲杳靄思，何當高屋許棲遲？登堂周子欣親在，對宇龐公率爾宜。初見鏗然生遠韻，深譚不禁半憂時。古今懷抱尋常事，雅道無須面命兒。

贈吴子含去非兄弟

曾從聲聞許交歡，相見頎然僅勝冠。敢謂仲求開有徑，卻疑方季自爲難。人生國族心偏遠，客到高園夏亦寒。積雨如山忘旅寂，看君文思若興瀾。

邱園 非注：在商山。

四月桐陰影欲流，草堂客聚盡清悠。素心周閔非緣飲，消夏林亭卻勝秋。棋局静談隨手置，鐘聲閒接隔鄰幽。一時名士山陰侶，姓字何須禊事留。

將去吴門方密之贈詩書扇答此

去歲相逢盡賦秋，悲君明月暗中投。可堪擊筑當燕市，爲復呼仙舊酒樓。縞帶紵衣行次有，來禽青李握中留。孤帆遥指隨天闊，心折江聲日夜流。

宜興訪陳定生

西風放棹大江南，秋色蕭疏到可探。我以懷人周水國，君應謝客拾山嵐。荆谿明月勤生夢，虎皁閒雲待税驂。世路只今成反覆，菰中能得幾朋簪？

九日項氏兄弟集同朱雲子錢吉士禧朱望子陖游上方山至山足游人萬衆舟不能進夜月反棹雲子趨余共作

佳時從俗到人閒，此日追隨也自閒。大野誰知花寂寞，疏林不盡景幽艱。千帆遥月能消酒，幾客還舟未到山。好事與君同句就，古來嘲笑代爲删。

與雲子吉士汎舟横塘過君和宅未登

秋深野色静相尋，舟過横塘氣已森。杯酒籬花山水國，文章朋友弟昆心。褰裳慙愧龐公宅，抱膝高稱梁甫吟。試問同來今二仲，可曾待月共登臨〔三〕。

寄懷張天如

秋風婁上憶張衡，京國東西賦可成。敢讓羣儒紛虎觀，暫施絳帳集嚶聲。三年顏色時窺夢，九月魚書未報瓊。似我旅游寥闊甚，自慙筆札受虛名。

宿靈隱同舒芑孫沈崑銅吳時可羽吉分之字

游山夢久到山遲，情勝于今一共之。竹下尋僧方日落，澗西覓路到煙疑。自然石勢飛來似，不盡霜林看後差。紅樹白雲隨俗好，聞鐘何用獨攢眉？

澗　西

竹林窈窕徑通幽，接竹爲溝水倒流。僧視萬峯藏几席，人來十月際冬秋。雲嵐冥窅尋常事，江海微茫最上頭。（弢光嶺。）昨夜湖中聽歌舞，心從此地觸虛舟。

飛來峯

海嶠何年飛未還，奇峯流落在人間。生憎佛鑿傷天巧，猶喜楓多點石斑。紅樹遠連施絳幕，晚煙低結亂青鬟。那知五嶽交胸抱，到此偏憐世外山。

春興 乙亥

十載秦川走鋌多，封狐一夕渡黄河。青天風雨驚吹角，赤地波濤斷洗戈。何處有龔馴渤海，空嗟無詡令朝歌。可憐耒耜生刀戟，引首欃槍可奈何？

人閒賣卜豈王郎？節制何人控鳳陽？灞上將軍驕駕鶴，長陵烽燹泣亡羊。千年王氣猶鍾漢，一炬桑田已變滄。近讀詔書深罪己，牽纓空拭淚如滂。

廬江郭道已成塵，舒六桐潛失所親。原野縱横彌白骨，乾坤慘澹半黄巾。戟嬰封姙悲三邑，弔死扶喪過一春。我亦山中風雨夜，側身不禁意艱辛。

津吏沿江日夜催，白門飛遞督戎牌。已知邑屋無煙火，猶駕樓船暫酒杯。一月聲援矜迅速，三旬賊去故徘徊。渡師枕上空聞昔，誰道官兵甚賊來？

蘇州開府擁嚴師，千里舳艫蔽水湄。莫漫有烏占楚幕，誰云健鬭屬吴兒。魚龍舟楫偵頻斷，草木旌旄唳亦疑。朝上捷書鄰夕壑，中原何怪盡潢池。

繡衣持斧肅秋霜，柱後冠疑短後裝。屬有長江限皖國，不然無地縮池陽。烏臺計慮先薪木，雀舫追隨作戰場。共道好官民餉賊，負戈何以氣飛揚？

備兵使者建高牙，十載江南吏是家。三窟但工江上下，二毛敢問賊參差。羽書深幸無逢午，鼓角嚴聲早散衙。何事干戈妨宦達，争如肉食老京華？

江城三月盡啼鶯，忍聽傳呼亂癸庚。但問金錢到厮養，何曾玉貌説先生？廣文寄帑争先識，公子乘船好避兵。北望煙塵何日息？已知皇路礙躬耕。

答江夏劉濟甫 敷仁

我昔觀詩歎楚風，君今有句秀寰中。自來逸氣推公幹，敢謂知名到孔融。烽火歲連書未斷，芙蓉江隔意常通。隆中莫漫閒相許，獨恐淮南桂已叢。

寓梅里贈劉輿父 非注：今爲一喝菴。　丙子

幾度來游幾寓居，春風窈窕況花初。殷勤不用先縣榻，即次何能暫授書。多壘四方慙獨爾，高樓百尺敢誇予。聖明宵旰須才急，應見飛揚誦子虚。

寄仲馭茅山

春雲天外感飛鴻，念爾茅峯定許同。豈羡入山稱宰相？卻憐學道本英雄。三年馴鹿藏蕉夢，九死披鱗付塞翁。側席近聞明主詔，可曾國士問江東。

柬陳臥子

遠懷天際誦玄文，湖海名高自不羣。大雅幾人能更作？雲間今復得如君。綢繆河上憐同調，奇偉菰中敢獨分？命駕已慙秋欲近，翠微搔絶大江雲。

寄萬茂先 時華　陳士業 弘緒

寥落秋雲江上孤，猶然僑肸滯菰蘆。楚人未得城酬玉，鮫客空揮淚是珠。待詔近聞推賈

誼，著書曾否學潛夫。同時我欲牆東去，不是疏狂號酒徒。

南太宰鄭玄嶽先生請告不得暫歸里中時將赴內召因贈

黄髮清朝近已稀，主恩偏惜老臣歸。久疑八座留南國，未見三台變少微。天意已知憂聖世，蒼生不願説先幾。即今言事多徐樂，應笑違時獨布衣。

丁丑元旦

聖主垂衣正十年，陽回玉曆慶同天。遥瞻象緯皆環極，敢謂文明尚在田。此日春秋書有食，何人災異據師傳？只今白虎紛綸甚，應訝揚雄獨守玄。

莫以明時感歲華，優閒直復羡農家。尊前獨酌頻浮柏，道上公車等戰蝸。羣盜東西方擄掠，甘陵南北可萌芽。憑誰解盡陽春憾，屋後寒梅已放花。

羅季先尚甲載酒招伎自五雲菴至齊山同劉伯宗王公儼

出郭青蕪十里鋪，林煙深處好攜壺。一時良友情皆勝，五月登高興不孤。紅粉可知香積意，白雲長爲翠微圖。游山歲歲疑山路，著屐相扶日已晡。

首夏尋山山更青，因于巖壑失朱明。幾多滅没碑題斷，到處谽谺石勢迎。感慨已忘游迹偏，蒼茫猶見髻雲輕。也知眺覽情何極，相送長隄柳色傾。

答姚雨若見贈

丹山秋色酒浮黄，客裏銜杯盡辟疆。誰笑得官無口舌，敢云驚俗有文章。聚來國族星應動，人自羈游夜未央。濠濮翳然君獨勝，何當四本擲嵇康？

吴日生易招同楊維斗夜飲酒閒論事有感 八月廿七日

清夜招攜更幾人，一庭寒月敞城闉。同時恤緯心原素，卜宅開尊意自傾。驚坐孟公秋入轄，尚玄揚子草爲鄰。酒闌莫問文章事，敢謂吾衰尚有陳。

酬湯友僧朝雨見憶山齋

山中寒色竹亭深，濕滿虚窗翠欲沈。囊筆未能生氣象，懷人偏爲動陰森。月明夜永空疑夢，雨勢朝看好助吟。有友如君時見憶，投來清句入高林。

陸履常坦招飲西郊草堂其尊人子垂先生出所藏古研見示

一尊郊外客前陳，顧我登堂喜拜親。負郭無田猶自勝，傳家有研未爲貧。秋涵氣象宜高隱，醉辨堅貞可德鄰。試問同來工筆札，相聞憑几獨陳遵。

懷朱雲子用前韻

我懷大雅向誰陳，與子風流氣獨親。得意未逢人異代，長卿徒抱壁爲貧〔四〕。客星武阜誰干象？秋水山塘即近鄰。新月遲來争賦就，敢云古道有同遵。

蔣赤臣之紱舟中用流字

蘇州好景古荒邱，羈客相隨擁櫂游。共有清尊消落葉，幾多度曲入扁舟。一時名士歸吳國，八月黄花報暮秋。潦倒不知誰去住，憑將詩句競風流。自注：赤臣從徐州歸洞庭，時于鐙下看菊。

次韻顧子方飲虎邱寓中

葉積空階翠滿庭，猶於檐際辨峯青。相思輒過門無字，作賦同登地有靈。幾度殘秋偏在客，偶然醉酒敢邀星。只今沈冥紛紛甚，與爾羈游恥共醒。

次韻子方即事

老大詩人漫有情，偶然投佩狎鷗盟。風塵莫問張羅曲，閨閣羞傳折柳行。冰管可隨殘月散，榴裙不共曉雲輕。越谿寂寞無消息，誰爲乘舟逐范卿。

李仲木舟中集同諸子分波字

錦帆簫鼓曲聲和，入暮微風水欲波。公子夷門能好客，故人燕市競悲歌。鐙前翠袖司觴虐，醉後霜楓解色酡。不爲酒杯澆壘塊，吴閶曾得幾回過。

楊龍友月夜過訪投贈詩扇并言寇警 寒露日

山寺秋殘客思闌，君移踪迹破煙寒。揭來懷袖投珠玉，猶爲文章惜羽翰。旅夜故人多歎息，中原羣盜況江干。相逢不盡澄清意，明日無忘石上看。

施玄度送菊 有序

玄度饒將略，予往訪之，出水戰圖相示。又引觀其藝菊，因言居崇明時曾樹菊二十年，多至三百餘種，今以應聘至吳，不能見當年之盛，然亦有可觀者。因惠數本，作此謝之。

山齋秋色問誰移，好事曾聞海上時。不盡風雲生筆陣，猶然霜氣寄籬枝。葡萄塞外知君志，鵝鸛圖中即我師。若使烽煙消澤國，青門莫訝菊花遲。

答張草臣

知君曾唱大吳風，可與人間鼓缶同。不道三都出傖父，漫疑四本畏嵇公。羈棲竹屋因山靜，投贈徽音比玉攻。爲我蒹葭懷咫尺，何如十日醉丹楓？

許孟宏 元博 招飲因觀其藏書令子孝酌 洞 在坐

多君絶麗擬班張，飲我花時氣盡霜。已羨讀書多鳳翥，因嗟絶學自麟亡。主人不用先投轄，羈客何須獻束羊。共愧夜分渠禄事，曹家猶富石爲倉。

次韻邢孟貞昉見訪

偶來吴國抱禪關，有客秋吟夜到山。觀樂無譏鄶以下，論詩斷自魏初還。友聲飢渴君如惄，大道榛蕪我未删。强欲和詩書所見，紛紛脱葉點苔斑。

次韻顔方平同周仲馭張天如孫孟朴沈聖符吴扶九振六見訪

相看霜色盡吴中，共歎黍離已降風。患難弟兄時聚散，誅求文字等窮通。幸遭聖世寬鈎黨，忍説諸生號小東。卻有先憂如我友，爲傷殄瘁是虚空。

連年兵燹四郊通，游子深秋似遠鴻。滅刺不聞今日事，班荆猶見古人風。同來道故非看竹，與共閒吟自掃桐。若道天涯無咫尺，相逢莫漫賦飄蓬。

彭殷源雅集西巖將有鴈宕之行

誰從雲外問天台，尋勝人谿瀨水來。已羨游航盈橘柚，何當羈旅卜郯枚？風摧病葉飛僧屋，酒散寒香繞霸臺。此去定攜孫綽賦，赤城霞色幾時開？

黄心甫傳祖自無錫貽贈二詩余過錫山不值因次韻答之兼致諸友

爾從無錫附桓譚，投我新詩霜色酣。豈有知雲須後代，卻疑過鄭在江南。東行誰識人驚宿，望氣何如客到函。莫訝及門空鳳字，大邦襟帶盡朋簪。

同劉輿父登郡樓有感賦贈

幾見江淮戰未休，久來羈客尚登樓。靈光似爾偏能賦，漆室何人肯共憂？羣盜半疑天地滿，諸生幾應廟廊求。風塵游處同蕭索，不是懷瓊强自投。

游横山寺 有序 戊寅

横山者，去予家十五里。奇峯疊嶂，拒日概雲，比之九華尤爲特秀。以處僻隅，卒鮮游涉，故山名不著。山之麓又有峭壁千尋，環帶五里，而寺居其中。山之下長川奔浪，出没蛟龍。上則松柏參横，杳靄雲氣。耳目所及，蓋東南之靈壤而圖經之逸勝也。予少時嘗讀書其閒，欲記述之而未遑。今春偶來，爲作是詩。

不到横山十七年，舊時雲樹尚依然。人間足迹誰曾問，世上圖經偶未傳。峯落天如開菡萏，流奔石亦舞蝹蜷。哀猿野鶴時相唤，心折幽棲世外緣。

周方伯孟巖泰峙先生夫人雙壽先生仲馭膳部之尊人也

甘棠何處不成陰，歌向東山又見今。弘景榻香蒲萬本，麻姑峯近蕨千尋。尊前霞爛光生髮，坐上雲怡喜到吟。共羡年年雙馭鶴，那知十載已抽簪。

贈尚寶方潛夫孔炤先生友人密之其冢嗣也

一時折節盡公卿，有客探懷刺未輕。忘勢古人存至性，交歡國士愧虚名。文章安樂眞堪鄙，烽火江淮幾處清？似我書生偏嫠恤，況聞賭墅舊陪京。

贈金天樞光宸侍御四月二十五日作

冠蓋京華盡鷺班，何人抗疏即身還？天中使者曾埋轂，殿上孤臣敢犯顔。直道何慙吴市卒，憂時莫羡謝公山。清風暫被長干曲，其奈雲霄已賜環。

送孫碩膚計部赴武選内詔

白下司空甫藉君，中樞徵檄復如雲。新揮羽扇元才子，夙著鴻苞盡大文。安攘只今談影響，蠻夷自此讋聲聞。憂時草野同心劇，敢爲當歌歎失羣。

贈孫克咸 臨

近讀孫郎白下詩，風流不異鄴中時。故園憔悴猶兵火，旅寓蕭條但酒巵。著説爲君輕倚頓，抱憂忘我似支離。江東兄弟推誰勝？明月秦淮好自持。

將往無錫答方爾止詩言别

有客乘船下錫山，白雲尊酒駐離顔。那知道德文章意，不盡欷歔感慨閒。游倦似予何足倚，才多如爾未應閒。請看南北烽煙日，誰占文星虎豹關？

同子方避暑舟中即事 六月大暑日

廣亭日赤人難坐，涯闊風多舟最宜。移來一榻猶書卷，況有雙鬟對酒巵。侵袂水波疑雨濺，穿林霞色與雲迷。滄浪有曲君休聽，鼓櫂江湖未有詩。

周勒卣楊龍友集子方兼山堂分得十四寒 初四日

七月青林烈日團，高堂客聚亦生寒。偶然澤國琴尊共，遂作龍津氣象看。雅道定知删薈蔚，老成今復見波瀾。相期莫訝吾曹在，赤白何人制探丸？

答黄心甫

清風盡日被階苔，暑日霜飛到酒杯。雅澹湛思誰並勝，沈雄絶麗我非才。共驚元有陳遵坐，自失應從叔度來。十五國風删可徧，懸知閉户獨精裁。

胡修能學博於尊經閣集同子方及同官陸孟鳧

一尊高閣散埃蒸，秋入行廚坐欲澄。不道守玄神寂寞，還驚投轄氣憑陵。國中難和原推楚，季子無譏未至鄫。誰謂盤清餘苜蓿，授經應已卜飛騰。

陳伯符畫次尾子方對吟圖各走筆書此 七月二十九日

誰將寸管虎頭筆，寫我雙吟對據圖？不貪詩卷留天地，可使鬚眉愧丈夫。一邱一壑莫須置，爲馬爲牛祇任呼。挂此高堂應共笑，兩人吐出心肝無？

秋 興

天空何處不淹留？客倦梁谿已半秋。游子自驚時序變，野人偏切廟廊憂。但聞逋寇縻朝節，未見長纓繫虜頭。獨有虛堂同好友，牢騷猶賴酒杯浮。

腥風前歲蔽三韓，此日中原盡寇殘。馮翊新開丞相府，將軍舊戴惠文冠。每聞漢世憂勤詔，豈爲齊人口舌官？四海何知酬聖主？草茅空欲自修翰。

十年日月荷重離，尚憶先朝警朕師。義士九原甘鑽伏，愚公一夕盡山移。南京鯨鱷波猶動，東國麒麟道未衰。政好誅鉏勤載筆，敢言捫舌是明時。

聞道諸生七百餘，同時上國被徵書。漢家可有神明待，郡將何如守邸居？未必通經窮董賈，空教言事類莊徐。臨風爲讀宣城疏，江夏遺書獨啓予。

涼風早已散蒸埃，閉户閒愁轉自催。近報雲中謀款塞，久聞江北泣遺孩。吴門紙貴違心去，京口蝗飛撲面來。世事只今誰可問？高牙無恠日崔嵬。

漢武憂邊重建威，兼材誰復似翁歸？禁民挾矢須吾對，比士精騎認廣非。緩帶自能增敵愾，投壺曾説破堅圍。禁中若肯推張仲，罷筆欣從短後衣。

東京名士盛如林，鈎黨猶明九死心。結社只今多尾續，臨文無賦感秋吟。通都誰没禰衡刺，下邑争分鮑子金。莫訝菰蘆僑肸盡，江南元自有朋簪。

窺林纖月娟娟静，拂枕微飀窈窈輕。作客不知家近遠，怯寒猶藉夢分明。賡吟自笑緣詩債，砧杵還應動旅情。此去青霜歸棹急，江天悽絶鴈來聲。

贈馬君常世奇太史奉使敕諭三藩國

天子飄然讀子虚，同時不意得相如。豈無諭檄通巴蜀？已自横經擅石渠。雙劍氣收門下士，一星光傍使臣車。東平即有賢王在，漢法難求太史書。

過義興贈陳定生

河上林端望物華，上卿門第翠交加。開軒自爾書爲幄，作客何人友是家？感事已知忘烏雀，傳經應復護雲霞。庭前不盡紛紛下，笑指霜清更幾花。

答蔣韋人偉見訪定生家有贈〔五〕

蔣濟當年豈醉徒？重君今日忽投珠。郤驚高論輕曹李，莫訝虚名到顧廚。客倦自知傷木葉，詩工應復笑吳歈。潁川豪士何人近？幸有同心調未孤。

武進馬培原嘉植明府見顧并招飲余以半夜去未報謁復貽此

漫道河陽縣有花，毗陵今復擁雲霞。心勞撫字餘三載，政頌神明幾萬家。安邑風清眞自勝，臨邛客過莫相譁。于今漢相推循吏，取次門前好護沙。

聞警憶劉伯宗燕中 十一月二十八日作

念爾爲儒恥附聲，同時應屈老先生。争談世務輸三子，久著鴻文抱二京。玉貌何人能卻敵？義渠難用莫言兵。漢家即使神明待，敢謂難居實盛名。

和輿父感事

聖人七月召平臺，嗟咄曾憂鐵騎來〔六〕。誰料□□不大舉，即看關隘已全摧。密雲山海真成戲，政府中樞莫定猜。三輔近爲戎馬窟，燕臺何日息烽埃？

聞道三河大蔓滋〔七〕，嬰城不問寺人呼。殿師已失夙沙衛，堅壁難言周亞夫。北道主人誰足恃？東偏羣盜況多虞。上方宫監年年出，未見何宵卜楚烏。

豺狼封豕苦無厭〔八〕，河洛關齊盡戒嚴。九死犯顔誰繼盛？一身捍國想于謙。豈無庚戌樞臣法，屬有東莞大將占。若使用兵寧下策，□頭何日可成殲？

燕山雪色未全凝，□騎中宵處處興。晝夜可馳五百里，烽煙無恙十三陵。通津南北咽喉繫，居塞東西羽檄騰。何以至尊憂莫解？誰如介子獨稱能？

南都司馬赤書馳，皖上中丞夜濟師。朝士云誰能辨此？平原不識作何爲。山前山後騎充斥，河北河南賊號窺。洗甲乾坤知有日，草廬空復抱艱危。

方罷臺試有傳濟南已破者 正月二十九日　己卯

試科何異事從戎，使者持衡第戰功。豈謂秀才殷往嗣？卻逢化俗蜀文翁。自注：時學使爲山陰楚畹金公。國家道長尊經術，醜□天驕急轉攻。見説藩封今已陷，空聞十二有山東。

壽冒嵩少起宗憲副五十詩辟疆襄之尊人也

海上何人進壽卮，風流原自治兵時。東齊大國憑安堵，南部天卿舊有司。老笑平津初上第，心如蘧玉正知非。趨庭已賦靈光殿，閣筆陶然醉似泥。

長干舟中柬應試諸子

小艇城南雨後涼，暫抛書卷濯滄浪。櫓聲曉集漁人網，塔火宵懸水面光。幾處烽煙餘澤國，莫言文字老名場。閒將一曲瀟湘意，好爲諸君夢帝鄉。

大雨臥赤石磯舟中聞定生來驚起輒返駕矣

何處秋聲到水邊？洞庭一曲帝城偏。石間久逋高人臥，塵外誰知避客船。豈有津源迷咫尺？竭來風雨隔林泉。夢中何必重尋路，笑我乘舟未見仙。

飲梅惠連寓中兼言别

與君酒罷更三歎，清漢何能共羽翰？楚士自憐蘭作佩，吴人猶聚鷸爲冠。空江柁傍鼋鼉影，故國烽迷赤白丸。似我行藏偏不定，風塵誰比漸卿看？

清明前一日清涼寺登臺作 庚辰

有客幽棲古刹傍，春風極目盡蒼茫。許多樹杪人家出，不盡江流衣帶長。人静可知忘節序，臺空若爲寄悲涼。干戈擾攘何時息，指點淮南古戰場。

陳臥子補官北上贈之兼致宋轅文李舒章彭燕又

才子因誰早著名？即今離合共陪京。移書何用稱江夏？惜别依然到石城。墨妙淵雲文未墜，酒酣卿漸氣嘗傾。春風無限淒迷色，爲向長途戀友生。

袁州解華胥經達太守因友人張爾公遠致書幣

江外新傳渤海名，使君三歲擁專城。天開五馬驊騮色，世聽雙龍風雨聲。門下近聞推賈誼，書來莫誤羨樊英。即今四海須平治，漢世循良已上卿。

魯孺發可藻避亂梁山余招之來南

白下逢君轉徙餘，又聞鼓棹椅江廬。漢陰舊識龐公宅，關内新移墨子書。問隱故山猶未可，買田占地欲何如？道南大宅知誰讓，江左風流亦啓予。

范大司馬質公景文盆中生並頭蓮

並蒂芙蓉本自雙，自注：杜句。今看華露護霓裳。翩躚競舞仙人掌，窈窕争承玉女妝。豈有春風先草木，若教麟信兆芬芳。一時授簡知誰勝？拚醉如泥司馬堂。

夏日暫園 自注：同從弟彦、應筵作。

孤亭斜倚屋隅西，下瞰平疇萬緑齊。坐起經書惟自擇，朝昏野色似相攜。高蟬急噪聲偏寂，微雨隨來望欲迷。散髮不知三伏過，桃花無意絶前谿。

古木陰垂四代餘，小窗憑倚得幽居。窮村似我還隨俗，論世何人解讀書？長日忘機師海鳥，終年挾策逐衣魚。牆東未許王生去，猶喜時逢長者車。

自慙蹤迹熟逢迎，暫臥荒園體亦輕。一月無書煩報答，三年此日即清平。問奇誰解題門去？展卷眞知閉户精。敢謂此中吾獨勝，公卿何用妒虚名？自注：時傳貴人欲殺三名士之言。

今年五月雨爲霪，十日波濤瀉澗深。消濕何須醇酒醉？勿疑猶自喜朋簪。閒看夕照來新霽，愛聽好音變夏禽。把卷不知時序易，山中先已氣蕭森。

羣盜中原尚未收，亂離偏切草茅憂。敢于終食忘三歎，難以生平置一邱。北闕故人慙上第，東江名士説清流。四方即恐妨林臥，高鳥還須笑樹頭。

劉用潛潛宅中七月開玉蝶梅花一枝

隴上曾無驛使迎，一枝秋色可勝情。寒香墮後魂猶怯，解瓣飛來夢欲成。幸有海棠供伴使，不教籬菊號先生。亭亭月色渾如意，誰索階前笑語聲？

商邱吴讓伯伯裔延仲伯胤兄弟有詩見懷答此

自我懷人帝子邱，西風葉下大江流。不因著姓吾宗國，誰信知名第一流。關内布心俱意氣，菰中僑肸久沈浮。可堪豺虎中州徧，文字猶勞聖主求。

寄仲馭

自注：時黄石齋、解石帆就逮，葉户部疏救，被杖。八月初七日作

秋深游子歎離居，爲念華陽獨臥廬。蹈海喜人言往事，積薪憎説見新除。計曹慷慨西州意，禁院蕭條圯上書。極目九關蹲欲食，淮南山小莫疑余。

送杜于皇濬北上

西風八月水猶波，游子宵征意若何？門下未逢徒有淚，市中欲和不成歌。黍離已降知誰歎，天壤論才獨爾多。此去自懷明月貴，大冠莫訝舊嵯峨。

蔡香君太守招飲芙蓉亭

木脱都城霜下初，空亭流映尚芙蕖。自來習郁池邊醉，難得中郎枕内書。好事不知秋黯澹，高談偏覺意蕭疏。使君莫戀驊騮色，且與寒光問麯車。

次韻送范大司馬質公先生諫謫歸里

排闥清時共未能，孤懷獨許雪霜凝。一封争著三朝節，雙淚窺彈五夜鐙。漢殿可聞旌折檻，堯憂何日解襄陵。大臣身退心猶苦，明聖天王罪自應。

朝揮白羽暮青林，猿鶴東山意自深。賭墅不聞棋手劣，登朝忽訝履聲沈。已知後宅容宣室，敢向新亭作楚吟？去國主恩偏覺重，忠貞未改歲寒心。

大臣何用號多能？許國高居第一層。神廟至今猶競黨，虞廷自古未辭朋。公看隼上方憑射，誰肯鴻飛獨遠罾？卻笑書門偏不達，退閒那識澹于僧。

漢廷誰右大司馬？節重官輕早乞休。少伯傳家猶小艇，征南憂國雅輕裘。依然入夢蹔郊壘，且與忘機狎海鷗。一臥不知身更穩，草堂原自帝王州。

除日

暫此登樓雪未消，連年輕擲又今朝。軍中積苦頭傷白，世上虚名夢亦摇。豈有千金咸市字？猶餘五石惠生瓢。椒盤旅寓空相逐，一飯何人念聖朝？

幾度客中逢此夕，況持濁酒禦寒威。暖衣飽食蹔非分，刻羽引商和者稀。天下徵兵猶未解，窮鄉多亂獨難歸。霏微恨不盈街雪，年熟欣爲萬姓祈。

校　記

〔一〕實際收録一百三十八首。

〔二〕班　原作『乎』，據禁燬本改。

〔三〕待　原作『時』，據禁燬本改。

〔四〕璧　原誤作『壁』，據禁燬本改。

〔五〕禁燬本題下有『按：韋人先生子名錫震，亦名下士。』

〔六〕鐵　原爲墨釘，據禁燬本補。

〔七〕滋　原爲墨釘，據禁燬本補。

〔八〕封豕　原爲墨釘，據禁燬本補。

樓山堂集卷二十六

詩

七言律 四十三首〔一〕

辛巳元日和伯宗書懷兼訂移家之約

幾年同學辨王正，此日題詩逆旅情。下客有憂方歎食，中原無歲不窮兵。登堂率爾眞佳事，並世齊稱敢避名？從此鹿門猶未得，願隨周子歎黃生。

郡邸度歲王達卿大參連日見招因索鄙句

游子蹉跎感物華，相逢情切即爲家。頻來自覺盤飧重，即次偏驚意氣賒。荒歲五朝今再見，憂時一飯共三嗟。莫疑猶有陽春曲，客但能歌下里巴。

遣興

客邸逢春莫問年，何堪廿載歷烽煙。陶青劉舍皆爲相〔一〕，李牧廉頗不在邊。老我未逢門下遇，夢君時在聖人前。但傾濁酒消懷抱，著論狂夫敢復傳。

元宵大雪戲爲拗體

去冬兩月曾無雪，今歲雪大三尺深。往來市口人不見，鐙火元宵户亦扃。但沽濁酒無與醉，欲問梅花何處尋。即恐車馬妨高臥，呼童但弗掃空亭。

移家南京留別王石卿家柱明府

河上神明政絶羣，城頭姑射翠微分。地當盤錯琴弦静，舄授仙人象緯紛。游倦自慙稱國士，年荒無計倚賢君。白門如問江城事，爲道清風久著聞。

酬方孩未震孺侍御見贈移家白下

幾年飄泊本江東，此日移家道未窮。負郭時勤長者轍，投詩獨拜丈人風。羈棲爰止猶容膝，決起翱翔笑轉蓬。敢謂此中龍鳳有，望衡何幸倚龐公。

何玄子楷給諫左遷南禮部閉門著經時有見贈移家之作奉酬一首

何來寶炬照江湄，留滯東南道未衰。疏草已聞争上殿，經師猶幸得同時。慙如鍾會探懷擲，噩若南榮見父慈。誰信知雲須異代？褰裳還自此中期。

贈張鮮民瑋少京兆

清風冠蓋亦冰涵，獨幸相逢已道南。多壘自慙卿士夢，聚徒猶盍聖賢簪。當年半面羞京兆，此日忘形愧魯男。似我有懷君獨歎，可疑表餌是空談。

馮躋仲京第寓户部園郭孟白萬程招同涂石丈世琳移尊亭上

南國司農也有園，一枝遥借帝城偏。鳴鑣並立花邊馬，好事能移沼上筵。豈有星光臨雅集？難言龍臥浄烽煙。明時不用歌燕市，慷慨觴飛雨後泉。

酬方元錫玄成吉偶亨咸姚覲侯文烈若侯文然兄弟見招并贈詩

我來京邑亦隨羣，未必東行宿已分。自笑比倫非管樂，卻驚兩姓狎機雲。一時感慨消于酒，四海波瀾獨有文。迭奏清商風雅應，城頭暝色薄檐曛。

郭孟白以淄研見贈

紅絲曾見出齊州，文理無如淄產遒。龍尾鴝睛輸上駟，驪泥雀瓦後羞牛。誰因雕琢留青眼？我已消磨半白頭。從此欲焚猶未得，代君作檄取封侯。

慈湖曉發微雪示曼殊

客塗無伴喜相依，並轡荒村尚近畿。入夜漸知寒色厲，出門欣見雪花飛。敢言道殣緣天意，未必蝗消解歲饑。安得瀰漫深幾尺，與君沽酒款前扉。

當塗陶氏兄弟假館授餐作此謝之

陶家五柳舊垂門，滿耳塤篪又弟昆。好事嘗盈堂上客，移情偏築宅旁園。偶因竹石稱驚坐，不盡琴書愧授飱。幾夜酒杯浮雪色，歲寒他日問平原。

邸中大雪憶余往年有望雪詩今更作詩志喜時沈崑銅云來視余

作客難逢三日雪，辛未于今已十年。盈尺占豐題謝賦，閉門卻迹愧袁眠。無衣何必愁公子，有歲還同詠甫田。獨感故人時見憶，銜杯欣對竹枝前。

雪詩用東坡韻 是日大雪節。

雲端誰擲玉纖纖，飄落人間最苦嚴。但願豐年民有穀，何妨殘歲食無鹽。自注：時鹽貴甚。秋濤怒沸高于屋，天雨低垂近在檐。一夜廣寒春欲動，搔頭斜插霤爲尖。

寒原不見影如鴉，凍合谿雲幾萬車。人間難覓三株樹，天上平鋪一夜花。豈有虛名來授簡，卻逢飄泊久違家。明朝且欲衝泥去，指點離奇滿徑叉。

雪詩再用前韻 十年以來，曾三和此韻。汝寧府齋及上河客舍，在上河者四首已失原草。

爲詩何必學輕纖，偶和東坡律戒嚴。不用形容工羽玉，即如清淡點冰鹽。十年逸句還來夢，一夜寒梅倒壓檐。卻便推窗眺遠色，平空失去幾峯尖。

虚堂古木噪昏鴉，客有愁心載滿車。歸去故人須脱粟，折來歲暮指寒花。畿南蝗疫眞難見，江北烽煙更幾家。自笑胸懷偏偪側，猶餘五嶽立丫叉。

雪中鮑曼殊胡胡之飲於邸舍劉比部程廣文及陶氏諸友并移具召姬度曲用前韻

諸君過我意纖纖，不解江城夜號嚴。飲户角飛明月觶，冰盤羔切水精鹽。自注：太平羊肉甚美。未知酒德能移宿，可有星光近在檐。曲罷青襟渾欲溼，彈箏争惜玉牙尖。

燭殘莫問鬢如鴉，豈有西陵油壁車？我自酒杯澆磊塊，君看雪色盡空化。願驅螟螣深千尺，相傳雪深一尺，蝗入地一丈。笑指壺飱似一家。盡醉不知天欲曙，横窗竹影已成叉。

采石孫幼竤雪中餽酒過訪兼有登山之約因贈

山陰訪戴夜還船，何似君來雪正緜。卻感行廚衝滑至，況多相見意歡然。一時壇坫非吾敢，三國英雄幾姓傳？試問江亭明月夜，可能同弔李青蓮？

和尚港阻風聞荆襄兵警南京已城守 癸未

憑空磯閣俯平流，側望高危勢欲浮。一息波濤長萬里，十年旅思載孤舟。已聞浲水横中國，況説烽煙蔽上游。我亦欲乘風直去，猶然窮港狎鷩鷗。沛爲水壞，時賊破荆襄，而左兵又東下。

莫説江南尚太平，亂離今復見陪京。即傳空國登陴守，難使孤舟破浪行。風力但能留倦客，天河何日洗驕兵？柳條欲舞花初發，無意僧寮聽早鶯。時上江兵警，傳南中失機。書于佛閣上。

自南京歸留别所知 自注：時崇禎甲申三月十八日。

四年挈室倚南京，二載兵戈日數驚。愁聽羽書來北直，敢言象緯應東行。吳門未穩藏梅福，江夏何繇致正平？寄語諸公憂社稷，誰能不出奈蒼生。自注：聞賊已破眞定，諸公有留予者，故有『江夏』云云。

山中五日聞三月十九日之變

五月五日天欲傾，悲風萬里動神京。劇隨父老蒼黄哭，忍説君王慷慨行。自古主憂猶責死，即今國破盡偷生。閒時漫數詩書效，華嶽山高恨未平。

漢家功德尚謳吟，誤國其如盡盍簪。誰引豖居龍鳳闕，卻憐鴳序馬牛襟。敗亡何必曾先見，痛哭猶存未死心。獨有深山雲物異，悲涼夏木變霜林。自注：先予慮北京必不守，聞者唾之。

聖主焦勞十七年，那堪回憶倍潸然。憂危誰下銅駝淚，灰燼空傳紫禁煙。北地有懷悲漢諶，中興何日見周宣？南陽豈少閒吟者，聞達毋寧得苟全。

聞陳青谿殉難

十年水部識青谿，謫吏仍甘死若鮷。微虎何必能存魯〔三〕，王蠋居然欲奮齊。藏血燕山風盡烈，招魂江上草含悽。故人釃酒吞聲哭，南北於今路已迷。

過陳定生寓舍

客舍相逢秋已過，不知誰念舊山河。平時懷抱風霜盡，細數交游涕淚多。似子明安猶詣獄，何人訟固肯提戈？請看大地荒荒色，對酒能無倚漸歌？

和尚港阻風用去年韻

霜落江寒水半流，依然野泊問沈浮。如山波立縣千練，似葉篷輕小一舟。滿市公侯忘載溺，幾家村店學優游？閒觀最畏人閒世，肯信風濤下海鷗。

嘗疑宵旰未昇平，爲見衣冠又舊京。一姓乾坤猶鼎革，終朝風雨任留行。藏舟是處求深壑，惡浪何曾覆亂兵。歸去東山茅屋在，雙柑從此學啼鶯。

中丞程公世昌以池州兵使開府蕪湖

蕪關旌節一時新，河内還應借寇恂。江漢有人揮白羽，乾坤何處著黄巾。七千士奮惟君子，十萬師資盡部民。共訝後堂容對酒，彭宣猶自感風塵。

苦　雨乙酉

武昌旌甲蔽江濱，到處流離説苦辛。二麥未收夏四月，千家共歎雨三旬。忍聞郭邑將沈竈，難信谿源已絶津。山裏尋山猶恨淺，誅茅厓隙敢逡巡。自注：時左兵之亂，池州城守已四十日。

將結茅橫山原深處因宿谷口小菴（非注：在治南百九十里。）

空山直入漸煙低，歷磴循谿到轉迷。谷口緇流眞石隱，林中蘭若半雲齊。干戈薄海鐘聲外，名姓前生澗水西。勞擾幾年餘一宿，終宵清夢狎猿啼。

敢 臥

傳檄東宫指顧閒，投鞭萬騎住郊關。江城守已非余闕，軍帥聞猶似伯顔。未雪大仇天可共，豈容沙漠幕成班？紛紛羣遂論興革，敢臥篷門十畝閒？

觀兵泥灣題寺壁（非注：在城西南九十里。）

何處能尋虎豹關？谿源天設此泥灣。已看下葉霜威肅，轉覺無聲之子閑。小醜自然疑草木，大明終是舊河山。與公努力勤王事，漫問鐘鳴到枕閒。

石灰沖絶命詩録遺一句

半世文章百世人。

五言排律 六首

哭陳元静 自注：客死河間。 乙丑

偶託天津信，猶疑事有無。何當遽物化，況復阻邊隅。自古誰非死，斯人獨可吁。照埋空掩獄，雉侮竟淪篋。邈矣羈魂逝，悽然旅櫬扶。病窮齎爾志，存没感吾徒。文字荒秦嶧，風神落藐姑。嵇彈應已絶，鍾聽若爲孤。世路通如蜀，人情只一芻。玉樓知不苦，血汗視神駒。

重陽雨夜飲弟發若抱觀堂 戊辰

天地生寒早，風徐入幕艱。三秋餘黯淡，九日阻幽攀。節至花猶待，人清夜更閒。酒消一斗醉，雨鎖二扉關。響碎牆陰竹，雲沈户外山。濕光鐙火散，緜滴笑談删。孤唱摧庭葉，深杯冥砌斑。登高雖故事，樂此便開顔。

方孩未先生見招兼惠詩扇酬八韻 戊寅

昔和滕陽句，今登元禮門。後堂容對酒，往事況難言。一念眞忠直，此身具本原。老成天

獨護，後死道猶存。蕩寇無妨臥，移家不避喧。那知霜氣肅，復此春風温。草木十年臭，聲名萬古尊。誰云蕭艾盛，豈漫蔽行軒。自注：先生丙寅被逮時，題詩滕陽驛，予曾和之。

曉至無錫子方於丙夜歸自錢塘喜成十二韻

寂寞王猷興，殷勤叔度思。三春雙鯉墮，千里一帆隨。自我來江國，方君滯海湄。那知相聚首，猶自未移時。郢曲元難並，延津或可疑。獻衣慙季札，縱酒和高離。率爾眞休暢，斯人獨偉奇。論交忘作客，羅拜喜呼兒。天地生戎馬，文章即蕪蘼。廓清吾豈敢，推挽子同期。道大難爲用，憂多不自持。清鐙照炯炯，莫負此鬚眉。

贈孫克咸 并序

克咸自其外舅開府來，小飲劉輿父家，自言曾臨戰殺賊，并言賊情形甚悉。因贈十六韻。

十載寇猖狂，踉蹌哭萬方。官兵徒轉徙，理督總周章。楚撫推人望，廟謨本聖王。英姿誰幕客？宅相有孫郎。文筆曾干象，寶刀初試霜。那知衣短後，即復挈星鋩。左右能馳射，東西正殺傷。論功宜上賞，憶母卻還將。已渡陳倉道，猶登魯肅堂。相看各勞苦，語次復精詳。河朔傳滋蔓，川秦更跳梁。連鷄人用剿，築舍日成行。天下憂方大，吾曹道自臧。臨戎樂戰鬬，抱膝計安攘。以我衡今昔，如君即傳張。相傾同濁酒，萬里看長浪。

中秋寓樓書懷十六韻 非注：在城中大井西北。 甲申

暗數今宵月，旅懷十四秋。出門家即遠，隨地友相求。王室比多難，吾生尚薄游。身無一命寄，志欲萬夫遒。著述名徒盛，詩書效未收。世方希管葛，學獨恥墳邱。汎宅稱先識，自注：北變未聞，即已挈家山中。 去劉。敷天戴大仇。烽煙驚海甸，風雨泣燕幽。賊勢猶分陝，人心豈鴛鷺班何滿，干戈氣若囚。東來方草創，北伐忍淹留。遵養師王導，英雄笑仲謀。有田曾祀夏，不戰盡封侯。興言眞歎絶，感事即深憂。抱膝寒生袂，銜杯漏竟籌。坐移檐際色，蕭瑟動虛樓。

五言絶句 十七首

昭君怨 辛酉

絶塞風煙迴，心將去雁同。琵琶空有曲，不到漢王宮。

玉關妾已遠，猶自恨蛾眉。寄語承恩者，黄金賂畫師。

杜　湖 杜塢即湖岸。　癸亥

客歸偏有興，鼓楫獨扁舟。遠浦空寥廓，深江自此流。

渡　淮 丙寅

驅車千里遠，鼓楫一時過。頃刻多風雨，同來渡此河。

盈盈流一帶，天地此方中。不渡淮河水，那知疏鑿功？

季　園 甲戌

高岡松樹多，絶壁流泉繞。上下前後山，清眺夕陽杳。

梁谿曲三首 戊寅

本自秋浦水，忽爲梁谿流。梁谿流不盡，歡去使人愁。

梁谿多悽風，道是白門來。自歡出門去，梧桐葉葉摧。

愛飲梁谿水，愁作梁谿客。明月照一方，歡自疑今夕。

樓子歌代怨三首

樓子比金屋，繡幃日垂垂。妾非逸雲中，歡胡道旁遺。

樓子好明月，金鑪手自煨。輕颸蕩纖幌，知歡來不來。

樓子復樓子，歡使妾住此。上樓無轆轤，下樓如流水。

和子方阿子歌三首

盡日寫心怨，秋風阿子歌。猷州不在天，歡今欲如何？

阿子好容顔，行行淚且潸。腸中轉車輪，爲歡不得閒。

漢水非吳水，鹵莽洗阿子。阿子顛倒情，終當爲歡死。

光州胡胡之避亂來南與余同客當塗二詩贈之 辛巳

冬末同爲客，相依意獨深。不因羈旅日，誰識歲寒心？

浮沈雲在地，淡泊月生林。過我猶尊酒，無多作楚吟。

六言絶句 四首

題鄒滿字爲僧作圖 己卯

一片石色疑雨，幾枝松勢參天。茅屋枕谿寂寞，老僧禪悟何年。

夏日雜興 壬午

僦室何異賣畚，臨河無意觀魚。直北幾年烽火，江東似我居諸。

起居石橋半月，還往雲陽一旬。吾道幽深自足，君子于野同人。黄石齋時寓石城橋。

買書終日典質，好客卒歲逢迎。吾事敢云已畢，乾坤何日消兵？

七言絶句 七十三首〔四〕

湖心寺立秋 辛酉

天高漠漠水平流，隄影山光背郭浮。蓼葉欲齊煙欲澹，年年秋色早湖頭。

聞敗 壬戌

昨夜西風自北來，傳聞烽火徹燕臺。熊都意氣今何許，蟒玉能堪匹馬回？非注：熊都謂廷弼也。

將軍灞上笑袁楊，又見輿尸督府王。破敵只須兵十萬，可憐口舌是金湯。非注：袁崇焕、楊鎬也。王化貞自許以十萬破敵。

隴西曾説有中行，賀將前身亦少卿。縱使漢廷無衛霍，如何降虜倚長城？非注：李永芳事。

出塞何人右武賢，營平未見遂屯田。可憐門户能傾國，潁上中樞已待邊。自注：時熊主守，王主戰，本兵張鶴鳴則右王也。

一重山海鐵門關，肯與□人飲馬還。天子只今思鉅鹿，公卿誰復羨東山？

偶過蓮花菴 自注：南京太平門外後湖之側。甲子 世珩按：南都應試記作「蓮池菴」。

湖上棲遲已數旬，緑荷開盡一時新。誰知更到鍾山曲，又得蓮花梵語聲。

北峽關看壁閒二詩 丙寅

一傷奉使一公車，辛苦誰題驛壁書。我亦羈游無定在，卻看天地總蘧廬。

所見

風吹十丈路頭塵，見怪蛾眉一幅巾。斜抱琵琶驢背上，相逢容易是途人。

春河鋪

慘澹雲垂四野齊，斷橋殘樹細沙谿。那知一醉春河鋪，野色煙寒日已迷。

代贈 丁卯

何處飛來掌上分，漢宮纖秀獨離羣。夜深髣髴無人見，疑是華峯絶頂雲。

五湖舟裏未應閒，肯載羅谿越女還。亦解蛾眉偏見妒，且評江上幾青山。

芙蕖九月澹新裝，不畏風濤解送郎。卻憐照水鴛鴦影，肯向臺中學鳳凰。

郡城東湖

遠浦孤舟萬里秋，滿湖寒色坐中流。城隅一曲空飄泊，爲有漁歌到渡頭。

別意

無數江楓照水紅，離情欲斷碧天空。渭城有曲無人唱，早與帆開一夜風。

自高田至秋浦道中 己巳

參阮嶺下即澄潭，破石山頭氣似嵐。指與故園三五里，蕭疏野色任躋探。非注：參阮、破石皆地名。

石出谿頭水有聲，北山渡口問漁行。高巖一片雲中落，題字何人著姓名。非注：北山渡去香口五里，巖下有刻石『輝文』二大字，餘莫辨，志亦未載。

人家十室九疏林，秋盡風敲萬木吟。石磴臨危盤七里，蕭蕭落日草連陰。非注：七里，石埭縣舊址。

千山色暮到楊潭，野店横谿爲駐驂。濁酒寒鐙消不盡，爲遲新月半峯含。非注：楊潭，渡名。

何年名唤女兒村？紈紵瓊漿意可存。隔岸朱霞如弄色，千章楓樹已黄昏。非注：女兒村，村名。

鷄兒灘頭石半漫，虎子渡口霜未乾。兩岸青山渾在水，不知人向鏡中看。非注：鷄兒灘，地名。虎子渡，貴池、石埭界。

林巖曲曲是泥灣，風欲蒼茫景欲艱。迴合谿源百六里，行人不羡會稽山。非注：泥灣，地名。

山如滴翠樹偏妍，蒼玉爲谿鏡是泉。寂寞桃湖陂外去，至今太白已千年。非注：玉鏡潭、桃湖陂在秋浦之清谿。

戲作

遼海干戈已十年，即今烽火徹甘泉。漢家赤羽連宵發，丙吉何曾早念邊？

南京猶似六朝時，御史先驅拜法師。佛力何曾增敵愾，誰憐直北戰征兒？

下關夜泊見鄰舟有女年可十五六夜半聞舟中鼓琴聲甚苦

天涯孤泊歎飄蓬，客裏關心瞥見中。夜半卻聞聲切切，不知曲操爲誰容？

十五閨門未嫁人，可憐玉色落風塵。他年曲罷傷心處，輸與蘿村幾度春。

上新河代作 辛未

踏雪佳人到上河，清尊不惜醉顔酡。鐙前擘紙書新句，莫是傷心子夜歌？

蓀谷 甲戌

昨夜天風落素湍，碧流深浸萬琅玕。石梁不信蒼苔迹，爲聽疏鐘坐欲闌。

燕子磯舟中聞有閨人詠門泊東吳萬里船者與蘇武子吳素臣即事各二首

幾年作客慣今時，誰信含情解誦詩。燕子磯頭同有賦，不因秋月寄離思。

出門萬里即孤舟，客裏聞聲也自愁。可憐二子清秋句，爲聽傷心子夜謳。

劉伯宗寄所紀桐變事

客裏相逢盡酒巵，隔江何事悵流離。而今共道東南好，愁讀西川杜甫詩。

南京雨中遣興 丙子

十日都城雨未收，亭臺何處不平流？池邊竹樹相縹碧，水氣翻如屋上浮。

五月寒如十月天，平看萬户盡冥煙。那知有客空亭坐，獨翫南華秋水篇。

聞説秦淮水漫橋，家家垣屋似飄摇。呼童閒問街坊價，莫愛茗香破寂寥。

山中感興 丁丑

春雨蓬門喜笑開，故人六七上金臺。窗前不道眞焚研，又聽衡文檄使來。

林外黃鶯學語初，階前蘭氣暖風徐。閒抛書卷觀農事，名滿人閒總不如。

無題二首

樓子風清月色明，輕衫度曲不勝情。柳條欲折未忍折，醉殺呢喃聲更聲。

湖上春風花外枝，橋南載酒爲誰持。詩人不老多情思，猶聽初鶯婉轉時。

過嚴子陵釣臺

歙州行盡又嚴州，煙雨空濛載遠游。爲問富春山下路，千年二石俯江流。

深山何處識平生，爲有滄浪釣月明。故人無意求天子，灘水難忘是姓名。

六月二十七日立秋 戊寅

客裏今朝年又年，炎風赤日更秋天。梁谿不道江南樂，爲有清眞第二泉。

早窺華髮初生鏡，晚報新梧又度秋。人生不得行胸臆，未見官封萬卷侯。

莫唱詩人白紵歌，可憐江北尚干戈。夢裏砧聲聽不得，悲哉秋氣獨誰多。

空堂蕭瑟動陰森，一月連牀風雨吟。此日生平都欲盡，文章昆弟酒杯心。

去梁谿將溯荆谿毗陵華陽白門歸子方同游稍後至期俟之定生家記別

客子明朝放棹行，虚堂今夕酒同傾。爲君一月瀟湘意，淒絶江南萬樹聲。

兼山堂畔連牀夜，風雨清鐙詠未孤。此去秋光多在水，夢中得句定相呼。

杜匏如索題其像

生平意氣未全舒，解説荆卿劍術疏。一幅鬚眉今髣髴，古人再見杜匏如。

江　行 己卯

文章何用動公卿，鄙夫稚子亦縱横。櫓師慣識聊相戲，似爾儒生浪得名。

日暮三山鼓棹過，夜泊霜寒姥下河。徧穿茅屋沽無酒，燒草兒童自和歌。

梁山赭山一夕過，櫓港荻港三日留。遲速早知風力定，蕭蕭木落大江秋。

見邸報 自注：武陵楊相公出視師。

臨蔡何人是晉公？況聞方叔作元戎。九重宸翰親揮灑，磨石淮西好記功。

往歲三公數出師，成功難易未同時。文襄一定河南過，少語風前去不辭。

閨　辭 庚辰

嫋嫋春風氣正融，曉妝初怯日曈曨。錯穿鍼孔因鸝囀，顛倒心腸唾膩絨。

盡日花飛滿四鄰，殘春猶見月華新。無言獨立屏風後，怕見垂枝影亂人。

南京所見三絶句

王曹劉魏近時有，許史金張我代無。今日江南眼孔窄，不知羨殺幾屠沽。

十載烏頭宰相歸，中丞座主亦光輝。而今八座迎塵有，自古三公入市稀。

詔書遥出未央宫，四海齊稱罔極隆。即使漢臣能議禮，于今三教已渾同。

花枝詞爲馮躋仲納姬作 辛巳

窈窕花枝醉後持，絳紗紅蠟影低迷。已知賦筆能干象，暫屈西軒試小眉。

冰紈初著氣如秋，五月能清大火流。窗前試聽呢喃語，怕有剛腸幾許柔。

遠山黛色有還無，似與輕煙寫一圖。馮郎不會猶憐意，肯便輕舟去五湖。

寄顧子方

與君相別兩年餘，笑我輕舟學避居。月明顔色猶疑見，難得梁谿一紙書。

定生以令子其年新詩見示因寄

前年我贈長歌日，有子方當髪及眉。讀罷新詩閣筆歎，人間何以景升兒。

我亦爲文浪得名，敢云臣壯不如人。即看珠玉因風落，倔彊今知畏後生。

秦檜墓

秦檜江寧也有墳，道旁猶自立碑文。格天高閣終黄土，留與牛羊好逐羣。

建炎失策豈繇人，舊憾河山轉不平。大臣若獻和戎策，墓草應須向北生。

至南京 甲申

江山南國尚依然，獨見衣冠倍去年。日日除書新拜命，何人曾説舊幽燕？

江上絶句

慈湖磯畔倚寒河，對酒風聲落木多。夜泊不知江路險，月明殘荻起漁歌。

霜寒江曲映隄斜，近遠疏林隱數家。繞屋去栽烏柏樹，十年高臥擁雲霞。

空江暮色遠微微，天水無涯望轉違。霞照未收新月上，一帆清影落漁磯。

華陽陸地風波惡，姑孰姑山險阻多。肯信大江容易渡，夜深清夢畏鼉鼉。

石橋爲人作

長江不共越谿流，國破何心載女游。十日南風吹不斷，石橋猶繫五湖舟。

偶作兩絶句

二李何王號代興，再傳楚士欲憑陵。而今盡溯從前體，敢效諸家擅國能。

本朝著作卑唐宋，頗怪文人氣習殊。細簡流傳諸集在，不知曾否駕韓蘇？

與李原常小飲杏花村

非注：在池州西門外。

昔年杜牧爲州日，遥指村名作杏花。湖畔偶然有酒處，布帘高挂兩三家。又有：『箕也詩文浪得名，每因少作愧平生』之句。

聯句

一首

七夕小集即席聯句

鵲渡傳疑甚，子方。靈津此夜茫。次尾。堂高流月影，次尾。階盡落星鋩。酒攝羣賓目，子方。談飛舉座霜。屆時悽衆動，次尾。脱葉逗悲商。爽吹微微急，子方。羈思渺渺長。砧聞關塞切，次尾。劍倚石泉遑。失職憂貧士，子方。披襟怯大王。公明醉綺燦，次尾。正則沐蘭芳。北渚愁何限，子方。南陵野未荒。雕詞彈燭就，次尾。雄辨咤雲忙。河漢開天問，子方。悲歌笑楚狂。與君忘夕永，次尾。持以報新涼。子方。

校記

〔一〕實際收録三十六首，附石灰沖絶命詩遺句。

〔二〕陶青劉舍　原誤作『劉清陶舍』，據禁燬本改。

〔三〕虎　原作『虒』，據禁燬本改。

〔四〕實際收録七十五首。

樓山堂集卷二十七

補遺 壬午 非注：鋟版將竣，始求得此册，補編於後。

詩

美色何足恃行 自注：秋試後作。 壬午

美色何足恃？黄金貴有餘。不見王昭君，棄之在穹廬。妍媸憑畫手，有恨不得舒。長安雖藉藉，延壽乘高車。養女莫詫豔，但問貲何如。朝以賂宫人，暮當拜婕妤。

善射世所貴行示内姪李男蛾 時

善射世所貴，李廣終不封。白首忤人意，失道難爲庸。去病爾有幸，乏絶未嘗逢。少貴不省士，所至爲軍鋒。不託胏腑戚，安能銘鼎鐘？

江行雜詠八首

去去都城隅，清飆生廣陌。霜氣厲叢條，蕭森展寒色。賴此一帆輕，歸我三年客。窮港倚鄰船，微吟遲夜月。

名場淹歲月，負我幽居盟。倏忽三十載，卬首無一鳴。作客既已倦，汎宅鮮歡情。何如歸深山，努力效躬耕。所願幸有諧，虛譽寧足營？

采石睇月明，三山發清曉。虛洲生孤煙，寒林棲倦鳥。感彼無意遭，盪我心憂悄。京國夢徒勞，故鄉非遠道。委懷汗漫游，江流信浩渺。

□跳廿五載，賊躪十四年。所至殘城郭，殺人如飄煙。節鉞豈不重，代者速郵傳。安望恣摧廓，身命難苟全。感事增歎息，聲利何喧闐。才智既自竭，富貴寧久堅？不如棄空谷，東皋有薄田。

浮雲異旦夕，升沈崇朝變。大道有益虧，于野玄黄戰。羣彥再當陽，積陰初見晛。含章聖所規，傾壯物之賤。憑高蹈危機，弩發何能轉？生平有微尚，覽古如遇故。在坐詆馬融，提戈訟李固。中懷豈不偉，棄之在徒步。長幸有篇章，適以宣心素。

許歷諫馬服，鄧尉規亞夫。豈無懷忠士，四顧不得呼。烽火連京洛，高車載腐儒。而我寄蓬藋，扣舷發長吁。

諸公應召出，多士亦奮庸。設壇待神明，屢世不得逢。賢者固自貴，不爲苟禄容。毋令草茅下，嚮風徒喁喁。

過周仲馭丹陽寓舍

十載丹陽道，懷人復幾來。不因思呂駕，誰共罄融杯？是谷皆歸海，占星已傍台。猶聞歌伐木，有徑客中開。

門高龍作號，谿淺鹿爲儔。縞紵存僑札，樵蘇識閔周。林聲鶯與醉，酒色月嘗浮。君出吾忘處，相期已近秋。自注：仲馭居鹿蹊，時將應召矣。

九日高座寺集楚豫諸友次侯朝宗韻

林煙漠漠草油油，客裏登高共石頭。佳節幾年曾好友，鎬京此日尚神州。莫言文字消磨盡，極望蒼茫感慨留。各有故園回首憾，無邊落木助深秋。

佳時從俗也招尋，出郭幽情寄遠琴。樹杪江流疑斷續，臺前石勢故高深。三秋雲物興亡事，四海交游聚散心。莫以落暉歸去急，攜壺能得幾巡斟。

地近何須杖策探，爲延清梵入高菴。乾坤到節偏知肅，山水於人不厭貪。寺在僧猶煩應對，自注：高座道人不作漢語，以省應對。林深氣亦聚雲嵐。相期潦倒尋常事，欲把籬花霜未酣。

石子岡頭木末尖，游茵藉草布爲帘。下風高葉聲相積，微雨鋪煙濕不嫌。江影遥從陵樹亂，酒杯若爲客愁添。卻憐置我猶邱壑，何日虬姿欲起潛？

不須絶壑與高巖，倚檻江流雁影南。無數松杉交翠色，猶留碑版昔年銜。重陽未必常今日，羈客相逢感舊衫。作賦一時誰獨勝，敢云佳句我能咸？

又　聞

又聞烽火徹甘泉，還憶天驕廿五年。將相一時皆起廢，聖明何日不憂邊？未傳鄧急求之武，可有秦師畏魯連？似我旅居但嫠泣，江南愁絶限隅偏。

南京一月赤書馳，未見勤王或濟師。憂辱已貽千古恨，酣歌不廢六朝詩。風傳海岱名城破，藩逐淮揚覲吏遲。爲語公車偕計士，不知何策可安時？

跋

樓山集，原本續刻金陵，或離或合，多散見。乙酉以後鏤板不可復得矣。癸巳春，芑山張先生寓石埭，貽書峽川，屬劉輿父廷鑾洎吴山賓非重輯此集。以斛峯戴氏所借『章謨本』爲草稿，兩君各出所存逸文，共相編摩，更爲目次〔一〕，郵張先生手訂之，已而吴子相遇又采掇細碎入之，合成此書。張先生既命工繕寫，付之輿父，以甲午冬與孔仲石先生請諸同學，醵資授梓，隨得隨鐫，至戊戌秋乃訖功。其閒又不無且忌且疑，固難爲不知者道也。板既成，歸於孟堅而貯之吴彦所。彦，字幼美，先姑丈樓山先生從弟也。同里内姪李時跋。

先生羅九經、二十一史於胸中，洞悉古今興亡順逆之迹。當崇禎中，預慮燕都之必不能守，聞者皆笑其迂，而先生持論侃侃不阿也。名雖不登朝籍，而人材之邪正，國事之得失，瞭如指掌。撰有熹朝忠節十六傳一卷、兩朝剥復録十卷、留都見聞録三卷、國朝本末六卷、庚辛壬癸録四卷、續觚不觚録一卷、樓山堂集二十七卷。其書或傳或不傳，覽者可以當龜鑑矣。分宜張爾公稱先生『人文似陳同甫』，是誠知言。聞先生授命處，血迹至今猶存，洗之不去，萇弘、嵇紹而後不多得也。秀水後學朱彝尊書於静志居。

右樓山堂集二十七卷，明吴應箕撰。案：先生字次尾，貴池人，縣學生，乙酉死於難。朱竹垞静志居詩話稱：『先生羅九經、二十一史於胸中，洞悉古今興亡順逆之迹。當崇禎中，預料燕京之必不能守，聞者皆笑其迂，而先生持論侃侃不阿也。名雖不登朝籍，而人才之邪正，國事之得失，瞭如指掌。撰有熹朝忠節傳一卷、兩朝剥復録十卷、留都見聞録三卷、東林本末六卷、續觚不觚録二卷。』陳迦陵湖海樓集稱：『先生嘗以所撰國瑋集相示，歎爲經術暢茂，搜葺詳雅，無何而觸機蹈故，此書不傳。』又稱：『觚不觚録議論絶有根據。』復有留都見聞録序。迄今與竹垞所稱各書均未見傳者，獨是書耳。分宜張爾公嘗稱：『先生人文似陳龍川，詩旨類屈正則，可以飛繁霜，泣鬼神。』『詩旨類正則』，先生之遇爲之；『人文似龍川』，竊謂有過之無不及也。憶幼時讀侯朝宗壯悔堂集有是書序，稱先生文如日星河嶽，竊疑其推挹之言，又稱先生嘗云：『文章自韓、歐、蘇没後，幾失其傳，吾之文足以起而續之。』亦竊疑其自譽稍過。迨今得是書而讀之，始知其前無古人，後無來者，其指陳時事諸作，實不減賈長沙、董膠西、劉中壘。迦陵又稱：『先生史論，高文遠識，成一家言，有極筆之歎。』又稱：『每讀集中論史諸作，時而悲歌起舞，旁若無人，時而作爲變徵聲，泣數行下。』其感人固如是耶！又壯悔堂集祭先生文有云：『明三百年，獨養此士！』嗚呼！惟先生不愧此言耳！咸豐癸丑小寒，南海伍崇曜謹跋。

魏冰叔曰：『昔賢之美，未有久而不湮者，湮而未盡之際，天又必生賢人焉，爲之補救而接續之，以使之不墜。』然哉！然哉！夏兼甫大令博極羣書，留心文獻，於鄉先輩吴次尾先生兩朝剥復録已校訂而授之梓矣。舲每質見大令，大令每以先生著述繁富，尤不得樓山堂全集以鋟爲憾。蓋大令欲爲先生撰年譜，非其集莫考也。

甲子秋，斘抵江城，黄補之姻丈亦適自皖旋，斘詢此劫蕩之餘，得有斷殘否？得見次尾先生撰述否？答曰：『頃獲舊鈔樓山堂全集二十七卷，爲周觀察念兹所購藏。』斘不禁狂喜曰：『天下事固有如是，望之甚殷而適至者，如熙安之鼎，環佩之琴，出没莫測，往往獲見於異代，豈英靈不滅，默保於承肩藉足，引炊拭穢之餘，以待有心者爲之繇續耶？抑文字因縁結於吾輩耶？』斘乃亟乞補之謹假於觀察，觀察慨然與之。旋召胥鈔，旬日而畢録之，以原册歸觀察，録本存大令。大令率諸公子奐如、瑟如、子瓚與補之及吾弟芳舟訂正，而施之手民。先生大節文章昭著天壤，斘何待贅一辭，只陳此縁起，以志大令接續之盛心云爾。同治四年歲在乙丑仲夏之初，高安朱斘識於樂安學署之東偏。

吾鄉吳樓山先生著有樓山堂集。自國朝褒謚忠節，與黄文貞公合祠，額曰『雙忠』。而是集未大顯於世，兵燹後不但板毁，存書亦寥寥。用賓居去先生村阯三十里許，其學識風節，婦孺皆時時道之傳之。海内千秋不朽者，不徒在文章。然讀其文章，不惟足以增長識力，並足以生忠義心。用賓僻處山林，無由博采聞，吳竹莊中丞所輯乾坤正氣集刻有先生詩集而未之目睹也，陳信吾明府刻有先生制藝而亦未之目睹也。適同里執友張少江出是集舊本，商重刊之，竊以是事有志未逮久矣，遂亟付之梓人。不數月，少江作古，不克睹是集之成。吁！吉光片羽得者，珍藏數十年矣，兹獲斷簡重刊，未必非先生在天之靈所許也。卷中闕字空格悉從舊本，以存其真。刊既竣，謹書數語於後。時光緒庚辰季春上巳前二日，里後學王用賓斗山氏謹跋。

吳次尾先生樓山堂集，明崇禎十二年所定，曾刻之金陵。後張芑山自烈、劉輿父廷鑾、吳山賓非合已刻、未刻稿，重編二十七卷，爲文二十卷，詩六卷，補遺一卷。至本朝順治戊戌始刻成，李男蛾時爲之跋，此本未得見。

道光戊申，涇縣潘文慎刻乾坤正氣集，載文集十八卷，缺第七卷論、第八卷辯，九卷作七卷，二十卷作十八卷，七卷擬進策十首不載標題，八卷兵事策缺第一至第四兵事策序有『會□警，邸報未確，然余以見於南中者意推之，天下事亦略可觀耳，因爲策十首。自□及寇，以至城守江防者悉具。城守江防，則猶在南談南也』。潘本奪此六十五字〔二〕。九卷時務策缺問兵一首，十六卷缺記六首，十八卷賦缺所歡賦、老倡賦二首。

咸豐癸丑南海伍君崇曜刻入粤雅堂十三集，海内始覩全書，第缺侯方域序之尾，陳名夏序之首一葉，劉伯宗譔傳又缺一葉，未曾補足。

有逢原齋活字本；又有十行二十一字刻本，既無序跋，並無齋名，皆不知何人所刻。觀其紙色，當在道咸之間。

當塗夏嗛甫燮於江西曾刻樓山遺書，憾未得見。前年辛丑八月，臨桂王佑遐鵬運由都過江寧，復去江西，爲覓得夏氏刻本見貽。知在同治乙丑於永寧官廨合兩朝剥復録、東林本末、熹朝忠節死臣傳、留都見聞録刊樓山堂遺書，並年譜、逸事附焉。東林本末，甲午四月四兄世瑛校刻。越年乙未二月，公車卒上海，而書未竟，余爲足成矣。啓禎兩朝剥復録、留都見聞録、讀書止觀録皆編入秋浦雙忠録。合之貴池二妙集中樓山堂集，可爲吴先生遺書全帙。嗛甫解官攜板歸家當塗，卒後，書遂不復印行，板亦零落，世更少傳本。光緒庚辰，縣人干月卿用賓又刻之，今板尚存縣中公所。

夏嗛甫輯吴先生逸事云：『崇禎戊寅，留都防亂公揭，先生屬草，求之未得。』蓋南都後爲懷寧銷毁殆盡，今獲舊鈔本，並列名一百四十三人爲世所未見者。同縣李錫功郁録存先生題圓通庵額後一則。昨丁未夏，章敏齋學文得之，轉録寄至京邸。又於留都見聞録先生之孫銘道赤石磯注，得先生五言律一首。夏嗛甫撰逸事一卷。從冒氏同人集録吴先生五言律四首之三『自我來京國』一首，集中已載，題作城南舟中，共四首，無『寳應眞吾友』一首。同人集題作南門舟中同辟疆定生甯之朝宗諸兄作，與集不同，且少『七次書空上』一首。『寳應』一首見留都見聞録，銘道赤石磯注標題爲湯薦玄假舟城南，同人集誤入。均依體附入。嗛甫所輯年譜、逸事，繁冗譌奪，爲芟證釐正，重訂年譜一卷。

今合六本詳加校定，並從各家載集，凡關於先生傳記、詩文都輯録卷首，以防亂公揭冠之本集。復得先生之子孟堅編目，即附之先生所著書目後，於樓山一集亦可云大備矣。是集初刻在順治戊戌，潘氏於道光戊申刻之，伍氏刻於咸豐癸丑，同治乙丑夏氏又刻之，余於戊戌五月開板，辛丑九月斷手，今重編又值戊申，前既同遇丑年，更適逢戊戌、戊申之歲，何後先相合如是耶！

光緒三十四年戊申九月初九日，縣後生劉世珩重編謹跋。

校記

〔一〕目　原作『自』，據暫園本改。

〔二〕六十五字　當作『五十五字』。

樓山堂遺文

附癸未遺詩

刻樓山堂遺文序〔一〕

吴孟堅

於戲！余先子乙酉殉節後，生平撰著盡散兵燹。余時甫九齡，同亡弟稚圭流離他鄉，危卵孤存。癸巳歲，袁州張爾公先生寓陵陽，蒐訪先子遺集，捐橐合四方友人之資授梓，集成二十七卷行世。然猶有遺稿數十卷未梓者，今方掇遺補缺，圖重鋟而未逮，此余所以蠹然悲也。況三復遺編，知先子一生重君親，篤友誼，提挈人文，留心家國，以天下爲己任，節義文章兼而有之者也，雖所遺殘篇斷簡存什一于仟百〔二〕，讀者其亦重有感矣。

不孝男孟堅稽顙百拜書。

吴樓山先生遺集序

陳肇曾

古來奇逸之士，胸中負如許，喀喀欲吐而不得吐，發之書牘，形之詠歌，往往使酒罵坐，雖習氣未除，大抵英雄不得志之所爲，嬉笑怒罵皆成至論。曩之坡仙，今之卓老，庶幾近之。夫古人著湘流之賦，懸龍蛇之書，激楚忼慷，千載下讀其辭者，猶爲拊膺扼腕，志意酸愴，彼寔有所大屈于中而痛哭于竹簡者也。是以其爲文喜爲素秋，毋爲華春；寧博鬼哭，不求人嬉。不知事之于世道名教關繫匪淺者，無論縉紳大人，即布衣匹夫，亦與有責焉。此腔甚熱，此底不欺，胸腹洞豁，心在口上，不覺議論風生。時或引紙貫袖，疾落數千言，擲筆顧盼。徹侯在左，妖姬在右，詞客山擁，百樂雜奏，酒酣耳熱，聳意嘐如，是豈巽儒之夫傴僂兢惕一醉無時笑啼不敢者所可望其萬一哉？則吾于秋浦吴次尾先生不能無致慨焉。

先生時見英峙俊邁之概，風流自命，其雄姿風標，逸氣煙翔，迂多可少，抑好善疾惡出于天性。蓋從其嶽秀泉徵，鶱軒鳳舉，想見卓犖振拔，不徒以清狂自負，兼之才雄學博，含膏茹芳，因而聲華籍甚，騰軌高騁，卒以奮節顯義，危軀成仁也。然曩者獨操選政，科牘盛行，又有說存乎其間。造物以名與位簸弄豪傑，如國家設經義制科以取士。經義猶之矢也，制科猶之的也，矢有所必中于的，然後明制科之重，見經義之尊。自次尾科犢出，天下翕然奉之爲珪壁指南，至有不以名列天衢爲榮，以文入遴選者貴于凌高梯而被丹黻。每三歲一賓興，試春官，其赴會風雲，脱巾結綬，不在朝廷而在草野，争相振鱗濯翼于蓬藟，中之丹鉛品騭，不大可駭異哉！然則士即不鵲起金閨，身伏華𥨍，其權不更埒于虎嘯風馳，龍興雲屬與？

次尾以身殉國，死重泰山。其詩文如日月經天，即欣附氣類者，亦若長庚啓明，竊分末光以跉踔乎一時，況主持國運、文運，不與天壤並垂？昔人稱千秋大業宜其亘古不可磨滅，嘗聞大祐斯文，自産六經之羽翼；人肩大道，寧躭一代之浮榮。守先待後，析天人性命之微言，述往開來，備今古興亡之準鑑。非斯人，吾誰與歸？意洵一時之瑜亮、百世之夷惠矣。

古閩同學教小弟陳肇曾拜撰。

樓山堂遺文小引

繆肇甲

丙寅夏六月，與黄交三避暑於餘園之芳苞亭。交三手攜一卷示予，乃吴次尾先生之留都見聞録也。予受而讀之，悚然起敬。曰：『此乃日星河岳也。』因述其令嗣吴子班先生當代偉人，不可不一訪。次日，宫敘五亦貽書曰：『秋浦吴子班人文，大江南北罕有其儔。且係名父之子，不可不一識其人。今日邀黄仙裳先生爲河朔之飲，吾兄可爲我作半主。』因趨赴焉，則見子班之才雄貌古，有不可一世之概。適有宋既庭前輩致書，殷勤懇至，情意溢於楮外，知宋先生之重子班，益知子班之自重也。

會之次日，侵早即蒙子班賜顧，予隨報謁，與子班縱譚於百尺樓上，意氣洋洋，因偶出其所藏先生之遺文數篇以示予，皆忠孝之至，發爲文章，不可磨泯。如吴和受給諫遺詩序、送張二無内轉左僉都諸篇，尤其與日月争光，天地不朽文字，何可不急授諸梓以示海内？而又竊恨不能爲先生盡刻全稿，然莫爲之倡，雖美勿傳，總以望世之有心名教者共表勁節幽忠，以成千載，則幸矣！

海陵後學繆肇甲沐手敬識。

校記

〔一〕標題原無，乃整理者後加。

〔二〕簡　原誤作「間」，據文意改。

樓山堂遺文卷一

吴和受給諫遺詩序

嗚呼！先帝三月十九之變，蓋古今未有之鉅痛也。論者獨致憾於諸臣不盡死，而死者之無能多。夫有不盡死者，然後知有不盡不死者；由死者之無能多，則又何可無此能死者耶！

夫自古國多破而主不即亡，唐之出奔，至於數見。是故當時不厚誅不死，即死者不甚殊異。文山之言曰：『從懷愍者非忠，從晉元者爲忠；從徽欽者非忠，從高宗者忠。』此豈可與今之事同日語哉！晏嬰不能死，然曰：『吾爲社稷死則死之。』迹是而觀，今之不盡死與死之不能多者何如耶？則有不盡不死而猶有能死者，此豈非忠臣之至行，而明季三百年之光輝哉！

新昌吴忠節先生此可謂能死者矣！從千百不死之中而有先生，僅從十餘人之中而有先生，先生又獨從容就義，慷慨賦詩，嗚呼！此不但能死，而實能處死，則先生豈猶夫人之死者哉！

先生之詩，讀之憤恨悽惻，而神意甚安，此可觀其處心積慮之素，即無和者而已聲滿天壤矣。其不能不讀而悲，悲而感慨繫焉者，知天下猶有未死之心，而後死者之猶可風也。若謂天下不能死而獨先生能，此非先生心。嗚呼！讀先生詩，可謂非先生能乎哉！先生難弟起之命余附一言以爲重，余則難爲和者，予固知此非先生不能也。

送張二無内轉左僉都序

晉陵張先生繇崇禎十三年爲南京少京兆，至次年秋陞光禄卿〔一〕，猶攝京兆也。治京兆二年，值奇荒，所全活人者以億計。又次年春，轉北京都察院左僉都以去。於是縉紳先生以下，至兒童走卒，無不嘆息其去，至有泣下不能止者。先生何以得此於南京哉？獨余不肖嘗以文章道義受先生切劘，又嘗以感慨時事，極論治平之略，爲先生所深許，於是惜其去南而尤喜其任北也。此又何哉？

夫南者治一方者也，北則天下繫之。夫天下之望治也久矣，即其治而獨不有公卿大人在，謂但繫之先生一官乎？予曰：此有説焉。余嘗統計天下治亂之數矣，守令賢則天下之治數多，巡方御史得人則守令賢，都察院執法則御史不敢爲非，協院者相與爲扶植整飭，使激揚必行則都察院有法。繇是推之，則此一官者非先生曷任？先生之爲是官也，其與在南輕重大小又何如也？抑予嘗論之，法之執也，使人不敢犯此，其事近刻而怵於不敢犯者，揣矯厲之情不可久，必求百端以撓之，則其中多有不可言，是執者猾之資，而刻者撓之叢也。即刻豈遽不肖事？然適以開讒慝之口，至反爲號謹願者所鑒戒，即法安得不壞？法壞而天下何道之治也？是故法非至慈者不能執，而非至清者不能慈。彼見縱於吾法之外者，日行其害人之事，而忍於害人者又百計以求撓吾之所持，於是以至仁行其斷，而以無所滓全吾仁，能清而慈，則天下之法有不立，法立而天下之治不可翹足待哉？夫先生之清則天下信之矣，先生之慈則所在蒙之矣。而今且推之以行，吾執將天下可望治，天下治而南在其中矣。彼嘆息其去而至泣下者得毋未見於是乎？

先生曰：『吾多病，恐不能勝此任，然子之言是余志也。雖然，豈惟予？子之鄉有鄭先生，會稽有劉先生者，皆志吾之志，今亦皆出而北矣，余其以子言往告之。』

黄韞生制藝序

文者，小道也，而可以觀人，然非其人而能文者，未之嘗有。夫誠即其人以爲文，則以文觀人猶之以人觀文也，而敢謂此小道也，吾輕爲之哉？余之交韞生也以文，其深知韞生之文也以人。夫韓歐之文也，人爲之也，天下有毅然爲韓歐之人者，而於六朝、五代之文猶不辭爲之乎？今天下之文，其卑陋冗蕪甚于六朝、五代，又往往得氣去，於是天下不惟無韓歐之文，即間一從事而不隨俗輒變者有幾何也？非其人也。

夫韞生則卓乎其人矣，其植躬秉志，雅不以文，而淹通穿貫，能成一家之言，實不盡於應舉文。嘗語予曰：『能通經而後可以治史，能治遷固之史而後可以治廿一史。』嗟乎！世有能治二十一史之人而不能治文乎？有治經史以爲文之人而其文一如六朝、五代之爲韓歐所嘔棄者乎？故應舉之文猶然小道也，自蘊生爲之，斷然以爲韓歐無疑者，予信其文哉！則亦其人焉爲之耳。

蘊生先予得氣去，然以爲天下文人能通經史又同有著作之志者莫如余，遂以其文使余序之。夫余豈能知文？知天下必無非韓歐，而能韓歐其文者，是則予之知蘊生而已。

梅惠連萍廬史論序

史者，其人與事之得失爲已然者也。夫苐以爲其人與事之得失已乎？前之不忘，後之師也，是故有國家者不可無史。

乃論者又取其人與事之得失而是非係焉，此又何歟？蓋是非不定，彼所爲得失者烏在？其果得果失？而治亂倚伏之幾，心迹晦明之數，方甲乙彼此之淆混，使後人但據其迹而師之，豈不貿於所趨？而即已然者之爲世患豈少哉？夫然史不可無論，尤甚於國不可無史也。然而古今之論史者亦可概見矣。以孔北海之才而難於持論，論豈易言哉？

論者莫盛於宋矣，予於其文有取焉，使其所爲倚伏晦明者自吾論之，不獨其人與事爲不爽，而舉異事同計與異人同行者，合千載上下而覯若觀火，則文之力也。是故其人不好學深思與無天下大計而又好爲畸識偏見者，皆不可與論史。至文則别有天焉，爲之而不可强。

予友梅惠連文矣，嘗與之上下談，而于所爲三不可者無一焉。予曰：『如子者，可自爲史者也，柰何不論？』梅子曰：『有之。』於是出其諸論示余，余周讀久之，歎曰：『宋以後無是也！』夫予亦嘗有論矣，梅子論出而予可以杜口，豈獨予？彼世之無所有而好爲是非者方自以爲善論，讀梅子之論，當亦有悔其未至者乎？夫論必有如梅子者而後知。史不可無論，國家不可無史也。

張正吾先生暨夫人七十壽序

芑山張爾公尊人正吾先生夫婦齊登七十四，方同學君子欲乞名公卿之文以爲祝，爾公曰：『何爲哉？凡有所假以爲文者，其文諛〔一一〕，諛則無文，不諛則何祝？祝而文者乃文也。故余惟天下之稱人親者以子耳，不有稱人子者以親哉！以親者，子可受，則以子者，親亦可受。要是二者難兼也，兼而稱之者，以親猶愈於以子也。何也？此子之所願而不可必得者也。』故予請言以親者。

夫爾公行成名立，此可以娱親矣，先生戒之曰：『盛名難居。』爾公之弟惟適，其好修類爾公也，然負氣敢任，嘗發憤條郡邑利弊，請臺使者行之，此幾以憂親矣，而先生壯之曰：『爲秀才當如是！』是故爾公不爲倖得之學，南闈擲卷出者三，寧報罷而不以傷色喜。知捧檄失時，毅然辭保舉者四，而不謂不承顔。以静儉居身，以廉恥厲俗，以辨是非、翼經傳者立教，以中夜數起、一飯三嘆者憂世人。有問之者，則曰此吾親之教也。然則世之稱爾公，因爾公以及其仲季，豈非以先生哉？而吾黨之士進一觴以祝先生者，皆曰爾公之親猶吾親也。不爲爾公親者，則衆人不得而親之。其親者以子也，而孰知即以其子也哉？

至於先生好讀書，似儒矣而不事章句；樂施焚責，似俠矣而畏人見聞；辭鄉飲，卻臺薦，似隱矣而好獎就善類、急知交。其夫人又惟婉惟順、有訓有儀以相之。凡若是者，皆有壽之理也。雖然，壽人而指事以驗之，天下之高年者肩相望也，是近乎諛之詞也。

故余之稱先生者以子也，以子而稱親者以親也。爾公曰：『吾謂必子也能文者，非文也，實也。是可以壽吾親矣。』而吾黨之士亦曰：『是可以壽爾公之親矣。』

祭孔玉横相國文

嗚呼！先生而死耶！先生之死適在大行皇帝哀詔甫至之日耶！先是，聞北都之變，先生哭之，慟而病劇。聞詔至，猶掖之起迎，未成禮遂卒。嗚呼！迹是以觀，先生之死，豈猶夫人之死耶！

先生之年未及懸車，此可以無死，而先生獨恐不即死。即予小子亦謂先生乃不得不死，而果死，非先生而又曷以死耶？夫世唯不能輕爵禄，故重一死；惟視生死重，故於君父輕。漢北地王偏安帝子耳，其死也至今烈之。以先帝圖治十有七年，罹變不摇，堅死社稷，無論晉宋諸主以囚虜辱國，即視唐之出奔者，豈足比數哉？世不可以成敗論人，而吾君獨有千古矣！故予謂官於京師者，位無崇卑，皆當以死相殉，而竟何如也？他無足道，彼釋褐未幾，而拔置綸扉，外吏久淹而驟登揆席，既已坐致敗亡矣，此時即飴嘗刀鋸罪已不贖，而乃有先奉朝請，甘就累繫。嗚呼！先生視此輩即欲不死得乎？

予嘗以爲先帝置相亦少輕矣，方十六七年多至五十餘人。以今觀之，僅四五公耳。高陽之死□也，江夏之死賊也，此爲不辱身矣。而三月十九日之禍則死者唯一吳橋，嗚呼！

嚮微吴橋，則謂先帝十七年間無一相君，可也。若是而先生即欲不死，得乎哉？是故在先生一身可以無死，由予所論，則先生之死，死國也，死先帝也，所謂不得不死者也。嗚呼！惟先生而後爲不得不死，彼夫不死者，豈獨生不若死？即夫不如先生之死者，亦死不若死。嗚呼！非先生而曷以死耶！尚饗。

與艾千子書

昨歲，白下猥承款教，議論甚正，亦甚快。弟隨語眉生，今世之過求千子者，謂其多權術，負氣勢。今觀其才識明決，志在用世，又心在口間，非天下之深人也。人言何足信？獨選文一事，尊朱明理，原從先聖後學起見，而以過直傷厚，遂致朋友異同，此不必更述矣。即弟向時亦欲正兄數事，語頗詳之茂先、士業，試索其書觀之，兄必不以弟爲妄。即弟意見所不合，可更以其言相往復，決有以諒鄙意之無他也。

乃近見甲戌房選凡例中臚列張爾公之大罪三，喪盡良心者一。弟讀之駭異，此毋乃兄氣之過甚而言之太激乎？爾公之選原非專意駁艾，此弟所知也。即其今所刻甲戌文辨，駁弟評語者甚多，弟深感之。即所駁不必盡合，然人各有見，不妨各存其説，天下自有明眼人，亦自有公論在，何必彼此自相非乎？爾公之言是也，兄安得以一人之私掩其長？若非也，則代千子而議爾公者多矣，千子亦何必使爾公之爰書自一人定乎！千子之意謂不極罪爾公，則是非不明，然今天下吠聲之人詆罵千子者不少，千子獨不懼其是非不明乎？從來是非久則自定，又何必亟亟求伸於爾公也？且爾公雖有辨駁，其意未嘗不善。其語弟曰：『我欲千子之説無疵，然後可以息浮議，傳久遠。』是爾公正爲千子明是非而反罪之乎，且爾公爲人清立屏處，内行甚修，未可以選文不合而遽謂其喪盡良心也。夫喪盡良心之人，當絶之棄之不遺餘力，使異日爾公著名節于天下，則兄在所取乎？所棄乎？而猶將執今日區區論文之議以繩之乎？出語而不能使人受，且亦不爲人生平之地，兄何不思之甚也？

昔人謂昌黎明道而弗能躬，若執一偏之説以罪人，則今之稱韓子者不過從文字起見耳，不亦可鄙之甚耶？以兄挾持所謂今日之韓歐也，弟觀昌黎之文觝排異端，攘斥佛老，不爲流俗所恐喜，眞所謂起八代之衰者，然亦未嘗數人之罪至于不可堪。歐陽子所謂力正文體，敢于抹當世之才士者也，今觀其全集，亦未嘗有相辨而至於相罵者。若夫詆罵韓歐者則有之矣，豈兄以所不欲而施之人耶？

朱程之學固當表章尊從之恐後，弟政謂熟讀大全、集註者，未必即朱程之徒也。願兄自今以後推尊程朱更深一步，則兄之説可垂之天下萬世而無弊矣。

至於爾公欲爲辨艾書，弟已移書止之。若兄所云俟受先、介生書出，又爲摘選之舉，此則太覺多事。受先、介生皆與兄有交，向因兄過責介生，人心始有異同，然介生之相忘久矣。受先居官已有本末，其選文亦自當也，即其不已而所選誠可摘，兄亦當録其大而寛其細，況受先今之賢者，又兄舊鄰治父母，而必欲苛舉毛細以爲直道，弟甚爲兄不取也。

殿上相争，知兄必能爲之。今亦宜善自息，乃必不息，而人毁我，我亦毁人，論始於公而怨成以私，後遂至於不可解，亦聽兄與爾公輩爲之而已。雖然，兄讀書數十年者，則竇、灌、田蚡傳似猶不可不讀，至廉、藺、濬、渾事雖不同，推而用之，其理一也。惟兄深思弟言，毋以狂直見罪。幸甚！幸甚！反風更祈惠教爲望。

與張爾公書

爾公足下：弟至敝城先一日，從劉伯宗家得兄所寓甲戌文辯，見評駁精嚴，一字不阿，中間採用弟評語尤多駁正，心甚服之。或謂兄不必，弟語伯宗以爲不必，天下何事不可不必也？今天下知選文之中尚有嚴核如爾公者，則我輩下筆評一文，便慮有如爾公者議其後，其裨益弟輩不淺，又使天下知兄向之文辯，其不爲千子一人而發明矣。

閲一日，小价自蘇州來，書坊寄艾選一部，亦從伯宗家閲之。讀其序，深嘆美其文，以爲明直潔勁，眞古文手。及覽凡例，見其臚列三罪及喪盡良心云云，竊大駭異，以爲此不足傷兄，反似極推兄耳。

已而聞兄有辯艾一書，何必與千子等見耶？夫文辭之間如里嫗相訴，徒爲大雅一笑。天下故曰此不足傷也，其謂似乎推兄者。年來千子頗爲人指摘，而其選文之功何可盡没？天下從而信之者尚多，其摘千子者必曰：『千子之遇敵也。』如此其爲爾公所詘也，如此必轉以罪兄之言罪之。雖然，此溢怒之詞，願吾兄無聽也。其信從千子者亦必曰：『令爾公之言無足重輕，則千子必度外置之。』爾公一辯而能令千子盛氣憤詞，則母乃爾公之言有以深刺其隱乎？亦母乃爾公之辯未必盡非，而千子好勝必欲勝其説爲愉快乎？又母乃爾公之説出，果足以奪千子之氣？其説行果足以損千子之名，而千子雖欲不自理不可乎？不然，兩家之説具存其是非可否，天下自有明眼人能辯之，而何用千子之嘵嘵爲也？且今天下持選事者影響附會，半詆千子，千子俱置之不辯而獨不忘情于一爾公，則爾公豈徒然者哉？由是，向之信千子者必詳千子所以罪爾公之實，用以自決其從違。即向來未讀爾公之辯者，一又必轉購爾公之書，以定兩家之正謬。是千子十年間所爲舌敝毫秃用以見能於天下者，一旦爾公起而與之角，又千子十年間所謂氣決敢任，不回挽于禍福，不惑易於毀譽者，獨一旦而争一爾公，則此之推爾公者不已極乎！然弟又於是歎千子之過亢，而尤信千子之非深人也。向使千子見兄之書，置其與己異者，而取兄辨駁之可從者，正告天下曰『爾公之言是也』，則天下方謂千子之虛懷好善，而爲爾公者因反而循覽其説，或亦有未安於心乎？是彼此兩成也，而何至如今相背戾之甚，令識者反有以窺其長短哉？

故弟願兄辯艾之書亦自今已矣。萬一必不可止，仍當從文字起見，而詆訶嫚罵之語切宜戒之。李卓吾評史用『胡説』等字，令數十年中開惡俗氣習。弟嘗爲痛恨評文而相攻擊而至嫚罵，柰何又自吾黨開之乎？往時有友數輩專刻一書罵弟，弟覽而笑之，絶不一置口頰，此兄所知也，則弟又安敢不以此勸兄乎？抑弟讀古人辨駁之書，其人品心術亦往往見之。遠姑不論，如近代李何之辨駁，幾至相罵矣，其言俱無關至極！夫亦未嘗不各存其説。然李書過激，似乎名高相忌，而何書平温，猶不失朋友相規之道，卒之上書理李者何也，未嘗以相駁而至相怨。弟因思之，凡負氣者，必求勝人，勝人而不得，則必求助於他端，故此兩人同爲有氣節者，而李隤於江西以後，此亦其驗矣。則處兄與千子之地，置而不較，見兄之大也。如必不可已，則寧毋失其爲厚者，我輩舉事毋爲天下有識人所笑，又毋使後人於議論之間有以觀人之心術，此弟區區之至願也。惟兄裁察，有以教我。

與萬茂先陳士業書

茂先、士業兩兄足下：今年數與兩兄往還，書問皆朋友氣誼之事，心誠感切。但近見千子、爾公以選文相搆，竊恐將來因兩家門户文墨之場化爲戈戟，天下亦自此多事矣，故欲以力静之誼屬之兩兄，以千子非兩兄不能使之降心相從。弟且以兩家事分别言之，可乎？

弟十年以前志意頗堅静，未嘗自刻一藝，妄交一人。癸亥、甲子之間見周介生名甚盛，而所選之文甚多，其推豫章者甚，至推千子則尤過情。弟謂此一時好奇之言，介生久當自悔。逆知天下有議其後者，而不謂即千子也。閲千子戊巳以來之選，尊註明理，從先聖後學起見，功何可没？然讀其書，自知其旨意所在，不必指名介生，又不必毒駡大力，是千子以矜氣負直道，不自知其淪於薄也。及閲其天傭子集，中間有數篇文字，直擬歐陽，此於古文似有源流者，然其與受先、介生、臥子諸人書，直以彈文作書札矣，所謂曉人當如是耶！言者好盡而受者難堪，此亦人情。弟歷觀古人辯駁之書，未有詆訐至是者，此千子之過也。至於王李不讀唐以後書，此自可笑。其文於經術原淺，又何怪千子之駁之乎？且往時排王李者不遺餘力，不自千子始也。但其論古文而以時文相比絜，有一則直指其名而罪之，一則曰某先生某先生，似覺失倫，且此數公猶當論其立朝本末、生平、品行，徒於文字而上下其人，豈持論之公者？故弟往時欲正千子者皆此類，而若其評選則明眼老手，即偶有未當，不足深求也。

今爾公則專辨文矣。弟初未嘗識爾公也，維斗移書極稱之，而後從士業處定交，知其人外温内毅，所謂不浮沈於俗者也。昨歲至白下，聞爾公有文辨之選，弟叩其旨，爾公曰：『合衆家之説而論定之耳。』若使只駁千子，弟已先止之，不待千子之見囑也。比千子見諭，欲止其刻而其書已成。弟從吴門閲之，見其駁千子者雖嚴，其推尊千子者亦至。弟固意千子之不能忘言也，已，從拙選中稍有解紛之語，冀兩家見而釋然，而不意千子之罪爾公遂至此極也。爾公苛舉毛細誠有之，其寬嚴去取或有未當，固宜千子之反脣而用爲罪端，但其罪爾公之言又甚於往者之書，爾公其何能堪？弟謂爾公此仍當悔其自致之也，辨艾一書似不必刻。

若千子又有摘選之舉而以受先、介生、爾公爲名，毋乃愈多事乎？介生與千子相忘已久，受先賢者，誠不必選文，即選文亦豈爲千子而設，而千子之必欲更駁之乎？且千子慮是非不明，彼其言亦既曉然於天下矣，豈三子之書果楊墨異端，而千子必以孟子自任耶？亦豈千子所謂韓歐者果在此八比中耶？又豈今之工於八比者果足以繼朱程耶？天下不少讀書明眼人，以評選之場爲口舌之藪，適足令人窺其長短而已。冀兩兄愛千子，并求千子自愛，痛言力止，仍移書爾公，俾各相忘，此眞朋友責也。弟語出平心，以責望兩兄之殷，不覺言之過冗，冀其無他，幸甚！

與李源常孝廉書

堅註：係先舅氏。

除日，某頓首頓首源常足下：廿六日，舍下人至，始知公車從一日發，夕又知徑走皖廬。想倉卒至京，又下馬入闈，一切應酬必都廢閣。益智慮生於蹴而工夫儲於素，一戰而霸，吾爲兩公決之矣。前有序送行，文字頗好，又弟近益以古道自命，想足下讀之，必開顔一嘆也，笑笑！京中百事，胸中必俱有成筭。然弟所望者，得雋後便要拿定主意，做天下第一等好人，幹天下第一等好事。

兄試思之，國家自科舉起送後，一舉人費公家多少，又況進而進士乎？分毫無補於君民，亦以身家妻子爲念，又分毫無及於鄉黨故舊，只爲宵匪市井作緣，此輩人即官居九列，連中三元，僅博得有道一鄙而已。

兄又試思之，每科自京省合計，舉人蓋千餘人矣，計偕則四千餘矣，即進士又近五百名矣，其間無媿科名者有幾？我輩不爲天下一二人，只在幾千幾百人中筭數其自處，何等卑下乎！

弟之言此者，以世間居官之人，在鄉在籍鄰鄰皆此等一流，唯兄與弟志同道合，又弟有所指陳，每蒙過聽，則當聽弟者唯此爲最大耳。何如？何如？

復彭禹峯札　乙酉

舍間無論父老子弟，聞紫氣當炤草廬，皆望塵舉手，則望衡對宇之樂，何遂減龐公、德操也？溪水暴長亦暴消，則舟行遲滯，盟兄先來而舟即隨發，大爲兩便，即九疇二兄亦當與俱，此間不患不得宅耳！

弟已練鄉之精兵數百人，可以自固。若大敵不至，此亦居然有金湯之勢，要實爲從者設衛也。池城存亡未審，相傳已降。母論降不降，鍾郎輩何以施面目於世？弟不可謂識時務，較之庸流差勝之耳。寧南決不降李，若遂自爲之，又似不像。總之，我輩自别有一商量，且拭目深山以觀劉項之雌雄也。

雅貺反拘俗套，弟收一壺一帕而使者堅致盛意，姑置此處以供行館之用也，明早引領以望握手，而後喜可知矣。

又復彭禹峯札

弟昨妄以公瑾待人，又爲俗子所紿，幾自愧死恨死，知盟兄自諒之。歸來念居停未妥，臥不能貼席，亟遣奉問。若彼處塹可容膝，且先安頓數日，以圖移遷。若一刻不可居，幸即見示，以便奉迓也。不然，即逕來舍下，弟茆屋數間亦可割宅而居。如老嫂夫人憚于數徙，以彼處爲可安身，則亦安之而已。彼中禮義詩書當別論，忠信化蠻貊政非聖賢無□也。

賊破建德而仍返東流，以零舟泊洲滸，此舉動非有所俟，有所恃，即羣盜不終日之計，政可一舉撲滅。此等商量，恐未可入當事之耳。然聞江南已有馬兵，則大舉入寇無疑，池州城中政未知何如也。七里來往者多，若有所聞，幸一一見示。

弟兩日内即往一小莊，去舍下十餘里，蓋眞猿鶴不到之境，而可列舍百間，與羣峯相揖讓，弟鳩工聚力〔三〕，不數日可成。若郡城盡爲戰場，鄉村復多小竊，即馳往據之，而塞山之口，有田千畝，皆舍下諸兄弟所有，可以至死不饑，亦先爲盟兄造數間爲鄰，較之龐公、德操，尤爲奇事，相與躬耕唱和以俟河清，安知臥龍岡不移而就我乎？盟兄以爲何如也？十日之内，非君過我，即我過君。先此奉聞，有言不盡。

校記

〔一〕禄　原誤作「卿」，據文意改。

〔二〕諛　原誤作「謏」，據文意改。以下同此徑改，不再重複出校。

〔三〕鳩　原誤作「鴆」，據文意改。

樓山堂遺文卷二

何芝嶽相國壽序

天子龍飛之十三年臈月十四，爲芝嶽何公申降之辰，蓋壽登七十矣。公方寓家留都，于是，公卿大夫及門下士以言祝者不少。而公之家孫次德所交游，皆天下之名人勝士，誼不可不稱一觴，而使予一言侑之。

予惟天下之以壽稱者多矣，必因其人而祝之，然後其分量以覩。不然，茀以爲箕疇五之，華封三之，此猶諛頌之統詞也，烏足以當公哉？夫公蓋主上所嚴重之臣，天下稱爲元老，而社稷所恃以靈長者，故莫如就公立朝之大者爲公頌，以見天下之有公與公之有今日非偶然也。

夫近時輔相之臣稱有品業者，福清、新建、蒲州暨公而四耳。福清神矣，去而閹禍大作。新建丁其難，難靖而蒲州起。蒲州未竟，而公繼事若循環。凡四公所爲者皆極難耳，而公若無有焉，此豈不尤難哉？憶在甲乙之際，衣冠塗地，以門户擠公，公岌岌焉，求終于長林豐草不可得，安計其後？見倚明主，獨爲其難，又安計爲其難矣？功成身退，而若無有蒲州之再起也。當皇上更滌日月之時，使士大夫知有朝廷，天下知有君父，讀書者知有聖門不從之義，蒲州不可謂無功，然蘊崇之矣，而不火去滋蔓矣，而留根天下，不無遺憾。是故共驩不殛，求神堯之再試；充濟倖免，冀漢鼎可復圖。使非公動色而争，聖主虚心以聽，天下事可堪再誤哉！皇上以是倚重公，公亦隱其事而不彰，天下于是食無涯之福，故曰公所爲爲尤難耳！且公之功在社稷者，不可枚舉。即其引身也，公亦不欲明其故。獨皇上思之，故再召公而公不起，繼而又問公于家。夫十年以來，揆路接踵，所以深當上心，去而蒙再召者，唯公獨耳！故天下之有公與公之有今日，豈偶然哉？

先朝守正輔臣以閹禍去位而卒登壽考者，至今稱河南劉、震澤王兩公，功名著于閹禍之後，高風碩德，蓋異地同符，即所稱福清諸公與公終始者，聲稱略同，而見倚主上與享年未艾似猶未及公，則公之有今日也，非公一人之爲之也，又非獨前之二公後之三公所得而比年絜壽者也。倘以公未艾之年而復膺皇上無已之眷，未知公之得安杖履否也？公曰：『異哉斯言！予得毋溷乃公乎？』于是笑而爲諸君子進一觴焉。

與孔興五書 崇禎癸未

白下報命之後，箕隨理歸棹，江路多虞，藉庇幸獲無恙，然亦戒心極矣。某臨行時，知京師告急，大不忍言。皇上之惙泣不已，諸老之束手無措，昌平、天津皆以内潰，而雲中、陽和相率叛降，督師輔臣有兵不過二百，河東巡鹺納貲至于七千，豫按爲叛師縛降，東鎮已擄掠自據，至于秦晉失事，情形有不可形之筆墨者，不意祖宗積德累功之天下遂至于此。

南中洶洶，尤可寒心。若大司馬一動足勤王，而根本去矣。蓋此中之瑕釁已多，特待時發耳。某前發聊城一矢，幸稍輯寧，于是諸公牽挽者至守門不能動身。然某決志入山，不欲以此無關係之身與之同盡，某恐將來事有非我輩所意計者，將如之何？昨聞南中馬兵七百盡叛，此已見形矣。司馬不能安位，又何論他哉？

吾鄉于此等事，絶不聞見，此政我輩苟全之福。但既已讀書，負血氣，而見此世界，眞令人欲悶死耳！親翁其謂之何？至于科舉一途，其效可知，其禍亦可知，不待識者而已知其將廢矣，親翁且勿向人語也。

某四載飄泊，歸來重做人家，此時旅魂尚未安，俟稍閒當專候拜申候令兄師相，稍言近時之概，幸爲某先道意兒女之願，彼此爲父母者，自有同心。某與親翁氣誼相期，豈可效俗情格套？某既措大不能備一絲，亦不敢損親翁厚幣，向者屢有成言矣，惟鑒此區區。秋爽時當面晤親翁，于中途先此布聞，統冀原諒，不一。

壽鄭玄岳冢宰序

今皇上十有五年，鋭意治平，用首輔言，盡起林下諸賢，廷臣交推，以爲歷事五朝，清節峻望爲天下第一者，無如建德鄭公。于是，以原任宫保大司寇起用，蓋特旨也。未彌月而太宰缺，上熟察羣臣，謂無如公賢，又奉特旨晉吏部，且趨之者再，天下士大夫皆舉手加額，以爲太平可立見。然公自通籍至今，官幾五十年，往時同輩，無論登朝，即優游林泉者有幾？而公于今年二月甫登七十，於是天下士大夫又以爲壽考無疆，蓋社稷靈長之慶，而公特身以之耳，即予亦敢不從士大夫後效一言之祝乎！

夫國家冢卿之近代著名者，爲陸平湖、孫富平、趙高邑，爲三太宰云。高邑遭璫禍，未竟其用；富平屹然，時方以門户相掊擊；平湖承新鄭、江陵後，部權浸歸内閣矣，獨能挽而正之。今皇上神聖遠軼千古，輔相謹恭，貂璫愓戢，又衆正盈廷，無往時水火之形，則公之得以從容發攄其志，當出諸君上。而無如二患交劇，海内困敝，人材替落，似公之所爲較前爲尤難耳！然予以爲公不爲其難，誰爲之者？且前之三君，其功名亦至吏部始著耳。公居官所在著稱，即在一方，已隱然有統均之勢。昔國家甲乙之禍，日月反覆矣，天護公以有今日。己巳歲，公以司農主南計，此否泰剥復之交也，時北察方多内撓，惟公一掃而更之，天下於是識君父之義，而人心賴以不死。論者以南察爲三百年所僅有，則公之力也。迨後乙亥之計，亦如之。故今之日，公但移其居南者于北，而已勝任而愉快矣。若其爲南司農也，一釐剔積弊，使南庾有十年之支。向使代者得人，則今二患方深之日，災荒叠見之秋，以南給之而有餘矣。故公在南之功至今益見。

公生平留意人才，尤精衡鑑。爲守歸德，沈文端以爲龔黄再見于今，而所拔士爲列卿知名者八九人。督學閩中，其賞識皆名之流，今公輔至相望也。此所謂居一官即隱然有統均之勢，況今身實有之，則向所稱三公實難爲之前，而何時勢之足爲公難哉！

故予以社稷無疆之慶而屬之公壽考之一身者，非過也。昔王端肅爲吏部時，年八十餘，裕陵憂其老以問近臣，或言其禄命宜壽，則甚悦明主之爲社稷計如此。今公距忠肅在事時尚十餘年，儻皇上即如裕陵之問，而以予社稷靈長之説對此，其義固在禄命之上，吾知上之必更逌然而色喜也。

他如公之風節治行，無論在朝在林，其可誦説師法者難以枚舉，且海内士大夫亦人能言之也，而要非祝公之大者，予故略而不稱云。

陳百史制義序

往予讀韓歐集，則見其鄙棄當世之時文爲不足學，然則有韓歐之志者，其于今之時文何如哉？已，深念韓歐所謂時文者，聲病對偶之習也，但剿割鋪綴使足以炫鬻焉，釋之矣，非若今之制舉義，本王者之制，以發明聖人之藴，媚于制，則下者皆可進取，而繇以探測經傳旨趣，雖終身事之而未能盡也。予又常念韓歐之于文，亦輒曰：『吾明道耳！』嚮使居今之日，則能明道者莫制義若也，敢自鄙棄爲不足學哉？獨恨世人于制義亦以爲苟可炫鬻焉足矣，故高第膴仕每三年輒得百十人，而求一文之幾于道者，不可數得。且世之君子蓋有既仕而聚徒講學者矣，彼亦豈知屈首受書時，繇其所資爲仕進者，用以根極義理，發爲文詞，豈不足以兼而有之？□□□而顧悔其少作，曰此時文取世資耳，曾何當于聖人之微言大義，豈不繆哉？夫遇不遇，命也。已不能合于國家設科之制與聖人微言大義之所在，而但以時命之得失論所作之工拙，繇是即鄙其所得之文爲時文也亦宜。嗚呼！此豈時文之罪哉？

予友百史其于古文有韓歐之志者也，而獨不鄙棄時文爲不足學。揆制作之所始，而壹考衷于理義，其文亦既見于天下矣。邇益研精于此，務求合于聖人之道而止。予又聞百史甫出闈時，都人士傳其文以爲必上第。未幾，報罷。而倖獲者且有以其得失論工拙者矣，夫鄙人何知嚮利則德耳？是烏知彼之所得、吾之所棄而不學？而吾之所工者，彼固終身未之得也，且彼亦烏知吾之非終不得？且又烏能定吾之得爲何如哉？

羅季先制藝序

予少時小有才，然負盛氣，自謂旦暮取卿相不難也。丙辰，以文謁奉常孝可先生，奉常見而稱絶。私謂所親，某當爲邑中獨超然，肯俛而從予游，名世矣。所親以告，予笑曰：『若官大吟詩耳！假予得當，何遽不渠若，奈何稱弟子乎？』嗣是予學稍進，思奉常言，大有意，始悔前者庸妄，人語奉常物故，予每舉此示家弟姪，謂當以予爲戒。

今以觀季先之才之氣，何必減予當年哉？又奉常弱弟，奉常在謂此吾家千里駒，視予宜蔑如也。季先則俯而從予游，好予特甚，常謂予議論品藻無減阿兄，夫予則安敢？然以予異時所悔于奉常者，季先他日可無有予之悔。季先過予遠矣，予無他長，獨于文章一道有扶雅起衰之志，而以是質之，季先無弗當者。

去秋，至虎阜，諸名彦見季先文者曰：『何其似次尾也？』夫次尾安足似哉？海内師表奉常久矣，謂季先以奉常則可。夫季先而似奉常也，則予異時所悔于奉常者，以藉季先免矣。

顧子凝制義序

予友顧子方，大傑也。好言名節，居嘗與予論其先世風烈及當世賢者，則必輒稱其兄子凝，予于是竊聞子凝甚悉。丙子秋試，子方報罷，予有世道之疑，殆春而子凝雋南宫，予貽書子方稱慶，子方不以予爲謾，于是出其稿謂子凝屬予序之。予然後讀而歎曰：『嗟乎！文章之重豈不以人哉！』

夫今天下三年而一進士，士多至三百餘人，人亦各以其文見，未幾而傳者，幾何乎？即其文傳矣，而其人或爲世羞稱，則文亦同類棄之，故文難言哉！難于其文之人也。夫今之起家者，有不以文乎？邇者文章之效亦可覩矣，敢言之氣寡，素絲之風微，甘泉烽達，羣盜滿山，而魏尚、雲中、朝歌、虞詡何寥然也〔一〕？以是而曰吾文取富貴耳，他何知焉？嗟乎！以取富貴之人而亦曰文也，人安往不得富貴而以辱吾文哉？

夫涇陽先生之爲天下重也久矣。其起家也以文，其立朝也不以文，久之而稱之者，雖不以文，而愈益不没其文，文以人重又何疑乎？且人之文亦何可不辨也？沈毅者，無佻詞；伉激者，無卑論；志行肅潔者，其言端；識尚清堅者，其理達。此文以人別也。則執數者以衡子凝之文則然矣。今非子凝而亦求其文于數者之閒，所謂人非而言是也，有是理哉？

夫子凝之文，所謂惟其有之耳。彼其達敢言之氣，礪素絲之節，即功猷有待而召杜之聲行且復起于今者，是子凝之所優也。子凝曰：『吾何暇復言吾文乎？』而稱子凝之文者，亦猶向之于涇陽先生至久而誦之不衰，是則予今日所以序子凝之文之意也。子方曰：『吾兄所以屬子而序之者亦以此。』夫予友有周仲馭者，子凝之年友也，亦雅稱子凝之人，然則是言也，蓋又非予一人之言也。

李源常稿序 辛未

李漢有云：『文者，貫道之器也，不深于道而有至焉者，否也。』予嘗思之，所謂道者，豈不散見于六經以來之書乎？則不博學深思而求文之見道者，亦否也。然獨怪今之學爲文者，以爲流覽淹雅爲從，事乎昔之所爲碑序傳記之文耳。碑序傳記豈能有孔孟之題目，而謂學道之文必在是歟？且又謂因文見道者無如諸理學之語録矣，諸理學之語録豈能有八比辭之通暢，而顧薄之以爲此反不足見道歟？夫然學爲制舉者，本爲取科第也。精乎此者，即以爲傳世之古文辭； 抑精乎此者，即以爲學庸語孟之註疏之理録而科第不廢焉。夫古之學道爲文者，非有所利而爲之也，况爲此矣又不廢彼。 丈夫屈首受經，上之可爲聖賢，下亦不失卿相，曾何疑憚而顧不專志一趨，心揺揺如懸旌耶？ 蓋予不佞之所以論文者則如此，而綴文之士安于淺訓，樂于易就，幾舌敝而不予從者，予亦卒聽之矣。 獨予友劉子伯宗相與創始，王子公儼及家子玉班顧喜而信之恐後。 若夫鋭意而篤好，則無有過于源常也。

予故弟畜源常十餘年來，情無我爾，往源常喜爲因利乘便，使人人可見之文以視予，而予不謂然。 予曰：『子爲文，要使即得科第，而顧有科第不廢者，曾何負于子耶？』源常蹶焉起聽，返而攻苦，一旦盡棄其舊而圖其新，每與予相晤，輒顛墮衣冠，爪握予手欲入，其所爲深究而冥體者亦已至矣。 于是，丁卯以後之文，燦然改觀，其言深宿于聖賢，而優游典重，有古作者氣象。 予語之曰：『斯眞予所謂即科第不廢者也。 雖然，予已進乎道矣。』于是源常則益喜，蓋喜予之有志乎道者，其言當不妄也。 鄉之役玉班，次源常以進。 而源常爲鄭澹石先生所首士則信乎！ 有道之文不必人人皆見，而人亦見之又見之者必非常人也。吾黨二三子既幸源常之即效，而學道爲文之志將有所恃而益堅，即予向者之論亦不自知其不可也。 源常二弟憼 緦皆奇士，近乃過而聽于予者，則源常之文之效，豈獨一源常哉？

梅惠連稿序

文者，生乎心者也。獨制舉之文，主于明理而又束之以法。夫畫一定以爲法〔二〕，而又設多端以窮理，理眩而心離矣，法泥則心亦往往去之，甚者志蔽于所喜與惕，于其所未必得，益不辭爲背心之言焉。故文生于心者也，天下有制舉之文而可多問心哉？予生也晚，繇所見三十年之文以推測其所用心，其害亦從可覩矣。然則謂今之世受文人生心之害則可，謂今制舉者有生心之文奚可也？雖然，無人乎，則亦未深究梅惠連之文耳。

夫惠連之文，上下聖賢以研理，出入古今之文以行法，歷之非不多，而求之務有定，乃迹所爲，眩與泥二者之患則亡之。何也？其心有所守而不亂也。是故繇其生乎心者而言焉，進之而仁義道德之旨，又進之而治亂得失之故，益進之而幽明生死之變，皆其所包而畜者之即可推者也，抑即可舉而措者也，而反而覈其言，則猶是此一事一物者，而未嘗詭于理也，未嘗佻于法也。

嗚呼！天下有根心爲文如是者乎？惠連曰：『吾文之不效政坐是耳！敝所恃以事，無用吾文有焉。』予謂：『人之遇合豈係于文？向使子離去其心以有獲，子豈肯姑舍是以從之？即子未取世資，而子之文干聖之理，一王之法寓焉。何則？心未嘗亡也。余方恃子之文以使天下有不亡之心，則子之文不遇于今，必有遇于後，一時不知，而後世自有知之者。夫天下後世不能無文也，而能無心哉？』惠連曰：『如子言，則予亦非徒用其心者矣，子曷選吾文而即以其言繫之？』

積計編序

袁州守公解華育先生政成之暇，撰所爲積計編以教世。閲其篇首，則本瑞亭太公之家訓，先生因輯而成篇者。予卒讀，作而歎曰：『先生之爲是書也有以哉！』

夫古之即事徵應者，其説莫備于内外傳，後世謂左氏近誣，而柳子厚至作非國語，大約疑發聲動貌之間，何遽足以決人休咎？而後此之立驗者，何遂爲前事之召致哉？不知徵應之説固儒者不取以自必而其理則六經備之矣。易曰：『慶自其所施也。』書曰：『福明其所受也。』詩曰：『惟其有之，言有本也。』記曰：『清明在躬，志氣如神。』言無往而不應也。然則内外傳其以發明春秋之理無疑者，而至一概目之爲必不然之事，嗟乎！不幾以儒者所不敢必，而適爲奸人任士倖免之資乎？是故先生之爲是編，先生不自侈其修而使天下讀者知善之必可爲，而報之必不爽。曰：『積計者，亦謂夫人所積，在自意計之耳！』嗚呼！此先生所本其訓于家者之言也，而意于是深遠矣。

先生又有守要固圉、宜陽拙政二書，所以言安民弭盗之略具備。夫然而先生所爲積計者，又豈有他哉？吴子曰：『讀是書者，考先生之治行，則六經之理固未有不以身教者也，是積計之謂也。』

與孔興五札 乙酉

不肖恢復貴邑之始，鹵官法不得縱。前承令兄青老見諭，已爲開生路于西臺，而不肖所轉請于聖上者，金正老也。此老甚執，會時尚當婉轉言之，前許以免死，重承下教則準保矣，仍候命下，再圖報聞。不肖將移鎮貴邑，請教有日，乞先致區區于令兄青老親翁。

李驚必序

今天下十餘年來，而交游之事起，文章之聲亦日以重。于是，公卿大夫咸以不識天下名流爲愧，而號爲名士者雖在踵，仗持三寸不律以衡量藝文，亦可不崇朝而遍天下，豈非事之極盛哉？然而士之能文章、負志氣者，往往恥言干謁，至所見非所期，則亦爲公卿大夫終日折節，求一負志氣能文章之人至其門不可得，以是而交相爲重，蓋有由然耳！

獨慈谿小馮先生以冏卿來莅滁陽，東南之彦有一不望見顔色、承其傾倒者，咸以爲此必非負志氣能文章之士也。先生亦虚懷倒屣，各盡其懷來，豐樂、醉翁之間益踵相接也。嗚呼！此又數百年未有事矣。先生即博愛乎，然精衡鑑，好獎與，有奇士必折簡相聞。一日移書緘李子鶯必詩文至，曰：『袁鍾已矣，三湘、七澤之間，乃有起而駕之者。子急序之，無失此人哉！』夫予即微先生言，固已知郢有李子，況其爲先生所引重者？乃鶯必亦郵書論文謂：『今日之文分治亂，且以此界人禽焉。』夫今天下文人安得有此言哉？憫世道而懨人心，由是推之，鶯必又豈特文章之士已乎？吾然後歎先生之知人。而士之負志氣，能文章，必未有過李子者也。

李子鏤其制藝，先生既已評而序之矣，乃又使予序之。夫予無以益李子也，但問士之至滁陽者幾何人，其至滁陽而爲先生所稱進者幾何人，稱進則必向予言之，惟恐聲名不即彰于天下者又幾何人，則先生可知矣，李子可知矣。

庚辰重九前二日。

題喬伯巖林見素卷

此卷爲喬伯巖太宰、林見素司寇之手書也。兩公爲正嘉時名臣，與安陸孫志同、蘭州彭濟物諸尚書並以名節經濟稱于天下。白岩官南都久，予嘗從南中見其題詠甚多。而林書則從此卷僅一見之。卷中書皆爲寄陳不寄太史者。太史即魯南，亦時名流也。白岩詩後小序多可觀。見素有鰣魚聯句詩三首最佳，而同作者爲鄒守益、文徵明、方召南、陳徵壽及陳□、林俊六君子也。白岩以篆筆馳名，而行草亦追美魯直。見素書足與白岩頡頏，皆可傳也。予又觀此書與石亭，其稱謂敘致皆質實有古風，與近時士大夫以詩字知名者，開卷之間便有矜肆之氣觸人，以之觀前輩遺迹者，不獨愛寶其文翰，夫亦可以論世矣。

崇禎壬午夏月書于白下道院。

題蔣崧畫

蔣三松畫，其一種倣梅花道人者最佳，此卷是矣。觀其深秀之致，脱盡平生蹊徑，即沈文豈能過之？世不具眞賞鑑，往往隨耳食爲去取也。此卷之遭排擯者多矣，良爲可歎！

崇禎甲申夏月書。

校記

〔一〕詡　原誤作『翊』，據後漢書卷五十八虞詡傳改，中華書局一九六五年排印本。

〔二〕畫　原誤作『晝』，據文意改。

樓山堂遺文卷三

黨録

先是，天啓間有所爲東林點將録及天鑒等録，皆逆黨籍朝臣之公忠清執者號爲黨人，以肆其一網之術者也。未幾而名在前録者，大半皆直而被錮矣。而後輩溯其風烈者，往往稱道其事弗絶。而又多東南士，士多知名，亦往往嚮用于世，于是前遺黨未盡者則益恐，又作爲蝗蝻録一書。書不盡傳，然執政有之，又聞已達之内，客有從執政所見其録者，嘗私以語予。

予聞其所籍姓名，大要謂蝗者多前二録之遺老及今搢紳素有稱之人，而蝻則皆未通籍之名流，以其爲物害多而種繁，是即嚮者一網之故智，而但欲下錮草野，則意尤惡矣。已而，造録者及録中人稍稍傳，士又轉爲摇動惶惑，蓋有以不與爲恥者，有深恐其禍至者，且有多方求脱無措者，而素以聲名見忌，安意聽之，不過數人而已。嗟乎！其爲恥者難言之矣，恐亦人情有之，而求脱者則益卑鄙不足道。

且今何可比天啓間事也？上有聖主，内無權璫，欽案既定之後，邪人既更翻之而屢獲罪去。即今大臣一二陰刻者，多爲其類掃除異己，然不能明負惡聲于天下，所謂其迹似鼠也。而諸未登仕籍之人即引批其罪，不過在文墨議論間。此即京惇復起，顧時已非矣，則意險而計拙，固無如此造録之人也，而固不意録中之變態有若此者，故書之。予倶隱之而不著其名，然此亦有足繫人感歎者矣。

副榜

崇禎己卯七月，武陵相楊上言：『前此拔貢、保舉二途，冀以得士於科舉之外，士既不能得，且與始行之意相倍甚，盍罷之？而寵其任于副榜，俾之即充貢，國學行積分之法，用以觀其後效，則庶幾乎舉無遺士矣。』客曰：『子以爲何如？』予曰：『此狙公之術哉！而以造士，恐上厲之，適以隳之。前事不足創，而後效蓋可覩耳！』

未幾闈撤，而名在副者，意氣且出諸中式士，上設宴矣，刻録矣，立杆額于門矣，入里閈則乘輿持刺拜客矣。又合諸中式者稱同籍矣，諸中式者亦陽應之而陰遠之，副者不悟也，暱之益甚。其以齒録副卷餉予者日累累不絶，閲其卷首，則皆題曰『舉貢生』，予因掩卷歎曰：『此廉恥盡矣！世安得有士哉？』夫士倖而登第，猶吾分内耳，副者即不必懟，亦何足喜？且予自十年見所舉之士，其志意狹小者，始非不侈然以爲榮也，曾幾何時而服官者至死謫相望，而其未釋褐者多荒落不能自振。況區區副榜者，以科名則簡斥之餘也，以待選則隸在成均，大半多以丞簿爲究竟，此何足驕人而遽自盈沮？且小喜之易嘗者，大遺之必蹶也。揆當事之意，其望士者詎止此？而事已至此矣。故曰此狙公之術也，安見異于嚮之所謂保舉、拔貢者，而謂此足以創其弊而易之哉！

雖然，予尤傷之矣。以五代之時舉人，國如奕棋，而猶有持不變如桑維翰者，卒亦未始不得。況今天下一君，科舉之法行之屢世不能易，士猶不能安于其遇，而數爲驟出之令所惑，嗚呼！是何怪上之不能得士也？

寓鄒滿字竹居記

鄒滿字之居南都也，都人士能言之者多，然非久與處，固未有知之者也。

崇禎己卯，予應秋試至南，僦寓無與意愜者。從金陵栅口西行數十步，一望衍鬱，而有横塘一帶蕭然萑葦，如江汀澤畔者，所謂清溪之曲也。予從此境及塘之隅，則有瞰水編籬者，植柴爲門，門皆種竹，穿竹入屋，僅數楹。問之，即滿字有也。請與見，則葛巾布袍，似世外高流。與起居畢，即割堂右一閣使予居之，中間亦織葦相隔而已。居久之，若闃不聞聲者，予疑其或他徙去。久而稍聞讀書聲，則滿字課子也。又久而聞色笑甚懽，則滿字事親也。間聞有剥啄聲〔一〕，命童子唯喏于户外，則滿字對客也。家無瓶粟，意氣瀟灑，而妻子承顔，不聞聲咳。予閲士大夫家及世所稱清人逸士者多矣，聲華赫奕于道，其門以内至不可言。彼焚香煮茶以自託其致者，其實此外即無餘事矣，此以視滿字何如者？即古人如龐公、德操，望衡對宇，妻子羅拜堂下，以視予居其室中，而覿面聞聲亦爲罕事，又何如者？則滿字益深遠矣。

予寓滿字閣中者凡三月，雨聲月夕，無一不與竹之聲影相酬荅。至夏水暴漲，往來徑絶，則如在海島中。有時朝暮之閒，極眺蒼茫，襟帶雲氣，又如深山石室，忘其坐臥人間也。予作詩贈之，滿字又好予文。夫予則安能文？要非久與處者不能知，而知則無過予者矣。滿字，鄒姓，典其名，雅善繪事，得大痴遺意，世皆知重之，予故略而不言云。

濰城紀略序

予友周元亮以名進士莅濰，未三年而治，爲東國最。憶壬午春，方密之自京師道濰來，予問元亮所以治濰者，密之曰：『吾即未遠方古人，然迹之所見，前有史公，後有元亮耳。』史公者，爲今總漕，當皖寇時，政聲聞天下，故密之云爾也。乃未逾年而奴復大入，所至處如疾風捲葉，不崇朝而城即陷，未有攻圍之久幾於彌月，百道並進，而三來輒卻，若濰之靈光巋然者若是。豈惟東國所無？自鹵賊交劇以來，積至廿餘年矣，其所摧陷亦可略覩，曾有如元亮之單城抗鹵，使不能得氣去者，可再見哉！

夫予亦嘗妄論天下事矣。謂我之用兵輒不效者，由于臨治之多人，而召募之皆客卒。誠使盡撤徵調之衆以簡練土著，盡罷監督之吏以厚其責于守令，使守如雲中、上谷皆得自將，縣如尹鐸之治晉陽，虞詡之治朝歌，二患或不至是。雖然，亦顧其人耳。彼鹵至輒陷者，豈盡狃于監臨之權分，而召募之勢涣乎？感動之非素，而應猝之乖方，則俾以厚勢適足以叢疾而速其敗，故人心成城，忠信却敵。覩元亮濰守之功，而古今成敗之事，可以類見矣。元亮寧直爲最于東國而已哉？方鹵未至時，元亮郵書與予談文，若絕無急遽之意者，不半月而守濰之功成。傳曰：『好整而暇。』記曰：『有文事者必有武備。』斯言也，予嘗難之，今于元亮也益信。

里中藏書記

予家世雖多爲儒，而鮮藏書。童時則亡兄元樞購書數厨，以左史諸書使予讀之，見予輒能曉書中之意則大喜。

憶兄亡時，予年十八矣，語予曰：『汝必以博學能文名世。』兄亡，予方習舉業，汲汲于名利，雖有書不暇遍讀也。已，家遭火，書盡亡，又貧不能更置，每感亡兄之言輒爲泣下，如是者數年。雖嘗手抄借讀，固未能大肆予志。迨予應舉數罷，出遊四方，教授于新安，選藝于吴越，束修所入輒以收書，久之書稍衆，蓋數倍于亡兄所蓄矣。于是，置舍一區，列架十數，以貯數年來所購者，而予書遂甲里中。然奇篇秘籍，予寔無有，以視海内藏書諸家，眞所謂夜郎王不知漢大也。

但念萬曆己未冬，從郡中見三國志及楊升菴全集善本，遂假一里長交官銀買之，歲暮無還，至于大窘。又念庚申年，從友人家見説郛及子由古史，從假之而不能得，至于惆悵累夕。以今視之，亦何異貧兒暴富哉？

然予居秋浦萬山中，舟車艱阻，即得一書，致之甚難。今擬各方所得即貯之各方，身到處即有書可讀，而里中所藏則以爲躬耕娱老之助。昔温公謂積書以遺子孫，子孫未必能讀。夫貽子孫則過計矣，即身自積書而眞能讀與否亦有數存焉。要之，人何可一日無書也？作里中藏書記。

己卯冬月日。

藏墨記

人亦有言：『書畫玩好之物，畜之無益。』而予獨曰：『否。不猶愈于積猗頓之財，畜金谷之聲伎哉？』至于硯墨之屬，此則利用之資，而業文士所不可旦夕去者，其擇良而置之者適也。且墨尤可以觀德焉。博而精者，其材也；堅而潤者，其質也；黯而光者，其色也。故備而有之誠難，其業是以成名者不過數人。而始以業精而有名，既以名成而鬻僞，夫然于名墨而得其眞者爲尤難也。

憶予年八九歲，程君房攜墨至予郡，語人曰：『及今不買，後將不可得。』時士畜不過數挺，遂咸詫爲好事。後予長，見君房之子，則自求一墨不可得矣。辛未在杭州，吳去塵方攜墨至，錦囊髹匣，粧飾甚精，時買者争豔其名高，而咸苦其價重。比予甲戌至新安，則去塵自求初制之墨不可得，而同里僞鬻者數家，即去塵不能自辨。由是言之，得名墨難，得名墨眞者爲尤難，而況得之于異世之後乎？何也？蓋眞者，所謂備有其得者也。

予性好墨，且能辨墨，嘗望色而識眞僞，于是藏名人舊墨甚多。或曰：『子以爲利用而已，必多乎哉！』予曰：『使予豪取暴奪則即少不可，吾所畜者，或水火盗賊之所剩餘，賈豎富兒之所簡棄，零落坊市之中，流轉童嫗之手，使予見而不辨，辨而不收，是猶見文人勝士偃蹇沈淪，而乃忍心惜力，較量所費，不肯出身爲之拯援，此得比于人類哉？予所以畜墨之多，亦區區不負此好德之心而已。若但以爲供磨礲之用，則一生需墨幾何？即不可與猗頓之財、金谷之聲伎同年而語，而有益無益，亦不知與書畫玩好之畜其相去果何如也？』

與熊大司馬書 癸未

先生雄文偉略，卓絶一時，而令子伯甘、令姪去疾久辱聲氣性命之雅。時方多事，竊有愚懷，敢爲先生陳之。

南中一日數驚，不可謂不危急矣。不肖雖玉貌無求，而義憤難嘿。此時無論左帥叛與不叛，亦無論是左非左，南中偵探不可不明，而戒備不可不豫。且以左鎮所行之牌言之，離信地而東下，此爲何意？未奉旨而勤王，此屬何名？蓋彼不過爲闖所蹙，避之江南，又陽假義聲而陰便擄掠耳。且欲嘗試國家後將藉之爲不軌口寔，此時而遂倉皇城守，適足爲彼所笑。夫未見賊而内疲民力，以爲守外且見笑于奸雄，智者不爲也。若諭之不聽而必擁師南來，遂無術以禦之乎？夫今日之勢原與吳之可卑詞而折其逆萌。愚意以先生之威靈，自備魏、陳之禦隋不可同語，彼居窮勢而負惡聲，其氣先已消沮，且舍馬步而事舟楫，是自尋死道也。爲今之計，不但不必城守，即蕪湖、采石之備亦宜盡撤，蓋示之以不足畏，而狃之以甚疏。彼兵既不悉水勢，舟之所集，衆懈而勢囂，不過漁舟數隻，可以一炬而盡除社稷之隱憂，謂之伸國法可也，謂之誅民害可也。下商時當畢其策。伏惟裁察，幸甚！

吳文咸集序

吳文咸集者，予友陳百史居吳時，裒諸同人之文，選而集之也。集成，予得而讀之，因歎曰：『天下之文有盛于吳哉？』

夫文者，不以地者也。雖僻壤小邑，有作者起，嘗能以其言爲世則焉，然有幾乎？即所稱爲文章之區矣，一唱羣和，本無有絶類出者，而高自標置曰：『是吾國之風也。』如此者，天下亦有數方矣。有識者至棄之，以爲此名其鄉語耳。世豈有不相錯而成文者哉？予嘗以兩者相提而論，然後乃知天下之文，莫盛于吳者也。吳，故大都，天下繇以視風會焉。其文嘗使他方一人爲之，足爲其地重，而吳則稱十數家而未盡，其雋少相望者嚮使學一先生之言，亦豈不斐然乎？今試合數十人觀之，則言人人殊，雖極天下瑰瑋之觀，然所謂齊聲一習，本無有異，而復不能不爲同者則有間矣；非其學背，其不敢强爲同者，不自枉其才者也，則大本一也。故曰天下之文莫有盛于吳者也。

吴之文人恥以文見者不少，夫其所不屑而不能不盛者且如此矣，此百史所以不能已于集也。其集文也，又豈以其文而已哉？予與百史後先寓吴者凡數四，所交游大略相同，知其文亦皆悉，予愧未盡表章，而百史先予集之，非百史不能集吴文也，然則吴文雖盛，如百史者又曷可少哉？

聽社序

無錫黄子心甫、吴子漢若視予虎丘，言其邑中有友十七人，以道德文章相切劘，因盟而名之曰『聽社』。予問：『曷聽焉爾？』則取詩所謂『神聽和平』之義，予曰：『有味哉！其名之也。』又一日，唐子采臣函其所爲文來，而以書先之曰：『子其序焉。』夫予敢謂知文哉？然于近日之立社者，其于聚散離合之故，蓋嘗有所感矣；其人品之邪正，文章之是非，則亦嘗得而妄論之。

五十年前，士未聞有所謂社也。有賢人君子焉，始不過以文章起家，而後風烈著于朝廷，又其時有講道聚徒之樂，于是邪者心害其然，則相率而掊之爲黨。蓋梁溪之爲天下的也久矣，事勢之流相激而有社。又有賢人君子焉，以其身爲天下倡，而向之掊梁溪者則爲此黨之徒也，社蓋岌岌哉！于是，前此之徒有身實在中，怵今之勢而翻然變計，復抗稱郭泰、袁閎以爲高者；其黠者揣事未必及，又冀後之復利，而益復謬爲絡致，因以自樹。嗚呼！是又愈于怵勢之甚者也，豈今之所謂社者皆如是而已？于是梁溪諸子恥之，程才量行，始于一邑，然則不恤以其的爲天下招者，先後尤梁溪也。梁溪諸子豈徒以其文爲有聲于世，謂遂以畢吾事哉？予所以繹聽之義，而知諸君子之于社也，蓋富達以之，而生死禍福視之者也。向予所感于離合聚散之故者，蓋爲邪之尤者道耳，其于諸君子今日之社又何疑乎？

諸君子于文，厝思布義，非古不取，而氣理之盛，足以移易天下無難。吾不侈引而獨敘梁溪所爲先于先天下者，是則諸君所爲寓社于文之志也。又予所交有顧子方者，奇士也，不在社，然予觀其人，以爲此吾社之徒也，況其爲梁溪乎？諸君試以予所言告之。

家弟試卷序

尊經學古之説，今崇文者類言之，而予之説尤有進焉者，謂今之視古爲時文者，後之視今即古文也，故限之以爲時文者卑也；即學古爲文，而謂與時遠者，則猶二之爲見。故爲時文而不能即爲古文，與爲古文而不能如爲時文者，胥猶弗文焉爾。于是以經術之理，傳以兩漢、八大家之文，明其源流，條貫以教。寒家諸子居常爲文，有一字不準于古，而戾于予所誘進者，抑而弗覽，私相戒勉，以爲崇古既甚，則文中所謂是非、邪正、雅俗、險易之類，作者自辨，不必如今士之舌敝毫腐，立壇以相攻擊而後明也。蓋未三年而家説幾明，其視讀秦漢以來之諸書猶房牘，而視古諸傳世之業猶比偶也。

予諸子不過七八人，比亦半以其道稍露其錐末。今年試事聿興，而弟履嘉者苦小戰則蹶，或誚之曰：『子之師説好古特甚耳。』履嘉則不應，私易名就大試六篇，時主者功令森嚴。試之日天寒墮指，予與劉子伯宗、王子公儼輩擁爐相向，未刻聞題，予摇手曰：『能于此倉卒盡神，應當推爲吾道嫖姚。』二君曰：『有君家二三子在，何難焉？』蓋二君者，予同調，其信予諸子者久，乃閲數日而履嘉獲捷矣。覆試日，履嘉未至，主者以其卷傳示諸生，大加獎譽，謂其文似臨汝四君，又謂其文存古特甚。于是，向者之士始以予疇昔之言爲未甚也。雖然，甚庸何傷？下有甚者，上尤有甚焉者矣。今履嘉原卷具在，請與天下之士讀之，以辯予家好古之學爲甚焉與否。

履嘉原名應籀，延陵七子中稱最少，亦吾家霍冠軍矣。

己巳冬日，應箕題。

與慈溪兩馮先生書

甲戌冬月，兩先生之還朝也，不肖適值于湖上，即獻規以書，中有『天下事非一二章奏可以塞責』之語，猶記兩先生還報曰：『自家抵京三千餘里，誰爲足下此言者？使異日不如足下所言，亦何顔面相見乎？』不肖比接此書，即與沈崑銅歎息謂：『兩先生眞能有爲，亦眞能受善之大賢。』

已而，大先生建牙海上，長城半壁，眞盡東南。乃復社之難興，遂以一官相捍，無幾微介于意，而聞城門較尉之策藉之。小先生者，亦復不少其他，苦心妙用，人不能盡識，然則即此一事，而與向書所言直折契而合之，況兩先生所欲用其未足者尚有在哉！

昨秋欲一渡錢塘，踐大先生之約而未能。又欲通書小先生，而地遠勢下，慮無繇得達，耿耿此懷，惟有神者告之而已。天下多事，不肖徒有漆室之憂，兩先生身在事中，同舟之救，即無能爲左右手者，然亦豈能安坐而嘿視乎？以兩先生不畏禍福之素處之，知天下無事不可爲也。

陳水部爲中湛先生之子，而定生之兄也，某託之致此，彼亦願在下風者。不知其人，視其父□視其弟矣。臨風可勝瞻切。

與徐虞求尚賓書

執事之視不肖也至矣。見則先其身，餽則不能上，意謂乘風決起，或得稍圖報塞，乃秋事竟負期許，言之愧恨。不肖七上書而説不行矣，自甲子至今，闈中牘不蒙一點者凡三見矣。文章憎命，良非虛語。然入簾諸司，身爲考官，而簡忽文藝如此，時事不平莫此爲甚，況其中有不可言者乎？義命本所當安，若今之世即欲不安不得耳。至于保舉一途，亦顧其主者、受者爲何如人。若謂制科不可必而姑就是，是豈應有者乎？且即已屈首事制科矣，又復徘徊于此，此楊子所以悲岐路也。知其必不就也而故薦，既已受其薦矣又例辭，此作何舉動？謂執事與不肖而有是哉！

復社一事，所關世道不小，若竟其局，天下必有清流之禍。不肖振衣從之，固所願也。丁國家大勢，何執事屢移書當事〔二〕，極知深識妙用，皆在人不知之處。然今之在位能爲城門較尉者，惟執事一人而已，望始終留意，此世道之幸也。

不肖意欲入山著書，所雅念當代事實未有撰次成編者，使得竭數年才力，或可論定成一家言，而又有相知博洽如執事者，可以質證請教，亦千載一時也。尊意以爲何如？一詩寄意，惟反風賜教焉。

復范太蒙先生書

應箕無狀，既貧且賤，徒以結髮讀書，頗知大義。又嘗與當世賢豪遊，因以身相爲上下其間，見古今事會到眼便得而留心者甚少，是以不甘碌碌，竊有所發抒，翁臺不以爲狂爲妄，而且忘分忘年，獎與過情，非所能任。

前歲以羈旅之踪嬰逆黨之怨，中間倡公道而挫兇鋒者，翁臺實陰有力。昨秋酒酣深論，猥勤擊節，謂不肖所言皆生平未聞者，嗜痂成癖，殆不自知其過也。

到吳中，便聞杖履未安，然意是體中稍頓耳。嗣在武林，如貴鄉人情悔過，輿論協歸，官吏士夫奔詣，各臺敦請錦旋者，至舟帆相接，公論久則自明，即此可見。然則宜興、桐城之事安得盡謂之下好亂哉？仲冬返棹白門，知翁臺爲仙里所留，不獲奉晤，至今爲之悵快〔三〕。乃楊先生伻來，既拜良書，兼蒙鼎貺，見褒之詞有加無已，而憂時之略復爾下商，山中得此，豈止逃蓬藋而聞跫然乎！箕今春以來，未嘗一投足户外，然亦竊從邸報見無恥之宗伯，附逆之少宰，皆被竄逐矣。是非苟若此，則翁臺豈能久臥東山哉？不肖風雲未絶，亦將于賢者之出處卜之矣。

流賊滿天地，而江北遂成丘墟，當事者以壑鄰爲幸，敝鄉實有震鄰之恐。不揣愚昧，上當事二書，前此守禦乖方，書中亦可概見。寄覽以供一噱，便風祈更賜反教，謝狀外附不盡。

與陳臥子書

昨歲曾從周勒卣、陳定生兩寓書，馳戀之私計已上達左右，獨無緣晤言爲歎耳。天下洶洶，非有王伯之略者不能出而稍有匡定。仁兄負有爲之資，據得爲之藉，又益以三年讀禮所目覽而心籌，前觀而後鑑者，當復增高倍深，會須舉而措之耳！

弟雖碌碌，然著書立言，退而有所自命者，亦事將濟矣。今已將數年所作選而付梓，辨論書序之文，自視或可爲一家也。國瑋之選，乃仁兄乙亥年白下所訂也，今自四年以來，收集頗已成帙矣，中間雄博絶麗之文亦復不少，使此集眞可傳世，以藉仁兄矣。仁兄近作，幸傾笥相授，他家文有當意或便在手間者亦幸示一二，而序言則專借重焉。蓋此集編次倣文選，而詩文非有關係者不録，是在仁兄指示而揄揚之耳。分韻詩一册用供一噱。

與楊維斗書

昨秋冬間，曾有數書反覆，最後一書雖未奉報，然未嘗不服足下識深而論正，又所見者極大也。檄逐顧秉謙，又廷折巡撫而奪其氣。前之視今，猶今視昔耳。弟歸後，其事卒行，行而彼其之子亦聞而心戒。故今南中人心稍安静，不至如曩日之招摇傾動者，則空言亦未始無補也。天下事勢，不止焚溺救拯之責，全恃今之文字取科第者。科第之人如彼，我輩文字之效又如此，丈夫不得行胸意而摇唇舌于丹黄之間，眞可恥也。弟今復低眉入闈矣，不敢謂我輩出處係國家之治亂，然我輩將終不出哉，足下其謂之何？

弟數年來頗有論著，今已付梓，俟成書時寄覽。獨弟向有國瑋之選，所收集者已可成帙，中間明道辨惑及能爲世用之文亦多。蓋時文一道，雖雅俗相淆，然我曹數子之説未嘗不大明于世。獨古文、詩賦流失變亂亦甚久，弟欲起而振之，則此其始事也。

答陳定生書

頃得陳臥子書，謂名德之後，卒鮮賢嗣，而歎吾兄爲不可數見也，誠然哉！誠然哉！留都防亂揭，臥子已見矣，謂尊君討逆，正而不激，且以向者紛紛之議爲可笑，然則吾輩同志者自可不謀而合也。

令郎之才，極其所至，當不能有二，而科第起家，時文著聲，猶其小事。弟見少年穎異者多矣，然未幾輒敗；即不然，僅一便利場屋而已。若此者何也？父兄之心先散于小喜，而師傅之教未嘗期之以大成也。故弟所望于令郎者獨異，且如弟所指授，其于應世直舉而措之，而古學未嘗不在其中，冀仁兄朝夕督示，使之守而弗失，不爲庸師俗儒之説所亂，天下樂事有大于是哉？所寄新藝較去秋大自開闔矣，讀之甚快，俟到京中，當使之更上一層樓也。

來教憂憤北虜，感慨同鄉，所謂漆室倚楹之悲，唯兄有焉。至謂濟天下事，惟識與力。識爲指南之車，力爲行舟之柁。有味哉其言之！而以此屬弟，則何敢當？弟之料事每中，亦所謂見已然耳，敢因人之不智而輒自矜其愚耶？馬培原書中亦極推服吾兄，其與弟所談皆當世之務，此可謂有心人矣。

仲馭丁艱，今始得的耗，素車白馬，兄已先之，弟即躬親往弔，午節前後可晤兄于秦淮之曲也。他俟面悉。

陳其年詩序

宜興陳其年，予友定生之子也。方十二三時，予授以作文之法，輒三日而畢吾技，予大稱賞之，于是其年之名遂著。

然私念今世所重者科名，則予所稱其文者制業也，不過欲其旦夕取高第尊官以去耳，未暇與之言古文、詩賦。逾年而其年作爲論策甚奇。又逾年而寄予詩賦益奇甚。如今所作寓懷諸篇，則皆銜口成吟，寄託欲絕，即昔人所稱七步八斗豈足多乎？而其年則猶未及終童、賈生之歲也。嗟乎異哉！

夫予亦嘗從事于古文、詩賦矣，而每以爲無難，異時如獻吉、于鱗〔四〕，豈不有名于世？然早不聞道，其言無一從六經入者，即用修、元美號博學多才矣，不能整齊一史，予嘗少之。然則古文、詩賦爲不能者難耳，以其年天授之才，使盡其能，則富貴其所自有，而是區區者亦何足侈之？故予之稱其年猶在彼不在此。雖然，其年則固已如此矣。以獻吉諸君子之能，而予猶以爲無難，則其年得毋謂此不足以難我也？即昔人所未能者，而吾亦無用能之乎？

存朴齋詩序

今天下爭言詩，而無有能詩者，其故何哉？

其言曰：『詩者，性情之物也。空靈俊秀不爲學問所蔽者，是即見性情者之詩也。』此言是也。乃予嘗取所爲空靈俊秀者之詩而讀之，如捕風捉影，無一根柢，于詩人之有所假托，含蓄其言，淡而遠，質而眞，沈頓而有感歎者，概未有得。予然後竊歎：『汩没詩之性情者，是即空靈俊秀之説也，世安得有詩哉？』夫詩貴遠，貴眞，貴有感歎，然非原本深而用物精者，先不能爲淡、爲質、爲沈頓，故天下寔能爲見性情之詩者，必非未嘗學問者也，世安得有詩哉？

吾友陳百史博學多才，使其爲空靈俊秀何難？顧獨不惑于世，而謬于予論詩之意合，此豈無見于詩之性情而然哉？一旦亟稱其同里彭子之詩，又出其詩使予序之。夫彭子則亦非不能爲空靈俊秀也，名其詩草曰存朴，此猶予之所謂淡而遠、質而眞、沈頓而有感歎之説也，彭子爲陳子所稱引又何疑乎？彭子方渡錢塘，探禹穴，尋天台、雁宕之勝，由其所聞見以反而自驗其學問所得之深淺，其詩當益進。然後取世人空靈俊秀者，以與予所謂假托、含蓄之旨相較，吾見世之能存詩者莫朴若也。彭子勉乎哉！

郭季白易經講義序

易者，四聖人之書也，而後之學者卒鮮得焉。其有以小道纖微，占事偶中者，皆附曰易，其寔非易也。而理無不包，則後之言理者，又附之以己意而曰易，其寔亦非易也。要之，無當于易者，得其一則易亦不外，此易之所以難言，而言者之所以愈不能已于易耳。

余少學易而難于言，見言易者，知其無當于易，輒欣然聽之。獨于汶上郭季白之言易，不獨聽之，覺與世之以己意言易與以易附己者大有間。蓋季白負才略，又能精觀世變，挫劘一切，以自號無名，其與易蓋數十年守之，而一朝言之，宜其有不言，言輒有當，而與予所謂附者其相去蓋不止徑庭也。宋儒有謂易學當在西川，自予觀之，今在山東矣。

高僧傳序

佛法吾不知也，然喜與僧之有知識者交，而吳僧道開其一矣。

道開嘗爲予言其師汰如，又示汰如所著唐宋以來高僧傳二十四卷。其編纂博而精，文詞整齊而不穢，有作者風，以作僧史幾幾乎吾家之永叔矣。予問道開：『汝師是書何所取衷？』則流涕言汰如之爲是傳也，懼搜討未備，于是遍歷省直，凡名山古刹，碑牌所記，皆躬自模勒，而又參之衆聞，斷以己意，其草凡三易，如是者且數十年。嗚呼！世有勤苦若此而書不傳者乎？今道開無一粒之餘，無一衲之蓄，旅食舊都，遍告名卿鉅人，以冀師是書之有所藉以傳，則世又有爲之徒者，勤苦若此而其師之書不傳者乎？嚮使世之有志著作者，其勤苦若汰如，而弟子之欲傳其師者復若道開，天下寧有不成之事哉？予故欲取汰如之書，仍刻一卷以成道開之志，則豈惟道開？亦可以興天下之能爲道開，而併天下之不能爲道開者，皆可愧也。

道開能詩畫，瀟淡無求于人，爲吳僧第一。汰如精佛法，爲世大師，此固夫人而知之也，予不具述。

丹山合詠序

甲戌孟夏，予來丹山，以時可也。又子含、去非爲予寤寐行墨中者三年矣，枉道十里就顧，相見懽然，不禁賦贈，于是詩之作也自予始。已，予假寓丘園，四三友人日夕過從，贈答往還，篇詠遂多，而分題之作則往往得之游集。若夫巒壑之深秀，園亭之幽麗，以詩紀事，恆苦不盡，約略衆章，其勝亦可覩矣。至於風雅之興，近自一族，斯爲尤異。諸君曰：『非子無所起事，子之來丹山也而丹山著。』然則予雖蕪穢，以藉諸君，以藉丹山也。

與曾房仲先生

某本無知識，年來繆爲同人所指，遂以筆墨之役負過天下，今爲有道所許，將自是而有所恃矣。

客秋會獵留都，時從貴鄉諸子仰探動定，自以言晤無緣，何天與之幸，俾不孝即近門牆也！不孝去臘始從白門返棹，不意先慈見背，風泣之餘，人事盡廢。乃儼然致先生之問，兼致賻私，申緘發幣，愧感攢來。事既倒行施，況先及，自惟何狀而遽獲此？東漢友生于生死之際，頗有可觀，弔葬致客多者千萬，然必以得名士爲榮，豈若今日不孝能得之于先生哉？來章獎許太過，非所敢當。但不孝與貴鄉諸君頗有針芥之契。去夏與楊維節、陳士業酒中深論，謂文章一道，近稱臨汝，然豫章之爲天下先者，似猶不在此，而吉州實爲豫章之先，則我輩相期固自有在。今直挾所懷來而命之，雖頑鈍如某，亦固竭胸中之蓄以應之耳。且即以文字言，淺蕪無有過敝里者，前建昌過，仲憲兄來，欲與不孝稍圖倡率，而事會不假，亦遂中廢。今誠起而振道之，使大雅之興不棄小邑，此其爲幸何可言？似郡中如劉子伯宗，文行皆可冠冕，而王公儼兄弟及劉在公者，從不孝受業日久，于文字能見源流本末，試呼而與談，或忘此土荒寂閒園，大作直與寒河争勝。

不孝于禪學有如望洋，不敢妄自附會，鼎貺還謝，憑穎屏營。

李丞詩序

詩者，所以詠道性情，助宣政化之寄也。今言詩者有是乎？山人墨客資爲俯仰，其給應皆呈贈投答之章。名公巨卿本末習是，晚恥不文，乃稍事聲病對偶之學，用以自飾，又訣進而醜忘，亦哀然集矣。是二者，予嘗謂之借題爲詩耳。嗚呼！詩豈有題也哉？

予不敢自謂能詩，然每欲吐其胸中，至事會不合亦遂止，因自笑予非無詩，常不得題耳。復不自揣，時以是推求天下之詩，與予意合者則亦寡矣。偶得譚友夏新集，閱其序言，頗以向詩爲悔，悔之之意猶予意也夫。然予所取之詩必無題乎，則又何云詩也夫？吾蓋惡夫有聲無情，胸中未嘗有是，而是特隨人者也。果其悲而思，樂而詠，感由事生，歎與物會，以是爲詩，即不必刻畫李蘇，步驟顔謝，而詩之本原具矣。故詩其借焉者，借題者無詩，豈臆説哉？

李君静孩來丞予邑，一日讀其詩而異之。君欿然曰：『予安得有詩？』乃其詩則多，北征諸作，境會景物，初無所期，而感觸以寄，若予向所謂二者之患則亡之，然則李君所不自有者，眞予所欲求諸無而不可得者也，李君不謂之詩人可乎？繇予所言以推君之詩，君又舉友夏之所悔者，用以益求詩之所至，則予所稱詠道宣助之寄不數見之詩人者，舍是其何屬矣？

校　記

〔一〕啄　原誤作『喙』，據文意改。

〔二〕何　疑爲『向』之誤。

〔三〕快　原誤作『怏』，據文意改。

〔四〕于　原誤作『子』，據文意改。

樓山堂遺文卷四

與江督袁臨侯書

往時竊以明公古之人也，頃蒙傾接，竊自分時則當世一人而已。今明公受其重任，不以愚爲不肖，則一言之獻，宜其所不棄也，請得而畢陳之。

今論者謂東南之事急矣，醫法急則治其標，問所以治標者，選將、募兵、增餉以與賊決勝負而已。不知此蓋自斃之道也，何也？夫自用兵以來，武弁之伎倆，亦可略覩矣。新募之卒，去賊有幾？且地方殘破，有司貪墨者多，若又增餉，是猶之被兵矣。故今之所以益敗者，皆此等有名無實之策。見謂救急，其實愈助之使急。愚以爲莫若還而治其本。蓋治本者，所以急救，特人不暇思耳。且夫善用兵者，必去其所恃，然後得自見其長。向惟恃兵，故受兵之累；恃將，故受將之害；恃餉，故不足而兵將之爲害者，得藉之以爲名。吾不選將而選有司，不練兵而練百姓，不別設督餉而即以地方之餉治地方之事，如此而不足以抗賊者，未之有也。愚蓋見今日之民甘心從賊者，以有爲之驅者也，故選有司爲最急。獨選之難其人耳，明公誠于所轄之地司道府而下，盡行别擇，使之得奉令承教，設爲方略，以自練其民，教養並行，威愛素著，則不出所屬，可得勝兵數萬，然後以戰則有餘，即守亦不爲賊之虚聲所惕，而事可十成八九。

昔种師道有言，京師百萬生靈皆兵也，當倉猝之際，所見及此。愚嘗歎爲老將知兵之言，況今事以預習乎？王新建之破大賊，平大逆，未聞别調一兵，未聞于府縣官之外更用一將。今之時勢雖異，而事理則同。何也？皆明于治本之方也。不治本而日選將、募餉，是久病之餘復下大利，豈尚有生機哉？昨歲方中丞之應召也，下問用兵之方，愚以爲惟用府縣耳。方公更問，愚謂且無暇細陳，但使胥役而下，府縣自練之，可以不下堂而有兵，又不必别議餉。方公稱歎良久。愚又以此雖良方，然不得精敏明決之督撫行之，且亦滋弊，故望之明公爲至切也。

張良日與他人言，多不解，今觀其言，亦無甚異，而解者爲難，故知下邳之遇爲有天也。不肖何敢自比古人？要之，敬服明公眞可言者也，故不敢不獻其狂。伏惟裁察幸甚。

與周仲馭書

武林獲拜瑶函，知相念之深。仲冬從丹陽舟中寓候，即返棹秋浦。茅峯之約遂爾寒之，迄今惆悵。

弟年來寄丹黄，頗爲虚名所累。今春閉户深山，欲一冥探深究，于諸史似有入處，于經理則終望洋，若詩學弟雅謂不必殫心，而今則反卓有所見。

往楚人江進之論詩，謂本朝諸公好擬古詩篇，目是謂無情有詞。弟愈欲因詞而求其情，若言無關係，雖不作可也。今論詩者謂，詩宜從三百篇究其源，抑知三百之詩有一不宣助政化、按切風俗者乎？言無資于勸懲，夫子固已删之矣。後人之詩，固無望其可以登奏廟堂，裨益治教，然言發于心，使人讀而猶有感慨係焉者，尚不失爲詩也。若潘岳、沈約、王儉、謝靈運之徒，雖極情盡致，聲韻鏗然，而情先亡矣，此輩人尚可與之言詩乎？詩人無識，古今皆然。詠亂臣賊子之篇，賞風流淫褻之句，誰能于此中討三百篇之大意，而究四始、六義之精微者乎？體變而理不變，志邪則言必邪，此弟今日論詩之大旨也。足下近精意于詩，所見必與弟同，如所作十四哀，其意可想見也。弟和詠已成，又近作感懷詩十四首，幷可見區區持論之意。梓成寄覽。

張角之屬所在見告，而盧安成丘墟矣，此輩志在掠擄，似無能爲，然黄巢、秦宗權非賊乎？當事守禦乖方，徒以小民餉賊，苟得出境，遂以賊平見報，則江南一片乾浄地，政未知何如也。言之可資一歎。他不能盡。

與沈眉生論詩文書

古文一道，弟嘗歷覽弘正以來作者，竊有未滿。蓋本之經術者淺，而能爲世用之言寡也。然其集具在，有體有文，未嘗不可鳴國家之盛，視之今日則又遠矣。今爲文盛之時，而不知其衰實甚。高稱秦漢，尚不及六朝；動言韓歐，而俚質又直如註釋。且過情之譽，盛氣之詆，輒盈篇幅。足下試觀今之作序者，有不似作論讚乎？作論策者，有能條暢根據乎？作傳記者，有切事情乎？作章奏者，其言剴切？而擬制誥者，其詞簡正乎？此無論秦、漢、唐、宋，視之弘嘉諸君，眞有司隸威儀之歎矣。弟嘗閲今人之文，其援引鋪衍似古人才學所不及，不知所以不及古即在此，蓋眞與不眞，而有體與無體異也。故不揣稍欲自振，雖不敢上擬古作，決不敢下效今人。蓋弟亦嘗肆力經史而出入于八家矣，又不欲襲取一語，覈其體制，以歸于清潔，庶幾自成一家，然實未能也。

今已自選數年所作刻之，而詩亦與焉。夫詩則尤難言之矣。助流政化者，詩也；苟無關係，雖不作亦可。而近日竟陵之派流毒最深，以能用之乎者也諸字爲靈，以有深幽、静遠、苦寒、孤危諸語爲厚，以杜撰率爾之作爲有性情，于是空疏不學之士攘臂登壇，而詩道亡矣。弟于此道頗深見本末。生平喜曹子建、陶元亮、杜工部三人之詩，爲本忠君愛國之心，而有感發興起之意，且亦各不相襲，自成氣體，三百篇之後，惟此可歌可詠耳。弟雖好，未嘗用其一語，亦未嘗如今之擬古者動作無情之詞。要之，自爲弟詩而已。

前已作書仲馭，相見幸併詳之。

崇禎癸酉科牘序

今年罷第後，予頗自省悟，以得失有命，非可智力求也。古之人進未有獲，益退思自處，于是載書東歸，擬自今以往深加論究，庶造物所以優游置之者非無意。舟未發，金閶諸書坊踉蹌追阻，以闈牘之選屬予。予未即應，會友人張子天如柬予曰：『今所舉之文如此矣，子亦有以正告天下乎？能進退之謂權，權者不可必也，猶一人事也。能是非之謂道，道者不可枉也，所繫在天下矣。子之是非所謂斷斷然者，且吾與子猶幸有不可枉者在也，子安辭？』予于是留白下，取諸京省先後郵致之牘觀之，未嘗不廢卷歎曰：嗟乎！今非無事之天下也，則異日所稱公卿將相之器，其從出之途固如此乎？以空言取士，而其言之中繩墨當尺度者，即一途之中不能自信，況乎天下事，取其不自信者以庶幾其有濟庸可冀乎？夫然以其途爲可罷，則又不然。往時公卿將相，其輝耀于三百年内者，不可謂無人，其從出者亦無不繇此。

予嘗于王忠文集中見我國家取士之詔，非明經博學者不以登進。讀宋文憲諸試録，見當時雖彌封受卷之官，亦必親繇御定，然後知制非不善也。循行之久，至其始意盡失之矣。典文之司，惟資序是及，而妙選之令無聞；得雋之文，以浮華見榮，即淹通之士罕遇。上下相化，法日苟簡，文益卑靡，異日所稱公卿將相皆循是爲之者，以是迹其風烈事功，所謂表枉而影正也，有是理哉？如是即追論其所從出者非也，曷怪焉？

今當事者鋭然有釐正之思，以言多者爲過制不録。夫博學則理明，理明則言約，此自然之效也。未風天下于學，率然獎進枯竭，此救之于其流而已矣。楚好細腰，則宫中減食以進，吾見其餒而死耳。天下事何以異是哉？故欲文之盡制，風厲必先于學；欲明經博學之士登用，則衡鑑必選于官。

雖然，此非予之所敢盡也。予知有是非之不可枉而已矣，由是非以辨進退之得失，由進退之有得失，然後于所從出者求其何以盡善，以庶幾無負于祖宗設科取士之意，則予今所秉爲是非者，是亦申明高皇帝之法之一端也。若區區論次一科之牘，謂是可以抑權而明吾道也，夫道之不明，則既已知之矣。

四左制義序

桐城左浮丘先生遭璫死十有餘年，而予始得與其諸嗣子遊。諸子年僅逾冠，則當先生死時，蓋皆藐然孤也，又奔竄纍係之餘，氣息都盡，此宜不能自振，而今皆以文名。讀其文，雄放悲壯，若有不平者而盡寄之紙上。嗚呼！先生爲有子矣。

夫先生當争移宫時，已自以死付之矣，乃卒以此死其死也，寧計其後尚有卵完如今日者，而況皆文，文而又皆不忘先生之死？吾乃今而後知忠臣不可爲而可爲也。彼自古奸邪作逆者，豈必皆無後？至使其子孫不敢認其祖父，猶其身絶也，況報施不爽，身誅胤斷者，固已還至立驗哉？

是故諸子之能文，文而又發舒其未盡，吾不爲諸子侈，而深幸先生之有諸子也。乃諸子自署其堂，有慕趙武之風、甘原憲之節等語。嗚呼！此又足概諸子之爲文矣。

又與孫碩膚職方書

仁兄之與弟，子瞻所謂四海相知一人者也，與近日聞聲相慕及望門投止者剖别。天使仁兄來南，以宣達心期。又恨兄遽北，而弟復東遊，不能久聚，徒有悵恨。最可喜者，兄纔至南，而此中正人君子，無論在仕在籍，俱翕然歸心，稱不容口，此世道之幸，不獨交遊之光也。故弟謂仁兄非做第一等事業，不足滿塞聲望，亦既下採鄙言矣。

及讀尊札，謂：『今國家事，皆以簿書期會了之，無益于經綸康濟；我輩皆以揖拜應酬了之，無益于性命身心。從此發誓，欲從血性來，骨脊往，不知以爲何如？』大哉言乎！可以卜兄之所豎立矣。夫合天下事所以壞者，直是士大夫無性無骨耳。不肖者不足道，而賢者以用血性爲粗，用骨脊爲矯，變而爲圓融，爲婉曲，此簿書期會之所以益多，而揖拜應酬之所以愈繁也。眞用血性脊骨者，于兩者未嘗絶，而事業身心又何嘗不受益乎？則兄今日之謂矣。

弟從舟中讀趙忠毅集一過，觀其自文選而冢宰始終一節，自服官而林下出處一心，其憂國愛民之念無篇不寓。而接引氣類，剖别正邪，亦反覆言之，卒無所隱。至其文章跌宕有法，而詩之頓挫亦有子美風，此眞三朝一人也。觀其忤時觸忌，未嘗不自悔其過，迨再起而卒不挫其節，至晚年而益厲其氣，此眞所謂以血性來，以骨脊往者也。今之時又與昔之時異矣，嚮使高邑而爲今日之選司，管今日之察，又遇今之輔臣，果何如哉？獨恨今之人才無高邑一時之盛，非高邑之血性骨脊至今日而又不同也。當高邑爲考功時，鋭意澄清，若可指日太平，亦可指日公卿，而卒林居三十載，此宜繼絶雲霄之想矣，忽起廢而即爲總憲，爲冢宰，至冢宰而位極矣。時正人皆在列矣，治平亦稍稍見矣，又忽而有乙丑、丙寅之事，可見人之用舍禍福皆有天焉爲之，而我之所爲以血性來，以骨脊往者，未嘗不便宜而爲正人君子也。

今足下行矣，樞部多事，得仁兄展布，眞中外之福。從此而銓部，而總憲，而冢宰，皆其所自有。弟獨有味仁兄血性骨脊之言，而又作書以壯之，知不我督也。古者朋友有行，則贈之言，詩一首亦竊附古相知誼耳，惟反教感。

與錢吉士論時文書

時文一道，得則棄之耳，然做秀才時自宜于此盡心。若選文以教天下，尤不可不盡其道也。今之選者，爲名耳，爲利耳，有實從文字起見者乎？有從國家功令、聖賢理道發明者乎？弟憶居虎丘與足下論定國表時，其一段挽回苦心可泣鬼神，使同人不以名高相忌，相與共明其說而底于成，則古雅之風可以漸見其盛，奈何今之亂天下者皆選文之徒也？良可浩歎！弟今歲不得，當即棄去舉業矣，此道主持尚賴足下。蓋選文而明道，立說此中，固自足樂，士之不得志而有功于國家者，此亦其一端也。

夫今亂天下之説者，其鄙俚惡俗之文不足道矣，爲高論者有二：曰用古文也，學先輩也。夫先正無不古，而今二之不知。能見古文源流者莫如弟，而深究先輩正變者，有過于足下者乎？若今人之鋪綴古句，引用後代故事者，此是胸無古文一字，何敢詆議先正？至學先正者，不知變通而惟襲其成格，所謂木土偶人，具衣冠笑貌儼然人也，而全無人氣矣，此輩人又烏足與言古哉？如足下東山諸作，方是眞古眞先正。何也？以其法度嚴整而氣韻生動，其長短變化殆有不可測者，故爲不可易也。若硜硜篇諸作，雖所造甚精，而知者甚少，以此教世，恐世不察。謂足下以枯淡爲先輩，其失足下也遠甚，而以此爲足下之先正也，尤遠甚矣。

偶簡三科房社之文，點定佳作，故及此。幸更見示無罪。

新安江中書所見

予從新安下錢塘，夜從嚴灘泊船，見鄰舟儀從甚盛，懸二大牌，蓋朱榜金書者，一曰『欽辟』，一曰『應聘』。使童就問之，則膺保舉北上者也，予因爲之浩歎。

客曰：『此非其應得乎？何歎爲？』

予謂：『古者天子之聘士也，幣帛及于門，有司爲之駕，而賢者猶時高臥不起。亦有數强之始一就者，及行，猶然寒素而已。今羣天下應保舉者蓋千百人，檄下所司，本生趨府，抱牒然後得去，此亦異于所謂辟，所謂聘矣。即以爲辟，以爲聘，未赴銓試，猶故吾也，此尤異于皇華之乘傳抵任之先驅矣，而爲此何哉？且今天下科舉士一旦得第，惟旗扁之輝煌是問，輿馬之鮮逸是求，用以炫人，實爲自敝。于是漸來菲薄，使天下復行保舉乃不能創，抑又甚焉，此豈能膺側席之求者哉？

客曰：『如子言，天下不徵聘而爲徵聘之爲者蓋多矣，則又何責乎此之徵，此之聘也？』

擬上念歲祲獄繁頒詔中外悉蠲十二年以前未完錢糧特諭輔臣會同三法司官清理淹禁務稱好生至意羣臣謝表 崇禎十五年　壬午副榜第一

伏以主仁罪己，屯膏發渙汗之居；帝德好生，旅火資解雷之用。故欲足國先足民者，即歲之所不能災，而寧失出無失入者，政法之所不必盡。豈眞天能雨珠，詔下便如澤骨？縱使木刻爲吏，議入即可傷心，在匹夫亦有推解之義，況聖主而行賜赦之文。閭閻充實，后稷不敢居功；囹圄空虛，臯陶可以不祭。風幾刑措，瑞過書豐。

竊惟救荒之策莫詳周禮，肆赦之例即起虞廷。水旱不聞憂，堯湯惟其備之有具；兵刑亦可明禮樂，要在用之無心。八政莫先于農，五刑不妨有宥。自畝稅而失古人常足之經，迨呂作而遠上帝清問之意。未能用一緩二，誰知殺三宥三？西門寄蓋藏于民，猶知王道；趙高以刖劓爲教，豈不暴亡？惟漢世歲下寬租之詔，至孝文益除笞背之刑，然而絳侯下吏，哭者賈生；河内發倉，矯惟汲黯。是固主明則臣直，因之民富而刑清。至宣帝之任法律，遂有師傅就獄之冤；若靈世之蓄貨財，乃塵司徒少靳之悔。降而唐宋，遞著興亡。手持瓊盈之板而不散，使無陸贄切諫，徒爲羣盜之資；株連蜀洛之獄而益苛，即微童貫巨奸，亦有靖康之禍。蓋天災流行，未必無儆戒人主之意，固在視所消弭；善人在患，安知非殄瘁國家之徵？是有待于振救。應天以實，故蠲免即雲雨之畜，施而皆不言；決獄以情，則折致爲山火之豐，明而在善斷。萇楚不歌于途，王言可爲樂歲；桁楊相脱于道，君心即是福堂。從此曹相之獄可以不寄矣，豈如齊王之棠必待勸發哉？事雖今見，遭實古希。

茲蓋伏遇皇帝陛下德備函三，時乘御六。萬方有道，盡反躬省歲之心；一物不遺，修法祖敬天之實。地大物衆而蘖生，何損盛德之偏覆？櫛疏網闊而奸熾，終爲至治之驅除。中兵刀鋸之設，念用法原非得已；而飢饉寇盜之至，思加派豈其本心？夫民窮則爲盜，賦重而民愈窮，莫若蠲之而樂與更始。且弊甚則加法，法密而弊益甚，何不貸之而咸使維新，況愁怨嗟嘆之聲足以于和？赤地千里，安知無東海之冤？而蕭條困苦之形尤易召亂。在罶三星或以象西臺之酷，郡縣久無龔黄之吏，犴狴豈乏羅吉其人？漢賦十三，可謂極輕，然亦未聞全免；唐縱四百，似乎至恕，要之不能盡清。歸逋聽之，邑人顯比，實惟王用。自此追呼之苦，皆化爲扶杖之觀；而捶楚之求，將不勝剖心之泣矣。

臣等撫摩無效，平反有心。誦温舒緩刑之書，不過饜飲；緝朱熹救荒之法，何裨鶉棲？豈若覩日月之麗天，無幽隱之不照；見江河之沛地，靡灌漑之弗周？眞爲萬古無兩之聖人，詎直一時僅有之盛事？負仲淹之志，可益發抒；抱有貞之懷，徒深慰藉耳。伏願至仁加廓，大德不尸。歲祲賦蠲，即歲穰而賦仍薄；獄繁禁解，雖獄折而禁愈寬。百姓足，君孰不足？可使制梃以撻兵，朕躬罪萬方無罪，豈謂空言之無用？由是勝殘去殺，何成康之足比隆？而舞羽化苗，直唐虞之爲不試矣。

意匠經營，不填古句，令上下語氣鈎帶，無斷續可見。若節其偶對，則爲名奏疏耳。〇他人纂組不能工者，次老則振筆疾書而得之。至于推究時弊，斟酌古法，以鄭監門危苦之情，發陸忠宣剴篤之論，亦惟次老獨能，時流不及也。張爾公

代南大中丞程公三疏

爲南北道路梗塞，目前第一可憂，請會剿諸賊，以護運道事。

臣竊以我國家建都雖有南北，而呼吸相通，譬猶人之一身也。人之一身，血脉不流則受病，飲食不進則立槁。故邸報所以通血脉，而漕運即所仰爲飲食者，而咽喉之地則在淮

河、臨清一衣帶水間者，此其關係何如也？乃南北往來埂塞而邸報不通者，已兩月餘矣。聞諸道路及諸塘報之言，皆云鑛賊數十萬逼淮而處，而東省諸賊復横截于東平、高唐之間〔一〕，南中一日數驚，北來消息屢惡，臣以爲此非小變也。

目今漕運屆期，國家所仰給東南四百萬者，將何塗之出乎？若不即行剿盪，則漕必阻，漕運一阻而天下事尚忍言哉！今獻闖東下，南都告警，池河浦口之間，南部方在調遣防禦，設爲犄角之勢，其于淮北鞭長不及。即淮撫護漕護陵責亦非輕，其于東賊又難越圖。以臣之見，在東撫有地方之責，在淮撫亦有奔突之防，而在總河則尤有漕運之責，莫若令三臣會師合剿，其攻擊應援之方，即令三臣速爲布置，自行奏聞，使咽喉不至斷絶，則南北之血脉通，而神京以北可無枯槁之患。臣竊以目前最急最大之著，固無有過于此者矣。然此特臣之愚見也。

至于兵勢固難遥度，而兵權又忌分任，仍乞皇上敕下兵部從長計畫，授之方略，或會師合剿，或專有責成，務使師行有功，運道無阻。臣料諸臣決有同心，抑臣因是而尤有請焉。南京方綢繆兵食，則所以建威禦寇者，唯司馬是賴。自舊臣李邦華料理，方有成績，遽以憂去，而司農仇維禎新荷特簡，又聞母病不即莅任。若復俟北部推用，然後莅任，則道途梗阻，動以數月，而東南半壁其岌岌矣。臣以爲莫若就近起用，則無有過于原任刑部尚書鄭三俊者。三俊歷履久在聖鑑，向任南京吏、户二部，最有聲望，且其年力未衰，經綸素裕，使居此任，必能寔心幹濟，應變多方。倘皇上以臣言不謬，即以兵部尚書起用，限其就家星馳赴任，不許例辭。即皇上軫念漕運，蓋有不待臣言之畢而赫怒整旅，以期滅此朝食者云云。

又

爲賊氛甚惡，留都萬分可慮，請亟用樞臣以固根本重地事。

臣竊見自流寇猖獗以來，無日不廑聖慮行間，文武重臣受皇上不世之遇，以爲非掃蕩廓清不足仰報萬一。乃不意今之賊勢，較之昔日，尤有不忍言者。蓋獻闖諸賊兇而且狡，我師隨之流轉，寔無能制其死命。自去年瑪瑙山之捷，張皇過寔，有識者鰓鰓慮之，以爲隳軍寔而長寇讎即在于此。今楚豫之間果見告矣，若如所聞，襄陽、河南之事眞可令敷天痛哭，誓不與賊共生。然誰司閫外而令之至此？臣以爲皇上神武，自有獨斷，臣不敢多瀆，獨臣待罪南都，則不得不重爲南都計萬全也。

夫襄陽失守，則長江之險，我與賊共之，而賊既馳騁梁楚之郊，則皖、廬、淮、揚俱爲可慮，且鑛賊復逼淮而處，與我争一衣帶水，此在南都固不止震鄰之恐，而寔剥膚之痛矣。自國家多難以來，所恃只東南一片乾淨地，邇者凶荒異常，流離載道，臣等即竭力賑綏，猶恐不能弭亂，而所爲建威消萌以捍寇固圉者，則惟司馬是賴而已。舊樞臣李邦華料理方有成績，遽以憂去，今司農仇維禎新荷特簡，又聞丁艱。此無論司三軍之命者，不可一日無人，而留都方在一日數驚之際，若復俟北部推用，然後莅任，則道途梗阻，動以數月，而東南半壁其岌岌矣。臣以爲莫若就近起用，則無有過于原任刑部尚書鄭三俊者。三俊歷履久在聖鑒，向任南京吏、户二部十有餘年，最有聲望，且其年力未衰，經綸素裕，使居此任，必能寔心幹濟，應變多方，以爲皇上固此根本之地。昔唐用子儀而回紇請盟，宋相司馬而邊人相戒。即先朝土木之禍亦先起老臣王驥，以爲南重。而當宸濠之難未發，其爲南樞操之臣則用喬宇、李充嗣、吴廷舉，俱極一時之選。臣嘗追遡往事，未嘗不歎昔人謀國之工，而況今之時勢更爲迫切乎？臣等深憤養禍散師之失，故舉此折衝禦侮之人，倘皇上以臣言不謬，即以兵部尚書起用鄭三俊，限其就家星馳赴任，不許例辭，將見南京壁壘必爲改觀，而桑土綢繆之計固無切于此者矣。

又

爲賊氛甚惡，南都萬分可慮，敬陳綢繆方略，請旨責成以固根本重地事。

據某塘報云云，該臣看得自流寇猖獗以來，南都屢次告警，然未有事勢迫切如今日之甚者，此皆由閫外受命之人原無剿盪寔心，又無布置寔著，虚誕支飾以貽患至此。此在皇上自有處分，臣不敢復贅矣。獨臣待罪南都，則不得不爲南都計萬全也。

夫襄樊既破，則長江一帶盡爲可憂，而賊方馳騁梁楚之郊，則皖廬淮揚俱屬可慮，且鑛賊復逼處淮北，亦與我争一衣帶水，此在南都固不止震鄰之恐，而寔剥膚之痛矣。臣竊念南都爲國家根本重地，邇者歲荒民飢，死亡相繼，臣等竊恐變生不測，況加以賊勢警狎至，一日數驚，若不早爲綢繆，其事必有不可言者，臣所以依據情勢具爲方略，以亟爲皇上陳之：

其一，莫先于嚴保甲。夫欲防外憂，必先弭内亂。南都五方雜處，奸宄易藏，重以紳衿流寓之多，譏察或有難行。臣請以此責之巡城御史，使其禁緝有方，法行自責，則奸無所容，而百萬生靈庶可恃以無恐。其一，莫重于防江。蓋江上有巡邏之兵，船有分守之信地，然勢遠難于連絡，而行劫又多屬巡兵。臣請以此責之操臣，使船之布于南岸者，有率然之勢，而兵之出爲游巡者，無厲民之擾。魚舟渡舫皆有稽查，而溝港關隘盡設防備，于是即有狡賊，亦何從飛渡哉？然防江必先防之江以北也，自麻黄以至京口，無處不可窺渡，所以奪其濟師之心，而斷其掠船之路者，臣請以此責之諸撫臣，使其分責郡縣，不致地方有可乘之隙而後已。且防江尤必講所以防之之具也。夫器械、火藥，雖城守操演皆用之，然用之兵船者，器或未素具、或未嫻習也。臣請以此責之工部，使之精修其器，而預試其長，不至于臨時錯愕而不知所用。

凡此皆臣所爲防之之方也。兵不簡練則責在本部，餉不應手則責在司農，俱乞皇上嚴敕諸臣，各爲承任，如臣所列有一失事，即受責不辭。而臣等亦戮力同心，不避勞怨，使祖宗根本重地萬分無虞，即臣等所以舒皇上南顧之憂者。計莫切于此矣，不勝激切待命之至。

祭陳母湯孺人文

嗚呼！孺人而何以死也？孺人蓋不可以死而又可以死者也。其不可以死者，未覩厥夫與子之樹立，而其可以死者，則以湯質齋先生爲之父，陳中湛先生爲之舅，定生之爲厥夫，而其年之爲是子者也。方侍御之侃侃，秉闈教之貞特；迄中丞之高風，稱下堂之柔則。相鷄鳴與風雨，何贈佩之爲難。肆吴門之腸繞，已提左而躋班。嗚呼！人之一身，四者難兼。既萃厥美，天亦忌全。蓋山鳴泉咽，東平樹靡。生死旦暮，視其所貽。爲侃爲滂，必考所自。況也國器，未見其止。吾故曰：惟孺人者不可以死而又可以死者也。嗚呼！孺人而何以死也？

孫幼寙制藝序

姑熟孫幼寙始與予友張爾公遊，爾公稱之。因爾公而與予遊，又因予而與予友楊維斗、周仲馭、錢吉士遊，諸君皆稱之。然則稱幼窳者，豈獨以其文哉？夫今文人不少負其才儁，傲然以爲天下莫己若，而天下之士不與者，何也？炫外者易盡，而中無主以勝之故也。亦有馳騖交結，而求一有道之稱許不可得，豈非人之所挾以自勝者固有在此不在彼者哉？是故諸君子之稱幼窳不第以文也。雖然，當文字靡濫之日，而幼窳獨有所守而不亂，此其所挾有大過人者，則幼窳即不爲諸君子所稱，又豈可得哉？又豈可得哉？

吳去塵煙聖銘

吾取其質，維玄維默。于以用之，日新其德。

吳去塵本朝墨妙銘

彼貞者石，與之磨礪。不見其損，有時而益。

奇南香銘

譬木吾味，惟德斯馨。

傅元之制藝序

文章一道，不盡可得友也；求友者恆資之，非必可以驗人也，即觀人者不能外。以予所交天下賢人君子多矣，其始不過于行墨中觸聲辨色已耳，而覈其生平，往往不差毫髮。至于立談杵臼者，往往剖心析肝相信，已，又從言語間深求之，則其骨骼精神不髣髴紙上者亦少矣。然則知言知人，豈非道之符而自然之應哉？

予聞元之之聲久矣，憾未見其人，又憾未讀其文。一旦遇之，志遠而氣下，識深而神微，蓋目營四海，淵乎如不欲見，而其中具足者，未嘗不蒼茫于形聲之表。此即不讀其文，天下知元之之深者莫如予也。及讀其藏劍齋藝，嚮之所爲意儗者，又如頰上三毛，寓于楮幅，則予所謂文章一道，可資以求友者，將因是而益自信矣。今天下方多事，元之爲左司農傅公肖嗣，又新膺大臣之薦，將旦暮有所發抒，區區經生之業，豈足以盡之？吾謂元之所挾而往者，亦取之此中而足。何也？文者所以自貌也。果其内無欺己之言，又能使聖賢之神無幾微之不我遇，若此者其以經綸天下有餘矣。

元之今又刻霖雨山房諸藝使予序之。夫予之知元之者以文而不徒以文也，即其所爲霖雨者又茀以名文也哉！

上孔相公鄭太宰言試事書

應箕下愚不肖，困頓庠序者已二十餘年。往時見學使者牌至日，令行禁止，人無敢干以私，而郡邑公祖父母有彙試之責者，亦多精心衡鑑，使人心鼓舞。雖童生府名相沿請託已久，猶文情相半也，其請託者猶曰『童生求進之心急』，鄉紳因而循例不能復有異同其間，然已非盛世風矣，奈何至今而日甚一日，其事有不可言者乎？奸胥猾吏半以是爲取寵之資，而庫夫傘卒且以此爲乞恩之具，童生之卑汙，苟賤衙門之關通交易，蓋有難以明舉者，此豈不亦褻穢名器，恥辱儒生，輕朝廷而羞先聖哉？士之有志節者便當焚棄詩書，老死溝壑，不宜復出此途矣。

揆其所始，蓋繇胡郡公不能簡束内衙，使公子上下其手，而後顧公又以府名賞戲子，賞門役，遂因緣陵遲以至于此耳。或又謂當事者見地方科名寥寂，有輕秦無人之心。夫地方有兩老先生，人主之所敬憚，天下士大夫以爲儀型，何謂寥寂？即荒陋如不肖輩，亦嘗以文字之役與天下名人傑士相頡頏，何詎無人？不肖又思之，官府即不自愛即善輕人，彼下役亦何無忌憚若此？蓋繇兩先生居高聽遠，或未盡察其弊，即知之，慮有暴揚公祖父母之名，而以涵容爲厚道耳，不知此實非也。

兩先生今位至三公矣，念自己所自起家，念子孫所繇發迹，又念天下人材所繇進取，忍使考試一途遂至此極哉！國家立賢無方，獨于倡優隸卒之子有禁，誠困辱此輩，以明是途之極清貴也，豈知今士夫之子反不如其子之有黶序，而此輩之營求更捷于士夫之薦剡哉？此前事已不足道矣，不肖請自今以後，兩先生以身爲倡，禁束家人子弟，不得受賄請託。而孤苦才士則不惜明白公薦，使當事者有所感動，則前此之弊庶乎可革。即不能盡革，而又重于訐公祖之短，或可以公道概言之當道，俾之請旨嚴禁，而于地方之胥吏隸卒固可呼而怵之以法，則關通交易之事，亦當有所畏而不敢爲矣。

不肖身出是途，感事痛心，故不覺言之激切，然實爲高皇帝留讀書種子之一端。而兩先生無論在朝在鄉，皆當爲士夫惜廉恥，爲國家留風化，則事莫急於此者矣。伏惟垂納，曷勝感荷！

校　記

〔一〕高唐　原誤作「唐高」，據文意改。

樓山堂遺文卷五

與江督袁臨侯書

不肖應箕竊在下風之日久矣，昨歲明公之受事也，適在秋事會獮之期，不肖時方避客山居，未一仰溷干旄，自攄心腹，迄今悵憾。

今因左兵東下，南中一日數驚，而又實無一備，公卿雖多，事權不一，且大度者寔少，即有忠言至計，誰爲聽之？則亦誰能行之？適聞明公駐師江口，此固許歷效忠之會，而鄧尉進計之時也，不肖請一昂首論列之可乎？

今之論者曰：『左未嘗叛，奈何激之使叛？且未能制左之命，設用兵不效，使國家多一賊，則咎將誰歸？』夫不能制左之命而遽議用兵，誠爲非計。但謂左未必叛而示以羈縻，欲使之復爲我用，是眞遵養時賊，而江南之禍恐不可言矣。夫左即不移師武昌，不縱兵擄掠，而荆、襄、承德破矣，撫按死矣，顯陵焚矣，其罪已在不赦，況逍遥渡江，自武昌而九江，自九江而池州，一路□掠，千里爲墟，奪船三四千，凡鹽船、官船、糧船、貨船無一得免者，然則諸關之税，其將問諸水濱矣。即敝邑漕糧搶去一萬五千，則他可知；敝府一府之官，皆奪而據之，則他又可知。而江楚漕糧則亦付之。壯哉！雀鼠矣。至於兵到之處，上自湖口，下至繁昌，巨鎮大族，窮鄉僻户，無不遭其焚，遭其擄，遭其淫，遭其殺，慘毒較諸賊尤爲過之。于此而曰左猶可原也，是欲王朴、賀人龍索命于地下；于此而曰左尚可用，是必使穀城之事再見江南矣。有是理哉？且左誠公然名叛，則我亦知所以應之。最可患者，其事甚于作逆而又陽以忠義自許，徒使無識之公卿受其惶惑，而苟且之當事倖爲粗安，且有見其撤回蕪湖之賊衆，便侈爲歸放之大功，嗚呼！言至于此，眞可痛哭矣。

不肖觀左師自避闖之後，屍居餘氣，不足畏矣。即其果謀不軌，亦嘗以三策料之。其擁兵九江，横截江路，使京陵不知所以應者，上也。直趨淮揚，使南北分嚻若救者，爲次。若徘徊池太，介于叛不叛之間，而其兵狃于掠擄，水陸不相照應，此爲下策矣。又以三策自料，左馬兵不過三千，渡江以來，皆已疲竭，又擄舟而處，不習水勢，人雖衆嚻而心散，可以一炬而盡，此上計也。以我之兵力恐喝，使不得不聽吾命，然後畫廬江而處之，藉其精兵共圖獻逆，而使其老弱屯田，此爲中策。置池州于度外，甘詞厚幣以冀倖其還楚，而不爲善後之慮，此豈下策，爲無策矣？雖然，能使左之唯我處置乎？不能也。我雖不能制彼而彼已自居下策，此時而用吾中策，以明公之威望，加以將勇兵强，始以愚彼或勉强暫聽，然其衆號十餘萬，即目前亦安得此無礙之餉以養不可保之亂卒乎？明公誠從社稷起見，春秋出疆之義專之可也，一面拜疏暴其罪惡，一面部署如愚所謂上策者，出其不意，使迅雷不及掩耳，一鼓滅之，則可以撫潰卒以成一旅。是役也，上以張天討，而下以保江南；遠以寒賊膽，而近以除民害。雖往者六王之功，不烈于此矣。若出愚中策，政恐費他日躊躕耳。

昨不肖以左帥情形達之敝鄉太宰及當路同社諸君，欲其主持廟算，陽以殺賊自贖羈左帥，而陰以出奇制勝屬之明公，且誦言非明公不能辦此，度諸公未有不以愚見爲然者也。伏爲裁制，幸甚！

侯叔岱序

天下之文，不過數方，方不過數人。方則有井邑之異，人則有後先之殊。要有其人焉而方以重，有其方焉而天下以傳。然所謂方與人者，蓋合疆域、時代而統言之也，非其一邑一家之謂也。而亦有其一邑一家者，則河南之有商丘，商丘之有侯氏，非乎？商丘特一方中之方耳。而其人興于一時，且起于同産者，吾所知有吳焉，有徐焉，有張焉，有劉焉，有常焉，之數家者，非高籍咸之聲，即著機雲之譽，斯已異矣，而莫盛于侯氏。

予與侯氏諸子之交也，自朝宗始，常欲因朝宗以識諸子。于是使之私爲品目，知若思之温毅，長乘之淵渾，仲衡之精密，而所稱才鋒神雋者，謂無叔岱若也。今年與諸子交，則所言如折左券。至其懷大志，負遠略，踔厲駿發，咸欲一當斯世者，則所見似爲過之。使此數子者遠在異代，或散在天下，猶將鷹揚虎視，使人歎美其方，追遡其人；而生于同時，且近在一邑，又聚于一家，以云盛事，豈不信哉！

今叔岱刻其文，使余序之。夫侯氏之文見于天下久矣，而要未有深知其人者。余因文而知其人，又因人而序其文，使讀者如其踔厲駿發，欲一當斯世者，即文中已可彷佛遇之，則叔岱猶是侯氏中之一人也。而孰知予所謂天下不過數人者，叔岱即其一也哉？

陳殿贊序

時文，小道也，而果小道乎？言功令則王制也，論旨趣則聖藴也，而竭天下之才智以從事于此，則成一風會焉，是故人心之邪正，世道之治亂，不盡見于此，而往往驗于此。

今天下困于二患：師無紀律，勇于掠而怯于戰，名爲兵，實賊也；官無氣節，奔北不恤，降屈不恥，而仗節死義者，百無一二，名爲士，亦實賊也。嗚呼！此待今日知之乎！予蓋讀數年以來之文而傷之矣。割裂經史之義，引六朝、五代靡雜之詞，名爲文，亦實賊也。如此者又往往得氣去，繇其所生心者以推究其害，故無紀律者，皆無法度者，漸積之餘而無氣節者，即無理義者，鹵莽之效也。以是而言，今日之文豈小變哉？而吾黨之士憂之者不能數人，又皆數奇伏處，不能有所乘藉以肆其維挽之力。

今年讀陳殿贊之文而異之。其爲文，抒導性靈而無不根極于理要，驟馳古今而未嘗逾越于法矩。殿贊曰：『吾于文不敢爲誣經昧制者而已矣。』假殿贊得氣去，必將以其治己者治人，使文章一道收摧陷廓清之功，而余所謂各爲文其實賊者，其害亦當少已乎！夫余也則終不能有所乘藉以肆其維挽之力者也，然而治亂邪正往往驗之于文，則舍殿贊曷望焉？

與中丞程公世昌書

不肖於中元日先約劉生以菲言，而隨爲鄭太宰呼去，意欲拉不肖共棹江干，親一祖別，乃此老談日夜不得休。比聞干旄於廿六日東指，不肖星馳至敝邑，而鷁首已不可及矣，遥望江流，但有悵恨。即當拜慶轅門，而幕府初開，百務待理，且明公以千秋相視，則安知不以疏節取重也？

不肖竊觀今日事勢，本輕而末重，任少而議多，且諸鎮寸功未豎而封號過崇，陳請紛然而糾駁不及。其敢于如此，以各方督撫之無重兵，而自處于莫可誰何之勢耳。觀此輩舉動，豈能北伐成功？以明公之偉識壯猷，爲時召虎，當廟堂之方嚮，乘民心之深歸，地勢既便，展布有資，必念今日所爲恢復，所爲雪恥者，他人不過爲之聲也，而我則實有其事，庶江東可以立國，而亦不負天下所以有我與我所以期待之意。夫劇孟匹夫，隱若敵國，睢陽一郡繫世安危，況今日明公之據所資哉？

舟師不過防江之用，而江南步卒無過徽寧，夫馳萬里之滇黔，募饑疲之客卒，眞謂所期非所用。而近在左右者，乃無有言及，亦可慨也。昔澤潞最爲弱卒，自李抱眞練之而步兵爲天下冠，況兩郡之民拳捷善鬭，即未練而已爲天下先乎？不肖嘗游學二方，習知其性情，兼知其豪傑，行當爲明公一一陳之。且善用兵者暴其所長，則破□□之馬力者，必步兵也，此恐非徒讀父書者所能識耳。而所用之將必盡絶竿牘，識子儀于士伍，拔武穆于行陣，庶將來可以得其死力。如此而諸鎮跋扈之氣可以少殺，則將來成中興大業者，非明公其誰？

且不肖觀今之時變，其可憂不在寇而在□，又不在外而在中，則安得謂桓玄、王敦無其人，而蘇竣、孫秀之不旁出？其變如此，而戎服登舟，中流擊楫，亦非不豫爲之規而可以倉猝應變者也，則明公又將誰讓乎？如曰吾已建威消萌，必無此患，然入爲樞相，則蕪湖一鎮亦自是與國家相終始矣。

不肖觀明公布置，無事不在人先，而偶舉一事輒盡其狂，知高深之所不棄也。嚴別駕清識敏才，亦一時僅有，而受知最深，即明公左右間得此應手者，誠一以爲快。倘鄭帥水師歸于戲下，監軍一席允其選矣，鄭先生深語數端，託不肖親致之。

中秋時趨侍台階，可以一吐蓄積，無任惶悚。

北江四子序

北江四子者，和州魯孺發、戴敬夫，全椒金天驅，江浦徐道潔所合刻之稿也。曰『北江』者，方同也；四子者，志一也。集成，余得而序之。

先是癸酉孺發即與余接，因示同里戴敬夫所著作，余于是始知有二子，以爲一州之中再見子敬、公瑾焉。嗣與天驅交，天驅即天樞侍御之難弟也。侍御大節聞天下，而有弟齊聲，則天驅可知矣。道潔求友于白下，喜與余暱，余亦樂道之。而四子者，敦本務實，不急表暴，即以文見稱，非其好也。然四子之文，又烏可以不見稱乎哉？吾聞之脉望經云：天地之氣，趨于東南，文章泰盛，此是天地一病。而歷下有言：『吳越之間，詩書藏于闤闠，超乘而上，是爲難耳。』故余于東南之士則以文勝爲憂，然亦不盡許其文；于大江以北則喜其有直質而無流心。夫文者，生乎質者也。以四子不急表暴之心爲文，故魯之文也渾，戴之文也毅，金之文也端，徐之文也潔。其塤篪吹也，則志一；其豐沛起也，則方同。北江之文繇是爲天下望也，又何疑哉？

夫今之兵荒交困，民人流徙失業，如江之北者地利盡矣。四子生乎其地，亦何樂以文見推？即吾之知四子不盡以文也，夫然而稱四子之文有以也。

答馮太僕書

妙倩去，卒卒未奉一書。已，魯孺發索字，呈候中間，頗有感歎。昌黎羡一飽，而李翺以天下爲憂，後乃有醉翁知之笑之。若今之醉翁其知不肖者又不在易世矣，言之當供一噱。

近閲邸報，銓憲跼蹐于賂章，揆地踉蹌于私敗，鹽差來阿内之糾，督師蒙逾期之諭，而參誦經者出于郎署，攻伴食者半自新省，即此機兆似可大來，而鄣海一杖足令敷天喪氣，不肖謂我儕直當焚其筆硯。而來教若曰得于官閒，夫置先生于閒，未聞夷吾可以偃息圖霸，即使先生不閒，亦不知天下事當如何始訖耳。

不肖因上粟不給，勉事丹黄，意其脩脯，差足濟事。而各方嗷嗷，商賈裹足，紙貴國門，事恐不可復得。蓋救死不贍，奚暇禮義？其固然無足怪矣。緣是遂不敢至吴中，而吴中之亂又相尋未已。逡巡白門，有同羝觸，亦可笑矣。

李鶩必詩文，讀之駭異，楚風雄哉，無逾此君。謹如命，僭爲序其文，呈教後幸付之，其文亦代評數首，緣有冗俗，未能卒業耳。

時方爲較讎所溷，擬于是月必陪杖履于瑯琊之麓。孟嘉佳事已不及追，若命爲記序之文，以發揚其盛事，則不肖固未敢讓，但貯一蕉葉酒待之足矣。

臨啓依切，統惟慈照。

上龔按臺書

生聞古豪傑之士，凡欲有所建立者，莫不先有可見之言，或言之于天子之庭，或言之于公卿執政，以下逮郡邑守土之官。蓋其事權不屬，不能有所展布，而于當世政治之得失，生民之利病，又不忍嘿嘿而鬱之于胸，于是起而發憤，削牘而上書。雖未能必上之聽舍何如，及所言之果能行與否，要之，其敢言之氣，寧使斥而不用，決不甘嘿而不言，亦其素所蓄積者有如是也。

生愚下無知，安敢自附豪傑？但自讀書識事以來，亦嘗于當世之故有所用意揣摩矣。今聖天子在上，求治之心甚亟，綜覈名寔，虚己受言，凡在朝之士有所指陳時事者，往往朝奏疏而夕報行。生恨資會不偶，無尺寸之藉得以天下之事盡言之闕下，于是退而隱處，又有所不甘，遂先以郡縣利弊，生所目擊而熟籌者，列爲條項，久欲上書言之當事，恐其以常情見疑，又中所載衙門等事多有格礙，恐亦當事者所忌諱而不樂聽。今惟明公以天子倚重之臣代巡兹地，自持斧以來，蕩滌振刷，爲前此僅見，則生所條列之事政足爲今日澄清之一助，生何憚而不言乎？

生自天啓丙寅冬月爲舍親王乾純授館，親至汝寧，所過眞陽、息縣、光州諸處，見其田畝荒蕪，差賦煩苛，胥徒横恣，生據耳目所及，未嘗不爲之流涕慨歎。私謂天下之居官者，其奉職無狀多此類也。比至汝陽，則所見如隔彝夏，始得聞明公當日之善政殊悉，于是竊高下風而願爲之編氓者有日矣。去歲一聞巡方之命，生舉首加額，重爲六郡有更生之幸，故敢不避罪戾，效此區區之末議。

生自爲諸生十有餘年矣，所遇六七宗師，試輒冠其儕伍，雖郡國頗共聞名，然非公不至，即有司識面者亦少。伏惟明公鑑其言事之心無他，所言之事有據，委懷下察，賜與施行，以不負生所蓄積敢言之心。幸甚！

庚辰房牘序

庚辰會試房稿出，東南操觚之士率有選書，予不佞其一也。書既成，爲文序之。其言曰：

庚辰者，今皇上龍飛之第五科也。試即五科言之，則文章豈不關世風哉！往在天啓乙丑間，海内鼎沸。讀當時之文，亦蒙昧雜亂，令人惶惑，作者或不自知其然，然不可謂非作者過也。自皇上躬滌日月，繇戊辰至於今日，經術之言間有興者，則世道昌明，此亦其驗矣。嗚呼！文章風會之相繫，詎不信哉？

毋何，士之治經術者以爲直用經語非也，宜有以樽節其際，于是抗談先輩。先輩者，嘉隆以上有聲舉業之人。抑又以爲經術之言貴博而通之，務在緣飾古人之文以爲文。古文者，左史以來之諸書也。斯二者豈盡謬歟？浸淫而才弱智竭之士拘守訓義，其文略存間架耳，亦曰：『吾先輩也，先輩也。』好古文者恥之，益爲馳騖，至於剿襲衰朝之駢詞，用後代不經事以割裂經傳大義，且盡棄制舉之法爲之，亦曰：『古文，古文。』然則即二者相提而論，此其罪過于妄談先輩者遠甚。

夫予則嘗斷是獄矣，嚮使先輩居今之日，豈不知文章與時變易？而顧踽涼于無所損益之言，執是説以告天下，宜不足服。才人學子之心，則使之跳而逐焉，冀以古文駕其勝，而不知已自陷于離經畔道之科，實皆言先輩者激之也。故二者之失均也，幸其失今既昭然于天下矣。彼貌先輩者豈不自顧索然？即號爲能用古者，興盡悲來，塗抹可厭，則不得不還尋面目，此亦自然之勢也。故爲是二者，吾度其皆有悔心焉。語曰：『乘其悔而折之則易。』爲力則今之選者事矣。

夫選已效人之文，所以使後者之不貿于所趨也。吾斷然以爲前二者之過而壹創去其弊，以求其言之有合于道而止，豈有他哉？既以屈首制科，則宜人人有世風之責，即無論天啓間事，同學一經術之言，而流失若此，此又安所望于經術之外哉？故觀者循吾選之之意以治文，而文章世風之相繫是在爲文者歟？是在選文者歟？此亦可深思而得之矣。

賓王集序

賓王集者，集今年南京科舉士之文而梓之也。今天下蓋多疑科舉不可得士，于是數年以來，數易制而士愈不可猝得，然則設多端以貿其趨者，徒爲科舉士坐作聲價耳，科舉曷可易哉？

吳子曰：士之進取者，誠舍科舉無繇矣。亦有從科舉所繇進者，思之乎其始，不過倖而偶獲售之文耳。後此而三事，而九列，而蔭序，試還念焉其文何文也？即不幸不獲，然前此而優免矣，廩食矣，有司具資而設祖矣，又還念焉其文何文也？以無用之文，無論得不得，皆以糜國家慙瘩寐如此，士柰何以文自矜哉？雖然，舍科舉無繇進矣，非文即從科舉進無繇，故士今日所可退以自考者猶文也。傳曰：『進以正，可以正邦。』文者，固今日所爲進也，士誠于其文焉謹之，則不負科舉者，皆繇此之焉者也。故集曰賓王者，爲科舉之士之文張之也。然其邪其正，夫亦可因是而有所感矣。

己卯七月。

易會序

易之存也以卜筮，易以卜筮存而易之亡也久矣。宋儒爲註疏以明理，本朝爲制義以取士，夫然而易之不亡也，庸愈於卜筮乎？夫卜筮者，聖人假以前民，非易遂爲卜筮之書，故爲京房、焦貢之説則無易，非易眞亡于卜筮也。制義者，亦聖人假以取士，恐士不通經不能適用，不明註疏不能通經，不軌以制義之文，而士且薄註疏爲不必習，而經亦不得通，故易者不可謂制義之書，然因制義以通註疏，因明註疏爲制義，而後易之學不廢，則即謂存易于制義可也。何也？極天下之數者，不過于理；窮天下之理者，莫辨于文。制義者，文之極則也，以文範理，以理準數。而四聖人畫不能不卦，卦不能不辭，亦猶之是而已矣，則卜筮之用與制舉之用孰存孰亡，世必有能辨之者矣。

今世古學日荒，文體愈降，不獨易然，獨易爲甚。三十年中，號爲專家之學者，舉不可一二，闈中牘則東西塗塞而已。以此爲自獻之言，天下事亦略可知矣，奚啻繫一經之存亡哉？余也閔焉，用取歷科取士之牘，次第詮之，登其雅正，置其支離，蓋于一經之文求不戾于制科者，以庶幾見古聖人作易之大指，則謂易以制義存者，此存易于制義之意也。夫易之亡也久矣，余以理存之，則以註疏存之；以註疏存之，則使制義存之。制義無可存，而强使存于闈中之牘。又妄謂余選之足以存，夫余也鄙，其謂易之存也，則以是焉而已。

梅斐伯序

予從白下至廣陵，返棹時，與梅無華水部遇于瓜步，酌酒道故，而其長公斐伯在坐，予見其言不盡傾，而意若自下，心異之。已而，斐伯顧予京邸，出其文相質，蓋以予爲可與語文者也。

夫予則安知文哉？吾請即以宣之士言之，可乎？宣之友有沈眉生者，與予交二十年如一日，其始交也以文，而寔不徒以文。又有劉自我者，與予交一日而有千秋之契，其始交也亦以文，而寔不盡以文。然則微予不知文，即文亦豈予所急哉？夫當斐伯之言不盡傾，意若自下時，予已心儀之，文字之外，若夫本無所底，而逐聲競譽以自詭能文，此非斐伯之所期，而亦豈所以質予之意哉？斐伯曰：『子言文而有不以文者，是予志也。雖然，文亦烏可已乎？』吾其以子言還質于宣之兩先生。

潘蜀藻序

潘生蜀藻一日以文質余，余讀而歎之，以爲未易才也。生請曰：『江也何敢言文，然寔有不能已于文者矣。』予謂今之爲文者，率多本無有是而是其附焉者，故馳逐汎濫皆從其附者而甚。未幾，本無是者，見而附者，舉索然盡耳。若生有不能已于文者，則推究其自出，而文其末焉者矣。夫以生之才何所不可？而猶有末焉，其文之思，此其文亦安有不工者哉？予讀生詩有『家世薄安仁』之句，嗚呼！推此志也，生雖末焉，其文可矣。

與王乾純書

今天下制科運衰，冠蓋福薄，兩年之間，死法死敵者以千百數計。思老先生抽簪之早，林居之樂，無論視彼當塗者腐鼠不啻，即如不肖老大名場，奔走擾攘，仰顧高風，亦應飛鳥之笑卑喧矣。但聞老先生以土木勞神，終年拮据家事，似與頤養之理稍悖。或老先生以木頭、竹屑作衛武之金玉、圭錫，有非淺識小學所可側者，未可知也。然鄙言亦非無味者，應當發老先生一大噱耳。

專擬數日間奉過尊府，深領教誨，以終歲在外，一切家務俱爲廢棄，不得不一料理，此月之杪，定當趨侍作一夜深論耳。

不肖決志入雍，以爲入山之退步，著述事未敢讓人也。昨刻小集，亦前此弊帚，不自知其可棄也，奉呈作清夜一覽。然中有抵諱犯忌之言，此不肖天性如是，亦學問如是，本鄉先達如老先生相知者有幾？亦當知不肖區區立言之志也。憑穎不盡欲宣。

樓山堂遺文卷六

三上鄭太宰書

箕流落一生，志氣未没，從前同輩半已通籍，今皆化爲煙埃，行若狗彘，安知天不留箕以有待哉？且生平師服惟一先生，此事原當先生倡，而應箕和，但處時地，先生有不能輕發者，不若箕之拼棄身家，即不濟亦可愧天下之衣冠反顔從□者耳。

昨承嚴訓，審機度勢，透暢軍機，而不知池之抗順皆士大夫爲之。□寔不足畏也，今金督撫照應應箕如同一體，已遣祁兵一千與箕合營，並率黟兵四千過羊棧嶨，且涇城已復，饒□金覆，而□□□已過信州。先生試看征詔乃親筆者，世有如此□□而不中□者哉？先生當爲奮蹈歡呼，且可當病中七發也。

督撫已題箕兼理池太道事，其意謂箕足當一面者，又引詔書謂箕恢復建東二邑，昨差官齎詔手書諄切，使即取二邑之糧以足軍糈。箕俟安頓祁兵，即往貴邑。然一切秉命先生，幸爲之倡率，曉諭四鄉，則箕更荷覆露矣。

箕即欲遣某某奉迎行在，先生賀表即使之齎爲至便也。幸一一還示爲禱，趨謁非遠，言不能悉。

與劉輿父札

僕生平懷抱不得一吐，今破家舉事，始副本懷。然此後事勢蝟亢，門下當來助我，意欲池下後出征，然後奉迎耳。尊翁、子房、長源定優爲之，若臯羽、所南，此宋命已絶之時，非可儗于今時也，幸門下爲勸駕。僕特立一營曰『中□復營』，詰早攻西門，幸密之，他容嗣布。

與李孟通札

□□□興，羣心盡奮，獨池半化爲犬羊，良可浩歎。箕已爲撫臺題授監軍道，今暫于白洋屯扎，以俟徽兵合勦，是以暫還，不知訛言又當何如也？箕破家舉事，決不與□共戴日月，而士馬亦漸精强，此千載一時，足下速來從我，亦可自奮也，大丈夫不可爲流言所惑。來即于明早甚好，當帶馬疋家丁相隨也。

寄家人札 乙酉七月

我生平志氣，你們自知，必要盡洗□□復還□□□，纔不負三十年之名。你們聽言驚恐，大丈夫寧死忠義，況不死乎？封侯拜相亦在人爲之耳。

寄族父老札 乙酉十月

夫盡忠而妻死節，夫何憾乎？但恐鄉里爲不安耳。死者爲我收斂，生者煩爲我安頓，我此身已置之度外矣。

又與族衆札 乙酉十月十五日

妻烈投崖，女幼棄路，相隨將士甘心同死，慘動天地，忠義之事何不可爲？于吾心一無所悔，惟是死者代爲殯殮，生者代爲收恤；一女二犬，大家着眼；我誓死報國，身後事惟諸君爲我表彰之。

祭黄侍中先生文

惟神扶輿降英，川嶽挺傑。聖代殊科，興朝酷節。夙昔有懷，勵彼死闕。念逢其遭，如券取折。侃侃虎拜，惜也幾哲。朝服江湍，從容頃刻。何以信之？闔門瓦屑。砐畔羈魂，橋頭貞魄。人亦有言，既忠且烈。爲睢陽頭，爲侍中血；爲吉水帶，爲常山舌。豈無陳王？亦有方銕。九死一生，異趨同轍。屹然兹宇，至今髣髴。日月經天，光彩不滅。人心未死，秉懿好德。嗟惟小子，幸承遺則。捧檄觀闈，仰藉提挈。憫我同壤，解兹陽厄。輝炳後先，奕世昭揭。嗚呼在天，來歆來格。

寄史閣部書

三承台示，不肖亦三報命，中間所以借箸前籌者頗悉心腹，未審得一一呈覽否？但事勢日異，而時不同，淮安關係天下，今且無言北伐，但思何以奠安東南，此眞智勇交瘁之會也。

明公沈識定律，爲時僅有，目前佈置，想有成局，但恐事權不一，未能肆志而愉快耳。中朝既不心競外鎮，又復力争，此可憂之大，而亦寓可喜之微，知明公自能喻鄙意于言外也。諸鎮之敢于跋扈者，由督撫之無强兵；督撫之無强兵者，由掣制之多端而變通之無法。豈明公在事而蹈嘗襲故哉？世不多人，時不可失。

不肖亦自負有眼，深以識明公爲遇合之奇。此時道路多梗，不能一趨轅門，用布腹心，惆悵之懷，統恃神告，臨啓依念，不宣。

虎丘公寓序

今天下所稱文物之區，則首吳會哉！其地既多名賢鉅公，而士之有文章氣誼者，亦足以奔走天下無難，豈非以其爲輪蹄舟楫所環錯之地，而聲聞易達，亦其勢然也？

自吾黨二三人居其地最久，所交游最習，繇是，江以上之士其與吾會接者猶襟袂也華陰成市。嘗在虎丘，雖其精舍相望，至則卜之而僦館，税驂之費恆苦不繼。于是，陳子百史與予謀，欲合予江以上同聲之友，又嘗遊涉其地者，共措金若干，置一僧寮以爲公寓。而開士、聽雲則欣然願贖其舊業以爲居停主，貲以衆舉之則易辦，僧有賢者則事必舉。而予鄉之士既有寓屋，則無論身至如歸，而使得以寄餐，而郵筒不致沈絶，則此役也蓋數便焉，而亦世世以之矣。

凡贖屋及葺輯之費計可百五十金上下，諸友幸輸數如例，力厚者倍，亦聽之。

與許孟宏書

昨歲曾從錫山寓字，未知已達記室否？山川遼阻，每恨不能披帷投束，借仁兄藏書讀之，又恨不能時時追隨，相與訪遺編，探舊迹，以爲觀覽之助，言之徒有悵悒。

弟乙亥秋間居白下時，與陳臥子訂有國瑋之選，逡巡未就，今已四年，所收集頗成帙矣，已選而付梓。然仁兄班張之業，何可不引以爲重？幸以平昔所作古文、詩賦傾笥相授，則成就弟者多矣，而仁兄亦自爲千秋百世也。至望！至望！王與遊詩稿幸並見惠，若他家詩文爲弟未知者，幸不惜寄示。蓋見美則稱，此我輩素心，但傳世之文不能不珍重，故以相質耳。

郎君學業日進，其樂可知。弟所資以爲選者，則德輿也。德輿之在伯宗，猶仁兄之有孝洞，皆人倫之至樂也。他容嗣布，不一。

重修高獲墓清風亭簿疏

郡北有故漢寓賢高敬公獲之墓，狀郡志詳之矣。舊有祠，當墓所，湮廢。成化、正德間，郡守何公覽志，表其清節，葺冢搆亭，名『清風』，旁創其庵，令僧居之，奉祀以誌不朽。歲久，釋其貧不能修，而首議于予。予曰：『唯賢者之德不可磨，作者之意亦不可泯。』敢沐浴敬敘其疏端云：

漢代龍興，哲人鴻漸。奇功可勒，幽節惟師。一釣春江，抗明王之夢；百年遺址，高先生之風。功所由成，南陽半出，漢不能屈嚴高兩公，敬公媲子陵之高標。此嶺留敬公之駿骨，稽之于世，已數百年，想見其人，如一二日。遺二句。此處不爲容，而卒塋于此，見秋浦之慶，喜前遺四語。奉死如事生，懷人以及室。朱顏華屋，不挂頰于隱淪；風雨敝廬，寔用惻于行道。事緣義起，物以人芳。山本無奇，一經至止，則拳石幽花足興思于蔽芾；亭惟有主，凡其錯晝，而廢椽斷礎俱動惜于餼羊。能同捐資，皆緣好德。用弘之一願，分載之羣公。壇宇維新，羹牆如見。清風礪漢家之節義，孤冢增井邑之光輝。高僧理懺于旁，明德照臨在上。君子之德垂久而愈芳，精舍之供從兹以更始。恭疏短引，執殳前驅。

與李源常書

在城卒卒，未能盡吐腹心。歸來擬奉造極談，兼以消夏。昨小价自南來，傳仲馭書，先于四月從瀨江過九華，共爲黄山之游。今以馮留仙離任，反棹送之。已，從西子湖入新安，同張受先侯弟于白岳之麓。則弟不得不于數日内促裝矣。今春曾受彼中之聘到新安，不一二月即欲訪友東浙，然後入禾中借書，迴棹吳門一了坊賈之債，度已度秋際冬，相見當在擁爐時矣。弟有事種種，尚鬱而未抒，當如之何？弟雖出遊，然時有使者往還，幸毋吝時時賜教也。

又與源常札

新作妙甚，理體識法都備，知得于静修者爲多，吾兄循是不已必名家矣。

令弟文静秀有體骨者，視往時殊深進矣，然弟欲其即中去則斟酌，華實之間當更商之，三折肱知爲良醫，弟于此頗有眼在。弟所見得時者何有才學？不過及鋒而用之；若弟輩則不得不歛氣俟時耳，非所望于俊妙。弟所言又非多買胭脂之謂也，見時自當與語，并可以意致三令弟也。

吳子含兄弟當爲新安創見之人，此必旦夕鵲起，且亦從弟處講求世道，不可不與往還，回札幸致之，以見弟之不浮沈其意也。

弟近時讀史甚深，每怪李卓吾以評水滸傳手眼評史，鍾伯敬以評詩歸手眼評史，俱可發一笑。吾兄讀書當從此入，由史及經，是因流遡源，若一切小説都宜置之。至于詩之一道，弟尤有見，然弟以爲此小道，雖不作可也。觀楊學博一序，見弟論詩之旨耳。

道歸堂詩集序

道歸堂集者，余子澹心所爲之詩也。予讀余子之詩而有感焉，曰天下猶有詩哉！今天下無人不稱詩，而予輒謂其無詩，何也？其所爲詩者，不過皆詩人之弊，所謂必至于是者而已，未嘗有詩也。

往者嘉隆之際，士大夫名詩者率尚風格，于是貌詩之人滿天下。近年以來，矯其弊者以詩特吾性靈之寄耳，自性靈之説勝，而井詩之貌寢以不存。然則性靈之説非乎？夫性亦有所感而動焉者也，懽愉者易暢，愁苦者多悲；涵蘊深則無溢情之言，涉歷眞而後其文質：皆有所底，而吾自見性見靈之説爲可久；不然，非博學深思者不能知其意。是故詩不必專尚風格也，繇吾性靈之不敢過用者，然後風格亦有所持而不墜，世豈有探喉成聲，憑意掇拾，而又爲不歡之笑，無哀之戚，以自號于世，曰此吾性靈之詩哉？

予生平爲詩不多擬古，蓋懼吾本未有是而悲愉隨人，反之自性，實有所不受也。獨讀余子詩而嘉其無一非所自有，求所爲悲愉失節，言則溢而事無底者，余子無之，然後知余子于性情之用深矣，即詩亦其寄焉者。故曰，天下無詩而猶有詩，夫微余子，天下又安得有詩也？

復程中丞書

偶來敝邑，得閣下奉常之報，想内之側席方殷耳，從此翺翔樞輔，直旦晚間事，何慶幸如之？但恐長江千里，一旦去其所恃，而驕鎮亂兵又復擾無虚日，無論我襟帶數郡，即蕪湖萬衆，豈能一夕暫遠慈懷耶？且賊警狎聞而節鉞忽易，人心惶惑，莫知死所，即明公當亦有不能遽爲恝置者也。敝邑之遭屠毒，以今較昨猶爲過之。適聞方鎮復來，而近城數十里惟有鳥獸竄耳。所可自固者，惟有鄉落保聚練一法。懲前者賠馬之事，雖鄉保皆爲寒心。而敝鄉又地接徽饒，居非一姓，儻外患不息，則内亂必生。即箕輩欲吟梁父，誰其予之？若如憲牌，向者團練之策，非假以虚名，亦誰肯實任？而有從弟吴□□者，本出儒生，夙稱好義，其人誠實忠厚，百里歸心，箕與劉伯宗深商，莫若懇求閣下俾以守備，劄付使行都保之事，一旦有急，可以自爲捐給，以資捍禦。且伯宗近欲移家敝鄉，箕與之有望衡對宇之樂，亦有同舟共濟之心，故此請本出公，實亦自保其鄉落者也，内舉不避，箕實有之。

伏惟鑒允，無任感企。

與周仲馭書 崇禎十五年

寶應友人湯薦玄，弟于倪鴻寶先生贈詩奇其人，于楊維斗坐間定交。此兄文武全才也，然論事而剛，疑其取禍。己卯在白下，果以地方事與其邑侯角，幾致不測。時袁臨翁方以監司莅任，弟作一字于張爾公，爾公即致之臨老，遂多方獲持，以有今日。然臨老眞天下有心人也，前來此即語爾公曰：『湯生已陷大辟，然我問之道路，委非其罪，不過以意氣激昂與本邑令公相失，遂陷之至此，我必當救之。』爾公以其言語弟，弟益服臨老爲大人君子，向不過以弟一言而遂不忘湯生如此，豈我輩爲之友者而坐視不救？

恨兄翁已歸，無可商量，乃使珂爲之奔走。聞之維斗以圖一當，弟又思之薦玄性命懸于湯佐平公祖之手。公祖仁人也，弟曾相知而不便遽作長箋，欲以其事詳之介生，俾共爲一書以致之，而更求兄翁多爲之地，且助弟一言，使介生痛哭流涕言之，則薦玄不但有再生之望，必可立致青雲以報湯公祖耳。但恐當事以其令公新選臺中，不無顧慮，然當論湯生之有罪無罪，不當論罪湯生者之人有勢無勢也〔一〕。殺人媚人之事，決非讀書有心肝者所爲，況天地神明，豈可得而欺哉？朱家之救季布，其言曰：『此不南走胡則北走越，棄賢人以資敵國，此伍子胥所以鞭荆平王之墓。』今湯生天資忠孝，決不當以此爲喻，然天下多事，如此人者，當培植之爲世用，而忍終棄哉？湯生之事大約與盧次楩相類，然其冤過之，其獄中詩文亦過之。第嘉隆之際，氣誼尚有可觀，王弇州、李于鱗欲得一救次楩者，而平湖陸五臺遂請爲濬令。以今思之，此三公者豈今人可及哉？今人能爲此者，弟即以一瓣香終身奉之矣。知兄翁讀弟字至此，必當奮袂而起，涕下交頤也。湯得罪本末自有詳之者，今不具。但急作一字介生，又更爲畫必當之策。至望！至望！

張二翁夙知薦玄，弟已作書言之。馮鄴老又將過雲陽，兄翁亦幸言之。此兩公到揚州，便中一言尤得力，幸留意。弟會鄴老時自力懇之也。

與楊維斗書 崇禎十五年

弟與仁兄蓋未有闊絶如今之甚者也，然有自吴來者輒詢道履，知仁兄胸中無時忘弟，弟亦何時不神馳左右也？

今且無暇作寒暄語，有一急事仁兄聞之乎？竇應湯薦玄向與仁兄稱爲奇人奇才，然弟猶記竹林寺一善相者，仁兄引之相薦玄，謂其先武科而後文科，眉間殺氣太重，當有重禍，今其言驗矣。薦玄負氣敢擔，當今朋友中何可能得？而遂以此取罪，邑令中以奇禍陷之大辟。嗚呼！冤矣！慘矣！揚州之友知其冤而莫能伸其力，可援者皆坐視而不發一語。

嗟乎！天下安得有人也？弟恨不能先聞，聞之于袁臨侯先生慨惜之語，臨老不過從弟與張爾公一言知之也，向曾護持，今思援救，臨老眞豪傑矣！又幸冒辟疆無心一言，而獄稍解。辟疆之知薦玄從弟始也，辟疆亦豪傑矣，必爲薦玄雪其冤，脱其罪，使爲完人，還其故物，庶聖明之世無無罪殺士之事，而我輩爲朋友者，亦得施面目于天下。然此等事豈可望諸泛嘗之友？弟已作字周仲老〔二〕，又作字介生，介生可爲地，仲老可爲助，仁兄與弟則視力可爲無不爲，或作公揭，或懇專書，唯仁兄深思熟慮，求其必得而後已也。此事張爾公已聞之，楊機部、袁臨侯曾有救援之語，今又有仁兄及仲馭、介生多方爲計，薦玄必生矣。

臨書激切，憾不能盡暢欲言。

湯薦玄先生于壬午浙江中文科，又中武科，國變後爲湖湘督撫，殉難。昔冒辟疆先生書先子史傳本末後，載同人恤難事，言先君子一生負氣節，篤友誼之切。湯公靖節，可見先君知人之哲。孟堅註。

與周介生書 崇禎十五年

白下言晤之後，已再易裘葛矣。有自金沙來者，輒聞道履，知今年讀書荆溪，前欲從令兄仲老處寄一椷而未果。然我輩千里萬里猶若同堂，固不以書問之有無爲疏親，知盟兄亦同此意耳。

寶應湯薦玄文武才略，江北少雙。己卯之役，弟擬爲聯捷而未得，然曾向盟兄深惜之，亦慮其負氣任事，不免取禍。今果以得罪縣官，中法危法，陷以非辜，通揚之士知其冤而莫能救，蓋以其令公文致之太深而囑托之甚重也。幸湯佐平公祖心知其冤，又以冒辟疆之言尤動其悔。然而前令新選臺中，人情不無顧忌。嗟乎！殺人媚人，此何等世界而可行哉？前者數年以宰輔非人，峭罰刻誅，遂變生海内，至不可解。今陽羡情理一役，遂率土騰歡，論者爲太平之機已兆于此。夫廟堂之上，吾君吾相以平反冤獄解釋罪人爲十五年第一盛事，豈一邑之中而大辟加于負俗之士，沉冤見于無罪之人，我輩又忍心恤力不爲一言，有何面目尚交天下士哉？黄涪翁有言：『殘篇斷牘，人争惜之；士落窮途，入陷穽，聞者不憐，見者不救。是賢紙上之字而仇腹中之文，豈不哀哉？』弟每誦斯言，輒爲慨歎。而熟視同人，唯盟兄及令兄仲老頗有同心。

今幸湯公祖已知薦玄之冤，則薦玄生矣，而獄尚未解，弟欲致一長書代白之，兼誦之，兼懇之，而慮其未諒區區公正之素，乞盟兄移字力言之，使薦玄得爲完人，還其故物，不獨國士之報，薦玄優爲之，而江南北之士亦誰不誦湯公祖之誼于不窮？而弟與仁兄亦自是得施顔面于聲氣之途矣。言之無任懸切。

附　左僉都張二無先生與樓山公書 崇禎十五年

留都二載，無一善狀，惟喜得翁兄暢談，差慰平生耳。臨岐載酒，遠將坰外，以最上相期，弟雖拙劣，敢忘斯語？抵里日，在病中欲勒八行爲謝，逡巡未得。翁兄念我，時惠教言，一度捧讀，輒一度欽歎。當今雲雷經綸，冰雪肝膽，誰得似我次尾者？

薦玄湯子十年前方弱冠，即在問字之列，娓娓談節義事，意色甚壯。聞問久稀，忽在縲絏，脱驂相贖與五千兵篡取自不得〔三〕，得之今人。翁兄一矢亡，江南北大義立振，當事之意不可知，然君教可畏，衆口難攝，應有以竦其魄矣。異時友朋道中可添一則佳話，誰謂長干片札不勝溢江五千勁旅乎？

弟羸疾日甚，更苦懸癰僵卧，十旬扶病，一出身與世皆不可知，然生死進退之關早已自決，不爲他人言，不能不爲次尾言也。廬州失守，舊都虢虢，守禦單薄，弟遥念之，炎天爲栗，賴翁兄爲魯連想，維挽有長策乎？舟次淮揚，因風寄候，不盡顒語。

與錢牧齋書

天下之士舉有聰明才術者，皆以足不到虞山，口不稱錢先生爲恥。然而眞知先生者幾人？若不肖則可謂知先生者矣，而又足未至虞山，此亦有深意，則知不肖者，又非先生誰望耶？

天下洶洶，非有大度者不能定，先生今之大度者矣。然不安東南，何論天下？先生不出，安問東南？前者羣彦再升，試而輒蹶，而獨以東山臥先生，此有天意。不肖非獨知先生，又知天者，故亟自浙來，與漁仲、龍友兩兄深計之。兩兄亦知先生者矣，所以三人之見大約相同。而壽春之行，一語即合，此亦豈非天哉？壽春方爲時嚮，而又值東南告急之時，事與願偕，所不必卜但謀事必冀萬全。即昨龍友之去，不肖與漁仲已筭無遺策，然猶須先生自計之，知漁仲札中自能道其詳也。

倉卒削牘，一絲未申，嗣有專遣，惟先生其無讓。

與冒辟疆三札

讀手教，知仁兄愛人以德，發于至誠。爾止操正論而難爲人受者地，若仁兄婉轉激切，固使人心嚴而意感矣，此即可以概仁兄之自爲爲人也。朝宗處即如來諭，詳勸之，彼烈性人，當不棄弟言也。午後共往天界寺，特約之。

又

數日知仁兄静氣精心，不敢時溷起居，行看百萬軍中取上將首級也。十六高會，自當借光。若尊公干旄既發，亦迫赴不及，不若以好音當祖道也。敝親家孔五兄託尊公宇下，萬乞吹嘘，昨孔玉老書來亦囑及此。惟留意姚北若、吳扶九字，希代致之。

又

昨見湯薦玄，謂與喬侍御有不可解之隙，且云老伯與喬有盟誼。果爾，舍辟疆，誰與解也？當速爲一啓齒饒舌，使得恃以爲安。當今天下多事，而求伸于子衿以立威名，恐亦非所以自愛也。弟聞之憤甚。經題十目寄覽。

校　記

〔一〕有　原無，據文意補。

〔二〕弟　原作『苐』，據文意改。

〔三〕駿　原誤作『駿』，據文意改。

附

樓山堂癸未遺詩

樓山堂遺詩題詞

王仕雲

樓山先生文章在韓歐之上，忠孝在文陸之間，萬世景慶其人、霄漢其節者，原不以詩歌、古文詞重也。迺天下希風望塵之士，國門購賞，咸謂一字不可移易，每以吉光片羽等之異香道書。此令嗣小山所由輯其遺詩而重梓行世也。

先生制義千篇，古文百餘卷，詩歌萬有餘首，灰劫煙飛，多與絳雲同炬。此則癸未遊西子湖頭酬唱諸作。今人脱手皆舊，先生歷數十載猶新，性靈不同於剽擬，視崆峒皆奴僕耳，況僮僕如鍾譚者乎？客曰：『杜之秋興，白之長恨歌，元之連昌宮詞，差足近之。』余以騷人擬君臣於夫婦、湘妃、山鬼，雖極其嫵媚纏緜，而實原於忠愛，所謂可羣可怨者是也。先生至性，曠觀天壤，雖讌游執手，感慨契闊，莫不龍掣電焰，弗可端倪，余故即其一臠而述其大鼎如此。

小山具八斗才，睥睨一世，氣誼同王偉元，行事又不異嵇延祖。每見其搜裒庋閣，排纘見聞，蓋欲化異同而歸大治。余讀其哭哭集及自序，殆能善繼先生而善用之者。忠臣之後必有孝子，誰謂矢志弗遂與時委蛇者哉？

石城後學王仕雲拜譔。

吴樓山先生癸未遺詩序

許承欽

憶辛未夏，余客鳩兹，會沈崑銅招同樓山先生暨徐巨源飲臨江水閣間。先生奮髯抵几，縱談古今，慨然以天下爲己任。余竦立雕欄，挹其英詞灝氣，亹亹逼人，深爲心醉。

乙亥秋，余遊留都，邂逅先生于鷄鳴寺前，把袂向旗亭，傾尊道故，漏三下始别去。昱日，先生過余旅舍，又復流連痛飲。時蛾賊已破潼關，躪楚豫，坐嘯者茫如夢寐，先生忼慨欷歔，向余曰：『英雄稿項死，風景泣山河。可奈何哉？』回顧蒼頭，取吴子三策一卷授余。蓋爲江南防守計，幷籌畫中原，策至周也。計爾時朝廷下詔，蒐奇才異能之士，擬滅此朝食，使大臣有憂國奉公者，採其閎論，力薦而重任之，庸詎知八門五花不足以殲彼鴟張之勢？而當塗媢嫉，致不得行其志，以展其才略。究也天步崩摧，爰以身殉之，九死而不悔焉。嗚呼！其眞可悲也已。

昨癸亥春，余偶適秋浦，從宗子崔問齋頭晤先生令嗣子班〔一〕，知北走金臺，爲若翁編入明史忠義傳，業已得請。父爲忠臣，子爲孝子，於今再見，或可稍慰在天之靈。

今丙寅秋，復晤子班於海陵之詠窩，獲讀先生癸未遺詩，覺英詞灝氣，勃勃從楮上飛出，坐念鳩茲座上奮髯抵几時，忽忽如昨日事耳。再語子班，海陵非讀先生詩處，當攜向廬陵文山山頭，三酹椒漿畢，取竹根如意，抗節而歌，至痛哭失聲，竹石俱碎而後已。先生靈爽必筦爾而笑曰：『許子其知我也哉！』

作序畢，復書李方叔祭東坡文四語於後。曰：『皇天后土，鑑平生忠孝之心；名山大川，表宿昔英雄之氣。』嗚呼悲也！

楚遯園老人許承欽漱雪拜草，時年八十二。

樓山堂遺詩小引

沈喬生

次尾吳先生領袖文壇，宇内宗仰。余幼習舉子業，心師有年，猶未知先生之人也。迨於今蓋棺論定，聖朝寬大，史館作傳表忠，余猶未之知也。

今丙寅秋，先生之長公子班過海陵，余得交於同學仙裳黄子宅。其貌儼如，其意泊如，所言皆忠孝廉節之事，所交皆忠孝廉節之人，余歛容正對。久之，敍述家世。仙裳曰：『子班乃吳先生繼世傑出之英也。』因得盡聞所未聞。噫嘻！昔慕先生而未得見，今見子班如見先生矣。相與盤桓昕夕，倡和詩酒，因出先生癸未遺詩一卷相示。余讀之，不啻振衣千仞，睥睨一切。向知先生之文，今乃知先生之人，尚不知先生之詩又如此，其高深無際，度越羣流也。即此數首中，包羅萬象，該括古今，本之於至誠惻怛，出之以温厚和平，詩云乎哉！余益知先生之人矣，益知先生之心矣。先生眞離富貴貧賤生死外，獨存天地正氣者。要而論之，先生固百世師，豈僅稱節義文章爲一代之完人也哉！仙裳曰：『然。』書以識之。

海陵後學沈喬生沐手敬識。

校記

〔一〕崔　疑爲『隺』之誤。

贈陶考功英人

吏部南京官獨閒，十日九過叩荆關。念君留滯不自得，顧我蓬蒿亦解顔。眼前齷齪何忍見，烽煙況復滿塵闤。已知共歡據高位，一時閔默點清班。起憤時事還抱膝，衙齋冷落嘗辛艱。把卷牀頭看狼藉，輪杯林樹瀉潺湲。我欲勸君君大笑，公卿只須學鈍頑。不然金陵之事亦急矣，誰復過問謝公山？

蕭伯闇久客南中予亦移家相近感事投贈

懷抱念隆中，相逢道自同。望衡交汝爾，憂國感窮通。駘蕩方春日，違離寄遠鴻。看君猶寂寞，忘我亦飄蓬。

失　題 鄒滿字鷲蜂寺前小閣

閣自林稍出，蒼茫雨更宜。到門猶水泊，極目盡煙疑。客有王猷好，人原鄒子吹。牆東如可借，或恐遂棲遲。

寓净慈寺

三次客錢塘，酬荅苦未了。雖爲西湖遊，嘗覺俗情擾。空有好南山，不復窮窈窕。今來净慈巔，背室崗巒繞。開軒萬竹腰，結閣千章杪。微霰瀉黄昏，寒風滴清曉。愛此忘寂寥，足音喜見少。有客拏輕舟，挈我同覽眺。居山時臨流，水天益覺渺。數見不能鮮，此意契言表。

陳臥子司李招飲南山

知君作吏本牢騷，客裏相招氣轉豪。秋到樓臺千樹肅，杯銜南北兩峯高。湖頭暝色侵殘夜，天外浮雲抵濁醪。細語詩篇殊自勝，猶餘清興動林皋。

净慈雨中顧子方吴子含見憶

蕭寺初來欲閉門，滿湖風雨隔原村。一秋作客空山静，二子懷人古道存。已恥觸蠻争小角，敢同高鳥笑卑喧。紛紛葉下僧階積，遲爾荒涼好共論。

南山連朝風雨柬仁和令

西湖一曲南山寺，十載三來未厭頻。敢謂令君有重客，却從僧舍學閒人。飛樓不解遊方倦，風雨應知氣獨親。爲問鳴絃何自静，城頭姑射舊嶙峋。

荅子含

丹山鳴雙鳳，高聲驚里耳。賞音豈徒然，誼譚不再起。仲也先横秋，伯猶紛内美。劘切敦歲寒，達識忘通否。詎意千載來，王風今草委。羊質披豹文，薈蔚賤芳芷。西北苦干戈，東南災木紙。殺氣瀰詞場，所在競彼己。子來增浩漢，吾衰誠已矣。投我好詩篇，覽之生慰喜。夙昔未嘗忘，考祥視終履。天空意氣深，疏戚無遠邇。木落湖南山，澹淡錢塘水。

中秋子含漢集頡羽兄弟攜尊雲山樓同子方時夜月蝕

作客偶同秋，開尊即勝遊。唱酬家自足，寥廓友相求。明月光沈水，神仙居好樓。天涯歡此夕，暝色坐中流。

其 二

爲問湖中色，無如此夜奇。憑高能指點，極望喜參差。兵火傳猶劇，蕭條氣亦悲。有歌不廢和，相倚是鄉離。

其 三

淡黯今宵月，寒光已薄襟。他鄉誰聚首，我友盡知心。詩必中郎嘆，才成季子林。酒杯飛木末，欲起夜沈陰。

朱雲子望子兄弟江樓待潮不至望子作圖來贈雲子書詩其上

露下皋亭木葉紛，清秋高興更機雲。海觀豈爲臨洋嘆，濤勢還從妙墨聞。滿目煙波閒把贈，横空鴻雁不離羣。千年未盡西江怒，遲爾南風幾日醺。

見僧無生室中列石頗佳〔一〕

南山竹石能藏寺，愛爾階前石更佳。自與磬鐘同作供，偏宜門徑但編柴。煙雲不盡來相護，林壑悠然好入懷。寄語無生須指點，生公臺畔已成霾。

張九山給諫還朝遇□不屈死

天寶末年胡驕恣，范陽羯鼓動天地。二十四郡從風靡，乃有睢陽憤氣義。百戰不屈駡賊死，談者至今揮涕淚。給諫豈其苗裔哉？身爲羈旅時勢異。叱馭纔及濟臨城，□忽雲屯數萬騎。公爲痛哭書捍禦，守者昏然如夢醉。須臾城陷公被執，髮上指冠爲裂眥。顧斯刀鋸甘如飴，妻妾曰死爾刀鋸。□爲逼降至萬端，浩然肯死無一視。爲臣死忠妻死節，就義從容即造次。公昔直聲震天下，五年遷謫備憔悴。諫草已化爲碧血，千載雷霆護緑字。嗚呼！海内干戈更幾年，奔北屈降比肩至。江漢累累皆僞官，世間那識羞恥事？我過秦望招公魂，臨風弔古增長喟。丈夫肯爲不義生，笑呼□□□公志。

校記

〔一〕此詩下原有七律和尚港阻風二首，與本書樓山堂集卷二十六和尚港阻風荆襄兵警南京已城守二首重複，故此處二首删去不録。

詩文輯補

彭禹峯來余邑答贈

杵臼相逢是，山河舉目殊。關中猶李特，江左偶夷吾。鷗色驚難下，鉛刀夢欲圖。情親倍旅次，淚莫灑窮途。

王九玉張箕疇彭禹峯避亂來就相與卜宅横山

江東烽火日縱横，過我猶占象緯行。敢謂馬龐元異姓，定知雒伏且埋名。十年繞匝驚飛色，三日悲歡細雨聲。從此但稱猿鶴侶，山深誰謂礙躬耕。

（以上皆輯自清鄧漢儀詩觀三集卷一，北京出版社一九九七年影印四庫禁燬書叢刊集部）

絶命詩

蟒衣玉帶徒張皇，四鎮紛紛各散亡。采石將軍差不愧，英雄好去伴維揚。

（輯自清彭而述讀史亭文集卷十四吴義士傳，齊魯書社一九九七年影印四庫全書存目叢書集部）

題岱水先生堂柱聯

傳家本農事，入室有書聲。

（輯自民國丁卯高田吴氏續修支譜卷一高田緣起）

洮硯銘

如玉之潤，如金之純。外方者智，内圓者神。佐之經史，以文其身。貞心亮節，我思古人。

涵星硯銘

崇禎己卯訪九煙于金陵，時方以百五十緡得此硯。相賞之下，知爲坡仙遺物，屬余題記。因即拈坡仙銘中『與居士同出入』六字報之。時十月既望。吴應箕。

（以上皆輯自歐清煜、陳日榮主編中華硯學通鑒，浙江大學出版社二〇一〇年版）

與衆香吴二兄

弟舍舟白門時，覓所謂奇士，爲十年之臭，得吾兄異氣同聲，不啻骨肉，殊慰求友之願，不意又作風花，聚散可嘆也。弟不肖，生平無寸長纖智，惟是一片肝鬲見可友生，弟之與吾兄千秋既盟，其不以時地爲疏密者，賴有此耳。兄試事何日乘堅策鋭，此舉當大得意，亟望賁然來思，寒花秋色尚可遲君一夕清話也，延佇！延佇！

（輯自清陳枚輯、陳德裕增輯《憑山閣增輯留青新集》卷十三，《四庫禁燬書叢刊》集部）

答吴衆香

接手教兼惠選藝，始知相别之後，蓋益加勵策，展玩佳刻，不啻饑十日而飽太牢也。駑馬顧以伯樂，一朝而十倍其價，弟則知愧知謝矣。客歲逼年而歸，隆冬顛頓跋涉爲艱，至令參苓作飯，猶未敢疲神此道也。從星社中索吾兄手筆一番，徒增志氣不逮之恨耳。二集之役，計以何日爲竣，蒙徵拙藝，然爲兄圖之，嘉筵之中甚不必以頑塊大臠雜入之，如弟者是其倫矣，則何敢多辱教誨哉！匆匆布狀不悉。

與家舟菴

僕素有當世之志，亦頗究當世之事，小集中載之甚詳。欲一謁軍門，披其積蓄。弟生平未嘗一輕謁上官，蓋自守之道如此。以大賢如某，弟亦執當節而不能會，將如之何？語間幸道本末，或亦能稍助方略萬一耳。

（以上皆輯自清陳枚輯、陳德裕增輯憑山閣增輯留青新集卷十四，四庫禁燬書叢刊集部）

題無他技堂遺稿

世有幾誰菴，在同籍中不可有二，況值知交晨星落落時耶！念先生著作等身，思之如渴，俾乘流買棹訪戴，停橈篝燈縱讀，便是余生一大快慰事！

（輯自明蔣臣無他技堂遺稿卷首，四庫禁燬書叢刊集部）

偶記

七月，督師楊嗣昌奏爲祈年事，內稱夷陵、荆門一帶枯旱蝗蝻復生，不勝殷憂。因憶在永平府禱祝城隍，夢神告華嚴經第四卷可誦，四行所屬嚴誦得雨。比至江陵，特草一檄，刊送撫按，通行道、府、州、縣等官，有主事者楊卓然深爲地方慶幸，隨准撫臣宋一鶴咨，報承天府誦經蝗死，荆門知州沈廷祉報誦經蝗死，宜城知縣陳美報誦經蝗死，江陵知縣何至孟稟稱誦經得雨、蝗變爲魚蝦，華嚴之神應若此，皆按臣汪刊行頒布之效也。推及河南，鄧州知州劉世新、新野知縣姚昌祚、知府顏日愉稟稱：頌經全部，果得甘霖，蝗蟲盡死。臣久聞河北、山東，俱苦旱魃，俱願祈年誦經，稍寬至尊南顧之萬一云云。

據此則楊直一癡騃不明理之人，如此而尚望其殺賊成功乎？一時郡縣遂相率欺誤，又何怪楊之誕罔也？疏中且有『蝗死，賊豈復活』之言，直令人讀而掩口耳。時皖撫爲鄭公二陽，鄭在揚州備兵，寬然長者，最得士大夫之譽，故驟有是陞，其實用兵非其長也，時亦有誦經詛賊之請，天下聞而笑之。

皇五子加謚號時，皇子方數齡。逝時言及冥報等事，上大爲感慟，故諭内閣擬謚號，後封爲顯靈王。先是上留心聖學，排斥佛老，宫中銅佛皆爲銷鑄，而所損壞神像甚多，至是復信因果，深加崇奉，至以九蓮菩薩等稱加崇先聖后，亦大異矣。是時内閣未聞揭争，禮官不能執奏，臺省不能陳諫，即號稱大僚賢者亦不過咄嗟嘆息而已，人臣之不忠，未有甚于此時者也。

予在南京見邸傳，深以此爲過舉，不可以示後世。時禮部及臺省有數相知者，因勸其出一疏以正之，咸以恐得罪爲辭。予復慫恿少京兆張二無爲之，張亦留心佛經者，曰：『此中有諸老謂皇上此舉遠過漢唐，予何敢争？』予笑曰：『向使阿難爲今宰官，一定少不得這一本。』張笑而唯唯，後予見北禮部李焆者亦頗及此，然語皆含糊，不敢明言正論也。（輯自明沈壽民閑道録卷十二，四庫全書存目叢書子部）

義勇武安王祝文

粤惟神之廟食也，蓋千有餘歲矣，而香火無間于一日，而世之祀神者亦不知幾萬處矣，而瞻祝不遺于一人，豈非精氣之極有以塞乎天地，而凡有血氣者之莫不尊親乎？某窮鄉僻土，既崇廟祀，而感忠慕義者實有同心，爰率族侶，展拜兹辰，非徼幸乎神必我據，而固不能已于中懷之所爲，誠譬之遇火知熱，遇水知寒，蓋熱不待于炙炭，而寒不待于堅冰，猶之婦人女子皆願識其相貌，而竊附于庸人孺子，亦欣道其姓名而已。尚饗。

昭明祝文

粤自炎精既降，典午不繼。統靡繇振，文日以替。辰樞輸質，嶽瀆祭異。神則實鍾，震宫擅粹。宅民之衷，搜文之祕。冢簡藉輝，酉笥增賁。皇考神武，大業攸繫。微塹間焉，仁孝引戾。芥彼鼎籙，于焉徜徉。高齋勝侶，秋浦之陽。聰明正直，依人而翔。附于民曰，吾實未亡。維兹之故，歷祀無疆。民曰土主，士曰文昌。能禦大災，能捍大殃。抒英振藻，于國有光。某等生域繩瓮，潤竊縹緗。誦選深企，入廟懷愴。瞻辰卜日，修牲治觴。臨之在上，其格洋洋。尚饗。

（以上皆輯自民國丁卯高田吴氏續修支譜卷二祀祝）

與朱盛濃書

弟已帥千人屯營白洋矣，擬即克池城，幸兄命駕迹速，外一刺致高僧，當與同來也。望之！望之！住僧名通和，字體中。

（輯自民國丁卯高田吴氏續修支譜卷八高田案據劄付一後附手書）

聖諭六條家訓注

孝順父母章第一

父母之恩最大，不是一兩件可以報得的。孝父母之事最多，不是一兩件可以盡得的。但舉人人可行、時時可行的事説幾件。各人大家都要著實體貼，著實力行，不然是自己喪了良心，滅了天理。你不孝順父母，你子孫依舊不孝順你。一點一滴決不差池，你們須用心聽教。

人家父母年老，各人盡自己力量先要令父母飽暖。若是家私欠缺，亦要先顧父母，後顧妻子。若是自己有餘，弟兄不足，只當父母生我一個，凡飲食、衣服都是我照管，不可推托弟兄，令父母凍餓。若是父母凍餓，不知自己身上衣如何穿得安，自己口裏飯如何喫得下？若是家私好的，寧可自己儉薄，必須要厚待父母。又要時時與妻子説，做飯先要進于公婆。倘或自己不在家，或檢點不到，先要媳婦孝順。古人云：『自己孝不如媳婦孝。』若是婦人在我處説父母長短，須正言責他，亦要好言私自勸他，無非只要求他孝順我父母。若是一味聽婦人之言，與自己爺娘拗氣，這便是不孝之至大者。古人云『孝衰于妻子』，皆爲此也。你依次爲各人都要把這話用心想想。

若是生前不孝，死後做齋上祭總是枉然耳。人家兒子又要曉得父母艱苦，若是父母養育之下，粥飯酒肉聽其所與，不可揀擇。若有公私正務，見父母憂慮，又要代爲商量設區，不可只顧自己，不顧父母。若是父母教我讀書，便要曉得供餐學俸艱難；父母教我種田，便要曉得日食艱難；父母教我做生意，便要曉得資本艱難。有一等兒子，不量父母身分，偏會争多講少，背地説短道長，便是不孝之至大者，你們各人自己想想。

人家平常處家，若是父母未睡，不可先睡；父母未起，便要蚤起，自家盥洗，纔敢見父母；婦人梳洗，才敢見公婆。時頭月節，茶湯斷不可少。若是分居，勤則一日走看一遍，有事亦間日要到。在父母面前，不可高聲大叫，與父母説話先要和顔悦色。又見人家尚曉得畏怕父親，若到母親跟前，全無顧忌，有出言抵觸的；有母親在前，自己高坐的：這都是良心喪了，你們各人用心想想。若有如此，快些改過，還是好人。

凡人生日，必須都要持齋一日。你想人生之時，母親何等痛苦，到這日子便要思念一番。若是喫酒喫肉，高歌暢飲，這也是良心死了。至于年紀已老，子孫慶祝，又不在此論。這一樁是極易行的，你們各人都要想想。

人家父母死後，居喪祭葬之禮在人自盡。只是父母死日，古云忌日也，這一日必要各有哀痛之意，都要喫齋一日。家資好的，要殺鷄設酒祭奠，次則肉魚；至貧亦要豆腐羹飯，自己在堂跪拜。以上數件都是通俗易行，由此做去，便是孝子。孝者，百行之元也。人果孝順父母，便是天下頭一等的好人，縱官居一品，富至萬貫，亦抵不得一個孝字。你們各人回轉良心，依此行去，到房中又要説與妻子聽，千萬不可忽略，千萬不可懈怠。至于抵觸忤逆，查出定要責罰，終身做不得人，豈不可羞可恥哉？

尊敬長上章第二

人既孝順父母，則伯父、叔父皆與父同輩的，是至親尊長，其敬之就當如父一般，推之以及有服尊長及于同族尊長，皆當尊敬，纔盡得卑幼道理。比如同坐則讓上，同行則讓先，同飲則讓食，此是一定不移的道理。至如平常相見，都要加一番好顔色。若相稱呼，都不可斥名，如曰老伯、老叔、老兄是也。不但是同族尊長，大凡見年至六七十歲老人家都該尊敬。古之皇帝都以敬老爲主，今之鄉約尚是遺風也。若是我自己派行是父祖一輩的，遇年紀長老之子侄，亦要以父老之禮待之，不可徑自呼名；若是自己年紀雖老，遇少年人是祖父一派的，亦須加敬，稱呼之間，都不可苟且。只是做尊長的，都要自處以禮。比如平日行坐之間，遇幼輩，賢者則敬他，愚者則教他。稱呼之間都不單名小字，則卑幼之人豈有欺侮長上之理？若自己以分加人，凡事不順道理，俗語云『上不正，下撩亂』，亦是常情。你們大家各人盡各人道理。若有欺侮長上之人，定以家法處之。至于有事言辨，亦要循分，即如尊長實有不是，公道自在。俗又云：『是大讓三分。』不可粗言惡語，若是駡尊長，就如駡自己父母一般，有人心者決不忍也。你們各人自己體貼。

教訓子孫章第三

人家子孫不賢，畢竟是欠教訓之過。賢的不待教，然也要聽祖父的約束；若是不賢的，越發不可不教訓。教訓不但是教讀書，凡事都要教訓，士農工商，其教訓不消説了。比如人家子弟與人争鬬，人若投我，只是責自己人不是，一來戒訓我的子弟〔一〕，二則平得他人之氣，三來亦省得禍患，在人前則要面叱之，到家又要私自痛責，平常又要好言勸戒，縱然子孫不聽，爲父爲祖爲兄的責任合當如此。嘗有一等人，外面則護短，内裏又姑息，以致子孫養成驕傲，釀成狂妄，上面有父有兄，自己亦亂做亂爲，不當行而行，不當講而講，不安分，不循理，以致得罪于人，豈但得罪于他人？外面父兄護子弟，家裏子弟定然侮逆父兄。俗語『驕子不孝』，自然是一定之理。還有一等下流子孫，不稂不莠，游戲好蕩，以致偷鷄竊犬，爲竊爲盜，這都是平日不教訓之過。倘或教訓不改，便當鳴衆責治；責治不改，便當到官出首，使外人說。子弟雖不肖，父兄尚責賢，亦不致玷辱祖宗。若容隱護短，縱然逃得王法，亦逃不得恥笑。你們各人想看，還是那一邊便宜？若待他人恥笑，他人舉首，併至連累父兄，此時悔之晚矣。

和睦鄉里章第四

聖諭和睦鄉里，原是爲同鄉共井的說。十里五里之内，鄉鄰親友，慶弔往來，是不可省。平常相見，周旋揖讓之間，都要禮體謙光。彼此或有不合處，便要從中解釋，以成和好。俗語：『大事化小事，小事化無事。』切不可挑嫌搆隙，致釀讎怨。這便是鄉里和睦之至大者。况是一村居住，又都同宗同姓，豈忍自相乖離，自相殘賊？比如人家離心離德，分門別户，富的欺貧，貴的欺賤，衆的欺寡，貧賤的又妬忌富貴，至于好相排陷，好與争訟，這樣人家雖是大族，元氣已澆灕，何足貴哉？我們人家世代原是和睦的，自今以後愈要和睦，有患難大家相救，有好事大家相扶。即有言語口角之非，亦要聽人解勸。萬一有錢穀田土不平不公之事，亦須先投鳴家長，在家消釋，如此則永遠是個好人家矣。然又有一説，鄉里尚要和睦，人家切親同胞兄弟，何忍自相忤逆？大抵兄弟不和皆由錢財起，錢財是小，骨肉是大，終不然叫個個學聖賢，叫個個義讓，只是有極不得已之事，亦要好言好語商量。古云『孝順兄弟勤算帳』是也。倘或弟兄當面不好開口，浼一人于中處明，各人都虚心聽處，便都不失和氣。又有一説，『妯娌和，兄弟和』。昔洪武皇帝時，浦陽有個鄭家，十代不分家，高皇帝問其治家之法，但曰：『每日蚤夜命一個人高聲大叫曰「切莫聽婦人之言」而已。』

各安生理章第五

聖諭各安生理。人的生理只有士農工商，又只有男耕女織而已。若是好游好戲，又好喫好穿，便是不安生理之人，自然入于下流。人的生理都只看自己那件做得的，做便是安。好游戲不好，心高妄想也不好。若是艱難度日的，做不得大生意，不如做長工，做小技藝，還撰得銀子供家，强如好喫懶做，終入下流。你們各人想想，還是安生理好？還是做下流好？自後不安生理之人，家長定行處置，此是各人自己終身煞結，若等他人處置纔悔，便是遲矣。

毋作非爲章第六

非爲之事，俗云：『小來偷針，大來偷金。』皆由平日不務生理，好喫懶做，自然做出不好事來。你們想想，做不好事的，大則問軍問徒，小則受刑受辱，有何好處？縱然逃得王法，壞了名頭，辱了祖父，一生一世出不得頭了，豈不自慙自愧？若是慙愧肯改，到底還是好人。在各人心下自己知反悔，別人如何好盡說的？又還有一說，凡人不孝順父母，不尊敬長上，甚至設法騙人，無故害人，皆是非爲之事，都要各人自己忖量，莫祇是口談仁義，又莫只是會說別人。如此做去，將來個個是好人矣。你們大家以爲何如？

這說的事只依平常可做的就說，原不是强人以所難。只願人人遵而行之，才曉得當日高皇帝聖諭之妙，又曉得家訓不是虛文。若是不聽的，聽而不行的，是自己悞了自己，也與別人無干了。只是教者自教，聽者自聽，行者自行。總之，好人在自家做。你們回去一件件細心體貼，不獨自己受用，從此又成一個好風俗，好人家矣。

我太祖高皇帝聖諭六條，此四民立業之本。措之天下，萬世不易，即孔聖所云『言忠信，行篤敬』是也。然非分章注釋，闡明其旨，亦難以通俗而導愚。兄師次尾先生學博理明，首重本務，予輩童子時執贄函丈，先遵此六條發明以課之，固守師訓，刊布天下萬世，使發蒙小子以至秀才、舉監、進士，俱當各奉一通，置之座右，朝夕焚香熟誦，則義理之心日生，邪僻之念自去。而荒陬遐域稍識字義者亦使之能父教其子，兄訓其弟，夫勸其婦，主誡其僕，從此風俗還淳，人心歸厚，爲賢爲聖，積漸以臻，庶無負我太祖提撕警覺之意，而兄師之有補聖訓，惟是以諺語情話動其良知良能云爾。讀斯篇者，其各勉旃。崇禎甲戌春仲，受業應筌薦元薰沐謹書。

先公家訓藏有手書一軸，又韓叔父亦嘗繕寫副稿，而宗祠中位粉牌聖諭二十四字係先公大書，氣象嚴整，深爲可寶。家祠眞迹，僅有此種，使得模本入石，大字如家廟碑，小字如坐位帖，眞可與顔魯公抗行不朽也。孫銘道記。

（輯自民國丁卯高田吴氏續修支譜卷二家訓）

校　記

〔一〕我　原無，據文意補。

附録

明史・列傳・吴應箕 附於丘祖德傳下

吴應箕，字次尾，貴池人。善今古文，意氣横厲一世。阮大鋮以附璫削籍，僑居南京，聯絡南北附璫失職諸人，劫持當道。應箕與無錫顧杲、桐城左國材、蕪湖沈士柱、餘姚黄宗羲、長洲楊廷樞等爲留都防亂公揭討之，列名者百四十餘人，皆復社諸生也。後大鋮得志，謀殺周鑣，應箕獨入獄護視。大鋮聞，急遣騎捕之，應箕夜亡去。南都不守，起兵應金聲，敗走山中，被獲，慷慨就死。

（輯自明史卷二百七十七，中華書局一九七四年版）

南疆逸史・吴應箕

池州則奉朱盛濃爲主，而吴應箕應之。應箕字次尾，貴池人，復社領袖也。言論風旨，士争趨之。公卿以下，視其臧否以爲榮辱。阮大鋮在南都，應箕率諸名士噪而逐之，大鋮不敢較，然憤甚，欲甘心焉？弘光立，應箕亡命走他鄉。乙酉起兵攻池州，復建德、東流。及十月而兵潰逃，入婺源、祁門界，爲黄總兵所獲。不肯屈，將戮於市，應箕曰：『不可！』遷至松林，曰：『可矣。』一卒以刀擬之，叱曰：『吾頭豈汝可斷耶？』仲頸謂總兵曰：『以此煩公。』遂死。

（輯自清温睿臨南疆逸史卷三十六，中華書局一九五九年版）

小腆紀傳・列傳・義師一・吳應箕

吳應箕，字次尾，貴池人。善今古文詞，復社領袖也。崇禎壬午，以鄉試副榜貢入京，公卿咸加禮異。南都之以防亂揭帖逐阮大鋮也，應箕實倡之。周鑣下獄，應箕入視，大鋮急捕之，亡命去。乙酉秋，義兵蜂起，有奉宗室朱盛濃爲號者，應箕起兵應之，題壁曰：『韓亡子房奮，秦帝魯連恥。』攻池州，不克。同事者亡去，應箕獨募士以計復建德、東流，都御史金聲承制署爲池州推官，監紀軍事。聲敗，王師逼，應箕衆潰，匿婺源、祁門界，被獲，不屈。與官兵偕，輒踞上坐，衆亦敬其名，不加害。將戮之市，應箕曰：『此非死所。』至松林，曰：『可矣。』一卒以刀擬之，叱曰：『吾頭豈汝可斷邪！』仲頸謂總兵黄某曰：『以此煩公！然無去吾冠，將以見先朝於地下也。』其就刑處至今血迹猶存。所著有樓山堂前後集、熹朝忠節録二卷、兩朝剥復録三卷、留都見聞録三卷、東林本末六卷、續觚不觚録二卷。分宜張爾公嘗稱『應箕人文似陳同甫』，時以爲知言。我朝通謚忠節。

（輯自清徐鼒小腆紀傳卷四十六，中華書局一九五八年版）

明季南略・吳應箕起兵池州

吳應箕字次尾，號樓山，貴池人。父某隱者，家故習儒。少則獵治詩、古文詞，意氣横厲，爲復社領袖。崇禎壬午鄉試副榜。時國事日棘，應箕好奇計畫策，門雜進武夫介士，不復經生自處。

會世變，南士陸沈，忠義者起恢復，次尾曰：『吾有以自見矣！』署詩於壁曰：『韓亡子房奮，秦帝魯連恥。』帥義兒門徒，糾合拳勇，與其曹攻郡城。不克，同事者遁，己獨募士治衆，以計復東流、建德。時歙州金聲首倡義，奉隆武朔，擢都御史，得承制專拜牒，署應箕池州推官，監紀軍事，勢始彰。而聲先敗，失援。身練卒深山，飛檄郡治，語皆醜詆。怨家偵間百出，大兵逼戰，潰，匿婺源、祁門界。被獲不屈，與官兵偕，輒踞上坐，亦敬重之，不加害。一卒以刀刃之，叱曰：『吾頭豈汝可斷耶？』乃伸頸，謂總兵黄某曰：『以此煩公！然毋去吾冠，將以見先朝於地下矣。』其就刑處，血迹灑之不去。頭入國門如生，歷三日不變，人咸異之。

（輯自清計六奇明季南略卷九，臺灣大通書局臺灣文獻史料叢刊第五輯一九八七年版）

石匱書後集・義人列傳・吴應箕

吴應箕，字次尾，南直貴池人，爲海内名士。

乙酉，起義池州，與金正希爲聲援。正希敗，應箕勢孤，逃至蕪湖，爲鄉兵所執。蕪湖守將王弁與應箕有舊，且受應箕恩，欲報之。應箕名雖報南京，聽巴山發落，尚羈縻蕪湖，王弁令應箕走。應箕曰：『吴應箕正來請死，如一走，亦不成其爲應箕矣。爾何薄待我！』王弁不忍羈囚，日與其飲酒游戲。一日，豫王旨下，凡起義諸人俱著本地方取決。王弁先知之，閉門慟哭，應箕曰：『豈爲我耶？吾辦死來矣，要殺就殺，何哭爲？』王弁令其仰藥死，應箕曰：『使吾如此怕死，便不做此事矣。但王君與我厚，須殺之有法。王君與吾同游諸山，得一善地葬我，即殺我無憾！』王弁曰：『諾。』命僮攜酒荷鍤，行至一山上，有古松奇石，應箕喜甚，滿舉一大白，曰：『此吾死所，幸斫之！』王弁走避，命小兵行刑，應箕曰：『吴次尾頭不是小兵斫的。勞君動手，刀快手快，箕即感德矣！』王弁不得已，依其言斫之。

（輯自明張岱石匱書後集卷五十七，臺灣明文書局一九九一年排印本明代傳記叢刊綜録類十一）

國壽録・諸生吴子傳

吴應箕，字次尾，貴池人。以文章名世，好交天下士，有所點定古今書，後學得其筆墨，引以爲重。乙酉閏六月，各郡縣兵起，應箕傾家募士數千復貴池。久之，各師潰，貴池亦遂陷，應箕被執。從容謂主將曰：『吾分必死，但有三事得相假，即地下無所恨。』主將問曰：『何？』應箕曰：『起義自我，無與百姓事，我以身殉，諸可勿問。二曰，我有遺書若干藏某處，願得付某門生，勿幷災身後筆墨。三曰，我有弱女，已字某，未歸，願得吾目前觀其成偶。』主將高其義，皆如應箕言，因欲曲宥之。應箕曰：『即生我，我必自殺。』於是正襟南向而遇害。

（輯自清查繼佐國壽録卷二，明代傳記叢刊綜録類十八）

雪交亭正氣録・乙酉紀・吴應箕

吴應箕，字次尾，池州諸生，負時名。舉義，爲監軍，兵聲頗振。虜以重兵臨之，義兵皆鄉民，未習戰，敗奔，箕逃入婺源、祁門山中。追兵至，箕冠帶上座飲酒，令二妾先自縊，有黄總兵者執箕併其家口至池州。欲用箕，箕不從。洪内院令至，欲殺箕，箕談笑自若，隨黄行至四牌坊，將加刑，箕曰：『未可！須擇一善地。』至山旁松陰下，箕曰：『可矣！』卒舉刀，箕笑曰：『吾頭豈汝可斷乎！』拱手語黄曰：『請公動手！』遂伸頸受刑。其絶命詞有『半世文章百世人』之句。

（輯自清高宇泰雪交亭正氣録卷二，臺灣中華書局一九七〇年排印本臺灣文獻叢刊第二八六種）

思舊録·吴應箕

吴應箕，字次尾，貴池人。復社國表四集爲其所選，故聲價愈高。嘗於西湖舟中，贊房書羅炌之文，次日杭人無不買之，坊人應手不給，即時重刻，其爲人所重如此。次尾亦好收書，然未經考索，書賈多欺之，次尾不知也。辛巳，與馮躋仲同入大學，相得益彰。一日，禮部陶英人邀飲，次尾出一紙，欲拘顧媚，余引燭燒之，亦一笑而罷。改革之際，起兵山中，未幾而敗。

（輯自清黄宗羲思舊録，浙江古籍出版社一九八五年排印本黄宗羲全集第一册）

嶧桐文集·傳·吴次尾先生傳

吴次尾者，名應箕，始字風之，其後更字而名日益高。所點定經義，天下士子誦習之，故稱次尾先生甚著。

次尾世居貴池，興孝鄉高田里人。父某隱者，家故習儒，然鄉之人知舉子藝耳。次尾少即獵治詩、古文詞，時時口李、何、王、李也。鄉之人視郡邑已闊遠，絶不達國事；次尾則喜游通都，閒鈎致京朝興罷、朋黨始末，具曉之。鄉人好曲謹，拱揖問答，咸有尺寸；次尾獨輕脱率己意。人帣鞲曲跽；而或踞坐自若，或解襪繫爬搔也。又高言指斥，辭氣涌射，屈一座人。人指目爲狂生，率辭去。以是數者，聲日以起，亦用以敗。

當崇禎初元，三吴中創爲復社，才十餘人耳，不佞城與次尾實共之。十餘人者尚名實，擯逆、節同，而次尾好譏訶特甚。又其後社亦不無濫觴也，僉人切齒謀相傾，勢及次尾。賴學使蔡公國用、葉公成章、金公蘭輩皆國士之，不及禍。然次尾自顧儕偶人才下中，居恆無一差强人意者，咸竊科第去而已。顧旅進諸生中也，愈憤悱悁怒。又見國事日棘，中外大小臣碌碌取充位，無一能辨者，既摩切歷祗之，遂奸（整理者按：奸，疑當作『好』。）計畫策，門雜進武夫介士，身鈞奇度務，不復經生自處，言當世事益亟，動止益自抗，視鄉里中蔑如也。怨家用是益深相嗾使持梃刃來欲殺之，不可得，火其居以去。次尾亦恨甚。

會世變，南土陸沈，忠義者起恢復，次尾曰：『吾有以自見矣。』署謝詩於壁曰：『韓亡子房奮，秦帝魯連恥。』帥義兒門徒，糾合拳勇，與其曹攻郡城不克，同事者逃遁，已獨募士治衆，連復建德、東流縣，聲甚著。時歙州金聲首倡義兵以勤王，擢都御史，得承制，專拜牒次尾，署池州推官，監紀軍事，且云將進道臣秩也，次尾勢始張。而金先中閒敗，頗失援，乃益厲有死之心矣。身練卒深山，飛檄郡治，語皆醜詆，多恨且愧者，鄉人怨家咸爲耳目，偵閒百輩，戰敗遂不得脱。既被執，不屈。與官兵偕，輒先踞上座，自稱必曰『本道』，兵官亦敬重之，不加害。未至郡十餘里，有必欲殺之者馳諭指，乃以卒來捽，次尾叱曰：『吾不死於卒手，爾官自持刃。且巾幘漢服也，吾不去此，不得無禮我！』語訖，朗吟二絶句，兵官從其言，以其頭入郭門如生，歷三日色不變，人異之矣。

次尾雖貢高慢世，顧善獎誘人才，一端之美，揚之過量，士嘗由以得名，族子皆其成就者。余遺子鑾師之，得其指授爲多。黑面紫髯，目光奕奕射人，性喜聲伎娛樂，不肯一日鬱鬱作窮悴狀云。子二，次尾死時，長孟堅十一歲，次稺圭十歲。所著樓山堂集若干卷，行於世。

論曰：今天下知有敝邑，則以次尾與予哉！余自顧勿敢當次尾也。方其矜己藐物，不謂非過，其舉事疏脱亦嘗有所規，要其人才求之今世，可再得哉？景毅没齒於元禮，王成刻志於子堅，至痛在心，銜焉莫解，悲夫！

（輯自明劉城嶧桐文集卷十，民國劉世珩貴池先哲遺書）

讀史亭文集·傳·吳義士傳

吳義士者，吳之秋浦人也，自稱爲延陵後。世居池之横山，峯巒奇秀，中有流泉、古木，晻藹瀺灂。公生而岸傲，負不羈才，於書無所不讀，一見輒能上口。年弱冠，蜚聲藝苑，品題天下士，天下士無不知吳中有次尾先生者。次尾者，公之别字也。

公既具軼羣姿，坐謂青紫可唾手得。游學姑蘇、雲間，與一時名流張溥、楊廷樞、陳子龍等善。賈人聞其名，以千金贄公爲遴制義，公慧識敏手，别有裁鑒，一時有人倫之目，海内傳誦所録文，一如公所自著，名宿新貴得一字以爲九錫。而尤留心朝政，每閲邸報，凡大興革利弊、茶馬邊防、儲胥拜除諸大政，無不犀利。間與當道談及某事宜舉，曰：『此社稷福。』某事紕繆，不宜舉，則義形於色，持議雲涌電發，與當道斷斷斷其不可，當道以其名重，用其言上封事，釐定報可者稍稍有間矣。

崇禎癸酉，流寇渡河南，公戚然憂之，著有平寇諸策論，皆石畫可奉爲元龜。識者以爲身不用於時，而徒以空言冀悟人主，博當世之採擇，此責不在君則在相矣。亡何，著作弘多，名益震。帖括藝獨宗震川、思泉諸家，冀其必傳，不屑鉛華媚人。既已戛戛不入俗目，而公氣又睥睨一世，凡世所號爲巨公碩匠罔不兒畜之，以故棘闈中衡文諸貴人嘗受其齮齕者，庸以吴生售爲戒以報郄，公竟坐是不得一第，曾已壓南闈卷輒乙之，最后乃以明經與公車。

會甲申國變，扁舟如金陵，毅然以中興爲任，上書當事，言江北三鎮靖南黄得功之忠貞，廣昌、東平二劉之反覆不可保，武昌上游左良玉之萬難恃，而其大要則以史可法宜在中書、不宜駐維揚爲首議。以兹犯權相馬士英，忌恚甚，欲殺之，公潛脱白門。未幾，以良玉兵下得解。公慨然曰：『天下事去矣！』

聞大兵抵池，乃約鄉人果烈有心膽者刑牲盟曰：『明養士三百年，君臣之義，是在今日，諸君亦何言？』維時公設高皇帝位，率同事痛哭之，聞風響應，輒得四五萬人，鼓噪呼萬歲，且前進曰惟君命。公指揮分爲四師。是時江南諸郡邑皆已置吏，公以一師出東流，一師出建德，一師間道入金陵，一師自帥攻池，旌旗壁壘數百里間，山鳴谷應，旬日内所失州縣新署俱駾喙亡命，或有擒者，勢且捲長江，吞吴會。

又徽詞臣金聲與公相爲犄角，聲靈震疊，尋有長驅江淮之志矣。會大兵中降帥某勒兵從新安詭道入，出公後，公腹背受敵，公所領現在兵不及三千，圍兵乃數萬，拔營大樓山上，與大兵鏖戰，自辰至酉，所殺過當，衆寡不敵，兵潰。公猶手揮長刀，格殺數人，力不支，得公者欲强之跪，公笑曰：『此膝不屈於人久矣。』兵官中有識公者，公問曰：『欲生得我乎？抑利吾頭耳？』識公者不答，公會其意，乃向帥借一騎曰：『看．爽塏地取吾頭授若。』行至梁昭明太子臺畔下馬，曰：『此吾死所也。』口占一絶云：『蟒衣玉帶徒張皇，四鎮紛紛各散亡。采石將軍差不愧，英雄好去伴維揚。』謂黄得功與史可法也。乃從容謂所識者曰：『吾有女年十一，已許聘劉伯宗家兒，汝能爲我察歸之，且結草矣。』伯宗者，池州名士也。再拜畢，引頸受刑，神色自若。將兵者用竿懸池之南門外，天氣方暑，異香射遠近，烈風颯颯，須髯磔張，飄摇有聲如欲生，人以爲神，不敢逼視云。

公名應箕，著有大樓山房史辯數百卷行於世。

禹峯外史曰：當元之下江南也，池有趙昂發者，以判官死，官池，非池人也；又有二士以投水死，池人也，止於潔身而已。公之死，乃以倡義。若事之不成，則天也。視三公爲烈矣。年餘而陳子龍亦死，與公同，所謂聲應氣求者非耶？名流亦何負人國家哉！

（輯自清彭而述讀史亭文集卷十四，齊魯書社一九九七年影印四庫全書存目叢書集部）

明詩紀事·吴應箕

樓山詩，五言樸老，長於詠史。復社中殉節諸公，義魄鬼雄，如樓山、維斗、日生、存古、武公、公旦輩，難更僕數，可以雪結社亡國之恥矣。

（輯自陳田輯明詩紀事辛籤目卷六，上海古籍出版社一九九三年版）

越縵堂讀書記・樓山堂集

夜閱吴次尾樓山堂集，粤雅堂叢書本也。凡文十九卷，賦一卷，詩十七卷，前有周仲馭、侯朝宗、陳臥子、陳名夏諸人序。次尾以氣節經濟震動一世，集中史論五十九篇，持議侃侃，多有特識，如宋之陳同甫一流。時務諸策，亦慷慨如其人。其國朝紀事本末論一卷，尤有裨于國故，詩則粗率枯梗，非其所長耳。

同治乙丑（一八六五）七月二十二日。

（輯自清李慈銘越縵堂讀書記，上海書店出版社二〇〇〇年版）

不下帶編・貴池吴文烈

貴池吴文烈鄉人私謚。應箕，字次尾，爲復社君子之冠，殉國難者。乃先太常部下諸生也。先太常獨以風節相期，憂危社稷，與之略勢分而敦道義，非特文字知己而已。閱八十年，康熙壬寅之冬，埴交其孫復古銘道於禾中，授埴以文烈致先太常尺牘一通，及自記庚辛壬癸録一則，埴見之大慰，因節録於此，以留示諸弟侄并後人焉。

尺牘云：『先生大節回天，清風扇世，蓋不自今日始也。即邇者持衡南國，亦耳目以來一人而已。

顧箕下愚不肖，獨荷殊知，此即傳之書册，猶爲美談，而況不肖躬親受之？所謂禽息之首可碎，豫讓之身可漆，則不肖今日之蓄積矣！』云云。記録云：『庚辰三月，予至句容送督學楚畹金公，且合諸名士斂金作屏贈其行，亦前此未有也。金公督學以國士待予，予亦古道相成，即所校士之文，命予與劉伯宗選而梓之。然金公實知文，號得士，又有執持，人不敢干以私，侮以上，駸駸有起衰還雅之風。求督學如金公者，何可多得？』云云。

復□又以金壇周禮部仲馭鑣與文烈手書一通見示，並節録之。書云：『金□□眞千古以上人，其于兄翁一節，亦眞千古以上事。初從圯孺聞其端，繼從眉生知其詳。今日身在事中，不知其異。使千古以下見金吴，而先生一番酬對，其欷歔嘆息不知如何矣！欲成一小紀，付定生刻入彙編，此亦不可緩。』云云。壇按：周禮部鑣爲阮大鋮謀殺之，其人矯矯有風節者。

（輯自清金壇不下帶編卷五，中華書局一九八二年版）

吴次尾甲乙詩序

予之交次尾先生自甲申始。先是，次尾刑牲東南，牛耳天下，予熱次尾名二十年。甲申板蕩，避地江左，晤先生于蕪陰舟中，一見如舊識，繼以所親之官虔州，寓秋浦，是爲乙酉。先生乃棲我横山别業，距先生廬止一弓地，朝夕觴石梁老楓下，出生平祖搆，競讀之，抑深服爲天下士，大抵似蔡中郎初至吴中，異人異書，私心自慰。先生亦雅好予所撰著。

亡何，侀胄秉鈞，疆埸孔棘，賊潰潼關，捲甲南下，遂有武昌左良玉之事。當是時，建業草昧，亂政亟行，相傳妄男子有黄犢詣闕之事，爲權相馬士英所阨，置之犴狴，于是遠近煽動，良玉移檄以關東諸侯爲名，旌旗蔽江，下潯陽、皖城一帶，烽火千里。先生謂我曰：『此非晉陽之甲也，當有所懾而來乎？不則非陶侃之誅王敦，乃蘇峻之挾庾亮耳！』遂有從中而起中興自任之意，作爲詩歌，聲淚俱下。間復以詩作讖，且曰不幸言而中，則國事去矣。居亡何，遂一一如先生言。

予是年秋，别先生如楚，先生竟以是年誓師，未竟其志而死。予官楚時，讀邸報，知先生狀，曰：『壯哉悲矣！』夫下邳纘統，康樂羞臣，霸先承運，王琳興戈，古來忠義之士何代箴有？然强半資一命，階尺土，有藉而成耳，即事之不成則天也。先生以布衣而欲爲舉世所難爲之事，是精衛之見也，然而悲矣壯哉！夫先生讀書萬卷，十七史羅列胸中，豈不曉然順逆興亡之故？而甘心一擲，顧獨念朝廷養士數百年，而忍復與舉世相雷同，當亦興朝之所不貴也。人曰先生之所爲者極難耳，先生自視則以爲公孫杵臼，我爲其易者耳。

歲在戊戌，客朱陵，遺孤孟堅間關跋涉謁予于回雁峯下，出先生甲乙詩爲予讀之，感念前遊，傷心陵谷，殆不覺涕泗之横流矣。抆淚援筆，跋之簡末，囑孟堅不必鐫以示人，但寫數通焚之尊公墓下，作九歌卒章可也。

（輯自清彭而述讀史亭文集卷二，四庫全書存目叢書集部）

樓山遺詩序

樓山殉節十二年，塗之人皆知之，然未有如余知樓山之深者也。癸巳，余家長陵，謀鋟其集行世，未訖工。今年秋，遺孤孟堅趨見余白門，出甲乙遺詩視余。讀未卒，余泣謂孟堅曰：『今世知樓山于乙酉殉節之後，前乙酉知樓山能殉節者芑山獨耳。己卯，汝父集成，馳書屬余序。序曰：「樓山性不屑細謹，然人文似陳龍川。不幸膺患難，宜頡頏睢陽、平原，非苟然者。」是時諸中人疑余阿。甲申春初，余蒙難入金陵，謁新建姜先生邸署，復與樓山相見。告樓山曰：「王室多難，將安之？各自勉，無負所學而已。」樓山曰：「諾。」不一年，樓山果殉節如余言，諸同人然後驚歎余嚮者知樓山之獨深也。余豈阿樓山哉？』

或曰：『人不易知，知人不易，芑山何持論若是？』余曰：『非也。』辛未，余游京師，見當時號稱名士者二人，士大夫翕然推之。余私樓山曰：『某樊英，某馮道，爲操券以俟。』樓山曰：『子誠蚤見。士亦有晚節自新者，芑山言未必皆中。』已而果然。然則余知樓山必能殉節在六年之前；知二人欺世盜名，卒獲罪名教，又在二十年之前。迹其行事，窺其心術，觀於所忽，則生平隱微自見，惡在人不易知哉？雖然，樓山臨難絶命詩、與家人生訣書，余所親見，其激壯赴義，伯仲睢陽、平原，知不知尸祝恐後。顧有疇曩與樓山稱莫逆，迨樓山殉節十數年，猶疑其得已不得已，獨何哉？

孟堅年少有挾持，能不墜先人手澤，宜無負所學，無忘先人忠節之志，則樓山庶幾始終無憾哉！余故題數語卷首，一以慰樓山，一以勖孟堅。悲夫！

丁酉孟秋朔日。

（輯自明張自烈芑山集卷十四，江西教育出版社二〇〇七年版）

書吴子上金公書後

簡兮之詩曰：『公言錫爵，顏如渥赭。』悲不遇也。古今人豈甚相遠哉？金公較士于池，其知吴子也，異乎先是之知吴子者矣。然僅接禮加等，稱其文辭耳。視晏嬰之薦越石，胡瑗之識程頤，蓋未之逮焉。吴子顧感激泣下，何哉？夫以吴子受知金公輒自幸如此，此吴子之所以悲也。嗟乎！士卒不遇，復不得知己如金公者，悲又何如哉？

崇禎壬午八月望日，東湖舟中書。

（輯自明張自烈芑山文集雜著卷二，北京出版社一九九七年影印四庫禁燬書叢刊集部）

吴次尾壬午副卷序

吴子讀書明當世之務，所撰著馳走都市，獨攻制業二十年，試輒報罷。闈中文未嘗不工，有司率未嘗寓目，予退而傷之。今年，吴子與予閉户課義數矣，吴子自度必售。予文亦數爲吴子喜可。已，予入闈，視首義不自慊，擲筆出不顧。吴子勉卒事，七義根據經傳，策論切時機、悉利害，不一語襲蹈。司房

□□陶閲其卷，嘉歎不已，可謂知吴子者，卒抑置之。先是，有司不寓目其文，吴子宜不遇；今已寓目，又心折其學問經術，評騭輝如，復見廢，何歟？國家須才孔亟，讀書明世務如吴子，日困絀諸生間，它空疏迂陋，往往接武□氣，嗟乎！豈獨吴子不幸哉！

予故梓吴子副卷附壬午文辯以行，使天下知士遇而文未必盡工，文雖工而不必盡遇，吾黨不自棄，當終有以自見，不則躬耕著書，俟後世耳，遑恤一時失得哉？雖然，昔李□願回所授，自謂厚顔，而宋興國中且有盡賜及第者，今上下皆不能也。讀吴子文可以觀世矣。

崇禎壬午仲冬月日。

（輯自明張自烈芑山文集雜著卷四，四庫禁燬書叢刊集部）

秋日讀貴池先生樓山堂稿 二首

夫子驍騰甚，當時命世雄。棄繻陳漢疏，擊缶和秦風。捫虱才難售，游龍術未工。嶙峋一抔土，落日大江東。

當代論兵會，誰人可擅場？劉琨歸朔北，孫策入丹陽。一諾輕車騎，千言破混茫。靈旗如髣髴，毅魄想飛揚。

（輯自清陳維崧湖海樓詩稿卷六，臺灣新文豐出版公司影印叢書集成續編文學）

謁次尾師墓用泥灣韻

綱常自今古，敢慨汗流青。老死非吾志，捐生報國心。結蒲思象似，挂劍欲龍吟。何但神州恨，淒然淚一亭。

理樓山遺書有感二首

當時坐擁百城尊，千萬今無一二存。筆絶麟書悲魯壁，楝充牛汗總秦燔。憂深不復燃藜照，歲暮徒資爆竹喧。簡斷縞殘餘蠹在，整齊什襲授兒孫。

奇法何如正與葩，青箱聳鵠浩無涯。篋書貿粟新良賈，斗米稱兵舊世家。脱史雖傳猶放廢，龍門欲擬定紛拏。祇今游夏無詞贊，塵土飄零鄴架牙。自注：先生欲修宋史，屬輿父與予兄弟及其家諸子代草，故篇中云爾。

（以上皆輯自清夏燮忠節吴次尾先生年譜附遺事，上海古籍出版社二〇〇二年影印續修四庫全書史部）

名家詩永・雜述

吴次尾先生之論曰：『弘嘉諸君之失也，以拘體法而詩在；今人之得也，以言性情而詩亡：豈性情之言足以亡詩？飾其未嘗學問者，以爲詩人之妙，不過如是。嗚呼！與其得也，毋寧失而已矣。』又曰：『吾非惡夫竟陵也，惡夫學竟陵之流失也。』予觀先生之駁竟陵也，與虞山、雲間同。然樓山論詩，好因作詩之人以推測其所自，如潘、陸、沈、謝，皆以亂賊目之，而致慨于詩人無識。虞山無是也。又精于辨體，不襲古，不趨時，眞樸澹老，惟自見其志，與有益于聞者而止。雲間無是也。然則三百年之後勁，論詩之定衡，微斯人其誰與歸？

（輯自謝正光等編清初人選清初詩彙考，南京大學出版社一九九八年版）

四庫全書總目・子部・讀書止觀録

讀書止觀録五卷，明吴應箕撰。應箕字次尾，貴池人。崇禎壬午副榜貢生。順治元年大兵破南京，殉節死。事迹附見明史邱祖德傳。明末稱復社五秀才，應箕爲首。其克全晚節，尤不愧完人。然是書乃襲陳繼儒讀書十六觀之餘緒，推而衍之，雜引古人論讀書作文之語，而稍以己意爲論斷，語意儇佻，頗類明末山人之派。又每條之末必終以『讀書者當觀此』六字，五卷皆然，蓋倣十六觀中『讀書者當作是觀』之例，尤病于效顰。

（輯自四庫全書總目卷一三二子部四二雜家類存目九，中華書局一九八三年影印本）

劄付

欽命楚藩奉國將軍聯絡江南江北山砦會剿寇，掌池太道朱注：名盛濃，原任池州府推官。爲徵聘賢能事。

炤得本道奉令討得專除拜，察得吳應箕忠孝夙著，文武兼優，值兹國事多難，正藉宏才彈壓，爲此仰官以禮徵聘，加監紀推官職銜，務期殫心贊畫，以佐中興，無負推簡至意，須至劄付者。

右劄付監軍推官吳。准此。

弘光元年七月二十日。

欽命翰林院修撰兼行徽寧道事金（公名聲，字正希，休寧人。）爲軍務事。

炤得我明國步多艱，天命未改，有一代中興之主，必有一代虎賁之臣。本院思受先帝知遇特簡參軍，再奉新編提督鄉勇，仍許給劄委官聽用，當此□寇縱横之日，生靈塗炭之秋，本院義不敢坐視即安，欲圖興復明朝，全仗忠義豪傑。今訪得貢生吳應箕，胸蟠武庫，筆灑文江，夙負管樂之奇，時標龐葛之望，合授池州府監紀推官劄銜，督率義勇，訓練防禦，凡屬軍丁人等俱聽約束遵行，奮勵殲滅，報效有功，以待大明中興，封拜開基，標名麟閣，須至劄者。

右劄付池州府監紀推官吳。准此。

弘光元年七月二十一日。

（以上皆輯自民國丁卯高田吳氏續修支譜卷八高田案據劄付）

答吴文學次尾 名應箕

翁兄抱天下才而歷落風塵，此吾輩朋友之罪也。然淩陽之玉一剖即爲重寶，則未剖之先自不能不見疑于三刖，何翁兄遂欲從業乎？近來皇上雖破格用人，畢竟制科爲時冠冕，旁門異徑不可躧足，卓識如翁兄，想亦計之審矣。閉門著書，又是制科以上事業，今作者之林雖多語及國史，謙讓未遑，翁兄具龍門之才之識，自饒爲之。顧天下多故，如在破舟，不可不藉有心人戮力撐駕，以圖共濟，何可坐視斯世之陸沈，而著書自娱？此是翁兄出山後事，今幸未遽興此念也。

復社一案，近見周五谿公祖大揭，將來撫按復疏恐不可知，蓋周才自不當以蘅門老，但因陸文聲酬唱而出，清識未必相容，深爲惜之。昔弟作周公祖報章，力言不可，蓋亦區區獻忠之意，弟恐交淺言深，未免按劍耳。

答吴次尾 名應箕

方同則聚，氣同則求，故日有燧而月有諸，蜀有桐而吴有石，與翁兄交者，何一非鳳凰之羽、神龍之甲乎？當事者知之之謂明，從傍者舉之之謂公，以己之公益人之明，凡相知者當勸爲之，麒亦何惜此一舉乎？但楊忠者在敝禾爲理時，與弟交故不薄，及其賁駕于白下，弟兩及門，一致書而弗省也，僅得其飛刺一過便了故人之誼。即有面甲十重，何能更與言士短長乎？翁兄素負氣，試設身而處，可更喋喋進不入耳之語乎？是以無所以復翁兄命也，幸翁兄原之。

（以上皆輯自明徐石麒可經堂集卷九，四庫禁燬書叢刊集部）

與吴次尾

今之能言家破制削法而評閲者，亦復逞臆横議，争訟一時。弟深以爲世道人心之變，至此而極。何則？風俗之朴，其時人心羣居和一，而不矜尚貴争；及其衰矣，合從連衡熾而六國入秦。顧厨俊及標而漢祚爲墟，即至濂洛諸君子倡明理學，厥功不細，而韓侂胄猶誣爲僞學而殘噬之。繇斯以觀，豎一説者伏一敵，至乎各豎其説，并對一敵，而天下事不可爲矣。今時流輩持論，大率淵源無素，愛奇者聞詭而驚聽，浮慧者觀綺而躍心，迂疏者以淺俚爲古朴，填砌者以六朝爲治麗，此繇胸智不多，未更老成故也。又好詆訶前輩，旁人甚憐其愚，而造之者揚揚以爲得意，蓋文士之矛質釀世宙兵争之禍，所觀古來，應若指掌。足下主盟壇坫，須當痛懲流弊，克己求物，不以所能愧人，不以所不能憎人，則于世道名教關係不淺。

（輯自明陳孝威壺山集卷三，四庫禁燬書叢刊集部）

酬吴次尾

昔年遇子金陵陌，錦衣吹蕩楊花白。玉缸溶溶春夜長，當軒繫馬傾行客。石城翠蛾西曲娘，清歌一聲江水碧。別來落魄吴楚間，飯牛屠狗俱無顔。鄂渚章臺氣蕭瑟，旌旗東接匡廬山。安東仗劍尚慷慨，夷門挾策終抱關。爲予東來探禹穴，寒飆烈烈凌霜雪。班荆野岸旁無人，布席明湖風景切。雄談逸思横九霄，痛飲酣歌更嗚咽。自言海内兵未休，且將遊説東諸侯。十年結交盡湖海，猛士如雲不見收。牙璋虎節滿天下，誰能好士知英流？珠玉錦繡不足論，異策奇謀何所求？龍淵出匣星文古，鸊鵜膏作華陰土。谿來安攘發明王，莫學縱横事盟主。彎弓一矢下天狼，欲墮不墮欃槍光。鈎陳煌煌正四方，我與汝曹俱樂康。更從北斗乞酒漿，緩步貢之白玉堂。

（輯自明陳子龍陳子龍詩集卷十，上海古籍出版社一九八三年版）

寄吴次尾 時有從軍之志。

飛揚不耐白門秋，壯節由來屬虎頭。投筆何須辭衛霍，請纓還欲駕曹劉。秦樓歌管猶堪醉，楚岸烽煙恨未收。五十封侯年尚少，好將紅袖拂吴鈎。

（輯自明李雯蓼齋集卷二十六，四庫禁燬書叢刊集部）

月夜虎丘晤吴次尾陳百史二首

一江風冷送高秋，晚泊隨煙到武丘。石醉千人澆虎冢，月尋二仲擬羊求。談深豈獨文章樂，氣静耑分世道憂。竹柏滿山清影亂，夜深步步踏潛虬。

山骨潛通沁小寒，夜情寂寂露將溥。秋依古寺聲歸樹，僧伴文人氣亦蘭。木葉舞風填小徑，芙容待月傍孤巒。開尊未盡三年語，惜别驚看佛火殘。

（輯自關賢柱楊文驄詩文三種校注，貴州人民出版社一九九〇年版）

贈吴次尾

巍峨望陪京，惻惻涕淚新。握手風蕭條，邊馬聲酸辛。據鞍三山頭，感慨大江津。寓目覽舊迹，蕭條愁殺人。荒郊千里别，歸爲山谷民。夏日苦難夕，冬夜苦難晨。水流長泯泯，花落空紛紛。遠懷積秋浦，相思在河漘。雁飛不可接，鬱結何由陳？

（輯自清卓爾堪明遺民詩卷十，中華書局一九六一年版）

斷頭歌

斷頭先生吾好友，江南次尾知名久。昔日旗亭少伯同，今朝大澤吴廣首。舉世人將□□□，奮椎一擊書生手。憶昨龍種安衆侯，草創滅裂用吾州。天下莫先劉氏恥，肆然遂帝魯連羞。空拳直把白刃冒，枵腹争持縞素號。反掌蘭谿菊水收，拭目清漳平海到。亦知王邑嚴尤鋒，正惡螳臂鴻毛不？敢回顧，卻吁嗟，事幾一跌恨彌天。束手山岡徒聞大笑嘑，抗懷正氣能如此，文人名士豈徒爾？延頸怒背事不成，生面猶馳十五里。嗚乎！斷頭何處起悲風？□□元年一死忠，千秋人指石灰沖。石灰沖，次尾死義處。

（輯自明劉城嶧桐詩集卷五，民國劉世珩貴池先哲遺書）

哭吴次尾

不爲皇朝死，幾虚國士名。枕戈徵大節，哭位見私情。水滿春江月，花繁秋浦城。年年歌嘯處，誰復弔昭明？

（輯自清施念曾、張汝霖輯宛雅三編卷五，四庫全書存目叢書集部）

即　事 其二

宣城麻沈貴池吴，炳炳靈靈烈丈夫。草莽自能標漢幟，衣冠不肯拜□□。臨刑灝氣吞秋日，絶命英詞播海隅。多少崇蘭化蕭艾，幽香畢竟在吾徒。

（輯自清方文嵞山集卷七，上海古籍出版社一九七九年影印本）

哀江南 江南死事者多人，以予所知者，四方或未盡知。各賦一章，備異時野史採擇焉。

吴王鷄壇雄，崛起樹赤幟。學術雖非淳，才氣岸然異。里人興義兵，共推季子智。攘臂事從戎，空拳當鐵騎。始願豈捐軀，臨危勇就義。頭顱藁竿懸，巾幘儼未墜。生平苦好名，一死庶無愧。貴池吴太學應箕，字次尾。按，吴，著名東林黨，有樓山堂集、兩朝剥復録、東林始末諸書。

（輯自清錢澄之藏山閣集藏山閣詩存卷六生還集丁亥上，黄山書社二〇〇四年版）

同陳百史吳次尾夜集聞警刻燭限韻

歌聲飛席上，旗鼓一時興。北塞無勞守，長江自可憑。何人思曲突，此日悔堅冰。空抱書生志，勤王恨未能。

（輯自明方其義時術堂遺詩卷三，四庫禁燬書叢刊集部）

哀秋浦　吳公應箕

萬羅劍客射金鉀，嘆惜延陵未識時。報國幸猶存草澤，捐軀眞不愧鬚眉。旄頭照夜誰能指？箕尾横天獨許騎。酌酒勸君爲厲鬼，黄塵青草任迷離。

（輯自明方其義時術堂遺詩卷四，四庫禁燬書叢刊集部）

始至石埭告吳劉二子文

維年月日，張子某由芑山橐書家陵陽，思見亡友吳子次尾、劉子存宗兩先生，泣下沾臆久之，謹以香楮清酌庶羞，爲位告兩先生之靈。

嗚呼！兩先生何遽遐棄余邪？一慷慨成仁於行間，一從容就義於峽川，死不同而志同。兩先生雖死無憾，余何獨至今不死耶？昔余之僑金陵也，性硜介不阿，好論辯古今人文。每過從兩先生，講道質疑無虚日，間嘗評隲兩先生古文辭，悉心軒輊，見者疑余苛，兩先生則深信余言而樂余直也。嗟乎！余視兩先生何如？兩先生視余何如？謂兩先生殁而余不悲耶？近代友黨非乏人，朝盟暮詛、初歡後吐者踵相望也。一父之子別居析箸，不能無鬩牆、無操戈。余于兩先生友黨伯仲行也，抑何式好無尤，閱二十年如一日耶？猶憶兩先生鄉者閔余往來金陵艱且劬，亟爲書招余家池陽，曰：『子遄來，我兩人割宅偫糧以待。』是時余親老，弗果。迨今日來陵陽，兩先生則永訣不可復見矣！

嗟乎！余不幸不復見兩先生，猶幸而見兩先生之子若孫。見兩先生之子若孫，仿佛如見兩先生也。然一旦望兩先生墓木則已拱矣，訪兩先生藏書則已散矣，此余今日所以益自悲也。兩先生謂余何心耶？今天下交道淪胥。先是與余砥行讀書，遊好無間，如楊機部、袁臨侯、夏彝仲、楊維斗、錢吉士諸人，或殉國變，或罹家難，不幸相繼殁。後死者獨余與沈子耕巖、陳子定生耳。之二子者，地相去遠甚，又皆流離困頓，彼此不相見，見輒相持泣，泣已復散去，惘然如隔世。耕巖、定生皆與兩先生稱莫逆，其痛悼兩先生與余同。亡何，死者不復見，未死者不可數相見也，則是存者與殁者皆可悲也。

余年與兩先生亞，越三年則余六十矣。然硜介不阿猶昔也，好論辯古今人文猶昔也。壬辰冬，見定生陽羨道中，語定生曰：『次尾、存宗已矣，若遺文堙墜何？』定生曰：『樓山、嶧桐集賴芑山論定以傳，剞劂則俟子朝宗獨任之。』余曰：『此誠後死者責也！』今余屬劉子輿父方輯次兩先生遺文，合前既梓者版行之。兩先生有知，尚匡余不逮，俾觀厥成，余悲庶少釋也。

余不樂久居人世。所自撰誌、傳、孤史、誓墓文、與兒生訣書具在，使兩先生今日見之必流涕。數年中卒業諸書，即焚棄筆硯，閉户待盡，從兩先生於地下，余復何憾之有？敢告。

（輯自明 張自烈 芑山集卷二十二，江西教育出版社二〇〇七年版）

再告吴次尾文

維年月日，同學弟張某謹以香楮敬告秋浦次尾吴子之墓前。

某痛念樓山集兄生時屬余手評重梓，遭亂不果。兄殉難後，某蒐羅散失，參五編次，私謂後死宜代梓行世。會旅食孔艱，罔克卒事，晨夕永嘆而已。壬辰冬，過陳子定生於毗陵，定生名貞慧，宜興人。備述顛末，相視潸涕。既而商丘侯朝宗以書來，朝宗名方域，商丘人。告某曰：『方域舊與次尾游好，豈忍使芑山獨爲君子？願助剞劂，留吴子手澤天壤間。較讎評騭，緊芑山是賴。』某以朝宗灼有成言，因爲文告兄，自損旅費七十餘金，召寫人繕寫訖，計觀成在即，藉以釋肩。不謂朝宗自刻壯悔堂集，卒食前諾，嗟乎，交道不古至是，惜哉！及冒子辟疆來白門，名襄，揚州如皋人。告之故。辟疆貽書曰：『冒子之知次尾，與芑山之知次尾一也。忍弗捐助以慰亡友之靈？使冒子復因循如侯子之寒息壤，其時何顔面見吴子于地下？』信誓旦旦，有如皦日。已亦貽書曰：『芑山貧困甚，孳孳録袁臨侯六柳集、吴次尾樓山集、戴敬夫河村集，誼至高。冒子視芑山，志義同，覯閔同，其不覃力始終兹舉，非夫也！』某是以竊嘆辟疆之非今人也。今某漂寓金陵，瀕危蒙謗，啓處不遑，以故亟梓大集，以逭前戾。集成，返櫂旋里，矢終老芑山，不復問丹鉛事。六柳、河村集篇卷希簡，某獨任之。大集則賴辟疆左右之，既而辟疆亦食言如朝宗。某庶幾可以無恨。不然，豈惟朝宗負兄，其罪滋甚。惟靈如在，尚匡某弗逮，且無虚辟疆挂劍之意。敢告。

朝宗、辟疆二子皆力能襄梓樓山集，然皆不踐前諾，貽世姍笑。嗟乎！死友焉可欺哉？記曰：『與其有諾責，寧有己怨。』惜二子不寤耳。癸巳，余繕寫訖，工力竭，械集歸窽孤孟堅，爲出涕。已而，劉輿父糾樓山子姓故舊，醵貲協梓，集始告成。輿父之有功樓山，過二子遠矣。自記。

（輯自明張自烈芑山集卷二十二，江西教育出版社二〇〇七年版）

次尾公墓碑誌

禮部尚書汪澤弘，湖岡人，書墓門『忠孝節義文章』。

江南學院，今陞刑部尚書李振裕，江西吉水人，填諱。

原任池州府，今陞兵部督補左侍郎喻成龍，奉天人，捐俸五十兩葬祭。

池州知府，掌按察司事李燦，遼東人，墳山定案。

文林郎，貴池縣知縣趙衍，浙江東陽人，指山祭拜，捐俸三兩；吳儀，江西金谿人，捐俸肆兩，勒石。

翰林院檢討，門生陳維崧，常州宜興人，作謚。

徵聘除授翰林院門生張自烈，江西宜春人，撰墓誌銘。

公字次尾，號樓山，生於萬曆甲午年九月十一日戌時，於弘光乙酉年十月十七殉於城南山口石灰沖口，享年五十有二。

明監紀推官掌道事吴公諱應箕暨元配李氏孺人合葬之墓。

孺人生於萬曆乙未年六月二十七日，殁於康熙乙巳年十一月二十四日，享年七十有一。葬於康熙癸亥年十月十八日洪村烏尖山。

清康熙四十年，歲次辛巳十月□□日立。

男孟堅、稚圭，孫六人，曾孫繁衍不及備。

（輯自民國丁卯高田吴氏續修支譜卷二碑誌）

文烈公合葬清明墓祭

忠昭日月，節麗山川。耿耿正氣，明三百年。上爲列星，傳説女媊。青史不磨，遺烈永鐫。薦觴春節，靈爽在天。作忠作孝，子孫世延。

（輯自民國丁卯高田吴氏續修支譜卷二祀祝）

祠議本末

學院張公批呈　銘道注：公名廷樞，號景峯，陝西韓城人。

附祀祠旁是否允協，仰池州府貴池縣兩學教官查報。

兩學看覆 康熙四十四年六月

查得吴次尾南國名賢，東林後勁。夙操選政，争推玉律金科；伏節亡身，堪對青天白日。誠不愧士林之俎豆，眞可爲百世之儀型。裔孫銘孝、銘節等哀懇附祀，亦不忘先德之孝，思垂休後世之誠悃也，但祠祀事關大典，卑職未敢擅專，悉候憲太宗師鈞奪施恩。

學院張公批詳 康熙四十四年十二月

吴次尾先生名節素著，不愧往哲，仰池州府確查黄侍中祠曾否落成，附祀有無繁費，傳集紳士妥議詳奪繳闔邑公呈。

内閣中書危映璧，舉人章永祚、章禮朝、胡崑等銘道注：列名者爲貢生汪之泓、王家棟、杜應愈、杜芳治、姜褒，貢監郎遂，生員胡十一、李時、汪漢、李錕、張璲、汪管、程鵠、王楨、楊爲棟、汪卓、汪英、杜鑛、章嘉客、劉漢胄、田應遴、章永福、杜上達、儲鷺、柯日泓、田應徵、章學懋、王時舉、柯日溥、王錫命、戴仁、章銓、杜鑾、李裔、董論士、李鈐、胡運南、姜軌、董録士、汪溥、李元音、吴澐、包儀、胡廊材、董訪士、胡時澍、李登、汪玉、胡衮材、郎封、方之銑、吕宜化、柯日永、劉遵、紀儼、施錦、柯白子、田應聘、李遵、儲士封、高自新、姚蘭、曹聖儒、周大是、檀士侃、唐錫疇、桂定海、儲怡士、梅玉立、吴世尚、蕭士泰、李光、王少聃、阮續陽、陳禮、姜邦暨、李纘光、王選、曹文懋、杜善述、姜少評、朱之燮，共八十七人。爲精忠特祀，允協輿情，懇恩申詳，以昭盛典事。

竊惟式化闡幽，每垂歷朝之青史；旌忠表節，屢頒聖代之洪恩。粤稽有明，高帝肇興，專祠余忠宣于皖國；迨至再造，文皇嗣位，特祀黄文貞于舊京。蓋節義益久而彌彰，昭然千秋之公論；品行過時而愈著，卓爾勝國之遺忠。如敝邑吴樓山先生諱應箕者，苦心救世，少壯登壇，鑣聯十五國之人文；標持月旦，澄清三百年之讜論。筆削精嚴，意氣籠千人，作八顧三君之領袖；筆舌妙天下，合九州四海之風雲。當日名卿碩彦咸爲接席承風，一時逆案宵人無不潛踪匿影。時逢陽九，慨國運之潛移；世際阽危，抱杞憂而獨切。朱旗指白水，半生浩氣，憤揮魯陽之戈；鐵騎落空坑，一腔熱血，旋化萇弘之碧。殺身成仁，英風如在；舍生取義，正氣不磨。榮世名文，既駕歐韓于生前；大節孤忠，何遜陸文于異代？聞其風者，自足立懦而廉頑；讀其書者，共悲山頹而木萎。雖興朝纂修明史，久已載筆特書，而表忠明禋特典猶俟將來修舉。裔孫吴銘孝、吴銘節等前具呈詞，仰叩學憲張大宗師照前朝黄文貞公例建祠專祀，蒙批：『名節素著，不愧往哲。』是吴公生平履歷已蒙恩鑑眷注，隨批行，查『黄祠曾否落成，立祠有無繁費』等情，某等勘得黄祠原建江寧，城内外及池城兩地祠宇俱係當道名公、公祖、父師捐俸及各邑紳衿、義士輸助，落成久矣，所有吴祠建立之費踴躍輸將，自有達官、長者、門生、戚友共爲贊助，以成盛舉，決不敢費公家一絲一粒，總屬秉彝之同好，非有香火之私情，合詞具稟，伏冀准申，以慰輿情，以昭公論。告成之後，俎豆生光，山川改色。兩祠鼎峙，將雙忠勁節經天，與日月星辰明並昭回，載績豐碑，即諸公名德傳世，亦嵩華溟渤永同帶礪。爲此具呈。銘道注：撰稿者係舅氏李男蛾先生筆，即列名諱時者也。

縣學看詳 康熙四十五年六月

看得秉彝之好，人有同情；載稽衆議之僉同，益驗忠貞之不泯。建祠崇祀，允協輿情，相應呈覆，聽候核轉。

邑侯王公看詳 注：諱鈞，字亦陶，奉天人。

看得忠義之性，歷久不磨；表揚之典，人有同情。查吳次尾先生士林翹楚，理學羽儀。樹幟冠詞壇，讜論侃侃昭宇宙；亡身存節義，正義凜凜著千秋。洵宜崇祀以勵俗者也。茲蒙學憲批查附祀黄侍中祠有無繁費，着同紳士妥確議詳，此誠憲臺旌忠貞于不朽，節財用以恤民力之盛心也。遵即牒行府縣儒學去後，隨據合郡紳士危映壁等公同妥議，以黄公祠業經落成，難以增置，祠旁現有隙地，情願各捐己費，附建吳祠以表雙忠，衆心踴躍樂輸，儒學據呈牒申，伏冀憲奪，爲此云云。

郡侯馬公看詳 注：諱世永，號西齋，遼陽籍山東蓬萊人。

看得有明貴池名賢，前有黄侍中，後有吳先生，雖出處不同，而文章節義實出一轍也。裔孫吳銘孝、銘節等請以伊祖附祀黄祠，奉前憲飭行儒學查報，仰卑府詳議遵行。據貴池縣詳覆，紳士秉彝同好，欲以黄祠旁基建立吳祠，踴躍輸將，似應如其所議，順輿論而表遺忠，攸關聲教不淺矣。伏候憲裁批示遵行。

學院魏公批詳 注：公諱學誠，號一齋，山西蔚州人。

據詳黄祠旁基建立吳祠，既協輿情，應成義舉。仰飭縣查明基址，繪具圖式，照例取具紳士甘結，加具印結詳報，以憑批示繳。康熙四十五年六月。

學院魏公又批

據詳黄祠之旁請建吴祠，既經繪圖取結前來，如詳准行，不得借派貽累。繳結存。康熙四十六年六月。

安徽撫院劉公批詳 注：公諱光美，號豫東，奉天錦州人。

吴樓山品堪風世，允宜崇祀，仰如紳衿結狀建祠，仍候學院批示繳。康熙四十六年六月。

學院謝公批呈 注：公諱履厚，號坤侯，雲南昆明人。

吴公節義昭于日月，文章繼夫韓歐，既已萬口流傳，自是千秋不朽，遺集當盥手捧讀。專祠候移檄興修。康熙五十八年四月。

（以上皆輯自民國丁卯高田吴氏續修支譜卷八高田案據）

吴次尾公像贊

嗚呼先生，吾鄉大賢。豈曰吾鄉，天下莫不稱焉。迹其平生，遠蹠高瞻。復社一呼，大義凜然。人第知有磊磊落落之氣蓋乎一世，而不知有浩浩瀚瀚之文光乎九天。從容七字，先生臨難絶筆『半世文章百世人』七字。慷慨千年。嗚呼先生，匪人而天。我展遺像，如侍蒼髯。承其家者其毋忘乃志，聞其風者儻可懦夫立而頑夫廉。

邑後學胡子正敬題。

附記

正于白牙山建吳劉二先生祠，告成日柬邀城内官紳各界落之。適其裔孫燕山君持伯兄自漢皋來書，囑題先生像贊，乃知先生家族時正在城重修家牒也。急挽燕山及上書兩君同赴百牙行禮，蓋少逾數刻，先生子姓即不獲與于斯役矣，聞者以爲先生在天之靈有以感之，不其信歟？因于贊末附誌數語，以傳其事之奇云。戊午十有一月二十一日也。

（輯自民國丁卯高田吳氏續修支譜卷三像圖）

附　安徽古籍叢書已版書目

舊聞隨筆
定本莊子故
張籍集注
文學研究法
桐城文學淵源考・撰述考
包拯集編年校補
康輶紀行・東槎紀略
北山樓集
桐城耆舊傳
疑庵詩
三餘札記
方望溪遺集
爾雅翼

識小録・寸陰叢録
東萊詩詞集
明太祖集
王侍郎奏議
程氏家塾讀書分年日程
朱楓林集
敬孚類稿
施愚山集（四册）
吳敬梓吳烺詩文合集
張孝祥詞箋校
竇山公家議校注
翠微南征録・北征録合集
阮大鋮戲曲四種

老子注三種
杜詩説
朱書集
論語解注合編
郭祥正集
皖人詩話八種
唐詩評三種
左傳微
績學堂詩文鈔
鈍齋詩選
老子注譯
莊子詮詁
説文假借義證

劉銘傳文集
包世臣全集（三册）
戴震全書（七册）
田間易學
莊屈合詁
田間詩集
田間文集
古事比（二册）
安徽出土金文訂補
秋崖詩詞校注
道聽途説
蘭苕館外史
青泥蓮花記
舌華録
明語林

夜雨秋燈録·續録（二册）
包拯集校注
毛詩後箋（二册）
劉文典全集（四册，列入特輯）
壹齋集（二册）
孟子講義
楊仁山全集
跂翁藏書年譜（列入附輯）
不得已附二種
歙事閑譚（二册）
惜抱軒詩集訓纂
張孝祥詩文集
吳汝綸全集（四册）
朱子全書（二十七册）
明實録安徽經濟史料類編（列入附輯）

姚瑩年譜（列入附輯）
青溪集
藏山閣集
田間詩學
俞正燮全集（三册）
皖人戲曲選刊·鄭之珍卷
詠懷堂詩集
所知録附四種
文選箋證（二册）
歙紀
方孝標文集
七頌堂集
劉文典全集補編（列入特輯）
程瑤田全集（四册）
皖人戲曲選刊·方成培卷

皖人戲曲選刊・龍燮卷
凌廷堪全集（四册）
黄生全集（四册）
東輶紀程
蕭雲從詩文輯注
程文炳文集
程恩培集
方盦山詩集（二册）

趙紹祖金石學三種
小爾雅義證
勉行堂詩文集
貴池唐人集
龍眠風雅全編（十册）
無爲集
杜詩提要
分篇水經注（二册）

李宗棠文集・東游紀念
李宗棠文集・奏議輯覽初編
松泉集（二册）
梅鼎祚戲曲集
通鑒注商・新舊唐書互證
杜徵三友朋手札
李宗棠文集・學詩堂經解
吴應箕文集